TARA DUNCAN

Sophie
Audouin-Mamikonian

Tara Duncan

na armadilha de Magíster

Tradução
Marly Peres

LeYa

Título original: *Tara Duncan – Dans le piège de Magíster*

Diretor editorial: Pascoal Soto
Editora: Mariana Rolier
Produção editorial: Sonnini Ruiz

Tradução: Marly Peres
Preparação de texto: Margô Negro
Revisão: Bel Ribeiro
Diagramação: Marcelo R. Rodrigues
Capa: Retina78
Mapas: Sylvie Pistono

Dados internacionais de catalogação na publicação (CIP-Brasil)
Ficha catalográfica elaborada por Oficina Miríade, RJ, Brasil.

A914 Audouin-Mamikonian, Sophie, 1961-
Tara Duncan : na armadilha de Magíster / Sophie Audouin-Mamikonian ; tradução: Marly Peres. – São Paulo : Leya, 2010.
416 p. : il.

Tradução de: Tara Duncan – dans le piège de Magister.
ISBN 978-85-62936-66-1

1. Literatura infanto-juvenil. 2. Literatura francesa. I. Título.

10-0036 CDD 808.899

Texto Editores Ltda.
[Uma editora do Grupo Leya]
Av. Angélica, 2163 – Conj. 175/178
01227-200 – Santa Cecília – São Paulo - SP
www.leya.com

Para meu marido e minhas filhas, Diane e Marine,
que reclamaram à beça, porque eu tinha eliminado
um personagem do livro (bom, principalmente Diane e Marine,
já que Philippe desistiu, depois do terceiro nome de dragão),
o meu obrigada. Amo vocês, sempre e para sempre.

ILHA DO REINO DE PATROK
Kikrok
TATRAN
Capital'ville
REINO DE AQUÁRIA PAÍS DOS TRITÕES
Do'nariz
Krot
Osor
Agu'salgada
Hon
fleuve Boria
OCEANO DAS BRUMAS
DESERTO DOS SALTARANOS
VIRIDIS
Ceclat
Sala
Tirano
Montanha Vermelha
MEUS
Kekidi
De'eu
Tesur
Apimentado
BASCRIT
Lasbão
Orgulhoso
SPANÍVIA
Respyro
Cava
fleuve Tange
OMOIS
MAPA DO OUTROMUNDO
Face Oeste

Cartografia : Sylvie Pistono

POLO NORTE
Calota glaciar
Continente
inexplorado de
TATUMALENCHIVAR
ILHA DE
PONTA'KRESSA
POLO SUL
Calota glaciar
Escala : 1:52 500 000
0
1 417,5 km
MAPA DO
OUTROMUNDO
Face Leste

Dinastia Duncan de Lancovit
Estabelecida em 25 de faicho de 5015 (Data do OutroMundo)

Manitu Duncan (4850 DO -) & Magenti Val argenmont Rethila (4849 DO - 4928 DO)

Menelas Tri Vranril (4805 DO - 4994 DO) & Isabella Duncan (4910 DO -)

Reventhal Duncan (4901 DO - 4998 DO) & Teiler Ab Zan (4876 DO -)

Selena Duncan-Vranril Ab Santa Ab Maru (4977 DO -) & Danviu T'al Barmi (4973 DO - 5002 DO)

Varius Duncan (conhecido como O Renegado) (4952 DO -)

Tara'tylanhnem T'al Barmi Ab Santa Ab Maru T'al Duncan (1991 DT/5000 DO -)

Jar'tylanhnem T'al Barmi Ab Santa Ab Maru T'al Duncan (5003 DO -)

Mara'tylanhnem T'al Barmi Ab Santa Ab Maru T'al Duncan (5003 DO -)

Dinastia T'Al Barmil Ab Santa Ab Maru, Império de Omois
Estabelecida em 25 de faicho de 5015 (Data do OutroMundo)

Semiderus "Punho de fogo", fundador do império de Omois (- 2984 DT -)

Descendentes, cinco mil anos depois

Imperatriz de Omois
Lisbeth'tylanhnem T'al Barmi Ab Santa Ab Maru (4970 DO -) & Daril Kratus (4950 DO - 5005 DO)

Ex-imperator de Omois
Danviu T'al Barmi Ab Santa Ab Maru (4973 DO - 5002 DO) & Selena Duncan (4977 DO -)

Meio-irmão da imperatriz de Omois, atual imperator de Omois, em substituição a seu meio-irmão Danviu
Sandor T'al Barmi Ab March Ab Brevis (4958 DO -)

Tara'tylanhnem T'al Barmi Ab Santa Ab Maru T'al Duncan (1991 DT/5000 DO -)

Jar'tylanhnem T'al Barmi Ab Santa Ab Maru T'al Duncan (5003 DO -)

Mara'tylanhnem T'al Barmi Ab Santa Ab Maru T'al Duncan (5003 DO -)

DO = Datação do OutroMundo
DT = Datação da Terra

Sumário

Prólogo

Inimigos mortais

O sangue pingava suavemente. Um filete púrpura que serpenteava. O cheiro metálico deixava um gosto acre na garganta.

Magíster avaliou a cena e lhe deu seu justo valor. Afinal de contas, ele era o responsável por ela.

Ele não gostava especialmente de matar. Mas aquele idiota tinha se posto entre ele e o que cobiçava. Ele empurrou o corpo com a ponta de sua bota preta. E com o anonimato de sua máscara mirou a face daquela que amava, produzindo um reflexo sobre ela.

Com um amor desesperado. Sem futuro. Sem alegria.

Mas indestrutível.

Selena despejou sobre ele um olhar cheio de ódio.

– Você o matou! Monstro, você o matou!

Será que deveria dizer que sentia muito? Mas ele não sentia.

– Ele não devia ter tentado se intrometer, minha querida – ele disse com uma voz de puro veludo líquido. – Vem comigo, agora. Você não tem mais escolha.

Ele precisara de muito tempo para entender. Quase três anos. Havia mergulhado no trabalho e em sua busca, achando que poderia esquecê-la.

Mas, dia após dia, sua ausência foi ficando mais difícil.

Ele já a raptara uma vez, apesar de isso ter sido involuntário. E se apaixonara por sua prisioneira, dividido entre a suavidade de Selena e sua própria vontade de matança.

Não seria nem um pouco difícil raptá-la uma segunda vez.

Ela era sua única fraqueza. E, se seus inimigos soubessem, tentariam utilizar isso contra ele. Então, preferia resolver o problema e levá-la com ele.

Mesmo que sua consciência lhe dissesse que era um idiota e que a desculpa que arranjara beirava o patético.

Selena se levantou, com o vestido azul manchado de sangue e o semblante terrível. Seus longos cabelos castanhos ondulados compunham uma sedosa cabeleira.

Ela era magnífica.

Ela era dele.

– Prefiro morrer a ser sua – ela o fulminou.

Ele sacudiu a cabeça, com tristeza.

– Sim, eu sei. Mas você não vai fazer isso. Tara precisa de você. Sua filha carrega um império sobre seus ombros de quinze anos. O que vai ser dela se você a abandonar? Será que ela perdoaria tanta covardia? Ou amaldiçoaria sua alma até o fim dos dias por você ter desistido?

Selena o encarou, tentou penetrar no segredo de sua máscara.

– Por quê? – ela perguntou. – Por que você não me deixa tranquila? Posso entender a obsessão que tem pelo poder, mas eu? O que é que você quer de mim?

– Eu quero que você me ame – ele rugiu, provocando um sobressalto em Selena. – Que você me ame com loucura como eu a amo. Que você viva para mim, só para mim. Por você eu seria até mesmo capaz de desistir de meu desejo de poder, poderia esquecer minha vingança contra os dragões. Você vai me dar essa oportunidade, Selena? Será você minha redenção?

Ele estendeu as mãos, suplicante, e Selena vacilou. Ela sentia que ele estava sendo sincero. Ali, naquele momento. E o que lhe estava propondo era tentador. Aprisionar o lobo, capturar a pantera, fazer daquele homem que a venerava um ser humano normal. Que mulher poderia resistir a um desafio desses?

Mas ela aprendera a conhecê-lo. Sabia que ele não manteria a promessa. Sua sede de poder era forte demais. Ele a amaria, ah sim. Aliás, já a amava, a ponto de tentar capturá-la em pleno parque do palácio imperial de Omois, quando ela estava passeando com seu novo namorado, um homem suave e delicado, chamado Cavor d'Alir. Cavor não chegou a entender o que estava acontecendo. Ele se atirou sobre Magíster, que o matou com uma única rajada de magia demoníaca.

Selena não tentou lutar. Já tentara tantas vezes, e sempre fracassara. Assim que ativava sua magia, Magíster reagia e acabava com ela. E ela não queria correr o risco de perder a consciência, isso facilitaria demais a tarefa dele. Deu uma rápida olhadela em volta. Ainda era cedo, e ninguém estava passeando pelas alamedas de pedrinhas de cristal faiscante, ladeadas de douradas flores de mimosa.

Que se transformavam em rubro sangue, perturbadas por suas emoções demasiado violentas.

Magíster tinha eliminado os guardas, que também estavam mortos, no chão, mas Selena ouviu o som de alarmes que tinham sido disparados. Ele já não tinha muito tempo.

– Selena? – ele perguntou, e sua voz deixou transparecer uma nova emoção: a esperança.

Ela se enrijeceu. Endureceu. Aquilo não era possível. Ela jamais poderia confiar nele. E, pior que isso, não o amava.

Ele pressentiu sua resposta, mesmo antes que ela dissesse alguma coisa. Ele também se enrijeceu. E ergueu a mão. Uma bola de fogo se formou.

– Sinto muito, mas percebo que é melhor que eu mesmo tome a decisão no seu lugar.

– Eu também sinto muito – Selena respondeu suavemente. – Nós somos inimigos. Para sempre.

E, antes que ele tivesse tempo de paralisá-la, ela jogou alguma coisa no chão. Um raio ofuscante se produziu, e ela desapareceu.

Surpreso, ele se deu conta de que ela utilizara um Transmitus desconhecido, que não precisava que ela ativasse sua magia.

E seu grito de fúria fez tremer as árvores do OutroMundo.

1

Os trolls, ou: quando se passa por território alheio, é melhor prestar atenção, se não quiser levar uma cacetada no meio da testa...

Tara sufocava. O corpo que pesava sobre o seu a impedia de respirar. Alguns segundos mais e ela desmaiaria.

– Grr'ul! – ela cochichou, tentando gritar –, você está me sufocando!

– Proteger a herdeira! – grunhiu uma voz acima dela, sem que o peso ficasse mais leve.

– Vou virar suco! – Tara guinchou. – É um cadáver que você vai acabar defendendo!

A guarda-costas ergueu sua considerável massa verde e plantou seus olhos amarelos nos olhos azul-marinho de Tara.

– Não mexer – ela ordenou severamente, acocorando-se ao lado da jovem fadaceira.

Tara tratou primeiro de respirar. Em seguida, sacudiu a cabeleira loura. Não se mexer era perfeitamente adequado, já que sobre seu pequeno bando estava chovendo todo tipo de lanças, troncos de árvores e diversas outras tranqueiras.

Eles estavam sendo atacados. Por um importante grupo de trolls, que os tinha feito cair em uma armadilha numa clareira.

– Caramba – Tara bufou –, eles não são muito receptivos esses seus primos!

– Trolls selvagens – grunhiu Grr'ul, em tom de reprovação. – Não guarda-costas ci-vi-li-za-dos (ela articulou a palavra complicada com cuidado) como Grr'ul!

E, no entanto, Tara estava ali em missão oficial. Ela tinha ido a Krasálvia, o país dos vampirus, na qualidade de representante e futura herdeira (bom, isso se ela conseguisse sobreviver!) do poderoso império de Omois, para interceder em favor da temível vampirua Selenba. Em todo caso, esta era a versão oficial. Pois a verdadeira missão de Tara era bem mais... delicada e perigosa.

A fim de evitar que seus muitos inimigos tivessem a tentação de raptá-la, o itinerário de Tara, assim como a data de sua viagem, tinham sido mantidos em segredo. Um pouco em segredo demais, aparentemente. Não fora uma ideia tão boa assim, essa de ir discretamente até Krasálvia. Pelo menos, não quando atravessavam a terra dos trolls, que tinham ouvido falar de diplomacia tanto quanto de tomar banho... Eles sabiam que isso existia, mas não tinham a menor intenção de experimentar.

No começo, Tara e seu séquito deveriam viajar pela Porta de Transferência. O que teria sido bem mais rápido e prático, afinal de contas, em vez de uma viagem estafante e perigosa, bastaria se colocar no meio do círculo de tapeçarias encantadas, dizer o nome do local aonde se queria ir e zás!; um milésimo de segundo depois se estaria lá.

Algo digno de fazer os dirigentes da Boeing e da Airbus perder seus empregos ao mesmo tempo, nos Estados Unidos e na Europa, se algum dia a Terra tiver acesso à magia. O único probleminha é que as Portas da região, tanto as dos anões quanto as dos vampirus (os trolls não têm Portas exclusivas), não são muito estáveis. Por isso essa prática era bem perigosa. Uma Porta mal controlada podia mandar todo mundo... para qualquer lugar. Neste caso, com as flutuações de magia, ia-se parar com facilidade em Madix ou Tadix.[1]

E nem sempre inteiro, num único pedaço.

Por isso é que o império de Omois tinha mandado aos trolls um mensageiro (na verdade dois, já que o primeiro tinha sido engolido por um dracotiranossauro ao sobrevoar a floresta selvagem um pouco perto demais), que conseguiu as autorizações necessárias para que eles pudessem passar.

Pelo visto, os trolls que agora os atacavam estavam um tanto desatualizados.

Se Tara pudesse ter acesso à sua magia, a batalha... Não teria sido uma batalha. Ela congelaria ou imobilizaria todo mundo e o comboio passaria sem problemas. Teria sido da mesma forma na floresta, quando os trolls apareceram, se ela tivesse invocado seus poderes. Mas, em vez de se iluminar de azul, como de costume, antes de destruir seus inimigos, a magia tinha piscado na ponta de seus dedos e desaparecido. Sem nenhum aviso, pura e simplesmente.

Montada sobre o imenso Galante, seu pégaso Bicho de Estimação com asas de prata, para enfrentar as hordas tonitruantes, Tara havia se exposto, imprudentemente. Grr'ul não tinha tido escolha. Ela se jogara sobre a garota para protegê-la, e Tara, que não havia posto o cinto de segurança (indispensável para voar sobre um pégaso, pois quando se cai é de muito alto), tinha, vergonhosamente, deixado os estribos soltos.

E foi se estatelar no chão, esmagada pela troll verde. Bom, não exatamente esmagada, senão estaria completamente morta (o que teria sido, afinal, o cúmulo do ridículo para a fadaceira mais poderosa do planeta), mas achatada. Felizmente

---

[1] Os dois satélites do OutroMundo, que dispõem de uma atmosfera e são povoados por habitantes que têm o costume de engolir seu chá/café/chocolate/bebidasdiversasevariadas na forma de bolhas, de tanto que a gravidade é reduzida...

sua trocadeira, a estranha entidade que lhe servia de maquiadora/camareira/armeira/guarda-costas, tinha inchado e amortecido o choque antes de se transformar em armadura. Foi o que a salvou. A trocadeira devia ter uma espécie de bateria mágica, pois estava funcionando normalmente. Com exceção do setor de obuses/mísseis/engenhocas de destruição em massa, que não pôde lhe fornecer os instrumentos para se livrar dos trolls, já que sua função "arma" estava desativada.

Muito logicamente, como a magia tinha desaparecido, os tapetes voadores simplesmente despencaram no chão. E a metade do séquito imperial ficou atordoada ou ferida em poucos segundos. Ora, sem magia, era impossível utilizar as bolhas de cristal para pedir socorro. Além disso, os guardas imperiais, confiantes em sua magia, nem tinham desembainhado suas temíveis espadas. Sem seu poder de fadaceiros, diante de trolls de meia tonelada, eles simplesmente não tinham nenhuma força.

Grr'ul se virou e Tara prendeu a respiração... bom, o pouco que lhe restava. As costas da troll verde estavam cheias de objetos cortantes, que não pareciam estar incomodando nem um pouco, levando-se em conta a desenvoltura com que ela se livrou deles. Seu sangue verde escorreu, ela contraiu seus poderosos ombros e o fluxo parou na mesma hora. Grr'ul já tinha sido ferida antes, na frente de Tara, mas a garota nunca percebera que os trolls também possuíam uma espécie de poder. Eles se recuperavam a uma velocidade inacreditável. E a camada de gordura embaixo de sua pele dura funcionava como carapaça impenetrável.

Grr'ul rangia os dentes, louca de vontade de entrar na briga, mas seu papel de guarda-costas a impedia de se afastar de Tara. E foi obrigada a se contentar em derrubar um imprudente que estava chegando perto demais.

Sem prévio aviso, para surpresa geral, os tapetes voltaram a flutuar. A magia tinha voltado de repente. Um dos atacantes estrebuchou e caiu de cabeça num dos toaletes portáteis instalados em cima de um dos tapetes. Seu berro parou na mesma hora, quando foi engolido pelo redemoinho que ficava no interior do vaso sanitário. Tara sabia que os redemoinhos eram considerados uma espécie de passagem para outras dimensões. E se perguntava se algum dia habitantes fedorentos e furiosos não acabariam desembarcando no OutroMundo, depois de servir de banheiro do planeta e ter recebido montes de m..., quer dizer, de detritos.

Mas, por ora, tinha uma batalha acontecendo. Ela se concentrou, tentando ativar sua magia, mas novamente ela se apagou, e Tara praguejou em todas as línguas que conhecia. Aquilo ia mal, muito mal. Apesar de temerariamente corajosos, os thugs não conseguiriam resistir por muito tempo.

De repente, o relincho de seu pégaso e seu aviso mental provocaram um sobressalto. Tarde demais. Uma mão verde, do tamanho de um prato, desceu na direção dela e a ergueu do chão. Ela se debateu, mas não podia fazer nada. Um enorme facão foi apoiado contra seu pescoço e uma voz gutural ordenou em perfeito idioma omoisiano.[2]

– Abaixem as armas ou eu mato a humana!

Tudo parou. Mestre Dragosh, o vampiru, que lutava com dois trolls ao mesmo tempo, se virou, assim como todos os outros combatentes. Um lampejo de desespero passou por seus olhos vermelhos, e sem dar um único grito ele se transformou. No minuto seguinte, um enorme camundongo escapava e desaparecia, em meio ao lusco-fusco do crepúsculo, que estava começando.

O vampiru acabava de abandoná-los.[3]

Tara apertou os dentes. Ela já passara por situações piores que ser capturada por trolls. Não???

Os trolls, supernumerosos, apertaram o cerco. Xandiar, o grande chefe dos guardas de Omois, que tinha se apresentado como voluntário para esta missão, não era idiota, eles não tinham a menor chance. Superesticado, dentro do uniforme púrpura e ouro, ele fez o sinal da capitulação. Os thugs de quatro braços rangeram os dentes, mas não tiveram escolha. Uma a uma, as últimas armas caíram no chão, e Grr'ul, furiosa, se viu obrigada a pousar a maça, seu enorme porrete. Com muita calma, os trolls os amarraram, assim como aos outros membros da delegação, e em seguida o grandão que tinha capturado Tara a colocou no chão. Galante relinchou de novo e alçou voo, escapando bem na hora em que os trolls se preparavam para capturá-lo. Suas asas cintilaram um instante, ao brilho dos dois sóis do OutroMundo, e seus fortes músculos se movimentaram, sob sua túnica branca, enquanto ele lutava contra a gravidade para levantar voo. Os trolls lançaram uma rede de fios colantes, mas o pégaso conseguiu evitá-los com agilidade e relinchou num tom zombeteiro. Em seguida, desapareceu no céu violeta.

---

[2] Junto com a magia, o Traductus também havia desaparecido. Felizmente, a amiga fadaceira de Tara, Pardal, inscrevera pelo menos umas vinte línguas diferentes na mente de Tara – dentre as quais o omoisiano –, e mesmo quando a magia pifava as línguas funcionavam. O que era superdesconcertante para Tara, algumas vezes, quando meia dúzia de nomes diferentes vinham à sua mente para nomear um mesmo objeto... Por exemplo: pão se diz "buf" em ogre, "blip" em omoisiano, "sv'uli" em elfo, "trem" em infame, "lulull" em gnomo etc. Às vezes, pedir um simples café da manhã era uma coisa supercomplicada para Tara...

[3] Nessa hora, alguns sabidos devem estar dizendo: "Ah, mas se a magia desapareceu, então como o vampiru fez para se transformar?". E a resposta é a seguinte: "Mas os vampirus não dependem da magia para se transformar, isso está inscrito nos genes deles!".

Tara não titubeou. Ela é que tinha ordenado mentalmente ao seu Bicho de Estimação que fugisse. Se fosse feito prisioneiro, seria fácil demais torturá-lo para fazê-la sofrer. Ela já tivera encrencas suficientes com Magíster[4] que a fizeram descobrir que Galante podia ser uma arma temível... mas também um horrível ponto fraco.

– Sou o comandante Grr'og. Vocês são nossos prisioneiros. Agora, retire sua armadura – ordenou o troll, um pouco observador demais para seu gosto. – E não espere que seu miserável Bicho de Estimação venha salvá-la, humana, ele está a vários dias de voo da cidade humana mais próxima.

Tara não esperava absolutamente nada, além de pôr Galante a salvo. Ela obedeceu docilmente, e a trocadeira fez reviver seu vestido de fadaceira.

Todo o equipamento deles foi passado a pente fino, e as coisas amontoadas em pilhas superarrumadas. As bolas de cristal e todas as demais engenhocas foram confiscadas.

Mas os trolls não conseguiram identificar a Pedra Viva em Tara, sua amiga e reservatório de magia do OutroMundo, que a trocadeira tinha disfarçado sabiamente. E também não perceberam que seu brinco klick era na verdade uma minibola de cristal. Pelo menos era um contato possível, ignorado pelos bandidos.

Enfim... quando a maldita magia voltasse!

Tara estava surpresa e se sentia cada vez mais desconfiada. Ali estava acontecendo alguma coisa completamente suspeita. Bom, tudo bem, ainda mais suspeito pelo fato de ela ter sido capturada quando estava em missão diplomática.

Primeiro, era a primeiríssima vez que ela via trolls tão organizados. Sem fazer um especismo[5] primário, os grandes humanoides verdes não eram o que se podia chamar de exatamente famosos por sua capacidade de estratégia e reflexão.

E ela achava esquisitamente inteligente o grande troll que estava no comando. De onde a reflexão seguinte, que provocou um discreto arrepio em sua espinha.

Aquilo não era uma operação de defesa de um território invadido por intrusos.

Aquilo era uma emboscada.

---

[4] Chefe dos sanguerrabas. Magíster – que é mais ou menos completamente maluco – é o mais terrível inimigo de Tara e não pensa duas vezes em utilizar a magia dos demônios para tentar conquistar o OutroMundo. Um passatempo como outro qualquer, mas que envenena seriamente a vida de Tara.

[5] Essa palavra só existe no OutroMundo, então nada de usá-la em alguma redação! Eu tive uma baita dificuldade para traduzi-la do idioma omoisiano corrente. Especismo é como racismo, mas só que um racismo entre espécies...

2

Na Floresta, visita ao país dos mosk'itos, ou as alegrias de um passeio ao ar livre.

O comandante Grr'og grunhiu alguma coisa a seus semelhantes e em seguida deu um tapinha na altura do ombro de Tara, o que fez com que a garota quase fosse jogada ao chão. Tudo bem, ela entendeu o recado. Aquilo era o sinal que queria dizer "avançar".

Ela esperava que o sinal de "parado" não a matasse.

Os trolls tinham enrolado os tapetes e colocado em cima de grandes animais verdes com pústulas, que mais pareciam grandes sapos gigantes com seis patas. Rangendo e se sacudindo todo o comboio avançou, e Tara foi atrás.

Para sua grande surpresa, começaram a correr lágrimas por seu rosto. Ela ainda não tinha se recuperado inteiramente de sua aventura na Barreira de Pedra, mesmo que vários meses já tivessem se passado, e às vezes se punha a chorar, sem nenhum aviso-prévio.

Aliás, as heroínas de romances também costumam chorar, ao menos em geral. Tara não sabia como elas faziam, porque, quanto a ela, cada vez que chorava ficava com o nariz vermelho e escorrendo, os olhos como duas fichas de jogo de loto e uma enorme dor de cabeça se a choradeira durasse muito tempo. Obrigatoriamente, a trocadeira precisava lhe dar um lenço. E depois um outro, e depois uma caixinha inteira, que Tara transformava em um rabicho de montinhos de papel branco. Felizmente ela estava com as duas mãos amarradas, na frente do corpo, senão não teria como conter aquele rio que corria sem parar. Pior que um vazamento!

Os guardas imperiais lançavam olhares sem jeito na sua direção. Sua princesa estava chorando, e eles não podiam fazer nada. Vários deles também tinham lágrimas nos olhos, o que não combinava nem um pouco com a fama de durões.

Eles penetraram na parte mais profunda da floresta selvagem. Ao contrário das florestas do OutroMundo, que em geral têm tons vermelho e azul, aquela era verde. Completamente, totalmente verde. Bom, com exceção das flores, é claro. Em volta deles, os animais apontavam seus focinhos, na tentativa de saber se os indivíduos que faziam tanto barulho eram comestíveis. Mas bastou uma batida com os porretes e lanças para todos eles desaparecerem, prudentes. Os trolls podiam não comer carne,[1] mas sabiam se defender.

Os sons e os odores eram atordoantes. Pequenos pássaros de cor verde-esmeralda – os triii – esvoaçavam à volta deles e às vezes pousavam em cima da cabeça dos trolls, simplesmente para percorrer um pedaço do caminho sem esforço. Os gazz, quadrúpedes de pelo liso e verde, desfilavam sua cabeça coroada e em seguida sumiam, assim que eram vistos. Enormes balorquídeas os enchiam de perfume e de pólen, e de vez em quando moitas inteiras se agitavam, sem que se soubesse muito bem se tinha sido um animal ou um vegetal. Os trolls precisaram inclusive explicar a um vrrir um tanto atrevido demais que não seriam um assado muito comestível para ele. O felino deu uma cusparada na frente do arbusto de lanças e depois desapareceu, saltitando sobre suas seis patas, com sua pelagem em tons de branco e dourado destacando-se contra a tonalidade verde da floresta. Pequenos lêmures rosa e verde pulavam no arvoredo e um deles soltou um grito estridente quando o galho em cima do qual estava revelou ser uma enorme serpente verde-oliva que o engoliu sem piscar.

Um dos guardas thugs quebrou, sem querer, um ramo, e toda a floresta estremeceu. Dali em diante sua caminhada se transformou em pesadelo. As raízes o faziam tropeçar, os espinheiros rasgavam suas mãos e roupas, e buracos se abriam embaixo dos seus pés, assim que quem estava na frente dele passava. Por fim, quando começava a despontar em sua mente a desconfiança de que ele tinha ofendido alguém em algum lugar, um enorme galho despencou em cima do seu crânio, interrompendo suas cogitações, ao mesmo tempo que o fez desmaiar.

Os trolls mandaram que os thugs o carregassem.

Duvidando que aquilo tivesse sido uma coincidência, a partir daquele momento Tara ficou extremamente circunspecta. Com exceção dos matinhos, que não pareciam detestá-la, graças a todos os deuses, ela tratou de não pisar, quebrar ou tirar nada do lugar. Um dracotiranossauro que passava deixou todo mundo petrificado. Felizmente, o enorme animal, com o queixo brilhando da baba que escorria, estava perseguindo uma outra presa e nem olhou para eles.

Tara parou de chorar, por um lado porque estava aterrorizada com o monstrengo carnívoro, e por outro, sobretudo, porque não queria fazer barulho.

Mais adiante, um bando de blurps os obrigou a fazer um enorme desvio. Aquelas plantas esverdeadas em forma de grandes bolsas, superenterradas no chão, engoliam tudo o que passava ao alcance de sua boca. A segunda parte de seu corpo ficava disfarçada no rio, alimentando as devoradoras com água e diversos e variados peixes. Em volta delas, suas filhotas, que mais pareciam insetos esbranquiça-

[1] O que os transformava em ogros munidos de longos dentes e enorme apetite...

dos dotados de fortes mandíbulas, as alimentavam com tudo o que conseguiam abocanhar, avidamente.

Tara olhou para elas com repulsa. Ser engolida viva e lentamente mastigada, que felicidade! Realmente, era preciso ter o coração bem preso no peito para morar e viver naquela floresta.

De repente, um dos guardas do séquito imperial caiu e rolou no chão, berrando que estava com dor. Grr'og não quis parar e ordenou a um dos trolls que cuidasse do doente, mesmo que tivesse de carregá-lo. Eles se afastaram e levaram um baita susto quando uma espécie de explosão ressoou atrás deles. O comandante mandou dois trolls checarem o que tinha acontecido, mas quando voltaram foi para anunciar que seu colega e o guarda tinham sumido. Preocupado, Grr'og interrogou Xandiar, mas o chefe dos imperiais não tinha a menor capacidade de lhe dizer nem por que nem como um guarda amarrado tinha conseguido fazer desaparecer um troll duas vezes maior que ele, e ainda por cima, armado.

Eles continuaram seguindo, mas os trolls seguraram seus porretes com mais força e sentiam-se muito pouco à vontade.

Tanto melhor, disse Tara a si mesma, furibunda. Tudo o que pudesse assustá-los ou desestabilizá-los seria útil.

Várias vezes, quando tentava afastar um inseto atrevido, Tara entreviu alguma coisa dourada, que parecia segui-los com insistência. E, o que era ainda mais curioso, sentia-se... observada. Claro, ela era vigiada pelos trolls, mas isso era diferente. Como se seu cérebro percebesse alguma coisa e estivesse mandando avisos que ela não conseguia decifrar.

De repente, um grito de dor se fez ouvir e... Parou na mesma hora. Praguejando, Grr'og deu meia-volta e se precipitou na direção do som. Tara não conseguia ver o que estava acontecendo, emoldurada como estava por dois enormes trolls verdes, mas quando o comandante voltou tinha o semblante sombrio.

– O que aconteceu? – perguntou inocentemente Xandiar, o chefe da guarda de Tara.

– Um de meus trolls foi atacado e morto. Por alguma coisa que tem os dentes pontiagudos e anda sobre quatro patas, mas cujas pegadas não se parecem com nada que pertença à nossa floresta. Nós temos duas opções. Ou é um animal selvagem, o que duvido, ou nós não capturamos todo seu bando, e alguém da sua guarda conseguiu se transformar, apesar das flutuações de magia, e está tentando livrá-la. Seria melhor que você lhe dissesse que se entregasse agora mesmo. Se nós o agarrarmos, não teremos piedade, por ele ter matado dois dos nossos de maneira tão covarde.

Xandiar olhou para ele com um olhar vazio.

– Não tenho a menor ideia do que está perseguindo vocês e, francamente, duvido que seja alguém da minha guarda. Por isso, não tenho nada a dizer. Você pode matar quem quiser, eu me lixo solenemente.

Grr'og o encarou com um ar desconfiado, mas sentiu que o chefe dos guardas estava sendo sincero. Ele mandou modificar o pelotão traseiro da guarda, pondo três trolls juntos, que olhavam para trás com desconfiança. E em seguida todos recomeçaram a caminhar.

Vários minutos se passaram. Os trolls, com os nervos à flor da pele, relaxaram um pouquinho. Mas logo depois, no flanco esquerdo, um duplo grito, que terminava com um ronco horrível, provocou um susto geral. Os trolls se precipitaram em pânico. E desta vez Tara conseguiu ver os corpos dos dois guerreiros trolls.

Eles estavam com a garganta arreganhada.

Ela desviou o olhar, com nojo. Aquilo não podia ser obra de um humano, isto era certeza, só podia ser de um animal selvagem.

– Você deveria devolver nossas armas – pediu Xandiar num tom firme. – Se formos atacados com as mãos amarradas, não teremos nenhuma defesa contra esse animal!

Tara olhou em volta com apreensão e engoliu em seco. Ela não pensava que a situação pudesse ficar pior do que já estava, mas aparentemente estava enganada.

Mas o desalmado comandante Grr'og se recusou a soltá-los e armá-los. Mandou que retomassem a caminhada, e os trolls adotaram um passo rápido e firme, que Tara e os outros tiveram bastante dificuldade de acompanhar. Tara dava três passos, para cada um de Grr'og. Os sapos gigantes não gostavam mais daquilo que os humanos e coaxavam a plenos pulmões, pulando mais depressa, cutucados pelos trolls.

Eles foram obrigados a parar várias vezes, sem fôlego. E a cada vez mais trolls morriam despedaçados. Os guardas thugs estavam com medo. As duas camareiras e o mordomo que cuidavam de Tara estavam lívidos de pavor. Eles não eram combatentes, e saber colocar a mesa ou fazer a cama não tinham nada a ver com gargantas rasgadas e urros de dor. Eles se apertavam uns contra os outros, lançando olhares ansiosos na direção do dossel da floresta, a parte mais alta da mata, que se abria para o céu.

De repente, Tara quase teve um ataque do coração. Um pássaro alçou voo diante dela, com um grande ruído de asas. Ela engoliu em seco, tremendo a cada barulhinho, a cada murmúrio. O suor escorria por seu rosto e ardia em seus olhos, deixando-a meio cega. Ela bendisse sua trocadeira, que tinha diminuído ao máximo suas roupas, tornando-as mais leves e desnudando-a tanto quanto a decência permitia.

De repente, os trolls os fizeram andar ainda mais depressa, dando gritos de vitória. Eles atravessaram uma espessa muralha, protegida por uma ponte levadiça, e mergulharam em uma aldeia troll.

Aos seus gritos, a ponte levadiça baixou, isolando-os da floresta.

Eles tinham sido feito prisioneiros.

Quer dizer, ainda mais prisioneiros.

Aliás, o vilarejo não era um vilarejo, mas sim uma cidade. Meio terrestre e meio aérea, incrustada no coração das árvores. Tara ficou impressionada com o esplendor do espetáculo. O bosque verde, em alguns pontos quase dourado, rebrilhava aos dois sóis do OutroMundo. As flores caíam em cascata, formando cortinas coloridas e perfumadas.

Em seguida eles se aproximaram, e Tara arregalou os olhos. Não era uma cidade no coração das árvores, mas sim uma árvore. Enorme, imensa, sem fim. A incomparável árvore, exemplar único, tinha lançado filhotes, raízes, brotos, e seus membros formavam tetos, paredes e até mesmo mesas e cadeiras para os trolls.

Eles não tiveram que fazer mais do que acrescentar pedras e argila para se proteger das intempéries de modo eficaz. Sem ângulos agressivos, as casas eram circulares, inacreditavelmente esculpidas, como se a própria árvore tivesse elaborado aqueles relevos magníficos. Algumas residências tinham vários andares, de cujos balcões trolls se penduravam, com curiosidade. O conjunto todo era superdiferente daquilo que Tara esperava. Bem mais... sofisticado. E então, como uma garrafa que sobe à superfície da água, boiando, o que ela tinha lido sobre aquele povo voltou à sua memória. De modo curioso, os trolls eram um pouco como as dríades, as ninfas gregas cuja vida estava associada a um carvalho ou a outras árvores[2] e, mesmo que não morressem quando sua árvore fenecia, continuavam muito ligadas à floresta.

Sua própria guarda pessoal passava grande parte de seu tempo livre nos bosques que cercam o palácio de Omois ou nos jardins. E era um espetáculo desconcertante ver aquela massa de músculos de três metros de altura falando ternamente com uma humilde margarida e regando-a com delicadeza.

O comandante Grr'og deu ordens, e uma centena de trolls saíram correndo da cidade, em perseguição ao agressor. Tara esperava que eles pegassem o animal que os tinha atacado. Se ela conseguisse sair dali... Não, não, pensamento positivo, pensamento positivo... *quando* ela conseguisse sair dali, preferia não ter que se preocupar com algo que dilacerava a garganta das pessoas.

Eles avançaram, cansados, com os joelhos tremendo, ainda em consequência de sua longa corrida. As "ruas" eram cobertas de madeira viva, que ondulava, facilitando os deslocamentos. Os trolls tinham domesticado os traducs e os enormes

---

[2] Tudo bem, eu concordo que existe muito pouco em comum entre os grandes trolls verdes e as graciosas dríades, a não ser o fato de ambos amarem as árvores e dependerem delas...

animais babões de longos pelos puxavam sem esforço as cargas. Centenas de elevadores subiam e desciam do alto da árvore, brilhantemente iluminados, mas Tara não conseguia entender como eram movidos.

Havia calçadas e Tara também viu bocas de lobo.

Hum, isso estava ficando cada vez mais esquisito. Por que os livros do OutroMundo descreviam os trolls como seres selvagens e primitivos?

Aquilo tudo não tinha nada de primitivo.

Atenta a qualquer coisa que a ajudasse a sair daquela situação desconfortável, Tara também não entendia por que a floresta era verde, contrariamente às outras florestas do OutroMundo. Será que era para combinar com a cor dos trolls?

Aparentemente, eles haviam criado uma verdadeira simbiose entre eles e as árvores, que os escondiam.

Tara se perguntou com uma certa preocupação o que os trolls davam em troca às árvores. Fertilizante? Sob qual forma? Cadáveres?

– Isso antiga árvore da Terra – sussurrou Grr'ul, que tinha percebido sua curiosidade. – Na Terra, clorofila. Árvore carvalho plantada milhares de anos torna-se viva, muda. Mas mantém cor verde do início. E para nós também. Nosso sangue clorofila, em parte.

Ah, isso explicaria tudo. Mas continuava sendo impressionante aquilo em que o carvalho tinha se transformado. Aquele planeta transformava todos os que o tocavam. E ela? De pequena terráquea sem preocupação, tinha se tornado... outra coisa. E ainda não sabia muito bem o quê.

Em seguida, o comandante Grr'og parou e Tara fez a mesma coisa, prudente, com o ombro ainda doendo do "tapinha" que ele tinha lhe dado.

– Grralllullllgrrrrr[3] – ele berrou, esfregando as mãos.

Das casas, saíram uma boa centena de trolls, trolletes e trolletinhos, curiosos para ver o que seu grande chefe tinha achado de tão engraçado[4] na Floresta.

Os trolletinhos acharam os guardas thugs e seus quatro braços superdivertidos. Como brinquedos.

Quanto aos thugs, não acharam os trolletinhos nem um pouco engraçados... Bom, principalmente os que ainda estavam conscientes.

Os guardas foram trancados em grandes jaulas de madeira, suspensas em volta da praça principal da cidade.

---

[3] O que em linguagem troll significa: "Que o povo se reúna aqui, nós capturamos alguns inimigos que vão nos dar o prazer de girar delicadamente no espeto de assar para divertir as crianças"... Como se vê, a linguagem troll pode revelar várias nuances.

[4] Os trolls têm um grande senso de humor, em geral graças a seus adversários. E suas piadas incluem um monte de brincadeiras chamadas de "cabeça quebrada", "perna destruída", "braço arrancado" etc. Eles também acham que as outras raças são realmente superfrágeis.

Como havia exatamente o número de jaulas necessárias para todo seu séquito, com o coração apertado Tara avaliou a que ponto eles tinham sido esperados.

Levada pelas crianças (que ainda assim tinham dois metros de altura), Tara foi completamente cercada, por causa de seus longos cabelos louros, que as trolletes queriam trançar, cortar, encrespar, fazer rabo de cavalo, erguer, prender, soltar etc. A garota teve de repente a angustiante impressão de ter sido transformada numa Barbie gigante. O pior foi quando a trocadeira, sentindo que ela estava entrando em pânico, a cobriu com o vestido de fadaceira, no lugar do bustiê e do short que ela tinha criado para a corrida na floresta. As trolletes ficaram completamente encantadas ao descobrir que, *ainda por cima*, a nova boneca podia mudar de roupa.

Felizmente, o comandante Grr'og veio buscá-la antes que as crianças acabassem por tirar seu escalpo. E ela não pôde deixar de ter um pensamento emocionado por suas velhas bonecas. Combinado, nunca mais as maltrataria!

O enorme troll a livrou de suas amarras.

– Aqui, nada de magia – rosnou ele em omoisiano. – A Floresta não deixará que você use este recurso. Então comporte-se, pequena humana, ou entrego você às minhas árvores para que a comam. Entendeu?

Fazia alguns segundos que Tara sentia a ponta dos dedos formigarem. Sua magia estava de volta. Ela abriu um sorriso delicioso.

– Tudo bem! Ninguém...

No meio da frase, o troll foi atingido por sua rajada de magia, aumentada pelo fato de 1) ela estar assustada e 2) com raiva. Grr'og congelou, transformado em estátua de mármore verde.

– ... vai se mexer, principalmente você – Tara concluiu.

Satisfeita, fez brilhar a magia que iluminava suas mãos. E em seguida deu as costas ao troll imobilizado.

– Nós vamos deixá-los agora! – ela gritou, chamando a atenção dos trolls. – Nós não queríamos incomodá-los, somos uma expedição diplomática. O destino de nossa viagem é Kria, a capital vampirua. Nós tínhamos uma autorização de seu governo para passar. E o fato de vocês terem nos capturado pode prejudicar enormemente suas relações com o império de Omois. Então, basta que vocês me deixem soltar meus amigos e tudo ficará b...

Uma enorme mão verde a agarrou pelo pescoço e a ergueu do chão, interrompendo de imediato o final da frase que ela ia dizendo. Surpresa, Tara se viu mais uma vez nariz contra nariz com Grr'og.

– Avisei que a Floresta não deixaria você usar seus poderes, traficante! – rosnou o comandante troll. – Você pode utilizar toda a magia que quiser, ela não vai funcionar por muito tempo.

Sim, era verdade, ela acabava de descobrir isso. O grande troll tinha se libertado superdepressa. A Floresta tinha anulado sua magia. Hum, do que é mesmo que o troll a tinha chamado? Traficante? Como assim, traficante?

– Mas Sua Alteza Real pode matar você! – berrava Xandiar, ainda amarrado, debatendo-se com a energia do desespero, a ponto de sacudir a jaula. – Não acredito que sua maldita Floresta seja capaz de ressuscitá-lo!

A mão do troll se crispou, apertando o pescoço de Tara. Ela desejou com todo seu ser que Xandiar parasse de desafiar o comandante troll... bom, pelo menos enquanto ele a estivesse estrangulando.

Louca de raiva por ver a herdeira ser tratada daquele jeito, Grr'ul urrou alguma coisa em troll e Tara lamentou não entender aquela linguagem gutural.

O comandante Grr'og suspirou e pôs Tara de volta no chão. A garota massageou sua garganta dolorida e constatou:

– Se você quiser me manter viva, seria bom evitar me agarrar pelo pescoço para me erguer, não tenho certeza de conseguir aguentar uma terceira vez...

O grande troll se inclinou, pegou-a pelo calcanhar e a ergueu de ponta-cabeça, dizendo:

– Assim está melhor?

Tara, enterrada embaixo de seu vestido de fadaceira, mostrando sua roupa de baixo cor-de-rosa (como a trocadeira gosta de lingerie rosa, ela tinha desistido de tentar convencê-la a mudar de ideia, e afinal não estava previsto que ninguém visse!) com coraçõezinhos azul-turquesa, gritou:

– Pare com isso! Me ponha de volta no chão!

O troll reclamou, mas a soltou. Tara aterrissou no chão duro de um jeito bem pouco harmonioso. Ela ergueu a cabeça. Seus olhos completamente azuis brilharam, com uma raiva desumana. O troll entendeu que tinha ido um pouco longe demais. Ela se levantou e a magia que rebrilhava em suas mãos assumiu um tom azul-escuro. Quase preto.

Em seguida, de repente, a magia ficou mais fraca e desapareceu. Tara praguejou, seus olhos voltaram ao normal e o troll respirou aliviado.

Foi então que uma pedra brilhante, redonda como uma bola de cristal, saltou do bolso de Tara e se instalou no alto de seu crânio.

A Pedra Viva não estava contente. Nem um pouco contente.

Ela tinha sido sacudida, carregada de um lado para outro, e a magia daquele estúpido fim de mundo não parava de flutuar (felizmente, como era um autêntico reservatório de magia, ela não precisava disso, mas de qualquer jeito aquilo tudo não era nada agradável), e como era toda feita de um frágil quartzo, tinha horror que alguém atirasse Tara no chão sem o menor cuidado. Ora, essa aliada de Tara tinha um gênio tão ruim quanto um anão com uma crise de dor de dente... Sua voz vibrou, no silêncio da floresta.

– *Poder você quer, linda Tara?*

– Sim! – Tara respondeu com uma selvagem satisfação.

– *Poder eu lhe dou.*

Fácil assim. Recorrendo diretamente ao enorme reservatório de potência que era a Pedra Viva, Tara levitou e dominou os grandes trolls. Com seus olhos completamente azuis de novo brilhando pelo efeito da raiva. Uma armadura faiscante a vestia como se fosse uma segunda pele, marcando os contornos de seu corpo, e dela surgiram uma espada, punhais e tricrocs, todos se fixando em volta de sua cintura, seus braços e suas coxas. Os cabelos da garota se trançaram, e uma faixa de ouro envolveu sua cabeça.

De repente, ela já não tinha mais nada de um frágil bípede. Bom, frágil bípede talvez, mas pesadamente armada.

De queixo caído, os trolls a olhavam flutuar, irradiante como um pequeno sol.

– Sua magia não pode nos atingir! – insistiu Grr'og, seguro de si.

Sua voz estava firme, mas ele tremeu quando, por ordem expressa de Xandiar, que conhecia perfeitamente sua herdeira, todos os soldados do séquito de Tara protegeram a cabeça e se enrolaram como bolas dentro das jaulas. Bem prudentes.

– AH É MESMO? – responderam ao mesmo tempo as vozes de Tara e da Pedra, afinadíssimas. ISSO É O QUE NÓS VAMOS VER.

E, em vez de atacar o troll solidamente fincado em cima dos pés, a Pedra atacou a Árvore única. Os trolls berraram e depois se imobilizaram, incapazes de se mexer, paralisados pelo ataque.

Quase ao mesmo tempo, Tara sentiu um estranho intercâmbio com a entidade vegetal. Ela *era* a Floresta. Sentia o pesado batimento sistólico, a seiva brotando dos milhares de árvores na direção dos sóis, ela se estendia a centenas, a milhares de quilômetros. Ela era Uma. Ela era Tudo. Pois sua consciência se dividiu e a Floresta a deixou livre, como se a tivesse reconhecido. A Floresta não era realmente hostil, só curiosa. E se pôs a absorver o poder da garota, como uma flor que bebe a luminosidade do sol, esvaziando-a de sua magia pouco a pouco.

Bom, naquela hora as coisas não estavam nada bem. É verdade que com frequência Tara maldizia sua magia, mas sem chance de dá-la a quem quer que seja, nem que fosse grande como um Estado. Ela deu um sorrisinho esperto, o sol alimentava, mas não era só isso. Ele também podia matar.

Tara enfiou seu poder pela goela abaixo da Árvore de uma só vez, entupindo-a de tal modo que ela se pôs a gemer.

Os trolls gemeram em coro e alguns acabaram de quatro, vomitando cenouras e mrmums semidigeridos. Nada como uma boa indigestão para pôr as coisas no lugar. Qualquer um luta nitidamente menos bem com o estômago do avesso.

A Árvore batalhou durante longos minutos, mas era inútil. Apesar de toda sua força, a magia de Tara parecia inesgotável.

Mesmo com a ajuda de seus filhos, os trolls, era impossível conter aquele poder furioso. Sem chance. A única escolha era continuar lutando e morrendo, condenando assim os trolls, ou admitir que ela não era a mais forte. Pela primeira vez, desde milhares de anos.

A Árvore decidiu então fazer Tara entender que não devia destruí-la. Principalmente isso, pois o que ela fazia era indispensável para a sobrevivência do OutroMundo.

Realmente, uma visão assustadora foi lançada ao cérebro de Tara, perturbando sua concentração. Um ser imenso, com os caninos avermelhados pelo sangue, tão grande quanto o maior dos Gigantes. Em seguida, uma horda desses seres, perseguindo tudo o que se mexia, tudo o que vivia no OutroMundo. Ela viu o enfrentamento entre os Gigantes e os seres.

E viu os Gigantes perderem e ser expulsos para as montanhas. Ou seja, não tinha sido por escolha que os Gigantes tinham ido viver nos Montedouros![5] Mas sim porque tinham sido vencidos! Isso que ela acabara de ver tinha acontecido há milhares de anos. A memória da Árvore era como seu tamanho... imensa.

Depois, como uma televisão que sintoniza um outro canal, a imagem de uma nave aterrissando no OutroMundo se impôs à sua mente, e dela saíam dragões, vampirus e elfos. Mais uma imagem: os dragões sendo atacados por seres monstruosos. O nome deles veio à mente de Tara.

Ogros. Ogros como a gente imagina nos pesadelos mais horrorosos. Selvagens, esfomeados, incontroláveis.

Tara viu também uma reunião do conselho de dragões. Aqueles sábios répteis nem cogitavam da hipótese de eliminar uma raça, com a desculpa de que ela não correspondia aos seus critérios... Até porque essa raça era originária do OutroMundo. Então os dragões se uniram e lançaram uma maldição – de uma inacreditável força, que atingiu todos os ogros. Tara quase vomitou quando sua visão interior a fez atravessar a barriga de uma ogra grávida. E viu o embrião de um ogro. Antes de nascer, ele sofria uma estranha transformação e se tornava... um troll! E no ventre das mamães trolls, descendentes dos primeiros ogros, não eram trolls que ela via, mas ogros. A transformação só acontecia no último minutinho antes do nascimento.

Em seguida, a Floresta se estendia pouco a pouco e aqueles seres desapareciam. Agora ela estava entendendo! Na origem, todos os trolls eram ogros monstruosos. O que explicava seus caninos, superdiferentes dos dentes chatos dos comedores de vegetais. Os dragões tinham rogado uma praga sobre toda sua raça, para que ela

---

[5] Montanha do OutroMundo, batizada pelos anões, que, como dá para perceber, têm pouquíssima imaginação para dar nome às coisas. Tem um monte de ouro naquelas montanhas, por isso eles as chamaram de Montedouro. Um grande monte de ouro.

se tornasse mais pacífica. Mas se os trolls comessem carne, uma parte dessa praga boa desaparecia e seu apetite selvagem voltava. Pois a praga era forte demais para ser rompida de uma só vez.

Pior ainda quando um troll já meio transformado pela absorção de carne ficava num campo de não magia por muito tempo; então a praga rogada pelos dragões era desfeita de uma só vez e esse troll voltava à sua natureza original de ogro e se tornava um assassino monstruoso, de dez metros de altura, disposto a massacrar tudo o que passasse pela frente para matar a fome. E Tara se arrepiou só de pensar no uso maléfico que alguém como Magíster poderia fazer de uma informação tão perigosa como aquela.

Depois de transmitir essas imagens, a Árvore se rendeu.

Ela pediu à garota que não a destruísse, senão não poderia continuar cuidando dos trolls, seus filhotes. Tara aceitou, com a condição de que a entidade não fizesse mais nenhum mal a ela, nem a seus aliados. Um acordo tácito foi silenciosamente selado entre as duas adversárias. Tara só queria uma única coisa, deixar aquela floresta maluca.

Ela quis desatar sua fusão com a Pedra Viva, mas, para sua grande surpresa, não foi assim tão fácil. Com o coração batendo, Tara puxou de um lado e a Pedra puxou de outro.

Por fim, elas se separaram. Mas Tara ficou em suspenso no céu vermelho, iluminado por sua magia, com a mente ainda ligada à Pedra Viva e os olhos fechados para se concentrar melhor.

– *O que foi que aconteceu?* – ela perguntou à Pedra. – *Foi superdifícil conseguir devolver seu poder!*

– *Não ter menor ideia* – a Pedra respondeu, também surpresa com aquilo. – *Num instante, você e eu trabalhar e reduzir a caldo estúpida Árvore, depois puf!, tocar outra coisa e impossível deixar Tara. Você ir bem?*

– *Sim, estou bem, obrigada. E espero que isso não comece de novo, confesso que fiquei com medo.*

– *Sem problema* – respondeu a Pedra, despreocupada –, *eu poder viver em Tara também, parecido cristal e menos frágil!*

Ah ah! Muito engraçado. Tara se arrepiou só de pensar. Ter a Pedra Viva como locatária dentro da cabeça não parecia uma má ideia. Da próxima vez em que precisassse da magia da amiga, ia tomar cuidado. Ela abriu os olhos e bocejou.

Uma briga terrível tinha começado, enquanto ela enfrentava a Árvore. Por todo lado, porretes e lanças se opunham, lutavam contra garras e presas, longos caninos.

Assim que recuperaram sua capacidade de se mexer, num corpo a corpo com seres peludos e monstruosos, os trolls lutaram desesperadamente para sobreviver.

3

Fabrice, ou: quando a gente arranja amigos, é melhor, pelo sim, pelo não, que eles não se transformem em animal selvagem.

Achando que era um ataque dos animais da Floresta, Tara ia voar em socorro dos trolls, quando interrompeu seu gesto, estupefata! Ela conhecia os agressores! Eram loboshomens! Eles já dominavam os trolls sem nenhum esforço, bem mais rápidos, bem mais ferozes e tão poderosos quanto eles. E conseguiram libertar o séquito de Tara, trepando nas árvores, abrindo as jaulas, rompendo as cordas como se elas fossem simples barbantes.

Pensando bem, a clorofila era legal, mas para se movimentar depressa a hemoglobina era melhor.

Tara ergueu a cabeça, pois acabara de ouvir um ruído de bater de asas que reconhecia entre mil. Galante aterrissou na sua frente. Seu pégaso carregava um enorme lobohomem, de pelagem clara e sedosa, vestido com uma túnica azul de fadaceiro, com as cores do reino de Lancovit, flutuando como uma capa elegante.

– Fabrice?[1] – ela bradou.

– Oi, colega! – ele sorriu, mostrando uma dentadura de causar inveja a um tigre. – Você já se meteu em encrenca de novo? Que piadista, "sétima letra do alfabeto, *g*rito de dor". Graça nenhuma, nada en...*g*raçado!

Tara suspirou. Desde que tinha se tornado um lobohomem, Fabrice desenvolvera um irritante senso de ironia. E infelizmente não tinha perdido sua mania de fazer charadas.

– O que é que você está fazendo aqui? Como fez para me encontrar?

– Não foi exatamente o que se pode chamar de "encontrar" – explicou Fabrice –, nós seguimos você desde o início do seu "*i*mperioso andar de dois em dois, nona letra do alfabeto, *iiii*h, é o que a gente diz quando cai água", chuvarada, *i*nundação, *i*nurbanidade.

---

[1] Fabrice, amigo terreno de Tara, tinha sido contaminado por um enorme cachorro... quer dizer, por aquilo que ele achava que era um grande cachorro, mas que na verdade era um pequeno lobohomem. E no OutroMundo, se você for mordido ou arranhado por alguma coisa ou por alguém, pode saber que vai sofrer algumas metamorfoses na sua vidinha cotidiana...

– O quê?

– Pois é, sua tia, a imperatriz, tem a impressão de que você precisa de uma babá. E acho que ela até tem razão. Então, *paf*, sobrou pra mim, e, como eu estava com uns colegas no continente proibido, bom, trouxe todos eles comigo.

Tara contou até sete, repetindo para si mesma: "Não é legal transformar os amigos em rãs só porque eles enervam você".

– Uma babá. Genial – ela repetiu, com uma calma admirável. – Por que então você não interveio quando os trolls atacaram? Vários dos meus thugs estão seriamente feridos!

Fabrice se livrou da acusação com um desenvolto gesto de mão.

– Mas eles não estão mortos. Com um Reparus tudo voltará ao seu devido lugar, e além disso nós não queríamos atacar os trolls quando eles estavam combatendo vocês, com certeza teria acontecido um acidente. Nós nos disfarçamos, esperando que os trolls se distraíssem. Passamos ao ataque quando você nos deu uma pequena demonstração do seu poder. Atravessar as muralhas foi fácil, porque os defensores da cidade estavam paralisados. Aliás, meus loboshomens estão impressionados, eles ainda têm dificuldade de ver humanos produzindo atos de magia.

Tara fez uma careta. Ela é que tinha libertado os loboshomens, que há milênios eram escravos de dragões dementes no continente proibido. Mas até hoje ainda não conseguia descobrir se isso tinha sido uma boa coisa ou não. Considerando seu poder intrínseco, os loboshomens poderiam colocar o OutroMundo em apuros. Mesmo que por ora tivessem se contentado em construir seu governo, descobrindo com uma certa dor os princípios dos Direitos do Lobohomem e da Democracia e de serem turistas entusiastas.[2] A imagem dos cadáveres ainda flutuava na mente de Tara. Será que seu amigo tinha ficado doido?

– Quer dizer então que foi você quem matou todos esses trolls?

Fabrice franziu as sobrancelhas.

– Que trolls?

– Os que tiveram a garganta despedaçada na floresta.

– A garganta despe... mas de jeito nenhum, nós não despedaçamos nem arrancamos nada de ninguém! Pelo menos por enquanto. Mas encontramos o cadáver de um dos seus guardas thugs na floresta. Ele parecia ter... explodido de dentro para fora. E ao lado dele havia um troll, com a garganta arreganhada, como você acaba de dizer. Estava mesmo bem esquisito...

---

[2] Principalmente desde que eles descobriram que existiam mais de duas mil maneiras de acomodar uma spatchune em Tingapur, capital da gastronomia complicada...

Um ensurdecedor urro de animal sacudiu a floresta. Tara reconheceu o grito e não teve medo. Os trolls, assustados, acharam que uma Uma Alguma Coisa[3] estava atacando e se puseram a berrar. Mas o que irrompeu na clareira não foi nenhum animal com caninos pontudos, mas sim um mamute azul. Fabrice abriu um sorriso ainda maior e foi alisar a tromba de seu Bicho de Estimação. O enorme animal se esfregou, feliz da vida, contra o lobohomem dourado, fazendo o garoto balançar, apesar de sua força.

– Desculpe, Barune – respondeu Fabrice à recriminação muda do bichinho –, como você não é exatamente o que se pode chamar de discreto, preferi alçar voo sobre Galante para comandar as operações. Mas olha só o que encontrei no caminho!

E Fabrice tirou de sua túnica de fadaceiro uma penca de rubras-bananas, as frutas preferidas de Barune. Os olhos do Bicho de Estimação brilharam de alegria, e ele se apoderou das frutas com avidez.

– Você não vai encolhê-lo? – perguntou Tara, surpresa.

O nariz de seu amigo fez um muxoxo.

– Não – ele respondeu secamente. – Minha magia não é poderosa o bastante para que ele fique pequeno o tempo todo. Prefiro guardá-la para ocasiões mais importantes. Só vou encolher Barune se realmente precisarmos ir muito depressa.

Galante esfregou sua cabeça imaculada contra o ombro da garota. E abriu-se um rio de sensações e de imagens que o pégaso lhe enviava. Ele tinha detestado deixá-la no meio da luta e achava que Fabrice estava cada vez mais... esquisito. Tara o consolou e observou o amigo. O jovem terráqueo tinha mudado profundamente desde que chegara ao OutroMundo, três anos antes.

Sob seus olhos atentos, ele ia ficando agitado e se transformando com facilidade. Seus pelos foram desaparecendo, seu focinho deu lugar a uma boca nitidamente mais civilizada, seu corpo ficou mais esbelto, assumindo aquele jeito de jovem atleta louro, com olhos negros. Sua túnica de fadaceiro estava mais justa. Ele sacudiu os ombros, como se estivesse testando os limites de seu antigo corpo.

Tara piscou, impressionada com a desenvoltura de seu melhor amigo. Fabrice se virou na direção dos trolls e supervisionou a preparação para o interrogatório dos prisioneiros. Mas Tara não gostou do jeito desenvolto como ele brutalizou o comandante Grr'og, que tentava resistir.

Nem da marca profunda que seus dedos deixaram no antebraço do troll quando ele o levou até Tara. Quando assumia a forma humana, Fabrice conser-

[3] Como alguns animais do OutroMundo são capazes de se transformar em "uma alguma coisa" não identificada (mas em geral bem equipada com garras, tentáculos e caninos de todo tipo), os trolls que vivem nas florestas rapidamente se acostumaram a chamá-los de "uma alguma coisa". É bem mais rápido dizer "arrrgh, uma alguma coisa está nos atacando" que "arrgh, um cruzamento de tiranossauro, serpente pelada e galinha gigante está achando que vamos virar jantar".

vava sua força de lobohomem e fazia uso dela sem a menor cerimônia. Xandiar veio se juntar a eles, com o rosto crispado. O grande guarda esfregava com raiva as marcas deixadas pelas cordas que tinham amarrado seus quatro pulsos.

– Por meus antepassados – ele bradou –, por que vocês nos atacaram quando estávamos sob a proteção da bandeira diplomática? E em missão oficial? Você perdeu a cabeça? Ferir ou matar a herdeira do império de Omois era uma bela maneira de conseguir que essa floresta fosse arrasada. A imperatriz nunca o perdoaria.

O comandante Grr'og estremeceu, apesar do seu tamanho.

– Disseram-nos que era uma armadilha – ele explicou. – Que sua expedição tinha vindo à nossa floresta para explorar o bangue-bangue. Nós não queríamos traficantes entre nós.

Sim, tinha sido disso que ele a chamara. Traficante.

Xandiar respirou fundo.

– Acho que seria melhor que fizéssemos uma pequena reunião... Particular – ele indicou, abaixando a voz. – Vocês têm uma prefeitura, ou algo do gênero, comandante?

– Sim – Grr'og respondeu, indicando com suas mãos atadas um imponente prédio verde e laranja –, eis a sede da prefeitura.

– Bom, então vamos.

Quando chegaram ao interior do edifício, Tara e Fabrice arregalaram os olhos. Prudentes, os trolls tinham guardado os aspectos mais sofisticados de sua cultura para o interior das casas. Frontões, arcos, sancas e revestimentos murais, tetos altos, pisos de marchetaria, móveis magníficos, quadros delicados, ricas pinturas; o conjunto dava a impressão de se estar em um luxuoso palácio.

E infinitamente colorido. Tanto que dava enjoo; uma profusão de vermelho, amarelo, azul e verde, dividindo o espaço entre almofadas, cortinas e veludos.

Apesar de Xandiar não concordar, Tara decidiu devolver a dignidade ao comandante Grr'og. Ela mandou que fosse solto, e todo mundo se sentou em confortáveis poltronas.

Tara teria imposto mais respeito se seus pés tivessem conseguido tocar o chão. Daquele jeito, sentia-se como se fosse uma menininha sentada numa poltrona de adulto.

– Bom, você estava falando de alguma coisa que supostamente eu traficaria. O que seria? – ela perguntou.

– O bangue-bangue – respondeu Xandiar, cujo rosto ficou sério. – É uma espécie de droga que deixa as pessoas eufóricas. Tanto, que elas acabam esquecendo de se alimentar e morrem de fome. Ela é feita com os bagos da árvore bangue-bangue. É fornecida como um pó vermelho, que é diluído na água. Basta um copo e já se alcança a felicidade plena. Dois, e se morre no mais completo êxtase. Essa droga é proibida em Omois. Na verdade, proibida ou não, seu preço é proibitivo, porque ela é difícil de ser encontrada. E mais difícil ainda de colher. Vossa Alteza, é ridículo acusá-la de um crime desses! Comandante, penso que Sua Alteza nem sabe que cara tem esse bangue-bangue, nem qual seu aspecto!

O comandante Grr'og tirou do bolso do cinturão um pacotinho e lhes mostrou. Era um saquinho com pó vermelho que cintilava à luz do sol que passava pelas amplas janelas. Ele percebeu que Tara estava conhecendo o pó naquela hora, juntamente com os outros, que também nunca o tinham visto antes. E deixou escapar um suspiro decepcionado. Sua última esperança de ter razão acabava de desaparecer.

– Em nós, o efeito não é o mesmo – ele explicou. – Nós utilizamos essa droga quando temos alguma dor que precisa ser acalmada, como dor de dente ou reumatismo. Nos humanos, ela provoca uma dependência imediata, que acaba matando.

Ainda tremendo por causa do ataque de Tara contra sua Árvore, o envelopinho escapou das suas mãos e caiu no chão. Fabrice o apanhou.

Tara concordou. Sim, ela também teria atacado um bando de traficantes, com certeza.

– Quem fez vocês acreditarem que não estávamos em missão diplomática? – ela perguntou secamente, avançando na direção do troll.

Para sua grande surpresa, o comandante recuou na poltrona. Tara precisou de alguns segundos para decifrar sua fisionomia. O troll estava com medo! Pior ainda, estava com medo dela.

A trocadeira sentiu que a garota ficou sem jeito e fez um esforço. Ela fez a faixa que prendia os cabelos desaparecer, e com os cabelos soltos parecia menos marcial... Pelo menos um pouco.

– Não faça mal ao meu povo, eu suplico – murmurou Grr'og abaixando os olhos, para evitar desafiá-la.

Fabrice franziu as sobrancelhas.

– Estou sonhando ou você assustou um troll de meia tonelada?

O troll se virou na direção de Fabrice, selvagem. Instintivamente, o garoto apertou os lábios contra os dentes, lutando contra a transformação.

– Ela quase destruiu nossa Árvore. Olhe para ela, pequeno humanoide. Contra ela, você também ficaria com medo.

Surpreso, Fabrice encarou Tara como se nunca a tivesse visto antes. Os longos cabelos louros da garota flutuavam ao vento que entrava pelas janelas abertas, seus olhos azuis faiscavam, suas longas pernas envolvidas pelo dourado macio de sua armadura. O coração dele até falhou, de tão bonita que ela era. Mesmo que curiosamente estivesse com o nariz um pouco vermelho.

Ele, que gostava do poder, se sentiu de repente atraído por Tara. Abaixou a cabeça, dissimulando seus pensamentos. E a imagem da doce Pardal, sua atual namorada, flutuou no seu cérebro. Imagem que ele afastou, irritado.

Tara estava horrivelmente sem jeito. Mesmo que admitisse sua magia, não se dava conta de até que ponto ela podia ser impressionante aos olhos das outras pessoas. Não, na verdade ela *não queria* ser impressionante, só que a deixassem viver sua vida de garota norm... de garota.

– Responda à minha pergunta, por favor – ela repetiu, que não queria perder o fio da meada.

O troll se inclinou, sensibilizado com aquela polidez inesperada.

– Um humano se apresentou a nós – ele começou –, logo depois que nosso governo nos avisou de que você viria. Tinha as credenciais oficiais do palácio de Omois. Ele nos disse que as pessoas da missão tinham sido compradas e que dentre elas havia traficantes que viriam para identificar as moitas de bangue-bangue perto de nossa cidade. E nos disse que era preciso capturar todo mundo, mas que a garota de cabelos louros precisava ser neutralizada antes de tudo, pois era a líder dos traficantes, e morta.

Tara engoliu em seco.

– Mas vocês me capturaram em vez de me matar. Por quê? Bom, claro que não estou me queixando, mas isso não tem lógica.

– Nós somos desconfiados. Não vamos entregando nossa confiança a estrangeiros. Queríamos primeiro interrogar você antes de eliminá-la. Nós tínhamos razão de...

Sim, nesse ponto Tara estava inteiramente de acordo com ele.

– Ele nos disse que você era uma transformista, que tinha usurpado a identidade e o corpo da herdeira – continuou Grr'og. – Mas a força de seu poder é inegável, uma transformista jamais teria conseguido vencer a Árvore. E percebi que você não conhecia o bangue-bangue. Lamento muito, e me sinto um completo estúpido por ter acreditado naquele humano.

Tara continuou calma. Aquela não era a primeira, e provavelmente não seria a última, vez que era ameaçada de morte. Será que tinha um novo inimigo? Genial, a única coisa que ele poderia fazer era entrar para uma longa lista.

Bom, pensando bem, nem tão longa assim, já que, afinal de contas, seus inimigos tinham o excelente costume de morrer rapidamente. Mortes exóticas, aliás. O Destruidor de Almas agora era um fantasma; o príncipe Bandiu tinha morrido dentro de um poço com a nuca quebrada; a rainha Carmim tinha pura e simplesmente... explodido...

– Então, dessa vez não é uma das estripulias de Magíster – disse Fabrice. – Ele quer capturar você para ter acesso aos objetos demoníacos e ao poder, matá-la não é de jeito nenhum o negócio dele!

– Você tem razão jovem fadaceiro – aprovou Xandiar com os quatro braços cruzados sobre o peito. – Mas enquanto isso, esses trolls atacaram uma missão diplomática e terão que prestar contas a seu governo... E ao meu.

– Esse humano que enganou você, como ele é? – Tara perguntou.

O comandante Grr'og ergueu os musculosos ombros verdes.

– Para mim, vocês são todos parecidos uns com os outros. Ele tinha os cabelos da mesma cor que você, era mais alto e os olhos eram da nossa cor.

– Verdes?

– Sim – o troll respondeu.

Hum, Isabella tinha os olhos verdes, mas Tara não entendia muito bem por que sua tenebrosa avó tentaria matá-la fingindo ser um homem. Fafnir, a anã guerreira, também tinha olhos verdes, mas, além de detestar a magia, era uma de suas melhores amigas. Fabuloso, Tara tinha avançado à beça com isso!

– Posso mostrá-lo a vocês – sugeriu Grr'og. – A Floresta vê. A Floresta não esquece!

E de repente apareceu um homem na frente deles, provocando um sobressalto em todos. Ele se pôs a rodopiar sobre si mesmo, e Tara entendeu que a Floresta estava projetando magicamente a imagem que eles precisavam no interior da casa. Bem prático, como sistema.

Ele era um perfeito desconhecido. Mas Tara ficou com a confusa impressão de já ter cruzado com ele. Tinha uma espécie de... de arrogância em sua atitude que parecia familiar.

Xandiar tirou um taludi e gravou a imagem, antes de guardar o pequeno animal em forma de sino e com grandes olhos dentro de um de seus bolsos.[4]

Grr'ul se pôs então a dizer toda uma série de grrrr e de graaaaa. Tara não acionou o Traductus, por isso não entendeu muita coisa... na verdade, não entendeu absolutamente nada... do que Grr'ul estava dizendo.

– Chega! – o comandante Grr'og acabou interrompendo, em omoisiano, num tom azedo. – Já entendi que fui um imbecil, não precisa ninguém ficar repetindo isso.

Foi então que seus guarda-costas surpreenderam Tara para valer.

– Cabeça de alho chocho, cabeça de vento, é mais ou menos o que seu cérebro parece – grunhiu Grr'ul em um omoisiano tão perfeito quanto o dele. – Tenho horror a brigas, ainda mais quando são organizadas pelos meus comandados! Você se dá conta do que tudo isso pode nos custar do ponto de vista diplomático? Sem

[4] Que, como todos os bolsos de fadaceiros, pode conter um monte de troços, incluindo palácios e mesmo um universo de bolso, mas também algumas péssimas surpresas para os curiosos. Os trombadinhas não são muito numerosos no OutroMundo, pois nesse "ofício", quando se perde a mão, isso não é uma metáfora...

falar que todo mundo escutou o que você disse. Nosso disfarce, que levamos mais de cinco mil anos para aperfeiçoar, acaba de ir pelos ares graças a você!

– Normalmente, a Floresta apaga todas as lembranças de quem vê nossas cidades e nossa organização – Grr'og suspirou. – Nem por um minuto desconfiei que essa magricela pudesse ser mais forte que nós!

Tara decodificou a discussão dos dois. Por um motivo que não entendia, os trolls faziam de conta que eram mais bobos do que realmente são.

– Por quê? – ela não pôde deixar de perguntar.

Grr'ul entendeu direitinho sua pergunta.

– Quanto mais as pessoas pensarem que somos rudes e tontos, mais nos deixarão em paz. Nós evitamos dizer frases complicadas, nunca falamos de nossos filósofos, de nossos escultores ou de nossos pintores, somos bons guarda-costas e, principalmente, ninguém nos invade há milhares de anos, porque nossas florestas têm a fama de deixar as pessoas entrarem... Mas de não deixar que elas saiam.

Tara olhou a decoração luxuosa em volta de si, sentiu a suavidade do veludo sob seus dedos e sorriu.

– E nem sempre são os dracotiranossauros que fazem as vítimas, não é? – ela adivinhou.

– Não, nem sempre. Nós não temos muita paciência com os caçadores nem com os aventureiros que vêm atrás de adrenalina, com doze arbaletas carregadas de flechas e cem batedores contra um velho vrrir que tem o defeito de ainda contar com belos caninos e uma linda cabeleira.

A troll abriu um sorriso cheio de dentes.

– Entre nós nem sempre o animal é que é caçado...

Fabrice ergueu uma sobrancelha, espantado.

– Você quer dizer que "Grr'ul não contente" ou "Grr'ul comer agora" era fingimento?

– Grr'ul diz sim – respondeu a troll verde, voltando ao seu tom palerma.

– Oh! Pois bem, quanto a mim, dou a você o Oscar de melhor atriz, hein, nunca vi um desempenho tão bom.

– Não tenho a menor ideia do que vem a ser um Oscar, mas, ainda assim, obrigada – disse a troll inclinando a cabeça. – Agora que nosso segredo foi revelado, será que você poderia me dar sua palavra de não falar sobre isso com ninguém?

– Nem pensar – indignou-se Xandiar. – Minha imperatriz precisa ficar sabendo disso!

– Eu bem que temia que você dissesse isso – suspirou o comandante Grr'og. – Droga, vou ter que explicar a mamãe a que ponto metemos os pés pelas mãos!

Tara nunca tinha visto a mãe de Grr'og, mais percebeu o rosto angustiado do troll verde, o que certamente queria dizer que ela devia ter um gênio bem forte, por assim dizer.

– Paciência – conformou-se Grr'ul depois de um último olhar fulminante –, já fingimos por tempo demais. O planeta sofre modificações dia após dia, e achar que conseguiríamos guardar nosso segredo ainda por muito tempo era completamente utópico.

Ouviu-se um *flop flop flop* e um enorme morcego pousou sobre o vão da janela, recolhendo as longas asas. Como um tremor de terra, a sombria silhueta aumentou e se transformou em vampiru. Mestre Dragosh saltou graciosamente para dentro do aposento.

Apesar de não terem nada a temer, pois os vampirus não bebem o sangue dos trolls, Grr'og e Grr'ul ficaram rígidos. E Tara lembrou-se de que eles nunca o tinham enfrentado sozinho, mas sempre em bando. Os trolls tinham lá seus segredos. E os vampirus? O que será que tinham feito aos trolls para que tivessem tanto medo?

Ela olhou com atenção para o rosto de Safir Dragosh, para seus olhos escarlates, sua longa capa em tom azul-noite, com as cores de Lancovit, sua calça preta e sua camisa branca com jabô, aquele peitilho chique. Ela nunca tinha reparado antes, mas o vampiru era inegavelmente superelegante.

Suas roupas bem cortadas colavam-se ao corpo, marcando o abdômen musculoso, como o de um modelo.

Na verdade, ele fora ficando cada vez mais sedutor, à medida que se aproximavam da Krasálvia, como se tivesse disfarçado sua sedução para parecer terno aos olhos dos lancovianos.

Era algo... perturbador.

– Eu estava pronto para vir em sua ajuda – ele indicou, mostrando suas presas demasiado longas –, mas estou vendo que, como de costume, você se virou muito bem sozinha, Vossa Alteza Imperial. Será que agora podemos ir embora?

Seu tom não era angustiado, mas apressado. Cada minuto passado longe de Krasálvia era uma tortura para ele. A intervenção de Tara era sua única chance de salvar a vida de sua noiva, Selenba, a temível e mortal vampirua, que, aliás, era totalmente culpada pelas mortes de que a acusavam, e muito se orgulhava delas. Selenba era uma vampirua e assumia. Até porque, em pleno julgamento, transmitido por todos os canais do OutroMundo, ela fez questão de bradar que, afinal de contas, o sangue humano era o melhor de todos! Tara estava numa posição bem complicada, porque não tinha especialmente vontade de defender aquela maluca, que passava o tempo cravando seus caninos em todas as jugulares ao alcance de seus dentes...

Querendo se redimir, Grr'og tinha insistido em oferecer a Tara um séquito de trolls que ele comandaria pessoalmente. Tara aceitou com alegria, era bom evitar surpresas, pois outros chefes das tribos também podiam ter sido enganados pelo desconhecido.

Assim, uma hora depois o grupo, que se preparava para seguir viagem, aumentara consideravelmente.

Como saiu durante o dia, Fabrice assumiu novamente sua forma de lobohomem e penetrou na floresta, sem se preocupar com Barune, que gemia com angústia. O lobohomem voltou, assegurou-se de que o mamute azul tinha se acomodado em cima de um tapete, que rangeu sob seu peso, e em seguida desapareceu entre as árvores. O tapete se ergueu e o mastodontezinho azul sobrevoou a floresta como uma espécie de bandeira gigante, azul e peluda, pontuando o avanço de seu amigo.

Fabrice tinha razão. Não era exatamente o que se poderia chamar de discreto.

Tara pulou sobre o dorso de Galante e deu o sinal de partida, não antes de ter cochichado um ditado[5] para a trocadeira.

– Pensar em explicar a Lisbeth que não preciso que grude em mim meia dúzia de guarda-costas. E, se eles continuarem a me seguir, vou transformá-los em... em não sei o que, mas vou encontrar alguma coisa.

Depois de gravar a mensagem e encaixar o cinto de segurança (cuidadosa), Tara contatou mentalmente a Pedra Viva.

– *Não sei como agradecer, Pedra Viva* – ela disse calorosamente. – *Sem você, nós estaríamos numa péssima situação.*

– *Tara*[6] *salvar Pedra Viva* – respondeu a Pedra, inundando o cérebro de Tara com sua alegria. – *Tara gentil e também Pedra aprende. Muito interessantes habitantes do OutroMundo.*

– *Bom, sim. Mas acho um pouco agressivos!*

A garota suspirou. Apesar de estar contente porque Fabrice estava com ela (sem contar para ele, é claro!), sentia terrivelmente falta da família e dos outros amigos. Manitu, seu bisavô transformado em labrador por causa de um feitiço que deu errado, tinha voltado para a Terra com Isabella, sua avó. Fafnir, Fera e Cal, o pequeno Ladrão Patenteado, tinham voltado para Lancovit.

E Robin, o belo semielfo, seu namorado, estava longe, superlonge, em missão, infiltrado entre os Piratas das Brumas, por conta da imperatriz Lisbeth.

---

[5] Tara tinha descoberto que a trocadeira podia gravar o que ela ditasse e reproduzir depois. Infelizmente, essa função desconhecida tinha sido ativada quando ela estava na frente da corte de Omois, e foi a conversa dela com Robin que a trocadeira escolheu reproduzir. Conversa na qual as palavras "meu querido, meu amor, meu astofelo dourado etc." eram muito ouvidas, entremeadas com o ruído de longos e lânguidos beijos. A imperatriz precisou de quase uma semana para convencer Tara a sair do quarto.

[6] Na verdade, não exatamente, já que foi Manitu que ficou sem dois molares para desenterrar a Pedra Viva.

Ela nem podia maldizer a sorte, porque dessa vez ela mesma é quem tinha provocado aquela situação.

Quando mestre Dragosh fora à Corte de Omois suplicar a Tara que salvasse Selenba, a vampirua chupadora de sangue humano, que se dedicava de corpo e alma a Magíster, Tara tinha recusado com firmeza.

Selenba era perigosa demais. E, mesmo que respeitasse mestre Dragosh, Tara não se esquecia de que Selenba não pensaria duas vezes antes de matá-la, se ela representasse algum perigo para o OutroMundo por causa do acesso único que tinha aos objetos demoníacos.

Foi então que, alguns dias depois, Magíster tentara raptar sua mãe. Descabelada, com o vestido salpicado de sangue, Selena entrara correndo na suíte de Tara. Assustada, a garota precisou de algum tempo para entender o que tinha acontecido.

E ficou sabendo de duas coisas ao mesmo tempo: que sua mãe tinha um novo namorado, o que Selena tinha "esquecido" de contar.

E que o tal namorado estava morto.

Ela consolou a mãe o melhor que pôde. Lavaram o sangue, agradeceram à imperatriz por ter lhes dado o Transmitus instantâneo, que permitiu que fugissem. Aliás, aquilo era uma engenhoca superútil e novíssima, bolada pelos laboratórios de pesquisa de Omois.

Ao ver a mãe destruída de medo e de mágoa, de repente Tara sentiu uma terrível cólera tomar conta de si. Uma cólera tão incandescente, tão violenta, que teve a impressão de que seu corpo todo ia pegar fogo.

Mas não foi isso que acabou desencadeando tudo. Foi o anúncio que Magíster fez no dia seguinte. Sua máscara espelhada e sua capa cinza com a marca do círculo escarlate surgiram nas telas de cristal de todo o OutroMundo. A mensagem dele era clara.

O primeiro que se aproximasse de Selena, fosse um homem, um elfo, um anão, um tatris, uma coisa etc., estaria morto.

O primeiro que faltasse com o respeito a ela, seja lá como for, fosse um homem, um elfo, um anão, um tatris, uma coisa etc., estaria morto.

Na realidade, Selena de repente se viu envolvida por um... enorme vazio. Ninguém mais ousaria se aproximar dela, e aquele surpreendente aviso tinha causado um grande impacto e muitos comentários nos jordiários do mundo inteiro.

Tinha sido isso. A máscara imóvel de dor e de medo de sua mãe, que não ousava cruzar o olhar de ninguém e andava como se estivesse com alguma doença contagiosa, fora a gota d'água que fez o copo transbordar.

Tara amava profundamente a mãe e não aguentava vê-la daquele jeito, destruída pela mágoa. Depois de pensar um tempão, ela entendeu que, por ora, o único planeta no qual Selena estaria em segurança não era nem a Terra, nem o OutroMundo, mas sim o único lugar aonde Magíster não podia ir... Ao menos que ela soubesse.

Dranvuglispenchir. Com um enorme dragão pousado sobre ele... quer dizer, metaforicamente... ninguém chegaria perto.

Sem falar sobre isso com ninguém, ela organizara secretamente a exfiltração de Selena, e sua mãe havia partido, sob a proteção da dama Charmamnichirachiva, conhecida como Charme, a dragoa púrpura, uma de suas velhas amigas.

Muitos humanos viviam no planeta dos dragões. Artistas, artesãos, fadaceiros, eles eram empregados pelos dragões e alguns chegavam inclusive a dirigir determinadas empresas e até mesmo a se transformar em proprietários. O que queria dizer que Selena não estaria isolada, como única bípede no meio de répteis. Ali ela poderia desaparecer e se misturar à multidão.

Depois de a mãe estar em segurança, Tara se dedicou seriamente ao seu futuro. Ao futuro delas.

Aquilo tinha passado dos limites. Magíster assassinara seu pai. Magíster raptara sua mãe. Magíster quase tinha matado seus amigos. Magíster a raptara uma vez, para ter por meio dela acesso aos objetos demoníacos – forjados por demônios e portadores de uma força imensa. Por fim, Magíster fazia pesar uma ameaça aterradora sobre sua vida e à de sua mãe.

Mas Tara tinha crescido, ficara mais velha, já não era mais uma criança assustada, que havia descoberto seus poderes por tanto tempo escondidos. Ela tinha lutado, perdido e ganhado amigos, e amadurecera.

Era hora de trocar de posição. Era sua vez de se tornar o caçador.

E então Tara se trancou em sua suíte e começou a fazer planos. Em seguida, convocou vários especialistas em magia demoníaca, dentre os quais dois dragões que tinham ido viver no OutroMundo e conhecido as Guerras das Brechas, o que tinha sido superinstrutivo.

Por que especialistas em magia demoníaca? Porque Magíster estava impregnado de magia demoníaca, desde seu pacto com o rei dos demônios.

Finalmente, quando amanhecia o quarto dia, ela encontrou a solução.

Ela viraria seu poder contra ele.

Mas, para isso, precisava de determinados objetos. Dentre os quais o protótipo demoníaco do anel de Kraetovir,[7] que justamente naquela hora estava com os vampirus, assim como a estrela de Zendra.

---

[7] Os demônios não sabiam se suas experiências teriam sucesso, então criaram protótipos que não funcionavam muito bem e tinham uma horrorosa tendência para explodir, vitrificando tudo o que estivesse em volta, num diâmetro de cinquenta metros. Pequeno detalhe que por hora Tara ainda ignorava...

Os vampirus a tinham guardado para pesquisa, apesar dos protestos dos eruditos omoisianos, pois, se o anel era um objeto demoníaco, a estrela não tinha nada de maléfico. Ela só era um objeto que permitia estudar a magia e a quem a possuísse se apropriar da estrela dos outros, para aumentar seu próprio poder.

Por isso Tara iria a Krasálvia, a pretexto do processo de Selenba, e "pegaria emprestado" o anel. Talvez assim conseguisse entender como funcionava a magia demoníaca. E fazer dela uma espécie de... radar, algo que a ajudasse a perseguir seu inimigo, até descobrir onde estava e capturá-lo.

Ou matá-lo.

Ela sacudiu a cabeça sombriamente. Em que momento o fato de matar um outro ser humano deixara de ser um problema para ela?

Assim, Tara contatou o vampiru, mestre Dragosh, que ainda estava em Omois, esperando que ela mudasse de ideia. Ele tinha ficado muito agradecido por ela aceitar ajudar Selenba. Tara não gostou nada que ele agradecesse tanto. E detestou Magíster ainda mais, por obrigá-la a lidar com pessoas como aquela.

Ela pediu uma audiência à sua tia, a imperatriz, para avisá-la de que iria até os vampirus testemunhar a favor de Selenba, e aproveitou para conseguir uma vantagem extra. Essa viagem lhe daria a oportunidade de levar seu namorado consigo. Ela enfrentou a tia na arena[8] da sala de audiência.

Tara atravessou o meio quilômetro que a separava da porta do trono, dizendo a si mesma, como das outras tantas vezes, como a sala era impressionante, toda esculpida em mármore branco e ouro, de madeira brilhante, tecidos púrpuras e sedosos. Os anões, prodigiosos escultores e ferreiros, tinham trabalhado as colunas e o teto até lhes dar uma leveza de tirar o fôlego. Os elfos, magníficos pintores e desenhistas, tinham enfeitiçado os quadros e afrescos que contavam a história de Omois. Mesmo que as paredes não fossem animadas, como no Castelo Vivo de Lancovit, as imagens desfilavam, mostrando o passado.

Por causa dos rios de sangue e do imenso número de pessoas que se atacavam mutuamente, o império tinha vivido períodos... agitados. Por que então as pessoas continuavam achando que a guerra era forçosamente a resposta para tudo?

Isso dito, a sala estava realmente à altura do ego de sua proprietária.

Imensa.

Majestosa, Lisbeth'tylanhnem, imperatriz de Omois, estava sentada sob o pavão púrpura com cem olhos de ouro, símbolo de Lancovit. Naquele dia ela estava toda vestida de azul, inclusive seus magníficos cabelos, que serpenteavam até seus pezinhos calçados com sandálias de safira. Azuis também eram sua coroa

[8] Bom, não era uma arena de verdade, mas Tara sempre tinha a impressão de ser uma inocente vítima, jogada aos leões, daí a comparação.

e o anil de seus olhos. Além disso, sua pele parecia azulada, bem clarinho, e Tara se perguntou se era a iluminação ou se Lisbeth também tinha tingido o corpo. A imperatriz usava sua beleza para impressionar.

O que funcionava superbem, inclusive com Tara, que no entanto já devia estar imune. A garota apertou os dentes e anunciou que ia ter com os vampirus, o que a tia aceitou graciosamente. Em seguida, Tara disparou:

– Robin vai comigo. Preciso dele.

Uau! Ela conseguira dizer aquilo sem ficar vermelha. E nem precisou explicar *por que* precisava de Robin. E do magnífico abdom... dos olhos de cristal do namorado.

– Nem pensar! – a tia respondeu, nem um pouco tonta. – Ele é um agente supereficiente. Com a *adorável* V'ala, ele conseguiu identificar três redes de contrabandidos.

Decidida a separar Tara de seu indesejável, para ela, namorado élfico, a imperatriz passava o tempo todo despachando Robin e V'ala, a sublime elfa cor de violeta, encobertos. E Tara rogava aos céus que também não fosse *sob as cobertas*!

– E os Piratas das Brumas são responsáveis por tantas mortes e depredações quanto um bando completo de vampirus do gênero Selenba – continuou a imperatriz. – E, lá onde está, ele salva vidas.

– Isso é golpe baixo!

– Talvez. Mas, quando você for até os vampirus, ele também vai viajar.

– Não estou entendendo...

– Continuar sua missão com os Piratas das Brumas.

Fazia algum tempo que Tara andava rangendo bastante os dentes. Se isso continuasse, acabaria banguela. Em dois meses, ela não tinha visto Robin mais que dois dias, e ainda assim muito rapidamente.

– Sinto muito – ela se irritou –, mas não estou achando seu humor nada engraçado.

A imperatriz veio para a frente, mortalmente séria.

– Não estou brincando. Mando-a de bom grado em missão até os vampirus, porque quero que você mesma interrogue essa renegada. Selenba, a Caçadora, era o braço direito de Magíster. Ela deve saber de um bom número de segredos sobre ele, dos quais precisamos imperiosamente. Os vampirus recusaram todas as nossas ofertas de interrogatório conjunto, pois Selenba foi condenada. O fato de um deles vir pedir uma chance é uma sorte. Você deve arrancar dela o que sabe, de qualquer jeito. Esse bruuik do Magíster já desafiou demais nosso poder. Está na hora de acabar com isso.

Tara concordou, desolada. Abriria mão de seu amor para salvar a mãe.

Numa política de boa vizinhança, sentindo que tinha ganhado a parada, sem saber muito bem por que, a imperatriz mudou de assunto.

– E o que foi feito de mestre Chem? Os dragões são nossos aliados mais poderosos. Ainda não entendi o que aconteceu. Ele foi acusado de um assassinato e depois inocentado, é isso?

Enorme dragão azul e prata, mestre Chem era o representante dos dragões no OutroMundo. Excêntrico, grosseiro, Tara tinha dado umas pancadas nele uma ou duas vezes, e eles tinham salvado a vida um do outro. Isso criava uma ligação.

– É muito... esquisito – Tara respondeu. – Charme, bom, quero dizer, a dama Charmamnichirachiva, acabou de me bolacristalizar que o problema tinha sido resolvido. Por ora, Chem continua prisioneiro, mas isso não vai durar muito tempo. Na verdade, ninguém entendeu por que ele foi acusado. Desconfia-se que foi uma espécie de complô. Além disso, partindo do princípio de que Chem foi ameaçado, Charme prefere que ele fique na prisão, em segurança, enquanto ela não descobrir tudo que tem a ver com essa história pra lá de esquisita.

– Ele não deve estar gostando nada.

– É verdade.

Elas trocaram um risinho forçado. Os enfrentamentos entre a imperatriz e a herdeira deliciavam os cristalistas e toda a Corte, porque Tara não se mostrava muito... dócil.

Mas, considerando que elas tinham chegado a uma espécie de consenso, sem brigar antes de conversar, a imperatriz constatava que muitas vezes tinha o mesmo senso de humor que sua turbulenta herdeira. Apesar de preferir, em matéria de namorados, que eles fossem um pouco mais... humanos e um pouco menos... élficos.

Depois da audiência, Tara tinha se encontrado com Robin e lhe explicado que não poderia ir com ela. Mas não disse exatamente por quê. Ela não gostava de mentir para seu amor, mesmo que fosse por omissão. Mas será que ela tinha escolha? Tara conhecia Robin. Se ele ficasse sabendo que mais uma vez ela arriscaria a vida, ele desobedeceria às ordens da rainha dos Elfos.

E os elfos não eram nada gentis com quem desertasse...

Os dois adolescentes se abraçaram, com os olhos brilhando de lágrimas, e Tara quase desistiu do projeto.

Quase.

O semielfo tinha plena consciência das tramoias da imperatriz. Oficialmente "emprestado" pelo reino de Lancovit ao serviço secreto de Omois, ele tinha acesso a vários segredos imperiais, e acabou se transformando em uma fonte de informações preciosas para seu pai. Por isso, mesmo com o coração partido ele cumpriria seu dever, mas Tara fazia uma falta danada. Ainda mais porque V'ala, a elfa cor de violeta que era sua parceira, inventara de usar roupas cada vez mais leves, que faziam a parte humana dele ficar roxa de vergonha e a élfica, louca de desejo. Se aquilo continuasse daquele jeito, ele ia acabar explodindo.

Por isso os dois adolescentes ficaram tão infelizes quanto era possível.

Mas a coisa piorou ainda mais alguns minutos depois, duas horas antes da partida de Robin para o mar das Brumas, quando Lisbeth decidiu dar um curso de educação sexual a Tara.

O império passou muito perto de perder a herdeira, pois a garota pensou seriamente em fugir. Com as orelhas pegando fogo e as maçãs do rosto vermelhas, ela foi obrigada a suportar aquele suplício. Nessas horas, os adultos são de uma falta de tato completa. E nem Selena, sua mãe, nem Isabella, sua avó, se dispuseram a socorrê-la. Quanto a Manitu, seu bisavô, alisou sua longa barba de labrador,[9] puxando-a para baixo, morrendo de rir, e a aconselhou a tomar nota.

Ah, ah, muito engraçado.

Lisbeth descreveu minuciosamente todas as horrendas doenças que podiam acometer os elfos. Tara fechou os olhos várias vezes, terrivelmente envergonhada, quando as coisas ficaram um pouco explícitas demais.

Ao fazer algumas perguntas, deu-se conta de que aquilo que Lisbeth estava falando eram doenças raras e espetaculares. A imperatriz até que foi obrigada a concordar com isso, mas insistiu ainda mais no ponto sobre as proteções, as proteções, as proteções.

Tara, com as orelhas zumbindo e os olhos vidrados, saiu da audiência com um vago desejo de se tornar freira. Desejo que Robin conseguiu fazer passar rapidinho. E naquela ocasião eles tiveram uma pequena demonstração daquilo que Lisbeth tinha chamado de "proteções". Eles estavam se beijando fogosamente na suíte de Tara, pois Robin iria embora dali em menos de duas horas, quando seus corpos se aproximaram e escorregaram para a posição horizontal.

Foi nessa hora que soaram os alarmes.

Tanto Tara quanto Robin deram um pulo de pelo menos dez centímetros, e com o coração aos saltos ativaram sua magia, prontos para lutar.

Os guardas que entraram em disparada quarto adentro quase se transformaram em bifes bem passados.

Só depois de muitos gritos e de explicações confusas é que Tara e Robin entenderam que a imperatriz, desconfiada, tinha pura e simplesmente mandado colocar alarmes espalhados por todo palácio, para avisá-la se Tara e Robin se aproximassem demais um do outro.

Tara, supernervosa, exigiu que os alarmes fossem desligados, mas sua tia, impassível, simplesmente recusou.

Nas duas horas que se seguiram, os dois adolescentes tentaram praticamente todos os lugares, inclusive o parque, os porões e as estrebarias, para grande sur-

---

[9] Eu sei que isso espanta. Manitu Duncan quis se tornar imortal, o que funcionou superbem. Tirando o fato de que ele se transformou em labrador. Ou seja, ele é imortal, mas quadrúpede...

presa dos pégasos. Mas, assim que se aproximavam um pouco demais, as sirenes se punham a berrar. Aliás, a imperatriz devia ter ajustado os alarmes, porque no começo eles tocavam quando qualquer pessoa se aproximava de outra e dava um beijo. Aconteceram vários incidentes extremamente desagradáveis para os protagonistas no palácio, envolvendo gente em algumas situações compartilhadas com pessoas que nem sempre eram seus cônjuges.

Ainda por cima, assim que as sirenes tocavam, toda a Corte corria na direção do barulho, só para ver quem tinha sido pego em flagrante.

Os cristalistas da revista local de celebridades, que pareciam brotar do chão do palácio, chegaram inclusive a regular suas antenas, para que elas se dirigissem diretamente na direção das sirenes assim que fossem ativadas.

Um certo número de escândalos espetaculares acabaram forçando a imperatriz a concentrar os alarmes exclusivamente em Tara e Robin, não sem antes comentar azedamente que era mesmo inacreditável o número de pessoas que passavam o tempo todo se beijando em seu palácio, quando, afinal de contas, deveriam estar trabalhando!

Tara e Robin ainda descobriram que precisavam tomar cuidado com o que diziam. A expressão "fazer amor" também detonava as malditas sirenes. Por isso eles combinaram um código: transformaram esta expressão em "fazer OutraCoisa". Ou então eles diziam "outracoisar". Por ora, Tara ainda não se sentia pronta. E menos ainda agora, quando cada vez que as sirenes tocavam a Corte inteira olhava para ela com um ar irônico.

Era... irritante. As duas horas se passaram rapidamente e a garota acompanhou Robin à Porta de Transferência e lhe disse adeus, sob o olhar zombeteiro da elfa cor de violeta, que enganchou o braço no de Robin e se apertou contra ele. Tara se virou na mesma hora, com o coração em frangalhos. Se ela perdesse Robin, morreria de mágoa.

Consciente de que Tara estava lhe fazendo um enorme favor, mestre Dragosh tinha acelerado o processo e propôs passar por T'aondi, uma cidade do reino dos Mercenários Malvados, bem pertinho de A'ki, a primeira cidade na fronteira da Krasálvia. Em seguida, eles atravessaram um trechinho do Krankar, que pertencia aos trolls, e foi lá que a horda de Grr'og caiu em cima deles, atacando-os.

Hum... Finalmente não era nada mau que seus amigos não estivessem ali. Eles poderiam ter se machucado no quebra-quebra.

E enquanto seu pégaso lhe passava calor e afeição, deslizando pelo meio dos tapetes voadores de seu séquito, Tara tentava se consolar por causa da ausência de Robin, de seus amigos e de sua família, dizendo a si mesma que pelo menos eles não corriam nenhum risco ficando longe dela...

4

Cal, ou: quando se quer roubar alguma coisa, é melhor desligar o alarme antes de entrar...

Os amigos de Tara não precisavam dela para arriscar a própria vida, faziam isso muito bem sozinhos.

Cal estava suspenso acima de um oceano de fogo.

Preso a correias particularmente desconfortáveis, ele enxugava o suor que porejava sua testa antes que uma gota se formasse. Cada vez que fazia esse gesto, não conseguia deixar de pensar naquele filme terráqueo, *Missão impossível 1*, no qual o herói quase fez o alarme disparar por causa de um gota de suor.

Com a única diferença que, se Cal fizesse o alarme disparar, não seria feito prisioneiro.

Ele seria morto.

Queimado vivo. Melhor que um stock, steak, stick, ele nunca se lembrava direito do nome que tinha na Terra aquele bife grelhado que os franceses comem com molho tartare.

– *Vamos lá, meu velho, concentre-se ao menos um pouco.*

O pequeno Ladrão Patenteado de Lancovit apertou seus belos olhos acinzentados. Ele não estava suando porque tinha medo, mas sim porque estava pendurado acima de um monte de pássaros de fogo. Em situações normais, até que acharia bonitos aqueles pássaros de plumagem brilhante, que costumavam servir de aquecedor para os pobres do OutroMundo, quando o planeta mágico esfriava. Mas naquele momento ele amaldiçoava o disparatado deus que tinha inventado aquela raça de animalzinho capaz de atear fogo a um continente inteiro. Felizmente, a menor gota d'água feria aqueles pássaros de fogo, e o equivalente a uma colher os matava. Do contrário, há tempos OutroMundo não passaria de um gigantesco incêndio.

Os fadaceiros tinham jogado um feitiço sobre os pássaros de fogo, obrigando-os a só pousar sobre árvores que não pegam fogo. Eles foram especialmente criados pelos elfos cinco mil anos atrás. Dessa forma, de forte ameaça os pássaros tinham se transformado em graciosos enfeites.

Quanto a Tiran'hico, o primeiro-ministro de Omois, tinha feito deles os guardiões de seus tesouros.

Tesouros que Cal tinha a firme intenção de roubar.

Por ora, as engenhocas de fazer fogo estavam dormindo, com as plumas subindo e descendo mansamente, ao ritmo de sua respiração. As paredes, o teto e o chão não eram inflamáveis, o centro era protegido contra a magia, por isso Cal não podia levitar para chegar até o cofre. Ele precisou se contentar com o velho e bom sistema de polias (silenciosas, bem azeitadas) e de cordas, que ele puxava agradecendo mentalmente Tiran'hico por ser tão pretensioso. Sua casa, situada perto das construções imperiais de Omois, em Tingapura, parecia um palácio, e o teto era tão alto que por pouco cada aposento não tinha um microclima exclusivo. Por isso é que o pequeno Ladrão tinha espaço suficiente para escapar daquele calor infernal.

Ele teve medo quando o gancho prendeu na parede da frente com um ruído surdo, mas os pássaros nem notaram.

Tudo isso por causa de uma garota. Não de uma garota. "Da" garota. Eleanora Manticore, cujos olhos tão cinzas quanto os dele viravam sua cabeça, punham borboletas em seu estômago e o faziam ficar completamente abobado.

Eleanora tinha certeza de que o primeiro-ministro Tiran'hico era o responsável pela armadilha que fizera ela tentar matar Cal.[1] Furiosa por ter sido usada e enganada, a jovem Ladra Patenteada de Omois estava firmemente decidida a provar a culpa de Tiran'hico, revelando suas ligações com Magíster.

Os Ladrões Patenteados do OutroMundo eram temidos por todo mundo. Ágeis, silenciosos, eficazes, também eram extraordinários espiões, capazes de acrobacias e proezas físicas inacreditáveis. Muitos deles tentavam a Universidade de Artes Secretas Aplicadas, mas só um pequeno número passava no vestibular, e um número menor ainda terminava o curso. Cada ano, de seis mil alunos só seis conseguiam o diploma universitário em cada universidade. A mais famosa de todas era a de Lancovit, para grande chateação de Omois, que fazia tudo o que podia para sair daquele infamante segundo lugar. Realmente, Cal, Ladrão Patenteado de Lancovit, era melhor que Eleonora, Ladra Patenteada de Omois.

Ela detestava isso.

O primeiro-ministro de Omois sabia o que El andava tramando, por isso reforçou as proteções de seus documentos mais secretos. Da última vez que tinha tentado roubá-los, ela quase perdeu a vida na brincadeira. Então Cal resolveu fazer isso no lugar dela. Tinha muito medo de que ela se ferisse e, mesmo que ela se recusasse a admitir, ele sabia que era melhor que ela.

Menos implacável, é verdade, mas bem mais hábil. Menor que ela, ele era mais musculoso e flexível e podia deslizar onde sua altura não permitia que ela en-

[1] Desde que ela tentara assassiná-lo, Cal tinha se apaixonado perdidamente por ela. Infelizmente, isso não era exatamente recíproco...

trasse. De resto, os dois Ladrões eram estranhamente parecidos. Os mesmos olhos acinzentados faiscantes, a mesma cabeleira negra, nitidamente mais arrepiada na cabeça de Cal, a mesma segurança, a mesma magreza.

Praticamente invisível nas sombras, ele se aproximou até ficar acima do cofre. Um grande IncCadeado. Cinza, cúbico, maciço. Com as quatro patas fincadas na madeira do piso, para que nenhum espertinho conseguisse mexê-lo dali com facilidade, o cofre parecia intocável. Os pássaros formavam um círculo escarlate de mais de três metros em volta dele, provavelmente para evitar que o aço esquentasse. Cal observou o cofre, que se agitou um pouquinho, abriu um olho desconfiado e depois fechou de novo.

O animal podia guardar qualquer coisa em sua barriga blindada. Feito de uma mistura de aço e de vidro inquebrável, só reconhecia seu mestre. Só abria as portas para ele. Enxergava atrás das ilusões. Não podia ser enganado, não tinha nem combinações, nem cadeados, nem fechaduras que pudessem ser decifrados ou quebrados.

E, se alguém tentasse tirá-lo do lugar, ele urrava sem parar até que seu mestre aparecesse. Em resumo, o cofre-forte perfeito.

Depois de uma pesquisa discreta, Cal tinha acabado por descobrir que tipo de cofre Tiran'hico possuía. Felizmente, ele era bem pago por suas missões. E tinha dinheiro guardado. Por isso pôde comprar um IncCadeado e fez um monte de experiências com seu próprio cofre-forte. Só depois de conseguir destruir a metade da Academia de Ladrões Patenteados onde estudava é que descobriu como obrigar o IncCadeado a se abrir.

Como todos os animais, o IncCadeado precisava respirar. E, quando ficava inconsciente, seu sistema de segurança interno abria sua barriga blindada e expulsava o que continha.

Com o detalhe de que o bicho precisava de umas vinte horas para ficar sem oxigênio. Era tempo demais.

Com muito cuidado, Cal desdobrou o sino que tinha compactado, amarrou-o a uma cordinha e desceu o objeto bem devagarinho, com um baita cuidado para não encostar no IncCadeado. Assim que o sino pousou no mármore brilhante do assoalho, acima do cofre, grudou-se ao piso, graças a suas ventosas, não deixando passar mais nem um grama de ar. Satisfeito, Cal acionou o sistema de válvula que ia expulsar todo o ar contido dentro do sino. Tirou do bolso uma caixinha eletrônica e sorriu. A magia era legal, mas às vezes a ciência terráquea podia ser bem útil também. Ele apertou a tecla. Agora, era só esperar.

De repente, houve um zumbido bem do lado e uma flecha passou de raspão pela orelha dele, antes de ir se cravar na parede do outro lado.

No espaço glacial de um segundo, Cal achou que os guardas o tinham visto. Mas o aposento continuava silencioso. Ao ver uma silhueta silenciosa deslizando na sua direção, Cal suspirou. Eleanora o tinha seguido, com certeza, e ela ia ouvir o que não queria... Quer dizer, quando saíssem daquela armadilha.

Mas ele quase despencou quando reconheceu os maliciosos olhos cor de avelã e o rostinho fino. E o dedo contra a boca rosada.

Mara! A irmãzinha de Tara!

Sete meses depois de ter sido sequestrada por Magíster, Selena tinha dado à luz dois gêmeos, Jar e Mara, filhos de seu marido Danviu, portanto, irmão e irmã de Tara. Criados por Magíster como filhos, Jar e Mara tinham vindo viver no palácio com a mãe, depois da derrota do "padrasto".

Se Mara gostava à beça de sua nova vida de herdeira de Omois, quanto a Jar, não fazia outra coisa a não ser pensar obstinadamente no lugar da irmã mais velha, que sonhava ocupar. Um pouco como Iznogud, ele queria ser califa no lugar do califa. E assim como Iznogud, nem sempre agia da melhor forma possível para conseguir o que mais queria no mundo.

Enquanto esperava, Cal bem que gostaria de saber o que a garotinha estava fazendo amarrada a uma corda no escuro.

Ele não se deu conta de que o barulho da flecha tinha acordado o IncCadeado. O grande olho do bicho olhou primeiro para os pássaros adormecidos, para depois se plantar no teto. Direitinho dentro dos olhos dos dois jovens intrusos.

O IncCadeado abriu uma grande boca e se pôs a berrar.

O som não atravessou a barreira feita pelo sino. Felizmente para Cal, o ar já tinha sido quase completamente aspirado para fora do sino e, além disso, por precaução ele tinha escolhido um modelo que era completamente à prova de som.

O animal se levantou bruscamente, puxando o sino, cujas ventosas quase arrebentaram, mas aguentaram bem. Uma chuva metálica o salpicou, e os esguichos incorporados ao sino cuspiram água. Um violento lampejo cercou o cofre-forte.

Paralisado, o IncCadeado ficou imobilizado. Em suas experiências, Cal concluiu que demorava demais para fazê-lo ficar inconsciente. Tempo suficiente para que todos os guardas do mundo tivessem tempo para chegar até lá. Ele testou então todos os produtos em que conseguiu pensar e acabou por descobrir que sódio com água provocava uma reação traumática no IncCadeado. E, se ele não conseguisse escapar, o pânico o faria consumir todo seu oxigênio.

Aconteceu uma explosão silenciosa e o sino se encheu de uma nuvem de papéis. O IncCadeado tinha expulsado todo seu conteúdo, que começou a queimar na mesma hora em contato com o sódio. Às pressas, Cal ativou o extintor e o incêndio parou. Um poderoso aspirador grudou os papéis às paredes do sino, que se soltou e em seguida foi liberado do cofre, que ficou quieto, completamente traumatizado. Cal pegou o sino que subia, dobrou-o de novo, antes de guardá-lo em seu bolso de fadaceiro.

Mas os movimentos desordenados do IncCadeado tinham produzido um efeito. Os pássaros acabavam de acordar.

Cal e Mara ficaram duros no lugar. Um dos pássaros agitou as asas, voou... e pousou sobre a cordinha de Cal.

Cuidadoso, ele tinha trazido um material antichamas. Mas não tinha previsto de jeito nenhum que uma mininova de fogo pousasse bem em cima.

Ele fez um amplo gesto com a mão para degolar o pássaro.

Péssima ideia.

O pássaro se assustou e suas garras apertaram a cordinha.

Antes que Cal tivesse tempo de reagir, a corda cedeu.

– Ahhhhhhhhhhhhhhhhhhh – Cal gemeu, mergulhando na morte.

No momento em que ia tocar sua plumagem mortal, Mara o agarrou com o braço. Agarrada a suas correias, ela se deixou cair ao mesmo tempo que Cal, mergulhando para poder dar impulso. Presos como se estivessem na ponta de um pêndulo, os dois adolescentes passaram raspando pelos pássaros, que levantaram voo, grasnando. Mara queimou o rosto e Cal, que estava um pouco abaixo, um lugar mais... estratégico.

Berrando de dor, ele ergueu as pernas o mais que pôde, para amortecer o choque contra a parede. Mara apertou o botão embaixo do queixo e sua armadura se abriu. Ela subiu graciosamente sobre a parede e aterrissou em cima dos pés, como um gato.

Cal, largado de uma só vez, com a calça pegando fogo, evitou por pouco aterrissar sobre um espesso tapete de pássaros de fogo. Um alarme se pôs a tocar nas profundezas da casa, e Cal e Mara trocaram um olhar angustiado.

Cal ativou a destruição das cordinhas, enquanto Mara fazia a mesma coisa. Toda prova de sua intrusão aérea tinha desaparecido. Depois disso, Cal fez a Mara um sinal para que saísse, e quando ela estava do lado de fora do aposento ele assobiou baixinho. A imagem do guarda que estava vigiando a porta oscilou e depois desapareceu, indicando que o homem tinha desmaiado. Lour'inho, o raposo Bicho de Estimação de Cal, lambeu o aparelhinho que lhe tinha possibilitado fabricar aquela ilusão, e se transformou em uma grossa espuma. Impossível conseguir qualquer impressão digital. O Ladrão ativou um Transmitus, incluindo Mara. Até os outros guardas chegarem, eles tinham sumido.

Quando eles apareceram de novo, na suíte de Tara em Omois, Mara arregalou os olhos. Ela nunca tinha entrado nos aposentos de Tara, por solidariedade a Jar, que recusava qualquer contato mais chegado ou prolongado com a irmã. A suíte era imensa e magnífica. Tara vivia uma fase branca quando saiu de viagem e toda a suíte estava imaculada. No chão, um tapete carésimo, de seda de aranho, dava uma nota vermelho-intenso, que combinava com os afrescos móveis das paredes, mostrando a paisagem favorita de Tara, as vastas planícies de Mentalir, o país dos unicórnios.

– Isso, por exemplo – ela bufou. – Você tem a autorização de Tara para ficar aqui quando ela não está?

– Sim, claro que sim – o Ladrão respondeu, furioso. – Pelos caninos cariados de Gelisor, Lour'inho, por que você não me avisou que ela estava me seguindo?

– Não se zangue com seu raposo – Mara interveio. – Uma, porque proibi que ele dissesse qualquer coisa, e outra, porque ele não quis perturbar sua concentração quando entrei.

Cal a fulminou com o olhar e disse num tom frio:

– Eu sei que você se acostumou a impor sua vontade, porque foi educada por Magíster. Mas esse tipo de coisa não funciona aqui. Você não deve dar ordens ao Bicho de Estimação de outra pessoa. Jamais. E da próxima vez que meter o nariz em uma das minhas operações, pondo em risco a minha vida e a sua, não vou ter dó. Isso está claro, Mara?

A menina ficou chocada com a frieza do tom. Ninguém ousara falar daquele jeito com ela desde que tinham vindo morar no palácio, e Jar tinha razão de dizer que a mãe deles não batia neles como Magíster porque era fraca e sem poder. Cal tinha acabado de pô-la no lugar. E ela não gostava disso. Mas respeitava.

– Eu... não vou mais fazer isso. Desculpe.

O jovem Ladrão a observou com atenção. Quando crescesse, a irmã de Tara seria linda. Mesmo agora já se podia ver a beleza de Selena transparecer nos seus olhos cor de avelã, mais dourados que os da mãe, mesclados com um tom de verde, e também nos longos cabelos castanhos cacheados. Ele deixou escapar um leve suspiro cansado e depois disse:

– Você está machucada. Venha cá, para que eu trate do seu rosto.

A pequena obedeceu, olhando para ele com admiração. Um dos feitiços mais úteis do OutroMundo era o Reparus. Infelizmente, os Fadaceiros não podiam usá-lo neles mesmos. Quando o Reparus devolveu suavidade ao rosto da menina, ela colocou por um instante sua mão sobre a de Cal, com uma estranha expressão.

Por fim, Cal desabou numa poltrona branca, que emporcalhou de preto, e se levantou depressa.

– Arrrghh, pelas hemorroidas mal posicionadas de Dhivaltroço, como isso dói. Agora, explique-me o que você estava fazendo na casa de Tiran'hico.

A menina abaixou o nariz.

– Só queria ver como você trabalhava. Isso faz parte do meu treino de Ladra Patenteada. "Observe como age um mestre", disse nosso professor.

Cal até esqueceu a dor.

– O quê? Você... você quer se tornar uma Ladra Patenteada?

– Sim, como você.

Cal se recompôs. "Um mestre", hein? Desde quando seus professores o consideravam um "mestre"?

– E a sua mãe sabe disso? Pior, *sua tia* sabe disso?

– Claro – Mara respondeu com um certo ar de autossuficiência. – Quem você acha que me dá as melhores aulas? Todos os dirigentes de Omois fazem o curso de Ladrão Patenteado. Tara ainda não teve tempo, porque o Imperator preferiu privilegiar sua formação de combatente primeiro. Mas ela vai fazer o curso, como nós.

– Genial, era só isso que me faltava – Cal gemeu. – Ui, falamos disso mais tarde, agora preciso que o chamã me cure.

– Posso fazer isso – Mara se apressou.

O adolescente recuou, com uma expressão pouco à vontade estampada no rosto.

– Com certeza, não! Eu me viro sozinho.

Mara deu um sorriso amarelo.

– Você se machucou nas costas, é isso?

– Hum... um pouco mais abaixo. Seja gentil, menina. Dê o fora e chame o chamã para mim.

– Mas garanto que posso, sozinha, aplicar um Reparus em você – ela insistiu rodando em volta dele.

Cal também se virou. Depois ficou parado, desconfiado, diante do sorriso malicioso de Mara, que ficou ainda mais largo.

– Você sabe – ela disse num tom ingênuo –, foi uma boa ideia de Tara pôr espelhos em todo lugar, no salão...

– É para poder ver sem hããã... ah não! – gemeu o Ladrão, que tinha demorado para entender.

Realmente, seu traseiro avermelhado se destacava nitidamente no espelho atrás dele. Ele se sentou com cuidado, xingando baixinho.

– Mara!

– Bom, tudo bem! Vou chamar o chamã, mas estou realmente decepcionada com a sua falta de confiança em mim – ela riu, e saiu da suíte.

Cal suspirou, já fazia algum tempo que Mara o seguia, aonde quer que ele fosse. Ou ia antes dele. E não tinha a menor ideia de por que a menina grudava nele daquele jeito.

Ele era um bom Ladrão. Tudo bem, quase uma lenda. Mas havia fantásticos Ladrões Patenteados em Omois, tão bons quanto os de Lancovit. Então, por que ele?

O chamã interrompeu seus lúgubres pensamentos e, diplomático, não fez nenhum comentário sobre o local do ferimento.

Cal deu um suspiro de alívio quando a dor se foi. Lour'inho também. O que Cal sentia ele também sentia, e vice-versa, o que não era nada agradável. O jovem Ladrão fez uma incantação e sua calça voltou à forma normal... sem a aeração.

– Eleanora vai ficar com raiva de nós – explicou Cal, acariciando a cabeça ruiva de seu raposo. – Ela vai pensar que estragamos tudo, e não estará errada.

Lour'inho lambeu sua mão, com pena dele. Os assuntos dos humanos eram bem complicados. Quanto a ele, bastava que encontrasse uma raposinha bonita, pusesse uns olhos melosos em cima dela, saltitasse aqui e acolá, lhe mostrasse sua agilidade, e zás! A partida estava ganha. E tanto melhor se ainda por cima alguém lhe trouxesse alguma coisa para comer.

Cal riu quando o raposo retransmitiu o que estava pensando.

– Hum... Felizmente você corta a comunicação entre nós quando sai para paquerar suas coleguinhas – ele riu –, senão eu já teria ficado doido! Acredite em mim, se o fato de mostrar minha agilidade pudesse convencer Eleanora a sair comigo, já faz tempo que teria dado saltos por todo lado!

– O quê? – exclamou uma voz esganiçada atrás dele. – Você quer sair com Eleanora?

Surpreso, Cal se virou. A porta acabava de ser aberta por Mara, que olhava para ele com uma expressão horrorizada no rosto.

– Sim, sim.

– Ohhhhh, detesto você!

E a menina fugiu correndo, aos soluços.

Ela passou pelo corredor e se encostou contra a parede, enxugando as lágrimas que corriam pelo rosto. Amava Cal. Mais do que isso, aliás. Ela o adorava, e ele nem sabia que ela existia, porque estava apaixonado por outra.

Acima da sua cabeça, uma árvore, implantada no mármore do corredor pela magia da imperatriz, deixou algumas flores caírem sobre seu ombro. A menina ia jogá-las no chão quando viu uma fadinha multicolorida que se divertia enchendo-a de flores. Resignada, ela deixou. Irritar as fadas era uma péssima ideia. Elas jogam uma praga contra você, e naquela hora não era exatamente disso que Mara estava precisando.

De repente, uma sombra se abateu sobre ela. Mara ergueu os olhos. Tiran'hico, o gordo primeiro-ministro estava ali, na sua frente, com um ar preocupado.

– Vossa Alteza? Está tudo em ordem?

Aquilo saiu como um foguete, ela nem teve tempo de segurar.

– Eu a odeio! Meu Deus, como eu a odeio!

O enorme sujeito recuou, um pouco surpreso.

– Quem?

– Eleanora! Aquela maldita cruiik está atrás do Cal. Mas ela não tem nada que se meter com ele!

Tiran'hico fez uma cara de preocupado e depois sorriu com suavidade.

– Você também gosta dele, é isso?

Mara saiu por um minuto de sua raiva para observar o gordo, dentro de sua túnica de fadaceiro, bordada com o emblema de Omois, o pavão púrpura com cem olhos de ouro. Seu tom hipócrita a deixara sem jeito. Ela se fechou.

– Isso não tem importância. São assuntos de criança, como vocês adultos costumam dizer. Obrigada por ter se preocupado. Agora vou embora.

O gordo se inclinou.

– Como preferir, Vossa Alteza. Um sábio disse: "Eu me sento à beira de um rio e, se tiver paciência, um dia ou outro verei passar o corpo de meus inimigos".

Seu sorriso se acentuou, e depois ele se foi.

De repente, ela se sentiu desamparada. O que é que ele tinha querido dizer? Em seguida, sua fisionomia ficou, de uma hora para outra, mais dura, nitidamente menos infantil.

Seu pa... não, ele não era seu pai, mas ela só ficara sabendo disso há pouco tempo... Seu falso pai, o cruel Magíster, lhe tinha ensinado excelentes lições. Não desistir. Jamais. Resistir. E, principalmente, pegar aquilo que se quer.

Eleanora era uma inimiga.

Eleanora era um obstáculo.

Não por muito tempo.

Com os olhos arregalados, Cal olhou para a porta que se fechava.

– Bom, o que foi?

Ele sacudiu a cabeça. Inútil tentar entender as reações de Jar e de Mara, os gêmeos eram complicados demais. Ele revirou o bolso, à procura do sino. Mas o que retirou lá de dentro foi uma maçaroca de papéis molhados e sujos, mas ainda bem legíveis. O carpete branco ia passar por maus momentos.

Os papéis diziam respeito a assuntos da família de Tiran'hico. Aparentemente, uma herança que o primeiro-ministro tinha recebido e da qual mantinha os papéis bem guardados, em local seguro. Cal fez uma careta. Aqueles papéis, teria de devolvê-los discretamente a Tiran'hico, não teriam nenhuma utilidade para Eleanora.

No meio da papelada, havia também um monte de dossiês sobre as transações feitas pelos seus filhos em negócios de navios de comércio que ele tinha, e cuja administração tinha deixado a cargo da família, quando se tornou primeiro-ministro de Omois.

Depois, Cal tropeçou num borderô de transporte e franziu as sobrancelhas. Armas de fogo? Como assim armas de fogo? Elas eram proibidas no OutroMundo, onde os fadaceiros não tinham nenhuma vontade quc alguém atirasse neles. Os neca'fads bem que tinham tentado que fosse promulgada uma lei para permitir a posse de armas, mas depois da confusão que elas provocaram na Terra, o governo conseguiu aguentar, pelo menos até agora. Só as Forças Armadas podiam portar armas, e ainda assim bem pouco.

Além disso, os cartuchos não detonavam direito no OutroMundo, por causa do alto teor de magia, que contrariava a ação da pólvora. Tinha sido preciso modificar as metralhadoras e outras armas terráqueas, com métodos perigosos e complicados, que fizeram que a utilização ficasse tão complicada para o atirador quanto para o atingido. Na verdade, quase sempre a arma explodia nas mãos, tentáculos ou pseudopés de quem estivesse segurando.

Isto não ajudou a tornar seu uso muito popular.

Mas, quando funcionavam, as armas destruíam tudo que estivesse pela frente, a ponto de os Reparus muitas vezes não conseguirem consertar o estrago. No OutroMundo, elas eram chamadas de "esmigalhadoras".

Então, o que é que Tiran'hico estava fazendo com um papel que mostrava claramente que ele tinha vendido armas de fogo?

Foi então que um pensamento bem mais sinistro fez Cal dar um pulo e xingar: se Tiran'hico estava de conluio com Magíster, como Eleanora desconfiava, que diabos o terrível sanguerraba queria fazer com uma centena de esmigalhadoras?

5

Magíster, ou: a arte de ajeitar o que sobrou... de seus inimigos.

As adoráveis e florescentes violetas morriam a cada passo. Indiferente à comovedora beleza que ele assassinava ao caminhar, Magíster entrou ainda mais na gruta.

A pedra verde-jade, quase translúcida, desdobrava-se em magníficos alongamentos. As fluorescentes, frágeis flores de espuma cor de violeta, brilhavam, iluminando as entranhas da caverna com uma luminosidade fantasmagórica.

Era bonito.

Mas ele não estava lá por causa da beleza.

No fundo da gruta, uma cadeira, de basalto negro, horrendamente esculpida com cabeças e corpos monstruosos. Demônios berrando por todo lado na pedra fria.

O que Magíster tinha diante dele era o protótipo do Trono de Silur.

O modelo daquele que tinha sido destruído por aquela maldita Tara Duncan. Um protótipo que funcionava raramente e cuja energia estava se esgotando. Magíster hesitou por um minuto. Ele já tinha recebido uma recarga de energia demoníaca fazia pouco tempo. Uma dose forte demais poderia matá-lo. O rei dos Demônios o avisara sobre isso quando lhe entregou o protótipo com defeito. E ele o usava com mais cuidado ainda, porque dos treze protótipos que existiam, só três ainda funcionavam – o trono, a coroa e o anel. Os dois últimos tinham sumido, apesar de o rei Demoníaco ter certeza de que a coroa estava na Terra.

Mas o furor que latejava em suas veias era forte demais. Ele queria Selena. Ele a queria ao seu lado, estupidamente romântica, maravilhosa, apaixonada. Apesar de esse amor só existir por causa da magia, e a cada vez que ela escapava da força do feitiço afastava-se dele e o odiava.

Mesmo no ódio, ele não podia deixar de amá-la. Ele tinha tentado se vacinar contra esse amor. Até se perdeu no abraço apertado da vampirua Selenba, mas em vão. Nada conseguia fazer que esquecesse Selena. Os dez anos passados com ela tinham sido maravilhosos.

Até o dia em que Tara a levou embora.

Ele tinha atacado a garota porque precisava dela, pois não podia imaginar nem por um instante que uma insignificante menina de treze anos conseguiria destruir seus planos cuidadosamente construídos e livrar a mãe.

Atualmente, seus planos tinham... evoluído. Ele ainda queria capturar Tara, mas ia utilizá-la de um jeito original, para detonar os dragões e atrair Selena.

Se seu plano funcionasse, Selena nunca deixaria Tara sozinha, prisioneira dos sanguerrabas. Selena ficaria com ela, ah sim, de boa vontade. E seria dele. Para sempre.

Enfim.

O amor. O amor não tinha nada de razoável, e às vezes Magíster se espantava de ser tão fraco, tão... humano.

E essa humanidade é que tinha feito que ele acionasse seu plano bolado com tanto cuidado, para dividir e enfraquecer os dragões.

Felizmente, os dragões eram uns idiotas. Bom, não exatamente, mas confiantes demais, isso sim. Eles tinham cometido um grave erro ao formar fadaceiros e lhes dar acesso a mais poder. Alguns, comandados por Magíster, se rebelaram e se tornaram sanguerrabas. Não era nada difícil, para ele, recrutar suas tropas. Pessoas mesquinhas e egoístas, ávidas de poder, eram muito fácil encontrar. Magíster tinha adquirido ainda mais poder ao fazer um pacto com os demônios, que acabaram por entender que o único meio de vencer a aliança dragões/humanos, que os tinha vencido cinco mil anos antes, era se aliar aos humanos, eles também.

E encontraram parceiros perfeitos nos sanguerrabas. Em troca de magia demoníaca. Graças a eles, Magíster estava a ponto de vencer os dragões e reinar finalmente sobre todo o universo!

Infelizmente era um pouco cedo, mas a conjuntura era boa demais para deixar passar a ocasião.

Dez anos antes, depois de ter estudado com cuidado os dragões, Magíster tinha se dado conta de que alguns deles não estavam contentes com a política de seu governo. Pacientemente, passando por um dragão aliado, ele tinha atiçado esse descontentamento. Agora, a armadilha se fecharia sobre os dragões e sobre Tara ao mesmo tempo.

O que lhe permitiria matar dois coelhos com uma só pedrada (ou será que era cajadada?).

Ele se aproximou do trono com cuidado. Em toda a volta, os restos de seus inimigos, apontando na luminescência difusa da espuma, quebravam sob seus pés. A espuma engolia tudo o que ele lhe dava, supersatisfeita. E defendia seu trono com muita eficiência. Os sanguerrabas demasiado ambiciosos, que tentaram se apoderar do poder demoníaco, quebraram a cara. Um arrepio lateral chamou sua atenção. Um rosto torturado emergia da espuma vampirua, colado contra a parede.

– Mestre, mestre – murmurou o homem –, eu lhe suplico, eu lhe suplico, me libere! Ahhhh, é horrível, ela está me comendo vivo!

Magíster nem olhou para ele. O imbecil tinha tentado, azar o dele.

Ele assobiou três notas bem baixinho e a espuma abriu caminho. Com um gesto rápido, tirou a roupa, inclusive a máscara. Precisava estar totalmente em contato com a pedra.

O homem incrustado na rocha exclamou, surpreso, ao ver o rosto dele:

– VOCÊ? Não, não é possível!

Em seguida, como se o esforço tivesse sido grande demais, ele se sentou. Estava morto.

Magíster o ignorou como tinha feito quando estava vivo. Ele se sentou sobre o trono completamente nu, poderoso, magnífico, com o círculo vermelho de sua dependência da magia destacando-se em suas costas.

O primeiro arrepio foi delicioso.

O segundo foi uma agonia. Ele berrou de dor. Por todo seu corpo surgiram veias, inchadas de magia maléfica, como vermes monstruosos pintados de verde. O suor maculou seu rosto e alguns minutos depois de um sofrimento impossível de nomear ele caiu, imóvel, desmaiado.

Se alguém tivesse se aproximado naquele momento, teria conseguido se livrar dele com um estalar de dedos. Mas ninguém sabia onde estava. E o prisioneiro da espuma seria para sempre a testemunha secreta de Magíster.

Ele abriu novamente os olhos. Em suas costas, o círculo vermelho chamejante, recarregado de energia demoníaca.

No trono, alguns dos rostos de demônios que haviam desaparecido. Era sempre a mesma coisa. E, quando o trono estivesse sem energia, ele não deixaria atrás de si nem uma pedra lisa.

Como todas as vezes, a magia demoníaca multiplicava o poder de Magíster e sua atividade cerebral se intensificava. Assim é que tinha tido suas melhores ideias.

Mas hoje ele não estava lá para isso. Precisava da magia demoníaca para dissimular sua verdadeira natureza para os dragões e se envelopar em uma capa que eles enxergassem como um thug, um elfo violeta, uma wiverne.

Ou até mesmo um dragão.

Quis rir, mas a dor atingiu seus pulmões e ele tossiu. Um pouco de sangue escorreu de sua boca e ele a enxugou com impaciência.

Por fim, lentamente, reticente, a dor começou a refluir.

Um pensamento o alegrava. Um pensamento que, no entanto, era amargo, considerando o que tinha se passado. E o que tinha resultado daquilo.

Tara ainda não sabia, mas em pouquíssimo tempo iria a Dranvuglispenchir. Para uma ocasião… excepcional.

Ela iria se encontrar com a mãe. Isso, para ser honesto, ele não tinha manobrado. Podia ter feito, mas por um instante pensou que Tara ia pôr Selena em segurança em Dranvuglispenchir.

Mas aquilo era perfeito. Na qualidade de herdeira, Tara precisaria contar com um séquito com ela.

E ele faria parte.

6

A Krasálvia, ou: o lugar onde você tem certeza de nunca passar suas férias.

Tara controlou um tique-tique nervoso. Ela estava diante do presidente dos vampirus. Nada de rei ou rainha para esses que eram os mais intelectuais dos habitantes do OutroMundo.

Para variar um pouco, ela acharia bem legal ficar conhecendo um dirigente amável, bem-vestido, com a coroa levemente atravessada sobre a cabeça e um sorriso jovial.

Não era o caso. Ali, ela se limitava a tentar não derreter, sob o fogo de um olhar glacial, incandescente como o inferno, e que parecia considerá-la um sanduíche de presunto com manteiga meio rançosa.

Tara deveria se sentir intimidada. Mas não se sentia. Bom, pelo menos não completamente. De tanto lidar com sua tia, e sobretudo com a rainha do Ar e das Trevas, a aterradora T'avila, Rainha dos Elfos, que tinha ganhado menção honrosa no concurso de intimidação glacial, ela acabara por adquirir uma espécie... de imunidade. Ela ficou empertigada, atenta para não amassar o magnífico vestido vermelho e dourado que a trocadeira tinha criado, inspirado num modelo da alta-costura superimpressionante, e com sapatos tão altos e complicados que ela quase caíra de boca no chão umas vinte vezes. Mas, paciência, os vampirus eram altos, então era melhor espichar-se um pouco.

O soberano… quer dizer, o presidente, todo vestido de preto (uau, que original, para um vampiru!), abriu finalmente a boca, mostrando seus caninos brancos.

– Bem-vinda ao nosso país, Vossa Alteza Imperial. Recebê-la é para nós uma honra e uma alegria.

Bom, se aquilo que ele estava demonstrando era alegria, ela podia imaginar como era quando ficava bravo! Seu rosto pálido estava impassível, seus cabelos negros caíam ligeiramente sobre os ombros, bem no estilo *Entrevista com o vampiro*, e um halo de desaprovação brilhava em seus olhos vermelhos, de pupilas fendidas como as de um gato.

Foi então que uma leve dissonância fez que Tara aguçou o ouvido. O tradutor incorporado não tinha traduzido o kkt depois da primeira frase, nem o tktk da frase final. Aquele som duro indicava que o presidente estava falando com uma vassala.

Não com alguém de seu nível.

Antes de sair de Omois, Tara tinha pedido para aprender o idioma vampiresco. Frio, lógico, as palavras eram específicas, não dava para confundir: ruga, rusga, rusco, lusco, fusco, riso, arrimo, remo, remoto. Mas essa língua também era cheia de subentendidos. O que o presidente tinha dito exatamente era: "Sua presença é aceita como conveniente, Vossa Alteza Imperial. Nós demonstramos honra e alegria em recebê-la, Vassala".

Ele "demonstrar" honra e alegria não queria de modo algum dizer que estava mesmo *sentindo* alegria. Ele deveria ter utilizado a palavra "stekek", que significava "calor do sangue" ou "alegria de receber um presente esperado". Mas ele tinha preferido "chotttk".

Sim, era cheia de subentendidos a tal da língua. E eles eram bem arrogantes, aqueles vampirus, achando que ela não perceberia a diferença. Tara desceu as pálpebras, mentalmente agradecida à tia por ter enfiado política na sua cachola, e pensou. Não, não era bem isso. Ele bem que devia desconfiar que ela falava vampiresco. Assim, só havia duas hipóteses: ou ele se lixava, como quando da sua primeira dentada, ou estava tão furibundo que resolveu lhe transmitir isso, insultando-a sutilmente.

Além de saber que, como requerente, ela não poderia sumir.

Huum.

Tara inspirou profundamente o ar frio, vagamente empoeirado, que tinha cheiro de vampirus, de thugs, da troll e também de humanos.

– Obrigada, senhor presidente – ela respondeu graciosamente em omoisiano, fazendo de conta que não tinha captado as nuances do sarcasmo. – Estou feliz em reatar as relações entre Omois e a Krasálvia, uma de nossas aliadas mais antigas do planeta.

– Depreendo que, além de sua missão diplomática, você esteja aqui para falar em favor da renegada Selenba Bragish, a pedido insistente de mestre Dragosh, aqui presente.

Sllt grvi tkkt sokt Setik Dragosh. Não a pedido, mas por "obrigação imperiosa e descortês de mestre Dragosh". E "Setik", uma palavra curiosa, indicava não um mestre, mas sim um aprendiz desajeitado que caiu em desgraça. O tradutor tinha sido finalmente calibrado para traduzir e adaptar as palavras. E torná-las mais aceitáveis, mais diplomáticas.

O presidente fulminou mestre Dragosh com o olhar. Mas o outro nem se incomodou. Contentou-se em mudar de posição, como um soldado obediente, mas teimoso.

– É isso mesmo – senhor presidente, sorriu Tara. – Para salvar a vida dela.

Ele ficou esperando, mas Tara não disse mais nada. Pela simples razão de que mestre Dragosh tinha se recusado a dizer como imaginava salvar sua selvagem ex-noiva.

O olho do presidente se congelou ainda mais, o que era uma verdadeira proeza, e não teve escolha senão começar seu discurso de boas-vindas. Tara já tinha ouvido o bastante, em sua curta vida, e conhecia as linhas gerais daquele blá-blá-blá. E ela não gostava nem um pouco das afrontas disfarçadas, que envernizavam as palavras do vampiru, por isso tratou de ignorá-las. Ela fez *clic* e desligou mentalmente, aproveitando para olhar em volta.

Eles estavam no palácio do presidente, a Mansão Negra, cor preferida dos vampirus. De frente para a cadeira abundantemente ornada de metal prateado do presidente, ela era a única que tinha o direito de ficar sentada em uma magnífica poltrona de veludo preto que viera correndo para recebê-la, com Galante miniaturizado pousado em cima de seu ombro. Seu séquito e os guardas vampirus olhavam uns para os outros com cara amarrada, fazendo cara de paisagem.

Dois dos loboshomens faziam careta. Eles tinham se queimado ao encostar nas incrustações de prata das paredes e assentos. De todos os metais, só a prata podia feri-los ou matá-los. E, infelizmente para eles, em Urla tinha prata para todo lado.

O salão era grande, mas nada comparável à imensidão do palácio de Omois. Não havia só prata; o estranho metal que enfeitava a cadeira do presidente também decorava as paredes com símbolos matemáticos abstrusos. E que se mexiam.

As equações pareciam se resolver sozinhas. Transformavam-se, evoluíam. Davam a impressão de serem uma matemática... viva. Mas logo Tara percebeu as diferenças. Das seis paredes do aposento, uma era dedicada à química, outra à física, a terceira à matemática. As outras três exibiam símbolos completamente desconhecidos para Tara. E que provavelmente diziam respeito a outras ciências misteriosas.

Os vampirus também gostavam de quadros. Ali havia vários, em geral representando animais, mas também cenas cruéis, ou simples retratos. Do mesmo jeito que os primitivos pintores holandeses Van Eyck ou Memling, a minúcia com a qual os quadros tinham sido pintados dava a impressão de que os personagens iam pular da tela.

Incrustadas no alto das paredes, telas de cristal gigantes transmitiam o que estava acontecendo pelo planeta a operadores cuja cabeça estava parcialmente coberta com um capacete palpitante, ligado a painéis de comando que ficavam na frente deles. Fluidos misteriosos e brilhantes circulavam entre os painéis de cristal, as paredes, os painéis de controle e os operadores, e Tara quase deu um pulo quando um deles soltou um gemido de dor.

Aparentemente seu capacete não tinha gostado das imagens que recebeu. Bom, Tara já estava extrapolando, porque na verdade não tinha a menor ideia do que aqueles capacetes faziam realmente.

Pequenos blaz de asas azuis com riscas brancas fisgavam no ar as mensagens que lhes eram entregues e as colocavam em cima de uma escrivaninha, que talvez fosse do presidente. A seus pés, duas puf-puf estavam prontas para destruir todo e qualquer documento confidencial que seu mestre lhes desse.

Que, aliás, se chamava mestre VeoDrakul.

Hum, será que ele tinha alguma coisa a ver com o Drácula? Tara tinha descoberto o livro de Bram Stoker na estranha biblioteca de sua avó, quando ainda pensava ser uma garota normal, órfã e solitária, e completamente terráquea. As anotações de Isabella, nas margens das páginas, do tipo "que bobagem!", ou então "esse sujeito não tem a menor ideia do que está dizendo", lhe haviam provocado uma certa surpresa. Tinha devorado a história cruel e romântica, que para ela foi suficientemente aterrorizante para que tivesse uns tantos pesadelos. E, no entanto, naquela época Tara ainda não sabia que a magia existia de verdade. Pior ainda, que os monstros descritos nos livros existiam de verdade.

Mas ela tinha de admitir que a atitude glacial do vampiru talvez fosse resultado do fato de ela não parar de olhar para ele, como se tivesse duas cabeças.

Por alguns minutos, Tara ficou confusa com a montanha de informações das telas, mas logo aplicou àquela cascata de imagens o que seu meio tio, o Imperator de Omois, lhes tinha ensinado: "Em território inimigo, seja o mais observadora possível, preste atenção aos mínimos detalhes!". E ali, uma coisa que a impressionou foi a visão de vampirus lutando contra trolls numa das telas, que foi rapidamente substituída por uma visão mais elevada, como se a câmera estivesse sobrevoando a floresta.

E de repente Tara teve a impressão de estar no centro nevrálgico de uma espécie de quartel-general. Mas quem diz QG diz militares. E quem diz militares diz conflitos. Contra quem? Contra os trolls? E, no entanto, o comandante Grr'og não tinha pensado duas vezes antes de conversar com mestre Dragosh durante o trajeto para a Krasálvia. O troll não tinha jeito de estar em guerra contra quem quer que fosse, a não ser contra eventuais invasores ávidos de bangue-bangue.

O que levava à conclusão seguinte: os vampirus estariam aumentando seu país à custa do país dos trolls? Tara e os que a acompanhavam estariam no meio de uma luta territorial?

Será que ela poderia utilizar isso em seu benefício para "pegar emprestado" o objeto de que precisava?

Em todo o OutroMundo, os vampirus eram conhecidos por duas coisas: o medo que inspiravam e seus conhecimentos científicos. Aliás, a bandeira da Krasálvia era o reflexo desse amor pela ciência – um astrolábio em cima de um símbolo do infinito, aquela espécie de oito deitado.

Tara podia perceber que eles apreciavam a ciência, e que também eram fanáticos por informação, a ponto de seu presidente não poder ficar sem notícias, nem mesmo quando recebia diplomatas estrangeiros.

O que ela ainda não entendia era essa fama de terror que acompanhava os vampirus. Tudo bem, é verdade que alguns deles, como Selenba, piravam e sangravam um monte de gente até a morte, o que era considerado uma baita falta de compostura, e proibido já fazia alguns milhares de anos.

Felizmente para suas vítimas, num planeta onde os Dizedores de Verdade telepatas eram rápidos em descobrir os culpados, assassinato em série era uma ocupação fadada a uma morte precoce. Até porque as Brigadas Negras, a polícia vampiru, não tinha a menor delicadeza para com os perigosos infratores. Tara tinha visto a ferocidade com a qual elas perseguiam seus renegados.

Claro que os assassinatos existiam, mesmo que fossem pouco numerosos. No planeta todo, aconteciam cerca de dois mil e quinhentos assassinatos por ano, mais ou menos a mesma coisa que nas cidades de Nova York e de Chicago, dos quais a maioria nem era cometida pelos vampirus, mas por trolls, que entregavam os cérebros quando se tornavam ogros e comiam tudo que se mexesse; ou por elfos, que gostavam de lutar e só aceitavam desculpas de seus adversários quando eles estavam... mortos. Ou ainda por anões, cuja suscetibilidade era legendária. Ou ainda... Bom, por um monte de gente que se matava uma à outra naquele planeta de malucos. Mas em geral eram mais conflitos intraespécies do que assassinatos.

E as guerras não contavam, é claro.

Neste caso, por que só os vampirus eram malvistos em toda parte, com exceção de Lancovit, onde a rainha Titânia e o rei Bear os recebiam com prazer? Isso era uma coisa bem esquisita. E Tara ficava desconfiada. Aqui, o esquisito costumava se transformar em perigo. Vezes demais.

Como a fala seca do presidente estava terminando, Tara precisou prestar atenção de novo.

– E, apesar de estarmos envaidecidos com sua presença – concluiu Drakul –, acreditamos que é uma perda de tempo. Madame Selenba Bragish foi ouvida pela corte de justiça sobre seus numerosos crimes. Ela não os negou. Fez até questão de reivindicá-los. Privada de sangue humano, não vai demorar muito tempo para ficar fraca e morrer, pois nossa alimentação já não é suficiente para ela. O que será um alívio, tanto para ela quanto para este planeta.

Mestre Dragosh parecia cada vez mais uma estátua. Ele era de uma teimosia obtusa, e nada do que Drakul pudesse dizer mudaria alguma coisa. O presidente tinha razão. Um vampiru contaminado com sangue humano se transformava. Sua força duplicava, seu ouvido, seu olfato e seu tato se desenvolviam. Ele passava a ser capaz de obrigar os humanos que mordia, mas não a obedecê-lo e matar cegamente. Dizia-se mesmo que alguns deles tinham se transformado de simples humanos em vampirus, mas a lenda nunca tinha sido confirmada cientificamente. O contaminado pagava um preço terrível. Como não podia assimilar completamente o sangue de boi, nem de vitelo, nem de qualquer outro animal, a exemplo dos outros vampiros, ele era atacado por uma sede insaciável que o levava a matar sem parar. E se tornava mortal. Um contaminado não vivia mais do que quatrocentos a quinhentos breves anos, contra milhares de anos, no caso dos vampirus mais velhos.

O presidente fez uma pequena pausa, esperando sem dúvida que Tara concordasse, mas foi em vão. Ele fez uma leve careta de contrariedade.

– Uma grande facção de nosso governo votou contra sua visita – ele insistiu –, mas alguns de nós julgamos útil permitir que você viesse. Nós somos uma democracia, por isso fiz esta concessão.

Inútil perguntar a qual facção ele pertencia. Tara piscou os olhos, mas foi a única reação que teve. Se o presidente tinha problemas políticos por causa dela, não seria ela, justamente, que lhe daria a menor brecha, nem para discutir o assunto nem para se desculpar. Ele desistiu, lamentando o fato.

– Nossos oficiais de justiça vão providenciar para que vocês sejam conduzidos aos seus quartos. É claro que Vossa Alteza Imperial é nossa convidada na Mansão Negra. Celebraremos sua vinda com um jantar hoje à noite.

Ele surpreendeu o olhar angustiado de Tara e acrescentou, sem a menor sombra de um sorriso:

– Nossos cozinheiros também sabem preparar pratos humanos, fique tranquila, você não será obrigada a provar sangue.

Ele se levantou, majestoso. Era alto. Muito alto. Mais que os elfos. Todos os vampirus se pareciam com grandes galgos sobre patas, magros, vivos, rápidos... Perigosos. Aparentemente, sangue não engordava. Todavia, Tara dizia a si mesma que aquela dieta não conseguiria muitos adeptos.

Ela se retirou, docilmente, e seguiu os oficiais de justiça pela ala do palácio onde ficavam hospedados os visitantes. Que não devia ser ocupada com frequência, pelo jeito afobado dos vampirus que estavam limpando freneticamente as paredes, tirando as teias de aranha e espanando os lustres de cristal negro.

O presidente tinha esperado até o último minuto para abrir os apartamentos de hóspedes, sem dúvida na esperança de que Tara desistisse.

Quebrou a cara.

As bagagens já tinham sido distribuídas. A guarda de Tara ficaria hospedada nos quartos em volta da sua suíte. Xandiar organizara os turnos de guarda e dois soldados ficariam postados diante de sua porta. Havia um quarto vizinho ao de Tara em sua suíte para Grr'ul, que se apoderou dele com prazer. Dormir na floresta era bom, mas os trolls eram como todo mundo, gostavam de conforto.

Os cômodos eram decorados em estilos diferentes. O grande e o pequeno salões, assim como a sala de jantar particular, com móveis graciosos, Luís XV, com pés arqueados, feitos de madeira preta e fosca, que, assim que perceberam a presença de Tara, vieram correndo para que ela pudesse se sentar. No quarto de Grr'ul, os móveis, mais modernos, se pareciam um pouco com estranhos e contorcidos instrumentos de tortura, feitos de um metal branco que brilhava um pouquinho. Quanto ao dormitório principal, o de Tara, que dava para o parque com enormes baias vidradas, ele era... cor-de-rosa.

Alguém, em alguma parte daquele palácio, devia ter lido livros sobre garotas humanas e entrado em verdadeiro pânico por ter que receber a herdeira de Omois, quando nada estava realmente pronto, e transformou o quarto numa coisa rosada, cheia de bichinhos de pelúcia bem felpudos, uma escrivaninha marchetada de lindas flores e passarinhos trinando, que enchiam todo o cômodo com seu canto, um caderno rosa com o título "Diário de uma princesa", além de uma grande caneta rosa com um coração na ponta.

Até mesmo as paredes estavam recobertas com um estranho tecido cor-de-rosa, que dava a impressão de respirar. Só as cortinas, as cornijas e os suportes eram pretos, o que produzia um efeito... esquisito.

Tara evitou cruzar o olhar com o de Grr'ul, pois sua guarda-costas estava se segurando para não cair na gargalhada.

Ao menos ela tinha certeza de uma coisa: não receberia ninguém naquele quarto, em hipótese alguma.

Dois lacaios vieram arrumar a bagagem de Tara (graças à trocadeira, ela tinha pouca coisa), enquanto ela se instalava no salão. Depois eles fizeram uma reverência e a deixaram, não sem antes lhe mostrar o toalete – que era tão grande que dava para fazer esqui náutico na banheira. O banheiro era animado por uma estranha sereia com dentes supercompridos, por no mínimo três penteadeiras prateadas com espelho incorporado e meia dúzia de elementares do Ar e da Água só para servi-la.

Assim que os vampirus saíram, Xandiar voltou com um estranho aparelho, equipado com um monte de luzinhas que piscavam.

Diante do olhar inquisidor de Tara, ele abriu um sorriso malandro.

– Senê me deu essa pequena maravilha. Nossos pesquisadores fizeram uma adaptação a partir de um modelo terráqueo, utilizado por um país chamado CIA.

Senê Senssass, Chefa dos Camuflados, o serviço secreto de Omois, era uma thug também e uma temível espiã. Xandiar ainda não tinha entendido, mas Senê tinha a firme intenção de se casar com ele. Toda a Corte sabia disso, e as apostas corriam soltas. Os prognósticos eram de quatro contra um, de como ela conseguiria o que queria antes do final do ano...

– Bom, a CIA não é um país – explicou Tara –, é uma agência de informações que trabalha para um país que se chama Estados Unidos da América.

– Sim, Vossa Alteza – respondeu diplomaticamente Xandiar, que se lixava para aquilo, como para sua primeira espada. – Essa máquina é capaz de identificar e neutralizar qualquer dispositivo de espionagem. Vou lhe mostrar.

Ele apertou um botão e na mesma hora aconteceram pequenas explosões em volta dele. Em toda parte, inclusive no quarto de Grr'ul, que saiu com um ar aflito e que eles tiveram dificuldade de acalmar. E também nos banheiros.

Tara achou esse último detalhe realmente encantador. O que é que aqueles vampirus estavam pensando, que ela ia fazer conferências secretas dentro da banheira?

Na mesma hora, o quarto ficou um pouco menos rosa e um pouco mais preto.

E sentiram um forte cheiro de queimado. Prevenido, Xandiar checou para ver se não tinha posto fogo na mansão do presidente dos vampirus, depois levitou, para chegar ao alto do teto de seis metros, e com seus quatro braços tirou delicadamente o que sobrava das skups e dos microfones escondidos que ele tinha descoberto.

– Ora, ora – ele exclamou, com uma imensa satisfação. – Vou devolver esses brinquedinhos aos oficiais, com os nossos cumprimentos, depois de neutralizar seus irmãos e irmãs no corredor e em nossos quartos. Até já, Vossa Alteza.

– Isso foi... impressionante, Xandiar – Tara o cumprimentou –, dê lembranças minhas à Madame Senê Senssass e lhe diga o quanto nós gostamos de sua ajuda.

– Isso será feito, Vossa Alteza Imperial.

Ele fechou novamente a porta preta contra a parede preta.

O restante da suíte era... principalmente preta. Superoriginal, comparando com o resto do palácio. Amplas janelas se abriam sobre a paisagem fria da Krasálvia, dominada pelos Montedouros. Já era noite, e as duas luas, Tadix e Madix, brilhavam no firmamento.

A viagem terminaria sem nenhum outro ataque ou surpresa negativa. Tara apreciava a perfeição geométrica das plantações de forragem vampiruas, a fria majestade das montanhas... e sua trocadeira bem quentinha.

A hospitalidade vampirua tinha previsto etapas para os prestigiosos convidados, e assim que atravessaram a fronteira puderam dormir em albergues onde haviam sido reservados quartos para todos. Tara e Fabrice acharam realmente esquisito aquilo de ver vampirus donos de albergues, vampirus camponeses, vampirus sapateiros, ou vampirus pedreiros.

Comparando com a imagem menos exótica dos filmes que tinham visto na Terra, e com a impactante personalidade de mestre Dragosh, aqueles vampirus vistos em sua vidinha do dia a dia pareciam extremamente pé no chão. E, no entanto, isso era bem lógico, pois eles não podiam passar o tempo todo correndo atrás de garotas de camisola para levá-las a torres lúgubres. Quando se é dono de um país, o mínimo que se faz é providenciar para que ele funcione direito.

O presidente tinha pensado nas suas necessidades humanas, enviando víveres em cada etapa, mas alguns donos de albergue ficaram completamente horrorizados quando souberam que para que os visitantes comessem eles precisavam *cozinhar* a carne...

Alguém bateu à porta e, sem surpresa, Tara viu aparecer mestre Dragosh, com uma expressão preocupada no rosto. Ele fungou por um instante, sentindo o cheiro de queimado, mas, notando a cara de paisagem de Tara, Fabrice e Grr'ul, nem perguntou o que estava acontecendo.

Ou, então, ele já sabia a resposta.

Tara se sentou num sofá tão preto que dava a impressão de que ela absorvia a luz e encarou o vampiru.

– Pronto, mestre Vampiru. Nós estamos aqui, dispostos a ajudá-lo da melhor forma possível. O que você espera de mim exatamente? O presidente tem razão. Você não pode simplesmente soltar Selenba... e, a não ser que haja algum candidato ao suicídio, não acredito que a dieta dela, de "eu mordo e você morre", se torne muito popular.

Mestre Dragosh alisou o queixo, num gesto bem humano.

– Não pedi que você viesse até aqui para inocentá-la.

Ah, ele me chama de você. Interessante. Ele que, geralmente, é tão cerimonioso...

Tara arregalou os olhos.

– Ah não?

– Não, você não conseguiria fazer isso. Ela cometeu tantos crimes que de qualquer jeito é culpada, e assume. Pior ainda, gaba-se... Como se morrer não tivesse importância. Para salvá-la, só existe uma única solução.

– Ah sim? Qual?

– Eu quero que você a cure.

Chocada, Tara deu um pulo.

– O quê?

Depois, antes que o vampiru pudesse responder, ela sacudiu a cabeça, incrédula.

– Mas achei que essa doença fosse incurável, e que você já tivesse tentado, cada vez que aparecia um caso. E que você tivesse fracassado...

O vampiru nem piscou. Todos aqueles fracassos tinham custado caro. À toa.

– Você ainda não existia, naquela época – ele respondeu calmamente. – E, por mais poderosos que sejam meus congêneres, eles não têm exatamente o mesmo tipo de magia que você. Tara, você é a única que pode salvar Selenba, mas não sei como isso pode se refletir em você.

A troll verde se aproximou, desconfiada.

– Por quê?

– Porque pensei à beça sobre como poderíamos fazer para curar meu amor. Quando Tara foi afetada por um acréscimo de magia, foi porque o dragão renegado manipulou seus genes. Ele trabalhou num nível microscópico. É o que Tara precisa fazer agora. Atingir o nível mais profundo das células de Selenba e tocar seu DNA.

Grr'ul cruzou os braços e estremeceu. Tara também.

– Isso não bom – declarou a grande troll verde, que tinha passado novamente para o modo de funcionamento "mim Tarzan você Jane".

Ela se colocou atrás de Tara, como que para protegê-la do vampiru, e acrescentou:

– Isso perigoso.

– Sim – confirmou mestre Dragosh, impassível. – Ela pode matar Selenba se fracassar.

Ele se sentou com a cabeça um pouco vergada de dor.

– Mas minha querida está condenada à morte, de qualquer jeito não tem nada a perder.

Tara engoliu em seco. Agora ela entendia por que o vampiru tinha escondido seu plano. Ela não teria vindo se soubesse da verdade.

Será mesmo que não?

Claro que sim, precisava se apoderar do protótipo do anel de Kraetovir e, missão impossível ou não, ela tinha a firme intenção de tentar.

– Ela é como o Angelus, é isso? – perguntou Fabrice, que professava uma absoluta adoração por Buffy. – Caso se devolva sua alma, ela se tornará uma gentil vampirua, o equivalente do fiel Angel.

Mestre Dragosh olhou para ele com dois olhos bem abertos. Tara sorriu para Fabrice e, no espaço de um instante, os dois adolescentes voltaram a ser terráqueos fãs de séries de televisão, na frente de um adulto incapaz de entender o que estavam dizendo.

Aquele momento mágico passou e Tara ficou triste. Fantástico! E como é que ela ia fazer para devolver a alma a Selenba? Principalmente porque a vampirua não tinha exatamente perdido a alma. Ela só tinha sido envenenada com sangue humano por Magíster.

Grr'ul ergueu seus musculosos ombros verdes. E falou do detalhe mais delicado e chato.

– Que preço pagar, Tara? Se vampirua morre, Tara desolada, nós recomeçar, pronto, tchau? Tara salva?

Safir Dragosh hesitou.

– O... processo é delicado – acabou admitindo. – E longo. Claro que não estou pedindo que você arrisque sua vida para salvar Selenba, mas devo confessar que não sei o que pode acontecer se você mergulhar demais no processo de cura e Selenba morrer...

Fabrice empertigou-se no sofá onde estava esparramado, assustando Barune, que ele acariciava distraidamente.

– É uma péssima ideia – interveio o jovem terráqueo, alarmado. – A rainha Carmim levou milhares de anos para transformar os humanos do continente proibido em loboshomens, e o custo foi terrível. Ela matou milhares de pessoas, antes de conseguir *nos* estabilizar. Muitos de seus dragões foram mortos ao mesmo tempo que os espécimes das experiências nessas tentativas. E ela era uma respeitada cientista, especializada em genética, o que Tara não é.

Tara não gostava do "*nos*", achava que Fabrice tinha uma certa tendência a esquecer que primeiro ele era humano, depois lobohomem.

Mesmo assim, seu amigo tinha razão. Ela só tinha quinze anos... Bom, dali a alguns dias, e com exceção de lutar por uma magia que não tinha nem pedido nem desejado, ela não tinha mais do que tudo o que seus tutores e a mãe lhe haviam ensinado.

E que não dizia de jeito nenhum respeito ao DNA de quem quer que fosse. Caramba! A única experiência científica que ela fizera tinha sido dissecar uma rã na escola, na Terra, o que a deixou enjoada durante dois dias!

– Eu... não gosto muito que me ponham diante de um fato consumado. Não posso tomar essa decisão assim tão depressa – ela declarou, bendizendo mentalmente a tia, por lhe ter ensinado essas respostas tão diplomáticas. – Preciso pensar. Dou minha resposta amanhã.

Grr'ul, Fabrice e mestre Dragosh olharam para ela do mesmo jeito. Ela devia ter uma sólida fama de batalhadora, porque os três fizeram um ar surpreso. Tara vestiu a capa da dignidade e fez cara de santa.

– Meu amor está ficando mais fraca de hora em hora – comentou gravemente o vampiru. – Mas respeito vossa sabedoria. Não é uma decisão fácil de ser tomada.

Ah, ele voltou ao tratamento cerimonioso, o que quer dizer que não gostou da minha resposta...

– Enquanto aguardo por vossa decisão, aceitaríeis que vos ensine o método a ser aplicado? A fim de que possais avaliar todos os riscos envolvidos?

Tara hesitou, e depois concordou com a cabeça. O vampiru lhe deu um livrinho. Tara olhou para ele com um ar interrogativo.

– Este é o método do qual falei, Vossa Alteza, acrescentei alguns esquemas e gráficos, para ajudá-la a captar plenamente como funciona o processo.

Plenamente era mesmo a palavra! O tal livrinho tinha pelo menos cento e cinquenta páginas! Tara suspirou discretamente e depois o abriu. A vantagem, no OutroMundo, é que os livros são impressos diretamente no cérebro dos leitores, não é preciso ler ou reler para aprender, basta ler uma única vez.

Aquilo não demorou, pois os gráficos, que ocupavam muito espaço, estavam ali só para ilustrar. O texto que explicava o método não passava de umas trinta páginas. E, depois de entender, não era assim tão complicado.

O vampiru esperava pacientemente que Tara terminasse. Fabrice, fascinado, tinha se colocado ao lado dela e fazia umas caretas quando os esquemas eram um pouco... explícitos demais. Grr'ul, impassível, dava uma olhadinha de vez em quando, esverdeava um pouco e em seguida voltava a prestar atenção ao vampiru, sempre alerta.

Quando aquilo acabou, mestre Dragosh estendeu a mão e pegou o livro de volta.

Tara aproveitou para falar de seus planos.

– Se eu decidir ajudá-lo, talvez precise de uma carga extra de magia, além da Pedra Viva. Sei que você recuperou a estrela de Zendra, que permite estudar a magia. Esta não é a única função dela, que também consegue "roubar" o poder dos fadaceiros e passá-lo àquele ou àquela que estiver com ela, aumentando assim sua força. Ela permitiria que eu pegasse a magia dos fadaceiros ou dos vampirus e a utilizasse do jeito que bem entendesse. Onde é que ela está, como é que faço se precisar dela?

Ela evitou cuidadosamente falar do anel de Kraetovir. E, com o coração acelerado, esperou. Mas o vampiru se limitou a sacudir a cabeça de leve, como se aquilo fosse óbvio, e tirar sua bola de cristal, com um gesto elegante.

– Nós ficamos surpresos por encontrar a estrela de Zendra com Selenba quando ela foi capturada. Fazia milênios que essa maquineta estava desaparecida. É uma mistura estranha de ciência e magia, e nós achamos que ela ainda não revelou todos os seus segredos. Venha, vou mostrar onde está.

Ele se aproximou da escrivaninha magnificamente marchetada de madeira clara e escura, com motivos de flores do OutroMundo, e se instalou na frente do computador, no vão feito para isso. A tela de cristal se iluminou automaticamente.

Atrás dele, Tara tirou a Pedra Viva do bolso e murmurou mentalmente algumas palavras. A bola se ergueu e ficou preta, e depois se perdeu nas sombras acima do vampiru, mas sempre observando tudo o que ele fazia.

O vampiru digitou rapidamente sua senha na bola de cristal, escondendo aquele campo de visão, de modo que nem Tara nem Fabrice conseguissem ler. Depois fez a conexão e acessou a planta do palácio, que apareceu diante deles.

– Pronto. Ela está nos nossos laboratórios, seis andares abaixo do vosso apartamento, Vossa Alteza – ele explicou, mostrando uma sequência de aposentos piscando em vermelho –, com outros objetos cuja estrutura e funcionamento nós estudamos. Vou ver como posso fazer para vos entregá-la.

A primeira parte de seu plano tinha funcionado, agora Tara tinha a confirmação de que a estrela estava mesmo no palácio presidencial. Só faltava esperar que o anel também estivesse ali.

– Eu também preciso dar um aviso – continuou Safir num tom grave, guardando no bolso a bola de cristal, que passou de azul e prata, as cores de Lancovit, para preto e prata, as cores da Krasálvia. – Dizer não para nós não é assim tão fácil. Mesmo sem tê-los mordido.

Tara, ainda toda contente com sua minivitória, não estava entendendo. Mesmo que fosse mordida para obedecer, isso não teria o menor efeito, já que todo seu séquito e ela mesma tinham sido imunizados contra a saliva hipnótica dos vampirus. Para o caso de...

– Hum, isso é uma charada?

Ele abriu um estranho sorriso e de repente, sem um gesto, se pôs a... resplandecer. Sim, essa foi a única palavra que veio à mente de Tara. A pele dele começou a brilhar, como se estivesse sendo iluminada de dentro para fora. Seus olhos assumiram a cor perfeita de um cintilante rubi, e em seguida, sem prévio aviso, eles assumiram um olhar humano, inclusive as pupilas, adotando a cor rutilante de um ouro tremeluzente de verde, hipnotizante, soberbo. Seus cabelos brilhantes pareciam ter sido tecidos da mais suave e preciosa seda negra, e ocorreu a Tara a ideia absurda de tocá-los, para ver se era isso mesmo. Seus traços se afilaram, formando um rosto tão sedutor, tão perfeito, que só se podia ficar apaixonada por ele na mesma hora.

Já não se viam mais seus caninos. Só se enxergava sua beleza.

Naquele instante, ele personificava perfeitamente aquele poema de William Blake que ela adorava:

> "Tigre! Tigre! Faiscante de fogo
> nas florestas da noite,
> que mão ou que olho imortal
> souberam criar tua assustadora simetria?
> Em quais abismos e quais céus profundos
> queimou o fogo de teus olhos?
> Sobre quais asas ousou ele se elevar?
> Com qual mão ousou ele se apoderar desse braseiro?..."

Era exatamente isso. Ele era sublime, mas continuava sendo um tigre. Um comedor de humanos.

O vampiru se aproximou de Tara e ela sentiu um sopro inacreditavelmente quente sobre seus lábios quando ele se inclinou sobre ela, como se fosse beijá-la.

Para o inferno! Isso era tudo o que ela queria naquele momento. Galante relinchou, em alerta, mas Tara não reagiu. A angústia mental do pégaso ficou abafada pela atração fatal do vampiru.

– Você vai me ajudar, doce e bela Tara? – ele murmurou, com uma voz tão sensual que ela sentiu seus joelhos se liquefazerem.

Todo e qualquer pensamento racional tinha desertado do crânio da garota, inclusive o fato de que alguns meses atrás mestre Dragosh ainda era um inimigo. Ela abriu a boca para dizer que sim. Se aquele ser na sua frente a tocasse, tudo o que ele quisesse, conseguiria.

– Uau – disse Fabrice –, não sinto especialmente nenhuma atração por garotos, mas no caso desse aí eu bem que poderia abrir uma exceção!

Aquele comentário foi tão esquisito que Tara piscou. No espaço de um instante, lembrou-se de que aquilo que estava ali, diante dela, era mestre Dragosh.

Alguma coisa... alguma coisa estava muito errada.

Barune trombeteou e Galante relinchou de novo, sensível à aflição que estava sentindo, mas paralisado pela reação de sua parceira. Ela ativou sua magia, sem muita certeza do que deveria fazer. O vampiru lhe sorriu ternamente, e em seguida tocou seu braço. A suavidade daquele contato a fez tremer, e ela perdeu de novo o fio de seus pensamentos. Sua magia se apagou. O vampiru quase roçou seus lábios, mas suspirou e se afastou. Ele continuou luminoso. E Tara sentiu que seu poder de atração tinha dificuldade de se conter.

Mas ele se segurou e ela conseguiu respirar de novo e pensar quase normalmente.

– Ah – murmurou Safir, lamentando –, fazia tanto tempo que eu não utilizava meu carisma para... brincar.

Tanto Tara como Fabrice olharam para ele com estupor. Grr'ul não tinha nem pestanejado, apesar de uma ruga que franzia sua testa, e de sua grande mão verde estar distraidamente pousada em cima do porrete. Os trolls tinham sem dúvida o costume de dar uma de vampiru de vez em quando.

– Caramba! – Fabrice acabou dizendo. – Como é que você faz isso? Você não quer me ensinar?

– Fabrice! – exclamou Tara, que ainda sentia as maçãs do rosto vermelhas de emoção.

Ele se virou para ela com aquela vivacidade inumana que ela já notara.

– É genial como poder. Por ora, não passo de um lobohomem besta, sou até um dos mais importantes da matilha, porque eles me respeitam pelo que fizemos por eles e também porque sou o único que detém o poder da magia, mas não sou nenhum figurão.

Com um troço desses eu poderia ser um lobo alfa em menos de um minuto!

O vampiru sorriu de novo, escondendo as presas. Ele não era humano, nem um pouco, mas de repente, por um minuto, alguma coisa em seu estranho poder o aproximou deles, pois não foi arrogância que apareceu naquele magnífico rosto, mas vulnerabilidade.

– Sinto muito, jovem lobo, mas este é um poder muito nosso, e que não podemos transmitir. Ele nos permite convencer nossas presas a aceitarem ser mordidas. E, quando nós as mordemos, transformamos a dor numa sensação muito agradável. Claro que não devemos utilizar isso com os humanos. Mas vários vampirus, inclusive nosso presidente, não ficam nada contentes por terem visitantes estrangeiros, especialmente agora.

Agora? Por quê? O que é que você e os seus estão tentando esconder do resto do OutroMundo, Safir?

Ele ainda rebrilhava, ainda assustadoramente belo, e era tentador acreditar em tudo o que dissesse. Tara fechou os olhos. Sim, agora que tinha sido avisada, ela sentia o poder do vampiru, como uma onda de calor quente e reconfortante na qual dava vontade de rolar. Ele não avaliava de jeito nenhum o poder que tinha sobre ela, como tinha feito dois minutos antes. Felizmente.

Ela abriu novamente os olhos e lhe deu um sorriso tremulante. Galante a rodeava, consolando-a, e endereçando olhares sombrios ao vampiru.

– Obrigada por ter nos avisado, mestre Dragosh – ela articulou lentamente, confesso que fui pega desprevenida, nós teríamos provavelmente levantado acampamento antes do final da noite. Seria... Seria superchato.

– Ver uma vez como fiz deve lhes ter ensinado, para o caso de nosso presidente, ou qualquer outra pessoa, tentar utilizar o carisma dos vampirus contra vocês. Agora, precisam encontrar um jeito de resistir. E como vocês puderam constatar, não é nada fácil. Até mesmo seu jovem lobohomem sucumbiu ao carisma.

– Sim, tudo bem, mas chega – Fabrice rosnou, envergonhado. – Não precisa repetir, eu hein!

– Nossas... mulheres também gostam de usar o carisma, jovem lobohomem, tome cuidado. Aqui, você é uma presa fácil, mesmo protegido pelo estatuto de diplomata de Sua Alteza. Não é nada difícil acontecer um incidente. Se você cair na armadilha, então Sua Alteza também cairá. E meu amor morreria.

– Vou me comportar – Fabrice confirmou, não muito animado. – Ninguém vai me hipnotizar contra vontade.

– É justamente aí que está o problema – observou Safir –, não seria contra a sua vontade. Você nunca viu uma vampirua em todo seu esplendor. Confie em mim, mesmo para nós é difícil resistir. Agora, você já foi avisado. Conto com você.

– Safir?

– Vossa Alteza?

– Será que você poderia fazer uma... pequena demonstração para os meus thugs, por favor. Por favor? Eu não gostaria que suas mulheres brincassem com minha guarda. Nós neutralizamos as skups e os microfones em toda esta ala do palácio, você pode ir tranquilo.

– Devia ter pensado nisso, Vossa Alteza, é claro. Vou fazer isso agora mesmo.

Ele se inclinou diante de Tara e sua mesura era puro poema. Em seguida, saiu, e Tara ficou com a impressão de que toda a luz estava saindo com ele.

Antes que a porta preta se fechasse, eles ouviram o soluço de surpresa cheio de admiração dos dois guardas que estavam a postos.

A Pedra Viva saltou do teto e voltou a se colocar na mão de Tara, que proferiu uma comunicação mental: inútil avisar Fabrice.

– *Amiga, você conseguiu decifrar a senha? Será que conseguimos acessar o mapa?*

– *Sim* – respondeu a Pedra Viva com um leve desdém. – *Isso fácil, linda Tara, me chama se precisar mim, combinado?*

– *Combinado.*

Fabrice não tinha prestado atenção àquilo. Ele ainda estava olhando para a porta, de boca aberta com o estranho poder do vampiru.

– Você tinha imaginado uma coisa dessas? – ele disse afinal.

– Não, nem por um único instante. Ele deve "desligar" seu carisma quando está entre os humanos. Com um poder desses, os vampirus deveriam ser os senhores do planeta! O que acho curioso é que Selenba nunca fez uso dele.

– Não, o estilo dela é destroçar as pessoas, causando-lhes o maior mal possível – respondeu sombriamente Fabrice, que ainda estava furioso pelo que a vampirua o tinha feito sofrer. – Ela se deleita tanto com o medo alheio quanto com a dor. Aliás, a esse respeito você não deve tentar curá-la, Tara, pode acabar morrendo!

– Não sou tão fácil assim de matar – Tara respondeu, tentando apagar a radiosa imagem de suas pupilas. – E, se sentir que não vou conseguir, sempre posso me soltar. O que é que você faria no meu lugar? Você tentaria salvá-la sabendo que na realidade ela não passa de uma vítima?

– Eu? Deixaria ela se danar – repetiu Fabrice, com raiva. – Ela me mordeu, fez de mim um fantoche. Acredite em mim, Tara, Selenba é uma carniça. Ela poderia ter lutado contra esse vício. Todo mundo pode lutar.

É verdade, ele não estava errado. Mas como a missão de Tara era dupla, e como não tinha a menor intenção de lhe contar isso, era preciso que abrandasse sua raiva, pois não precisava de mais um obstáculo em seu caminho.

Ela encarou o jovem terráqueo louro e depois, plantando seus olhos azuis nos negros olhos brilhantes dele, lembrou:

– Você foi transformado em lobohomem por azar, por falta de sorte. E por acaso você pode lutar contra essa transformação?

– Isso não faz de mim um assassino com sede de sangue – Fabrice ofendeu-se, chocado.

– Mas, se fosse o caso, você teria podido lutar? Combater e recusar a se transformar para não matar? Ou você teria escolhido... sobreviver?

Fabrice abriu a boca... e fechou novamente. Tara conhecia o amigo. Ele era honesto. Não podia mentir para si mesmo. O instinto de sobrevivência era forte. E ele tinha ainda mais consciência disso desde que seu corpo escapava parcialmente dele, do seu controle. Tara tinha razão, era difícil lutar contra a sede de sangue quando o lobohomem assumia o controle. Ele não tinha intenção de lhe contar que a única coisa que descobriu para controlar essa sede era caçar. E os animais do OutroMundo sendo o que eram, especialmente no continente proibido, bem mais selvagens que o resto do planeta, nem sempre era ele o caçador...

– *Mas isso perigoso* – interveio Grr'ul, que continuava sintonizada no modo rústico. – *O presidente Drakul de acordo*?

Ahã! Ela estava fazendo uma boa pergunta. Se o presidente estivesse a par da tentativa de cura imaginada por mestre Dragosh, não devia estar gostando muito da ideia, sobretudo se de quebra sua preciosa convidada resolvesse arriscar a vida. O que talvez explicasse por que mestre Dragosh acabava de presenteá-los com seu pequeno número de pirilampo. Para imunizá-los.

– Hum... Acho que não – Tara refletiu, depois de escutar de novo, mentalmente, o que o presidente tinha dito. – Ele só falou do castigo. Nem falou da possibilidade de cura. Nós vamos ver isso hoje à noite na recepção. Aliás, se ele tentar me fazer mudar de ideia, não sei muito bem como vou poder desobedecer sem criar um incidente diplomático de primeira!

Ela mordeu o lábio inferior, pensativa.

– Bom, por ora não posso fazer muita coisa, além de tomar um bom banho e me preparar para a recepção. Grr'ul, você quer tomar banho primeiro?

Apesar de ali haver três banheiros, a troll não podia tomar banho ao mesmo tempo que Tara, porque precisava vigiá-la. Senão, algum thug podia entrar enquanto ela estava embaixo do chuveiro.

– *Grr'ul espera Tara limpa* – ela confirmou.

– OK, então até daqui a pouco.

– Eu posso esfregar suas costas – Fabrice brincou, para checar se Tara não estava brava com ele.

Ela lhe devolveu um delicioso sorriso, que esquentou a ponta das suas orelhas.

– Não se preocupe, eu me viro. Descobri uma outra função para a trocadeira, incluindo a gomagem da pele, inclusive das costas, e manicure. Não entendo como minha avó pôde ficar sem ela, essa coisa é genial!

– Hum... estou vendo que entre mim e uma entidade encantada você não pensa duas vezes!

– Mas você também é uma entidade encantada, Fabrice!

E Tara bateu a porta do imenso banheiro.

Fabrice sorriu, virou-se e se viu nariz a umbigo com Grr'ul. A troll olhava para ele com uma inquietante intensidade.

– Você amar Tara? – ela perguntou de repente.

– Eu amar muito Tara – Fabrice respondeu sem deixar de sorrir.

– Você amar mais princesa Glória?

O sorriso de Fabrice sumiu.

– Claro que sim! Que pergunta.

– Os trolls amam só uma pessoa, não duas. Você precisar escolher, senão duas vão sofrer.

– Essa agora – Fabrice brincou –, veja só, você fazendo rimas!

– Isso não engraçado, isso importante.

– Tudo bem – Fabrice mentiu descaradamente. – Tara é minha melhor amiga e adoro Pardal, então pode ficar sossegada, gorducha!

A troll verde continuou olhando para Fabrice, mas depois desistiu, diante do seu rosto sereno.

– Grr'ul não gorducha – ela fingiu reclamar.

– Ah não? – zombou Fabrice, para lá de contente por ver que seu comentário não tinha passado em brancas nuvens.

– Não, Grr'ul enorme.

Depois de responder ela foi se postar diante da porta do banheiro, com os braços cruzados e as sobrancelhas franzidas.

Fabrice tinha errado o alvo. Para os trolls, quanto mais se é gordo, mais se é bonito. Droga. Chateado, ele fez um sinal com a cabeça – bem seco – e saiu. Do outro lado do corredor, a luz do vampiru bailava embaixo da porta do quarto de Xandiar, fazendo rebrilhar o mármore preto salpicado do ouro do sol. Ele devia estar fazendo sua demonstração. E viu a cara dos dois thugs dentro de seus uniformes de gala púrpura que o cercavam, aparentemente eles tinham aproveitado bem...

De repente Fabrice sentiu os joelhos fraquejarem e se encostou contra a porta. Respirou fundo, ao lado de Barune, que o olhava com um ar preocupado. Ele estava em maus lençóis. Realmente amava Pardal, apesar de ela não entender que seu súbito estado lobohomem tinha mexido com ele. A jovem fadaceira podia se transformar em fera, mas isso não mexia com a cabeça dele. Mesmo quando eles caçavam juntos, a Fera era tão rápida e feroz quanto ele.

O que ela não entendia era que o lobohomem em Fabrice não o obedecia com muita facilidade. Ele precisava... entrar num acordo com aquela metade. Contrariamente aos outros loboshomens, ele não tinha nascido daquele jeito. Precisava aprender.

Para entender melhor, ele tinha decidido passar algum tempo no continente proibido, vivendo com os loboshomens, correndo com eles, rindo com eles, construindo com eles. Caçando com eles.

Matando com eles.

E evitou contar a Pardal que, quando caçava com seus novos semelhantes, as garotas lobas o achavam bem apetitoso. E não exatamente para jantar.

Algumas delas eram realmente gost... quer dizer... lindas. Até agora ele não tinha cedido, fiel a Pardal. Mas muitas das ocupações da matilha giravam em torno daquela "atividade". Os lobos eram bem mais liberais do que os humanos. E isso era um problema que ele precisaria resolver um dia ou outro. E agora eis que seu coração estava indeciso, batendo também por Tara.

Ela o atraía cada vez mais. Como uma chama que enfeitiça a borboleta que vai queimar as asas. E virar fumaça.

Sem falar que ele podia imaginar a reação de Pardal se percebesse que ele estava se apaixonando por sua melhor amiga.

Ela era capaz de matá-lo. Não, ela não o mataria, mas ele corria o risco de passar por um mau bocado.

Fabrice suspirou alto, atraindo o olhar inquisidor dos guardas. Mas, afinal de contas, ele passaria um tempo com Tara e logo veria o que ia acontecer. E, além disso, Tara era apaixonada por Robin, mas quem sabia realmente o que acontecia entre V'ala e o sedutor semielfo?

7

A elfa violeta, ou: quando se quer passar despercebida, é melhor não dançar em cima das mesas...

Robin estava a ponto de cometer um assassinato. Danem-se os Dizedores de Verdade. A única coisa que teria que fazer era se exilar em um planeta onde eles não existissem. Como o Limbo. Ou o Inferno. Tudo, menos ter de suportar as tramoias de V'ala por mais um minuto que fosse.

A elfa violeta não conseguia entender de jeito nenhum que Robin não gostava dela, que ele não quisesse tran... sair com ela.

E menos ainda se tornar seu coleguinha.

Ele podia dizer o que quer que fosse, não adiantava. Não havia nada que pudesse ser feito, apesar de toda sua paciência. Ela parecia surda, ou então mudava de assunto, ou provocava uma briga em que ele sempre perdia, inevitavelmente.

Não era nada agradável de se dizer, mas, apesar das aulas de Llillandril, a elfa violeta era ao mesmo tempo mais rápida e bem melhor guerreira que ele. Apesar de na última vez ele não ter acabado com os dentes enfiados na areia, como de costume... E ele chegou até a vislumbrar um lampejo de admiração no olhar verde da elfa.

Robin borrifou seus cabelos tingidos de branco-prata para disfarçar as mechas pretas, exageradamente humanoides. Mas o que é que ele estava dizendo! Ele se lixava completamente para a admiração de V'ala!

Furioso, fixou o olhar sobre o objeto de sua raiva. V'ala estava sacolejando em uma taberna entupida de estivadores e piratas meio bêbados... Aliás, alguns completamente bêbados, que davam urras e atiravam para ela uma verdadeira chuva dourada e prateada de créditos-mutação. A pele violeta da jovem elfa brilhava de suor, atiçando os espectadores. Seus cabelos violeta esvoaçavam, formando entrelaçamentos mais escuros sobre sua pele, e seus olhos de um verde delicado faiscavam. Ela era... inesquecível. Estava fazendo exatamente o contrário do que eles supostamente deveriam fazer, droga! Ao lado dele, Surv se agitava, sensível ao péssimo humor do amigo. A hidra minituarizada assobiou e ele a colocou em cima do ombro para acalmá-la. Ela envolveu seu pescoço com várias de suas cabeças, como um colar vivo, até suas costas, olhando com atenção o que estava acontecendo atrás dele para poder lhe contar.

Desde que ele tinha se ligado a Surv, Robin descobrira que seu Bicho de Estimação era tão brincalhona quanto despreocupada, mas também que gostava de aprender. Ela é que tinha tido a ideia de utilizar suas várias cabeças para vigiar a retaguarda. E que treinara para se deslocar com os olhos fechados, e, depois de alguns galos nas cabeças e alguns machucados, agora a comunicação estava indo muito bem. Às vezes ela vacilava um pouco, sob o choque das imagens que recebia de todos os lados, mas seu método tinha salvado a vida dos dois em mais de uma ocasião. Ele acariciou uma de suas cabeças, e a hidra ronronou de prazer, como um grande gato azul-esverdeado.

Eles estavam em Águ'salgada, importante porto do mar das Brumas, em uma taberna à beira-mar. Construído com sólidos torrões de terra vermelha, o albergue da Brilhante Entulhada-Bebedeira lembrava a escória do OutroMundo: piratas, ladrões, assassinos de todo tipo. Ali as brigas eram frequentes, e a palha que recobria o chão não servia só para absorver a brr'erveja que era derramada. Duas sereias velhuscas com escamas azuis serviam as bebidas, flutuando em suas bolhas de água, evitando habilidosamente os bêbados.

Álamos milenares mergulhavam suas raízes em uma água cheia de minerais e sacudiam as folhas agitando seus galhos, cuja seiva envenenada era famosa por seu efeito rápido e quase impossível de detectar. Milhares de anos eram necessários para obter essa seiva, que permitia se livrar dos indesejáveis, e seu preço era astronômico. Frascos de veneno já preparados esperavam pelos apreciadores. Elfos de todas as cores, brancos, pretos, violeta, bebiam o famoso llivuril, licor fumegante e fervilhante que sua raça tanto apreciava. E que era proibido em praticamente todo o resto do OutroMundo. Um troll meio transformado em ogro salivava diante de meia dúzia de gigantescas costeletas de traduc. Ele estava esperando pelo próximo contrato, e, se já não tinha dinheiro para comprar o prato de carne, na plateia era só escolher. Razão pela qual os outros convivas mantinham uma distância respeitosa. Ele era maior que os trolls, e em sua pelagem verde se misturavam pelos marrons. Ninguém nunca tinha visto um ogro. E os que viram não estavam ali para se gabar, pois não tinham sobrevivido. As pessoas chamavam os trolls semitransformados de ogros, mesmo que esse não fosse exatamente o caso.

V'ala e Robin tinham se vestido com roupas magníficas, mas sujas e remendadas, como se eles tivessem sido ricos e sua sorte mudado.

Combinava com as roupas dos outros clientes. Muito a contragosto, Robin precisou deixar o arco de Llillandril no hotel, por ser bem mais brilhante. A arma viva tinha reclamado, mas sua beleza não combinava com o novo disfarce dos dois elfos.

Eles estavam perseguindo o famoso capitão SangueNegro. Um tritão renegado que assassinava e saqueava os navios que se aventuravam no mar das Brumas.

Nos últimos tempos, ele tinha afundado um número exagerado de navios omoisianos e lancovianos. A imperatriz Lisbeth de Omois, o rei Bear e a rainha Titânia de Lancovit, pressionados pela associação de comerciantes, acabaram se irritando. A imperatriz tinha mandado vários de seus Camuflados prender o tritão, mas, ou eles eram mortos, ou fracassavam. Os soberanos de Lancovit mandaram então dois Altos Magos, acompanhados de um Dizedor, mas os piratas nem deixaram que eles se aproximassem e resolveram mudar de porto de ancoragem. Havia milhares de portos no planeta, mesmo que aquele tivesse a fama de ser o preferido do capitão tritão.

Por isso Robin e V'ala tinham sido encarregados daquela missão secreta em Lancovit. Eles entregariam seus relatórios diretamente para a imperatriz, sem passar por nenhum intermediário.

No começo, Robin tinha ficado contente, até a hora em que entendeu que eles haviam sido escolhidos porque eram jovens e por isso despertariam menos suspeitas, por um lado, e, por outro, porque a maldita imperatriz de Omois não o deixava dois minutos sozinho com Tara. Pelas entranhas de Bendruc, o Feioso, o que é que Lisbeth achava? Que se ficassem juntos tempo demais ele ia raptar Tara em seu cavalo branco e fugir com ela para se casar? Para começo de conversa, era Tara quem tinha um cavalo – no caso, um pégaso –, e alguém que tentasse raptá-la teria uma bela surpresa. Desde que Magíster tentara essa proeza, Tara havia desenvolvido uma séria alergia contra esse tipo de iniciativa.

Em dois meses, durante os quais eles tinham trabalhado para vários piratas, V'ala e Robin desenvolveram uma bela fama de briguentos... Eles não tinham conseguido desmontar a rede de tráfico que descobriram, até porque essa não era sua missão principal, mas os serviços secretos de uma série de países esperavam com impaciência que aquela operação terminasse por jogar na cadeia um bom número de pessoas, que provavelmente ficariam bem espantadas...

Uma semana antes, Robin soubera por um informante que o capitão ia recrutar novos integrantes. Sua tripulação anterior tinha sido destroçada por ocasião de um assalto mal preparado, e por isso precisava de novos recrutas. Desconfiado, o tritão só aceitava quem fosse indicado. Era preciso ser conhecido de alguém que se responsabilizasse por aquela pessoa, senão, não dava.

Já fazia cinco noites que eles ficavam de plantão na Brilhante Entulhada-Bebedeira, na esperança de ser contratados por SangueNegro, quando V'ala, que se chateava, decidiu desafiar as duas dançarinas do cabaré.

As duas elfas brancas, furiosas, foram obrigadas, ameaçadas por facas e canivetes, a deixar a moça se apresentar. A orquestra de tatzbums[1] tinha agitado os

---

[1] Primos dos camhbums, eles gostam de música e em especial de tudo o que faz *bum*, apesar de serem incapaz de conceber e interpretar melodias delicadas e mais elaboradas.

tentáculos para protestar, mas quando o punhal de V'ala pousou sua ponta entre dois tentáculos eles concluíram prudentemente que era melhor obedecer àquela louca violácea.

No começo, Robin não estava minimamente interessado na dança de V'ala. Ele vigiava o troll e os outros bebedores, enquanto observava SangueNegro. Depois os gritos de admiração chamaram sua atenção e ele acabou olhando.

Na fumaça esverdeada das ervas de Bo'x, que os elfos e os humanos fumavam, por seu efeito ao mesmo tempo relaxante e energizante, os tatzbums faziam os instrumentos musicais ressoar, batendo neles com seus tentáculos sardentos.

Em cima do palco de trr vermelho, V'ala acabava de subir o tom.

Ela se livrara do cinturão, da camisa com peitilho de renda e da calça colante de couro. Usando só um sutiã e uma calcinha tipo boxer violeta, que combinava tão bem com sua pele, que dava a impressão de estar nua, ela tinha tirado seus punhais do cinturão.

E estava dançando com eles...

Seus músculos ondulavam, sua pele brilhava de suor, ela descia e subia, dançando como se sua própria vida dependesse de sua agilidade.

O que era realmente o caso, pois ela jogava os punhais para cima e os pegava de volta, sem se preocupar com o fio da lâmina. Os elfos estavam hipnotizados, e os humanos também. Robin mordia o lábio. Os olhos de V'ala não desgrudavam dele. Era para ele que estava dançando aquela antiga dança élfica de amor e de morte. Mas se seu sangue de elfo fervia e lhe dizia que a agarrasse, a levasse para o alto de uma árvore e fizesse com ela um monte de coisas proibidas para qualquer um com menos de cem anos,[2] sua parte humanoide lembrava-lhe que: primeiro, não havia nenhuma árvore por perto e, segundo, que eles estavam ali para prender SangueNegro e entregá-lo aos Dizedores de Verdade.

Às vezes, ele odiava sua parte humanoide.

Deliberadamente, Robin invocou a imagem de Tara, para recuperar a calma. Ela fazia muita falta, e não via a hora de revê-la. Capturar SangueNegro permitiria, graças ao contrato assinado entre os elfos e Omois, que ele tivesse no mínimo um mês de férias, que tinha a firme intenção de passar com Tara, quisesse a imperatriz ou não.

---

[2] Como os fadaceiros, os elfos passam a ser responsáveis por seus atos quando assumem seus poderes. Mas essa é uma lei outromundiana. Quanto aos elfos, na opinião deles se atinge a maioridade quando se consegue viver mais ou menos até os cem anos.

Isso o ajudava a manter a cabeça no lugar, de modo considerável. Na porta da taberna houve um movimento, e um tritão gigantesco, com os caninos pintados de preto e a pele coberta de tatuagens de símbolos de clãs, entrou. Para andar, ele se apoiava sobre um tridente pontudo. Ou ele estava ferido, e o Reparus não tinha funcionado direito, ou então ele tinha um problema em uma das pernas.

Como todos os tritões e as sereias, que entravam em contato com a terra fora de sua bolha de água, sua cauda de delfim sofrera uma mutação e se transformara em duas pernas musculosas e sem escamas, o que o tornava curiosamente humanoide.[3]

Ele estava acompanhado de dois humanos e de dois elfos cor de violeta, cuja atenção grudou na mesma hora em V'ala. Robin praguejou baixinho. Maldita necessidade de discrição!

O tritão sentou-se a uma mesa, dando um trambolhão no bêbado que estava ali, roncando como um porco. O barulho da queda do sujeito fez os outros clientes tremerem e se afastarem. Sua força era tão considerável quanto seu tamanho.

Robin fez uma careta. Em geral, os tritões eram delgados. É sempre mais fácil nadar depressa quando se tem uma estrutura longilínea. Aquele tritão devia ser um colosso, mesmo entre os seus, que aliás não se metiam nos assuntos dos habitantes do OutroMundo, a não ser para lhes vender manteiga e leite de baleias marinhas e de balbunas por preços escandalosos.

Em seguida, Robin apertou os olhos um tanto surpreso. SangueNegro não tinha uma bolha de água. Isso também era bem esquisito. As duas sereias mais velhas que atendiam como garçonetes se movimentavam dentro de suas bolhas, mantidas pela magia. Elas podiam passar algum tempo do lado de fora, mas isso era doloroso, porque sua pele perdia rapidamente as escamas e suas brânquias ressecavam.

Quanto ao tritão, ele parecia fresco como um peixe, suas escamas brilhavam e suas brânquias palpitavam nos flancos, como se estivesse respirando ar diretamente. Robin virou discretamente a mão. No lado de dentro de seu punho estava incrustada uma pedra preta. Um entrelaçado de linhas negras tatuadas que a cercava faziam dela uma espécie de joia de enfeite. Na verdade, aquilo era um esconderijo esperto dos serviços de informação de Omois, pois permitia a Robin saber com que tipo de magia estava se confrontando em cada ocasião. Quando a ativava, a silhueta daquele ou daqueles para quem ele apontasse era exibida diante dele, revelando que tipo de magia estava sendo utilizada.

---

[3] Na Antiguidade Clássica, que na Terra correspondia à época de ouro da Grécia, os tritões eram deuses marinhos que habitavam o fundo do mar, filhos de Poseidon e Anfitrite – o que gerou toda uma espécie de diversas salamandras, cujos machos desenvolvem uma crista nas costas na época da reprodução. Os adultos passam uma boa parte da vida em terra, migrando para a água para se reproduzirem. (N. T.)

A magia dos demônios era diferente da dos elfos ou da dos humanos. E, no entanto, quando ele mirou seu alvo, a pedra só apontou um pouquinho de magia. Só pontas azuis, a magia do mar, nas armas dos marinheiros que cercavam o capitão. Mas em SangueNegro nada.

Então devia ser isso. Provavelmente rejeitado pelos seus, o tritão era um mutante capaz de respirar tão bem embaixo da água quanto na terra. Isso facilitaria bem as coisas. Um tritão com uma constituição tão particular não seria tão difícil de encontrar se eles não conseguissem ser recrutados.

Contrariamente aos seus subordinados, o tritão não estava interessado nos contorcionismos de V'ala. Ele olhava para ela com um ar desconfiado, e Robin abaixou depressa os olhos. Esperaria para ver como os outros conseguiriam ser recrutados. Mais tarde, no barco, trataria de pegar o tritão em flagrante. Mesmo que os Dizedores pudessem possivelmente fazer a lista completa de seus crimes, desde seu nascimento até agora, a lei impunha a obrigação de um flagrante, ou uma prova irrefutável, que confirmasse uma suspeita. Só então os Dizedores podiam intervir. Por ora, o tritão não passava de um cidadão lambda, divertindo-se em uma taberna.

O dono do albergue se aproximou. Era um tatris, mas uma de suas duas cabeças morenas pendia molemente de lado, com os olhos meio fechados. Contava-se que sua cabeça havia sido ferida quando estava fotografando as famosas portas dos mercadores de especiarias, inacreditavelmente esculpidas, para um livro que estava escrevendo. O tatris quase ficou maluco. Instalou-se nas docas, comprou o albergue e desde então... Esperava. Ninguém sabia exatamente pelo que, mas esperava.

Robin e V'ala se orgulhavam de suas ações e provaram em várias brigas que não estavam de brincadeira. O tatris os apontou para o tritão, assim como fez com outras três pessoas, dentre as quais o ogro. Satisfeito, SangueNegro fez a inspeção e depois se inclinou e cochichou alguma coisa no ouvido de um de seus elfos, que se levantou e se aproximou do ogro, que calmamente palitava com um ossinho seus caninos cheios de gordura. Ele tinha engolido seu pedaço de carne com uma rapidez incrível, mesmo considerando-se que normalmente uma costeleta de traduc como aquela seria suficiente para alimentar uma família de humanos durante umas duas semanas.

Como todos os elfos, Robin tinha um ouvido superdesenvolvido. Por isso o aguçou, eliminando o vozerio dos bêbados, para se concentrar nas conversas que rolavam.

– Ogro, meu capitão tem um contrato para lhe propor – cochichou o tenente –, ele o convida à sua mesa para falar sobre isso.

O ogro se levantou, ficando pelo menos três cabeças mais alto que o elfo. Depois, sem dizer uma palavra, se mexeu na direção de SangueNegro. Atravessou o salão e os outros clientes se afastaram rapidamente. E se plantou na frente do tritão.

– Mim Krr'al. Você ter contrato? – ele rosnou. – Quanto, por quê?

O tritão nem se abalou diante da agressividade do ogro.

– Que sua árvore enrubesça, semiogro Krr'al – cumprimentou ele educadamente.

– Para você mar calmo, peixe lento – respondeu o ogro, sentando-se. – Então?

– É um contrato corriqueiro – SangueNegro explicou calmamente, arregalando seus grandes olhos verde-acinzentados, fendidos por uma pupila dourada. – Um crédito-mutação de ouro por semana, meia parte por marinheiro sobre todo o saque. Sua família será avisada se você for morto. E pago o enterro, a cremação ou a imersão de seu corpo, dependendo do que você preferir. Você trabalharia para mim durante um ano. E, se no final desse prazo ainda estiver vivo, pode renovar o contrato por mais três anos.

Robin quase assobiou. O contrato era pra lá de bom. Era raro ganhar tanto assim sendo um simples marinheiro, mesmo que fosse um semiogro. O tritão devia ter uma tripulação pra lá de boa.

Mas se o ogro era famoso, não era nada bobo.

– Saque? – ele ressaltou num tom curioso.

– Sim – confirmou o capitão com firmeza. – Saque. Você não faz muitas perguntas, eu também não. E todo mundo fica contente.

– Você pirata? – teimou o ogro.

– Mim homem de negócios – respondeu o tritão mostrando os dentes escuros e pontudos. – Então? Interessa?

– Mais carne, seis quilos todos dias, e mim trabalha para você – o ogro respondeu.

O tritão olhou para ele e depois sorriu.

– Bate aqui – ele disse, cuspindo na palma da mão aberta. – Acordo fechado.

O ogro deu uma grande cusparada em sua enorme mão, que o tritão apertou sem piscar.

Um dos humanos estendeu a SangueNegro um pedaço de papel, sobre o qual ele acrescentou a cláusula relativa à carne, e em seguida os dois assinaram.

– Você embarca amanhã às seis horas – SangueNegro explicou, enxugando discretamente a palma da mão. – Meu navio está ancorado no cais 5. É fácil achar. Ele se chama *Vingança negra*.

– Krr'al encontra. Krr'al estará lá.

Ele se virou nos calcanhares e deu um enorme arroto de satisfação, que varreu as mesas bem na hora em que um dos bebedores estava acendendo o cachimbo. Houve um grande *uuuuf!*, e a cabeça do pobre sujeito pegou fogo. O colega de mesa a encharcou com brr'erveja e apagou o incêndio.

– *Oooopps*, desculpe – o ogro murmurou.

Ele saiu da taberna enquanto o homem piscava os olhos sujos de fuligem e encharcados de cerveja, olhando para o cachimbo com um ar desconfiado.

Perfeito. Robin tinha o nome do navio. *Vingança negra*. Os raros marinheiros sobreviventes tinham feito a descrição do navio pirata, mas nenhum sabia dizer seu nome, provavelmente oculto quando fazia seus assaltos. Da mesma forma, as descrições do tritão também eram vagas. E só graças a uma pesquisa minuciosa e longa é que os serviços de Omois tinham acabado designando SangueNegro como seu provável responsável. Mas só "provável", não queria dizer "com certeza". Robin e V'ala é que precisavam provar.

Robin pensou no nome do navio. Isso queria dizer que o tritão tinha uma *vingança* a cumprir? Contra quem, e por quê? Robin ficou curioso. Tudo era estranho naquele personagem.

Depois ele reparou numa pequena mancha dourada na garganta do tritão e teve um sobressalto. Por todos os infernos do Limbo, como é que um tritão tinha se tornado escravo das minas de sal saltaranas? E como é que tinha conseguido sobreviver? Pois aquilo que ele estava vendo era a marca de uma t'sil dourada. Ora, só havia um antídoto para a infecção por t'sil dourada.

Além da morte, é claro.

A t'sil, uma minhoca originária do deserto dos Saltaranos, paralisava seu hospedeiro para poder penetrar na carne. Em geral na altura do pescoço. Aí ela perfurava uma veia importante e espalhava imediatamente seus ovos por todo o corpo da vítima. Assim que fazia isso, em poucos minutos ela se dissolvia. A paralisia desaparecia e os ovos esperavam. Eles precisavam de umas cem horas para se tornar ativos. E se transformavam então em minhocas fuinhas, devorando o corpo do hospedeiro, e o ciclo continuava. A primeira solução para escapar das t'sils mais comuns era a vacina. Ao passar pelo sistema sanguíneo a partir do estômago, ela atacava os ovos e os destruía, razão pela qual era preciso tomar a vacina no mínimo duas horas antes da eclosão, mas não funcionava para a variante dourada das t'sils, que só podia ser curada com outra solução: a morte do hospedeiro. Se o coração parasse de bater, então os ovos não conseguiam resistir à falta de oxigênio no sangue e morriam na mesma hora.

Os caçadores de sal saltaranos, grandes felinos bípedes com caninos amarelos, utilizavam a t'sil para infectar e em seguida controlar os escravos que eles raptavam de outros povos. E só eles, ou quase, é que tinham a vacina.

Nem Tara nem Robin gostavam muito dos saltaranos.

Aliás, o resto do mundo também não.

Robin ficou esmiuçando o tritão, ainda mais curioso que antes. Sim, agora estava vendo. Se as tatuagens eram tão complexas, é porque disfarçavam as marcas das chicotadas.

Ele aproximou o outro pulso da boca e ditou ao aparelho gravador escondido no bracelete de couro:

– Verificar que mercadoria era transportada pelos navios atacados e se ela tinha alguma relação com os saltaranos.

O ajudante de ordens, satisfeito, se dirigia agora para onde estava Robin, que abaixou o pulso e se concentrou em seu copo de crogroselha.

– Sua irmã e você estão procurando trabalho, nos disse o dono do albergue – murmurou o pirata, inclinando-se. – Meu capitão bem que poderia estar interessado...

Robin ergueu um olhar indiferente na direção do ajudante de ordens e em seguida mediu o dito-cujo de cima abaixo. O elfo estava bem vestido, mais limpo que imaginava. Suas mãos estavam apoiadas sobre duas espadas, o que não era raro entre os elfos cor de violeta, naturalmente ambidestros. Ele parecia calmo, com um jeito de comerciante inofensivo.

Robin sacudiu a cabeça, como se tivesse aprovado a inspeção, e se levantou. Depois deu um assobio e V'ala ficou imóvel. Sem se preocupar com os marinheiros que berravam, ela se vestiu de novo e, depressa, escondendo suas magníficas pernas, para grande decepção dos bebedores, pulou para baixo do palco, quase sem alterar o fôlego.

– Você me chamou, querido *irmãozinho*? – ela sorriu com todos os dentes, superbrancos em seu rosto violeta.

Ela tinha odiado aquela ideia, de fingirem ser irmão e irmã, e se vingava o tempo todo.

– Estão nos oferecendo trabalho, *irmãzinha* – Robin respondeu, apontando para a mesa de SangueNegro. – Vamos ver se é interessante.

V'ala, impassível, fingiu ver pela primeira vez o tritão que ia avaliá-los, que em seguida mandou que os dois se sentassem.

– Que o vento sopre em suas velas –, ela disse com uma voz arrastada, instalando-se graciosamente. – Capitão.

– Que o mar lhes seja clemente – SangueNegro respondeu. – D'ula e V'ugil, é isso?

Robin concordou com a cabeça, confirmando os falsos nomes.

– Meio-irmão e irmã?

– Sim.

– Capitão SangueNegro. Preciso de uma tripulação.

– Nós não somos marinheiros – respondeu V'ala secamente.

O que não a impediu de se inclinar, aproveitando para permitir que toda a mesa se divertisse com seu suntuoso decote.

O tritão esboçou um sorriso de aprovação.

– Vocês são elfos guerreiros. Sim, eu já desconfiava. Vocês sabem lutar, me disse mestre Dedoris. Ele também me contou que vocês se livraram de alguns indesejados.

– Eles tinham derrubado minha cerveja – grunhiu V'ala, rabugenta. – E queria me vingar.

– Quando você estava dançando, percebi que sabe lidar bem com os punhais. Mas você é boa para lançá-los também?

V'ala olhou para ele e sorriu.

– Belo capitão – ela ronronou –, você está vendo aquele porco gordo tentando trapacear lá naquela mesa do fundo do salão?

Aquilo não era exatamente um insulto, pois o indivíduo era um guerreiro orc, que realmente parecia um gordo javali bípede encapado de ferro. Suas presas esculpidas estavam pretas de sangue ressecado. Ele estava jogando com dois humanos e um vampiru.

O capitão se virou e concordou com a cabeça.

– Não sei se ele está trapaceando, mas estou vendo. E aí?

Ele nem teve tempo de reagir. Uma lâmina passou roçando sua orelha e foi se plantar na pata do orc, que guinchou de dor, deixando cair as cartas escondidas embaixo das munhequeiras e dos seus pelos fedorentos.

Por um minuto os outros três jogadores ficaram atordoados e baixaram as cartas, mas logo tiraram suas armas, que mais pareciam machados, e não honestos punhais. Eles arrancaram o orc da cadeira e o levaram para fora. Ouviu-se um breve grito estrangulado e eles voltaram para dentro. Sem o orc.

Um deles devolveu a arma a V'ala fazendo uma mesura, e em seguida voltaram ao jogo, depois que uma das sereias enxugou o sangue em cima da mesa.

– Muito... impressionante – comentou o tritão. – Você sabe utilizar outras armas?

– Espada, lança, arco, tricroc – tudo o que corta, que pica e que fatia, sim, eu sei.

– Armas de fogo?

Robin se empertigou, V'ala arregalou os olhos.

– Armas... são proibidas no OutroMundo

– A pirataria também – SangueNegro respondeu sobriamente.

Sim, claro que ele tinha razão. Por que roubar um ovo quando se pode roubar a galinha?

– Os governos enforcam quem importa as armas da Terra.

– Eles também enforcam os piratas. E, apesar de vocês não terem nada com isso, um membro do governo é que me abastece com armas – SangueNegro declarou. – Ele não tem o menor interesse que eu seja capturado.

Isto, meu caro, é uma informação que vale ouro. É por isso, então, que você é tão difícil de agarrar? A imperatriz e Tara têm razão de não falar de nossa missão a ninguém...

– Armas de fogo não – respondeu Robin. – Nós não sabemos mexer com elas.

Só alguns grupos governamentais tinham armas de fogo. Admitir que sabiam usá-las não era crível.

– Canhão ativado por magia? - continuou o tritão. - Nível de magia?

– Nós não somos canhoneiros, mas se necessário sabemos como usar um. E nosso nível de magia é de menos de mil, para D'ula, e dois mil para mim - Robin respondeu.

Isso estava nitidamente abaixo de seu nível real, mas Robin queria manter uma certa margem. Um Alto Mago podia chegar a cinco, seis mil. Semiderus, o altíssimo mago, atingia mais de dez mil. O nível de Tara ainda não tinha sido medido, porque oscilava sem parar.

Apesar de existirem aparelhos capazes de fazer a medição sem explodir...

– Para elfos guerreiros não está mal - aprovou o tritão. - Em geral, se sua raça é boa em combate, é medíocre em magia. Ofereço um crédito-mutação de ouro por semana e por pessoa. E meia parte do saque para cada um. Contrato de um ano. Se quiserem renovar, o segundo contrato é de três anos. Vocês terão aventura, brigas, mulh... – ele mudou de rumo, ao cruzar o olhar verde de V'ala –. Bom, quer dizer... Montanhas de ouro, se tudo correr bem. Também assumo os funerais, no caso de vocês não serem tão bons quanto pensam. E na minha tripulação não há desertores. Ao menos, não vivos.

V'ala e Robin trocaram um olhar, como se hesitassem.

– Uma parte completa por pessoa - pediu Robin, curioso de ver até onde o pirata chegaria.

– Três quartos, e não se fala mais nisso - SangueNegro respondeu.

V'ala cuspiu na mão.

– Bate aqui. Temos um contrato.

O tritão a imitou, seguido de Robin. Em seguida eles assinaram seus contratos, com seus falsos nomes, e receberam as mesmas instruções que o ogro.

O tritão se desinteressou deles. Robin achou estranho que ele não lhe tivesse feito nenhuma pergunta sobre sua habilidade com armas. Como se só V'ala o interessasse.

O ajudante de ordens já trazia o terceiro selecionado, e eles tiveram que sair da mesa. Satisfeitos, voltaram para o hotel O repouso do elfo. Eles o tinham escolhido porque ficava perto da Brilhante Entulhada-Bebedeira, porque o preço dos quartos era correto, a escada rangia o bastante para dar o alerta sobre qualquer visita indesejada, e as fechaduras das portas eram bem sólidas e imunes à magia.

Robin acabava de tomar sua ducha e se preparava para levar Surv, que adorava água, para passear, quando alguém bateu à porta. Era V'ala.

– Meu chuveiro não funciona, o elementar deve ter saído para passear - ela disse. - Posso usar o seu, por favor?

Ele suspirou e mandou que ela entrasse no quarto.

– Pode ir, já tomei minha ducha.

– Obrigada – ela respondeu sem fazer nenhuma alusão indecente, o que o surpreendeu agradavelmente.

Surv assobiou quando V'ala a jogou para fora do banheiro e foi se encarapitar sobre os joelhos de Robin. Ele ouviu V'ala tomando sua ducha cantarolando baixinho, enquanto escrevia seu relatório para a imperatriz. Cuidadoso, ele pôs um Protectus em torno do aposento, antes de enviar o texto pela bola de cristal. Não tinha nenhuma vontade que sua proteção pifasse naquele momento crucial da missão, e precisava se proteger de ouvidos indiscretos.

V'ala finalmente saiu do banheiro, enrolada numa toalha supermolhada e colada ao corpo. Com seus longos cabelos azul-violeta puxados para trás, sua pele violeta toda quente da ducha, ela estava magnífica... E sabia perfeitamente disso.

Ela se dobrou imperceptivelmente. Robin ia falar, quando ela abriu os braços.

A toalha caiu.

Robin fechou os olhos. Surv, achando que ele queria treinar, mandou na mesma hora as imagens e sete V'alas nuas dançaram em sua cabeça.

Robin gemeu e cortou o mais rápido possível a comunicação com seu Bicho de Estimação.

– Escute – ele disse com a voz estrangulada. – Quantas vezes será que eu preciso dizer? Não quero você, V'ala, estou apaixonado por Tara. Você pode fazer o que quiser, não vai adiantar nada.

Ao lado dele, a cama rangeu. Ela acabava de se sentar e sua coxa encostou na dele. Ele abriu os olhos... Para fechá-los na mesma hora. V'ala continuava nua.

– Você a ama porque ela é a princesa de Omois? Uma das futuras potências do OutroMundo?

– Não, me apaixonei por ela bem antes de saber quem era. Eu a amo porque ela é honesta, corajosa, e porque nunca mente, nem tenta me manipular.

– Na minha opinião, se você quer mesmo conseguir tê-la, é preciso fazer o que fazem os namorados terráqueos no filme que nós vimos na semana passada. Trancá-la num castelo até que ela diga sim.

Imagine, mas o que é que aquela lá estava dizendo? O sujeito que se divertisse trancando Tara corria o risco de ficar pequeno, verde e muito atento às moscas.

Ou bem morto.

Ele respirou fundo e lamentou, porque o cheiro quente da elfa invadiu suas narinas, e bufou.

– V'ala, por que você não procura um elfo? Você sabe que a maioria de nós daria qualquer coisa para estar com você. Você é bonita e inteligente, a mais temível das guerreiras.

– Mas você não quer saber de mim – continuou V'ala num tom seco.

– Não. Conheço nossas leis, V'ala, não é porque cismou comigo que você tem o menor direito sobre mim, não sou um ioiô que você pode pegar e depois jogar fora quando quiser.

– É assim que você me vê?! Como uma pilantra sem coração, que só quer se divertir.

Robin pensou duas vezes, e decidiu ser honesto.

– Sim.

Ele ouviu uma respiração abafada e sentiu alguma coisa molhada cair em sua mão, sem dúvida uma gota d'água dos cabelos dela.

– E você tem toda razão – ela disse com uma voz incrivelmente alegre. – Me divertir é tudo o que quero. Aliás, acho o capitão tritão barbaramente sedutor. Enquanto espero para seduzir você, é claro...

E, antes que ele tivesse tempo de reagir, ela tinha saído. Um assobio de admiração no corredor indicava que ela tinha saído sem a toalha. O assobio se interrompeu com um grito de dor, seguido pelo ruído de alguém que vomitava violentamente. Alguém que acabava de pagar pela frustração de V'ala.

Bom, ela tinha sido gentil, nem tinha matado o infeliz.

Robin suspirou de novo. Só queria uma coisa: que aquela missão acabasse. O Protectus tinha sido lançado por várias horas. Ele ia aproveitar e ligar para Tara. E ativou sua klick.

8

O elfo estiloso, ou: quando se quer informações confiáveis e exatas, não é preciso um superserviço de informações; seu cabeleireiro é mais que suficiente.

O elementar do Ar estava secando Tara, fazendo seus cabelos voarem, quando sua klick, que ela tinha posto em cima de uma mesinha, tocou. Às pressas, pegou uma toalha e se enrolou nela bem na hora em que Robin apareceu na sua frente. Como sempre, ela se extasiava diante da beleza viril de Robin, com seus olhos de cristal, seu nariz reto e perfeito, e seu sorriso faiscante. Nem aí para Brad Pitt, que podia ir às favas; todo aquele esplendor era dela, e só dela.

O olhar do garoto mudou quando ele viu que ela estava seminua embaixo de uma toalha molhada.

E então ele teve uma reação esquisita.

– Ah não, não você também! – ele gemeu.

– Olá, querido. Por que "eu também"?

O semielfo se recompôs.

– Não, nada. Você estava tomando uma ducha?

– Acabo de terminar. E por que "eu também"? – ela repetiu, porque não era do tipo de deixar passar uma observação estranha daquelas.

– V'ala veio tomar a ducha dela no meu quarto e...

– COMO É QUE É?

Um halo azul a cercou de repente, o que queria dizer que ela tinha ativado seu poder e, no intervalo de um instante angustiante, Robin se perguntou se a magia também podia ser transmitida por meio das klicks. E deu um passo para trás.

– O chuveirodelaestavaquebradoeelatinhaacabadodedançarnumcabaré – ele disse superdepressa.

Péssima resposta.

– COMO É QUE É? VOCÊ FOI COM ELA A UM CABARÉ? E VOCÊS DANÇARAM JUNTOS?

Robin podia jurar que o halo azul que a cercava estava ficando preto.

– Não, não dancei com ela! Ela estava no palco. Nós conseguimos encontrar o capitão tritão, que nos contratou, e ela fez uma demonstração para ele, grudando a pata de um orc na mesa, e depois disso nós voltamos para o hotel, mas o capitão nos contratou e partimos com ele amanhã.

Ele queria tanto convencê-la que se atrapalhou e misturou tudo.

– Depois disso, ela quis tomar uma ducha e veio ao meu quarto. Tomou a ducha, mas depois a toalha caiu, fechei os olhos, mas Surv... Em resumo, ela quer seduzir o capitão tritão, porque não pode ter a mim, e foi embora.

Ele quase fechou os olhos de novo, só para não ter que ver o olhar faiscante de Tara. A coragem que demonstrou naquela hora, mantendo os olhos abertos, foi fenomenal.

Nenhum "Como é que é?", zangado, acompanhou sua declaração desconexa. Na verdade, Tara estava tentando pôr em ordem o que ele acabava de contar. E ali tinha uma coisa que ela entendera muito bem.

– Ela estava nua na sua frente e você fechou os olhos? – ela perguntou, com fúria, num tom glacial. – Tenho uma certa dificuldade de acreditar em você.

Robin se empertigou todo, ofendido.

– Pois foi o que fiz. É você que eu amo, Tara, e acho que finalmente ela entendeu isso. Quando saiu daqui, parecia bem aborrecida.

– Como é que você sabe se estava com os olhos fechados?

– Pela voz. Eu ouvia a voz dela!

Ai ai ai, ele estava em maus lençóis, péssimos lençóis! Os elfos tinham uma meia dúzia de deuses, e naquela hora Robin estava rezando para todos eles do fundo do coração para que Tara acreditasse nele.

– Ela não fez mais nada?

– Não, ela só me disse que eu deveria trancar você. Num castelo. Apesar de não conhecer os costumes das terráqueas, tenho a impressão de que isso não é muito comum, não é mesmo? – havia uma nota de incerteza na voz do elfo, e Tara quis morrer!

– Por Semiderus, mas que raio de história é essa? Me trancar? Para fazer o quê?

O elfo ficou atrapalhado.

– Para, bom... para vocêsabeoquê. A OutraCoisa.

Tara engoliu em seco, quase engasgou, e começou a tossir, e por pouco não deixou cair a toalha. Quando recuperou o controle, estava com o rosto todo vermelho e os olhos cheios de lágrimas. Surpreso, Robin se aproximou da tela, antes de se dar conta de que estava rindo, agarrada à toalha.

– Robin, posso garantir que no dia em que nós decidirmos.... Bom, no dia em que me decidir a outracoisar com você, porque, considerando os costumes dos elfos, por você isso já teria acontecido há muito tempo, não vai precisar me trancar. E, sobretudo, não dê ouvidos a ela, porque isso é um monte de asneiras.

Tara relaxou. Um pouco. Ela tinha confiança em Robin, apesar de desconfiar da impulsividade da sua parte elfo. Se ele decidisse enganá-la, lhe diria isso francamente.

– E, além de tudo, essa fulana tem realmente um problema com suas roupas – Tara acrescentou. – É uma coisa louca isso de perdê-las o tempo todo, desse jeito!

– Eu... sinto muito, Tara.

– Por quê? Você não tem culpa de nada, e faz dois meses que ela tenta com afinco se enfiar na sua cama. Me diga uma coisa, que idade tem V'ala?

– Ela é jovem, como eu, deve ter provavelmente menos de cem anos. Eu diria alguma coisa próxima dos cinquenta, por quê?

Tara piscou. Ela esquecia o tempo todo que as unidades de valor não eram de jeito nenhum parecidas entre os elfos e os humanos. Robin tinha o equivalente a dezessete anos, mas, enquanto não se chegava aos cem anos, a idade não contava para os elfos, e eles se comportavam como adolescentes entupidos de hormônios e de super-reflexos, tivessem eles dez ou oitenta anos...

– Sim, sim, cinquenta anos. Genial. E isso não a incomoda, paquerar um elfo que poderia ser filho dela?

– Para os elfos, ela é considerada uma adolescente, como você ou eu.

Tara desistiu. A mensagem que estava tentando lhe passar provavelmente era muito... sutil. Do tipo "um garoto de dezessete não sai com uma mulher de cinquenta, mesmo que ela se pareça com Lara Croft, e além de tudo cor de violeta, porfavorobrigado".

Mudança de rumo.

– Robin, está na cara que V'ala foi encarregada não de uma missão, mas de duas – ela declarou com firmeza.

A levar em conta a cara de tonto que ele fez, o semielfo não tinha entendido nada.

– A missão oficial é agarrar o tritão pirata – explicou Tara. – E a oficiosa é seduzir você, para nos separar. Você sabe muito bem a que ponto a mãe dela, E'rrátika, detesta os humanos, e ainda mais os semielfos. E também sabe que minha tia não quer você para mim. Acho que elas fizeram um acordo contra nós.

O orgulho do semielfo não gostou nem um pouco daquela dedução. Como se simplesmente V'ala não pudesse estar enamorada dele.

Tara percebeu que a fisionomia dele ficou mais tensa e percebeu que tinha sido desajeitada.

– Claro que se você fosse um horroroso nanico com dentes podres a missão teria sido nitidamente menos agradável. O fato de você ser magnificamente bonito é uma sorte para ela.

O semielfo nem sorriu. Huum, o elogio não tinha funcionado. Droga.

– Você sabe por quê?

– Por que o quê?

– Por que a imperatriz não quer que você saia com um semielfo?

Sim, ela sabia por quê. Pois acabou perguntando à tia qual era o motivo dessa estranha xenofobia, que pôs os pingos nos is e os traços nos ts. Sem rodeios.

– Os elfos são perigosos – tinha dito Lisbeth. – Eles só pensam em lutar, a menor observação é considerada uma ofensa e se transforma em motivo para um duelo. Não é culpa deles, isso faz parte de sua natureza. Foi preciso que eles passassem muito perto da extinção para se decidirem a controlar seus instintos. Acho que é uma espécie de compensação da natureza, por sua vida supercomprida. Se eles não fossem tão agressivos, há muito tempo já teriam povoado todo o planeta. E, minha querida, não vejo um semielfo no seu Robin, vejo um elfo bem inteiro. E, se ele tiver influência sobre a nova imperatriz de Omois, pode acabar arrastando meu povo a um conflito no momento errado. Não posso. *Nós* não podemos correr esse risco. Saiba que farei tudo o que estiver ao meu alcance para que esse amor de adolescentes não se concretize.

Tara voltou ao momento atual e hesitou. Será que podia contar a verdade a Robin? Ela mergulhou seus olhos nos suntuosos olhos de cristal dele e decidiu que sim.

Depois que ela explicou, o semielfo fez uma careta.

– Ai ai ai, o pior é que ela não está completamente errada.

– Mas ela não conhece você – Tara ficou irritada. – Você é superponderado, nunca o vi se deixar levar, sem considerar todos os parâmetros de um problema; aliás, muitas vezes bem mais que eu. Sua parcela humanoide, a educação que você recebeu da sua mãe influenciaram e ainda influenciam suas reações. Ao lado da sua natureza, sou da opinião que a educação que recebem é que conta à beça e faz de vocês o que são. É isso que precisa ser mudado, em vez de mandar os jovens lutarem. Não, Robin, não vou desistir de você com a desculpa de minha tia achar que as pessoas são incapazes de evoluir. Nós vamos lhe mostrar que somos diferentes.

O semielfo sorriu para ela.

– Minha adorável guerreira. Então vamos decepcioná-las e fazer exatamente o que elas não querem. Ter sucesso nessa missão.

– E ignorar aquela peste violenta – pontuou Tara, que não tinha se esquecido da sedutora de saia que babava por seu namorado.

Robin começou a rir e, ficando sério de novo, contou-lhe detalhadamente tudo o que tinha acontecido desde sua última comunicação. Como futura dirigente de Omois (contra a vontade dele), Tara ficou bastante perturbada com a história das armas de fogo. E comentou que precisava falar daquilo com Lisbeth.

Depois, Tara lhe falou sobre o presidente e a Krasálvia, assim como sobre a rápida cena com mestre Dragosh. Mesmo que o descrever não tivesse nada a ver com o vivenciar.

Mas ela não falou do anel de Kraetovir.

O semielfo enrugou a testa com a descrição de Dragosh, o vampiru-pirilampo.

– Nunca tinha ouvido falar desse poder – ele disse –, é esquisito, ninguém jamais comentou sobre esse "carisma" em nenhum dos anais do OutroMundo. Vou me informar, Águ'salgada deve ter um Discutório, ou Informatório. Enquanto isso, seja especialmente cuidadosa. Se eu conseguir que SangueNegro seja preso, terei direito a uma licença de um mês. Posso ir ficar com você?

– Claro que sim – Tara respondeu, ficando vermelha de alegria. – Mas, por favor, é melhor você dizer a todo mundo que vai de férias, sei lá, para Tadix ou Madix, e não conte de jeito nenhum que vem ao meu encontro, senão você vai arranjar outra missão urgente do outro lado do mundo. E Lisbeth seria bem capaz de providenciar para que aqueles malditos antioutracoisa nos sigam por todo lado, mesmo aqui!

Durante bem uma hora os dois ficaram trocando palavras doces, como todos os apaixonados, daquele jeito mais do que conhecido do tipo "você me faz falta, eu também sinto sua falta, eu te amo, eu também te amo, mas eu te amo mais ainda, não, sou eu... etc.", e finalmente as klicks foram desligadas.

Tara apertou sua klick com um bolo de raiva no estômago. Ela não tinha insistido, para não deixar Robin sem jeito, mas as tentativas de V'ala a colocavam num estado de fúria completa, digna de um elfo. Ou de um anão. Naquele exato minuto, se ouvisse a si mesma, saltaria sobre o lombo de Galante e voaria correndo para o mar das Brumas, só para dar umas bofetadas na rival.

O pégaso bateu as asas depressa e mandou um aviso entusiasmado. Ele não gostava da Krasálvia, achava-a fria e sinistra.

Infelizmente, a tranquilidade de sua mãe e sua vingança pessoal dependiam de sua paciência, sem falar da vida de Selenba, por isso não podia ir. Ela se contentou em pedir à trocadeira que a vestisse, evitando os vestidos decotados. Os vampirus não tinham fama de beber o sangue dos convidados, mas Tara não queria correr esse risco.

Enquanto isso, não tinha a menor ideia de como iria resistir ao carisma dos vampirus sem utilizar sua magia agressiva. Paralisá-los quando eles brilhassem seria... um pouco demais.

A porta abriu um olho e uma boca para avisar que um serviçal queria vê-la. Tara saiu abruptamente de seus sombrios pensamentos e aceitou. A porta se abriu para... um elfo.

Com uma cabeleira rastafári, atada por um anel de prata entalhado, que caía quase até seus calcanhares. Essa agora, Bob Marley ainda tinha adeptos...

Bonito, como todos os elfos, superesbelto, moreno de olhos negros, vestido com uma túnica de fadaceiro preta que se colava ao seu corpo com um monte de pincéis e tesouras, uma maleta na mão, ele olhava para ela com atenção. Depois fez uma mesura, com graça.

– Vossa Alteza Imperial, sou A'rno T'eylatil, o elfo estiloso – ele anunciou num omoisiano cheio de floreios.

– O elfo... o elfo estiloso? – Tara balbuciou.

– Estilista-cabeleireiro. Vocês não têm isso em sua deliciosa Terra?

– Elfos, não, estilistas, bom... de certa forma, sim.

O elfo estava bem informado. Raras eram as pessoas que sabiam que ela tinha sido educada na Terra. O império de Omois preferia manter discrição sobre esse "detalhe".

– Eu vim penteá-la. E vejo que vós tendes realmente necessidade, minha cara... Quero dizer... Vossa Alteza Imperial.

Tara ergueu uma das sobrancelhas, um pouco envergonhada. A trocadeira se ocupava dos seus cabelos, mas fazia pelo menos três anos que não cortava sua cabeleira. Além do que, por alguma misteriosa razão, eles não paravam de crescer, transformando-se pouco a pouco num tosão que já chegava à altura da cintura, digno do emaranhado de sua tia, que ela desconfiava muito ter alguma coisa a ver com aquele mistério.

– Caramba! – disse o elfo estiloso, aproximando-se e olhando melhor para ela. – Mas o que você fez? Seus cabelos estão num estado la-men-tá-vel!

Antes que ela pudesse abrir a boca para reclamar, ele a levou para o imenso banheiro. Seguido de Grr'ul, que com certeza não ia deixá-la sozinha com um estrangeiro tão... esquisito.

O elfo afastou as poltronas de veludo azul que correram para recebê-los e instalou Tara na frente do enorme espelho ornado com enfeites prateados.

– Mas veja só isso – ele disse, levantando os cabelos dela. – É um emaranhado, é selvagem, isso não se parece com nada.

E ergueu os olhos para o céu, como que para invocar o divino testemunho... E seu olhar pousou sobre os locais queimados de onde tinham sido retirados as skups e os microfones. Ele apertou os olhos, intrigado, e depois começou outra vez.

– O que é que eu estava dizendo, eu... Ah sim! As pontas estão quebradiças, o cabelo está ressecado e sem brilho, é preciso hidratar, hidratar, hidratar! Bom, de que cor você gostaria? Vermelho-rubi? Verde-esmeralda? Azul-safira? Tenho tudo que é preciso, e é indiscutivelmente bem melhor do que as pessoas fazem sozinhas. Dá para ver o desastre!

– Mas não quero tingir o cabelo! – Tara protestou, e não preciso de um cabel...

O elfo estiloso a interrompeu, fazendo um beicinho de decepção. Ele sacudiu a cabeça, agitando o emaranhado de rastafári.

– Não? Ficamos no banal, no louro? Como quiser, minha cara. Então vamos intensificar a cor dessa mecha branca e contrastar as mechas, acentuando um pouco o caramelo e clareando o louro. Se você quiser competir com as vampiruas, precisa confiar em mim.

Tara ia pedir a Grr'ul que o jogasse para fora, quando o que ele tinha dito chegou às zonas profundas de seu cérebro. Ele acabava de lhe dar uma ideia.

Ela abriu um grande sorriso e suspirou fundo.

– Você tem razão, A'rno. Meus cabelos estão ter-rí-ve-is. Eu me entrego aos seus cuidados. O espelho se animou e começou a projetar uma imagem de Tara vista de frente, de trás e de lado. Os elementares da Água e do Ar flutuavam em volta deles, prontos para intervir, por ordem do cabeleireiro.

– Ha, ha! Muito bem, SAI – cacarejou A'rno, todo contente por ver que sua futura cliente ia obedecê-lo.

– SAI?

– Sua Alteza Imperial é um pouco solene demais, não? SAI é mas rápido. Eu dou um monte de apelidos para as minhas clientes.

– Pode me chamar de Tara, é mas fácil.

– Ahn, ahn! Não, não tenho esse direito, princesa Tara. Positivamente. Eu prefiro assim.

Ele apoiou a maleta e fez alguma coisa. Ela se abriu como uma flor, cercou a cadeira (que se contorceu de surpresa) e o corpo de Tara. No minuto seguinte, ela estava com a cabeça para trás, cuidadosamente apoiada numa espécie de cuba, e o elfo passava todo tipo de bálsamos no seu cabelo que brilhavam, espumavam e de vez em quando esvoaçavam. Um deles se colou aos cabelos de Grr'ul, que de repente ficou com mechas louras.

O elfo consertou o estrago, morto de rir, sem se dar conta de que por pouco não morrera. Simplesmente.

E tudo sem fechar a boca, tagarelando sem parar.

– Na verdade, eu nem deveria estar aqui. Eles tinham escalado para você um cabeleireiro sinistro, o que cuida do presidente. Aquele sujeito sabe pentear como sei pôr um ovo. É uma grande porcaria, posso garantir! Mas Satila, uma de minhas clientes preferidas, me disse que você é a convidada de honra hoje à noite. Ela mora aqui e, quando terminei de penteá-la, vim direto para cá.

De repente, ele parou de massagear a cabeça dela.

– Isso não a chateia, espero.

– Não, não – murmurou Tara, que esperava não ter feito uma grande besteira. - Estou... supercontente.

– Não diga isso, não diga isso – exclamou o elfo, depois de ter feito todo tipo de sinais cabalísticos. – Enquanto você não tiver visto o resultado, isso dá azar!

Ele jogou o rastafári para trás, com um gracioso movimento de cabeça.

– Esse cabeleireiro é um elfo como você? – perguntou Tara, preocupada –, ele vem para cá?

Considerando a natureza briguenta dos elfos, ela não queria... Se os dois elfos se disputassem para penteá-la, isso seria o cúmulo do ridículo.

– Bom, não exatamente, eu lhe disse que você não precisava dele – confessou o elfo com um ar malicioso. – E ele é um vampiru, não um elfo, pois nós não somos muito numerosos na Krasálvia, o presidente não incentiva o turismo... Eu não podia realmente deixá-la nas mãos daquele... açougueiro... Acredite em mim, você iria se arrepender!

Tara sorriu para ele. Ela começava a gostar daquela estranha criatura. Enquanto trabalhava, ela se deu conta de que ele era superculto, o que era bem raro no OutroMundo, pois os livros se gravavam em sua mente assim que eram lidos, mas era preciso utilizar sua erudição com elegância e discernimento.

E era uma inesgotável fonte de informações. Sabia tudo sobre a vida da presidência. As fofocas, quem ia para a ca... Quem fazia o que com quem e por quê. Aparentemente, o dia a dia dos vampirus era tão animado quanto o dos humanos ou dos elfos.

– Faz tempo que você trabalha aqui? – Tara perguntou.

– Uns cinquenta anos, respondeu o elfo, que mal parecia ter vinte. – Faz uns quatrocentos anos que viajo daqui para lá. Os vampirus pagam bem, raramente morrem e ficam supersatisfeitos com o meu serviço, então por ora não tenho intenção de mudar. Mas estou gostando à beça de cuidar de você. Minhas clientes costumeiras gostam de cores monocromáticas. Especialmente tons bem escuros. Porque assim conseguem se esconder nas sombras. Aliás, adivinhe que cor é que elas todas querem para o cabelo!

– Huuum, preto?

– Exa-ta-men-te. Preto-noite, ou preto-tempestade, ou preto-primavera, ou preto-verão, ou preto-chuva, ou preto-fuligem. Se você soubesse o que tenho que fazer para incentivá-las a mudar! Um horror. Bom, com exceção de Satila, a adorável, que me deixou intensificar a cor prateada de seus cabelos. Ela está simplesmente divina agora.

Como se mexia sem parar, para ilustrar o que estava dizendo, ele se borrifou com uma coisa não identificável, mas que parecia... estar se mexendo. Irritado, ele levantou as mãos para enxugar e sua túnica de fadaceiro escorregou.

De repente, Tara prendeu a respiração. No antebraço do elegante cabeleireiro, acabava de ver uma coisa terrivelmente reconhecível.

Uma marca de mordida.

O olhar de A'rno cruzou com o de Tara e ele abaixou discretamente a manga.

– Não é o que você está pensando – ele disse.

– Você não tem a menor ideia do que acho – calmamente Tara respondeu. – Eles são muitos?

– Eu… não estou entendendo.

– Pois eu acho que você está entendendo muito bem. Os adeptos de sangue, digamos… humanoides… Eles são muitos?

– Essa… é a marca do meu mrrr. Um maroto, superlevado. Ele não para de me morder e me arranhar.

– Então deve ser um mrrr gigante. Porque uma abertura de boca dessas sugere mais um vrrir que um mrrr. Então vou repetir minha pergunta… antes de ir fazê-la ao presidente, caso você não me responda.

A'rno engoliu em seco.

– Não... tanto assim. Um certo número.

O olhar de Tara o atravessou de lado a lado. Ele cedeu.

– Mais do que eles querem admitir. O sangue dos animais é bom, Kyla me disse, mas o dos humanos é bem melhor, como o dos elfos ou o dos unicórnios.

– Quem é Kyla?

O elfo empalideceu. Seus rastafáris se agitaram nervosamente.

– Eu e minha grande boca... Suplico, não conte a ninguém o que acabo de dizer!

Tara esperava.

– É... Minha namorada. Meu amor. Me apaixonei por ela e fiquei aqui por causa dela.

Oh, um elfo que ama uma vampirua. Muito bem.

– Eu pensava que o sangue dos unicórnios e dos elfos envenenasse os vampirus.

– Ele envenena quem nunca experimentou sangue humano. Primeiro, o sangue humano, depois o dos elfos, finalmente o dos unicórnios. Kyla disse que meu sangue é o melhor, mas o sangue humano a torna mais forte, é inegável. Ela experimentou o sangue dos unicórnios, mas não gostou. Muito… animal, ela disse.

Ah, não foi bem isso que disse mestre Dragosh. Para ele, o sangue elfo ou de unicórnio era *verboten*, proibido, não tocar.

– Mas vejo que isso a está destruindo. Ela está ficando cada vez mais agressiva, cada vez mais nervosa. Nada a ver com a adorável vampirua que conheço.

Tara respirou mais fundo. Ela pensou que "adorável" e "vampirua" na mesma frase parecia um magnífico oximoro, aquela figura de linguagem. E, se o elfo estava tão preocupado com a namorada, então talvez seu deslize, ao pé da letra, não tivesse sido tão involuntário assim. Aparentemente, ele tinha ouvidos em todo lugar. Será que tinha ficado sabendo da tentativa de mestre Dragosh de curar Selenba?

E teria então resolvido que a namorada poderia se beneficiar do mesmo tratamento? Ela não deixou que seus pensamentos transparecessem. Mas, se o elfo estava a par de tudo, então isso queria dizer que o presidente também sabia, com certeza. Assustada, ela ativou sem querer sua magia, que iluminou suas mãos. Felizmente, o elfo estava de costas, ocupado em misturar um monte de coisas. Por isso deu tempo de Tara apagar a magia. Ela precisava tirar o máximo possível de informações dele.

– Como é que sua namorada Kyla se esconde das Brigadas Negras?

– Os vampirus são adeptos da magia – A'rno respondeu –, virando de novo de frente para ela. – Bem mais que os outros habitantes do OutroMundo. E é com magia que Kyla e os demais disfarçam os cabelos brancos e sua pele pálida, os sinais da dependência que têm desse sangue. E alguns deles fazem parte das Brigadas Negras.

Uma coisa explicava a outra. Principalmente por que eles tinham tido tanta dificuldade de agarrar Selenba. Ela era um dos seus. Entendi. Ou seja, desconfiar também das motivações das Brigadas Negras!

Tara se concentrou no que podia dizer respeito a ela mesma e a seu séquito.

– Nós estamos em perigo?

– Não, não.

O elfo parecia sinceramente assustado.

– Vocês não correm nenhum risco. Estão sob a proteção do presidente. A única coisa que não podem fazer é sair do palácio à noite. As luas deixam os adeptos do sangue nervosos. E pode acontecer de eles não resistirem.

Tara estremeceu.

– Sem chance. Meus guardas e eu ficaremos aqui, bem-comportados. E a guerra com os trolls?

Ela tinha jogado a isca. O peixe estava preso e já nem se debatia. Na verdade, ele ficou por algum tempo olhando para ela, de boca aberta.

– Co... como é que você sabe disso?

– Eu tenho ouvidos – Tara respondeu misteriosamente. – E, melhor ainda, tenho olhos. E então?

– A floresta dos trolls está desaparecendo, ela corre risco de extinção. Os vampirus não sabem como nem por que, mas parece que a floresta decidiu produzir mais trolls, e as árvores estão invadindo as culturas reservadas aos animais. Quando os vampirus decidiram cortar as árvores, os trolls reagiram. Eles mataram mais ou menos uns dez lenhadores.

Durante toda essa conversa, Tara e A'rno tinham se esquecido de Grr'ul.

– Como? – disse a grande troll verde. – O que é que você está dizendo?

O elfo teve um sobressalto.

– É a verdade. Os vampirus só se defenderam. Eles enviaram uma expedição de punição. Mataram os trolls e cortaram as árvores.

Grr'ul se aproximou, impondo-se, maior que ele, com toda aquela massa.

– Você matou trolls?

– Eu não! Os vampirus. Mas foram os trolls que começaram, não nós... enfim, não os vampirus!

A troll olhou para ele com um ar mais pensativo que furioso.

– Aqui acontecem coisas curiosas – ela acabou dizendo. – Muito curiosas. Nós vamor ter que ser muito vigilantes, Tara.

– Hum... Você quer dizer mais do que o normal? Isso vai ser difícil, você sabe, não me sinto segura em nenhum lugar nesse planeta. Mas vou ficar de olhos abertos, não se preocupe.

De repente, o infeliz elfo se deu conta de que Grr'ul não estava falando como costumava.

– Puxa, seu omoisiano é muito... muito...

Ele não teve coragem de continuar.

– Sim, eu sei – Grr'ul respondeu calmamente –, nós também temos cérebros que acompanham nossos músculos, só que nem sempre gostamos de demonstrar.

O elfo recuou agitando os pincéis, subitamente muito atento e interessado.

– Não? E você conta comigo para manter segredo? Um segredo contra um segredo, é isso? Kyla contra a verdade sobre os trolls? Para mim está bom.

Grr'ul destruiu todas as suas ilusões.

– Não, não estou oferecendo nenhuma contrapartida. Nós decidimos revelar nossa verdadeira natureza a todo o OutroMundo. Só que não vamos fazer isso de imediato, razão pela qual sempre sou Grr'ul, a bobalhona.

O elfo se sentou.

– Ah é? Bom, entendo. Mas posso contar com seu silêncio no que diz respeito à minha namorada? Senão ela pode ser capturada e morta. Mesmo que não esteja tão infectada como Selenba, longe disso, ela seria tratada como uma renegada pelos seus.

Ou seja, em poucos minutos, ele tinha revelado um terrível e mortal segredo a uma completa desconhecida. Então, ou aquele elfo era um completo idiota, ou ele tinha alguma ideia na cabeça.

– Na medida em que isso não ameaçar nem minha pessoa nem um dos meus – Tara respondeu prudentemente –, você tem minha palavra de honra que guardarei seu segredo. Mesmo que eu deva admitir que o que você acaba de me revelar não é muito tranquilizador. Vim para cá para tentar resolver o problema de Selenba, não para me meter nos assuntos dos vampirus. E ainda menos em questões de coração entre vampirus e elfos.

O elfo abriu um maravilhoso sorriso de gratidão, que se acentuou quando Grr'ul grunhiu que estava de acordo.

Quando os cabelos de Tara ficaram prontos, ele os trabalhou com duas tesouras que voavam como pássaros, obedecendo às suas ordens. Era fascinante ver como ele fazia. Ele diminuiu a massa loura de cabelos e a estruturou. Depois, a mando dele, dois elementares do Ar assopraram e ele terminou de escovar com quatro escovas.

Em um tempo recorde estava acabado, e Tara não conseguiu conter uma exclamação de prazer. Estava soberbo. Sua cabeleira brilhava, as mechas faiscavam e o repicado que ele tinha feito na frente liberou o rosto, marcando seu bonito formato oval. Exatamente o que ela precisava para seu plano.

– Está super supertop... Bom, quero dizer, você é um artista, mestre Estiloso – ela elogiou com sinceridade. – Eu lhe agradeço.

E tirou do bolso de sua trocadeira uma bolsinha de créditos-mutações de prata, que estamparam um sorriso mais que satisfeito no rosto do elfo. Aquilo era demais da conta, para um simples corte/luzes/hidratação/escova, mas ela não o estava recompensando só pelo trabalho...

– Obrigado, princesa.

Uma minúscula bola de cristal surgiu na ponta dos dedos de A'rno.

– Eis meu número. Se você precisar de alguma coisa, por favor, não hesite!

– Obrigada, A'rno – Tara respondeu, guardando o número no bolso. – Você vai estar lá hoje à noite?

– Sim, Kyla recebeu um convite, é claro.

Tara franziu as sobrancelhas.

– Por que é claro?

– Ah, não contei? Kyla é a filha do presidente.

9

O baile dos vampirus, o lugar onde é melhor evitar os decotes profundos.

Tara sabia que estava se metendo em encrenca aceitando aquele convite, mas não podia imaginar o quanto. A'rno sumiu, deixando-a com suas preocupações.

Será que o presidente sabia que a filha era uma bebedora de sangue... quer dizer, uma bebedora de sangue *humano*? Que mestre Dragosh estava tentando curar Selenba, e não inocentá-la? Será que Tara estava no meio de uma embrulhada cujo alcance nem podia calcular? Os BSH, ou Bebedores de Sangue Humano, poderiam atacar seu séquito se fossem tão numerosos quanto ela desconfiava que fossem?

Quem era realmente A'rno e o que ele queria? Tara sentiu apontar uma sólida enxaqueca.

Supostamente, ela devia ter a proteção de seu estatuto de princesa herdeira de Omois. Mas um acidente sempre é possível, e seu dedo mindinho estava lhe dizendo que para seres tão inteligentes não era nada difícil organizar um acidente daqueles.

Ela tinha visto filmes de horror em que os vampirus atacavam humanos. Mas, em geral, os vampirus eram minoria nas cidades humanas. Nenhum roteirista teve a ideia estapafúrdia de pensar numa cidade inteira de vampirus... Grande! Ela acabava de revolucionar o gênero.

Todo tipo de questão se misturava na sua cabeça, enquanto a trocadeira a maquiava e a preparava. Para variar, por uma vez ela deu carta branca à entidade. Tara queria conseguir um determinado efeito, e a trocadeira ficou toda contente em obedecê-la. Escrupulosamente.

Tudo foi rápido, e ela estava adiantada. Mandou Grr'ul de volta para o seu quarto, depois de tê-la convencido de que não corria nenhum risco, por ora, e se sentou em uma espreguiçadeira inteiramente cor-de-rosa, enfeitada com pompons fúcsia, com um livro para lá de especial e solidamente trancado a cadeado. Que se autodestruiria se outra pessoa a não ser ela o abrisse.

Ele tinha sido um presente de sua tia, a imperatriz.

O Livro negro dos sombrios segredos de Omois.

Sua capa preta de couro brilhante de spalendital tinha sido cunhada com as cores de Omois, o pavão púrpura com cem olhos de ouro, emblema que tinha sido escolhido por Semiderus depois que um desses animais lhe salvou a vida, um pouquinho antes de ele ter criado o império.

Era um livro fininho, na aparência, e que, no entanto, graças à magia, era composto de milhares de páginas, cujas primeiras linhas tinham sido escritas pelo Altíssimo Mago, antepassado de Tara. Ele ordenara que cada imperatriz, cada imperator, escrevesse no livro para os que viessem depois deles.

Era esse precioso livro que ela segurava agora entre suas mãos. A experiência compilada de todos os soberanos de Omois, o que eles tinham feito, o que tinham dito e por quê.

Seus crimes. Seus compromissos. Suas traições. Suas vitórias. Suas derrotas. Seus complôs. Suas dúvidas, suas alegrias, seus medos. Eles tinham anotado tudo, sem esconder nada, sem floreios nem mentiras. O documento era abrasador, pois elencava os tratados secretos que ligavam os diferentes países, e também o que se fizera para consegui-los. Tara estava lendo esse livro já há várias semanas. Bem devagarinho, para se impregnar de seu conteúdo. Ela estava fascinada por todas aquelas experiências inestimáveis, e por vezes ficava com o coração na boca quando aqueles homens e mulheres caíam na esfera do monstruoso. O poder era perigoso, ela sabia disso há muito tempo.

Foi Maquiavel que, em seu livro *O príncipe*, ensinou essa verdade. O poder corrompe, o poder absoluto corrompe absolutamente. Se ela duvidasse, o que estava lendo agora confirmava o que dizia Maquiavel. Alguns daqueles soberanos tinham pagado caro por sua arrogância. E suas vitórias também tiveram um alto custo. Em sangue, em lágrimas e em ódio. E, no entanto, um esquema se destacava, insistente. Todos e todas tinham sempre trabalhado para que o império sobrevivesse, esquecendo muitas vezes de sua própria segurança.

Ao ler aquelas linhas, Tara começava a entender melhor sua tia. Aquela obstinada vontade de preservar o império, e sua aparente crueldade. Ela também tinha feito suas anotações no livro. Tara lera umas poucas daquelas páginas, em especial as que diziam respeito a ela.

E tinha descoberto, sem grande surpresa, que ela irritava prodigiosamente sua querida titia.

Tara ficou triste ao ler as páginas sobre seu pai. Pouco numerosas, porque Danviu só foi imperator por pouco tempo, antes de fugir para Lancovit. Aquelas páginas revelavam a imensa solidão que sua tia sentiu quando ele a abandonou.

E revelavam também sua coragem para enfrentar o exercício do poder, difícil e cheio de pressões.

Aquele exemplar era só uma cópia, formidavelmente protegida, é verdade, mas uma cópia, pois o original nunca podia sair do palácio. Vários dos soberanos tinham trabalhado com vampirus. Como todos os livros do OutroMundo, bastava tamborilar duas vezes em cima de um nome para que todas as ocorrências respectivas aparecessem. Foi o que ela fez procurando a palavra vampiru. Imediatamente, a palavra apareceu nas páginas, iluminando-se, e o livro lhe indicou onde encontrar o vocábulo. Havia muitos documentos sobre eles, e... Ah, ali estava. Ela não prestara atenção da última vez, mas um deles tinha falado do carisma. Sim, o livro era realmente uma fonte extraordinária de ensinamentos... Com a condição de ter acesso a elas a tempo.

Tara já ia esfregando a testa quando se lembrou que estava maquiada. Droga. Ela suspirou. Desde que estava lendo o livro tinha, de tempos em tempos, a tenaz impressão de que um obscuro imperator defunto assumia as rédeas das respostas que ela dava às pessoas. Inegavelmente, ela tinha se tornado mais... política.

Ela pôs o livro de lado e observou o ambiente que a cercava. Hum. Muitos dos imperatores utilizavam saídas secretas para mandar assassinar convidados incômodos. Xandiar tinha inspecionado escrupulosamente seus aposentos, mas não custava nada tomar mais uma precaução complementar. O OutroMundo a tinha deixado paranoica, e o que *O livro negro dos sombrios segredos* estava fazendo com ela era ainda pior.

Ele a estava tornando adulta. Desconfiada. Cínica.

Ela tirou o MapaVivo do bolso e o desdobrou.

– Ahhh – fez o mapa ao alisar as dobras. – Não estava na hora! O que é que está acontecendo agora, você vai me mandar outra vez para algum estômago fervendo e cheio de acidez?

O mapa tinha feito uma pequena estadia involuntária no estômago da rainha Carmim, e ela havia sido chamuscada pelo fogo. Desde que isso aconteceu, ele estava bravo com Tara. E depois que a rainha Carmim explodiu, o pobre mapa foi encontrado na floresta do continente proibido gritando "Venham me buscar! Socorro!", ao lado de um ninho de pássaros de fogo, cujos filhotes estavam começando a se interessar mais do que deviam por aquela coisa engraçada que fazia tanto barulho.

– Eu já pedi desculpas meio milhão de vezes – Tara disse, cansada. – Bem, você poderia me informar se existem passagens secretas por aqui?

O mapa murmurou qualquer coisa inaudível e exibiu a planta do palácio presidencial.

Havia várias passagens secretas, mas nenhuma que fosse dar na suíte de Tara. Bom, bom. Isso a tranquilizava.

– Pedra Viva, quero que você mostre a planta ao Mapa, para que ele registre o local onde fica o laboratório.

A Pedra Viva saiu de seu bolso e se instalou no computador, imediatamente ligado. Num microssegundo, a Pedra tapeou as defesas da máquina e ativou o código do mestre Dragosh, que ela tinha espiado por cima do seu ombro. O Mapa absorveu os dados. Rapidamente Tara tinha na sua frente um plano supercompleto e detalhado do palácio, com a função de cada cômodo indicada com todas as letras.

A Pedra poderia não ter utilizado o computador para mostrar a planta, mas não para dizer para o que servia essa ou aquela sala, ou seja, onde ficavam os laboratórios.

Perfeito. Isso seria útil para Tara quando fosse necessário recuperar o anel e a estrela.

Ela guardou o mapa e pegou novamente o livro.

Na hora marcada, uma delegação cerimoniosa foi buscar os convidados para levá-los até a sala do banquete.

Os vampirus que foram buscá-la tiveram que levantar os olhos... e aumentar a porta. E Xandiar e os thugs encheram o peito, muito orgulhosos de sua herdeira.

Quanto a Fabrice, quase engoliu a língua.

E até então Tara só tinha ativado o plano A...

Seu longo vestido enfeitado com o pavão púrpura com cem olhos de ouro modelava seu corpo, antes de se estender como as pétalas de uma flor desabrochada atrás dela.

Uma fina renda de ouro formara-se sobre ela, envelopando-a como uma suntuosa teia de aranho. Por sua ordem, a trocadeira tinha aumentado discretamente seu busto, recusando o 90 D que Tara lhe tinha pedido.

Pffff.

Uma tiara de rubis sustentava o novo penteado e combinava com a estranha joia que enfeitava sua garganta, presente das Cores durante sua incursão no reino dos demônios. Os sapatos de ouro deixavam entrever os delicados pezinhos, que estavam visíveis porque ela montava Galante como uma amazona. Sobre ele havia uma magnífica sela de couro de dracotiranossauro vermelho com ouro. E o pégaso batia com uma das patas, com um ar descontente.

Já que os vampirus gostavam do escuro, Tara tinha tingido Galante de preto. Um preto magnífico, o preto profundo de uma noite... aveludada. Salpicado de pequenos diamantes colocados com a ajuda da trocadeira, que podia criar quase qualquer coisa, e que tinha incrustado o emblema de Omois nas suas asas imensas.

O pégaso não podia saber a que ponto ele estava impressionante. Seus olhos dourados se destacavam contra o manto preto, combinando perfeitamente com as roupas de Tara.

Apesar de seus protestos, Grr'ul também tinha sido convocada para participar. Trajada com um vestido curto e dourado, com os cabelos cuidadosamente trançados, maquiada pela trocadeira, que tinha se divertido com as cores, ela estava... surpreendente. E resmungava baixinho que o primeiro que se aproximasse muito ia provar seu porrete. Escoltado pelos guardas vestidos com os uniformes de aparato vermelho, o conjunto estava sensacional.

Tara estava bem contente por ter coberto os ombros e por seu vestido ser quentinho, pois estava fazendo frio. Os corredores tinham esteira rolante no meio e Tara observou que, diferente de Omois e mais ainda de Lancovit, não se viam outras raças além dos vampirus. O mármore do palácio era de um magnífico preto salpicado de ouro, formando veios no coração da pedra.

Em todos os lugares, skups espionavam, se revezavam, informavam. Painéis de cristal encaixados nos muros pretos onde corriam riachos prateados de números e símbolos davam as últimas notícias do OutroMundo em meia dúzia de idiomas, imediatamente traduzidas pelo Traductus do palácio.

Às vezes, um vampiru parava, com ar pensativo, modificava um símbolo na parede e continuava seu caminho.

Ao contrário de Omois, ali naquele solo de mármore não cresciam plantas, nenhuma vida. Tudo era estéril e friamente meticuloso. Tara, que gostava da alegre bagunça do Castelo Vivo de Lancovit, sentia-se esmagada por tanta... perfeição.

Caramba, ela ia acabar tendo saudade do rosa ridículo de seu quarto!

Eles não levaram muito tempo para chegar à sala de banquete. As duas portas de prata fantasticamente esculpidas contavam uma história, a da chegada dos vampirus ao OutroMundo. Tara não teve muito tempo de olhar para elas, mas prometeu a si mesma voltar para observá-las com atenção num outro dia.

Principalmente depois que ela vira naves espaciais em relevo... Como na terra dos saltaranos. Aliás, observando mais atentamente, eram exatamente as mesmas. Huuum, interessante.

Fabrice também tinha percebido, mas fez uma careta, porque a prata o deixava bem pouco à vontade...

As portas se abriram e um oficial de diligências anunciou Tara e seu cortejo, saudada pela música ruidosa de uma orquestra de tatzbums com tentáculos. Tara levou uns segundos para conseguir ouvir de novo, depois do estrondo dos clarins, trombas e trombetas.

Todos os convidados se viraram. Centenas de olhares frios esmiuçaram a herdeira de Omois, e Tara ficou feliz ao perceber alguns olhares de ciúmes aqui e acolá. Ela tinha conseguido impressionar todo mundo. Era só esperar para ver o que aconteceria depois.

Xandiar a pegou pela cintura com as duas mãos e a desceu cerimoniosamente do pégaso. Sem pronunciar uma única palavra (ela tinha treinado muito), Tara fez um passe de mágica que atingiu Galante. Em um instante ele foi minituarizado e pousou sobre seu ombro, como uma sombra negra. Uma exclamação abafada de surpresa saudou sua demonstração. Os vampirus não estavam acostumados com magias parecidas com as de Tara. Assim como os outros fadaceiros, dragões ou elfos, eles precisavam fazer uma incantação.

Tara lançou um olhar imperial às mulheres vampiruas e ficou bem contente por ter feito aquele esforço.

Elas eram bonitas. Todas. Mas era uma coisa um pouco assustadora e enjoativa, como quando se come muito caviar e *foie gras*, e mais nada. Seus cabelos desciam até os tornozelos, como capas aveludadas e cintilantes de joias. A pele brilhava e cada um de seus movimentos era uma sinfonia. Ao lado delas, qualquer ser humano teria se sentido sem graça, insignificante, miserável.

Afinal, inegavelmente este era justamente o efeito que elas tentavam provocar. Tara engoliu em seco e se concentrou. Ela não tinha ido até lá para um concurso de beleza, mas para resolver um problema. De um jeito ou de outro.

Agora que ela tinha impressionado todo mundo, podia observar plenamente o lugar onde estavam.

Ao ar livre. Ainda bem que ela tinha colocado um vestido quentinho.

O teto aparentemente era móvel e as estrelas magníficas do OutroMundo brilhavam acima de suas cabeças, cintilando à luz das duas luas de prata, Tadix e Madix. Através de um vidro, Tara pôde ver a sala de banquete e os milhares de velas que iluminavam as mesas. No aposento fracamente iluminado, aqui e ali vampirus começavam a luzir como pirilampos, mas sussurros amedrontados chamaram rapidamente a atenção. Huuum, pelo visto eles não estavam acostumados a esconder seus poderes, aqueles lá.

O presidente abriu caminho até eles. Estava vestido com um tipo de smoking no qual brincavam símbolos matemáticos e rostos pontilhavam aqui e ali em todas as partes das roupas, sorridentes, graves, tristes. Curioso.

– Muito... impressionante sua entrada, Sua Majestade Imperial - ele observou, inclinando-se. –Só estávamos mesmo à sua espera. Posso lhe apresentar minha filha, Kyla?

Tara aguentou firme. Nenhum sinal de dependência de sangue humano na linda moça, que se inclinou diante dela, numa graciosa reverência. Seus cabelos eram de um bonito castanho brilhante, e não brancos. E, apesar de seus olhos serem vermelhos, como os da maioria dos vampirus, sua pele não era lívida. Outra coisa que ela tinha de diferente dos outros vampirus, que sempre pareciam ter enterrado o pai, a mãe e a avó na véspera, ela era surpreendentemente jovial. Sentia-se nela uma feroz vontade de se divertir. Seu olhar faiscava e um sorriso criava covinhas nas suas bochechas fofinhas.

– Cara princesa - a moça exclamou –, estou muito feliz em conhecê-la. Meu pai falou muito da senhora. É verdade que talvez consiga curar a doença do sangue?

Um dos músicos até errou uma nota e um silêncio de chumbo caiu sobre o público ali presente.

Agora Tara estava entendendo exatamente o que ligava A'rno e Kyla. A mesma arte da gafe.

O presidente ficou duro feito um pau.

– Na verdade, nossa convidada está aqui para testemunhar a favor da acusada, Kyla, nunca foi questão de cura. Todos nós sabemos que isso não é possível...

– Desculpe, senhor presidente – mestre Dragosh interrompeu, abrindo caminho até ele –, todos nós já tentamos, os Altos Magos e os Altíssimos Magos também tentaram. Mas a herdeira de Omois é única. Fora o fato de seu poder ser incrível, ela também foi vítima de manipulações genéticas. Já falamos disso. Ela vai pensar e me dar sua resposta amanhã. Se aceitar, não vejo por que não tentaríamos. De qualquer forma, Selenba já está condenada. E ela não é... e nem será a única. Que risco nós corremos?

Ele acabava de confessar publicamente que existiam outros BSH, os Bebedores de Sangue Humano.

Como o presidente reagiria a essa afronta, ele que fazia questão de demonstrar de maneira tão ostensiva o seu "tudo vai bem, senhora marquesa?".[1]

O presidente fulminou mestre Dragosh com o olhar, mas ele aguentou firme. Com os braços na posição de sentido e o corpo rígido, evitando cruzar seu olhar com o de seu superior.

– Pai – Kyla interrompeu –, ele não está errado. Se a princesa Tara aceitar, outros além da dama Bragish também poderão ser curados.

– Só há uns poucos como ela! – o presidente sibilou, negando tudo. – Muito poucos! E isso pode ser arriscado para a vida da herdeira de Omois.

Ele devia estar realmente enfurecido, pois de repente começou a rebrilhar, como as mulheres vampiruas. Kyla lançou um olhar de advertência a Tara.

Agora o presidente era uma coisa ofuscante, com cabelos de seda e olhos de rubi, e seu carisma começou a pesar sobre a garota.

– Agora vamos jantar – ele disse com uma voz de veludo –, e depois a levaremos até a fronteira do nosso país e a senhora partirá. Isso lhe convém, não é?

Uaaaaaau!, as coisas eram mesmo tão difíceis quanto ela tinha previsto. O carisma crescia, crescia, e seu corpo gritava que aceitasse e fizesse a vontade do vampiru. Tudo o que ele quisesse. Se ele lhe pedisse para sair imediatamente e enfrentar um dracotiranossauro só com as mãos, ela faria isso.

Com o que lhe restava de vontade, Tara ativou o plano B.

E começou a luzir. Muito mais que os vampirus. Parecia um pequeno sol que tinha surgido de repente, bem no meio do salão de recepção.

Em pânico, seus anfitriões gemeram de dor e protegeram os olhos.

---

[1] Menção a um dito popular francês, inspirado no título de uma canção antiga, que tem um significado semelhante ao nosso "tudo bem no reino da Dinamarca". (N. T.)

Fascinados e assustados, os thugs e Fabrice olharam para ela. Seus cabelos eram uma fantástica mistura de dezenas de cores e cintilavam. Sua pele ricamente realçada por uma pitada de tom rosa nas bochechas estava tão sedosa que os vampirus suspiraram de inveja. Seus olhos podiam competir com as mais belas safiras e, de repente, as vampiruas começaram a achar que afinal de contas o preto era um pouco exagerado.

Fabrice, que ela não tinha avisado sobre o plano B, sentiu os joelhos amolecerem.

Ela estava suntuosa. Era irresistível.

– Ah – ela murmurou, e sua voz era de um encanto mágico –, não queria deixá-lo tão rapidamente, caro Drakul. Vamos jantar e passarei uma parte da noite pensando sobre se devo ou não assumir o risco de cuidar de Selenba. O senhor concorda, não é mesmo, senhor presidente?

Estupefato demais para reagir, o presidente a olhava, as presas aparentes; subitamente muito menos elegante. Kyla, também para lá de surpresa e recuperando o próprio controle, olhava Tara com prazer.

– Papai, acho que nossa convidada não vai permitir que a manipulem com tanta facilidade – ela disse.

O presidente bufou bem devagarinho e seu carisma diminuiu, sem desaparecer completamente. Tara, também diminuiu sua magia, mas sem apagá-la por inteiro. Quinze a zero para ela. Ela precisava ficar vigilante, esperando o que viria a seguir.

– Nós… bom... falaremos disso novamente – disse Drakul contra a vontade. – Aproveite o coquetel, antes do nosso jantar. Vários dos nossos notáveis gostariam de conhecê-la. Kyla, você está encarregada de apresentar a princesa.

Lançou sobre ela um último olhar cruel, antes de se misturar à multidão, deixando que ela passeasse no meio dos convidados. Agora que o presidente tinha revelado o segredo dos vampirus, eles acendiam seus carismas e a sala literalmente cintilava.

– Foi maravilhoso – Kyla sorriu –, são poucas as pessoas que enfrentam meu pai. Acho que a senhora fez um monte de amigos de uma só vez.

– E com certeza um monte de inimigos – assegurou um vampiru que estava ao lado delas.

Kyla olhou para trás e seu rosto endureceu.

– Sinistro Senhor Tukill – ela se inclinou.

– Filha do presidente – saudou o recém-chegado.

Tara observou atentamente o Sinistro, em alerta. Senhor Tukill comandava a polícia vampirua e mais particularmente as Brigadas Negras. Moreno, ele era um dos únicos vampirus a ter os cabelos bem curtinhos, num corte quase militar, o que compensava com uma barbicha arrogante que realçava a perfeição de sua mandíbula. Seus olhos, de um vermelho que beirava o breu, cintilavam. Ele estava vestido de preto, naturalmente, mas um preto furtacor, com reflexos azul-esverdeados e cujo tecido parecia tão extraordinário quanto suas facas de lâmina negra.

Mas o que importava é que Kyla tinha lhe dado um título, enquanto o outro respondia nomeando os direitos do sangue. Ora, ser a filha de alguém não representava nada. Graças a sua leitura do livro, Tara entendeu a sutileza do insulto.

O desconhecido sorriu para ela, ignorando Kyla deliberadamente.

– Tivemos muita dificuldade em capturar Selenba, a renegada, a vampirua traidora – ele atacou, diretamente. – Na verdade estou chateado por saber que a senhora talvez cuide dela. Ela deve ser castigada pelas vidas inocentes que roubou. De acordo com nossas leis, se ela estiver livre de sua dependência (para não dizer vício...), seus pecados são perdoados. Acho que suas religiões na Terra chamam isso de "redenção". E seus psiquiatras de "dupla personalidade", como se duas pessoas morassem no mesmo corpo, e o inocente não pudesse ser condenado como a que é culpada. Acho isso... ridículo.

Ele se inclinava para Tara, invadindo seu espaço pessoal. Tara não recuou. Seu carisma era tão poderoso quanto o do presidente, mas de forma levemente enjoativa, mais como uma coisa gosmenta, ou gordurosa, do que sedosa. Mas também era muito difícil resistir.

– Sei que nosso presidente é educado demais para fazer a pergunta abertamente, mas por aqui todo mundo quer saber, é claro: Por quê? – ele perguntou.

Tara inclinou a cabeça, lamentando não ter colocado sapatos com saltos mais altos, porque o vampiru era realmente alto. Difícil encarar alguém que tem uns tantos centímetros a mais.

Vejamos se a tática da loira cabeça de vento funciona.

– Porque gosto de viajar – disse com um lindo sorriso. – Aqui entre nós, acho que não posso fazer grande coisa para a pobre Selenba. Ela está muito mal. Me diga uma coisa, parece tão engraçado perseguir e cercar esses vampirus! O senhor deveria me contar tudo isso... detalhadamente.

E fingindo total ingenuidade, ela deu o braço ao vampiru, como se fosse seu cavaleiro. Kyla fez uma careta e desapareceu.

O Sinistro Senhor relaxou. Talvez ele não achasse que ela era tão cabeça de vento quanto fingia ser, mas ser subestimada era uma das regras do livro, que ela estava aplicando ao pé da letra.

Isso dito, ele era efetivamente interessante, e tinha um certo senso de humor que a fez rir várias vezes, chamando a atenção dos outros vampirus.

Considerando a surpresa deles, aparentemente por ali ninguém costumava se divertir muito. Como um perfeito cavaleiro, ele a apresentou a um monte de pessoas, das quais ela guardou cuidadosamente os nomes e funções. Ele se esforçava para encantá-la, e Tara se perguntava por quê.

Um sino tocou e o Sinistro Senhor precisou deixá-la, pesaroso. Kyla e Drakul vinham na direção deles, para acompanhar a convidada de honra à sua mesa.

Kyla colocou-se à sua direita, levemente recuada, enquanto o presidente Drakul, um ricto constrangido no rosto, lhe oferecia a mão para conduzi-la.

Ela lhe deu o braço. E sentiu sob a palma de sua mão que os músculos do vampiru eram rijos, duros como a madeira. Era bem… desagradável, como se o humanoide não fosse realmente humano, mas um tipo de cadáver animado. Ela não sentira isso com Tukill. Ficou arrepiada e olhou em volta.

Para sua grande surpresa, na sala de jantar as paredes de pedra preta tinham dado lugar à madeira… sempre preta, claro, mas com veios de ouro e suavemente polida. Os arcos se juntavam, formando magníficas volutas esculpidas, bem acima de sua cabeça.

Ah, o salão era coberto: eles não queriam que chovesse em seus pratos.

Os pratos estavam justamente se posicionando sobre as mesas cobertas de toalhas pretas e instrumentos cintilantes. E muitos copos cujo cristal rebrilhava suavemente. Todos tomaram seus lugares à mesa, num concerto de risos leves e perfumes embriagantes.

Os pratos dos vampirus eram fundos, contrariamente ao dos convidados. Fabrice estava na mesma mesa e olhava com desconfiança para a vizinha, uma suntuosa vampirua de lábios vermelhos. Graças a um decote profundo – oceânico, na verdade –, a vampirua exibia todos os seus encantos, que eram bem avantajados. Mas o rapaz não tinha a intenção de ser fisgado por uma vampirua. Ele já tinha tido sua dose, muito obrigado.

Tara acreditava que animais seriam trazidos vivos à mesa, mas os vampirus eram sofisticados. Os animais já tinham sido "ordenhados" e seu sangue, misturado com diversas ervas, era servido nos pratos e mantido quente e em estado líquido graças a um feitiço.

Os talheres dos convidados eram de ouro, provavelmente por causa dos loboshomens, pois as colheres de sopa dos vampirus eram de prata.

Carnes deliciosamente assadas aterrissaram no prato de Tara e seu copo se encheu de um líquido vermelho que ela esperava sinceramente que fosse só vinho, apesar de não beber nada alcoólico.

Os cozinheiros dos vampirus eram verdadeiros mestres, e os sabores tão delicados quanto deliciosos. Porém, os vapores que emanavam não conseguiam cobrir o cheiro de sangue, nitidamente muito menos agradável.

Os vampirus comiam com apetite, tanto Kyla como os outros, e Tara se lembrou de que os vampirus contaminados já não se contentavam mais com sangue animal. Mas a jovem vampirua parecia estar se deliciando, e uma grande dúvida assaltou Tara. E se o elfo estiloso tivesse mentido? Afinal de contas, ela não sabia nada sobre ele.

– Os pratos estão do seu agrado? – perguntou o presidente.

– Está delicioso – confirmou Tara, que não tinha a mínima intenção de perguntar o que ela estava comendo... e não tinha identificado nada.

– Perfeito. Voltemos à sua conversa daquela hora. É verdade? A senhora vai realmente tentar curar a senhora Bragish? E como a senhora tem conhecimento do nosso "carisma"? Nós nunca o usamos fora do nosso país. Isso é passível de ser punido com a morte.

Caramba, Dragosh se arriscou à beça para nos avisar.

Tara abriu um lindo sorriso e... mentiu com facilidade.

– Conheço dos filmes. Não ignoro nada dos poderes dos vampirus.

O presidente olhou para ela com um ar inseguro.

– Os filmes?

– Sim, sabe, Terra, Hollywood, os estúdios, os atores. Os loboshomens, os vampirus, os unicórnios, os dragões. Quando vocês invadiram nosso planeta, deixaram algumas lembranças. Que ficaram na memória de meu povo. Vocês devem ter utilizado esse estranho poder na Terra e nós guardamos na lembrança. O fato de vocês serem capazes de hipnotizar os humanos, para forçá-los a fazer o que eles não querem. Então me imunizei contra esse poder.

O presidente franziu as sobrancelhas, contrariado. E engoliu a mentira sem problema.

– Nós não nos interessamos pelo que ocorre na Terra. Pelo menos não muito. Vou pedir para que exibam esses "filmes" para ver se isso pode ser uma ameaça ao nosso povo.

Tara se lembrou de *A dança dos vampiros*, um velho filme muito engraçado, e quase desatou a rir. Ele não ia ficar nem um pouco decepcionado!

Ela olhou para ele com curiosidade

– Por que escondem esse poder? Afinal de contas, quando as pessoas o conhecem, é perfeitamente possível se proteger dele, e os povos do OutroMundo não teriam medo de vocês por causa disso. E minha tia deve ter sangue de vampiru nas veias, porque no que diz respeito ao carisma ela tem toneladas!

– Não nos misturamos com os humanos – insistiu o presidente, chocado.

– Era uma piadinha – Tara explicou. – Eu estava só brincando. Peço que me desculpe.

Ai ai ai, como eram suscetíveis esses vampirus! Então, como de costume, depois de ter lido *O livro negro dos sombrios segredos*, seu raciocínio ficou mais acelerado, analisando o que ele acabava de dizer. Ele tinha reclamado um pouco demais.

Será que existiam híbridos vampirus/humanos? Ou pior, vampirus/elfos? Porque cada raça já era poderosa, e misturada então, Tara nem queria imaginar o resultado.

O resto do jantar se passou num ambiente bem pesado. Tukill estava longe demais para que pudessem conversar, o que ela lamentava. O presidente não estava nada contente, e por isso foi bem sarcástico. Tara escutava o que ele dizia, tomando cuidado para não cair nas potenciais armadilhas, e os vampirus olhavam para eles com tanta atenção que ela estava com a impressão de estar com a pele toda torrada por todos aqueles olhares.

Será que eles pensavam nela da mesma forma que um ser humano pensa num peru assado gordo? A imagem a fez sorrir, apesar da situação. Era o que acontecia, por ter assistido a tantos desenhos animados de Tex Avery.

Durante a noite inteira, o presidente tentou fazê-la mudar de opinião. Discretamente apoiada por Kyla e Safir Dragosh, Tara o enfrentou e não cedeu. Fabrice também foi muito cortejado, mas seu encontro com Selenba e as recomendações de Safir o tinham imunizado contra os encantos das lindas vampiruas. Mas o fato de ele resistir a essas damas só fez os tais encantos aumentarem ainda mais, o que deu muito trabalho ao pobre rapaz.

Xandiar, Grr'ul e os thugs observavam tudo com um sorriso divertido, mas vigilante. Finalmente, Tara conseguiu dizer a frase que queimava seus lábios desde o começo.

– Soube que vocês tinham recuperado o anel de Kraetovir ao mesmo tempo que Selenba, depois que a capturamos. Vocês o estão analisando, não é perigoso?

– Nem ousamos tocá-lo – respondeu distraidamente o presidente. – Esse objeto é terrivelmente perigoso, e ondas de magia demoníaca que emanam dele perturbam nossos cientistas. Nós o isolamos em nossos laboratórios, aqui no palácio, e estamos tentando criar um método para destruí-lo, do mesmo jeito que vocês destruíram o Trono de Silur e o cetro maldito. No entanto, ele ainda é só um protótipo e, portanto, menos poderoso que o original. Mas em pouco tempo nós vamos conseguir.

Tara praguejou mentalmente. Ela ia ter de agir muito rapidamente. Mudando de assunto, para não alertar Drakul sobre a importância do que ele tinha acabado de revelar, ela conseguiu permanecer calma e serena, pelo menos na aparência.

Já era bem tarde quando Tara conseguiu finalmente voltar para seu quarto cor-de-rosa e tirar a roupa, cansada. O mancebo de madeira, que estava pronto para receber suas roupas, ficou muito decepcionado quando a trocadeira se contentou em ingerir o vestido e os sapatos, assim como a roupa de baixo, para substituí-los por um shortinho e um bustiê.

Tara suspirou. Ela só tinha de um a dois dias para roubar os dois objetos e curar Selenba. Sobre este último ponto, ainda não tinha tomado nenhuma decisão. Devia tentar salvá-la? Correndo o risco de ser morta?

O dilema era difícil e, apesar do cansaço, Tara sabia que teria muita dificuldade em adormecer. Depois de escovar os dentes, enfiou-se na cama, tão espaçosa que nela caberia um regimento inteiro... e até mesmo dois, depois de dar um boa-noite sonolento a Grr'ul, que deixou a porta do quarto aberta, o que fez com que Tara ouvisse os gemidos de protesto da cama quando a troll também se deitou.

As luzes foram diminuindo gradualmente e em pouco tempo só o brilho das estrelas e das luas iluminava o quarto, filtrado pelas pesadas cortinas de veludo... preto.

Tara tinha a impressão de ter adormecido há somente poucos minutos quando ouviu um barulho.

Era suave... sem dúvida. Como um tecido pesado sendo roçado... ou cortinas sendo afastadas. Com os olhos bem abertos no escuro, ativou sua magia debaixo das cobertas para não alertar o intruso.

Alguns meses antes, quando Pardal tinha irrompido no seu quarto sem avisá-la, quando estava sofrendo de overdose de magia, sua amiga tinha notado que a magia brilhava através das cobertas.

Tara não tinha se esquecido disso e treinara para abafar consideravelmente a luz, se necessário. Não era muito agradável. Mas era melhor do que o intruso descobrir que ela estava acordada.

Uma silhueta ágil entrou no quarto e a respiração de Tara se acelerou. A silhueta hesitou e se aproximou devagarinho.

Embaixo das cobertas, Tara improvisou um escudo para se proteger, no caso de o intruso lhe lançar um feitiço, uma faca ou um tricroc. Mas a silhueta fez uma coisa totalmente inesperada.

Pegou uma poltrona e... se sentou.

De acordo. *Isso* era original. Talvez fosse um assassino potencial muito cansado? Tara lutou contra a ideia idiota que acabava de passar pela sua cabeça.

Atrás da silhueta, uma sombra enorme apareceu. Grr'ul tinha sentido o intruso e estava pronta para intervir. Galante, perfeitamente acordado, apontou as garras, pronto para pular de seu cesto.

– Pode apagar sua magia – disse uma voz melodiosa –, não tenho a menor intenção de machucá-la.

Apesar de suas precauções, o intruso tinha visto a luz da sua magia. Droga, isso não deveria ter acontecido!

– Ah! Que bom – Tara respondeu, sem obedecer. – Mas, quem é você?

– Sou uma amiga. Fui eu quem mandou A'rno até você.

A luz se acendeu, por ordem de Tara, e ela recuou, horrorizada.

Na frente dela estava Selenba.

10

A vampirua, ou: não é porque se tem o poder de transformar as pessoas em sapo que se deve fazer isso.

Tara apagou sua magia antes de transformar a vampirua em espeto grelhado. Porque acabava de perceber as diferenças entre Selenba e aquela que estava ali. Era o mesmo rosto glacial e magnífico, mas os cabelos da jovem vampirua eram prateados, e não brancos. E sua pele não tinha os estigmas, marcas típicas dos Bebedores de Sangue Humano. Mas com a magia era difícil saber, e por isso Tara decidiu tomar cuidado. Ela se levantou, suas roupas de noite se transformaram em armadura de comando púrpura e dourado, cingida por uma espada de elfo e de duas adagas, seus cabelos se trançaram e uma pequena coroa de ouro envolveu sua testa.

Uma lança apareceu na sua mão, que ela recusou, pois aquilo já era um pouco demais. Galante veio pousar no seu ombro e a trocadeira reforçou a ombreira, para que as garras do pégaso não perfurassem o tecido.

A vampirua suspirou de inveja.

– Você tem uma trocadeira, que sorte! Parece que sobraram só uma ou duas no OutroMundo. E nós já não sabemos mais fabricá-las, é uma pena.

– Sim, e repito minha pergunta. Quem é você? E mais – e seu tom foi ligeiramente sarcástico –, existe alguma razão particular para você preferir usar as janelas em vez das portas?

A vampirua sorriu, sem mostrar os dentes

– Há dois guardas à sua porta. Prefiro me manter... discreta. Ninguém precisa saber que vim vê-la.

Uma reunião secreta, no meio da noite. Com uma vampirua. Obaaaa!

– Você é muito parecida com Selenba – Tara observou, sentando-se graciosamente. Enfim, o mais graciosamente possível, por causa da armadura. – Me deixe adivinhar, você é a gêmea dela, não é?

– Não, sua irmã mais nova. Mas você está certa, somos muito parecidas mesmo, apesar de não ser tão temerária quanto ela e não ter a mesma sede de aventura... Meu nome é Satila.

– Sim, era esse nome que A'rno tinha me dado.

– A'rno me disse que você tinha neutralizado os monitores de vigilância. Então, ele decidiu se arriscar e revelar a contaminação de Kyla.

Ah, então não era uma gafe, mas sim uma observação voluntária, O elfo era esperto, não desastrado...

– Preciso... precisamos de você, Safir, Selenba e eu.

– Eu disse a Safir que daria minha resposta amanhã – Tara observou calmamente.

A vampirua se agitou.

– Mas o que não sabe é que o presidente vai lançar um Amemorus contra você, para que esqueça sua missão. Você irá embora, e quando chegar a Omois lembrará que foi enganada, mas já será tarde demais. Selenba estará morta.

Tara fez uma careta. Ela detestava os feitiços de esquecimento, como o Mintus ou o Amemorus; toda vez, eles só criavam problemas. E sua melhor amiga terráquea Betty tinha pagado o preço. Com sangue e lágrimas.

– Por quê?

– Por que o quê?

– Por que o seu presidente se opõe tanto ao fato de curar Selenba?

– Eu não sei. Ninguém no palácio presidencial entende. A única explicação que encontramos é que nosso presidente não quer que você corra o risco de morrer.

– Acho que é uma boa razão, não?

– Nosso presidente não é tão... compassivo – observou a vampirua, com um toque de amargura na voz. – Não acho que esta seja a única razão.

Tara se levantou, tilintando, pensando a toda velocidade.

– Eu tenho uma pergunta. O que é que acontece se eu morrer?

– Ué, você estará morta – a vampirua respondeu.

Bem, nem tão esperta assim, afinal. Tara precisou lhe explicar.

– Sem dúvida. Mas, se eu morrer tentando curar Selenba, Omois mandará imediatamente seus melhores investigadores para verificar se não é culpa de vocês... E com a guerra contra os trolls, acho que seu presidente não tem muita vontade de que alguém venha fuçar nas questões internas.

A vampirua franziu o nariz, como se acabasse de sentir um mau cheiro.

– Sim, você está certa. A'rno me disse que você estava a par dessa ridícula história de conflito. Por enquanto é só uma briguinha entre as duas partes, e o desacordo poderia ter sido rapidamente solucionado. Mas houve mortos, e os trolls estão reunindo suas tropas, apesar de estarmos no nosso direito. Isso corre o risco de piorar.

– É este o seu problema. Seu presidente tem medo de uma extensão do conflito – disse uma voz áspera por cima dela.

A vampirua se assustou. Ela não tinha percebido que Grr'ul estava ali atrás, prestes a abatê-la se fizesse o menor gesto agressivo em relação a Tara.

– Como assim? – Tara perguntou.

– Apesar de o nosso governo ter sido sempre considerado atrasado, assinamos acordos. Os trolls estão unidos a Omois. Se uma guerra fosse declarada contra eles, Omois os ajudaria. Os vampirus estão ligados a Lancovit. Os acordos são os mesmos. Omois e Lancovit, por sua vez, têm alianças com outros países. Lancovit com os Malvados, Omois com Selenda...

Ao ouvir isso, Tara se sentou, sem pernas.

– Isso poderia degenerar em uma guerra... mundial – ela disse desalentada.

– Sim – opinou a troll verde. – Nós precisamos encontrar uma solução para esse problema, antes que ele nos leve a uma terrível catástrofe. E, principalmente, tenho que falar com o nosso governo, e entender o que está acontecendo com a Floresta. Ela nunca tinha feito isso anteriormente

– Mas nós tentamos! – Satila protestou. – Nosso presidente capturou diversos congêneres seus. Enquanto eles estavam aqui, eram perfeitamente razoáveis... apesar de não falarem tão bem quanto você. Mas quando se aproximavam da Floresta, alguma coisa acontecia que mudava a cabeça deles. No começo achamos que era magia, mas é mais complicado do que isso. Mandar vocês para a floresta não vai resolver nada. Vocês ficariam como eles, e nos combateriam, em vez de nos explicar o que precisamos fazer e nos ajudar.

– Ainda não nasceu aquele que poderá se apoderar da minha mente – grunhiu Grr'ul, ofendida.

– Quando foi que isso começou? - Tara perguntou.

– Há cinco dias. Foi estranho, porque as árvores começaram a engrossar, até formar uma muralha impenetrável. Provavelmente para esconder os trolls. A seguir, as mudas cresceram brutalmente, e onde num dia havia um campo, no dia seguinte estava uma floresta com árvores de vários metros de altura!

Cinco dias? Nossa, essa agora! Exatamente no dia seguinte à sua captura por Grr'og. E se tudo tivesse começado porque Tara tinha vencido a Floresta? Será que ela tinha desencadeado alguma coisa sem querer? Legal! Como se já não tivesse preocupações o suficiente!

Ela trocou um olhar com Grr'ul, que balançou a cabeça pensativamente. A troll devia ter pensado a mesma coisa.

– Eu lhes peço – suplicou Satila, esfregando suas longas mãos brancas – Eu... eu sei que é importante, mais do que o destino de minha irmã. Mas, apesar do que ela fez, eu a amo profundamente, e... não suporto a tristeza de Safir. Ajudem-no. Ajudem-nos.

Sua pele muito pálida tinha ficado mais rosada ao pronunciar o nome de Safir. Tara observou-a atentamente. A jovem vampirua parecia gostar do futuro cunhado um pouco mais do que dizia.

A garota respirou profundamente e esticou as costas, que estavam tensas. No fundo, Satila não estava errada. Quanto à guerra entre os vampirus e os trolls, por enquanto ela não podia fazer nada. Por outro lado, se curasse Selenba também poderia curar a filha do presidente... e prestar esse serviço inestimável permitiria que ela negociasse a paz. Pelo menos durante o tempo necessário para entender o que estava acontecendo. E se era culpa dela que uma trégua milenar tivesse sido rompida.

Ela teve uma nova ideia e chamou a si mesma de tonta por não ter pensado naquilo antes.

Ajudar o presidente, com um pouco de sorte permitiria que ela pedisse a estrela e o anel como recompensa. O que evitaria que ela tivesse de andar pelos corredores do palácio à noite.

Essa parte do plano não a agradava muito. Não era muito boa para esse tipo de coisas. Isso era para Cal, o Ladrão Patenteado, não para ela.

– Está bem – suspirou. – Vamos. Me levem para ver Selenba.

A vampirua se levantou, com aquela vivacidade inumana que compartilhava com os elfos.

– É verdade? Você aceita nos ajudar? Vou imediatamente avisar Safir e...

– Safir deve estar sob estrita vigilância – Tara interrompeu. – E sua presença só vai me atrapalhar. Ele me disse o que eu devia fazer no começo da noite.

Ela se lembrou das fórmulas sanguíneas dos vampirus cada vez que pensava em Selenba. Era desconcertante.

– Você vai ter que se transformar – a vampirua declarou firmemente.

Tara olhou para ela com um ar de dúvida.

– Me... transformar? Como?

– Vim transformada em morcego, o que é muito comum nos vampirus. Para evitar que a vejam e chegar facilmente à prisão de Selenba, você deveria fazer a mesma coisa.

– Tara engoliu em seco. A última vez que tinha se transformado em animal, um dragão, no caso, as coisas não tinham corrido muito bem.

– Você... você tem certeza? Porque posso exigir ir lá agora e...

– Não – a vampirua interrompeu. – Se você avisar alguém, ficará amnésica antes do final da noite. Confie em mim. O morcego é nossa única solução. Vou abrir a janela.

– *Pfffff* – Tara suspirou –, isso não é genial!

– Quanto a mim, o que me chateia é que não tenho poder de fadaceira – grunhiu Grr'ul. – Então, como é que vou proteger você se não tenho o poder de me transformar?

– Se quiser, posso fazer isso para você – Tara propôs.

Era estranho, mas ela se sentia mais segura com a troll.

– Está bem – suspirou Grr'ul. – Se for a única solução, vamos lá!

– Me dê primeiro sua maça e suas armas, vou colocá-las na minha trocadeira para transportá-las.

A troll obedeceu a contragosto, como se estivessem arrancando seu bebê das mãos.

Tara ativou sua magia e dessa vez não disfarçou a luz. A vampirua abafou uma exclamação de surpresa. Ela não estava no banquete e não tinha visto a demonstração de Tara, apesar de todos no palácio só falarem disso. Ela deixou a janela aberta, mas fechou rapidamente as cortinas.

Tara incantou:

– Pelo Transformus, que Grr'ul seja um morcegão e sem preocupação!

A troll começou a inchar por todos os lados. Pela sua cara, não era especialmente agradável. Asas gigantes cresceram, seu corpo se modificou e alguns segundos mais tarde um morcego gigante, muito verde, estava estendido no chão, incapaz de voar.

– *Oooopps*, não me lembrei de miniaturizar você. Espere aí.

Sua magia a atingiu e o morcego começou a diminuir de tamanho.

– *Iiii iiii iiik!* – ela sibilou com um ar indignado.

– Ela diz que não é muito confortável – a vampirua traduziu. – Enfim, não traduzi os palavrões...

Tara precisou segurar uma risada de gozação.

– Vamos, Grr'ul, tente voar, só para ver se funciona.

Gruu'l agitou as asas, que fizeram *flop, flop, flop*. E só.

Ela lançou um olhar patético a Tara.

– Espera – disse a vampirua, pegando a morceguinha. – Vou lançar você, vai ser mais fácil!

– *Iiiiiiiiiiiiik* – esganiçou a morceguinha –, não estou nem um pouco de acordo.

Tarde demais. Satila tinha acabado de jogá-la para cima, na direção do teto. Grru'l abriu as asas, que agitou por um curto instante... e foi se estatelar contra a parede com toda força. Ela caiu no chão, onde ficou, vacilante, com os olhos revirando, completamente atordoada.

– Ai ai ai – Tara correu. – Tudo bem, Grr'ul?

A morceguinha esfregava a cabeça e continuava vesga.

– Não – Tara deduziu – você não está bem. Você não viu a parede?

– *Iiiik iiiii iiiik iiiii!* – ela esganiçou com um ar furioso.

– É minha culpa, você está certa dama Troll, nossos olhos de quirópteros não são muito bons. Você tem que assobiar ao mesmo tempo em que voa. Os morcegos se deslocam graças à ecolocalização. Eles têm um sistema de radar muito eficiente, que registra as ondas sonoras que emitem ao ricochetear contra os obstáculos que encontram. Assim, numa noite totalmente escura, eles sabem exatamente onde estão os obstáculos... ou as presas.

A morceguinha não conseguiu abrir os olhos, e dava para perceber que, se pudesse, teria feito isso.

Com dificuldade, subiu até o ombro de Tara, do qual desalojou Galante, que voou com um fraco relincho zombeteiro. O pégaso tinha se divertido para valer com a cena.

De seu poleiro, Grr'ul sibilou:

– *Iiii iiiii iiiii iiiik!*

– Ela quer que você se levante e depois não se mexa mais – explicou a vampirua.

Com mmmuito cuidado, Tara obedeceu. No seu ombro, a morcega sibilava, agitava suas asas de couro, enfim, fazia um monte de coisas impressionantes. E de repente, sem aviso, Grr'ul decolou. E deu uma volta desordenada, mas corajosa. Feliz, esqueceu de sibilar... e trombou com Galante, que pousara em cima de uma cômoda. O pégaso e o morcego se estatelaram, numa profusão de penas voando.

– Bem, bem – cacarejou a vampirua –, vamos conseguir. É a sua vez, sua Alteza.

Tara olhou para ela, não muito entusiasmada. E contatou a Pedra Viva mentalmente.

– *Ei, Pedra Viva?*

Um bocejo abafado foi a resposta. Aparentemente, a Pedra Viva estava dormindo.

– *Lamento acordar você, mas vou precisar de sua ajuda para controlar minha magia... E tentar não transformar o palácio inteiro em morcego.*

– *Tara quer poder?* – a Pedra perguntou, na mesma hora acordada e feliz de poder se divertir um pouco.

– *Não, não, vamos evitar acumular coisas, tanto quanto possível* (o episódio na floresta ainda estava bem fresco na memória de Tara e ela não queria que aquilo começasse de novo). *Já tenho tudo de que preciso. Faça com que a coisa não "se exceda"... e, principalmente, que assuma bem a forma de que preciso. Não tenho vontade de me transformar em... alguma coisa estranha.*

A Pedra Viva saiu do seu bolso, assustando a vampirua, que recuou.

– O que... o que é que é isso?

Tara ia responder, dando os detalhes... Mas lembrou dos conselhos da tia. Não revelar seus trunfos a seus aliados... e menos ainda aos seus inimigos. Por enquanto, ela podia incluir Satila nos primeiros. Mas era fácil cair no segundo campo.

– É uma amiga – contentou-se em responder com um ar sibilino. – Vamos.

– Ela visualizou a forma que queria, inspirando-se em Grr'ul, que voava desajeitadamente pelo quarto, seguida pelo pégaso.

No instante seguinte estava muito mais perto do chão. E seu nariz pinicava. Quis se coçar e uma pata com uma garra impressionante roçou seu focinho. Bom, aparentemente ela tinha conseguido se transformar. A trocadeira estava atrás e com um simples colar elegante em volta de seu pescoço.

– Pronto – disse –, e agora, o que fazemos?

Na verdade, o que ela tinha dito estava mais próximo de *iiiii iiiik iiii iiik!* Mas a vampirua e a outra morceguinha tinham entendido.

– Em primeiro lugar, deve fazer como dama Troll, acostumar-se com suas asas e aprender a se deslocar sem se matar... Depois, você vai me seguir, tratando de não se perder. Aí levo você até a prisão de Selenba – indicou a vampirua, que tinha se transformado num segundo.

Prudente, Tara fez o que Grru'l tinha feito antes. Ela escalou o tecido de um assento para ficar mais alta antes de alçar voo. E sibilou com todas as suas forças.

– Ai – disse a vampirua –, não tão forte, isso dói!

– Desculpe – disse Tara em língua morcego. – Eu só queria evitar bater numa parede ou num armário. Bom, lá vou eu!

Ela agitou as asas e alçou voo. Não se pode dizer que seu voo tenha sido uma maravilha de graça e agilidade, mas ela conseguiu se virar mais ou menos, com exceção da aterrissagem, no final da qual seu traseiro passou por cima de sua cabeça.

Fora isso, ela tinha melhorado. Da última vez que tinha se transformado em algum troço voador,[1] ela tinha destruído um pedaço da floresta. Dessa vez, somente o tapete e seu orgulho estavam feridos.

– Caramba! – ela resmungou, quando as estrelinhas desapareceram –, realmente não tenho jeito para aterrissar. Vou dar mais uma volta e depois nós vamos, Satila.

– Está bem, vou seguindo você e, se tudo der certo, saímos pela janela.

Apesar da insistência do pégaso, Tara obrigou Galante a ficar no quarto. Ele realmente não parecia um quiróptero, e ela não queria arriscar uma transformação a mais. Antes de se transformar novamente, a vampirua tinha aberto as cortinas, e a janela permitia que os três morcegos passassem facilmente.

Eles não eram os únicos a voar. Em volta deles, um monte de morcegos voava sob os raios frios das duas luas. Tara descobriu rapidamente que o instinto da forma que ela tinha adotado influenciava seu psiquismo, quando tentou engolir um mosk'ito. Seus longos bigodes estremeceram e mentalmente ela emitiu um "eca" de nojo.

---

[1] Na verdade, em dragão. Cem toneladas de agili... Quer dizer, cem toneladas de músculos, de escamas e de asas difíceis de controlar.

Rapidamente, Satila entrou num prédio anexo ao palácio presidencial.

O mármore preto e ouro tinha sido substituído por paredes de basalto preto, o piso era recoberto de ardósia e as portas eram de aço. Se o palácio já não era alegre, as prisões então eram deprimentes. Diferente dos outros países que utilizavam brilhantes para produzir uma iluminação com pouco gasto, os vampirus preferiam a eletricidade, que produzia uma luz branca e fria. Devia haver geradores em algum lugar, ou os vampirus tinham uma usina elétrica... ou uma central nuclear, considerando seu amor pela ciência. A menos que tenham descoberto outra forma para produzir energia.

Satila acabava de chegar ao corredor que levava até a entrada da prisão quando começou a voar muito mais devagar. Diversas Brigadas Negras faziam a guarda do local. Rapidamente, ela deu meia-volta. Para Tara e Grru'l foi muito mais difícil, e os olhares dos vampirus de uniforme se fixaram sobre elas, inquiridores.

– Que estranho – observou um deles –, é a primeira vez que vejo um morcego verde!

Grr'ul deitou as orelhas para trás e acelerou.

Quando eles já não conseguiam mais vê-las, Satila se transformou.

– Droga de traduc – ela xingou –, reforçaram a guarda! Não poderemos passar com essas formas voadoras, vamos precisar mudar. Sua Alteza, todo mundo elogia sua poderosa magia. Você seria capaz de "neutralizar" esses guardas? Sem machucá-los?

– *Iiii iiii iiiik* – respondeu Tara.

– Ahãã, acho que seria mais fácil se você se transformasse de novo.

Tara ficou um pouco angustiada por não saber se ia conseguir fazer magia com aquela forma... Estranho, mas pelo menos daquela vez seu poder foi muito cooperativo. Grr'ul e ela voltaram à forma normal. Sem transformar todo mundo no palácio em loirinha, ou em troll, Semiderus seja louvado.

Ela devolveu as armas a Grr'ul, que ficou muito satisfeita, pois não sabia como conseguiria atordoar alguém só com asas de morcego.

– Eu estava dizendo que vou tentar – recomeçou Tara, enquanto a trocadeira tecia roupas de cerimônia para ela. – Mas, se você pudesse nos fazer entrar pela via diplomática, isso seria muito bom. Minha magia, às vezes, pode ser bem... maliciosa.

– Como você quiser, Sua Alteza – respondeu Satila, com uma pitada de sarcasmo na voz –, vou tentar...

Ao penetrarem na prisão, dez vampirus, homens e mulheres, se levantaram e apontaram estranhas armas para eles.

– Pare! Quem vem aí? – gritou um deles.

– Tudo bem, Dreon, você sabe muito bem quem eu sou – respondeu Satila, com ar cansado. – Venho ver minha irmã com nossa convidada e sua guarda-costas.

O vampiru franziu as sobrancelhas

– Não sei se posso deixar vocês passarem!

– Por quê? Estamos fazendo alguma coisa proibida? Não creio. Acho que nosso presidente não recusaria que nossa convidada visse Selenba, afinal de contas, ela veio para isso!

O vampiru hesitou, durante um crucial minuto, e fez um sinal para que passassem.

– Podem ir.

Satila não disse nada, mas Tara sentiu que ela havia relaxado um pouco. As enormes portas metálicas se abriram. Considerando o tamanho das vigas, o que será que os vampirus trancavam em suas prisões? Balbunas e dracotiranossauros rebeldes?

Elas penetraram nas profundezas da prisão. Selenba não era a única presa. Nas cadeias dos vampirus havia outras formas de vida. Dentre as quais trolls. E Grr'ul exclamou baixinho quando reconheceu um deles. O comandante Grr'og.

– Por meus ancestrais! – ela grunhiu em idioma troll. – Mas o que é que você está fazendo aqui? – felizmente o palácio presidencial contava com um feitiço tradutor. Dessa vez, Tara entendeu o que Grr'ul estava dizendo.

O troll tinha um enorme galo na cabeça, um de seus olhos estava meio fechado e seu braço direito, pendente, e parecia estar fora do lugar. Ele estava em muito mau estado. E tremia, como se estivesse com muita febre.

– Na verdade, não sei – respondeu com voz fraca. – Eu tinha acabado de deixá-las, estávamos nos afastando da fronteira quando, de repente, buraco negro. Eu estava batendo num vampiru que nunca tinha visto na vida e alguém me deu uma pancada na cabeça. Estou prisioneiro há algumas horas. Pedi explicações, mas ninguém quer falar comigo. E você? Eles também a pegaram? Você bateu em pessoas que não conhecia?

Grr'ul mostrou o espaço vazio atrás dela.

– Não, eu evito. E ainda está para nascer aquele que vai conseguir me trancar. Estou de visita.

– Ohhh, me desculpe, mas com as cacetadas que levei estou com dificuldades para pensar. Você está livre. Gostaria que me ajudasse.

– Não é possível – Satila respondeu secamente. – Antes precisamos salvar minha irmã, depois cuidaremos do problema dos trolls.

Grr'ul concordou, muito a contragosto. A vampirua estava certa.

– Chegue mais perto das grades – ela pediu a Grr'og.

Dócil, o troll obedeceu.

Rápida como um raio, Grr'ul passou um de seus braços pelas grades, agarrou o braço ferido de Grr'og, bloqueou o corpo dele com a outra mão e puxou, de forma seca e violenta.

O urro do troll abalou toda a prisão. Ela tinha acabado de colocar a articulação do seu ombro no lugar. Num tranco só.

– Bruuik descongelada!... – urrou o troll. – Você ficou louca, está doente?

– Pare de xingar. Seu braço estava inchando. Mais algumas horas e teria sido praticamente impossível colocar no lugar de novo. Devia é me agradecer.

– Caramba! – resmungou o troll. – Uma mulher dessas ou a enforco ou me caso com ela.

E desmaiou.

– Bem, bem, bem – disse Grr'ul com um sorriso estranhamente satisfeito nos lábios. – Podemos prosseguir agora.

As prisões seguintes eram totalmente diferentes. Cada vampiru trancado era um Bebedor de Sangue Humano. Com olhos vermelhos, cabelos brancos, pele pálida e costelas salientes, eles olharam Tara passar como se ela fosse uma guloseima altamente comestível; todos eles com a língua e as garras de fora.

Quando um deles, louco de fome, quis se jogar sobre ela, Tara percebeu que além das grades uma bolha de força segurava os vampirus. Provavelmente para que não pudessem escapar, transformando-se.

O vampiru urrou, segurando a mão, que ele tinha acabado de queimar. Tara engoliu em seco com dificuldade, enquanto seu coração tentava se acalmar. Ela devia estar com pelo menos duzentas pulsações por minuto.

Sentia-se bem pouco à vontade, embaixo de todos aqueles olhares inflamados. Um pouco como Clarice Sterling, em O *silêncio dos inocentes*. Principalmente porque o que ela acabava de ver era digno de competir com *Hannibal, o canibal*.

Mas foi só quando percebeu suas mãos tremendo um pouco que se deu conta do quanto estava com medo. Seus olhos se encheram de lágrimas e ela recriminou duramente a si mesma. Ah, não! Agora não! Já basta!

Discretamente, ela enxugou o rosto com a manga e a trocadeira emitiu um grunhido quase audível. Ela detestava quando Tara se enxugava nela. Tara sorriu, o que a ajudou a se recompor.

Na frente deles, a última cela, maior que todas as outras, estava sendo vigiada. A vampirua que os esperava, impassível, já tinha sido avisada por bola de cristal. Sem uma palavra, ela abriu a porta opaca. Nenhuma grade para Selenba. Só paredes espessas e uma porta de metal, que se abriu com a leveza de uma bolha de ar.

Presa no centro da cela, Selenba estava amarrada com pálidos fios de seda, deitada numa grande cama, com lençóis brancos. Tara reconheceu os fios de aranho, provavelmente enfeitiçados para imobilizar a perigosa vampirua. Um campo de força azul isolava mais ainda a prisioneira. Seus olhos vermelhos estavam meio fechados. Naturalmente delgada, ela agora estava magérrima, quase esquelética. Seus tendões e seus ossos se desenhavam sob a pele dolorosamente esticada. Suas articulações sobressaíam e suas garras ainda mais. Sua boca estava rachada, apesar de Tara ter visto uma garrafa de água mineral ao seu lado. Como de costume, ela estava vestida com couro e pele de aranho[2] pretos, e sua pele dava um novo sentido à palavra lividez.

Dava para ver que ela estava morrendo.

– Ora, ora, ora – e sua voz era um coaxar desagradável –, quem é que vejo? Minha deliciosa irmãzinha e a não menos deliciosa herdeira de Omois.

Ela tossiu e cuspiu no chão. Tinha sangue nos pulmões. Todo seu organismo estava se desintegrando.

Satila se adiantou, suplicante. Mas parou a alguns passos de Selenba, pois o campo de força não permitia que ela passasse dali.

– Eu imploro, não se agite. Sua Alteza Imperial está aqui para ajudá-la.

– Me ajudar em quê? – soprou a vampirua. – Morrer? É inútil, para isso não preciso da ajuda de ninguém.

– Não, ela vai...

– Ver o que eu posso fazer – interrompeu brutalmente Tara, que não tinha a intenção de revelar seu plano à sua inimiga.

– É... é inútil, ninguém pode fazer nada por mim – exclamou a vampirua com um orgulho desdenhoso.

– Como Magíster contaminou você? – Tara continuou, sem se importar com aquela resposta malcriada.

Houve um longo silêncio e elas acharam que a vampirua não fosse responder. Mas depois Selenba deu uma risada cansada.

– Eu o encontrei – ela sussurrou tão suavemente que as duas precisaram se inclinar. – Eu estava... eu estava de férias. Em Lancovit. Eu tinha ido ver Safir. Ele era diferente.

– Safir era diferente? – Satila interrompeu, fazendo Tara ficar bem impaciente.

– Idiota! – disparou a irmã num tom feroz. – Não Safir, mas Magíster, é claro! Oh, sim, ele era bem diferente dos outros homens. E dos vampirus também. E de todas as pessoas que eu tinha conhecido até então. Fiquei... fiquei fascinada. Mas eu tinha medo. E o que é que ele fez? Ele me tirou o medo, para substituí-lo pela força. Mostrou-me o que era o poder. O que era aceitar-se totalmente, sem nenhuma restrição. Nós somos poderosos predadores que foram apanhados por leis e sentimentos que não são nossos. O OutroMundo deveria ser nosso. Em vez disso, perseguimos os únicos entre nós que são realmente livres!

Ela cuspiu de novo no chão, enojada tanto por sua própria fraqueza quanto pela fraqueza que atribuía a seu povo.

---

[2] Apesar de os aranhos serem um povo inteligente, suas crenças não incluem uma vida após a morte. Para eles, uma aranhoa ou um aranho morto não passam de couro, pele e joias a serem transmitidos aos filhos. Assim, o corpo é inteiramente reciclado, o que, considerando o tamanho dos aranhos, não é uma coisa tão ruim assim. Senão, vocês podem imaginar o tamanho dos cemitérios?

– Esse… Magíster provavelmente a obrigou a tomar sangue humano, ou então a dominou para que você o obedecesse – Satila disse, recusando-se a ouvir. – Dominando-a pela sede de sangue.

Era o que todos tinham suposto. O que Safir tinha dito. Que Selenba tinha sido contaminada pela força…

A vampirua acorrentada se levantou, apesar de sua fraqueza.

– Ah, você acha que é só contaminação? Que a sede de sangue era mais forte que tudo? Não, havia... há... uma coisa muito mais forte que a sede. Eu fiz porque quis, não fui obrigada.

Satila parecia apavorada. Apertava suas mãos com tanta força uma contra a outra que suas articulações já tinham perdido a cor.

– Por nossos ancestrais do vazio – ela murmurou –, o que é que esse monstro fez a você?

– Ele fazer nada – grunhiu Grr'ul, de volta ao modo troll de funcionamento. – Vampirua louca. Ser apaixonada totalmente!

– Claro – disse Satila, com a mente tomada por uma ideia fixa –, e Safir também está apaixonado por v…

– Não – interrompeu Tara, com muita pena. – Nada de Safir. Magíster! Ela estava apaixonada. Magíster com certeza a fez tomar sangue humano para torná-la mais forte, mais poderosa, mas é seu amor por ele que a torna sua escrava, muito mais que o sangue.

Satila soluçou, chocada.

– Selenba, não! Você… você não pode estar apaixonada por… esse monstro!

A vampirua levantou a cabeça e seu olhar fulminou a irmã.

– Mas o que você sabe do amor? Você, que está tão estupidamente, tão perdidamente apaixonada por Safir?

Satila recuou dois passos, atingida pela terrível acusação.

– Não, não – ela disse –, perdida, eu…

– É tão evidente, tão patético! Tudo o que você faz para me salvar é porque está consumida pela culpa! Mas fique tranquila. Eu não tenho raiva de você, pode ficar com Safir, seu queridinho tão… previsível, tão… limpinho. Vocês combinam muito bem. Vocês têm a minha bênção, e quero que ambos apodreçam no inferno do Limbo!

Selenba deu uma risada dolorosa, que terminou com um acesso de tosse sanguinolento. Ela limpou a boca e sorriu ironicamente para Tara.

– Acho que seu plano não vai dar certo, pequena fonte de sangue, não tenho mais muito tempo de vida. E, mesmo se você tentasse me curar, no meu estado atual de fraqueza, você não conseguiria.

Pequena fonte de sangue? Encantador.

– Você não está mais lutando – Tara observou.

A vampirua agitou as ataduras.

– Para quê? Ninguém me salvará.

A selvagem amargura em sua voz alertou Tara. E o que Selenba não dizia transparecia no seu tom de voz.

– Ah, então é isso – Tara entendeu de repente. – Você achou que Magíster viria. E que ele a salvaria. Mas não veio, pois a única motivação que ele tem é o seu interesse, a sua… visão. Ele quer conquistar o OutroMundo, expulsar os dragões e reinar como soberano. E você, onde você se encaixa nesse belo quadro?

– Em lugar nenhum – admitiu a vampirua, levantando os ombros, cansada demais para argumentar. – Ele sabia que eu serviria de isca. Omois está a ponto de dar uma enorme recompensa por sua cabeça. Os vampirus gostam dos créditos-mutação, como todo mundo. Ele estava certo em não vir.

Mas novamente seu tom desmentia suas palavras. Ela estava sofrendo. E Tara se perguntou se seu afeto por Robin era tão forte quanto o amor que Selenba dedicava a Magíster. Apesar de ele ter acabado de abandoná-la, ela mantinha sua louca paixão.

– Sim, ele estava certo – admitiu Tara, detestando o que ia ter que fazer. – Mas não sou como ele. E o fato de ter compaixão ou ajudar seus amigos não significa fraqueza, muito pelo contrário. Aliás, vou lhe provar isso agora mesmo.

E Tara incantou. O campo de força se quebrou, sob a rajada de magia azul saindo de suas mãos, poderoso, impetuoso.

Ah, por uma vez ela tinha conseguido surpreender a vampirua. Ela abriu os olhos, bem arregalados, incapaz de acreditar no que Tara acabava de fazer. Antes que tivesse tempo de reagir, Tara tinha se colocado ao lado dela e lhe estendia seu braço nu.

– Se você me machucar de propósito – ela disse friamente –, mato você. Está claro isso? E, principalmente, não vá achando que sua saliva vai fazer com que eu a obedeça. Imunizei-me contra esse tipo de golpe. Grr'ul, segure-a e fique atenta, para que ela não beba demais. Vamos vampirua, use o pouco de força e de carisma que sobraram para tornar essa tarefa agradável.

Selenba quis responder que não via interesse nenhum em se alimentar, já que de qualquer forma estava condenada, mas seu estômago não estava de acordo. A única coisa que ele via era a carne perolada e, por baixo, as veias azuis e o sangue vermelho, quente, docinho. Antes de se dar conta, ela tinha começado a brilhar e seus olhos sangrentos olhavam os olhos azuis de Tara.

E o que ela viu a surpreendeu. A garota tinha mudado à beça. Embaixo daquela aparente meiguice, havia uma rocha de poder e de vontade que não tinha a mínima intenção de ceder. A quem quer que fosse. Apesar de seu cansaço, ela intensificou seu carisma. Tara arregalava os olhos, e Selenba sentiu que ela estava relaxando. Voluntariamente. A garota não estava cedendo.

Ela estava cooperando.

Em geral, Selenba não utilizava o carisma para consumir suas presas. Preferia o sofrimento. Mas, dessa vez, surpreendida pela força de sua inimiga, ela foi mais suave. Não mordeu a carne como uma cobra, mas tomou o sangue com delicadeza, como um enorme gato tomando um prato de leite. Tara estremeceu e esperou.

Totalmente focada no próprio prazer, Selenba não percebia que bebia cada vez mais depressa, cada vez mais forte. O sangue de Tara tinha um quê a mais do que todos os sangues que já tinha provado. Era forte e aveludado, muito condimentado pelo poder de sua magia.

– Selenba, chega – Tara ordenou. – Me solte.

Mas Selenba já não estava mais escutando. A única coisa que se via eram suas mandíbulas, que se agitavam, e sua garganta, engolindo.

– Grr'ul – ordenou Tara, que se sentia desfalecer –, dê um jeito de ela parar, já tomou o suficiente.

Grr'ul nem piscou. Deu um puxão e arrancou Selenba de Tara, e no mesmo gesto a jogou em cima da cama.

Satila correu para ajudar Tara, que vacilava, e incantou um Reparus. A mordida desapareceu, assim como a sensação de náusea.

Selenba abriu olhos satisfeitos. Ela estava ainda muito fraca, o que tinha tomado não era suficiente, longe disso. Mas já se sentia melhor.

– Pelos meus ancestrais do vazio – exclamou, lambendo os lábios gulosamente, como se estivesse bêbada. – Você é muito saborosa, pequena humanoide! Obrigada por esse presente inestimável. Não muito útil, mas suculento. Bom, e agora, o que é que fazemos? Eu realmente fiz todas as coisas das quais sou acusada, e faria de novo com prazer, e até mesmo duas vezes mais. Como você vai se sair dessa, herdeira de Omois? Você acha que pode salvar todo mundo, mesmo contra a vontade da pessoa envolvida. Como você se sente ao saber que, desta vez, você é totalmente impotente?

Tara inclinou a cabeça, pensativa. Com o sangue, a arrogância tinha voltado. Bem, bem. Ela deu um sorriso de esfinge, completamente enigmático.

– Há impotências e impotências – Tara murmurou, deixando a vampirua sem graça. – Grr'ul, amarre bem os nós de Selenba, ela não pode conseguir se mexer.

O olhar da vampirua se encheu de preocupação. E de desconfiança. A troll obedeceu e num segundo Selenba ficou tão bem imobilizada quanto se tivesse sido colocada dentro de um bloco de concreto.

– Bem – disse Tara. – Vamos lá! Satila, fique ao lado de sua irmã, por favor. Grr'ul, a segurança vai achar que estamos demorando demais. Já, já, ela vai vir até aqui ver o que estamos fazendo. Conto com você para impedi-la de intervir. Deixe-a fora de combate, se for necessário.

– O que é que você vai fazer? – resmungou Selenba cada vez mais perplexa.

– Pssssssiu – fez Satila, como se tranquilizasse uma criança. – Confie, Selenba, e, principalmente, não resista.

Tara fechou os olhos e ativou sua magia. O olho interior apareceu, pronto para examinar tudo o que lhe seria apresentado.

E, como Safir lhe tinha ensinado, projetou a magia na direção de Selenba, tocando a integralidade de seu corpo, ultrapassando a barreira da pele e dos músculos para chegar ao sistema nervoso central. Ela foi rápido demais, pois a vampirua urrou, morta de dor. Mas Tara estava atarefada demais para pedir desculpas. Ela estendeu o campo de percepção até Satila, envolvendo as duas vampiruas. Notando as diferenças. Sim, a magia do sangue tinha modificado os ossos, os nervos e os tendões de Selenba.

Continuou descendo, para as células sanguíneas, observando novamente as diferenças entre os dois sangues. Seu corpo pulsava de magia, e Grr'ul nem respirava, de tanto que ela iluminava a sala. Ao mesmo tempo, Selenba e Satila também pulsavam. As duas vampiruas estavam em transe, assim como Tara.

Perfeito. Agora ela já tinha em mente os dois esquemas. Bem devagarinho, ela retirou sua magia do corpo de Satila, para se concentrar em Selenba. Seu olho subiu e, de repente, ela estava dentro dos pensamentos de vampirua. Ela sentiu um mal-estar. A vampirua era um misto de apetites vorazes e cruéis. Ela não se parecia nem um pouco com Satila.

Sentindo a presença de Tara dentro da cabeça, a vampirua urrou novamente, tanto de dor quanto de uma terrível angústia. Tara se espantou e logo entendeu por quê. No mais profundo de sua aflição, quase morrendo, a vampirua continuava protegendo Magíster. Ela conhecia alguns dos planos dos sanguerrabas, uma meia dúzia de golpes maquiavélicos, uns mais engenhosos que os outros, dos quais Tara se apropriou num piscar de olhos.

De repente, um rosto desconhecido associado apareceu na mente de Selenba. Um homem bonito, jovem, com cabelos de um louro ardente e olhos penetrantes. Tara não o conhecia. E a garota levou um susto quando seu nome apareceu na mente da vampirua:

Magíster.

A garota exultou. Finalmente ela via o rosto de seu inimigo!

Mas em seguida um segundo rosto apareceu, e um terceiro e mais um, parecido demais com Wentworth Miller, e um outro, lembrando George Clooney! Todos aqueles rostos estavam associados a Magíster. Tara resmungou. O chefe dos sanguerrabas não era bobo. Nem mesmo para a fiel entre as fiéis ele mostrava o rosto, apropriando-se de outros.

Aborrecida, ela tentou uma última incursão, sem muita esperança. Mas voltou com uma pepita. Quando a vampirua tinha roubado o anel de Kraetovir, tentara de tudo para escondê-lo de seus carcereiros. Eles a tinham revistado, claro, mas tanto o anel como a estrela estavam escondidos em locais indetectáveis, pequenas astúcias de matadora. Só quando tentou usá-los é que os vampirus perceberam que ela estava com o artefato demoníaco. Eles o confiscaram, é claro. Depois de ter destruído as defesas da prisão. A seguir, ele transformou os guardas em… coisas. E, quando ela estava sentindo o gosto da liberdade, ele tinha parado de funcionar. Assim, de repente. Como ela não estava ajustada com a estrela de Zendra, não podia usá-la para fugir. Os guardas voltaram a ser vampirus, e as proteções contra fuga se fecharam sobre Selenba. Ela não tinha conseguido. Eles lhe tiraram o anel e a estrela.

O que mais surpreendeu Tara foi o que leu em seguida, na memória quente de Selenba. Ela não tinha a mínima intenção de dizer para Magíster que recuperara o anel. Hummm.

Tudo bem. O anel não funcionava direito, o que era lógico, já que era só um protótipo. Mas, além disso, ele produzia em quem o possuía um tipo de… dependência?

Tara não tinha mais tempo de sondar os pensamentos da vampirua. Ela sentia que Selenba estava resistindo, escondendo o maior número de coisas possíveis, mas não era isso que a interessava. E foi procurar mais profundamente, insensível ao frio que crescia em seu estômago. Aquilo parecia durar horas. Selenba já não lutava mais, desde que ela tinha saído de sua cabeça.

E, de repente, Tara se empertigou. Ali! Ela tinha acabado de encontrar o que Safir lhe dissera que procurasse. O nó no meio das células. Aquilo que estava envenenando o sangue da vampirua. E deu um sorriso satisfeito. Afinal de contas, não era tão difícil. Bastava mudar isso, aquilo e mais aquilo, um tantinho aqui, mais uma pequena limpeza acolá.

A vampirua já nem conseguia mais urrar, tinha entrado em coma, tão intensa era a dor. Tara compartilhava essa mesma dor, só que mais atenuada. E pronto. Ela tinha conseguido! Já não sobrava nada do envenenamento nas veias de Selenba.

De repente, como se ela estivesse na frente dele, viu o rosto de A'rno e sua angústia por Kyla. Mas também o sofrimento dos vampirus na cadeia.

Será que ela conseguiria? Ela teria coragem? A determinação suficiente?

Não, mas ia tentar, pelo menos. Ia precisar de reforço.

Tara respirou fundo e chamou a Pedra Viva.

– Desta vez, minha amiga, vou precisar muito do seu poder. Vai ser difícil, mas vamos tentar o lance.

– Tentar o lance? – a pedra perguntou. – *Quem é que vamos lançar?*

Ai, ai, Tara tinha esquecido que a Pedra Viva era um pouco como Fafnir, a anãzinha guerreira. Para ela, "lance" era necessariamente sinônimo de dar umas cacetadas em alguém.

– Você pode aumentar meu poder? – Tara perguntou com um sorriso. – *Este mesmo que estou utilizando para curar esta vampirua? Gostaria que pudéssemos "ver" dentro do palácio se há outros como ela.*

– Poder você querer? PODER EU LHE DOU.

A magia correu em suas veias e, para grande susto de Satila, Tara decolou e sua mecha branca crepitou. Como uma onda gigantesca, o poder transbordou o círculo de seu corpo e atravessou as paredes. Sempre utilizando seu olho mental e mantendo Selenba sob seu controle, de quem ela precisava como modelo, para achar outros contaminados, Tara se pôs a sondar. A Pedra Viva fez aparecer um tipo de mapa com todos os seres que viviam no palácio. Uma chama mais viva se destacava de todos os demais, e Tara percebeu que era Fabrice, cheio de energia contida. Xandiar e os thugs brilhavam na cor púrpura, os trolls pareciam uma chama verde, e os elfos que trabalhavam no palácio presidencial cintilavam na cor verde, mas num tom mais atenuado com marrom. Ela detectou também vários camhbums, de uma curiosa cor azul-cinzenta, igual à de seus primos músicos, os tatzbums.

Os vampirus afetados pelo envenenamento se destacavam como chamas pretas e gangrenadas pelo sangue humano ou élfico. Tara não sabia quem era quem, e mandou uma magia global, em vez de uma mais específica.

Sua magia aumentou ainda mais. Em todo o palácio, vampirus urraram e perderam o controle de sua magia. Horrorizando seus próximos, caras pálidas e cabelos brancos apareceram brutalmente, enquanto os corpos caíam.

Gotas de suor apareceram no rosto de Tara. Ela apertou os dentes. Não era assim tão fácil. Eles eram numerosos, muito mais do que ela imaginava, ao jogar seu feitiço de cura. Trezentos ou quatrocentos, talvez.

Era muito.

Era demais. Seu poder não podia curar tantas pessoas ao mesmo tempo.

De repente, Satila gritou, apavorada.

Estava escorrendo sangue do nariz e das orelhas de Tara.

Ela estava se matando. E nem percebia. Impassível, a Pedra Viva continuava fornecendo energia. Mas não era suficiente. E não era rápido o bastante.

E então, quando ia desistir, tremendo de dor, Tara decidiu tentar uma coisa. Ela precisava de poder. De muito poder. Ela roubaria o poder dos vampirus.

Ela sabia onde ficava o laboratório com a estrela. Será que ia conseguir... Sim! Longe, abaixo dela, onde tinha localizado os objetos, Tara ouvia aquela música aérea que zumbia ao redor da estrela de Zendra. Estranha mistura de magia e de ciência, que permitia ao seu possuidor utilizar a magia dos outros fadaceiros. No laboratório, bem protegido do complexo de pesquisa vampirus, a estrela de Zendra brilhou e desapareceu, sob os gritos assustados dos auxiliares noturnos que trabalhavam no laboratório.

E alguma outra coisa, apesar de estar envolta em um poderoso campo de força, desapareceu com ela.

Satila, apavorada, viu a estrela de Zendra se materializar no peito de Tara, enquanto sua mão esquerda ficou de repente envolta por um fogo negro. Ela tinha invocado o poder dos vampirus para si.

E os vampirus responderam, apesar de contra a vontade. Sua magia sedosa e fria veio alimentar a magia da garota. Com ela, Tara teceu uma teia na qual aprisionou todos os vampirus doentes.

Mas ainda não era o suficiente. Cada nó da doença era como um veneno negro no coração dos corpos. Ela nunca conseguiria atingi-los todos. Não sem perder a vida ali.

Mas, de repente, uma magia estranha, muito poderosa, mas curiosamente desconhecida afluiu. Inumana. Sombria. E que ela não tinha invocado.

Esse afluxo misturou-se à sua própria magia, e Tara parecia ter se transformado numa lança de luz que atravessava a sombria corrupção.

Mas nem assim era suficiente. Esses vampirus eram muito gordos, seus organismos eram muito grandes, muito complicados.

Foi aí que ela teve uma ideia. E se os encolhesse, se os simplificasse? Ah, sim, valia a pena tentar.

Ela modificou sua magia. Em todo o palácio aconteceu uma sucessão de *plops*, como se centenas de garrafas estivessem sendo desarrolhadas. E de repente deu certo.

Ela os tinha curado. E em seguida tudo escureceu.

E ela desabou.

11

O Vingança negra, *ou: é melhor não ficar amigo do tritão que se precisa prender.*

Robin se assustou. Seus braços queimavam, bem onde os glifos que o ligavam a Tara tinham desaparecido. Da última vez que tinha sentido esse tipo de dor, Tara quase tinha morrido e feito explodir a Terra. Seus olhos de gato se dilataram, olhando sua pele no escuro, mas nenhum sinal cintilante apareceu. Ele se levantou. Por sorte, o capitão tinha atribuído uma cabine particular aos seus dois novos combatentes. Ele estava no seu beliche estreito, cochilando, quando aquele sofrimento agudo o atingiu.

Com o coração aos pulos, ativou sua klick.

Mas ninguém respondeu. E a imagem só ficava preta. Febrilmente, ele digitou o número da bola de cristal de Tara, mas aí também nenhuma resposta. Olhou para a bola de cristal, mas as quatro bolinhas indicando um sinal pleno estavam bem visíveis. Ou seja, não era um problema de conexão. Alguma coisa tinha acontecido com Tara. Surv trombeteou, dando-lhe um susto danado. Ele bateu a cabeça e praguejou, fazendo a pequena hidra ficar calada. Ela se encolheu, confusa.

– Pelas entranhas podres de Bendruc, o que aconteceu com Tara? – murmurou o semielfo, com uma voz que tinha se tornado surda de tanta preocupação.

– Não sei o que aconteceu e não estou nem aí – disse uma voz adormecida, acima dele. – Durma! De qualquer jeito, você não pode fazer nada, então é inútil ficar agitado.

Robin apertou os dentes, mas V'ala tinha razão. Tara estava longe, e enquanto ela não ligasse não saberia o que estava acontecendo.

Ele deitou novamente, mas não conseguiu dormir, por causa da ansiedade que o consumia. A cada dez minutos, tentava entrar em contato com Tara, mas nem a klick, nem a Pedra Viva respondiam.

No dia seguinte, durante o treino de luta sem armas ele estava distraído. SangueNegro o atingiu duas vezes sem dificuldade, e o ogro quase desmontou sua cabeça, apesar de ser bem mais lento que Robin.

– O que houve, meu jovem? – perguntou o tritão, soltando-se. – Você quer morrer? Porque não quero suicidas na minha tripulação! Os barcos se mexem, você deve adaptar seu equilíbrio à oscilação, senão não vai ficar velho, posso garantir!

Robin, que se distraíra, pois tinha tido a impressão de que sua bola de cristal tinha tocado, plantou seu olhar nos olhos opacos do tritão, que não mancava mais, com o ferimento aparentemente curado.

– Não, tudo bem. Eu só estava distraído. Sou todo seu, capitão.

– Bom, vamos ver. Krr'al, deixe o elfo comigo.

O ogro se sentou pesadamente no convés, curioso para saber como o semielfo ia se virar, e desembrulhou um imponente pernil de cruiik

Eles estavam no porto de Águ'salgada, no convés do *Vingança negra*, e o tritão avaliava a habilidade de seus novos soldados. Os dois sóis queimavam as costas nuas dos combatentes. Aliás, não exatamente de *todos* os combatentes, porque quando V'ala quis fazer como eles, Robin tinha impedido, com as orelhas vermelhas de vergonha.

SangueNegro foi buscar uma espada no posto de timoneiro e fez um sinal para Robin pegar a sua.

Com dor no estômago, o semielfo obedeceu. Ele precisava, sobretudo, não perder a calma nem ameaçar a vida do pirata. Pelo menos, não enquanto não o conseguisse pegar em flagrante delito.

Os dois adversários se posicionaram, sob o olhar interessado dos marinheiros que não tinham muito o que fazer, depois de já terem estocado todos os mantimentos no barco.

De repente, SangueNegro se mexeu rapidamente e se lançou numa série de ataques estonteantes. Sua espada parecia voar, procurando, sem achar, falhas na defesa de Robin. Desta vez, o semielfo estava totalmente concentrado, dançando sobre as pranchas instáveis como um gato ágil, e o capitão não conseguia achar nenhuma falha.

Com o rabo do olho, ele viu que V'ala observava a cena com uma certa preocupação. Poucos momentos antes, ela tinha se livrado de seus adversários com elegância e determinação. Sem feri-los muito. Pela atitude de Robin, ela não achava que ele fosse capaz de fazer o mesmo. O semielfo apertou os dentes e se concentrou profundamente, como lhe tinha mostrado a alma de Llillandril, o fantasma que se ocupava de treiná-lo. Uma certa paz interior tomou conta dele e, vivo como um raio, atacou.

SangueNegro se espantou. Uma muralha de aço se erguia na sua frente e ele não podia fazer nada, a não ser aparar, recuar, aparar de novo, para não ser trespassado. No fim, acabou contra o cabrestante, com a ponta da espada de Robin debaixo do olho.

Satisfeito, indicou que se rendia, soltando a arma e levantando as duas mãos, e depois o cumprimentou. O treino estava terminado. Robin e SangueNegro sorriram e o semielfo chegou até a pensar que o tritão não era um mau indivíduo.

Desde que tinha embarcado no navio, ele tinha visto como SangueNegro tratava seus homens. Com justiça e firmeza. Era um bom capitão. Como será que tinha se tornado um pirata?

Seu navio também não parecia pirata. Tudo era reluzente, da madeira escura aos latões brilhantes, com os cabos torcidos protegidos com exterminadores de pragas (ratos, puics, taks), e as armas perfeitamente conservadas. Dois grumetes trabalhavam constantemente, para deixar o navio impecável. Ao olhar para eles, vendo-os tirar todas as marcas deixadas por seu treino, ele podia quase ouvir seu tio almirante lhe lembrar o ditado dos grumetes em seu navio de guerra: "Envernizar tudo que é imóvel, e saudar tudo que se mexe!". Mas aquele navio não tinha nada a ver com um barco de guerra.

A mesma coisa acontecia no treino. O tritão controlava seus marinheiros com pulso de ferro, e seus homens e elfos lhe tinham absoluta devoção. Tudo aquilo ficava cada vez mais curioso.

Se o tritão mergulhou na água do porto, clara e pura, graças às bodulas filtrantes, para se livrar do suor, quanto a Robin, ele se contentou com um balde de água do mar. Ao tocar a água, as pernas de SangueNegro se transformaram em uma poderosa cauda de golfinho, e ele se pôs a pular alegremente ao redor do barco, nadando a uma velocidade impressionante. Os marinheiros o aclamaram.

Robin desviou seu olhar do espetáculo e pela milésima vez tentou falar com Tara, mas sem chance. V'ala olhava para ele, zombeteira.

– Quem sabe – murmurou –, ela encontrou um belo vampiru, *maninho*, e não quer ser incomodada?

Robin não respondeu. V'ala atacava constantemente como um tubarão que sentia o cheiro de sangue. Reagir só poderia piorar as coisas. E, além disso, os outros membros da tripulação os vigiavam, disfarçadamente, enquanto arrumavam o convés, agora que o treino tinha terminado, ou limpando as armas, e a magia podia deixar as orelhas bem compridas. Ele não podia abandonar sua missão, mas seu coração lhe dizia que Tara estava em perigo, talvez mesmo mor…

Não, ele não devia pensar nessa palavra. Era muito duro. Ela devia estar simplesmente… indisponível, só. Pronto, era isso. E nas montanhas o sinal era ruim, a magia pregava peças. Ela ia ligar para ele a qualquer momento.

Um dos marinheiros derrubou um tridente, fazendo Robin se assustar. E mais ainda quando uma voz melosa murmurou em seu ouvido:

– Estou achando você bem nervoso, para um elfo guerreiro tão aguerrido!

O oficial subalterno Elv'il, um dos dois elfos que tinham acompanhado o capitão na Brilhante Entulhada-Bebedeira, estava atrás dele e o olhava com um ar curioso.

Robin, pego de surpresa, não soube o que responder.

– É porque ele está apaixonado por uma desavergonhada, que não liga para ele – revelou uma voz arrastada. – Meu irmão acha que tem chance, e tenho certeza de que ele não tem nenhuma.

O elfo se virou para V'ala. Seu ar desconfiado tinha cedido lugar a um largo sorriso.

– Ah, o amor!, ele nos leva a fazer loucuras. Não se preocupe, meu jovem. Se ela ama você, sempre vai encontrar um jeito de você saber. E, se não o ama, bom, você vai perceber sozinho. Existem pilhas de garotas no OutroMundo, basta você seduzir uma delas e pronto, ela não vai nem piscar para ficar com você!

V'ala assentiu enfaticamente, os olhos brilhando zombeteiramente.

Robin concordou com a cabeça, lançou um olhar incendiário a V'ala e desceu para a cabine.

À tarde, com a maré do final do dia, os marinheiros soltaram as amarras, depois de uma farta refeição. Majestoso, o barco saiu navegando na direção do horizonte. Seu motor, ativado pela magia, permitia não precisar içar as velas. Curiosa mistura entre uma embarcação de dois mastros e uma fragata de guerra moderna, ele podia se movimentar tão bem quando era impulsionado por magia quanto por vela. Equipado com uma antena e um radar, e um sistema sonar submarino sofisticado (por causa das krakens e de outros grandes bichos das águas), o navio resplandecia aos sóis poentes.

Invisíveis atrás dele, protegidos dos radares por escudos mágicos, os navios de Omois começaram a segui-lo.

Robin e V'ala não tinham perguntado para onde estavam indo. Inútil despertar a desconfiança dos piratas. Eles navegaram durante uma boa parte da noite, e o ogro e vários marinheiros mais fortes foram chamados, enquanto uma sombra negra se colocava a tribordo. Robin, acordado pelos sussurros, observou atentamente o barco que os tinha acostado. Um navio ligeiro, alongado como uma faca. Não era um navio de comércio, não. Mas de caça, um galgo dos mares.

Misteriosas caixas foram içadas a bordo. Pesadas sacolas de créditos-mutação trocaram de mãos. Robin tirou muitas fotos, mas não quis correr o risco de enviá-las na mesma hora. Existiam máquinas capazes de detectar as transmissões e comunicá-las no meio da noite, e aquilo não seria "explicável".

No dia seguinte, eles souberam o que continham os pacotes do outro navio que tinha desaparecido na noite, como uma sombra. SangueNegro não fez nenhum mistério. Com um pontapé, arrancou a tampa de uma das caixas. Robin e

V'ala olharam um para o outro, preocupados. SangueNegro tinha falado de armas de fogo. Os dois elfos pensaram que se tratava de pequenas pistolas. Nunca teriam imaginado que se tratasse de esmigalhadoras. As armas mortais brilhavam sob os sóis de OutroMundo, e o cheiro do papel besuntado de óleo que as protegia fazia estremecer de nojo as narinas sensíveis de Robin. Para qualificar a soma de potenciais problemas que faziam brilhar os olhos dos marinheiros, só existia uma expressão terráquea, particularmente apropriada.

– Que grandissíssima droga! – Robin resmungou baixinho.

12

O anel de Kraetovir, ou: como o krakdente tenta fingir que é um béééé.

Que estranho... ela tinha a impressão de estar ouvindo… rãs. Sim, isso mesmo. Um monte de coaxos angustiados. Entreabriu um olho e deu de cara com uma rã preta, de olhos vermelhos.

E dentões pontudos.

O que não era muito comum para uma rã.

Além disso, a rã parecia nervosa.

Tara decidiu que aquilo era esquisito demais e desmaiou de novo.

Quando voltou a si pela segunda vez, um líquido fresco escorria para dentro de sua boca e o corpo todo doía por igual.

Bom, como era mesmo aquela frase de Descartes? Sofro, logo existo. Não exatamente... Aqui, pelo menos, sofro, logo não estou morta.

Ela abriu os olhos e um raio de luz a cegou. Por isso os fechou na mesma hora.

– Ela está recuperando a consciência – disse uma voz que ela não reconheceu. – Pelos meus ancestrais, tomara que eu não a tenha machucado!

Tara se lembrou de que não estava obrigatoriamente entre amigos e se forçou a abrir os olhos.

Na frente dela, estavam *duas* Satilas.

Nossa, o choque devia ter sido mais violento do que ela pensara. Agora, ela via as coisas duplicadas! Em seguida uma das Satilas se inclinou, enquanto a outra recuava levemente, e Tara entendeu.

– Sel… Selenba, deduzo? – ela disse com uma voz bem fraca.

– Por todos os deuses, você está consciente! Diga, por todos os deuses, me diga que você está bem.

– Não – gemeu Tara –, não me sinto bem… estou… estou… com dor em todo o corpo, e quando me mexo tenho a impressão de que minha cabeça vai soltar. O que aconteceu?

– Não saber nós – respondeu Grr'ul, cuja testa verde estava marcada por rugas de preocupação. – Cair você! *Paf!*, de uma vez só! Correr rápido eu, para choque amortizar por baixo! Dama vampirua não mais vampirua contaminada, *puf*, começou a mudar. Ataduras todas cair quando vampirua normal estar. Princezinha curou vampirua, muito forte é princesa, mas Grr'ul medo teve. E, de repente, *pufff!* Em rãs todo mundo transformado. Estranha a situação era!

Era só o que faltava, Grr'ul agora falava como mestre Yoda. Se bem que um mestre Yoda com três metros de altura, mas tudo bem!

– Sim, antes de ser transformada em batráquio, meu coração quase entrou em colapso quando você caiu – confirmou Selenba, que alguns minutos antes não devia nem conhecer o significado da palavra "medo".

Tara piscou. A vampirua estava falando de um jeito esquisito. Notando o interesse da garota, Selenba deu um sorriso cheio de dentes. E de covinhas. Desaparecia a vamp... Arrogante, apavorante... Não, não, os vampirus eram aterrorizantes, de qualquer jeito. Digamos que essa era menos que o Caçador.

Sim, agora ela se lembrava. Os vampirus eram complicados demais, então ela os tinha transformado em rãs. E em seguida os curou. Felizmente eles voltaram à forma normal quando ela desmaiou.

Ela não se imaginava tendo que explicar para a tia por que transformara a metade do governo vampiru em rãs, apesar de serem rãs vampiruas.

– Você também produziu uma espécie de sobretensão, princesa – Satila interveio –, porque todas as bolas de cristal estão apagadas e é impossível acessar uma rede.

Tara viu um clarão ao seu lado. A luz da Pedra Viva estava fraca, e ela não parecia muito bem. Pelo menos o tanto que dava para avaliar o estado de saúde de uma bola de quartzo inteligente...

– *Pedra, você está bem?*

– *Cansada, eu. Vou descansar. Até mais tarde.*

E apagou. Tara torceu a boca, preocupada. E colocou cuidadosamente a Pedra no bolso. No seu ouvido, a klick estava desativada. Esperava que ninguém estivesse tentando ligar para ela.

Bom, assim sendo, já era de madrugada e ninguém sabia que ela quase tinha morrido, numa operação tão perigosa quanto irracional. Nunca mais forçaria seu corpo e sua magia a tal ponto.

Quer dizer, pelo menos não até a próxima vez.

E então, de repente, chegou à sua cela um mundaréu de gente para lá de enervada. Como a sala não era muito grande, Tara permaneceu deitada tranquilamente na cama branca onde Grr'ul a tinha colocado. Três dos dez vampirus que faziam a segurança da cadeia eram antigos BSH e pareciam fracos e passando tão mal quanto Selenba. Os outros exigiam explicações sobre o que Satila estava tentando fazer. Tara sentiu seu nariz entupido e a trocadeira lhe deu um lenço. Ao assoar o nariz, Tara fez uma expressão de angústia quando viu o lenço ficar vermelho.

– Você deveria limpar as orelhas também – aconselhou Selenba, ajoelhada ao seu lado. – Você sangrou pelo nariz e pelas orelhas durante seu corajoso, mas perigoso, esforço.

Tara olhou para ela cuidadosamente. A vampirua parecia tremendamente cansada, mas não tinha mais nenhum sintoma de BSH. E sorriu, feliz. Tinha conseguido, além de suas esperanças.

Ouviu-se um rebuliço e Safir Dragosh, seguido de perto pelo presidente Drakul e por sua filha Kyla, irromperam na cela, afastando todo mundo.

Safir, estupefato, olhou para Selenba, cujo rosto se cobriu de repente de lágrimas. Ele praticamente voou até ela, incapaz de acreditar no que estava vendo.

– Tevilor seja louvado! – ele murmurou, maravilhado – Ela curou você! Ela conseguiu!

Ele não conseguia afastar seu olhar do magnífico rosto de Selenba, que inclinou a cabeça, sem ousar dizer nada, de tão emocionada que estava.

– Sua Alteza Imperial conseguiu. Foi uma façanha incrível – Satila confirmou.

E, no fundo de seus olhos, Tara viu a sombra do sofrimento. A vampirua estava enamorada de Safir com todo seu coração, e se afastara para deixar o lugar para sua irmã. E agora que estava curada, novamente cedia seu lugar, escondendo a dor.

O presidente falou mais alto:

– Que os guardas saiam. Já!

Os membros da Brigada Negra olharam para ele, sem entender.

– FORA! – ele gritou.

Aquilo, pelo menos, tinha o mérito de ser bem claro.

– Vocês também – ele disse a Selenba, Satila e Safir, que segurava a noiva.

Eles obedeceram e saíram com Kyla. No aposento só sobraram Tara, Grr'ul e o presidente. Ele ergueu as mãos e incantou um Opaqus e um Discretus. Assim ninguém poderia vê-los nem escutá-los.

Ele se virou para Grr'ul e ordenou secamente:

– Dama Troll, faça o juramento, por favor, de jamais repetir o que for dito nesta sala.

– Grr'ul guarda-costas juramentada – respondeu a troll, indignada. – Grr'ul não repetir segredos de Estado!

Satisfeito, Drakul foi em direção a Tara, que recuou, apavorada. Mas o presidente a evitou. Ele se sentou na cama e pôs a cabeça entre as mãos.

– Essa menina vai me deixar louco! – ele suspirou.

Tudo bem. Tara esperava qualquer coisa, menos um pai desamparado. De repente, ela entendeu tudo.

– Por todos os demônios do Limbo, o senhor sabia – ela praguejou. – Foi por sua filha. O senhor sabia que ela estava contaminada. Mas por que estava tão furioso comigo?

O presidente ergueu para ela seu olhar vermelho.

– Eu sou um presidente eleito. Como em todos os governos, há facções. A de Tukill é a facção, digamos, "imperialista". A que defende a extensão de nossas terras sobre o OutroMundo, e a conquista da Floresta dos trolls, para atender às nossas necessidades.

Grr'ul se sobressaltou, mas não disse nada. Só ficou muito muuuito atenta.

– Essa facção é muito poderosa, e seus membros eram contra à sua vinda. Para ser sincero, eu estava de acordo com eles, apesar de não compartilhar as mesmas ideias. Mas Safir veio me ver, sabendo que sem meu apoio não poderia salvar Selenba. Ele me falou dos seus poderes. E me disse que, se alguém poderia salvar sua noiva, este alguém era você. Juntos, decidimos trazê-la. Mas eu não podia de jeito nenhum dar minha aprovação, sob pena de entrar em conflito com os conservadores. Oficialmente, condenei esta decisão... e oficiosamente fiz tudo que fosse necessário para que fosse realizada.

– Você queria salvar sua filha!

– Eu não sabia até alguns minutos atrás, mas Tukill sabia que minha filha era uma BSH. Ele ia utilizá-la contra mim. Sem saber, eu tinha feito a única coisa que podia neutralizá-lo: curar Kyla. O que Tukill não queria por nada nesse mundo, evidentemente. Claro que eu não esperava que você fizesse isso de um jeito tão... ostensivo. Felizmente Kyla estava discutindo comigo quando isso aconteceu. Ninguém viu nada, por sorte. Confesso que não sei bem por que ela se transformou em rã.

Tara não disse nada. Ela tinha conseguido. Era inútil fornecer mais detalhes.

– Então ela está salva – prosseguiu Drakul, agradecido. – Eu lhe devo a vida dela, e provavelmente a minha. Obrigado. Obrigado do fundo do meu coração.

Lágrimas escorriam pelas suas bochechas, e Tara soube que as lágrimas dos vampirus, apesar de serem misturadas com sangue, eram muito puras.

– Por nada – ela murmurou, muito emocionada. – Eu... eu realmente estou muito feliz de ter salvado a sua filha. A'rno foi de um grande auxílio também.

O presidente fungou e assoou o nariz com um lenço preto.

– Esse elfo pensa que é mais esperto do que na verdade é. Mais dia, menos dia, ele vai acabar tendo problemas. Mas até agora tem sido um amigo fiel e leal, e isso é tudo o que conta. Eles lhe contaram quem contaminou Kyla e os outros? Se bem que não é muito difícil adivinhar, depois do que você acabou de me revelar...

O presidente torceu a boca, enojado.

– Sim, e se eu tivesse sabido antes... mas Kyla só me revelou há poucos minutos. Foi o Sombrio Senhor em pessoa! É por isso que ele sabia!

– Tukill. Sim, eu já imaginava. Pena, eu o achava até bem simpático! O senhor sabe por que ele atacou sua família... especificamente?

– Ele se candidatou cinco vezes nas eleições, como meu oponente. E sempre perdeu. Ele sabia perfeitamente que contaminando Kyla, e depois a denunciando publicamente, me obrigaria a renunciar. Ele quase conseguiu. Kyla não pode acusá-lo sem confessar que estava contaminada, portanto não poderemos fazer nada contra ele. Mas ele iniciou uma guerra de sangue entre nossas famílias, colocando minha filha em perigo, unicamente em nome do poder.

E cuspiu essa última palavra como se fosse uma fruta podre.

– Vou tomar cuidado com ele – prometeu Tara. – De qualquer forma, não vou ficar muito tempo, agora que Selenba e os outros estão curados. Vou voltar para casa.

E bem depressinha, já que acabei de roubar a estrela de Zendra, sem falar que antes de partir tenho a intenção de roubar o anel também.

– Já?

Ele estava sendo educado, mas Tara sentia que estava tão ansioso quanto ela para que fosse embora. Ele tinha medo de que ela cometesse uma gafe, comprometendo sua filha e sua carreira de presidente.

Grata pela confiança, isso dá gosto!

Grr'ul interrompeu, preocupada com a sorte de seus colegas.

– Liberar Grr'og? – ela perguntou. – E outros trolls?

Uau! Tara tinha se esquecido do problema que talvez ela mesma tivesse iniciado. É, ela não iria embora tão cedo, afinal de contas....

O presidente suspirou e o peso de suas preocupações cotidianas voltou.

– Ah é, o problema dos trolls. É muito estranho o que ocorre na Floresta. Você tem ideia do que está acontecendo?

– Interrogar Grr'og – informou a troll verde. – Dizer ele perder mente quando entrar na Floresta. Pensar Floresta querer alguma coisa, não saber o quê.

O presidente se levantou com vivacidade.

– Vou imediatamente mandar libetar seus colegas, dama Troll, e espero que tente entender o que quer a Floresta. Se for possível dar isso a ela, será um prazer. Senão, não teremos escolha. Seremos obrigados a continuar a derrubar as árvores. Nossa sobrevivência depende de nosso gado. Esse mundo não quer que tenhamos fome.

E, por um instante, algo sem idade e sem alma pairou nos seus olhos.

Tara reprimiu um estremecimento. Ela não sabia o que tinha ocorrido com os vampirus no OutroMundo, mas estava prestes a apostar sua trocadeira como em algum momento os vampirus tinham passado fome. E todos os povos do OutroMundo tinham um pânico atávico desse momento, mesmo que aparentemente não tivessem nenhuma recordação. O que era muito estranho, aliás.

Soltaram Grr'og, que lentamente recobrava sua lucidez. Os outros trolls feridos foram tratados, e a pequena tropa de Tara ficou com dez trolls a mais, para quem ela tinha de encontrar um lugar. Xandiar, furioso, deu-lhe uma bronca quando percebeu que tinha saído sem avisá-lo, e a fez jurar que nunca, nunca mais faria isso de novo.

O fato de ele estar usando um lindo pijama violeta de flores, certamente comprado por Senê, atenuou a ferocidade de suas palavras.

Quando todo mundo achou um quarto na ala onde Tara estava alojada, os trolls foram interrogados, mas sem conseguir muitas informações. Todos se lembravam do momento em que tinham perdido a consciência, de forma geral, quando estavam fazendo coisas bem costumeiras. E que tinham acordado brigando ou feridos.

E eles não tinham nenhuma, mas nenhuma ideia mesmo do motivo pelo qual tinham atacado os vampirus. Já eram quatro horas da manhã e Tara não aguentava mais. Ela não tinha mais visto Satila e Selenba, e a informaram que as duas irmãs estavam descansando.

A trocadeira criou um pijama confortável e, pela segunda vez naquela noite, Tara foi para a cama. Ela já ia adormecendo quando abriu os olhos, incrédula. Além do anel de brasão finamente talhado que ela não tirava nunca, no qual se exibia o pavão púrpura com cem olhos de ouro, um segundo anel estava no dedo indicador da mão esquerda. Um anel preto.

O maléfico protótipo do anel de Kraetovir.

Ué, mas ela não o tinha invocado! Como, então? E por que nem Grr'ul, nem os vampirus o tinham visto? Será que ele se tornava invisível quando queria?

Sob a força de seu olhar, o ferro preto brilhou e se transformou. Ficou completamente branco e assumiu a forma de diversos unicórnios de prata dançando sobre o anel.

Ah, claro. O unicórnio, símbolo da pureza. Tara fez uma careta e esperou, pronta para combater se o anel tentasse controlar sua mente.

Felizmente, nada aconteceu, e além de tudo o anel parecia ainda mais bonito no seu dedo. Ela quis retirá-lo.

Achou que ele resistiria, mas não. Saiu facilmente para a palma da mão. Será que com o contato de sua magia ele tinha se transformado?

É, parecia ser isso mesmo. O lobo tinha se transformado no melhor amigo dos carneirinhos.

Ela parou para pensar. De repente, sua respiração parou. Sim!, era isso que ela tinha sentido. De sombrio. De inumano. Um poder enorme. Ao mesmo tempo que a estrela de Zendra, o anel tinha se materializado novamente no seu dedo.

E tinha salvado sua vida.

Mas de um jeito tão discreto que ela não tinha percebido, como se ele tivesse... disfarçado seu contato. Nada disso fazia o menor sentido.

Tara era uma inimiga feroz dos demônios. Ela destruía objetos demoníacos uns depois dos outros. Mas o anel tinha unido seu poder ao dela. Juntos, eles tinham curado os vampirus.

Por quê?

A garota contemplou o anel brilhante na palma da sua mão, à luz rosa do lustre de cristal tão rosa quanto o quarto, que dava uma cor vagamente sanguínea ao metal prateado. Drakul tinha mencionado "ondas de energia demoníaca" que perturbavam seus cientistas. Mas nada emanava do anel, a não ser um cintilar bem fraquinho. Ela o colocou no bolso. Já tinha problemas suficientes, e não precisava de mais um. Ela daria aquela joia maléfica para Os que Guardam e Os que Julgam, os amedrontadores guardas aquáticos e fantasmáticos dos objetos demoníacos na Atlântida.

Isso, depois de ter localizado e destruído Magíster.

Ela ordenou à luz que se apagasse, virou-se uma ou duas vezes na cama e adormeceu. Por isso não ouviu o guarda na frente de sua janela (prudente, Xandiar tinha dobrado a guarda) cair pesadamente no chão, com um golpe de matraca.

Assim como também não sentiu o vento frio em seu rosto quando a porta-balcão se abriu silenciosamente. Nem viu as cortinas serem afastadas e uma silhueta alta se aproximar do quarto de Grr'ul, neutralizar a troll sem barulho e se esgueirar, a passo de lobo.

Como também não percebeu o pó que lhe foi soprado no rosto, mergulhando-a ainda mais profundamente no sono, assim como Galante.

Não percebeu que flutuava, seguida de seu Bicho de Estimação adormecido, e que saía de seu quarto, para desaparecer na noite.

Mas sentiu perfeitamente o cheiro acre de algum produto que foi colocado embaixo de seu nariz, fazendo-a espirrar.

Assim como sentiu a mordaça na sua boca e as ataduras das mãos, amarradas para trás, nas costas.

13

Tukill, ou: como distinguir os amigos dos inimigos, nem que seja para evitar bater nos "mocinhos".

Tara tinha sido sequestrada.

De novo.

Bem que ela gostaria que isso não se tornasse um hábito. Talvez devesse andar por aí com um cartaz em volta do pescoço: "Estou cansada de ser sequestrada, por favor não me sequestrem mais, lembranças à família!".

Aparentemente, ainda estava no palácio presidencial, a considerar as luxuosas cortinas pretas e a arquitetura característica. E Galante, profundamente adormecido, ronronava tranquilamente dentro de um cesto confortável. Essa era a boa notícia. A má era que quem acabava de acordá-la era o Sombrio Senhor. O próprio, em carne, osso, dentes e garras. O temível chefe das Brigadas Negras.

– Você arruinou meus planos, minha garota, e detesto que arruínem meus planos – grunhiu o vampiru, afastando a garrafa de vapor de traduc malcheiroso que a tinha acordado de seu torpor.

Ele parecia muito contrariado.

Estranhamente, desde que Kyla tinha contado a seu pai que Tukill era o responsável por sua contaminação, Tara realmente esperava por alguma coisa desse tipo. Bom, na verdade ela deveria ter avisado sua escolta.

O que ela não entendia é que os cristalistas de OutroMundo tinham alardeado aos quatro cantos a que ponto sua magia era letal. Por todos os demônios do Limbo, seus inimigos nunca liam os jordiários? Não sabiam que ela era *perigosa*?

De que servia uma reputação de atiradora de elite se ninguém sabia?

O vampiru sacudiu sua cabeça de cabelos castanhos curtos com incredulidade, mostrando suas garras.

– Grande droga – ele praguejou. – Levei mais de dez anos para convencer aquela medrosa, aquela covarde da Kyla, a provar o sangue humano, e além disso só tinha conseguido contaminar míseros trezentos vampirus, e lá vem você com essa cabeleira loira e seus lindos olhos azuis e num segundo arruína toda uma vida de maquinações. Estou... decepcionado.

O segredo, com os psicopatas, é o monólogo. Geralmente, o monólogo permite ao mocinho se livrar das ataduras enquanto o bandido fica se gabando de tudo o que vai fazer quando acabar com ele... Tara tinha rido muito, assistindo aos *Incríveis*.[1] E registrado cuidadosamente a informação.

Tara não estava lá muito preocupada. Apesar de o OutroMundo inteiro conhecê-la, poucas pessoas entendiam realmente o funcionamento de sua magia. Bastava chamar mentalmente a Pedra Viva, desamarrar as ataduras e carbonizar o vampiru. Contrariamente à maioria das pessoas, ela não precisava fazer um incanto, e, portanto, a mordaça era como um curativo na perna de madeira de um pirata. Decorativo, mas inútil.

Enquanto isso, ela se instalou confortavelmente no fundo da poltrona na qual o vampiru a tinha colocado. A sala, mobiliada com três sofás pretos, uma mesa de prata e quatro cadeiras, além da poltrona profunda na qual estava sentada, estava calma. Ela bem que merecia um pouco de descanso, a noite tinha sido longa.

– Fui obrigado a ativar meu plano antes do previsto, mas *meus* trolls vão permitir uma rápida mudança de situação. Quando o OutroMundo vir os vampirus guerreando contra os trolls, todas as nações forçarão o presidente a parar, ele vai ficar desmoralizado, e serei finalmente eleito.

Tara não podia falar, mas levantou uma sobrancelha, surpresa. Tukill entendeu a pergunta não formulada.

– Descobri um produto. Um produto muito especial que deixa os trolls loucos. Eles atacam tudo o que se mexe, e o mais genial é que esquecem completamente por quê. Obrigando as árvores a crescer de um jeito descomunal, fiz os vampirus acreditarem que os trolls queriam conquistar novas terras. Não sou engenhoso? Nosso presidente vai nos fazer entrar numa guerra que não poderá ganhar, pois seu único adversário sou eu! E assim vou conseguir matar dois coelhos com uma só cajadada: vou ser eleito no lugar dele e finalmente vamos poder arrancar essa floresta inútil e exterminar essas minhocas de trolls.

Tudo o que Tara entendeu daquele discurso de biruta foi que ela não tinha sido responsável pela súbita extensão da Floresta. Ufa! Aquilo tudo era simplesmente o resultado de um plano complicado, que Tukill tinha aproveitado para pôr em prática com a vinda dela.

Que rapaz encantador.

Só que já bastava. Agora que ela sabia quem e por que, podia pôr um ponto final nessa lamentável comédia.

Tara chamou a Pedra Viva.

Não aconteceu nada...

Ela franziu as sobrancelhas e tentou de novo. Sem a Pedra, talvez conseguisse se livrar das amarras, mas às cegas corria o risco de se machucar.

---

[1] Desenho animado cult. Principalmente no que diz respeito à personagem de Edna “E” Moda com sua famosa réplica *“Sem chance”*.

Nada ainda.

Ela quis recorrer à trocadeira, para cobri-la com alguma armadura impenetrável, ou até mesmo uma fortaleza com canhões, mas também, neste caso, nada de resposta.

Ela estava sozinha e sem nenhum aliado.

O vampiru percebeu sua movimentação e sorriu.

– Teria você por acaso tentado usar sua magia, princesa?

O que é que você fez, seu débil mental?

Tara não podia articular sua pergunta, com a boca amarrada, mas seus olhos azuis, brilhantes de raiva falavam por ela.

– Você está no centro de uma bolha amágica. Com esse prefixo *a*, que quer dizer *não*, isso significa "sem" magia. O que quer dizer que você não pode se libertar. Nem chamar sua preciosa Pedra Viva. Nem ativar sua trocadeira... nem fazer... nada.

Ai ai, a situação estava se complicando. Ele a tinha sequestrado com muita facilidade. Será que alguém tinha percebido, ou ela teria que se virar sozinha?

Foi então que uma porta se entreabriu sem um ruído e Selenba apareceu atrás de Tukill. Este, ocupado demais em despejar sua raiva, não reagiu. Tara tomou cuidado para não se mexer. Será que o vampiru tinha ouvido a porta ser aberta? Com o coração aos pulos, ela esperou para ver o que Selenba ia fazer. Mas a vampirua a olhava. Linda, com certeza, mas imóvel demais. Ela lançou um grande sorriso a Tara, meio débil.

– Minhas saudações, princesa Tara – ela disse com voz de menininha. – Meu coração está profundamente feliz em contemplar novamente seu rosto, doce humanoide!

Uau! No fundo, Tara quase preferia a Selenba apavorante a essa estranha Barbie prateada, que parecia não estar se dando conta de que a garota estava amarrada. Será que ela tinha retirado um pedaço do cérebro da outra por engano, junto com sua sede de sangue?

– Chegue mais perto, minha cara – cochichou o vampiru. – Estava esperando por você. Aqui está o que me pediu.

Tara arregalou os olhos. Como assim, *"o que você me pediu"*?

A vampirua se aproximou, com seu passo felino, mas permaneceu fora do alcance da bolha amágica. E nessa hora Tara ficou realmente com medo. Selenba tinha alguma coisa diferente. Alguma coisa que ela não estava entendendo, mas que parecia familiar.

– Você achou que estava ajudando ao curá-la? – Tukill perguntou. – Selenba e eu somos velhos amigos. Foi ela quem me forneceu o sangue de que eu precisava para "convencer" meus afiliados, apesar de eu nunca ter sido um BSH por prudência. Assim, quando ela adivinhou que eu ia matá-la e, dessa forma, complicar a situação de nosso presidente, ela veio me ver.

Ah, quer dizer que além de tudo ele tinha intenção de matá-la? Genial, a noite estava melhorando de hora em hora.

– É nossa doce Selenba quem vai cuidar desta tarefa. Assim, ela voltará a ser o poderoso "Caçador", e você... você será o jantar dela.

Tara se agitou. Agora, já tinha elementos suficientes para entrar em pânico. Selenba não lhe deu tempo de armar um plano. Os dentes da vampirua se alongaram e ela disse gentilmente, sem se aproximar mais:

– Sua beleza é como um sol radiante, princesa. Quem a penteia? Adooooro a cor de seu cabelo de seda. Eu ficaria muito honrada em saber quem é.

E, virando-se para Tukill, gemeu.

– A princesa tem uma mordaça na boca. Por que ela está amordaçada? Não posso conversar com ela! Detesto que não me respondam É... é muita falta de educação, eu acho.

– Não quero me arriscar – Tukill respondeu. – A magia dela é poderosa.

– Mas a princesa não pode fazer magia, você não me disse que ela não podia? – gritou Selenba, recuando um pouco.

– Não, claro que não – garantiu o vampiru com uma voz apaziguadora. – Veja só, estou retirando a mordaça dela. Você está vendo? Ela pode fazer todas as incantações que quiser, não vai funcionar.

Mas Tara não tinha a menor intenção de fazer incantações.

– Socooooooooooorrrrrrrroooooooooooo! – ela gritou a plenos pulmões quando lhe tiraram a mordaça.

Em pânico, o vampiru tentou fazê-la se calar. Ele nem imaginou que ela fosse gritar, pois estava acostumado com seus silenciosos vampirus. Tapou a boca dela com a mão. E aí, só sobrava uma coisa a fazer.

Tara o mordeu. Com todas as suas forças.

Foi a vez de o vampiru berrar. Ele recuou, segurando a mão machucada, de onde escorria sangue. Tara recomeçou a gritar. Depois de cuspir.

Com ar completamente perdido, Selenba olhava a cena.

– Rápido, sua idiota! – ele gritou. – Me aplique um Reparus e mate essa desgraçada! Antes que alguém acabe escutando!

– Sim, sim – Selenba balbuciou.

Ela se precipitou em direção ao Sombrio Senhor, pegou seu antebraço para aplicar o Reparus. E, com a outra mão, arrancou a cabeça de Tukill. De uma só vez.

O que teve o mérito de fazer Tara parar de gritar na mesma hora.

Selenba tinha apontado as garras, mas ocupado demais com a mordida que tinha levado, Tukill abaixou a guarda. Mais duras que platina, aquelas garras podiam cortar aço. A tenra carne de um vampiru, então, era brincadeira. E ele não podia fazer nenhum truque de magia, pois estava sob a influência da bolha amágica, ao contrário de Selenba, que se mantinha um pouco afastada. Ele estava vulnerável e acabava de pagar o preço por isso.

Selenba lambeu os dedos e se virou para Tara dizendo:

– Detesto as pessoas que gritam comigo.

Com os olhos arregalados, Tara olhou para ela.

– Prom… prometido – ela balbuciou com a garganta seca. – Nunca, mas nunquinha mesmo, vou gritar com você. Hum, será que você poderia me soltar?

– Não – Selenba respondeu firmemente.

Então se aproximou de Tara, entrando na bolha amágica. Sua pele de porcelana assumiu a cor do osso cru, seus cabelos branquearam e, numa fração de segundo, era o Caçador que estava na frente de Tara.

Aí, não foi só a voz que Tara perdeu. Perdeu também a respiração. Por isso é que a vampirua não quis chegar perto! Ela tinha tomado sangue humano para se contaminar de novo. Se tivesse penetrado na bolha, Tukill teria visto sua mudança e desconfiado. Ela tinha enganado direitinho o chefe das Brigadas Negras. Faltava saber por quê.

– Vim agradecer – Selenba ronronou, chegando tão perto de Tara que ela quase ficou vesga.

Droga, droga, droga, a morte de Tukill não tinha desativado a bolha, e Tara permanecia sem defesa. Ela tentou se incrustar na madeira do encosto.

– Sem você, eu estaria morta – a vampirua disse, que parecia muito satisfeita consigo mesma. – Em troca, vou manter sua vida salva.

– Isso não funciona desse jeito – Tara respondeu vivamente. – Não me matar, ou, como você diz, "manter minha vida salva", não é a mesma coisa que me salvar. É simplesmente uma negação. Você me deve um favor. Só estará quite quando realmente salvar minha vida. Pondo sua própria vida em perigo. Como fiz por você.

O sentido de honra dos vampirus era muito citado no *Livro negro dos sombrios segredos de Omois*. E Tara tinha falado em idioma vampiru. Insistindo no kktkktk no fim da frase. "Comprometer sua honra, mesmo correndo o risco de morrer!" Selenba se levantou, surpresa, como um grande galgo supermagro e ombros largos, com sua roupa prateada.

– Você acha que contraí uma dívida de sangue com você? Ele ia matá-la. Ou, mais precisamente, me deixar matá-la no lugar dele.

– Só que, fora o sequestro, ele não me fez nada! – Tara respondeu, teimosa.

– É verdade. Mas eu poderia me livrar de minha dívida imediatamente – observou Selenba, tirando tranquilamente o sangue de suas garras, que encolhiam novamente. – Basta eliminar você. Nossas dívidas de honra só dizem respeito aos vampirus, não aos kttckkrr!

"As presas sem defesa", era assim que os vampirus consideravam o resto do OutroMundo.

– Cada vampiru tem um código, seja ele BSH ou não – Tara respondeu. – Vocês amam matar, amam fazer os outros sofrer. Mas vocês também amam. Seu amor por Magíster é a prova de que você respeita sua palavra. Você não me mata. E nós não estamos quite!

Rápido, rápido, mudar de assunto, orientar a mente brilhante da vampirua para oura coisa antes que ela venha com algum argumento irrefutável. Como suas garras.

– Mas estou curiosa – continuou Tara. – Por que você matou o Sombrio Senhor? Não foi só porque ele estava me ameaçando, não é mesmo?

Selenba olhou para ela durante algum tempo, irritada com a insistência de Tara, e então se dignou a responder.

– Muito bem. Não estamos quite. E você está certa. Matar o Sombrio Senhor foi uma tarefa que me foi encomendada por Magíster há anos. Meu doce mestre não gostava da influência que o Sombrio Senhor tinha sobre a corte presidencial e essa mania estúpida de criar vampirus Bebedores de Sangue Humano. Meu doce mestre queria que eu fosse a única. A mais poderosa, a mais implacável. Mas, até agora, Tukill era forte demais, rápido demais, e principalmente bem protegido demais. Você o colocou exatamente na posição desejada para que me livrasse dele. Obrigada também por isso.

Ela esperou que Tara reclamasse de alguma coisa, mas a garota já tinha brincado suficientemente com a própria vida naquele dia. Ficou prudentemente em silêncio, e Selenba emitiu um grunhido aprovador.

– Bem, agora vou deixá-la e encontrar meu doce mestre. Aconselho-a a ficar longe do meu caminho. E do caminho dele. Isso vale também para sua mãe, Selena Duncan. Da próxima vez, não vou falhar.

Ela estava saindo quando Tara lhe perguntou:

– Você não lamenta?

Selenba se virou.

– Lamentar?

– De ter uma recaída. Novamente. Dessa vez, se a pegarem não haverá segunda chance, você será executada!

– Então só me resta evitar ser capturada – Selenba respondeu, num tom despreocupado.

– E Satila e Safir?

– Garota, você está começando a me cansar. O que é que tem a ver Satila e Safir?

– Você não tem nenhuma mensagem para eles?

– Sim, que fiquem juntos em vez de gemer por mim, e que façam um monte de pequenos vampirus a quem poderão falar sobre a horrível tia. E diga também que um centésimo do amor de Magíster é mais quente que o amor louco de cem vampirus, e que vou encontrá-lo. Pronto, está bem assim?

– Sim, direi que você os ama.

– Não foi o que eu disse.

– Foi o que eu ouvi.

A vampirua emitiu um sibilo irritado, levantou os olhos para o céu e, passando pela porta, desapareceu.

Tara tentou se livrar das suas amarras, mas Tukill devia ter tido aulas na marinha ou nos escoteiros, ou mais provavelmente nos aprendizes algozes, porque aqueles nós eram impossíveis de ser desfeitos. Ela gritou, mas ninguém parecia ouvi-la. Porcaria de bolha de magia, porcaria de truques de OutroMundo e porcaria de planeta!

Ela acabou desistindo e, principalmente, tentou não vomitar, apesar do cadáver que esfriava ao seu lado. Fechar os olhos. Sim, boa ideia. Mas quando os fechava para não ver o corpo, sentia-se vulnerável. E olhar para cima também não dava certo, porque o forro do aposento não era exatamente interessante. Galante poderia ter ajudado, mas, profundamente drogado, o pégaso não tinha movido uma pena, apesar de todos os seus gritos. Tara estava muito preocupada com seu Bicho de Estimação, mesmo sentindo que ele só estava adormecido.

Quando estava adormecendo, ajudada pelo cansaço, ouviu vozes.

– Aqui! Estou aqui!

Ouviu um tipo de enorme fungada atrás da porta, que explodiu com os golpes.

Fabrice, na sua forma peluda, pulou, deixando Xandiar para trás. Os dois ficaram paralisados na frente do corpo sem cabeça e de Tara, com as mãos atadas nas costas, com seu lindo pijama azul na cadeira.

– Nossa, colega! – disse o lobohomem com dificuldade. – É a primeira vez que vejo uma proeza dessas, do tipo "Arranco sua cabeça fácil fácil, com as mãos nas costas!"

– Ei, não tenho nada a ver com isso! – Tara protestou. – Foi Selenba que o matou. Fabrice, foi horrível, ela arrancou a cabeça, *paf*, como uma rolha!

Xandiar a soltou e destruiu a cadeira onde ela estava, anulando o campo mágico. Quando suas pernas adormecidas permitiram, Tara correu até Galante. Aplicou um Reparus nele, para purgar seu sangue, e, ninando-o, deixou o bichinho descansar. Ele lhe lançou um olhar perdido, agitou um pouco as asas e adormeceu novamente.

– Estou megafeliz que vocês tenham me encontrado! – Tara exclamou, acariciando o pégaso. Há horas que estou bloqueada aqui!

– Ah, na verdade, pensávamos que Vossa Alteza Imperial estava em segurança – contorceu-se Xandiar, constrangido.

Olhar esse homem forte pulando de um pé para o outro, evitando seu olhar, era insuportável.

– Não entendo.

– Fomos enganados. Pedi para um dos guardas para que verificasse seu quarto e se você e seu pégaso dormiam tranquilamente. Percebo agora que era um feitiço de Illusius. Mas você estava muito cansada e não quis acordá-la.

– Bem – Tara suspirou –, anotem nas instruções que quando ocorrer qualquer coisa de anormal devo ser acordada imediatamente e deve ser verificado que eu sou eu. Senão, considerando a frequência com que sou sequestrada, vai ficar difícil. Então vocês estavam procurando...?

– O vampiru ou a vampirua que tinha acabado de sangrar Xul, um de meus thugs, Vossa Alteza Imperial.

Tara se levantou, apesar do cansaço e do peso de Galante em seus braços.

– Xul? Ele está bem?

– Sim, um vampiru não pode engolir tanto sangue de uma só vez. E esse foi particularmente atencioso. Ele só tirou a metade do sangue de Xul, mas alguém tinha aplicado um Reparus, então sua vida não corre perigo.

Que idiota! Claro, os thugs também eram humanoides. Certo, uns humanoides um tanto estranhos, com quatro ou seis braços, mas seu sangue era humano. Tara não tinha pensado nesse velho ditado que tanto atormentava os imperatores romanos paranoicos: *"Quis custodiet ipsos custodes?"*. Quem vai vigiar os vigilantes, no caso, os guardas? Só que não desconfiava deles, só queria protegê-los.

– Levei um certo tempo para achar o rastro, porque o vampiru que fez isso tinha passado em seu corpo um tipo de perfume horrível que estourou meu nariz – explicou o lobohomem franzindo o focinho. – Segui o perfume, mas sem conseguir determinar o verdadeiro cheiro do vampiru por baixo, estava muito forte. O rastro me trouxe até essa porta. Ouvimos seus gritos, derrubei a porta e você estava nos esperando com um cadáver quentinho... enfim, mais para frio, sentada em uma cadeira. Você sabe montar uma encenação, minha velha amiga!

Fabrice ficou feliz por tê-la salvado, e mais ainda quando Tara ficou na ponta dos pés para beijar seu focinho peludo.

– Obrigada – ela sorriu, mergulhando seus magníficos olhos azuis nos olhos dourados do lobohomem. – Sem você eu ainda estaria me perguntando se alguém me acharia um dia.

E começou a soluçar. Surpreso, Fabrice olhou para ela por um instante, sem entender.

– É... é muito constrangedor – soluçou Tara, com o nariz vermelho –, não sei por que, mas atualmente não consigo parar de chorar, seja por um sim, ou por um não!

Constrangido, o rapaz a abraçou com seus grandes braços peludos, dando tapinhas em seu ombro.

– Isso, isso – ele disse –, acalme-se, acalme-se, você arriscou sua vida, foi drogada, sequestrada, ameaçada de morte e acabou de passar a noite ao lado de um vampiru sem cabeça, amarrada numa cadeira. Não é o que eu chamaria de "por um sim, por um não". Eu já teria tido uma crise há tempos!

E, corajoso, aguentou o dilúvio de lágrimas que molhavam seu pelo.

– Lamento... – Tara acabou dizendo, afastando-se um pouco

– Por favor – Fabrice respondeu galantemente –, feliz por ter podido servir de lenço.

– Você... você está bem?

– Perfeitamente bem... só com um cheirinho de cachorro molhado.

Tara deu uma risadinha e assoou o nariz com vontade.

– Ahhh, melhorou, obrigada, obrigada mais uma vez.

– Não tem do quê. Agora você realmente precisa descansar. Parece um esfregão.

Tara nem resistiu ao argumento.

– Você está certo... não no que diz respeito ao esfregão, mas estou com tanto sono que dormiria em pé. Vamos voltar para a minha suíte.

Infelizmente, seus sonhos de poder dormir foram rapidamente destruídos. Em grande parte porque a guarda do Sombrio Senhor quis colocá-la na cadeia.

Pelo assassinato de seu chefe.

O fato de que, brincando, Fabrice tivesse dito "De novo?" não tinha ajudado muito naquela embrulhada toda. Foi pedido ao lobohomem que colocasse uma focinheira em seu humor duvidoso.

Obstinados, os guardas não quiseram acreditar no que ela dizia. E invocaram o pretexto de uma investigação aprofundada, indo contra sua imunidade diplomática, para que ela não deixasse o local.

Foi necessária uma intervenção rigorosa e pessoal do presidente para arrancá-la daquelas garras desconfiadas.

Entendendo sua reação, Tara não usou sua magia, não transformou ninguém em minhoca e foi muito paciente. Ao implicar o chefe numa escura maquinação contra seu governo, Tara envergonhava toda a Brigada. Era sua honra que os vampirus estavam defendendo. Felizmente para todos, uma investigação rápida nos apartamentos do Sombrio Senhor revelou os detalhes do plano, inclusive a poção que tinha sido utilizada contra os trolls e as sementes mutantes de aceleração rápida, preparadas para que parecesse que a Floresta estava se espalhando...

Apesar de a rede ser de banda larga, eles conseguiram fazer funcionar os computadores internos e as bolas de cristal. Depois de conectar a bola de cristal de Tukill ao computador, foram achadas todas as listas dos envolvidos e todos os cúmplices encarregados de ludibriar os trolls que chegavam à fronteira foram presos.

As Brigadas Negras acabaram admitindo, contra sua vontade, que Tara não tinha mentido. Ela foi solta. Mas teve que ficar à disposição dos vampirus para esclarecer alguns pontos ainda obscuros. E citada para comparecer como testemunha de acusação contra os cúmplices de Tukill. Uma vez mais. Será que nesse planeta os processos eram uma mania?

Quando Tara finalmente conseguiu ir para a cama, o dia despontava. Ela franziu as sobrancelhas. Na mesa de cabeceira marchetada com símbolos, sua klick brilhava como um solzinho, sinal de que Robin tinha tentado entrar em contato com ela. Preocupada, tirou a Pedra Viva do bolso. Descansada após tanto esforço com Tara, ela também brilhava. Ela se plantou na frente da garota, bem na altura de seus olhos.

Tara levou um baita susto quando a bola de quartzo do OutroMundo lhe entregou a mensagem que estava aguardando há várias horas!

– Recebidas quarenta mensagens... cinquenta e três mensagens, não, sessenta e sete mensagens do lindo Robin, gentil, querido Robin!

14

Os saltaranos, ou: não é porque se tem uma linda crina que se é o dono do mundo...

Robin estava enlouquecendo. Ele tinha conseguido entrar em contato com a capital vampirua pela bola de cristal e ficara sabendo que um excesso de tensão tinha acabado com todas as transmissões durante algumas horas. O vampiru mal acordado e de muito mau humor que tinha respondido xingava pra caramba aquele ou aquela que tinha provocado tal problema. Saber que o problema de sua bola de cristal tinha origem na rede, e não em Tara, não tranquilizou Robin. Isso não explicava por qual estranho motivo seus antigos sinais, que já tinham desaparecido, estavam queimando feito fogo.

E, apesar de a rede estar novamente funcionando, a bola de cristal e a klick de Tara continuavam não respondendo. Ele chamou novamente o mesmo técnico que tinha feito um teste de controle.

– Não conseguimos localizá-la – respondeu o sujeito. – Ela deve estar numa zona em que a magia oscila, o que ocorre com frequência nas montanhas. Ou, então, meu velho, ela desligou. Você só vai conseguir falar com ela amanhã de manhã.

Não era amanhã que ele queria entrar em contato com Tara, mas agora! Depois seria tarde demais. SangueNegro tinha ordenado o desligamento total de luz, magia e sons no navio. Queimar seu disfarce para tentar falar com Tara não era profissional, e o semielfo se submeteu aos mandos de sua consciência contra a angústia de seu coração.

Ninguém conhecia o destino final, mas SangueNegro, com reflexos dourados nos olhos, tinha jurado que eles iam dar "o golpe do século", um golpe que os deixaria todos mais ricos do que jamais tinham sonhado.

– Cuidado, capitão – brincou V'ala, tranquilamente encostada na murada de madeira brilhante, sob as velas brancas infladas pelo vento –, meus sonhos ultrapassam de longe o nível normal da loucura!

O tritão se plantou na frente dela.

– Além deles, bela senhora, além deles. Depois disso você poderá desfilar nas melhores vestes, usar as mais belas joias, comprar as mais belas casas e ainda ter dinheiro para ser gasto por mais trinta gerações. Sem nunca usar a magia, só sua montanha de créditos-mutação de ouro.

Ele tinha conseguido calar a boca de V'ala, o que era uma autêntica façanha. Desde então Robin tinha duas preocupações. Saber o que estava ocorrendo com Tara e adivinhar qual navio transportava um tesouro tão incrível. Nenhum que fosse de seu conhecimento

Navegaram a noite toda e pela manhã Robin teve a surpresa de ver que o navio tinha se aproximado muito da costa.

O capitão mandou tocar o sino. Todos se reuniram no convés. O navio era imenso, e SangueNegro usou um feitiço de amplificação para que todos o ouvissem. Os marinheiros tinham se acomodado em todos os lugares, inclusive nas velas, e no convés não cabia nem mais um fósforo de tão apertados que eles estavam.

– Chegamos – anunciou SangueNegro com satisfação. – Vocês que navegam comigo há anos, além daqueles que ainda não me conhecem, saibam que nunca na minha vida faltei com a palavra. O que vou lhes contar não é nem exagero, nem conto de fada. É a pura verdade e Elv'il, que estava comigo e me salvou a vida, não me deixa mentir.

Atrás dele, o elfo violeta cuspiu o pedaço de balaço que estava mastigando. A erva vermelha com gosto de menta tinha tingido seus dentes e suas gengivas, mas ele sorriu, com ar amistoso.

– Como sabem, sou um mutante – disse SangueNegro. – E sou um honorável entre os meus em Aquária, o reino dos tritões.

Bom, isto sim era uma surpresa e tanto! Os honoráveis eram os membros da casta dos pensadores, aqueles que podiam se comunicar com as balbunas, as imensas baleias vermelhas dos mares do OutroMundo. O dom era tão raro quanto cultivado, e os honoráveis tinham uma posição equivalente à de príncipe em outras nações. Eles eram amados e respeitados pelo seu povo, a quem distribuíam os confortáveis benefícios da venda do precioso leite de balbunas.

– Porém, um honorável balbuna não era do agrado de todos. Eu ia me casar com a bela Ffluril, dos cabelos de céu. Mas outro a queria. Ele fez falsas acusações contra mim, encontraram o corpo de uma sereia ao meu lado. Morta. Fui julgado. Condenado. E fui enviado às minas de sal dos saltaranos.

Um murmúrio surpreso saudou sua declaração. Um tritão no meio do deserto, isso era uma loucura!

– Sou um dos raros cruzamentos vivos entre um elfo e uma sereia – prosseguiu SangueNegro. – Sou um tipo de quimera, uma mistura improvável.

Desta vez os marinheiros estavam cativados. Alguns ouviam sem reagir, conhecendo a história, mas muitos, como Robin e V'ala, estavam começando a entender por que o tritão era tão musculoso e resistente.

– Mas herdei o melhor das duas raças, o que me permitiu sobreviver no inferno.

Seus olhos cinza-esverdeados, com pupilas douradas, estavam atormentados, refletindo os horrores que tinha vivido.

– Fiquei lá por uns bons dez anos.

Um dos marinheiros assobiou, admirado! Dez anos era uma proeza, quase um recorde. Os acidentes eram numerosos nas minas de sal, e deixavam poucos sobreviventes.

– Estávamos todos infectados pelas t'sils, o que nos impedia de fugir, é claro. Aproximadamente a cada quatro dias nos davam a poção que mantinha as larvas de t'sil adormecidas em nosso sangue. Às vezes, a poção não adiantava, e os prisioneiros eram devorados vivos. Trabalhávamos dezoito horas por dia. O resto do tempo era dedicado ao sono e à alimentação. Mas também às perspectivas de fuga. Entendi muito rapidamente que não poderíamos fazer nada enquanto não controlássemos a mina. E os estoques de poção. Mas eu ignorava que havia um traidor entre nós. Um homem que negociou sua liberdade nos delatando para os saltaranos.

Sua boca se torceu de desgosto e, de repente, Robin sentiu muita empatia por ele, ressentindo seu furor e sua perturbação, mas rapidamente recuperou seu controle mental. Ele estava ali para perseguir o pirata. Não para admirá-lo. O tritão se virou e expôs as costas, arredondando-as para afastar as escamas. Suas tatuagens quase desapareceram. E todos puderam ver as marcas de chicote. Apesar dos Reparus e dos chamãs, nada apagara as marcas que tinham sido feitas na carne, chegando até o osso.

– Eis o que me fizeram no começo. Depois me deram uma poção que matou as larvas de t'sil no meu sangue e me infectaram com uma t'sil dourada, contra a qual não existe antídoto. Não sei por que não deixaram as t'sil normais me matarem. Depois me soltaram no deserto, com um dos meus coconspiradores, também infectado por uma t'sil dourada.

Todos estavam presos pelas suas palavras.

– E foi aí que morri.

Considerando que ele estava ali, na frente deles, e que não parecia um fantasma, Robin concluiu que o tritão tinha se salvado. Mas assim mesmo estava impressionado. E como então classificar aquele mestiço? Semielfo? Semitritão?

– Tive uma crise cardíaca por causa da desidratação – SangueNegro explicou –, bem antes que as t'sils se desenvolvessem no meu sangue. Essas larvas só podem sobreviver com um aporte constante de oxigênio. Ao mesmo tempo que eu, elas morreram instantaneamente. Claro que nós não sabíamos disso. Meu companheiro El'vil conseguiu me salvar, fazendo uma massagem cardíaca, porque, perto da Montanha Vermelha, onde estávamos presos, é impossível utilizar a magia. Começamos a andar em direção à costa, achando que a qualquer momento seríamos devorados pelas t'sils. Eu deveria ser o primeiro a morrer, pois fui o primeiro a ser infectado. Mas as horas se passavam e nada ocorria, fora uma coceira infernal. Foi então que entendi. Estávamos longe o suficiente da Montanha Vermelha para que eu praticasse minha magia. Fizemos uma incantação para ter água.

O tritão fez uma pausa melodramática.

– Então matei meu companheiro. Parei seu coração, como o meu tinha parado. E suas t'sils morreram. Depois o reanimei. Andamos durante quilômetros, porque é impossível utilizar Transmitus ou Salternus. Finalmente, chegamos à costa. Quando entrei na água salgada (e mostrou o mar azul em volta deles), todas as minhas forças voltaram. E foi aí que decidi me vingar. El'vil e eu fomos contratados como marinheiros no navio de um pirata das Brumas. Quando juntamos um bom dinheiro, compramos um pequeno barco. Encontramos e roubamos os navios omoisianos e lancovianos que faziam comércio com os saltaranos. Tivemos dinheiro suficiente para comprar essa fragata e aumentar a tripulação... Levamos cinco anos.

Um navio como o do tritão podia receber entre trezentos e seiscentos homens de tripulação... e de trinta a sessenta canhões. Além disso, eles deviam ser de quatrocentos a quinhentos lobos do mar. Estava quase em sua plena capacidade.

– Vocês devem estar se perguntando por que estou explicando tudo isso.

– Porque tem a ver com o barco que vamos atacar, capitão? – perguntou um dos marinheiros?

– Não vamos atacar um navio – SangueNegro respondeu tranquilamente.

– Ah, não?

– Não, nós vamos atacar um país!

Os elfos, os humanos e o ogro olharam uns para os outros, com uma mesma pergunta no fundo dos olhos: o capitão enlouquecera?

– Não, não estou maluco – respondeu SangueNegro à interrogação muda. – Toda a economia de Saltarena depende das minas de sal. Elas são tão preciosas que todo o deserto profundo foi desenhado, modificado, para protegê-las. É também o motivo pelo qual o Altíssimo Mago Semiderus as tinha utilizado para esconder alguns objetos no cume da Montanha Vermelha, que é constituída por um estranho material que anula a magia e a restitui ao sal. Calor infernal, impossibilidade de utilizar Transmitus, t'sils que pulam em cima de tudo o que se mexe, leões do deserto, canin'cães, tudo que vive nesse deserto ou é venenoso ou extremamente agressivo. Até os bééés são perigosos por lá. Também é impossível sobrevoar o deserto, pelo menos durante o dia. O feitiço jogado pelos Altos Magos saltaranos se baseia no calor, à noite ele é menor e os tapetes voadores podem ser usados, mas isso os obriga a pousar quando amanhece. E é quando as t'sils atacam. Eles acham que sua preciosa Montanha Vermelha é inacessível. Estão errados. Conheço o lugar de cor. A mina principal dos caçadores de sal, a que produz o maior número de gemas grossas, é a mina de onde me libertei.

Ele se calou e olhou para todos, bem sério.

– E agora uma pergunta para vocês. Se pegarmos o estoque de sal e depois destruirmos a mina, a ponto de torná-la inutilizável durante vários anos, o que vocês acham que vai acontecer?

Os piratas hesitaram um pouco.

– O preço do sal vai subir à beça – Robin acabou gritando, para ser ouvido na multidão e depois de ter pensado muito. – E você... nós vamos ficar todos fabulosamente ricos. Porque seremos os únicos a ter um estoque disponível rapidamente. Pelo menos durante o tempo em que as outras minas não compensarem a diferença. O que levará de um a quatro anos.

O tritão aprovou, com um fino sorriso nos lábios. O sal das minas dos saltaranos estava impregnado de magia. Não somente dava aos pratos um sabor e uma textura incomparáveis, como também entrava na composição de quase todas as poções como estabilizador. E já era um condimento que quase valia seu peso em ouro. Somente os deuses do Outro Mundo conheciam os valores que seriam atingidos se a mina fosse destruída. Sem contar que sua extração era extremamente difícil, pois o sal estava encaixado numa pedra tão dura, que resistia praticamente a tudo. O esforço para retirar a menor gema era colossal.

Aquele era um plano inteligente. Não, na verdade era um plano genial. Com a condição de se poder realizá-lo.

– O sal é colhido pelas caravanas de sal duas vezes por ano. Mas a colheita não pôde ser feita por mais de um ano, por causa de terremotos devidos ao cetro maldito utilizado por Magíster. Meus informantes me dizem que a próxima colheita ocorrerá dentro de uma semana. É um enorme tesouro o que está nos esperando ali.

– E como vocês pretendem nos proteger das t'sils, sejam elas douradas ou não? – V'ala perguntou, com uma voz arrastada. – Ouvi falar desses bichinhos. Lembro-me de ter ouvido que quando se faz um feitiço elas são imediatamente atraídas e atacam aos milhares, até que o fadaceiro acabe por esgotar toda sua magia. Daí pulam nele... ou melhor, dentro dele...

Os marinheiros fizeram uma careta. A imagem era impressionante. O tritão fez um gesto tranquilizador.

– Já faz algum tempo que as minas não utilizam mais as t'sils para infectar seus escravos. Atualmente, os saltaranos preferem os feitiços antifuga mais baratos, inventados pelos fadaceiros. Eles perdiam prisioneiros demais com o outro sistema, então trocaram. Somente as minas mais antigas, as que não produzem muito, utilizam a inoculação por t'sil para controlar os escravos. E as t'sils não podem atacar por acaso, na época elas eram coletadas no deserto profundo, e não chegam perto da Montanha Vermelha, onde a magia já não existe mais.

– Então não teremos nada a temer nas minas, mas, e no deserto profundo? Como é que vamos atravessá-lo se ali as t'sil abundam como você mesmo disse?

– Você está certa senhorita elfa. É o motivo pelo qual vocês vão precisar do meu sangue. E com um gesto, destapou o que estava atrás dele.

Uma maleta de couro de spalendital aberta e cheia de centenas de seringas.

V'ala franziu as sobrancelhas. E interpelou o tritão, que parecia uma estátua magnífica, com o sol brincando com suas escamas nas cores azul e verde.

– Seu sangue, capitão? Por qual motivo? Ele não é nocivo para nós?

– Adaptamos a fórmula. E isso vai salvar sua vida. S'vol, mostre seu pescoço.

O segundo elfo tirou o lenço. No fundo da clavícula brilhava a marca mortal da t'sil dourada.

– Nunca fui infectado – explicou o elfo violeta. – Eu não era escravo, ao contrário do capitão e El'vil. Aceitei servir de cobaia para ele. E funcionou. Passei três dias no deserto.

Os marinheiros olharam para ele, completamente incrédulos.

– Achei que borraria minhas calças pelo menos uma dúzia de vezes – brincou o elfo –, mas as t'sils não se aproximaram de mim, com ou sem escudo. Acho que quando a t'sil dourada infecta um hospedeiro ela solta um tipo de feromônio que avisa "Afaste-se, este já está ocupado!", além da marca visual dourada, que pode ficar escondida nos pelos.

– Você quer dizer que ela emite um odor especial reconhecível pelos vermes, é isso? – perguntou um dos elfos.

– Exatamente – respondeu o capitão, no lugar do seu imediato. – Vamos todos emitir esse odor especial, que vai nos proteger.

Discretamente, V'ala interrogava Robin com o olhar. Eles deviam correr esse risco? Se deixar "vacinar"? Robin balançou levemente a cabeça. Não tinham escolha. O fato de ele ter esmigalhadoras poderia enviar o tritão para a cadeia, mas não era suficiente. Era necessário pegá-lo em flagrante delito para neutralizá-lo. Eles tinham que jogar o jogo. V'ala fez um sinal de que tinha entendido, mas a careta continuou no seu rosto. Ela não gostava nem um pouco da ideia de outro sangue circular em suas veias...

– Mas a magia não pode ser usada na Montanha Vermelha, e deve haver uma centena de guardas, não?

– Não tantos assim. A guarnição é de só duzentos saltaranos, somos mais que o dobro. Além disso, eles estão equipados com armas convencionais. Nós teremos as esmigalhadoras....

Robin arregalou os olhos. Ahhh, era por isso que o tritão precisava dessas armas mortais? Como agora elas tinham sido modificadas, também podiam funcionar sem magia. Sem dúvida, ele era mais do que esperto. Era inteligente. Tremendamente inteligente.

SangueNegro estalou os dedos e uma carta viva veio voar ao seu lado antes de se abrir. Com o dedo indicador, ele apontou a Montanha Vermelha.

– Vejam, aqui está o rio Salan que desce dos cumes gelados da Montanha Vermelha. De acordo com a carta, ele é profundo o suficiente para o calado de nosso navio. Vamos subi-lo até o meio. Dali, pegaremos os tapetes voadores e voaremos à noite. Durante o dia, ficaremos parados. Dessa forma, não serão necessários mais do que dois dias para chegar à mina. Vamos nos espalhar e atacaremos ao amanhecer do terceiro dia. Alguma pergunta?

Para grande surpresa do tritão, foi o ogro que fez a pergunta seguinte.

– Como destruir mina? Magia não funcionar Montanha Vermelha.

– Não comprei só esmigalhadoras dos nossos amigos contrabandistas. Mas alguns bastões de plástico que explodem superbem na Terra...

– E dos bolsos o tritão tirou uns dez bastões de C4. Com detonadores. Como todos os elfos, Robin não tinha muito apreço pelos saltaranos. Mas ali se estava falando de invasão de um território soberano, e essa ação poderia ter consequências em toda a economia do OutroMundo, de uma forma ou de outra.

Ele quase ativou a pedra negra incrustada no pulso, que servia não só de gravador, mas também permitia que os barcos do império seguissem o capitão tritão. Mas novamente a falta de flagrante delito o segurou. Ele não podia fazer isso. Sua missão seria um fracasso, e queria encontrar Tara o mais rapidamente possível. Ele suspirou e abaixou a mão. O que o enlouquecia é que não conseguia falar com Tara, e continuava sem saber o que tinha acontecido. Mas seus glifos não tinham mais queimado sua pele, e sentia no fundo do seu coração que ela não estava mais em perigo... pelo menos, era o que ele esperava ardentemente.

Enquanto Robin pensava nisso tudo, os piratas tinham feito muitas perguntas. Mas o tritão tinha todas as respostas. Ele refletira longamente. E não tinha a menor intenção de fracassar. No fim do dia, todos estavam de acordo.

Iam se apoderar da mina da Montanha Vermelha.

Eles subiram o rio envoltos em Camuflus. Com exceção de uma leve agitação que provocava em sua passagem, o navio não podia ser detectado. As patrulhas saltaranas não estavam em alerta. Ninguém nunca aparecia por ali. Sem falar dos loucos e dos mercadores de escravos, claro... Era quase um descanso subir o rio daquele jeito. O capitão parecia ter se afeiçoado por V'ala e Robin, provavelmente devido à pouca idade dos dois. E, se não fosse a missão, Robin teria apreciado realmente a personalidade do tritão mutante. Ele era inteligente e super, superculto. Era justo com os homens e com os elfos, não falava mal de ninguém e guardava seu ódio feroz para aqueles que lhe tinham roubado a vida. E que haviam impedido que se cassasse com aquela que amava. Eles se demoraram admirando o crepúsculo, sentados em cima da dunazinha, quando Robin lembrou por que a história do tritão lhe parecia tão familiar.

– Existe um livro terrestre – disse ele (na verdade, Tara é que o tinha obrigado a pegar o tal romance; ele detestava ler, mas, no final, não tinha conseguido largar o livro enquanto não chegou ao fim da história) – que se chama *O conde de Monte Cristo*, escrito por um humano chamado Alexandre Dumas. É um pouco a sua história, capitão. Um homem é acusado, outro rouba sua noiva, ele consegue escapar e encontra um fabuloso tesouro, graças a outro prisioneiro. Ele o utiliza para se vingar e para destruir o homem que o tinha traído, e que não o reconhece, a não ser tarde demais. É um conceito interessante a vingança. Principalmente a vingança implacável.

– Ele não o reconhece? Suas tatuagens não o traem, como membro do seu clã?

– Os humanos não têm tatuagens, e o rosto dele tinha mudado muito. E, mesmo que ele tivesse tatuagens, elas sempre podem ser modificadas.

O tritão se empertigou todo.

– Não, ninguém modifica suas tatuagens. Seria como renegar seu clã, sua linhagem. Seria a pior das infâmias.

– Mas as sociedades evoluem. Às vezes as pessoas fazem coisas que seus ancestrais nunca teriam imaginado. Para sobreviver, para lutar. Isso acontece o tempo todo. A tradição é importante. Mas não é tudo.

Robin falava de si próprio. Seus pais não tinham hesitado em desafiar a temível rainha dos Elfos T'avila ao revelar seu amor e se casado. Ele, o filho desse amor, era a ilustração de uma ruptura da tradição. E, mesmo que tivesse sofrido muito por isso, atualmente ele se aceitava cada vez mais.

O tritão olhou para ele atentamente, como se tivesse acabado de abrir novas perspectivas.

– Onde você achou esses livros terrestres, meu jovem? – ele perguntou com indolência.

De repente, Robin tomou consciência de que o tritão o observava, e se apressou a responder rapidamente.

– Num velho baú da minha mãe. Ela tinha vários livros que nós vendemos. Ler é bom, mas os créditos-mutação são muito melhores!

O tritão deu uma baforada em seu cachimbo cheio de erva cheirosa e se contentou com um "hummmmm" preguiçoso.

V'ala passou ao lado de Robin e lhe deu um pisão no pé, murmurando:

– Cretino!

Mas se o Tritão estava desconfiado não demonstrou. Pouco depois eles foram chamados para jantar, e Robin desceu para se deitar.

Acordou sentindo um corpo quente se aninhando contra ele.

– Psssiu – fez V'ala –, não diga nada. Talvez morramos amanhã, e quero aproveitar nossos últimos instantes.

Aquilo acordou Robin na mesma hora.

– V'ala, nós nem vamos sair do barco amanhã. Só depois de amanhã. Além disso, não tenho a menor intenção de morrer, e os saltaranos não resistirão à ciência guerreira. Tenho muito carinho por você (Robin tentava febrilmente lembrar se os violetas podiam detectar as mentiras), mas não vou ficar com você.

– Não quero "ficar" com você – assobiou V'ala, nervosa. – Quero ir pra cama com você! Você ficou como esses pequenos humanoides puritanos e patéticos? Já não usa mais as palavras pelo que elas querem dizer?

– Ficar brava comigo não vai mudar nada – Robin suspirou. – Volte para o seu beliche e trate de se lembrar de que, para todos no navio, somos irmão e irmã, pelas Árvores de nossas Florestas!

Foi a vez de V'ala suspirar.

– Eu sabia que era uma má ideia essa de irmão e irmã, não vou ganhar nem um beijinho?

– V'ala!

– Tá, tá, tudo bem! Que estraga prazeres!

E ela subiu no seu beliche praguejando. O semielfo resistia muito mais do que tinha imaginado.

No início ela achava que era orgulho. Mas agora se perguntava a que ponto ele gostava da pequena humanoide de orelhas pequeninas. Pois que se dane. Ela tinha feito o que podia. Sua mãe provavelmente ficaria furiosa, mas V'ala estava acostumada a decepcioná-la. Além disso, a missão era inglória. E entre o amor e a guerra, o coração de V'ala palpitava pela guerra. Sorriu. Matar os saltaranos baixaria sua pressão nervosa.

Os dois dias seguintes foram dedicados ao treino com as esmigalhadoras. O Camuflus disfarçava não somente o navio, mas também o barulho que eles faziam. SangueNegro estendeu o feitiço e fez explodir uma pequena quantidade de C4 no rio para mostrar seu poder aos piratas. A demonstração foi conclusiva. Todos os marinheiros estavam entusiasmados.

E Surv, a hidra de Robin, achou muito legal que seu almoço fosse oferecido assim. Depois de encher a pança de peixes mortos pela onda de choque, ela fez Robin entender que achava muito menos cansativo esse método de pesca, pois não precisava nadar para encontrar peixes. O semielfo suspirou e acariciou seu incômodo Bicho de Estimação.

Finalmente avistaram a Montanha Vermelha. Ela se elevava a mais de vinte mil metros de altitude, quase chegando à estratosfera, que era muito mais alta que a da Terra, que começava a 12 mil metros de altura. Era uma massa impressionante, de um vermelho perfeitamente... vermelho, que se destacava contra o céu violeta e os dois sóis poentes.

Duas horas antes, os que participariam do combate receberam o sangue do tritão e agora todos tinham o emblema da t'sil dourada. Dois casos de reação foram relatados e os enfermos tinham sido levados para a enfermaria.

Assim que chegaram, os marinheiros se lançaram num balé frenético. O Camuflus foi estendido até a margem onde o navio acostou. Os tapetes voadores saíram voando e todos ajudaram no desembarque das provisões, das armas e dos preciosos explosivos. Poucos permaneceram para cuidar do navio e aprontá-lo para partir rapidamente. Robin ficou surpreso com o número de tapetes suplementares que SangueNegro tinha previsto e que os seguiam, como um longo cometa sedoso. Cada tapete tinha uns cinquenta assentos, diretamente implantados na trama, e cintos de segurança. Eles brilhavam com a magia que os impulsionava, muitas vezes mais rápidos que as máquinas terráqueas. E sem a mínima poluição.

Finalmente, os condutores ativaram os feitiços de propulsão e penetraram na noite.

O pessoal da tripulação se revezava para pilotar os tapetes. Assim que o primeiro raio de sol cintilou, os tapetes pousaram, antes que o feitiço diurno os fizesse cair. A agitação na areia, em volta deles, deixou os homens nervosos, mas as t'sils, cuja presença eles podiam sentir, não se manifestaram. Prudente, Robin também tinha feito Surv ser "vacinada", para que sua hidra não servisse de almoço para as larvas das t'sils.

Eles tentaram dormir, mas fazia um calor terrível durante o dia, que os piratas amenizavam como podiam com feitiços de climatização, no caso de quem tinha esse poder.

Com exceção dos canin'cães e dos leões verdes do deserto, eles não viram muitos seres vivos. Os animais que se aproximavam avaliavam suas defesas e logo desistiam ao constatar que aquilo era demais para eles.

Eles partiram quando o feitiço diurno enfraqueceu o suficiente para permitir que decolassem. Navegaram novamente a noite toda que, ao contrário do dia, estava absolutamente glacial. As estrelas se destacavam contra o negrume da noite com uma perfeição dolorosa. Madix e Tadix brilhavam como duas enormes lâmpadas penduradas no firmamento, e irradiavam quase tanta luz quanto um pequeno sol. Para quem tivesse alma de poeta, a viagem era... mágica. Mas os piratas tinham sede de ouro, V'ala, de sangue, o semiogro, de carne, e SangueNegro tinha sede de vingança. Por isso é que ali ninguém se extasiava com a beleza do deserto sob aquele céu de estrelas.

Quanto a Robin, ele tinha sido obrigado a desativar sua klick e sua bola de cristal, e podia imaginar que Tara devia estar tentando conectá-lo freneticamente.

Humm, talvez ele não devesse ter concluído sua última mensagem com:

– Vamos atacar um navio, não sei se poderei voltar a falar com você, mas eu a amo, e você mora no fundo do meu coração, aconteça o que acontecer.

Pensando bem, aquilo tinha sido um tanto quanto melodramático. Mas ele realmente estava nervoso, e aquela era, pelos menos, a sexagésima mensagem que ele deixava.

A noite terminou, e eles pousaram pela última vez. Mais um diazinho só e atacariam a mina.

Na mesma noite, os piratas acordaram, cheios de energia. O entusiasmo do tritão tinha contaminado todos eles, que já se viam ricos. Robin olhava para eles e os via enforcados, e sentia-se estranhamente triste.

Eles subiram nos tapetes, com as armas prontas. Robin e V'ala foram mandados na frente para neutralizar as sentinelas. Foi fácil. Os caçadores de sal não tinham enfrentado mais do que umas poucas revoltas de escravos, jamais um ataque exterior. Caíram sem ruído.

Robin assobiou baixinho. V'ala fez a mesma coisa. Ao sinal, os tapetes desfilaram silenciosamente e pousaram a trezentos metros da mina. Mais longe, a Montanha Vermelha anularia a magia e eles não poderiam utilizá-la para partir.

Discretamente, Robin ativou o sinal, clicando na pedra "Flagrante delito a ponto de ser cometido". Nessa hora, os piratas do barco, já prisioneiros, deviam ter confessado onde seria o ataque de SangueNegro. E os elfos já deviam ter avisado os saltaranos para não intervir enquanto não começasse o ataque. Então os saltaranos desativariam os antiTransmitus e os elfos e os policiais saltaranos poderiam capturar os piratas.

Uma grande parte da mina ficava a céu aberto. Os escravos dormiam em celas engradadas, no interior ou no exterior. SangueNegro tinha pedido para que as coisas fossem feitas rapidamente, e o mais silenciosamente possível.

Seu desejo não foi realizado. Um saltarano, grande felino de duas patas, mistura de leão e de leopardo, surgiu de uma das cavernas bem no momento em que um marinheiro derrubava um dos guardas. Sacudindo a juba e exibindo suas presas amarelas, ele se jogou em cima do marinheiro, com todas as garras de fora. O marinheiro usou a esmigalhadora sem piscar. O ruído pavoroso ressoou na mina.

E a partir daquele momento começou um verdadeiro inferno.

Uma sirene de alarme urrou e dezenas de saltaranos saíram correndo da influência da Montanha Vermelha para avisar a capital que estavam sendo atacados. SangueNegro tinha previsto sua reação, e ninguém conseguiu enviar mensagens. Mas os piratas não podiam correr o risco de acreditar que nenhum sinal tinha passado, e deviam partir do princípio de que estavam em perigo, a partir daquele momento. O tempo que os saltaranos da capital levariam para anular os anti-Transmitus acabava de encolher drasticamente.

Furiosos, os piratas atacaram com raiva. Com as esmigalhadoras, os mercadores de piratas não tinham a menor chance. Mas os grandes felinos bípedes eram corajosos. Onda depois de onda, eles enfrentaram os piratas, conseguindo matar alguns. Surv, submetida à influência da Montanha Vermelha, tinha voltado brutalmente ao seu tamanho normal, quase esmagando Robin, enrolada em volta do seu pescoço. Felizmente o semielfo tinha sentido a mudança e a colocara no chão, antes que fosse reduzido a mingau.

Robin não entendia o que estavam fazendo os elfos encarregados de intervir assim que recebessem seu sinal. Ele quase morreu umas dez vezes porque olhava na direção do deserto, em vez de vigiar os saltaranos. E Surv conseguiu salvar a vida dele a cada vez, interpondo sua massa escamosa entre as lanças e seu mestre.

Por que os elfos não paravam o massacre? A cada ataque Robin evitava cuidadosamente matar. Sua agilidade era bem maior que a dos saltaranos, e ele deixou atrás de si uma fileira de corpos completamente atordoados. Quanto a V'ala, toda contente tinha desprezado as esmigalhadoras, preferindo usar sua espada e sua faca. Sozinha, aniquilou a metade da guarnição. Surv balançava suas sete cabeças e se limitava a atordoar os saltaranos, já que seu dono tinha lhe dito para não comê-los.

Nas jaulas, os prisioneiros gritavam, encorajando, e mais de um saltarano espremido contra a jaula foi estrangulado com vigor.

Um dos marinheiros achou o sistema de abertura das celas e centenas de prisioneiros enraivecidos juntaram-se ao combate. Em poucos minutos, tudo estava acabado. Chorando, os prisioneiros abraçavam seus salvadores e os beijavam.

SangueNegro sorria. O tesouro era importante, pois era graças a ele que tinha convencido os rudes leões do mar a segui-lo naquela aventura. Mas ele o teria abandonado numa boa só pela felicidade que a libertação dos escravos lhe provocava. Rapidamente eles vacinaram todos os prisioneiros, desligaram os feitiços antifuga e organizaram um comboio. Os antigos escravos foram confiados a uns vinte marinheiros, que deviam colocá-los nos tapetes suplementares que tinham trazido. Mas o plano de voo dos prisioneiros não passava pelo rio. SangueNegro os fazia passar pelo deserto. É verdade que queria salvar os escravos, mas o tesouro continuava sendo só de seus piratas. Ele tinha dado sua palavra.

– Rápido, rápido! Nosso tempo é contado, eles podem chegar de uma hora para outra!

Em pânico, os prisioneiros aceleraram o movimento e desapareceram a toda velocidade. Os piratas trancaram os carcereiros que não tinham morrido e em seguida se precipitaram para as salas onde as preciosas gemas estavam guardadas. As lâmpadas iluminaram as cavernas e o magnífico sal cor-de-rosa apareceu em todo seu esplendor, com os cristais brilhando como joias.

Paralisados momentaneamente com tanto esplendor, os piratas rapidamente voltaram ao trabalho. Uma corrente se formou até os tapetes, e em menos de uma hora todas as cavernas estavam vazias.

Robin tinha saído novamente do campo anulador de magia da Montanha Vermelha para ativar sua pedra de transmissão, mas sem resultado. Conformado, deduziu que os elfos preferiam sacrificar alguns saltaranos e não atacar os piratas, pois estavam armados com esmigalhadoras e eram perigosos, para pegá-los quando voltassem ao barco.

Ele fez uma careta quando os bastões de C4 foram colocados em diversos lugares da mina. Ele conhecia alguns que lamentariam não ter intervindo antes...

Robin tinha sido encarregado de pegar os documentos importantes no escritório do administrador, e o que encontrou gelou seu sangue.

Os saltaranos não faziam só o comércio de escravos. Eles também forneciam os vampirus da Krasálvia! O documento que estava segurando era uma verdadeira bomba atômica. Ninguém gostava dos vampirus no OutroMundo. Se soubessem que se nutriam de seres inteligentes e conscientes, a ponto de serem entregues por fornecedores, sua raça correria um grande perigo. Mas aqueles documentos também eram muito perigosos para os saltaranos se os cidadãos do OutroMundo soubessem que seus conterrâneos serviam de jantar para os vampirus renegados.

Enfiou os preciosos documentos no bolso e levou o resto para o tritão. Satisfeito, este último comparou os levantamentos de extração com o tesouro. Tudo estava completo. Eles podiam ir bem...

De repente, o ogro Krr'al, que tinha carregado a maior parte do tesouro, segurou a cabeça com as duas mãos e começou a gemer.

Dobrou-se em dois. Preocupados, os piratas se aproximaram. O ogro urrou e seus olhos ficaram brancos. Em seguida seu corpo foi tomado por convulsões e músculos impossíveis apareceram sob a carne. Ele começou a crescer, até atingir vários metros de altura.

Foi nessa hora que os piratas começaram a recuar.

Mas não rápido o bastante.

Dominado pela dor, o ogro gigante movimentou seus braços e dois piratas voaram, estourando as costas contra as pedras.

– Fome – murmurou Krr'al com voz dolorosa.

– O que... o que foi que ele disse? – perguntou um dos dois elfos.

– Acho... acho que ele disse "fome!"...

Krr'al bateu no chão e eles vacilaram.

— Fome! – o ogro gritou.

E, como um enorme macaco, apoiou-se sobre as mãos e pulou. Em um segundo, ele capturou um pirata e o engoliu cru.

Aquele foi o sinal para a debandada geral. Os que estavam mais longe lançaram flechas e lanças, mas o ogro os ignorou como se fossem picadas de mosquitos.

Ele era rápido e aparentemente indestrutível. Surv quis pular em cima dele, mas Robin não deixou. O monstro era capaz de arrancar suas cabeças, e Robin não queria correr esse risco.

– Leegaaaal – sorriu V'ala –, eis um desafio muito mais interessante do que matar três saltaranos. Fala para o seu bicho se afastar, esse negócio é comigo.

Ela avaliou o terreno, pavimentado com grandes pedras vermelhas irregulares e as partes onde as plantas raquíticas lutavam contra a areia para sobreviver. Não era o ideal para combater, bastante instável, mas dava para encarar.

– V'ala – Robin grunhiu –, esse monstro é grande demais, até para você.

– *Tss tss tss*, você não estudou os costumes dos lobos, não é? Ou como acabar com alguma coisa muito maior do que você? Pois olhe. E admire.

Rápida como um raio, a elfa violeta saiu em disparada. O troll estava ocupado demais devorando os piratas para prestar atenção nela.

Pelo menos foi o que ela achou, pois, quando quis atingi-lo, ele se virou violentamente e passou uma língua ávida por seus dentes grandes como o corpo de V'ala.

– Fome!

– Ah não, gordão, não vou servir de antepasto, pode esquecer!

A mão enorme se estendeu e V'ala só teve tempo de evitá-la. Ela rolou na poeira, levantou-se e deu a volta no ogro, tão depressa que ele não teve tempo se virar.

Suas duas lâminas lançaram dois raios de prata. Incrivelmente afiadas, as lâminas podiam cortar até o aço.

Cortar tendões, então, foi uma brincadeira de criança.

O ogro quis dar um passo, mas, para sua grande surpresa, suas pernas não responderam. Ele caiu como uma árvore, fazendo a terra tremer. Quando ficou ao alcance de suas lâminas, V'ala não teve dó.

Simplesmente abriu o pescoço dele.

Desse ferimento não tinha como o ogro se curar. Em poucos minutos morreu, grunhindo "fome!" sem parar até o último suspiro.

Robin nem tinha se mexido. Ele confiava em V'ala, mesmo que por um instante tivesse temido, quando o ogro conseguiu roçá-la. E franziu as sobrancelhas. Matar o ogro tinha lhe parecido um pouco extremo. Aparentemente, o que estava acontecendo com ele não era voluntário.

– O que aconteceu? – perguntou um dos piratas ainda apavorado.

V'ala deu com os ombros.

– Não tenho a menor ideia. Ele deve ter digerido mal alguma coisa. Ou então é um dispositivo secreto de proteção da mina, e todos os que tocaram o sal vão se transformar e morrer num sofrimento atroz, querendo devorar os outros.

O pirata empalideceu e olhou para os outros nervosamente. Ao cabo de alguns minutos, como ninguém parecia se transformar em monstro, concluíram que o incidente só tinha relação com o ogro, apesar de não entenderem por quê.

Eles cuidaram dos feridos e embarcaram os mortos. O ogro foi retirado do campo que anulava a magia, reduzido e levado em um dos tapetes.

Para grande surpresa de V'ala e Robin, os piratas se separaram em diversos grupos, que dividiram o tesouro e desapareceram na noite. Desconfiada, a moça pôs a mão sobre a espada. Uma surpresa era suficiente. Se houvesse uma segunda, ela sentia que ia começar a ficar nervosa.

SangueNegro ficou sozinho com eles.

Colocou uma mão na cintura e com a outra levantou a esmigalhadora, e sorriu, com seu tesouro flutuando atrás dele, em dezenas de tapetes.

– Queria agradecê-los mais uma vez pela sua ajuda – disse –, sem vocês os saltaranos teriam nos atacado há muito tempo.

V'ala e Robin arregalaram os olhos.

– Sim – respondeu –, eu sabia que vocês não eram simples combatentes elfos. Meus agentes os estavam vigiando há dois meses. Eu precisava de vocês para convencer os saltaranos a não mandar reforços enquanto você não tivesse ativado sua pedra de transmissão. O que é uma pena para vocês é que ela não funciona. Pelo menos, enquanto esse negócio provocar interferências.

E ele mostrou aos dois uma pedra da lua que tirou do cinto. Robin empalideceu. A pedra negra e polida interferia nas transmissões. Ela custava uma verdadeira fortuna, e era tão rara que Robin nunca imaginaria que o tritão tivesse uma.

Os elfos nunca receberam seu sinal.

E quando a mina pedira socorro, eles esperaram que Robin os avisasse para intervir, atrasando assim os saltaranos.

O tritão os tinha enganado direitinho.

– Imagino que você não tem a intenção de voltar para o navio...

– Não, na verdade acho que o antiTransmitus deve ser anulado em poucos minutos. Todos poderemos ir aonde quisermos, inclusive meus piratas, que já deixaram o navio, e os prisioneiros, que já foram avisados. Os elfos e os saltaranos chegarão... bom, quando nós tivermos saído daqui. Mas antes quero lhe pedir um pequeno favor, jovem elfo.

– Qual? – perguntou Robin, desconfiado.

– Matem-me, eu lhes peço!

V'ala, furiosa por ter sido enganada, contraiu o rosto, numa expressão selvagem.

– Isso então será um prazer – ela resmungou, desembainhando sua espada.

– Calma, linda senhorita – interrompeu o tritão, apontando uma esmigalhadora. – Não é exatamente isso que desejo. Quero que me matem de "mentirinha". Que vocês anunciem que meu corpo foi destruído por um Destructus. Em contrapartida, prometo que paro de praticar a pirataria e passo a ser um respeitável e respeitoso cidadão. O que acham?

– Acho que vou detê-lo, com ou sem esmigalhadora – Robin respondeu.

– *Tss tss tss*, vocês elfos são muito íntegros. Não, você não vai me deter, jovem elfo, se não quiser que sua jovem amiga morra!

A ameaça paralisou Robin.

– Como assim?

– A seringa continha meu sangue para imunizar vocês, mas, no caso da mocinha, ela também continha outra coisa. Contra a qual, se não tiver um antídoto uma vez por ano, não poderá fazer nada. Este é o acordo. A vida dela contra a minha.

– Nojento – V'ala o xingou.

– Não, eu me vejo mais como um sobrevivente – respondeu calmamente o tritão. – Salvei centenas de vidas hoje, espero que minha ação acabe finalmente com essa escravidão indecente no nosso belo planeta. Assim, quebro o monopólio dos saltaranos sobre o sal, o que vai ser proveitoso para todo mundo no longo prazo, e o que peço em troca é um pouco de paz e de tranquilidade.

– Como vou saber que você não está mentindo? – V'ala perguntou, nervosa.

– Desconfiei que você não acreditaria. Corte-se, por favor. A prova está no seu sangue.

V'ala lançou a ele um olhar negro e cortou levemente o pulso. Fez uma careta. Não pela dor, mas porque no seu sangue dançavam pequenas faíscas verdes.

– Pervertido! – ela xingou. – Ele me envenenou! Seu bruuik!

– Que palavra feia numa boca tão bonita! Repito a pergunta, temos um acordo?

– Está bem – Robin concordou. – Salve V'ala e direi que você está morto e destruído. Se você voltar a piratear, pode ter certeza de que vou achá-lo e pregarei sua pele de tritão na parede do meu quarto. Está claro isso?

– Muito claro.

Com a outra mão livre, SangueNegro tirou um frasco de cristal cheio de um líquido verde, que agitou na frente da elfa violeta, cujos olhos lançavam lampejos de raiva.

– Aqui está a garrafinha de antídoto. Sua amiga deve tomá-la quando eu for embora, e a partir daí ela terá pela frente um ano de descanso. Eu o contatarei para entregar a dose seguinte. E não se esqueça, é seu dinheiro também, vocês o ganharam!

– Não quero seu dinheiro roubado – Robin respondeu –, vá embora antes que eu mude de opinião!

De repente, houve uma espécie de pressão no ar e os pelos de Robin se eriçaram.

– Ah! – disse o tritão –, acho que acabaram de desativar o antiTransmitus. Até breve!

Ele jogou o frasco verde para V'ala que, abrindo-o freneticamente, engoliu o líquido de uma só vez.

No momento em que o tritão desapareceu, centenas de elfos e saltaranos se materializaram em volta deles.

E a mina explodiu.

15

O tapete, ou: quando se tem um car... um tapete de corrida nas mãos, primeiro é melhor aprender a dirigir.

Era meio-dia. Satila e Safir estavam na frente de Tara, e ela lamentava não ter dormido mais tempo. Mas, depois daquelas proezas, ela ficara na cama durante dois dias com uma febre muito alta. Como se seu organismo estivesse fazendo que pagasse por seus excessos.

Isso devia permitir responder a perguntas do tipo: "Por que você pegou o anel de Kraetovir?", e também "Queira nos devolvê-lo rápido, rápido, rápido porfavorobrigado!".

Mal acabara de se restabelecer e já tinha aceitado recebê-los, mas eles estavam com uma expressão tão torturada que ela ficou com dor de estômago.

– Eu deveria ter ficado com minha irmã – murmurou Satila. – Se tivesse ficado com ela...

– Ela teria matado você – Tara informou secamente, mais brutalmente do que pretendia, porque não tinha conseguido falar com Robin e estava morta de preocupação. – E ainda por cima teria feito meu thug sangrar.

Satila se encolheu um pouco, assustada com o tom de Tara.

– Não – interrompeu Safir –, a culpa é toda minha. Eu é quem deveria ter ficado com ela. Como não percebi que o sangue era uma droga tão poderosa? Ela está totalmente viciada nessa porcaria, é evidente, mas isso faz mal! Não entendo.

Tara suspirou. Por que as coisas pareciam tão claras para ela, que só tinha quinze anos? Os adultos tinham tendência a complicar tudo. Ela teria que abrir os olhos deles, e isso não seria muito agradável. Faria como quando se arranca um esparadrapo. Rápido e com força. Doeria menos.

– Vocês torram demais a paciência dela, sabe? – explicou tranquilamente. – Ela acha vocês, digamos, uns "choramingões", e pediu para dizer que ama Magíster com loucura, que um "centésimo" de seu amor era mais tórrido que o amor de todos os homens... vampirus, quemquerquesejaemOutroMundoounaTerra. Resumindo, ela gostaria que vocês se casassem e fizessem um monte de sobrinhas e sobrinhos a quem assustarão falando da tia terrível... Fim da mensagem. Na verdade, ela ama vocês, mas quer que a deixem em paz.

Os dois vampirus ficaram paralisados. É, talvez ela tivesse sido franca demais. Apesar da dificuldade da situação, a garota achou que de repente Dragosh parecia um peixe que acabava de ser pescado. Ele abria e fechava a boca, incapaz de falar, e um vislumbre de pânico surgiu em seu olhar.

De repente, ela teve um mau pensamento. Se o vampiru era tão ligado a Selenba, será que não era porque ela era inacessível, porque, no fundo, no fundo, ele não queria se casar e preferia viver em Lancovit?

Como se ele tivesse ouvido seus pensamentos, o vampiru abaixou a cabeça. Satila apertou as mãos contra a boca trêmula.

– Nós ... nós a perdemos, não? – ela acabou articulando, toda pesarosa.

Tara quase mentiu, mas resistiu entre sua compaixão e o fato inegável de que a vida era injusta. Muitas vezes.

– Sim. Se as Brigadas Negras a capturarem mais uma vez, ela será executada. Sem julgamento nem cadeia. Ela matou o chefe deles e, estivesse ele ou não implicado num complô, isso não muda nada. Não vão perdoá-la. Ela se tornou a prioridade número para eles.

– Entendi...

Satila se levantou, lutando contra seus joelhos bambos.

– Eu não estou me sentindo bem, Safir. Será que você pode me levar de volta?

A vampirua não tinha comentado a sugestão de Selenba. Ela não era idiota. Sabia perfeitamente que seria necessário tempo para que Safir esquecesse a resplandecente Selenba e se interessasse pela discreta Satila. Mas ela saberia esperar.

Safir levantou-se rapidamente e se inclinou na frente de Tara.

– Agradeço muitíssimo, Sua Alteza Imperial. O que você fez por nós foi inestimável. Me disseram que várias curas ocorreram, muito mais do que esperávamos, mesmo que as famílias escondessem que alguns de seus membros estavam contaminados. Nós já mandamos vigiar discretamente os vampirus curados que conseguimos descobrir. Mas todos pareciam contentes por terem sido curados de seu vício, e nenhum manifestou o desejo ou a necessidade de se alimentar de sangue humano.

Com essas palavras, ele acabava de pregar o último prego no caixão que continha o seu amor. Os outros não estavam loucamente apaixonados. Nenhum tinha sentido a necessidade de sangue humano. Tudo estava claro. Selenba tinha feito sua escolha por vontade própria, e não por ter sido obrigada.

Curvado, com a cara chupada, como se tivesse envelhecido mil anos de uma só vez, Safir Dragosh saiu com Satila, e Tara não saberia dizer quem se apoiava em quem.

Ela se levantou rápido demais do sofá preto (tinha evitado recebê-los no seu quarto cor-de-rosa) e, no espaço de um instante, o mundo girou à sua volta. A febre a tinha cansado, o chamã vampiru tinha sido claro. Ela precisava absolutamente repousar. Só de pensar na viagem cansativa que a esperava pelas montanhas e florestas do OutroMundo, suspirou novamente. Mas sabia que precisava ir embora. Depressa.

A porta abriu um olho, um ouvido e uma boca para informar que dois visitantes queriam vê-la. Ela autorizou sua abertura e seu rosto se iluminou com um grande sorriso quando viu quem eram seus visitantes: Kyla e A'rno. Os dois jovens estavam de mãos dadas e sua felicidade dava gosto de ver.

Como crianças, voaram para cima dela para contar suas aventuras. Kyla estava completamente curada e ainda se perguntava como tinha sido tão burra (termo que A'rno aprovou, concordando vigorosamente com a cabeça). Ela tinha conversado longamente com o pai e chegaram à conclusão de que a falta de atividade e o tédio é que a tinham levado a cometer aqueles excessos. Ele a tinha então nomeado subsecretária do embaixador vampiru de Omois.

– Você entendeu? – dizia A'rno, esfuziante. – Nós vamos passar o ano que vem todinho com você. Em Omois! Isso é legal demais!

Tara não parou de sorrir, mas seu estômago se contraiu só de pensar na catástrofe ambulante representada pelo elfo e pela vampirua. Eles eram muito gentis, mas muito impetuosos, desastrados e, sobretudo, profundamente inconvenientes. Huuum, a vida em Omois iria ficar bem mais animada nos próximos meses!

Cada um pegou numa das mãos de Tara e eles a puxaram na direção da porta.

– Venha, venha – gritou A'rno agitado –, precisamos lhe mostrar uma coisa!

Grr'ul grunhiu, mas Tara, morta de dar risada, pediu que ela viesse junto. Galante pousou em seu ombro e se agarrou como pôde. Os quatro thugs da guarda (Xandiar estava cada vez mais paranoico, não parava de aumentar o número de guardas para vigiá-la) a seguiram. Kyla e A'rno a levaram pelos corredores sombrios do palácio, para conduzi-la até… o estacionamento. No teto do palácio.

Um estranho tapete voador estava estacionado ali. Coberto com uma bolha alongada como uma lâmina de barbear, ele era de um negro brilhante, realçado por prata. Meia dúzia de assentos confortáveis tinham crescido nele.

– Suba princesa – gritou Kyla, tão agitada quanto A'rno –, vamos lhe mostrar.

Tara obedeceu, seguida por Grr'ul, cujo olhar desconfiado indicava que seria bom que os dois não fizessem besteiras se tivessem apreço por suas orelhas. Ela se sentou atrás de Tara, e o assento se adaptou à sua conformação. Em seguida, o cinto de segurança se fechou em volta de seus maciços ombros, seu torso, sua barriga, suas coxas e suas panturrilhas.

Os thugs quiseram ir junto, mas Kyla lhes explicou que não era possível, que eles três e a troll já ultrapassavam o máximo de peso que podiam carregar.

A bolha se fechou com um barulho surdo sob seus protestos, e Tara engoliu rapidamente em seco para desobstruir os ouvidos. O tapete acabava de se pressurizar. Como um avião.

Huum... Como um avião. Um avião que voa rápido. Seu cérebro começou funcionar a toda velocidade.

– Me digam uma coisa, esse negócio vai rápido? – ela perguntou num tom inocente. – Porque parece que sim.

– Super, super-rápido – Kyla respondeu com um sorriso enorme.

– Super, super-rápido, quanto? Super, super-rápido para nos levar a um país civi… com Portas de Transferência que funcionam?

– Qual é o seu país predileto no OutroMundo? – perguntou Kyla.

– Lancovit – Tara respondeu, sem pensar que estava sendo bem pouco diplomática em relação a Omois, seu país de adoção.

Kyla fez alguma coisa e no instante seguinte eles estavam na vertical, a três mil metros de altitude, e seus estômagos, nitidamente abaixo. Aquilo não era um avião, era um foguete!

– Aaaaaaaahhhhhhhhhhhhhhhhh! – urrou Grr'ul, apavorada.

A troll se agarrava ao assento de Tara, cuja armação estava cedendo.

– Não se preocupe dama Troll – Kyla disse num tom calmo e doce, que contrastava com sua agitação anterior –, você não está correndo nenhum risco. Os antigos protótipos se espatifaram, mas Evel me disse que este aqui funcionava muito bem. Sendo assim, se pudesse evitar arrancar o assento, seria formidável, porque, se conseguir, você corre o risco de fazer um buraco nesse tapete e aí não garanto que possamos ficar no ar. Ah, tem sacos de papel bem aí na sua frente, para o caso de você estar com ânsia de vômito. Considerando sua massa, se você vomitar na cabine, nós todos corremos o risco de nos afogar.

Legaaal, afogados no vômito de troll.

Tara já imaginara várias mortes possíveis, desde que vivia no OutroMundo, mas esta era de longe a mais exótica.

Se os olhos da troll fossem revólveres, Kyla estaria morta há tempos. Ela descontraiu os dedos com dificuldade. E se agarrou novamente, quando Kyla se lançou num vertiginoso exercício de volteios, que lhe arrancou alguns gritos suplementares. Quanto a Tara, ela estava com medo demais para gritar. E Galante enfiava de tal modo suas garras no forro da trocadeira que ela teve de reforçá-lo, para que ele não abrisse seu ombro.

– É legal, não é? – gritou A'rno, para que os outros pudessem ouvir, apesar do ruído. – São tapetes a reação. Com eles, podemos ir até Madix ou Tadix. E para chegar até Lancovit não precisamos mais do que uns poucos minutos. Como a magia é segura na Krasálvia, porque flutua, Evel inventou essa máquina na qual Kyla também trabalhou, para possibilitar que nos deslocássemos mesmo que as Portas de Transferência não funcionem. É um híbrido, uma mistura de magia e de tecnologia. Quando a magia desaparece, *ops*, o motor a combustão dá partida. Aí temos sorte, a magia é operacional. Se estivéssemos em combustão clássica, seria nitidamente menos rápido e ainda mais barulhento.

Tara inclinou a cabeça e fechou os olhos quando Kyla passou raspando por uma das geleiras, fazendo a neve branca e vermelha voar, e mergulhou numa nuvem espessa. No espaço de um instante eles ficaram submersos num mar de algodão doce e, sobretudo, completamente opaco.

E quando emergiram, os abomináveis homens das neves *abaixaram* o olhar sobre eles!

Aquilo não era bom. Nem um pouco. À frente, no lugar do bom ar transparente, bruscamente havia uma montanha bem sólida. Kyla puxou freneticamente o que lhe servia de manche/volante/negócio para dirigir, eles ficaram na vertical e passaram raspando a lateral da montanha, chegando a encaracolar os pelos das cabeças dos abomináveis homens das neves, que agitaram seus punhos peludos na direção do aparelho.

– Uau, Kyla, parabéns, foi por um triz! – A'rno gritou, encantado.

Aqueles dois eram completamente malucos. Eles estavam à mercê de dois loucos. E Tara entendeu por que os cintos de segurança eram tão sofisticados. Ela quase tinha quebrado a nuca com a violência da arrancada.

Atrás dela, a troll estava vomitando as tripas, e Tara teve de segurar muito firmemente o estômago para não imitá-la.

Kyla mudou então de direção, para oeste, e Tara arregalou os olhos, fascinada com o OutroMundo, que desfilava debaixo dela. Grr'ul tinha acabado de gritar e vomitar, e se contentava em implorar aos deuses dos troll's que os mantivessem vivos e, de preferência, inteiros.

De repente, Tara teve um sobressalto. Eles acabavam de passar a toda velocidade pelas alfândegas de Lancovit. Ela só teve tempo de virar e ver as silhuetas furiosas que se agitavam.

Alguns minutos depois, eles estavam posando no pátio do Castelo Vivo.

A viagem tinha sido incrivelmente rápida. Tara, tremendo um pouco, saiu da bolha que se levantava silenciosamente.

O castelo, prodigiosa entidade de pedra consciente, gostava muito de Tara. Quando a viu, seus muros e paredes imediatamente se encheram de flores, de frutas deliciosas e de balas, para lhe dar as boas-vindas, enquanto todas as portas se escancaravam para ela.

A acolhida da guarda foi bem menos amigável.

Eles tinham sido avisados de que um OVNI[1] tinha acabado de ultrapassar as fronteiras, e Tara e os vampirus foram acolhidos por um monte de arbaletas de pessoas desconfiadas, que relaxaram ao reconhecer a herdeira de Omois.

Houve um momento de hesitação. Os guardas tinham levantado as armas, mas esperavam pelo rei e pela rainha para decidir o que deveriam fazer.

Finalmente os soberanos chegaram, ofegantes por terem andado tão rápido.

– Então, minha jovem! – trovejou o rei Bear, ajustando precipitadamente sua coroa, com os cabelos completamente revirados (ele estava fazendo a sesta quando o alerta tocou). – O que é que você está aprontando agora? Isso é uma invasão?

– Não, não, Sua Majestade – Tara disse rapidamente, inclinando-se graciosamente. – Isso foi só, bom... Somente uma pequena brincadeira de nossa amiga vampirua, que quis me trazer de volta para que eu pudesse vir rapidamente para Omois. Ela poderia ter me deixado em T'eu, o que teria sido bem mais rápido. Nem tive tempo de me despedir do presidente. Nem de avisar minha escolta. Nem ninguém.

Ela omitiu cuidadosamente o fato de ter sido ela quem tinha sugerido aquilo, indiretamente. Assim podia partir com a estrela de Zendra e o anel antes que os vampirus pegassem os dois de volta.

Além disso, Kyla parecia tão feliz da vida com a brincadeira que tinha feito, que Tara podia deixar tranquilamente toda a glória para a princesa.

Grr'ul caiu de cara no chão quando saiu do tapete, com as pernas tremendo, e despejou um olhar feroz sobre o elfo e a vampirua, que se matavam de dar risada.

Ela deu um sorriso dissimulado e pôs seu enorme saco de vômito nas mãos de Kyla e em seguida retirou a dela, bruscamente. Ao passar, por acaso, suas unhas roçaram o saco… que arrebentou e esparramou seu conteúdo nos pés da elegante vampirua.

Que começou a saltitar no lugar, furiosa e enojada. Chorando de rir, A'rno fez um feitiço para fazer o monte malcheiroso desaparecer e desodorizar a amiga, enquanto as puf-puf engoliam o saco que Kyla tinha jogado.

Grr'ul cruzou os braços satisfeita.

E não teve nenhuma reação quando uma enorme fera de três metros de altura, com pelagem ruiva e longas garras, se jogou sobre Tara e a ergueu, feliz da vida. A imponente guarda-costas conhecia bem a princesa Glória Daavil, conhecida como Pardal, por causa da sua timidez. Ela era descendente da Bela e da Fera e podia, contrariamente à sua ancestral, se transformar numa ou na outra, conforme bem lhe desse na telha.

---

[1] Objeto voador não identificado. Há muitos OVNIS no OutroMundo, porque muitas vezes é difícil identificar o que voa. Principalmente quando isso mergulha sobre você à velocidade de um míssil, possui garras, um bico grande e muito apetite.

– Tara! – grunhiu a Fera, com uma voz de tenor. – Que felicidade! Mas o que você está fazendo em Lancovit? Fabrice está com você?

– Oi, Pardal – Tara respondeu, também toda contente de ver a amiga, apesar de temer pela saúde das suas costelas. – Não, ele ficou na Krasálvia. Mas tenho certeza de que Kyla e A'rno vão ter muito prazer em trazer rapidamente toda minha escolta, especialmente Xandiar, que deve estar enlouquecendo, já que desapareci de novo. E também Fabrice.

Pardal a colocou de volta no chão, depois de tê-la apertado bastante contra seu corpo peludo. Seu Bicho de Estimação, Shiba, uma magnífica pantera prateada, se esfregou contra as pernas de Tara, tão contente quanto a dona por vê-la outra vez.

– Na Krasálvia? – exclamou Pardal. – Mas o que Fabrice está fazendo na Krasálvia? Achei que ele ainda estivesse no continente proibido.

– Sim, bom, essa é uma história um pouco comprida – Tara sorriu, apontando para as pessoas no pátio. – Mas se você puder vir comigo para Omois conto tudo com o maior prazer.

Pardal, como todos os primeiros fadaceiros de Omois, trabalhava para um Alto Mago e não dispunha do seu tempo como bem entendesse... apesar de os Altos Magos, compreensivos, aceitarem com frequência que seus assistentes ajudassem Tara. Felizmente, aliás, senão o planeta, ou até mesmo o universo, teria sido destruído pelos demônios há muito tempo.

– Pelas barbas de minha mãe! – exclamou uma voz que elas conheciam bem. – Tara!

Tara abriu mais ainda o sorriso. Fafnir, a anãzinha guerreira, acabava de aparecer no pátio. Vestida de couro vermelho e bege, com as longas tranças flutuando atrás de si e seus olhos verdes brilhando de felicidade, ela correu na direção de Tara e, no seu entusiasmo, fez estalar algumas costelas.

Ufa, entre o lobohomem, a Fera e a anã guerreira, Tara pegou a si mesma desejando que alguns de seus amigos fossem um pouco menos... fortes.

– Que seu martelo soe alto e em bom som! – gritou Fafnir, encantada. – Você veio nos buscar para uma nova aventura? Uma boa briga? – sua voz abaixou um pouco de tom, cheia de esperança e de subentendidos. – Uma boa guerra?

– Que sua bigorna ressoe – respondeu Tara, quando conseguiu respirar de novo. – Não, sem briga. Assim sendo, eu ficaria feliz se vocês todos viessem me ver em Omois, se os seus respectivos mestres Altos Magos permitirem. Não sei por que, mas fico ... fico arrepiada.

– Fafnir se inclinou e olhou os braços nus de Tara com interesse.

– Não vejo seus pelos se arrep......

– É uma metáfora – Tara explicou calmamente, que esquecia até que ponto os anões não entendiam as metáforas. – Quer dizer que eu tenho um mau pressentimento. E, com tudo que ocorre nesse planeta, aprendi a não deixar nunca de prestar atenção aos meus pressentimentos e intuições.

A anã abriu um sorriso feroz, tirou uma das duas machadinhas que carregava constantemente nas costas, lançou-a no ar e a pegou novamente, com habilidade. Tão alta quanto larga, Fafnir era magnífica no seu jeito... musculoso de ser.

– Você quer dizer que talvez tenhamos de matar um monte de gente? Isso é uma ideia fantástica! Vou pegar uma ou duas machadinhas a mais na minha bagagem. Para o caso de...

Ooops, Tara não tinha pensado que introduzir Fafnir em Omois era como passear com uma granada sem pino. Mas agora já era tarde demais.

– Antes precisamos conseguir a autorização de nossos mestres – lembrou Pardal diplomaticamente, ciosa de seu estatuto de primeira fadaceira a serviço de Lancovit.

– Claro que vocês podem ir – aprovou o rei Bear, que conhecia os laços poderosos existentes entre os adolescentes. – Ficamos sempre muito felizes em poder atender a Omois!

O rei e a rainha ficaram polidamente plantados no pátio enquanto Tara cumprimentava as amigas.

Tara sorriu e respondeu:

– Obrigada, Sua Majestade. Mas não é Omois que vocês estão ajudando. É um pedido pessoal.

O rei deu um sorriso inteligente e observou:

– Você é a herdeira, minha jovem. Querendo ou não, ajudar você é ajudar Omois.

– Vamos buscar seus amigos! – exclamaram Kyla e A'rno. – Vamos trazê-los agora mesmo!

E antes que Tara pudesse dar outras instruções, pularam no tapete e decolaram.

– Pelas orelhas de Sacatach,[2] mas que raio de geringonça é essa?

A partida tinha sido fulgurante, e o tapete negro e prata já desaparecia ao longe.

– Digamos que é uma porta substituta das Portas de Transferência, inventada pelos vampirus, que não podem contar com a magia.

– Isso significa, então, que eles podem desabar sobre nós em alguns minutos, é isso? Sem serem parados pelos seguranças das Portas de Transferência? Caramba, como se eu já não tivesse preocupações o bastante!

O rei sacudiu a cabeça, suspirou e se virou, para voltar à sua sesta interrompida. Mas não sem antes ter dito duas palavras no ouvido pontudo de mestre M'angil, seu chefe dos serviços secretos e pai de Robin, sobre aqueles "tapetes" serem vigiados muito atentamente.

---

[2] Sacatach é um deus menor, vagamente parecido com um coelho de orelhas imensas, que servem para matar seus inimigos.

Enquanto esperavam por Fabrice e Xandiar, Tara e Pardal acompanharam Fafnir até o seu quarto. O Castelo Vivo, feliz por rever Tara, ofereceu-lhe suas mais belas paisagens. E parou na que ela mais gostava, os profundos vales de grama azul do Mentalir, o país dos unicórnios. Ele modificou a suíte de Fafnir para que elas pudessem se sentar em confortáveis sofás de um azul suave, realçado por um debrum prateado. O teto desapareceu, sob a visão de um delicado céu violeta e dos dois sóis de OutroMundo. Bobelhas multicoloridas passavam pelo céu, à procura da menor parcela de magia. Era ...perfeito.

Tara contou às suas duas amigas uma parte do que tinha acontecido. Pardal, transformada novamente em meiga garota de longos cabelos encaracolados, olhava para ela com olhos bem arregalados. Fafnir brincava com suas duas tranças ruivas e seus olhos verdes brilharam quando Tara descreveu a batalha contra os trolls.

– Os trolls tiveram sorte que eu não estivesse lá – gritou –, eu os teria cortado em pedaços!

– Hum, teria sido uma péssima ideia. Porque depois eles se tornaram nossos aliados. E Grr'ul tem uma certa queda por Grr'og, acho.

Uau, isso era muito engraçado. Quando os trolls ficavam vermelhos, eles se tornavam mais verdes ainda!

Grr'ul murmurou alguma coisa incompreensível. Ela não tinha tido tempo de dizer tchau para Grr'og, e ainda estava furiosa contra os dois imb... com a vampirua e o elfo. E lembrava-se perfeitamente da frase que Grr'og tinha pronunciado antes de ela desmaiar...

Frase que ela pretendia repetir para ele. *Ad nauseam.*

Tara continuou sua história, omitindo o nome de Kyla, pois ela tinha prometido ao presidente não falar desse pequeno detalhe para não colocar a princesa em perigo.

– *Pffffuiiit* – Pardal assobiou –, isso é incrível, não se pode mesmo deixar você sozinha um segundo! Você tem alguma ideia do motivo pelo qual esse homem tentou matá-la, usando os trolls, fazendo você passar por uma traficante de bangue-bangue?

Tara tinha tido tantas outras preocupações que nem teve tempo de pensar naquilo.

– Não, nenhuma. É um inimigo totalmente desconhecido (ela decidiu mudar de assunto). Não estou vendo Cal. Ele não está aqui?

– Acho que ele ainda está em Omois – Pardal respondeu, com um sorriso divertido. – Tentando fascinar a eleita de seu coração, que aliás não parece disposta a se deixar impressionar por suas inegáveis qualidades.

– Oh, oh, ele ainda não conseguiu conquistar Eleanora?

– Não, ela está tão obcecada pela possível culpabilidade do primeiro-ministro Tiran'hico, que simplesmente se recusa a se interessar por qualquer outra coisa.

Apesar de ser uma Ladra Patenteada, acho que entre um suntuoso tesouro e sua vingança contra Tiran'hico ela não hesitaria e escolheria a morte do inimigo.

E, por falar em tesouro, depois de refletir longamente, Tara decidiu falar da estrela de Zendra. E do anel.

Mas sem contar como ela o havia recuperado, como se tivesse sido por acaso. Ela queria ter a opinião de Pardal, que era a "historiadora" de tudo o que dizia respeito ao OutroMundo e às Guerras das Falhas.

Pardal e Fafnir recuaram quando Tara lhes mostrou os unicórnios de prata.

E em seguida Pardal se inclinou, perplexa.

– Você tem certeza de que é o anel de Kraetovir? Esse aqui não se parece nem um pouco com ele. As descrições falam de um objeto escuro.

– Ferro preto, cabeças de demônios, olhos vermelhos. É com isso que ele se parecia antes de se transformar. Esse não é o anel definitivo, é só o que serviu de protótipo.

– E você pode falar dele sem problemas? Ele não tentou se apoderar de você?

A outromundiana conhecia bem os talismãs maléficos. Cinco em cada seis vezes eles tentavam se apoderar do proprietário. Clássico.

– Não, posso tirá-lo e colocá-lo com muita facilidade – Tara respondeu, fazendo uma demonstração. – E acho que ele me ajudou quando curei os vampirus e Selenba. Senti seu poder sombrio. Mas de lá para cá mais nada. Informei-o mentalmente que contava colocá-lo com os outros objetos demoníacos entre as mãos... quer dizer, as garras de Os que Guardam e Os que Julgam, e ele não reagiu. Acho que ele se adapta à personalidade de quem o carrega. Se for um demônio, o anel se comporta de forma demoníaca. Mas, se for um humano, comporta-se de forma humana.

– Mas, de acordo com o que você contou – Pardal interveio –, os vampirus mencionaram que ele se comportava de forma agressiva e maléfica com eles, não?

– Com eles sim. Comigo não. E não me pergunte por que, não faço a menor ideia.

– Os anéis de poder, esse ou outros criados por fadaceiros, são como os objetos de poder demoníaco confiscados por seu ancestral Semiderus e escondidos num lugar seguro! Eles são perigosos! – insistiu Fafnir, franzindo as sobrancelhas. – Me dê o dito-cujo, vou colocá-lo na minha bigorna, uma boa martelada e não se fala mais no assunto!

– Acho que não dá para destruí-lo com uma simples martelada – Tara respondeu, guardando vivamente o anel no bolso. – Somente a magia pode destruí-lo. E, como você não faz magia, não é a pessoa mais indicada para isso.

– Hummm – grunhiu a anã –, de qualquer forma, quanto mais rápido você se livrar dele melhor.

O rosto de Tara continuou rigorosamente impassível, mas no fundo ela estava satisfeita. Finalmente tinha uma coisa que talvez lhe permitisse se livrar de seu pior inimigo.

Vendo que Tara não queria mais falar do anel, Pardal mudou de assunto. Elas trocaram as últimas informações sobre as cortes de Lancovit e de Omois.

Para Tara, poder falar de tudo e de todos com suas duas amigas, sem ter de tomar cuidado com as palavras, era muito bom. Repousante.

O Castelo Vivo fazia circular pelo cômodo uma brisa alegre, que levantava os cabelos de Pardal e de Tara. Os unicórnios na parede pastavam tranquilamente a grama azul, e agora algumas nuvens brincavam de esconde-esconde no céu violeta, enquanto lindos pégasos cor-de-rosa saltavam por cima delas como carneirinhos.

Galante reclamou com o Castelo Vivo. Pégasos cor-de-rosa eram realmente demais. Quanto a Tara, ela suspirou de bem-estar, aquela era realmente uma paisagem bobinha, mas que lhe fazia um bem louco. Ela sentiu seus ombros relaxarem.

Ela tinha colocado a Pedra Viva no modo de funcionamento "ligarparaonúmerodorobin", mas Robin não atendia. Fafnir e Pardal também ficaram preocupadas quando souberam que o semielfo tinha desaparecido. Mas não realmente surpresas. Elas sabiam que o trabalho dele era perigoso.

E esperavam secretamente que, para o bem de Tara, V'ala encontrasse um pirata suficientemente hábil para "neutralizar" a linda elfa violeta. Na verdade, Fafnir achava que uma espada ou uma flecha no coração de V'ala seria absolutamente perfeito.

Pardal olhou para o crachá que ela tinha incrustado no pulso. Era o que lhe permitia circular pelo palácio. Tara tinha o mesmo salvo-conduto, mas com o emblema de Omois, o pavão púrpura com cem olhos de ouro. Também servia de relógio, de cartão de crédito, de passaporte etc.

– Quanto tempo falta para que os seus amigos voltem com Fab... com os outros? – perguntou a jovem fadaceira morena.

Tara deu um sorriso divertido. Pardal ficava com Fabrice já fazia um ano. Eles tinham festejado o primeiro aniversário de "namoradinhos" na companhia de seus amigos, menos Robin, que estava em missão alguns dias antes da partida de Tara, que tinha achado o jantar super-romântico e suspirado durante um bom tempo. Fafnir continuava não entendendo o que eles estavam festejando. Os anões eram muito menos românticos que os humanos, e ela não se fez de rogada para dizer a que ponto achava estúpido festejar o primeiro dia em que haviam se beijado.

– Ele logo estará aqui, aquela geringonça da Kyla é super-rápida – Tara respondeu. – Aliás, acho que deixei um pedaço de meu estômago na Krasálvia, e ele teve um certo problema para me encontrar de novo. Vem, vamos esperá-lo no pátio, estou precisando de ar fresco.

Pardal sorriu, agradecida. A garota continuava tímida, apesar de tudo, e não tinha coragem de fazer, ela mesma, aquela sugestão.

As três saíram e foram conversando até o pátio do Castelo Vivo.

Foi então que alguém apareceu no corredor, enquadrado por dois enormes thugs, com as algemas postas e seu Bicho de Estimação preso por uma longa coleira.

16

O julgamento de Omois, ou: é melhor evitar roubar os roubos dos outros...

Cal tinha chamado Eleanora logo que entendeu o significado do que tinha em suas mãos. Não era a ligação direta entre Magíster e Tiran'hico que ele sonhava relevar ao mundo, mas já era um bom começo.

Uns poucos minutos depois, Eleanora despencou de surpresa na suíte de Tara e, apesar de não ter nenhum parentesco com os dragões, a ela só faltava a fumaça saindo pelas narinas.

A tal ponto que Cal pensava seriamente em mergulhá-la na piscina que servia de banheira a Tara... mas desistiu, não querendo arriscar a vida por tão pouco.

– Pelas entranhas de Bendruc, o Horrendo – exclamou Eleanor. – Mas por que você se intromete, Cal?! Você não tinha de roubar Tiran'hico. Eu é que preciso fazer isso.

"Preciso", e não "precisava". Isso significava que ela tinha a intenção de recomeçar?

– E tudo isso por nada! – ela cuspiu, furiosa.

Cal ia chegar perto para beijá-la, mas desistiu.

Era mais provável ele levar uma facada na barriga que um beijo na bochecha.

– Bom dia, Eleanora, você está bem? – ele perguntou calmamente.

– Não, não estou bem – irritou-se a linda jovem Ladra de olhos acinzentados. – Cada vez que cruzo com esse balofo bruuik do Tiran'hico no palácio ele dá um sorrisinho, sabe, aquela risadinha de gozação. Ele me desafia! Ele sabe que não tenho nada contra ele! Se ele continuar, vou matar esse sujeito!

Ela apertava tanto os punhos que eles ficavam brancos.

Cal não tinha a menor intenção de lhe dizer para ficar mais calma. Ele já fizera isso uma vez e ainda tinha as cicatrizes mentais. Ela o punira recusando-se a vê-lo durante vários dias.

Uma anã tinha gênio bom, comparado ao dela. E às vezes ele se perguntava com pavor o que ocorreria se aquele comportamento obsessivo de Eleanora se virasse contra ele.

Bom, por enquanto isso não corria o risco de acontecer. Ele ainda não entendia por que se apaixonara por uma garota que olhava para ele como se ele fosse uma simples ferramenta. Útil, mas não indispensável. Uns meses antes, quando ele a beijara sem ser decapitado, achou que ela aceitaria sair com ele. Além disso, um dia ele tinha mencionado que gostava dos cabelos compridos e, desde então, Eleanora deixara crescer seus magníficos cabelos pretos, acrescentando um toque de magia que muito rapidamente havia permitido trançá-los.

Cal tinha tido um clarão de esperança. Ela tinha feito um esforço para agradá-lo.

Mas rapidamente ele caiu na realidade. Ela tinha deixado crescer os cabelos porque precisava fazer um roubo incógnita, e porque a aristocracia de Omois, que imitava apaixonadamente os cortes de cabelo da imperatriz, os usava compridos.

Pior, sem querer ele tinha revelado a verdade da morte de alguém de quem ela gostava.

Cal estava contando suas aventuras na Fortaleza Cinza, após o sequestro de Tara por Magíster, quando, de repente, ele disse a frase fatídica: – Dama Manticore nos fez passar por testes e aquele semielfo, apesar de estar incógnito, passou por todos eles à perfeição.[1] Dama Manticore o desmascarou em um minuto. Mas ela disse a Tara que ela era uma Alteza Imperial, o que ela não sabia; e então Magíster a eliminou em um segundo!

De languidamente jogada em um sofá, de repente El ficou ereta e aprumada.

– Como é? O que é que você acabou de dizer?

– Que ele tinha acabado e...

– Não, o nome. Que nome você disse?

Cal quase estapeou a si mesmo. Que imbecil! A sanguerraba, capanga de Magíster, tinha o mesmo sobrenome que Eleonora.

– Dama Manticore. Mas sabe, o rosto dela estava com uma máscara e os sanguerrabas não queriam que sua identidade fosse conhecida. Ou seja, ia ser uma estupidez esconder seu rosto e conservar sua verdadeira identidade, não? Ela deve ter adotado um pseudônimo.

– Era minha tia – disse Eleanora, com a voz embargada pela tristeza. – Papai e mamãe sabiam que ela admirava os sanguerrabas e tinha se transformado numa deles. E que ela não quis se disfarçar, porque achava isso degradante. Então, para obedecer a Magíster, ela usava a máscara, mas conservava sua identidade. Nos devolveram seu corpo. Ela tinha sido morta por um Destructus. Os sanguerrabas disseram que um elfo a tinha pego numa emboscada. Agora estou entendendo tudo. Eles mentiram, é claro. Teriam muito menos candidatos dispostos a se trans-

---

[1] *Tara Duncan. Les sortceliers [Os fadaceiros]*. Como muitos jovens de sua idade, Robin gosta de se exibir. Principalmente na frente das meninas bonitas. Só que naquele dia ele deveria ter evitado...

formar se as pessoas soubessem que seu mestre mata quem comete o mínimo erro! Mas que imbecis nós fomos! Desde o princípio era Magíster o culpado!

A partir dali seu ódio contra Tiran'hico e Magíster tinha aumentado muito, por causa da tristeza. Ela tinha emagrecido, não comia direito e dormia mal. E Cal não podia fazer nada. Na verdade, ele tinha pegado alguns documentos mais ou menos comprometedores que, talvez, pudessem forçar a imperatriz a deter Tiran'hico e submetê-lo aos Dizedores.

Quando ele propôs isso a ela, Eleonora arrancou o papel de suas mãos.

– Esmigalhadoras? – ela murmurou assombrada. – Mas o que é que Tiran'hico quer fazer com esmigalhadoras?

Cal deu de ombros.

– Não tenho ideia. Foi a única coisa que achei. Mas, se procurarmos um pouco, nós...

– Não! – Eleanora reagiu bruscamente – Não quero mais esperar. A importação de esmigalhadoras é proibida, e Tiran'hico é um traficante. Com um pouco de sorte, se ele for preso, conseguiremos arrancar mais coisas dele. Vamos ver a imperatriz.

– Uau! – Cal exclamou e recuou – Não acho que essa seja uma boa ideia, ela está muito ocupada, e isso é uma prova muito pequena. E como vou explicar onde achei esse troço e...

Mas ele estava falando com o vazio. Eleanora já tinha dado meia-volta e passava pela porta, com o papel na mão. Ele correu atrás dela, mas a garota andava rápido como o vento.

A imperatriz tinha dado ordens para que, em caso de urgência, todos os membros da Taragangue fossem imediatamente levados até ela.

Os amigos de Tara chamavam o grupo de "Taragangue", mas seu ego não era tão inflado assim, a ponto de apreciar a apelação, e preferia "gangue mágica". O pequeno círculo, super-restrito, incluía Robin, Cal, Fabrice, Pardal e Fafnir, além de Manitu, o bisavô de Tara, transformado em Labrador, como membro de honra.

Apesar de Eleanora não fazer parte da gangue, ela se beneficiava da medida. E contava tirar proveito dela.

Quando Cal, esbaforido, conseguiu alcançá-la (caramba, essa garota estava treinando para um triátlon ou o quê?), ela já tinha solicitado e conseguido uma audiência. Cal não teve escolha. Teve de segui-la, torcendo muito para que não estivesse cometendo um enorme erro.

Infelizmente, Tiran'hico, ladeado por Jar e Mara, estava com a imperatriz quando eles chegaram ao seu escritório âmbar, o cômodo que ela preferia para se reunir em pequenas conferências. A sala, toda coberta de âmbar dourado, muito iluminada pelos sóis do OutroMundo, era totalmente mobiliada com ouro. Aquele conjunto todo podia chegar a provocar uma oftalmia nos visitantes, mas dava à pele da imperatriz um aspecto de pêssego dourado que ela adorava.

Jar e Mara estavam sentados ao lado dela, ouvindo com muita atenção, e as cabeças morenas, onde se destacava uma mecha branca, quase se tocavam. O irmãozinho e a irmãzinha de Tara tinham aulas de política todos os dias com a imperatriz, enquanto ela resolvia os problemas do império na frente deles.

Cal, com o estômago nos joelhos, fez uma mesura na frente dela. A imperatriz devia estar de mau humor, pois estava toda vestida de preto naquele dia. Até sua coroa era de ouro negro, salpicada de diamantes negros. Seus longos cabelos escorriam como um rio noturno até seus pezinhos, e o pavão púrpura com cem olhos de ouro sobressaía na parte da frente de seu vestido de fadaceira imperial. A mecha branca de cabelo – igual à de Tara, Jar e Mara, marca dos descendentes de Semiderus – se sobressaía. Cal engoliu em seco. O esplendor de seu rosto era famoso no mundo inteiro, mas, cada vez que ele ficava frente a frente com ela, sua beleza o paralisava. Lisbeth era magnífica.

Mas ele deveria se lembrar, mais que tudo, de que ela era perigosa.

Ela parecia uma linda gralha num ninho dourado.

Tremendo, Eleanora se plantou na frente dela e declarou, apontando um dedo vingativo em direção a Tiran'hico:

– Sua Majestade, tenho finalmente a prova de que seu primeiro-ministro conspira contra a senhora!

Cal quase engasgou. Ele pretendia falar disso mais calmamente, e certamente não na frente do próprio Tiran'hico. Aparentemente, a diplomacia não fazia parte das qualidades de El. Jar e Mara se assustaram e olharam atônitos para o primeiro-ministro.

A imperatriz devia estar acostumada com declarações intempestivas, porque se contentou em levantar uma sobrancelha, interessada.

– Ah é? – ela disse com voz melodiosa, erguendo-se um pouco. – Esta é uma afirmação bem impetuosa. Você tem provas do que está dizendo?

Tiran'hico mexeu o corpo corpulento no assento, com a careca brilhando sob a luz âmbar, e Cal percebeu um brilho de pânico no olhar dele.

– Absolutamente – respondeu Eleanora mostrando o documento de transporte. – Esse homem faz tráfico de esmigalhadoras!

E colocou o papel sobre a escrivaninha da imperatriz, que o pegou.

– Hum – disse, depois de ler num profundo silêncio. – Entendo. E como você conseguiu esse documento?

– Roubei do ministro Tiran'hico – Eleanora declarou orgulhosamente, antecipando-se a Cal. – Eu sabia que ele tinha alguma coisa a ver com a armadilha que me levou a tentar matar Caliban Dal Salan. Por isso tenho certeza de que revistando a casa dele vocês vão encontrar as provas que o ligam a Magíster.

Mara ficou vermelha de raiva. Apesar de não poder contar, não tinha sido Eleanora quem roubara Tiran'hico, mas Cal. Ela lançou um olhar furioso a El, detestava as mentirosas.

Cal franziu as sobrancelhas, mas não fez nada. Não o incomodava que El atribuísse a si mesma o sucesso da investigação dele contra Tiran'hico, desde que ela desistisse daquela obsessão.

Ele estava disposto a lhe dar o crédito de tudo que quisesse se isso a fizesse se interessar por ele.

A imperatriz olhou para os dois adolescentes à sua frente e depois para o ministro gordo, impassível e de olhar pensativo, dentro de uma túnica em tons vermelho e ouro que mais parecia uma tenda.

– Sim, murmurou, já é hora de acabar com essa farsa.

Ela se levantou e apontou um indicador autoritário.

– Prendam-na – ordenou. – Que ela seja mantida incomunicável. Cuidarei dela mais tarde.

Cal achou que tinha entendido errado.

– Prendê-la? Como assim prendê-*la*? É ele que deve ser preso, não ela! A senhora... A senhora está acobertando um traficante?

Eleanora também estava boquiaberta.

– Mas... mas – ela balbuciou enquanto os guardas, obedientes, agarravam seus braços e a levavam para a saída.

– Não acoberto ninguém – respondeu a imperatriz, sentando-se novamente. – Uma investigação será feita, mas essas provas foram conseguidas de maneira fraudulenta. Não vamos utilizá-las. E tenho dito.

Seu tom não admitia nenhuma discussão. Acabrunhado, Cal entendeu que não deveria insistir se quisesse manter sua cabeça no lugar de costume. Em cima dos ombros.

Mara, impassível, não disse nada. Na verdade, ele podia ver uma luz de satisfação em seu olhar. Ele já tinha observado que a menina não gostava de Eleanora.

Por isso, comportou-se sabiamente. Saudou a família imperial e deu meia-volta. Eleanora já tinha desaparecido, levada às prisões de Omois. Cal suspirou. E foi na direção das celas.

Que ele conhecia bastante bem, já que tinha sido preso depois de ter sido acusado de um assassinato que não cometera. Nesse caso, também, seu estatuto de amigo da herdeira imperial abriu todas as portas. Os cachor'trix e grandes hienas pretas de presas envenenadas o cheiraram com gula, mas seus donos encurtaram as coleiras e o deixaram passar.

Ele passou pela grade que separava os prisioneiros neca'fads para chegar à seção reservada aos fadaceiros. Num pedestal, uma estatueta de mulher zumbia. O artefato impedia qualquer magia no conjunto daquele setor. Um gerador garantia o aquecimento ou a refrigeração do ar, além da iluminação. Os guardas abriram passagem e ele chegou diante da cela onde estava Eleanora. Pequena, bege como o resto da cadeia, havia um lavabo com um recipiente de água, uma cama estreita e um vaso sanitário.

Não era exatamente um bom hotel. A garota percorria a cela de um lado para o outro, completamente furiosa.

– Que desgraçada! – gritou. – Ela não me ouviu, está ocupada demais em proteger aquele cruiik do Tiran'hico. Mas, caramba, o que acontece entre eles, estão indo para a cama ou o quê?

Apesar de não ser possível praticar a magia na prisão, os microfones terrestres funcionavam muito bem.

– Psiu! – Cal estava sinceramente apavorado. – Não vai conseguir nada insultando a imperatriz! Ela tem o poder de fazer de você o que ela quiser, inclusive uma bolsa bem exótica, então eu, no seu lugar, me acalmaria. Eu disse que não era uma boa ideia. E o que deu em você para dizer que tinha sido você que roubou Tiran'hico?

– Eu queria proteger você – respondeu Eleanora com uma voz aborrecida.

Ponto! Essa tinha sido boa.

– Mas eu não deveria.

Ui ui, não tão bom assim.

– Se você me tivesse deixado falar, a imperatriz não poderia ter feito nada contra mim – informou o jovem Ladrão.

– Ah é? E por quê? Você conhece segredos que ela não quer que sejam divulgados? Pode fazer alguma chantagem contra ela?

– Não, Eleanora, nem me passaria pela cabeça extorquir a imperatriz de Omois – Cal respondeu virtuosamente, sem contar que já tinha feito isso uma vez, justamente para salvar Eleanora. – Mas eu não estava sozinho durante esse roubo.

Bingo. Ela parou de andar raivosamente de um lado para o outro dentro da pequena cela e se plantou na frente da porta.

– Como assim você não estava "sozinho"?

– Não. Mara estava comigo. Ela queria ver um mestre em ação, é o que seus professores da Universidade dos Ladrões Patenteados lhe aconselharam.

Eleanora olhou para ele com os olhos arregalados de surpresa.

– A pequena Mara, irmã de Tara? Ela está na universidade? E eu nunca a vi?

– Ela só está no segundo ano. Não deve haver nenhuma ligação entre as suas aulas e as dela. Se a imperatriz tivesse mandado me prender, ela teria que mandar prender Mara também... e...

– E eu teria jogado você numa cela tão profunda que nunca teria saído de lá – interrompeu uma voz atrás dele. – Mara não teria nada a temer, apesar de não entender a fixação que tem por você, jovem Ladrão. Durante seus treinos ela não para de falar de você. É Cal isso, é Cal aquilo. Chega a ser cansativo…

Com o coração aos pulos, Cal se virou depressa.

Atrás dele estava a imperatriz de Omois. Ele respirou aliviado quando percebeu que ela estava sozinha, sem guardas musculosos para prendê-lo. Ele não ia se juntar a El na cela, pelo menos não por enquanto.

– A respeito de aborrecimento, você sabe que está começando a me indispor seriamente, senhorita Eleanora? – disse calmamente a imperatriz, enquanto Cal fazia novamente uma mesura. – E as pessoas que me chateiam lamentam isso depressinha. Então vou rapidamente esclarecer as coisas entre nós. Você não passa nem perto de Tiran'hico. Você não tenta provar as relações dele com Magíster. E você desiste de seus projetos de vingança. Aqui e agora. Está claro isso?

Eleanora, com a respiração entrecortada e o olhar sombrio, ficou dura, no lugar.

– Com todo o respeito que lhe devo, Sua Majestade Imperial – ela começou –, eu…

– Você vai me obedecer ou será banida de Omois. Para sempre. Vai se tornar uma emigrada que vagueará por todo o OutroMundo sem nunca poder voltar para cá, sob pena de acabar seus dias na prisão. Repito a minha pergunta. Está claro isso?

Eleanora apertou os dentes e levantou a cabeça.

– Recuso-me a obedecer...

Os olhos azul-marinho da imperatriz assumiram o brilho do aço.

– …enquanto não tiver uma explicação de sua obstinação em ignorar os laços entre Magíster e Tiran'hico – Eleanora acrescentou rapidamente.

A imperatriz a mediu de cima abaixo, furiosa, e Cal agradeceu aos deuses por a magia ser inoperante, pois sentia que ela teria facilmente transformado a rebelde em minhoca.

Mas em seguida ela condescendeu em responder.

– Isso é política, jovem fadaceira. Sei que Tiran'hico está em contato com Magíster, sei que arma complôs contra mim, sei que se veria muito bem como imperator no lugar da imperatriz. Sei que ele é perigoso. E, principalmente, depois que descobri que ele tinha roubado esse documento, que deveria ter ficado no palácio.

– A senhora... sabia do tráfico de esmigalhadoras?

Cal e a imperatriz responderam ao mesmo tempo:

– Fui eu quem o organizei, cretina!

– Foi ela quem o organizou!

Bom, pelo menos ele tinha evitado dizer a "cretina". Eleanora não estava entendendo mais nada. Cal, menos obsessivo que ela, teve tempo de refletir e foi levado a pensar que a imperatriz sabia da história das esmigalhadoras. Daí a chegar à conclusão de que ela tinha sido a instigadora e que tinha utilizado Tiran'hico para se encobrir era só um passo, que ele tinha dado quando percebeu sua presença atrás dele. Senão, por qual motivo a imperatriz passearia pelas prisões de seu império?

A imperatriz balançou a cabeça para ele.

– Bem, bem, pelo menos vejo que, diferente dessa garota, você tem um cérebro, Ladrão.

Ela tinha acabado de insultar Eleanora duas vezes em menos de um minuto, e o rosto da Ladra mostrava nitidamente que não estava gostando nem um pouco daquilo.

– Há anos que quero acabar com o tráfico de escravos dos saltaranos – explicou a imperatriz. – Eles pagam os piratas por baixo dos panos para capturar navios, sejam omoisianos ou outros. E detesto que meus cidadãos sejam reduzidos à escravidão. Mas eles estão tão ricos com o monopólio do sal que zombaram das autoridades dos outros governos. Há algum tempo, um tritão veio me ver, pois eu tinha pronunciado um discurso muito claro contra a escravidão. Ele me fez uma proposta curiosa. Estava disposto a atacar a maior mina de sal dos saltaranos, roubar o tesouro e colocá-lo no mercado, para quebrar seu monopólio. Em troca me comprometeria a conseguir para ele armas que também funcionassem em um ambiente sem magia, como a Montanha Vermelha. Mandei Robin e V'ala para cobrir a operação. Eles foram pensando que estariam lá para prender o tritão, mas, na verdade, involuntariamente, eles estavam trabalhando para ele. Estava fora de questão que soubessem que só eram peões. Forneci ao tritão todos os elementos para que ele pudesse levar sua operação a cabo, sem que se pudesse descobrir a menor implicação entre nós.

Cal fez uma careta de aprovação.

– E foi o primeiro-ministro quem se encarregou da transação, é isso? Ou seja, ele é um tipo de... fusível. Se a senhora for acusada, não saberá de nada, mas ele pulará fora...

– Exatamente. Tiran'hico se ocupou de toda a operação. Ele foi estúpido o bastante para me roubar o documento, e agradeço a você por tê-lo devolvido a mim, isso deve mantê-lo quieto por algum tempo. Se essa história acabar bem, tenho a intenção de pedir uma moção para que as minas de sal sejam colocadas sob proteção internacional. Denunciarei imediatamente o tráfico de escravos que levou a esse ataque da mina e, com um pouco de sorte, os mercadores, apavorados com a ideia da falta de sal, vão aderir à minha proposta. E, se os mercadores aderirem, os governos aderirão. E poremos finalmente um ponto final numa prática inaceitável.

– Se entendi bem, não posso me vingar de Tiran'hico – interrompeu Eleanora com uma voz glacial. – Fui feita de marionete só porque ele lhe é útil? A senhora está compactuando com seu pior inimigo.

– Um dos grandes estrategistas terráqueos, chamado Sun-Tzu, escreveu um texto muito interessante sobre *A arte da guerra*, há dois mil e quatrocentos anos, que tive muito prazer em ler. Em especial, ele disse o seguinte: "Mantenha seus amigos próximos a você, e seus inimigos ainda mais próximos". Adaptei essa máxima ao meu império e estou muito bem. Tiran'hico sabe que desconfio dele, mas ignora até que ponto. O medo é um sentimento interessante, principalmente quando são os outros que o sentem...

Nessa hora, era exatamente o que Cal estava pensando. Ele não tinha medido o quanto a imperatriz era uma estrategista. Manipuladora. Arrogante. Mas muito inteligente. Tara tinha herdado essa inteligência. Cal esperava realmente que ela não precisasse usá-la dessa forma... Sem ter, infelizmente, muitas ilusões a esse respeito.

– Vou afastar você da corte durante algum tempo – decretou Lisbeth. – Só para acalmar um pouco as coisas com Tiran'hico. Minha herdeira ainda tem várias missões a cumprir no exterior. Gosto quando você está com ela. O fato de precisar protegê-la talvez a faça desistir de se meter numa loucura qualquer. Enquanto isso, jovem Ladrão, vou mandá-lo de volta para Lancovit. Tara o chamará quando estiver de volta. E para ter certeza de que você não vai cometer nenhuma estupidez para libertar sua amiga, vou despachá-lo de volta acompanhado por dois guardas bem enérgicos, com a ordem de não desgrudar de você até que seja entregue em mãos aos soberanos de Lancovit.

Cal quis protestar que não tinha a intenção de desobedecer, mas a imperatriz já tinha batido no chão com seu longo cetro de ouro. Dois enormes thugs chegaram correndo. A imperatriz transmitiu as ordens e Cal foi rapidamente algemado, e Lour'inho, seu Bicho de Estimação, sentiu uma coleira ser posta em volta do pescoço, do que não gostou nem um pouco, e eles foram mandados para Lancovit.

E, assim que ele chegou lá, todo envergonhado, entre os dois guardas, apareceu aquela que ele queria ver mais do que tudo no mundo: Tara.

17

Rápida viagem repentina até os saltaranos, ou: quando se tem uma magia superpoderosa, é melhor evitar toda sua potência, do contrário pode-se surpreender muita gente.

Fafnir grunhiu e apertou as machadinhas nas mãos, pronta para libertar seu amigo. Mas os thugs imperiais nem prestaram atenção a ela. Inclinaram-se respeitosamente diante da herdeira e não reagiram quando Tara pulou no pescoço de Cal. Lour'inho, o raposo de Cal, fez festinha. Cal pediu que aquelas ridículas algemas fossem retiradas.

– O que você já fez de novo? – perguntou Tara, olhando um dos thugs se inclinar para abrir as algemas e libertar o raposo.

Cal olhou para os indesejáveis guarda-costas e disse:

– Nada que eu não possa explicar – então, ele aumentou a voz. – Senhores, agradeço por essa encantadora viagem, mas a partir de agora é minha amiga, a herdeira, quem vai me levar com ela em sua bagagem. Vocês podem voltar para Omois, nós os encontraremos dentro em breve.

Os thugs interrogaram Tara com o olhar, e ela confirmou. Eles se inclinaram e foram embora. Ela estava impaciente para saber que tipo de façanhas o Ladrão tinha realizado para estar algemado.

E teve material bastante para não se decepcionar. E ficou com raiva quando soube que a imperatriz tinha utilizado Robin como um peão em uma operação ultraperigosa.

– Pelo menos ele não corre mais o risco de ser desmascarado – observou Pardal –, já que o tritão sabe quem ele é. Provavelemente não vai fazer nada contra Robin.

Tara apertou os punhos e seus amigos recuaram quando sua magia foi ativada involuntariamente.

– Mas detesto quando ela faz isso! Lisbeth pensa que pode dispor da vida de todo mundo impunemente... Isso é, é...

– ...normal – Cal interrompeu, com a voz suave. – Ela é imperatriz. Você sabe que nunca me interessei pela política. Mas ver sua tia fazer isso! Uau! É realmente edificante. Aprendo mais com ela em cinco minutos do que com horas e horas de leitura ou aulas magistrais dadas por nossos professores na universidade. Ah, Tara...

– O quê?

– Você pode apagar sua magia, por favor? Está assustando as pessoas.

Realmente, os fadaceiros que eles cruzavam no corredor ficavam paralisados vendo a luz ofuscante nas mãos de Tara e davam meia-volta mais do que depressa. Sensível ao seu humor furioso, o Castelo Vivo se adaptou à situação e logo uma enorme tempestade corria pelas paredes de pedra, enquanto um vento furioso descabelava seus habitantes. No seu quarto, o rei e a rainha suspiraram. Tara estava de volta, os problemas provavelmente recomeçariam.

A garota obedeceu, mas teve problemas para apagar sua magia, que era muito sensível à sua raiva e às vezes extrapolava um pouco. E, curiosamente, a onda de furor não diminuía, ao contrário, aumentava. Galante, no seu ombro, mal conseguia se segurar e tentava acalmá-la, inutilmente.

Tara fechou os olhos e, de repente, decidiu que não aguentava mais. Estava sem notícias de Robin já fazia muito tempo, sua tia o usava com um pouco mais de descuido do que deveria e, afinal de contas, ela tinha o mais forte poder do OutroMundo. Era hora de usá-lo.

Sem complexos, sem questionamentos. Sem se sentir culpada.

Ela ativou sua magia novamente, que brilhou ainda mais, dançando na ponta de seus dedos, como uma chama de um azul quase preto.

– Tara – Pardal a chamou –, mas o que é que você está fazendo?

– Vou para a Montanha Vermelha ver o que está acontecendo com meu namorado – ela respondeu, com uma voz ferina!

– O quê? Mas você não pode!

– Ahhhhhhhh, posso sim! – dava para sentir uma profunda irritação em sua voz. – Sempre fui uma menina muito boazinha, ajudo todo mundo, curo todo mundo, e agora cansei. Não tenho nenhuma obrigação de obedecer. Isso também é poder, não é mesmo? Dizer sim ou não. Pois bem, então digo "chega". Se eles desativaram os Transmitus, devo conseguir passar. Se não for o caso, a magia não funcionará e ficarei aqui. Vamos ver: Transmitus, agora estou na Montanha Vermelha, mova-se comigo!

Ela colocou todo o poder de sua magia na sua incantação, gritou, mais do que recitou. Seu poder se apoderou de Tara, que despareceu.

E, com ela, todo o castelo de Lancovit.

O Castelo Vivo apareceu brutalmente na frente dos elfos e dos saltaranos que estavam cercando a mina da Montanha Vermelha, provocando alguns ataques de coração.

É preciso admitir que um castelo que aparece de repente na sua frente, quando você não está esperando, é um choque. Principalmente quando acabou de ver uma mina inteira explodir e abrir o flanco de uma montanha que representa noventa por cento de seus rendimentos.

O Castelo Vivo providenciou imediatamente um campo de proteção azul transparente, pois ao ver aparecer tanta gente sem proteção, as t'sils amarraram seus guardanapos em volta dos pescoços inexistentes, gritando um "à mesa!" cheio de entusiasmo.

Em poucos segundos o escudo protetor foi atacado por furiosas crepitações. Os milhares de t'sils se imolavam e cintilavam ao morrer. Felizmente, contrariamente ao deserto profundo, não havia muitas t'sils nas redondezas da Montanha Vermelha, pois elas evitavam sua influência negativa. Assim, o Castelo Vivo conseguiu resistir ao assalto.

Tara hesitou, surpresa, contemplando a paisagem vermelha do deserto abrupto pelos imensos vidros do corredor.

– Pelos meus ancestrais! – Cal gritou. – O que foi que aconteceu?

– Creio que Tara acabou de transferir a totalidade do Castelo Vivo e seus jardins para os saltaranos – disse Pardal com uma voz calma, mas levemente histérica. – Ela estava certa. Eles tinham realmente reativado o Transmitus. Pena. Principalmente para nós.

– Caramba, Tara – Cal reclamou –, eu tinha pedido para me incluir na sua bagagem, não para trazer a cidade inteira junto!

– Não, não, Cal, nossa Tara deu mostras de moderação – observou Pardal, que tentava segurar uma crise nervosa de riso. – Ela deixou Trávia onde estava.

Eles se olharam e não puderam deixar de rir da situação. Quanto a Tara, não estava achando aquilo nem um pouco engraçado. O poder dela era… era enervante! Fafnir deu um sorrisinho. Maldita magia!

De todos os lados ouviam-se gritos de alarme e de pânico. O rei Bear e a rainha Titânia correram até Tara e a cercaram, assim como uma centena de cortesãos.

– Mas o que foi que você fez, minha jovem? – berrou o rei.

Tara, com o cérebro vazio, olhou para ele de cima, com um olhar desvairado, pois o irascível rei moreno e sua linda rainha eram mais baixos do que ela.

– Eu … eu só queria me encontrar com meu namorado – ela balbuciou.

Com os cabelos revoltos e a barba em desordem, o rei começou a praguejar.

– Mas, pelas entranhas de Bendruc, o Feioso, era necessário carregar meu castelo junto com você?

– Bom, não. Na verdade, isso não estava previsto. É estranho, mas tudo veio junto comigo.

– Me tranquilize, você tinha a intenção de voltar para Omois?

– Bem, sim.

– Então faça o favor de colocar meu castelo em seu devido lugar e volte para a sua casa! – urrou o rei.

Lágrimas brilharam nos olhos de Tara e começaram a escorrer por seu rosto. A rainha, maternal, tomou a garota em seus braços. Como Tara era muito mais alta que ela, ficava estranho, mas ela não estava nem aí. Titânia gostava de Tara, mesmo se seus feitos fossem meio estranhos.

– Vamos, vamos – ela disse à garota, dando palmadinhas em seu ombro. – Meu marido está passando por uma fase um pouco agitada. Ele não tem o costume de viajar. E isso o deixa nervoso. Acalme-se, minha querida, tudo isso não tem importância. Não chore mais. Sabe o que nós vamos fazer? Vamos encontrar seu namorado e depois vamos todos voltar para cas... para Lancovit. Pronto, tá bom assim?

– Sssim – disse Tara com um fiapo de voz. – Eu... sinto muito. Não sei o que deu em mim, de repente estourei, não deu para aguentar.

– Isso são os seus hormônios – disse a rainha. – Na adolescência, eles ficam completamente enlouquecidos, é infernal. Num minuto, nos sentimos os donos do mundo, o que faz nosso cérebro borbulhar. E no minuto seguinte temos tanta vontade de chorar que mais parece que somos um pano de chão usado, um verdadeiro trapo. Acredite, sei como você se sente.

Foi nessa hora que alguém bateu à porta do castelo. Uma delegação de elfos, protegidos por poderosos escudos antit'sils e por saltaranos extremamente desconfiados, diante de um castelo que tinha aparecido sabe-se lá de onde. Eles tinham vindo checar a identidade do invasor.

Em resumo: amigo ou inimigo?

E dentre eles estava Robin, que tinha reconhecido perfeitamente bem o castelo, e não estava conseguindo acreditar no que via. E também V'ala.

Tara se atirou nos braços do semielfo e precisou aguentar firme para não beijá-lo. Já que por ali havia pelo menos umas quinhentas mil pessoas olhando, ela evitou ceder ao seu desejo quase incontrolável.

– Tara, meu amor – gritou o semielfo, surpreso. – Você por aqui? Está tudo bem? Mas o que é que você fez?

Aquilo era irritante. Toda vez que alguma coisa esquisita ou impossível acontecia, todo mundo logo chegava à conclusão de que tinha sido arte dela. Bom, tudo bem, muitas vezes era isso mesmo, mas não o tempo todo, caramba!

Ela se soltou do abraço dele, enxugou as lágrimas e deu um suspiro.

– Eu só tinha vindo ver você, e o castelo veio junto. Mas não fiz de propósito!

– Você estava em Lancovit? Mas pensei que estivesse na Krasálvia! Eu estava pra lá de preocupado, porque não conseguia achar você, e depois tivemos um apagão completo e então nem ia conseguia ligar sem revelar meu disfarce.

Em volta dos dois, os cortesãos faziam comentários de preocupação ou de zombaria, esticando a orelha para ouvir o que os dois jovens estavam dizendo um para o outro.

– Eu também estava preocupada! E isso logo depois de me dizer que ia atrás de piratas sanguinários. Você precisa reconhecer que eu tinha motivos para me preocupar!

Eles se olharam sorrindo. Tinham se encontrado e de repente tudo ficava muito melhor.

– Você não está com uma cara muito boa – observou o semielfo, sem a menor sensibilidade.

Tara estava com o nariz vermelho e grandes olheiras escuras embaixo dos olhos.

– Passei por maus bocados – explicou a garota, que achava que o jovem elfo estava resplandecente, o que era um tanto quanto injusto afinal de contas. – Depois eu conto. E você, tudo terminado por aqui?

– Sim, já acertamos a história do tritão. Eu também conto tudo mais tarde.

– Vocês deveriam sair do nosso território – ordenou um grande saltarano de presas amarelas e hálito detestável. – Vocês não têm nada para fazer por aqui.

– Sim, Tara – Cal insistiu –, é verdade. Também acho que nós devemos ir embora desse lugar antes que os saltaranos declarem guerra a Lancovit. Você acha que ainda tem forças suficientes para fazer isso?

– Sim, sem problema, quer dizer, espero!

Na verdade, ela não estava se sentindo super em forma, mas, curiosamente, longe de estar tão cansada quanto deveria depois de uma peripécia daquelas. Outro fadaceiro qualquer teria ficado detonado. Ou morto. Estranho.

Todo mundo prestou a maior atenção no que ela disse. Unindo forças, eles conseguiriam trasladar uma quantidade significativa de coisas. Mas um castelo inteiro ser desmaterializado por um único fadaceiro, isso sim era novidade. O que queria dizer que, se Tara não conseguisse refazer sozinha sua proeza, eles iam ficar bloqueados por ali mesmo. O pobre do castelo já tremelicava inteiro, manifestando que não estava nem um pouco satisfeito com tudo aquilo. Ele sentia o chão se mexer embaixo do seu corpo de pedra e as t'sils tentarem penetrar por suas canalizações, e bloqueou todas as entradas.

Um fadaceiro passou aos berros. Ele estava tranquilamente no banheiro quando uma fileira de t'sils ia subindo pela pia, antes de ser parada a tempo pelo Castelo Vivo. O pobre sujeito acabava de ser fadado (com o perdão do trocadilho...) a sofrer de constipação crônica pelo resto da vida!

Eles o viram passar levemente surpresos, e em seguida Tara suspirou e tirou a estrela de Zendra, que colocou sobre o peito.

– Essa agora – Robin exclamou. – Você encontrou a estrela de Zendra? Mas onde? Como?

– Isso faz parte de tudo o que tenho para contar. Na vinda, não precisei dela, mas agora na volta vou recorrer ao poder de todos os fadaceiros aqui presentes – e aí ela falou mais alto. – Senhoras e senhores, nós vamos fazer isso todos juntos.

Isso era bem político. Na verdade, Tara sabia que tinha poder suficiente para fazer aquilo sozinha. Mas envolver todos os fadaceiros permitia uni-los a uma proeza, um ato louvável. Eles iam deixar de ficar nervosos e ficariam orgulhosos de ter feito aquilo com ela.

Por ordem do rei Bear, saltaranos e elfos deixaram o castelo. Só Robin e V'ala ficaram com eles.

Tara se apoderou do poder de todo mundo, e sua magia cresceu, englobou todo o castelo e seus jardins. Depois, com facilidade insolente, ela devolveu tudo e todo mundo ao exato lugar onde estavam antes de tudo aquilo, alguns minutos mais atrás.

Antes dessa proeza, os fadaceiros admiravam o poder inacreditável de Tara.

Depois, já não era só admiração, passou a ser respeito. O fato de ela tê-los incluído a todos em sua manobra produziu o resultado esperado. Criou-se o grupo dos que tinham "trasladado o castelo".

E, além disso, havia também os outros.

Os que não estavam de serviço naquele dia ou que tinham simplesmente "dado o cano", e que comiam os dedos de tanto nervoso.

Quando eles reapareceram, o tapete voador de Kyla estava sobrevoando o pedaço pelado de chão onde deveria estar o castelo e Xandiar estava tendo uma bela crise de nervos. Não somente sua princesa desaparecera, como o castelo também. Será que ele tinha sido bombardeado? Ou se tornado invisível? Fabrice também estava superpreocupado, porque tinha acabado de perder ao mesmo tempo sua namorada, sua melhor amiga e sua casa no OutroMundo. Em resumo, era o pânico total. Kyla e A'rno pousaram na corte assim que ela reapareceu, e correram para Tara, os dois falando sem parar ao mesmo tempo. Eles a beijaram como uma irmã que não viam há pelo menos vinte anos e a tocavam o tempo todo, para ter certeza de que estava bem viva e inteira. Eles também levaram um baita susto.

Xandiar, com o bigode tremelicando, não dizia nada. Dava para perceber que ele estava possesso, mas berrar com a princesa herdeira em público não ia ser lá muito bom para o futuro da sua carreira.

Apesar de ele não ter realmente muitos escalões para subir, pois na guarda imperial havia bem pouca gente acima dele.

Quanto a Fabrice, ele correu para Pardal e a beijou, não dando a mínima para o fato de todo mundo olhar para eles. Ao mergulhar seu olhar nos doces olhos amendoados dela, não pôde impedir de comparar os olhos das duas garotas. Pardal era tão bonita quanto Tara, num estilo menos flamejante. Mas o poder de Tara o atraía, como uma borboleta em chamas. Ele sabia que corria o risco de se queimar, de ser destruído. Mas não conseguia agir de outra forma. E deu uma olhada fulminante para Robin, que mantinha Tara abraçada a ele, sob os olhos verde-esmeralda de V'ala, tão furiosos quanto os dele.

– Tudo está em ordem – o rei Bear acabou por dizer –, mandem a multidão entrar, para que possamos explicar aos nossos concidadãos o que aconteceu aqui. Castelo, aumente seu pátio principal, por favor, e amplifique minha voz.

Realmente, cidadãos aflitos se comprimiam na frente da porta do castelo. Eles o tinham visto desaparecer, assim como todo o governo, e reaparecer alguns minutos mais tarde. O rei explicou calmamente que aquilo tudo tinha sido uma "experiência" que havia sido tentada. Sem entrar em detalhes. Os cristalistas lancovianos, percebendo nitidamente que era mais do que isso, quiseram saber mais, mas o rei simplesmente se recusou a fazer qualquer outro comentário. A notícia deu a volta em OutroMundo e os cristalistas de todos os países correram para Trávia.

Dizendo aquilo, o rei Bear tentara proteger e poupar Tara da melhor maneira possível. Mas sempre tem um linguarudo. E os cristalistas eram verdadeiros especialistas em subornar as pessoas, quer fosse em troca de alguma coisa, quer fosse para pagar créditos-mutação mesmo. E assim, rapidamente eles puderam trombetear para todo mundo que a culpada do desaparecimento-ressurgimento do Castelo Vivo tinha sido Tara'tylanhnem Duncan, herdeira do império de Omois.

E no salão de seu magnífico palácio, Lisbeth, imperatriz de Omois, suspirou e ergueu os olhos para o céu ao ver as notícias em sua tela de cristal. O que é que Tara já tinha aprontado de novo? E por que ela estava em Lancovit se teoricamente deveria estar na Krasálvia? Ela sorriu para a impressionante T'avila, rainha do Ar e das Trevas, poderosa soberana dos elfos, que tinha ido visitá-la.

– Ai, essas crianças! – ela exclamou.

A rainha do Ar e das Trevas abandonou por um minuto sua glacial maneira reservada de ser para revirar os olhos e confirmar:

– Ai ai ai ai, nem me fale! Se eu contar o que meu caçula aprontou!

Elas continuaram a conversa quando um oficial veio avisar a imperatriz que a herdeira estava de volta a Omois na companhia dos amigos.

Tara, seguida de Pardal, Cal, Robin, V'ala e Fabrice, entraram no salão do conselho, que estava cheio de gente, de cortesãos de todas as raças e de gente que tinha ido até lá pedir alguma coisa. Um murmúrio de aprovação acompanhou sua aparição faiscante, pois a trocadeira a vestira com um encantador vestido de alcinhas, nas cores púrpura e dourado, e que parava um pouco acima dos joelhos, acompanhado de elegantes sapatos de altíssimo salto agulha. Os omoisianos gostavam muito da jovem princesa e, contrariamente a ela, tinham orgulho de suas curiosas e impressionantes proezas.

Kyla e A'rno já tinham voltado para a Krasálvia, mas não sem prometer voltar rapidamente. Tara não sabia muito bem se aquilo era realmente uma boa notícia...

Ao ver que estavam diante da imperatriz, os olhos de V'ala e de Robin se arregalaram e os dois fizeram uma mesura, com deferência. E temor. A rainha elfa era conhecida por sua força, mas também por sua implacável crueldade, com a qual agraciava aos que a desobedeciam.

V'ala, sobretudo, estava bem pouco à vontade. Ela fracassara na missão que lhe havia sido confiada por E'rrátika, sua mãe, conselheira da rainha elfa: seduzir Robin para afastá-lo de Tara.

A imperatriz estava toda de preto, enquanto T'avila brilhava, como de costume, com sua estranha pele prateada. Seus longos cabelos, tão prateados quanto a pele, a envolviam como uma capa sedosa. Salpicado de plumas, de pérolas e de prata, seu vestido cintilava e sua coroa de ouro branco e diamantes envolvia sua testa alta. Seus olhos de prata estavam supercontornados com lápis preto, o que os destacava.

A rainha do Ar e das Trevas falou, e sua voz era como neve fresca escorrendo pelas costas.

– Gostaria imensamente de ouvir seu relatório, jovem elfa – ela disse a V'ala, enquanto lançava um olhar de pura fúria na direção de Robin, que continuava grudado em Tara.

Em seguida, como os dois elfos continuavam de cara virada para o chão, ela se virou para Lisbeth.

– Majestade, voltaremos a nos ver em duas horas.

Ela bateu contra o chão, houve um ensurdecedor trovão e um vento glacial varreu a plateia, e ela desapareceu.

– Uau! – Cal disse baixinho. – Ela é superboa com efeitos especiais!

Robin não disse nada, mas relaxou um pouquinho. Como de costume, seu amigo tinha o dom de pôr as coisas de volta no lugar. A rainha fazia tudo o que fosse necessário para ser impressionante, o que não significava que era preciso se deixar impressionar. Quer dizer, não demais.

A imperatriz decretou um conselho a portas fechadas e esperou pelo relatório de uns e de outros. Jar e Mara tiveram autorização para assistir ao comecinho da reunião do conselho.

Xandiar foi o primeiro a falar do ataque da Floresta, e sobre isso Lisbeth já tinha recebido um relatório completo. Senê estava fazendo uma pesquisa e achava que tinha encontrado uma pista.

Foi quase… imperceptível. E Tara poderia jurar que tinha sido a única que percebeu, mas Jar enrijeceu ligeiramente. Ela classificou o incidente num cantinho da cabeça e prestou atenção. Lisbeth preocupou-se por saber que os salvo-condutos de seu palácio podiam ser copiados com tanta facilidade, quando na verdade tinham como mesmo princípio o funcionamento dos créditos-mutação. Mas Xandiar, como Senê, era de opinião de que alguém os tinha roubado, e não copiado.

Na segunda parte da reunião, relativa às esmigalhadoras, Lisbeth mandou Jar e Mara saírem, para grande indignação do menino, que só sossegou quando Xandiar também precisou sair.

Depois que foi inteirada de todos os elementos que diziam respeito àquele assunto, a imperatriz fez os jovens jurarem que não falariam daquilo com ninguém, depois de confirmar que usara Robin e V'ala para ajudar o tritão. Tara, assim como Robin, não gostaram nem um pouco de saber que a imperatriz havia manipulado o jovem semielfo. E V'ala menos ainda.

– Vossa Alteza Imperial – ela protestou –, que vós não tenhais falado a Robin, posso entender, mas, e eu? Vós poderíeis ter me avisado! Assim eu poderia intervir se acontecesse algum problema. E aquele maldito do SangueNegro me tapeou, com a droga da poção, para me impedir de denunciá-lo.

A imperatriz franziu as sobrancelhas e V'ala fechou a boca na mesma hora.

– Vou ordenar que ele lhe dê o antídoto definitivo, jovem elfa, em vez desse que precisa ser aplicado uma vez por ano – Lisbeth prometeu. – Mas você precisa jurar que não vai comentar isso com ninguém, entendeu bem?

– Ninguém sabe onde ele está, Majestade – V'ala respondeu. – Na minha opinião, vai aportar em algum lugar para aproveitar o que recebeu.

A imperatriz deu um sorrisinho ambíguo.

– Isso é o que nós vamos ver. Assim que o encontrarmos, ordenaremos que a cure. Quais são seus projetos agora, minha querida? – ela perguntou a Tara.

Do tipo "Eu tenho provavelmente meio milhão de coisas para mandar você fazer". Tara se defendeu do ataque dissimulado.

– Por ora, preciso descansar um pouco por ordem dos chamãs – Tara respondeu. – Tropecei no mestre Olho de Lince quando voltei, e ele achou que eu estava um "pouco pálida", para repetir o que disse. Ele me auscultou rapidamente (no corredor, na frente de todo mundo, esses médicos realmente não têm o menor tato!) e disse que estou super, supermegacansada. E me prescreveu repouso durante pelo menos três dias.

Era o que faltava, três dias perdidos, diante das responsabilidades que ela precisava assumir. A imperatriz se inclinou, com ar preocupado.

– Então obedeça. Durma o mais que puder, mas não se esqueça de preparar o relatório escrito sobre tudo o que aconteceu na Krasálvia… sem esquecer nenhum detalhe, por favor.

A garota fez cara de conformada. Para escrever o tal relatório, ia precisar de no mínimo dois dias.

Quanto a Pardal, estava bem pouco à vontade. Tara não tinha dito nada à imperatriz sobre o anel, como se tivesse esquecido... Assim sendo, os vampirus provavelmente se encarregariam de fazer isso no seu lugar. Mas, mesmo assim a jovem lancoviana não gostava disso.

– Vossa Majestade Imperial – Cal interveio –, será que eu poderia ver Eleanora em sua cela, por gentileza? Gostaria de avisá-la que a herdeira está de volta.

A imperatriz o atravessou com o olhar, mas Cal estava com uma fisionomia decidida. Ela inclinou ligeiramente a cabeça. Sim, ele tinha sua autorização.

Tara decidiu acompanhar Cal, assim como Robin, Pardal, Fabrice e Fafnir. Pela primeira vez em muito dias, Tara sentia o peso do império sobre seus ombros ficar mais leve. Seus amigos estavam com ela. Tudo estava bem.

Ainda mais porque V'ala, obediente, os tinha deixado, para fazer seu relatório de atividades à rainha dos Elfos. *Yes!*

Durante todo o trajeto rumo à prisão, Tara não se cansou de olhar para Robin. Ele tinha crescido ainda mais e estava se tornando realmente magnífico. Livres da tintura que dava aos seus cabelos um tom uniforme, suas mechas pretas se destacavam contra a cabeleira prateada, tão suave. Quando Tara tocou seus cabelos pela primeira vez, até tremeu de levinho, de tanto que o contato daqueles cabelos em seus dedos foi sensual. Desde então, ela sempre lhe pedia que deixasse a cabeleira solta, só para poder passar a mão. Os olhos de cristal de Robin brilhavam de alegria olhando para ela, e ele caminhava todo orgulhoso, com os largos ombros bem eretos, dentro de suas roupas de elfo, nas cores azul e vermelho, e com o arco brilhando em suas costas.

Ela fulminou com o olhar duas cortesãs que quase engasgaram, devorando Robin com os olhos. Mas ficou tranquila logo depois, percebendo que ele nem tinha notado a existência delas.

Quanto a Robin, ele estava achando que Tara não estava com uma boa cara. Seu coração ficava apertado quando via o pesado tributo que a namorada era obrigada a pagar ao seu país. E que se danasse o protocolo, que se danassem os alarmes. Soltando a mão dela, ele passou o braço pelos seus ombros, feliz por sentir o calor do corpo da garota contra o dele. Surpresa, Tara se deixou puxar, achando um estranho reconforto no lado protetor de seu gesto carinhoso. Ela ergueu seu encantador rostinho para o semielfo, que aproveitou para roubar uma beijoca. Ao tocar aqueles lábios tão doces, ele esqueceu completamente que estavam andando, e os dois quase caíram de boca no chão.

Por sorte as sirenes não dispararam. Eles riram alto, por um minuto ao menos, despreocupados, voltando a ser os adolescentes que tinham o direito de ser, contentes por estarem de novo todos juntos.

Mais tarde, essa seria a lembrança que mais doeria em Tara. A que ponto tinham demonstrado diante de Cal sua felicidade.

Pois, quando os guardas abriram as portas, e eles atravessaram os corredores sinistros e pararam diante da cela de Eleanora, um terrível espetáculo os esperava.

Através das grades da parte superior da porta eles puderam ver El estendida na cama.

E em seu coração estava cravado um punhal.

18

A vingança, ou: como cometer um baita erro e se dar conta de que foi o último da sua vida...

Cal gritou com toda força, como um animal. Ele quis lançar sua magia contra a porta, esquecendo que ela não funcionava naquele lugar. Aflito, o guarda correu e abriu a cela. Cal pulou e, com um único gesto fluido, arrancou a adaga. Antes que tivesse tempo de falar, Pardal, que não dependia de magia para se transformar, tinha invocado em si a Fera e feito a mutação em um segundo. Ela pegou o corpo de El e correu para fora do campo antimagia.

Assim que saiu, lançou um Reparus.

Mas El ficou inerte. Sua pele, que normalmente era morena, estava pálida, seus longos cabelos negros pendiam sem vida, e nenhum movimento animava seu corpo vestido de couro de spalendital preto. Seus grandes olhos cinzentos não piscavam.

Tara, sob o choque, branca de terror, entendeu que tinham chegado tarde demais.

Os outros também tinham entendido, mas nenhum deles quis dizer isso para Cal, que ninava o corpo de El, suplicando para que ela voltasse a si. Ele chorava tanto que não conseguia ver o que, no entanto, era evidente.

Eleanora tinha partido, e nenhum Reparus ou Revivus no mundo a faria voltar.

A tristeza de Cal era tão grande, tão enorme, que ele sufocava, quase incapaz de respirar, com seu raposo traumatizado ao lado. O guarda tinha chamado o chamã, que se materializou na frente deles. Cal ergueu na direção dele um olhar cinzento encharcado de esperança. Seu rosto fino estava inchado pelas lágrimas e seus grossos cabelos negros espetados, apontando para todos os lados. Havia um pouco de sangue em seu colante de couro, tão parecido com o de Eleanora.

O chamã se inclinou e auscultou o corpo. Ele apertou a boca e se levantou, sacudindo a cabeça com pesar.

– O senhor vai salvá-la, certo, hein, vai salvá-la – Cal implorou, sufocando em seus soluços. – Ela vai sair dessa, não vai? Eu retirei a adaga, não tem muito sangue, acho que não atingiu o coração, e eu...

– Lamento, jovem fadaceiro, mas sua amiga está morta. Faz mais de uma hora. Não posso fazer mais nada.

– Nããããããããããããããão!

Cal caiu de joelhos, na frente do corpo inerte. Lour'inho gemeu de tristeza.

– Não, não é possível! Não, não quero! Eleanora! Meu amor, eu lhe suplico, acorde! Eu lhe suplico!

Tara chorava, transpassada pela tristeza de seu amigo. Robin também, apesar de isso ser difícil para os elfos. Pardal choramingava, Fabrice também, e até Fafnir segurava as lágrimas com dificuldade, fungando, para que elas não rolassem, dando tapinhas na machadinha de aço para não desmontar.

Era tão difícil. Eles tinham todos chegado perto ou enfrentado a morte, mas ela nunca tinha golpeado assim, de um jeito tão covarde.

Em silêncio, unidos na tristeza, eles cercaram o amigo.

Cal chorou, berrou, e eles ficaram.

Cal se levantou, bambeou e começou a vomitar. E eles ficaram.

Cal falou em morrer, e eles ficaram.

Durante toda a noite, até o amanhecer, eles ficaram com seu amigo e com o corpo de Eleanora, que foi colocado em uma sala onde sua família viria lhe dar adeus.

O pai e a mãe de Eleanora chegaram e a imperatriz decidiu lhes explicar por que sua filha tinha sido feita prisioneira.

Ela não soube explicar por que nem por quem El tinha sido assassinada.

Perder um filho é provavelmente a dor mais intensa, a mais atroz que pode existir, bem mais do que consegue imaginar quem nunca passou por isso. A dor dos pais de El reavivou a de Cal e de seus amigos. Foi mais difícil ainda.

Mas eles ficaram.

Por toda sua vida, Cal se lembraria do que seus amigos fizeram por ele naquela noite. Forjados pelo fogo da dor, os laços que uniam os adolescentes se endureceram, ficaram bem mais fortes.

E naquela noite Cal deixou de ser um jovem leve e despreocupado.

Pior, perdeu a inocência.

Pois, de manhã, quando ele aceitou, quando entendeu de verdade que ela nunca voltaria, seu cérebro destruído pela dor voltou a funcionar. Sem falar, sem nem ao menos olhar para o frágil corpo, ele foi para o laboratório da polícia científica do palácio, seguido pelos amigos e por seus respectivos Bichos de Estimação, em silêncio.

Os aparelhos zumbiam suavemente na grande sala de azulejos brancos. Luzes jorravam, de todas as cores, à medida que os funcionários do laboratório estudavam os indícios dos raríssimos assassinatos que aconteciam no país.

Muitos dos cientistas que trabalhavam ali eram camhbums, cujos dezoito tentáculos, alguns finíssimos e outros grossos e potentes, eram superpráticos para os mais diversos trabalhos. Um deles os levou para o local em que as provas eram guardadas, em levitação, dentro de um armário de madeira viva. O armário abriu um olho para reconhecer o funcionário e destrancou suas portas de trançado vermelho, sobre as quais cresciam flores e folhas, o que deixava enlouquecidos os cientistas, sempre obstinados em manter a atmosfera o mais estéril possível.

A adaga tinha sido selada em uma bolha de força, que a mantinha isolada do ar e de qualquer contato.

Ainda havia sangue nela.

Cal, sob o controle do funcionário, dissipou a bolha de força e pegou a adaga, com as mãos cuidadosamente protegidas. Ele a colocou sobre a bancada, inclinou-se, a examinou sob todos os ângulos, então a cheirou. Sacou uma garrafinha de seu bolso e fez escorrer um pouco de sangue seco para dentro dela. Então aproximou a língua da lâmina e provou.

O funcionário se assustou e protestou, mas Cal o ignorou e cuspiu a saliva na pia. Irritada, Tara ordenou ao camhbum que saísse, o que ele fez reclamando.

– Finha fentido o feiro. É preto de matamofca – disse Cal com dificuldade. – Mesmo fe eu tivefe confeguido tratar a ferida de El, zão poderia falvá-la. A lâmisa estava envezezada...

Como era meio difícil matar alguém no OutroMundo por causa dos Reparus e outros Revivus, os assassinos usavam bastante o preto de matamosca, extraído da seiva de uma planta rara, que só crescia nas planícies do Mentalir, no OutoMundo. Quando cozida, a seiva ficava preta, de onde seu nome. Ela paralisava as funções vitais e, se não se interviesse rápido, a morte vinha em alguns minutos.

Cal mostrou a língua, que tinha inchado e o incomodava para falar, e em seguida a adaga.

– E ifo é uma lâmisa de afafino. Conhefo of motivof. Vou encontrá-lof . Vou favê-los falar. E eles fão morrer.

Seu olhar começou a brilhar como brasa, pesado de ódio e furor. Nesse momento, Robin ou Tara, ou ainda Pardal, deveriam ter lhe dito: “Deixe os investigadores trabalhar, eles saberão achar os culpados, confie neles”.

Mas ficaram mudos. Eles entendiam a sede de vingança do amigo. Nem pensar em ficar em seu caminho.

Não era certo, não era ético. Nada traria Eleanora de volta nem diminuiria em nada a dor de Cal.

Mas era assim.

– Como podemos ajudá-lo? – Tara perguntou simplesmente.

– Se precisar das minhas machadinhas – confirmou Fafnir –, elas são suas.

Cal olhou para eles agradecido.

– Cubram-me – respondeu. – Vou prefivar de um bom álibi. Deve parefer que fiquei com vocêf.

– Muito bem. Quando?

Cal tirou um tipo de pó de seu bolso e pôs na língua. E sua voz já estava perfeitamente nítida quando ele disse:

– Hoje à noite. Começa hoje à noite.

Tingapur, capital do império de Omois, abrigava mais de dez milhões de habitantes. No centro da cidade, como uma aranha gorda em sua teia, erguiam-se o palácio vermelho e dourado da imperatriz e os escritórios dos funcionários.

Em volta dos escritórios havia os quartéis, que abrigavam os elfos e os guardas thugs, além dos parques, imensos, e finalmente a cidade propriamente dita.

As antigas muralhas tinham sido rapidamente engolidas pela expansão da cidade, pois, com os tapetes voadores e outros dispositivos, nenhuma muralha era mais uma garantia de segurança.

A cidade era barroca, cheia de casas suntuosas que apareciam ou desapareciam conforme a vontade de seus proprietários. O bairro dos alquimistas era sempre coroado de grossas nuvens de fumaça negra, e suas ruas percorridas por um monte de gente com o cabelo "explodido", olhar vidrado, murmurando: "Não devia ter colocado essa pitada a mais"...

Inútil dizer que o bairro dos carpinteiros e o dos vidraceiros ficavam bem perto um do outro.

O bairro dos telheiros também, em vista da quantidade de telhados que saíam voando por ali...

Cheiros estranhos emanavam do bairro dos criadores de poções e às vezes os animais e os pássaros mudavam de cor ao passar pelas fumaças que saíam das chaminés.

Quando não acontecia nada de pior ainda.

E era totalmente perigoso aventurar-se pelo bairro dos armeiros. Eles sempre inventavam armas estranhas, que nem sempre sabiam parar.

O bairro dos assassinos era vizinho ao dos advogados e dos chamãs.

Tara realmente ficou surpresa quando descobriu que existia um bairro dos assassinos. E ainda mais num planeta onde os Dizedores de Verdade eram capazes de ler os pensamentos das pessoas mais depressa do que um fã de Harry Potter encontrando um livro inédito...

Era como se na Terra existisse um bairro de matadores de aluguel.

Aparentemente, isso não incomodava os assassinos, que evitavam cuidadosamente encontrar seus mandantes e preferiam passar por dois, três e até cinco intermediários. Era necessário muito tempo e dinheiro para fazer o caminho de volta e identificar a fonte.

Muito tempo e dinheiro, ou um ódio tão feroz, tão sólido, que fosse capaz de localizar os elos da corrente um a um.

Naquela noite, a cidade se arrepiou e tremeu.

De manhã, foram descobertos cinco corpos terrivelmente torturados. Quatro eram bem conhecidos, como intermediários. O quinto era de um assassino. Um homem inteligente que tinha conseguido subornar os guardas certos, no lugar certo, para ter acesso à cadeia. Isso não o impediu de morrer em atroz sofrimento.

Na noite seguinte, morreram dois guardas.

A corte começou a ficar nervosa. Porque os dois corpos foram encontrados nos quartéis, dentro dos muros do palácio imperial. Xandiar, que já estava louco de raiva por descobrir que seus guardas tinham deixado passar um assassino, reforçou a proteção da família imperial.

Na noite seguinte, três dias depois do assassinato de Eleanora, não aconteceu nada. De manhã, a corte, aliviada, achou que a tempestade tinha passado.

Tara também achava, com o coração apertado, obrigada a passar suas noites fazendo de conta que estava conversando com Cal, enquanto o jovem Ladrão Patenteado exercia uma vingança tão sangrenta quanto implacável.

– Lembre-me de nunca deixar você aborrecido comigo – murmurou Fabrice observando o amigo, que acabava de se juntar a eles na casa de Tara, mais precisamente na sala de jantar de sua suíte, para o café da manhã.

Robin, Fafnir, Tara e Pardal também olharam para o jovem Ladrão.

Ele estava pálido e seus olhos cinzentos marcados por grossas olheiras negras. Dava a impressão de que ele tinha dormido dentro das suas roupas pretas, ou melhor, que não dormia há muito tempo. E que também não tinha se alimentado. Seu rosto emagrecido dava-lhe a aparência de um lobo. E seu raposo, Lour'inho, parecia ter crescido, encorpado, como se tivesse se transformado, alimentado pela fúria do dono. Ele tinha agora o tamanho de um cachorro grande.

Alguma coisa tinha mudado depois que eles se separaram na noite anterior. E Cal continuava em silêncio.

– Então? – Fafnir acabou soltando. – Todo mundo só fala dos assassinatos das duas últimas noites. Você descobriu alguma coisa?

Não era mais raiva que assombrava os olhos de Cal, mas confusão. Ele pegou um pedaço de pão, passou manteiga de balbuna e geleia de miam-miam, sem apetite de verdade. Lour'inho dividiu com prazer o filé alto que Shiba, a pantera de Pardal, lhe ofereceu. Ele estava com fome.

– Não... não sei direito – hesitou o jovem Ladrão. – Todos falaram, mas a pista me leva a alguém que... Não é possível, não é lógico.

Tara se ergueu, preocupada. Ela não estava gostando nem um pouco da expressão no rosto de Cal. E uma horrível suspeita cutucou a ponta de seu nariz.

– Não... A imperatriz? Ela não teria...

– Não, não, ela não. Mas de certa maneira é pior, porque tem a ver com você.

Tara ficou atenta. Muito atenta. E curiosa para saber como poderia estar implicada no assassinato de Eleanora.

– A ver comigo? Por quê? – ela perguntou em tom firme.

Pela primeira vez, desde que Cal começara seu sinistro trabalho de vingança, sua voz vacilou.

– Porque todas as pistas levam a Mara, sua irmã.

Mara, criada por Magíster, o cruel sanguerraba. Mara, que tinha sido chicoteada mais de uma vez porque o tinha desagradado e que conhecia a dor e a vingança. Mara, que entendia o poder e sabia como tomá-lo. Mara, que certamente não recuaria diante de um assassinato para se apropriar do que quisesse.

Mara, que ficou devastada quando entendeu que o rapaz que mais admirava no mundo, que ela idolatrava, estava apaixonado por Eleanora.

Sim, era possível. Eles se olharam. Todos tinham chegado a essa mesma conclusão.

– O que você vai fazer? – Pardal perguntou suavemente.

– Se foi ela que encomendou o assassinato de El – Cal respondeu rudemente –, ela tem que morrer! Jurei aos ancestrais de Eleanora que seu assassino seria castigado.

– Você não pode matar minha irmã! – Tara exclamou, os olhos arregalados.

Selvagem, Cal se virou para ela, fazendo-a recuar.

– Ah não? Se ela for culpada, terá ela hesitado em plantar uma faca no coração de El?

– Ela só tem treze anos – lembrou Fabrice, franzindo as sobrancelhas. – Não vejo bem como ela teria acesso a assassinos, e tudo isso me parece bem orquestrado demais para uma menina tão jovem.

– Tara tinha a mesma idade, era até mais jovem quando teve que enfrentar Magíster e os demônios – Cal retrucou. – Além disso, não se esqueça de quem criou Mara. O que não entendo é por quê.

Agitado, ele se levantou e começou a andar de um lado para o outro na suíte de Tara, onde ainda estava o que tinha sobrado do café da manhã. O carpete afundava sob seus passos coléricos e ele se destacava da brancura virginal do cenário como uma sombra negra e furiosa.

Atrás dele, um buquê de kruses escarlates mais pareciam uma auréola sangrenta. Muito apropriado.

– Porque ela é maluquinha por você – Fabrice respondeu. – Você nunca percebeu? Essa é a maior fofoca da corte há dias. Parece que ela não para de falar de você. Se ela fosse Magíster, mataria sua concorrente. Mas, repito, ela só tem treze anos. Não acredito nisso.

Robin também não acreditava.

– Ela não é a única a ver em Eleanora uma inimiga – ele disse lentamente. – Quem mais poderia a querer mal?

– A imperatriz – assinalou Cal sombriamente, ainda surpreso pela afirmação de Fabrice a respeito de Mara. – E Tiran'hico também. Inclusive, achei que seria ele que encontraria na ponta da corrente. Mas o último, o que viu o mandante, descreveu uma menininha morena, com uma mecha branca e olhos castanhos, que parecia odiar Eleanora.

– O que vamos fazer? – Pardal perguntou, perturbada.

– Vocês? Nada. Eu vou ver Mara e...

– E o quê? – Tara perguntou friamente. – Você também vai torturá-la e lhe cortar a garganta como os outros? Mara não é idiota. Ela certamente não o deixará nem chegar perto.

– Você está completamente errada, minha querida irmã – alardeou uma voz atrás dela. – Porque tenho a firme intenção de descobrir o f.d.p. que me usou para cometer um assassinato.

Tara se virou. Parada na entrada da suíte estava Mara, bem na frente de todos, dentro de seu traje de Ladra Patenteada, que lhe dava um ar austero e grave. Bom, ali pelo menos a menina parecia mesmo brava.

Ela andou na direção de Cal, que empalideceu. Então ele fez um gesto desenhando um círculo em seu coração, arregalando os olhos.

– A Honra do Coração. Sabe o que isso significa se você mentir?

– Sim, se eu mentir sob esse juramento serei destruída. Mas é a honra dos Ladrões Patenteados que está em jogo. Não somos assassinos, mesmo que você esteja tentando provar o contrário ao mundo todo.

– Você está informada sobre as suspeitas que pesam sobre você? – Tara quis saber, tentando trazer o máximo de luz sobre o caso. – Como?

– Não sabia. Só ouvi meu nome ao entrar na sua suíte, mas estava sob Camuflus, vocês não podiam me ver.

– Você anda em Camuflus? No palácio? Mas por quê?

– Tiran'hico parece acreditar que toda a família está correndo grave perigo. Ele pediu para que minha guarda fosse duplicada, mas os novos guardas não são lá muito espertos. Foi bem fácil despistá-los, graças ao Camuflus. Vim ver se Cal precisava de mim, e, sem saber se ele aceitaria me ver novamente, preferi forçar a porta.

Tara olhou para a porta, pensativa.

– A porta não anunciou você.

– Eu sei, os sistemas de segurança não são lá essas coisas. Nada que não seja contornável. Você deveria tomar cuidado. Eu estava vindo dizer a Cal que ele pode contar com minha ajuda. Obviamente, não sabia que seu alvo era eu...

A amargura em seu tom de menininha mostrava como estava magoada.

Cal, dando um gelo, não disse nada. E Lour'inho grunhiu. O raposo estava esgotado e não gostava muito de Mara.

– Não sei quem é o culpado – ele acabou respondendo –, serei então honesto com você. Se for você por trás disso tudo...

Mara fez uma careta.

– Eu bem que pensava em me livrar de Eleanora.

O rosto de Cal endureceu mais um pouco.

– Mas – Mara continuou –, não exatamente desse jeito. Eu só imaginava pedir à nossa tia para enviá-la em missão a algum lugar, por uns dez meses, tempo suficiente para você esquecê-la.

Ela se ajoelhou de forma graciosa na frente de Cal. Fascinados, Tara e seus amigos se inclinaram na direção dela. Com uma ordem seca, Tara expulsou os effrits que tinham servido o café da manhã e acabado de se materializar para tirar a mesa. Os servidores de cor púrpura e dentes pretos e afiados fizeram uma mesura e desapareceram. Mara aguardou um instante e declarou:

– Pela Honra do Coração, Caliban, declaro que não sou culpada do assassinato do qual me acusam, e que também não fui sua mandante...

Uma brusca luz azul a envolveu e então se dissipou. Cal relaxou um pouco.

– Você teria sido morta na hora se tivesse mentido. É perigoso invocar a Honra do Coração.

Tara teve até um soluço, espantada. Quando Mara disse que seria destruída, Tara pensou em "nocauteada", e certamente não "desintegrada". A menina brincava com a própria vida. Nada bom, nada bom mesmo.

– Mas meu coração é puro, Caliban – sua irmã retrucou. – Não matei ninguém... Enfim, não recentemente, e com certeza não Eleanora. No entanto, Tiran'hico sabia que eu a odiava, ele me surpreendeu chorando no corredor depois da história do IncCadeado, e lhe contei tudo. Dissimular a própria identidade não tem nada de difícil. Também posso me transformar.

E, em alguns segundos, um falso Tiran'hico se encontrava na frente deles. Tara e seus amigos o observaram com atenção. Era impossível diferenciá-lo do verdadeiro. Exatamente o mesmo gordo careca de pele avermelhada e ar arrogante.

– Você tem razão, Mara – Cal acabou admitindo –, eu lhe devo desculpas. E volte a ser você mesma, não suporto a imagem desse bruuik.

A menina obedeceu.

– O que você teria feito se eu não tivesse vindo vê-lo para lhe trazer minha ajuda? – ela perguntou.

– Não sei – ele respondeu honestamente. – Teria provavelmente tentado chegar até você. Não... não teria matado você sem uma explicação.

– Obrigada – Mara respondeu com certa ironia –, é muita bondade sua. Talvez Tiran'hico tenha feito bem em me dar seus próprios guardas, afinal, ele...

– Pare – Tara disse subitamente –, o que você acabou de dizer?

– Eeeeh, que Tiran'hico tinha feito bem em me dar dois guardas para me proteger de Cal...

– Tara concordou com a cabeça.

– Sim, evidente, eu deveria ter pensado nisso. Mara, você pode chamar sua guarda, mais especificamente os thugs de Tiran'hico, e lhes dizer para virem para cá, por favor? Cal, vá se esconder na sala ao lado com Lour'inho, quero fazer um teste.

– Por quê? – reclamou o Ladrão, que não gostava quando Tara tinha ideias, ainda mais quando o cobaia era ele.

– Para verificar uma intuição. Por favor.

Mara soltou a bola de cristal e chamou seus apavorados guardas, que a procuravam por todo o palácio. Alguns instantes depois, a porta anunciava os dois guardas de Mara.

Eles pareceram realmente aliviados ao ver a menina.

De repente, Cal apareceu na frente deles e eles tiveram uma reação incrível. Sem o menor aviso, como se fossem um só, sacaram suas bestas e atiraram.

As flechas atravessaram Cal, que desmoronou.

Tara fez um gesto e a ilusão se dissipou. Fabrice, sob sua forma de Lobo, e Pardal, sob sua forma de Fera, desarmaram os thugs, que ficaram de costas para a parede antes de entender o que estava acontecendo com eles.

Então Cal saiu da segunda sala e se plantou na frente deles.

– Vocês fazem parte da guarda privada do primeiro-ministro, é isso?

Os dois guardas engoliram em seco, mas não ousaram responder, diante do furor que emanava do adolescente. Tara avançou e ativou sua magia. Suas mãos se iluminaram de fogo azul-escuro. Os dois guardas tentaram se afundar na parede. Sem sucesso.

– Não quero usar meu poder – disse a herdeira em voz doce –, mas não hesitarei se vocês não responderem. AGORA, JÁ!

Ela tinha berrado as duas últimas palavras, e os thugs tremeram.

– Sim, sim – balbuciou um deles. – Não é segredo. Fomos destacados da guarda do primeiro-ministro para proteger a jovem irmã da herdeira. Quer... quero dizer, vossa jovem irmã, Vossa Alteza Imperial.

– Bem. E aparentemente suas ordens eram de atirar em Caliban Dal Salan assim que o vissem. Por qual motivo?

– O primeiro-ministro suspeitava que o Ladrão estivesse por trás da matança ocorrida na cidade nos dois últimos dias. Então nos disse que pensava que Sua Alteza Mara tinha meio que encomendado o assassinato da amiga de Caliban Dal Salan e que ele iria se vingar.

– Ele contou tudo isso a vocês? – Mara ironizou. – Não consigo nem imaginar o primeiro-ministro, sempre tão lacônico, fazendo confidências sobre suas impressões.

– Ele está dizendo a verdade, Vossa Alteza Imperial, interveio o segundo guarda, nós também ficamos surpresos, mas as ordens de mestre Tiran'hico foram muito claras, tínhamos que neutralizar o Ladrão Patenteado – ele apontou Cal com a cabeça –, antes que ele fizesse mal à irmãzinha de nossa herdeira.

Seu tom era sincero, ele não estava mentindo. Cal estalou os dedos e deu um sorriso glacial.

– "Neutralizar", hein? Vocês têm um jeito interessante de "neutralizar" as pessoas. Tiran'hico acabou de assinar sua sentença de morte. Era ele, então, que estava por trás daquilo tudo. Formidável, prefiro muito mais cortar a garganta dele do que a sua, Mara.

– Obrigada – ela respondeu friamente –, eu também estou muito feliz. Bom, estou cheia de coisas para fazer, vou deixá-los.

E, antes que Cal tivesse tempo de reagir, ela tinha sumido.

Tara obrigou os dois guardas a segui-la, entrou em contato com Xandiar e eles compareceram diante da imperatriz, para lhe explicar o que tinha acontecido. As sensitivas, árvores magníficas plantadas no mármore do corredor, sensíveis ao humor deles, foram ficando marrons, acompanhando a progressão do relato deles.

E, nas pegadas de Cal, elas se tingiam totalmente de preto.

Lisbeth estava presidindo uma audiência imperial em seu trono de ouro, acima do qual ficava o brasão de Omois, o pavão púrpura com cem olhos de ouro. A maravilhosa jovem senhora estava de vermelho nesse dia, seus longos cabelos escorrendo como um rio de sangue até seus pequenos pés calçados de sandálias de rubi. O que Tara achou pra lá de apropriado ao humor do momento.

Eles se inclinaram na frente dela, enquanto ela esperava pacientemente o próximo queixoso, e pediram uma audiência privada, que lhes foi concedida imediatamente. As portas se fecharam sobre os protestos dos cortesãos e particularmente dos centauros, cuja vez de ser atendidos tinha chegado finalmente.

Os dois guardas, lamentando-se, explicaram o que lhes tinha sido ordenado pelo primeiro-ministro. Lisbeth olhou para eles como se fosse transformá-los em minhoca, mas contentou-se em dispensá-los, antes de transferi-los para a guarda de Xandiar para que aprendessem a diferenciar obedecer às ordens e obedecer a ordens criminosas.

Quando saíram, Cal foi franco. Ele explicou tudo que tinha feito e como utilizara Tara como álibi, enquanto perseguia o assassino de Eleanora.

A imperatriz apertou os lábios. Não via graça nenhuma em alguém assassinando e torturando seus súditos. Mas reconhecia a Cal o direito de obter vingança. E, quanto aos homens que ele tinha eliminado, só colheram o que haviam plantado afinal de contas.

Os costumes de Omois eram diferentes dos da Terra, e às vezes Tara pensava que o OutroMundo era bem mais selvagem do que parecia. Ela pegou a mão de Robin, que a apertou em silêncio. Não gostava do que esse planeta estava fazendo com Cal. Infelizmente, tanto na Terra como em OutoMundo, a vingança era um aspecto inerente à natureza humana.

E, em todo caso, ela só deixava arrependimento e dor.

Enquanto ela pensava, a imperatriz tinha chamado um effrit e dado ao espírito voador ordens que eles não ouviram. Este se inclinou e desapareceu.

– Onde está o primeiro-ministro? – Cal perguntou.

– Acabei de lhe dar ordens para que se mantenha em seus aposentos, fortemente vigiado, jovem Ladrão. E não há a mínima chance de você chegar perto. Ainda preciso dele. Então não ponha suas mãos em cima daquele esqueleto, está claro?

Cal se contentou em olhar para seus olhos cinzentos e frios, mas a imperatriz não cedeu. Ela não sabia abaixar os olhos, mesmo reconhecendo perfeitamente que o que fazia estava errado.

– Não vou desistir, e a senhora sabe disso – Cal anunciou suavemente. – Esse assassino não pode viver depois do que fez.

Robin se enrijeceu. Era perigoso confrontar a imperatriz. Pardal ficou pálida de angústia e, como Tara, apertava com força sua mão... enfim, a pata de Fabrice, que não tinha se retransformado. Quanto a Fafnir, apertava sua machadinha. E todos ficavam imóveis, esperando o castigo. Não demorou.

A imperatriz sacudiu sua cabeça de longos cabelos vermelhos e suspirou:

– Não duvido um instante, jovem Ladrão. É o motivo pelo qual você está expulso de nosso país para sempre. Essa ordem terá validade imediatamente após a Diluição de sua amiga. Você terá o resto do OutroMundo para exercer seus talentos. Aqui se acabou.

Cal não piscou. Inclinou-se novamente, virou as costas para a imperatriz e se preparou para sair.

Então, um guarda irrompeu na sala, com o rosto vermelho e suado.

– Sua Majestade, Sua Majestade!

Lisbeth se levantou, pressentindo problemas.

– O quê? O que aconteceu?

– O primeiro-ministro, Sua majestade! Ele se preparava para partir em viagem ao interior, no pátio do palácio, como a senhora tinha ordenado, quando foi tomado por um acesso de tosse. No espaço de tempo que levou para chamarmos seu chamã pessoal o ministro estava morto! Envenenado por matamosca aparentemente.

Todos os olhares se viraram para Cal.

O rapaz levantou as mãos em sinal de protesto.

– Não tenho nada a ver com isso. Estava aqui com vocês. Não consigo me desdobrar, não sou um snuffy, quero lembrá-los. Além disso, a senhora tinha acabado de me dizer que Tiran'hico estava em seus aposentos, e não de saída.

Ele lançou um olhar agudo para a imperatriz, que não demonstrou nenhum remorso por ter mentido.

– Além disso, não sou provavelmente o único a querer a morte de Tiran'hico

– Espero não ficar sabendo que você tem algo a ver com essa morte – ameaçou a imperatriz –, porque se não...

Tara a interrompeu:

– O exílio não é mais necessário, minha tia, já que o problema foi resolvido. Posso guardar Caliban Dal Salan comigo após a Diluição?

Tara não queria perder seu amigo de vista, pelo menos por enquanto.

De mau humor, a imperatriz hesitou, então deu seu "de acordo". Cal se inclinou novamente para agradecê-la e eles saíram, cruzando a multidão de cortesãos, que ainda esperava a retomada das audiências.

Os cristalistas se jogaram sobre Tara para entrevistá-la sobre o que ela pensava da morte súbita do primeiro-ministro, e tiveram que se contentar com seus lacônicos "sem comentários". O fato de eles já estarem informados, o primeiro-ministro tinha acabado de falecer, mostrava a que ponto era difícil guardar segredo no palácio.

Eles estavam indo para o local onde o corpo de Eleanora estava sendo mantido, quando de repente Cal suspirou e relaxou, como se um peso enorme caísse de seus ombros.

– Agora – disse ele sombriamente – vou poder chorar Eleanora. Sua honra foi vingada. Seu assassino está morto.

E com o rosto contorcido pela dor que se tinha forçado a represar durante aqueles últimos três dias, continuou a andar com passos pesados, tão diferente do seu habitual andar leve. Seus amigos o cercaram, preocupados em lhe dar apoio.

Tara não estava nada satisfeita. Ela gostaria de ter interrogado Tiran'hico. Não é porque ele tinha tentado se livrar de Cal que necessariamente era culpado do assassinato de Eleanora. Tudo bem, ele encabeçava a lista, mas a garota tinha aprendido que no OutroMundo nada era garantido para sempre. Ela não disse nada a Cal, mas decidiu que assim que tivesse tempo ia xeretar as atividades de Tiran'hico. Agora que ele estava morto, daria para ter acesso a todos os seus arquivos.

No caminho, cruzaram com Mara, que mostrava um ar extremamente satisfeito. Tipo "o gato que acabou de comer o canário do vizinho". Era quase possível ver as penas amarelas virtuais nos cantos de sua boca.

– Tiran'hico morreu – Fabrice lhe disse.

– Ahh! Eu sei – ela respondeu alegremente.

Fabrice franziu as sobrancelhas.

– Como assim você sabe?

– As boas notícias andam rápido nesse palácio. Cal, como é que você está?

Ela viu o rosto de Cal e seu sorriso derreteu como uma bola de neve no inferno. Cal não respondeu, e continuou a andar na direção do local onde foi conservado o corpo de Eleanora para a Diluição. Por respeito pelo sofrimento dos pais de Eleanora, e porque o assassinato tinha ocorrido em seu palácio, a imperatriz tinha confirmado oficialmente sua decisão de proceder à Diluição do corpo no parque imperial, onde repousavam todos os imperatores, imperatrizes e imperatores de Omois.

Era uma honra imensa.

Mara o seguiu, silenciosa dessa vez. Não entendia a tristeza do rapaz, mas a respeitava.

– Eu ficaria louco se você morresse, meu amor – Robin murmurou no ouvido de Tara.

– E não quero nem imaginar o que sentiria se isso acontecesse com você. Mas nossos laços são bem mais fortes do que os que Cal e El possuíam. Ela estava obcecada demais por Tiran'hico para perceber que Cal era loucamente apaixonado por ela.

– Oh, você quer dizer como você com Magíster? Tive que fazer um monte de proezas para que você me notasse, em vez de ficar obcecada por aquele horrível sanguerraba.

Apesar de sua tristeza por Cal, Tara abafou uma leve risada. Ela fez um suave carinho no nariz perfeito de Robin.

– Mas eu já o tinha visto, semielfo. Qual moça poderia resistir a tanta beleza? Acho inclusive que é injusto que um rapaz seja tão bonito, isso deveria ser proibido.

Robin fez uma careta, ficando vesgo e revirando os olhos.

– E assim, melhorou?

Dessa vez, Tara teve que morder a bochecha para não ter um acesso de riso, e deu um leve beijo na boca viril de Robin.

– Gosto muito quando você fica estrábico, meu querido. As meninas vão pensar que você é maluco, e com um pouco de sorte não chegarão perto de você.

– Mas é isso mesmo, Tara, sou maluco por você, e isso é um mal incurável.

Tara perdeu a vontade de rir, com o coração subitamente apertado.

– Tenho medo – ela disse.

– Medo? De quem?

– De perder você. E de ficar magoada, como Cal. Não... Não é como na Terra. Aqui tudo é mais violento, mais perigoso.

Robin reduziu o passo para deixar o grupo se distanciar um pouco. Ele não concordava.

– Você poderia ter nascido em Bagdá, na Terra, e ser morta por uma bomba ou um míssil. Poderia ter nascido em Angola ou na Nigéria e ser morta por causa de um pedaço de pão ou por um território. Ou mesmo em Nova York ou São Francisco e ser morta por cem dólares. Seu planeta é bem menos pacífico do que o meu, acredite Tara. Vi suas reportagens, vi suas crianças morrerem de fome na África e outros mendigarem nas ruas de Paris e de Londres. Graças à magia, não temos isso aqui. Não seja injusta. Perigo existe em todo lugar. Sendo a herdeira de Omois, você está certamente mais exposta. Mas pode fazer como muitos imperatrizes e imperatores e ter um reinado longo e tranquilo.

Tara quase lhe falou sobre *O livro negro dos sombrios segredos de Omois*, que tinha revelado a ela que os reinos dos imperatores de Omois tinham sido tudo menos tranquilos, mas acabou desistindo. Aquele era um segredo omoisiano, e ela não tinha o direito de revelá-lo sem perguntar primeiro à sua tia.

– Sabe o que é terrível nessa história toda? – ela perguntou.

Robin percebeu que ela tinha mudado de assunto e estava falando de Eleanora.

– Não – ele respondeu dócil.

– É que estou terrivelmente triste por Cal e desolada por Eleanora. É horrível morrer tão jovem, mas no fundo não consigo sentir mais do que isso. Não a conhecia muito bem e não gostava muito dela. Ela fazia Cal sofrer, e odeio que façam meus amigos sofrerem...

Robin sorriu. Sua orgulhosa Tara protegia sua Taragangue com unhas e dentes. Ele achava isso o máximo.

– Assim que tivermos acompanhado Cal, voltamos à sua suíte – ele propôs –, eu bem que gostaria de um carinho, e se lhe fizer um agora, sua tia vai me achar uma missão impossível a dez mil tatrolls daqui...

Tara sorriu. Eles tinham encontrado um *modus operandi* e determinado o que podiam e não podiam fazer. E também os limites de tolerância dos alarmes.

Quer dizer, principalmente Robin, que tinha, em matéria de educação sexual, muito mais bagagem do que Tara. E às vezes era tão... perfeito, que Tara dizia a si mesma que nunca aguentaria até os dezoito anos.

Era a data que eles tinham se fixado.

Robin não entendia nem um pouco por que Tara não queria fazer amor com ele (enfim, tirando o fato de que era vigiada vinte e seis horas por vinte e seis, é claro). A palavra "besteira" não estava muito longe do que ele pensava sobre esses costumes terrestres. Para ele, dois seres se conheciam, se amavam e, se desse certo, ótimo, se não, azar, o universo estava cheio de outros parceiros possíveis.

Mas, mesmo achando que sua tia era ridícula, ela tinha sido muito firme neste assunto. Para Tara, fazer amor com um rapaz era um compromisso. Não era só um ato qualquer como os outros, tipo comer ou respirar.

Era Importante. E o que é Importante tem que ser respeitado.

Robin já tinha anotado um certo número de coisas rotuladas de "Importantes". A família de Tara era "Importante". Ele era, graças a Deus, "Importante". A Taragangue era "Importante". A lealdade era "Importante", e a palavra dada também era "Importante". Superimportante mesmo.

O resto era nebuloso.

Eles deixaram Cal, a seu pedido, a sós com Eleanora. Eles o encontrariam mais tarde, à noite, para a cerimônia.

Para seu grande desapontamento, Pardal, Fafnir e Fabrice foram com eles até os aposentos de Tara. Não entenderam que os dois namorados queriam ficar sozinhos.

Mas, como eram muito bem-educados, Tara e Robin não deixaram nada transparecer, felizes, apesar de tudo, por encontrar seus amigos em outras circunstâncias que não sangue/choro/dores. A tarde de calma triste fez bem a todos eles, mesmo que a frustração de Robin tivesse chegado no máximo, a ponto de Fabrice achá-lo "nervoso".

À noite, eles foram buscar Cal, ainda na sala de pré-Diluição. Ao contrário dos dias que se tinham seguido à morte do príncipe Bandiu, tio da imperatriz, o palácio todo não estava mergulhado na escuridão. A morte de Tiran'hico também não era motivo para funerais nacionais, pois todos souberam que o gordo tinha sido diluído quase às escondidas, com a presença de seus familiares próximos. Não que Tiran'hico não fosse amado, afinal ele era primeiro-ministro, mas o que a imperatriz não queria era que as circunstâncias estranhas da sua morte virassem notícia de tabloide.

Eles chegaram à sala de pré-Diluição e encontraram Cal. O rapaz já não estava mais chorando. Seus olhos estavam vermelhos e inchados, mas ele tinha se despedido de Eleanora.

A sala estava recoberta de suntuosos lençóis de seda de aranho, a mais preciosa e rara das sedas do OutroMundo. Branca, pois El era adolescente, ao contrário dos funerais da família imperial, em que o preto dominava. No centro, em um caixão de cristal, Eleanora dormia seu último sono. Encantamentos tinham preservado sua beleza levemente rude. Suas bochechas pareciam vermelhas sob a iluminação indireta, e ela tinha conservado sua roupa de Ladra Patenteada. Seus pais também estavam lá, emparedados em uma dor tão profunda que os isolava do mundo.

Os effrits, também vestidos de branco para a ocasião, o que destacava sua pele de cor púrpura, levantaram o corpo e o levaram. A cerimônia estava começando. Em passo pesado, eles seguiram o caixão de cristal até os parques imperiais. Na passagem do cortejo, os cortesãos, também vestidos de branco reluzente, se inclinavam, as fadas multicoloridas paravam e soltavam lancinantes gritos de tristeza, realçados pela música lúgubre tocada pelos tatzbums.

A imperatriz em pessoa, acompanhada de Tara, Jar e Mara, assistiu à cerimônia. Os pais de Eleanora davam a isso a mesma importância de seu primeiro babador voador. Seu sofrimento era imenso demais para ser consolado por aquele tipo de homenagem.

O parque tinha mantido suas cores azul e vermelho, mas os animais e os insetos tinham sofrido um feitiço branqueador momentâneo. Era um espetáculo estranho ver aquelas magníficas borboletas e pássaros brancos voar acima das testemunhas entristecidas.

As trombas encheram suas bochechas de metal e soaram. Os pássaros cessaram seu canto e a bolha de magia envolveu o corpo. O pai de El iniciou sua elegia com voz abafada.

Foi solene.

Foi magnífico.

Foi doloroso.

Cal assistiu a toda a cerimônia, e suas lágrimas fizeram correr as de seus amigos. Ele cambaleou e precisou ser apoiado quando o corpo de Eleanora afundou lentamente na grama azul.

Quando ela desapareceu, Cal respirou bem fundo. Mara, que estava ao lado da imperatriz, não tirou os olhos dele um único segundo, com uma expressão transtornada no rosto.

Quando a cerimônia acabou, a Taragangue se reuniu na suíte de Tara, com o coração pesado e os olhos ardendo.

– Lamento muito – disse a jovem ao seu amigo. – É uma história horrível.

Cal olhou para ela.

– Você acha que foi Mara que a vingou?

– Não acredito. Tenho certeza de que não. Por quê?

– Não, não, por nada – ele respondeu, visivelmente confuso. – O que é que vamos fazer agora?

Tara olhou para ele, atenta. Então mentiu com facilidade. Queria que Cal ficasse perto dela, para evitar que fizesse besteiras.

– Estava pensando em sugerir que você ficasse conosco. Minha tia certamente vai me empurrar alguma coisa para fazer em algum lugar nesse planeta, e francamente me sentiria melhor se você estivesse junto para me proteger.

– Por que não? – Cal respondeu com amargura. – Já vi uma amiga morrer. Não quero perder outra. Mas, por enquanto, se você não se incomodar, prefiro dormir na minha cama, em Lancovit, e voltar para cá depois. Está bom assim para você?

Hum, ela teria preferido que ele dormisse na suíte dela, que comportava meia dúzia de quartos de hóspedes, mas Pardal lhe fez sinal de que cuidaria de Cal em Lancovit, e ela não insistiu.

A Pedra Viva tocou, dando um susto em todos eles.

O número que foi exibido foi o de Charmamnichirachiva, a dragoa púrpura. Mas nenhuma imagem apareceu quando Tara autorizou o recebimento da chamada.

– Tara?

Como era a única a ter acesso à Pedra Viva, Tara quase respondeu "Não, é o papa", mas, por um lado, a dragoa provavelmente não sabia quem era o papa e, por outro, fazer brincadeiras naquela hora, quando tinham acabado de voltar do enter... da dissolução do corpo de El, era de muito mau gosto.

– Sim, Charme, como vai você?

– Mal, houve muitos acontecimentos imprevistos aqui. Ouça, Omois vai receber um convite daqui a alguns dias. Ele será endereçado à sua tia, a imperatriz, mas gostaria sinceramente que a senhorita fizesse parte da delegação. Chem diz que a senhorita tem ótimas intuições e que muitas vezes percebe coisas que os outros não conseguem. E, além disso, será uma excelente oportunidade para rever aquela pessoa, a senhorita sabe quem.

Ela era prudente, e não mencionava o nome da mãe de Tara sem saber quem poderia estar na escuta. Mas o resto da mensagem era menos claro. Um convite? Qual convite, e por que a dragoa fazia tanto mistério? E por que esse tratamento respeitoso de "senhorita" de repente? Tara ia lhe perguntar, mas a comunicação foi cortada.

Estranho.

Alguns instantes mais tarde, era a porta que abria uma boca e uma orelha e os interrompia. A herdeira e seus amigos tinham sido convidados para uma grande festa noturna, dada em homenagem à herdeira por um certo MontanhaCristais.

Robin, que estava bebendo um pouco de tzinpaf, cuspiu e quase sufocou.

– Como é que é? – ele berrou, dando um pulo e ficando de pé.

Tara ia recusar, mas a reação de Robin a fez mudar de ideia.

– Quem está convidando é um tritão, não é? – perguntou Robin em tom de suspeita.

– Isso mesmo – a porta respondeu. – Ele acaba de se instalar no palácio das Brumas Perdidas, que estava para alugar. Suas portas me informaram que ele é extremamente rico e deseja fazer seu nome convidando a herdeira. Suponho que vamos recusar o convite desse novo-rico?

A porta era incrivelmente esnobe. Por isso quase saiu de suas dobradiças quando Tara, por sugestão de Robin, que parecia muito nervoso, de repente lhe pediu para aceitar.

– Não deixe de informar o senhor MontanhaCristais da nossa ida – ordenou Tara, lançando um olhar curioso para Robin.

Ele fez o sinal de mão (eles tinham combinado um código secreto só para eles), indicando que aquilo tinha a ver com os negócios de Estado de Omois, dos quais não podia falar na frente dos amigos, e ela não insistiu. O semielfo teria coisas apaixonantes para lhe contar, ela não duvidava nem um pouco disso.

Mas quando, bem mais tarde, ele a visitou em sua suíte, após a partida de seus amigos, ela se deu conta do quanto aquilo era *realmente* estranho.

– Como é que é? Você quer dizer que pensa que ele é SangueNegro, e que se acha o próprio conde de Monte Cristo? Você está de brincadeira, não é?

Encolhida em seu sofá branco, ela se enrolou em seu xale macio de pele de tzin branco (um pequeno roedor que perde seus pelos quando faz calor; nem pensar em pegar a pele de um animal vivo!). Robin, calmamente sentado à sua frente, confirmou suas suspeitas.

– De jeito nenhum. Na minha opinião, o nome que ele escolheu é uma homenagem a Alexandre Dumas. E, pensando bem, foi exatamente isso o que ele fez. Roubou uma montanha de cristais de sal! Olhe (ele deu a ela um pedacinho de papel), ele até colocou as coordenadas diretas de sua bola de cristal para que "você possa me encontrar dia e noite". Ele deve achar que virei um superamigo depois que aceitei encobrir sua fuga para salvar a vida de V'ala.

O olhar de Tara ficou irônico.

– E você vai dizer a V'ala que seu pior inimigo se instalou sob seu nariz?

– Ela percorreu três continentes em algumas horas para achar um remédio. Por enquanto, tudo o que os chamãs puderam responder foi: "Lamentamos, não sabemos como livrá-la disso, precisaríamos de algumas gotas do antídoto". A não ser que a imperatriz ordene, SangueNegro não lhe dará o antídoto em menos de um ano. Sua vida não corre perigo, isso a mantém ocupada, e assim ela não fica grudada em mim.

– Hum, espero que ela não consiga ligar as coisas muito rápido. Por frustração, ela é capaz de matar primeiro e pensar depois!

– Francamente, Tara, contanto que me deixe em paz, é tudo que peço.

Tara ficou em silêncio e observou com atenção. Incomodado, o semielfo acabou dizendo:

– O que foi? Por que você está me olhando desse jeito?

– Acho isso estranho.

– O que é que você acha estranho?

– Você tem a oportunidade de sair com uma garota magnífica com quem passou um tempão e que tinha por missão fazê-lo entregar os pontos. Oitenta por cento dos garotos da Terra não teriam aguentado, mas você sim. O que o torna insensível ao charme dela?

Ele ficou em silêncio por um instante.

– Eu teria perdido você – acabou confessando. – E esse pensamento era tão insuportável que me ajudou a aguentar, mesmo nos momentos em que o sangue parecia ferver em minhas veias. É meu amor por você, Tara, que meu deu essa coragem.

Tara se levantou, evitando seu olhar. Parecia confusa, como que... mal-assombrada. E girava nervosamente um curioso anel branco no dedo.

Anel que não estava ali alguns dias antes.

Na mesma hora, o coração de Robin foi invadido pelo ciúme. Alguém teria dado aquela joia a Tara de presente?

Ela não tinha falado dele à imperatriz.

E desde que voltou, mesmo tendo acolhido Robin com carinho, ele sentia certa reserva em suas demonstrações de afeição. Pelas entranhas de Bendruc, o Feioso, será que ela tinha conhecido outra pessoa? Um... vampiru? Afinal, tinha se apaixonado por um semielfo... Ele se mexeu na cadeira, apertando seus olhos de cristal, com ar de suspeita.

Tara nem fazia ideia dos tormentos que sacudiam Robin. O que a preocupava era que tinha a impressão de que o amor de Robin era mais forte que o dela. Oh, ela o amava, disso estava certa. Estar com ele, conversar, rir, trocar e dividir momentos importantes, tudo isso era maravilhoso.

Mas ela sentia que ele a amava *apaixonadamente*. Desde que sondara Selenba, quando ela sentiu o amor ardente da vampirua por Magíster, sabia o que era uma verdadeira paixão. Era algo irracional, como uma droga, que obrigava a fazer qualquer coisa. Às vezes era formidável. Às vezes não. Podia ser construtivo e devastador.

E dava medo. Será que ela seria capaz de chegar a tanto? Às vezes a impetuosidade de Robin era assustadora. E seu lado semielfo era selvagem o suficiente para surpreendê-la. Ele não tinha medo da morte, não como um mortal ordinário. Sua fidelidade ia para seu clã antes de qualquer coisa. Sem falar que o que ele comia era... realmente estranho.

Tara fez girar o anel em seu dedo inconscientemente. Aquele gesto tinha se tornado um tipo de tique, quando ela estava confusa, e lhe dava conforto.

De repente, ela suspirou e foi se aninhar em seus braços. Ela sentiu que Robin estava tenso, mas ele a abraçou com seu carinho habitual e ela expulsou esse pensamento da cabeça.

Galante e Surv emitiram a mesma risadinha quando ela os intimou a dar uma volta em outro lugar. Mas mesmo os beijos de Robin foram distraídos, e ela sentiu como que uma certa distância. Rapidamente, pretextou cansaço, e o belo semielfo a deixou sem protestar.

Ela já estava triste por Cal, e inexplicavelmente deprimida.

Olhou para o anel em seu dedo. E decidiu fazer alguns testes.

– Vejamos – ela murmurou –, não tenho magia demoníaca para despejar sobre você... Quer dizer, isso é só um jeito de falar, mas Jar e Mara foram infectados por Magíster, mesmo que depois disso os chamãs os tenham tratado. Você seria capaz de me indicar o local onde eles se encontram neste momento exato?

O anel não tinha como opinar com a cabeça, já que não tinha cabeça, mas Tara teve a nítida impressão de que um dos unicórnios de prata tremia. Seguindo sua intuição, ela saiu de sua suíte e foi para o corredor. Sentiu uma minúscula pressão no lado direito de seu dedo. Tomou isso com uma indicação de que devia seguir à direita. E depois de novo à direita, à esquerda, ela atravessou os magníficos jardins da imperatriz, onde as fadas multicoloridas fechavam suas asas para a noite, cedendo o espaço para as brilhantes. Uma bolha de força a protegeu quando ela precisou passar por um dos zoológicos privados do palácio, no quais dracotiranossauros caçavam traducs cheios de baba. Depois, um corredor, coberto de grama azul e de florzinhas brancas. O coração de Tara bateu mais rápido e ela olhou para seu anel com atenção. A grama azul, nesse corredor, especificamente, era uma ideia de Mara. Ela gostava muito da natureza e a suíte deles era cheia de flores, a ponto de parecer uma verdadeira selva.

Tara parou na frente de uma porta que conhecia bem. A da suíte de Jar e de Mara, que moravam juntos, perto da suíte da mãe. No começo, eles tinham aposentos contíguos ao dela, mas a imperatriz descobriu logo que deixar Jar e Tara perto um do outro era uma péssima ideia.

– Sim – Tara murmurou pensativamente –, você é capaz de localizar magia demoníaca, hein, mesmo quando ela já desapareceu. Ou então você não entendeu nada e me trouxe para Jar porque pronunciei seu nome. Legal. Existe outra magia demoníaca no palácio.

Ela aguardou um instante, mas o anel ficou imóvel. Já ia embora quando uma voz atrás dela a surpreendeu.

– Tara? Mas o que é que você está fazendo aqui a essa hora da noite?

O imperator, meio-irmão da imperatriz e chefe do exército, magnífico em sua armadura de ouro, estava atrás dela. Uma coroa de comando cercava suas têmporas e seus cabelos louros estavam presos num rabo de cavalo em cima do ombro. Ele parecia cansado. E sujo.

– Sandor! O senhor me assustou! Já está... está de volta?

O imperator estava em missão para o império há tanto tempo quanto Tara, e eles só haviam se cruzado raramente nos últimos tempos. O que tinha dispensado Tara de suas dolorosas aulas de artes marciais, pois ele não aceitava que mais ninguém a treinasse além dele.

– Sim – ele respondeu. – Acabei de chegar, e queria ver se Jar e Mara estavam bem. Fiquei sabendo que Magíster tentou sequestrar sua mãe mais uma vez!

Ele tinha os punhos cerrados. Odiava Magíster, desde que ele lhe enfiara uma faca no ombro, e ainda mais depois de descobrir que estavam apaixonados pela mesma mulher.

– Sim – Tara respondeu. – Mas Lisbeth tinha lhe dado um Transmitus automático, um novo brinquedinho desenvolvido pelos seus laboratórios, e ela conseguiu fugir.

– Eu sei. Passo meu tempo em missão diplomática e ignorava que esses dispositivos existissem, senão eu teria pedido um para mim também! Poder escapar dessas conferências intermináveis, que felicidade teria sido!

O imperator era um guerreiro e um homem de ação, e tudo o que tinha a ver com política o aborrecia profundamente. Tara sorriu, ela o entendia perfeitamente.

– Voltemos a você, mocinha – retomou o imperator com ar severo. – Estamos muito atrasados com sua formação. Assim que pudermos, quero vê-la na arena, em traje de combate, fui claro?

Tara se conteve por pouco para responder "Senhor, sim, senhor!", e correu para seu quarto, antes que ele encontrasse outra tarefa para ela fazer. Aquele seu meio tio era muito inventivo para esse tipo de coisa.

Bem, ao menos, o teste de detecção de magia demoníaca era mais ou menos conclusivo. O que ela não entendia era que sua tia tivesse confirmado que havia provavelmente vários sanguerrabas no palácio. Ora, a não ser para Jar e Mara, o anel tinha ficado mudo em seu dedo. Então, ou ele não os tinha localizado, ou Magíster, muito esperto, só tinha colocado sanguerrabas não infectados pela magia demoníaca no palácio, ou o anel protegia os sanguerrabas infectados. Legal, ela tinha avançado realmente.

Tara ia se deitar quando, na sala onde Eça tinha trancado a poção destinada a fazer voltar o fantasma do seu pai,[1] ela ouviu um barulho estranho.

Graças às flores de Kalir colhidas no continente proibido algum tempo antes, ela tinha reunido todos os ingredientes que permitiam compor a tal poção. Agora, a bebida malcheirosa e biliosa que tinha resultado precisava ficar parada por mais dez meses. A governanta do palácio, dama Kali, acabou exigindo que a poção, cujo destino ela ignorava, fosse armazenada em local desodorizado na suíte de Tara e lançado um feitiço sobre a sala que a continha. Tara obedeceu com alívio, pois o cheiro era bastante... eca... insuportável. Por segurança, ela guardava a receita escondida no fundo de um dos bolsos de sua trocadeira, pois os outromundianos tinham banido pesquisas sobre fantasmas. O que ela fazia era simplesmente proibido.

Impaciente, preocupada (ela não tinha nenhuma certeza do resultado... Não, sejamos francos, ela não fazia ideia se ia funcionar ou não), ela ficara feliz por sua expedição na Krasálvia ter lhe dado a oportunidade de pensar em outra coisa que não seu pai.

Bom, ela não tinha tido êxito pleno em sua missão com Selenba. Mas tinha curado Kyla e, com um pouco de sorte, Safir e Satila se consolariam mutuamente da perda de Selenba.

Desconfiada, ela subvocalizou e a trocadeira transformou seu encantador pijama em uma armadura de combate resplandecente. Ela se aproximou da sala, abriu a porta... e recuou dois passos. O fedor era tamanho que ela tinha impressão de que sua garganta e suas fossas nasais estavam em fogo.

Galante, que a seguira, deu meia-volta bem rápido, relinchando de nojo.

Meio sufocada ela lançou um encanto.

– Pelo Filtrus, que o ar que respiro seja puro, para que meu fôlego dure.

O fedor não se desfez, mas uma corrente de ar se enrolou em volta de Tara e logo ela pôde inalar normalmente. Ela entrou novamente na sala e ficou imóvel. À sua frente, o caldeirão contendo a poção. Acima do caldeirão, a poção.

Flutuando.

Aproximadamente três metros[2] acima do caldeirão, como um enorme balão esverdeado e muito fedido.

– Droga – Tara balbuciou –, mas por que esse negócio está no ar?

---

[1] Tara descobriu, há alguns anos, que seu pai ainda estava vivo... quer dizer, de certa maneira, na forma de fantasma. Como sua mãe persistia em namoricar sujeitos pretensiosos e até perigosos, Tara queria firmemente fazer seu pai voltar. Por isso o cheiro da poção fez com que sua suíte fosse pouco frequentada durante todo o tempo de sua preparação.

[2] Sim, os palácios são muito altos em Omois. O que faz com que sejam às vezes meio complicados de aquecer. Por isso o uso de pássaros de fogo como radiadores móveis.

Ela fuçou no bolso de sua trocadeira e leu a transcrição.

Só era mencionado que a poção ficava pronta quando se transformava em bola.

Tudo bem.

Em bola voadora, aparentemente.

– Mas achei que ainda ia levar um ano! Não estou entendendo!

– Ei, você sempre fala sozinha? Peraí, está o maior cecê aqui, que cheiro é esse? – perguntou uma voz atrás dela, dando-lhe um baita susto.

Tara se virou. Cal a contemplava, meio surpreso.

– Cal! – ela resmungou. – Você me assustou. Você não pode fazer barulho como todo mundo quando se desloca?

O Ladrãozinho deu um sorriso sem graça.

– Não, justamente o objetivo é surpreender as pessoas. Se eu usasse sapatos grandes e bem barulhentos com metais na parte de baixo, como um dançarino de sapatinho da sua Terra, seria muito mais difícil andar em silêncio.

Tara percebeu que seu amigo estava se esforçando para ser engraçado. Pálida tentativa, mas ela decidiu entrar no jogo. Mesmo com o coração apertado.

– Sapateado – ela realçou, olhando para ele.

– Como?

– Eles dançam sapateado, fazendo clique claque, não sapatinho. O que você está fazendo aqui? Você está... está bem? Me desculpe por perguntar isso, mas você está com uma aparência... estranha. E achei que tinha voltado para Lancovit. Você utilizou a suíte dada pela imperatriz à gangue mágica?[3] Você dormiu aqui?

O Ladrão franziu suas sobrancelhas negras, apertou os olhos e torceu o nariz. Tara estava impressionada com a quantidade de coisas que ele podia fazer ao mesmo tempo com o rosto. Por isso, ou ele era portador de tiques estranhos, ou estava matutando alguma ideia.

– Não – ele cochichou, tão baixinho que ela teve que se inclinar. – Voltei de Lancovit e estou em missão em Omois.

– Em missão do quê – Tara murmurou, sem saber direito por que eles estavam cochichando. – E para quem? A rainha Titânia, o rei Bear, sua mãe?[4] Mestre M'angil?

O Ladrãozinho sacudiu a cabeça e respondeu, ainda mais baixo, como se estivesse revelando o mais terrível dos segredos.

---

[3] Lisbeth tinha percebido rapidamente que a Taragangue seguia Tara por onde ela andasse. E, como não queria que os garotos dormissem na mesma suíte que as garotas, desde que Robin tinha declarado seu amor por Tara, encontrara essa solução, dando a eles um aposento no palácio, perto do de Tara, mas nem tanto... para o caso de...

[4] Aliana-Leandrina, mãe de Cal, também é uma Ladra Patenteada. O roubo é uma questão de família entre os Dal Salan!

– Não posso lhe dizer.

Tara se ergueu, surpresa.

– Ah é? – ela disse, meio ofendida, mas por q...

– *Psssssssssssssiu* – fez Cal, tapando a boca dela com a mão –, não fale tão alto!

– Posso saber o que sua mão está fazendo na boca da minha namorada? – perguntou uma voz gelada atrás dele.

Cal e Tara saltaram ao mesmo tempo, mais parecia que tinham ensaiado. Cal soltou Tara, como se tivesse se queimado, e encarou o semielfo, que não parecia nem um pouco contente.

Robin tinha total simpatia pela tristeza de Cal, mas não a ponto de deixá-lo tocar em Tara. Ele fungou com cuidado, o olhar fixo em Cal.

– Não sou eu que estou cheirando assim, então pare de me fitar. É a poção de Tara.

A garota franziu as sobrancelhas. Ela adorava seus dois amigos, mas acharia simpático que todos parassem de irromper na sua suíte no meio da noite. Ela precisaria dar ordens para a porta para que anunciasse seus visitantes, incluindo seus amigos mais próximos.

– Robin? Mas o que é que você está fazendo aqui... também?

Eles tinham se separado há apenas meia hora.

Robin suspirou e passou a mão em sua maravilhosa cabeleira prateada, que tinha de novo suas mechas pretas.

– Posso primeiro fazer o encanto do antiOdorus? Essa coisa é uma infecção.

– Não, não sobre a poção, não quero nenhuma magia que possa interferir em sua composição. Então?

– Voltei por causa dos filmes.

– Por causa dos filmes? Que filmes?

– Os filmes da Terra. Os que vi com V'ala em nossos esconderijos. Não sei por que, mas ela adorava isso. Ela não parava de rir como uma bééé.

Tara se deu parabéns. Ela não tinha explodido e sua magia estava cuidadosamente desativada. Só seu pé batendo traía sua irritação. Isso. E também o tom de sua voz.

– Está bem. Fico feliz. Filmes sobre o quê?

– Sobre um monte de sentimentos humanos. Tinha um sobre amores contrariados, Mary e Sally, feitos um para o outro.

Tara soltou uma risada... E se arrependeu quando respirou e a pestilência da poção chegou até ela.

– Ei, não é esse o título, é *Harry e Sally, feitos um para o outro*.

– Se você está dizendo... Tem também aquele em que o herói pensa que a mocinha está escondendo alguma coisa ou alguém dele, e não tem coragem de perguntar, e demora duas horas até que eles se encontrem de novo. E no filme às vezes são vinte anos que se passam. Não quero esperar vinte anos por você, entenda. E é melhor desconfiar dos presentes...

Agora, então, ela não estava entendendo mais nada, mas nada mesmo.

– Estou completamente perdida. Você vai me explicar tudo, e você também, Cal, mas antes vou tentar entender por que a poção para fazer meu pai voltar está flutuando.

Cal inclinou sua cabeça morena e fez uma careta por causa do cheiro.

– Você tem certeza que colocou todos os ingredientes? Na ordem certa?

Tara puxou o pergaminho que eles tinham transcrito juntos.

– Sim, olhe. Fiz tudo como está indicado, desde as penas de roc até a flor de kalir. Realmente, não entendo!

– Tara – Cal disse gravemente –, acho que falta alguma coisa. Não está escrito em nenhum lugar que ela deve flutuar dois meses após ter sido elaborada, e, acredite, os fazedores de poções são muito prudentes. Eles especificam com cuidado todas as reações de seus componentes, senão a metade desse planeta já teria explodido há muito tempo. Só tem uma explicação, sua poção deu errado!

19

O anel, ou: quando se tem um namorado, e de repente se aparece usando uma joia que não foi ele quem deu, é melhor ter uma explicação muito boa...

Tara sentiu que uma terrível dor de cabeça estava tomando conta de seu cérebro. E que um medo horrível se espalhava pelas suas entranhas. E se Cal tivesse razão? E se ela tivesse se enganado?

Eles releram cuidadosamente o que as penas haviam escrito, mas tinham conseguido absorver apenas um pouco da erva do conhecimento absoluto para transcrever a língua desconhecida do manuscrito. E, por causa da falta de tempo, Tara tinha deixado de transcrever os avisos. Ela não tinha a mínima ideia por que a porcaria da poção estava flutuando.

De vez em quando, uma bolha esverdeada explodia na superfície, como se ainda estivesse no caldeirão. Mas a matéria não caía nas paredes ou no solo, ficava colada ao resto da massa.

– Eles dizem como deve amadurecer? – perguntou Robin, fazendo carinho em Surv, que estava reclamando porque já era tarde.

– Não está especificado. Só está anotado que quando a poção estiver pronta é preciso adicionar o nome e sobrenome da pessoa que se quer trazer de volta. Sem errar a ortografia, se possível, senão se corre o risco de receber outra pessoa. E que a massa da pessoa que se quer trazer deve ser equivalente, com margem de erro de um quilo, à massa do ex-corpo humano. Minha mãe disse que meu pai pesava aproximadamente oitenta quilos. Coloquei então os vinte elementos, isto é, oitenta quilos de água, oxigênio, carbono, hidrogênio, nitrogênio, cálcio, fósforo, potássio, enxofre, sódio, cloro, magnésio, iodo, ferro, cobre, zinco, selênio, molibdênio, flúor, manganês, cobalto, lítio, estrôncio, alumínio, silício, chumbo, vanádio, arsênico e bromo.

– Seu corpo foi diluído e não existe mais, então precisa desses elementos para reencarnar – Robin comentou –, sim, é lógico. A magia lhe devolverá o corpo, a partir do que está na poção. Então, por enquanto, não há nada a fazer a não ser esperar, é isso?

– É exatamente isso. Daqui a dez meses ela deveria estar pronta. Só que não sabemos por que ela flutua assim. Acho isso muito... preocupante.

– Sim, eu também – Robin comentou. – As poções são muito mais perigosas que a magia, são... instáveis. Houve um tempo em que meus pais moravam perto do bairro dos boticários e dos alquimistas em Lancovit. Depois que nossos vizinhos foram transformados em porcos e quase viraram churrasco, decidimos nos mudar. E não vou nem mencionar a quantidade de vezes em que fizeram explodir sua universidade e os telhados das cercanias.

– Por enquanto, ela não parece querer explodir – Tara observou –, contenta-se em fazer uns "*blups*" e uns "*glups*".

– Sim, é a mesma coisa que faz um vulcão antes de explodir.

– Robin?

– Sim?

– Um pouco de otimismo, por favor, tá bom? De qualquer maneira não posso fazer nada, a não ser esperar. Bom, você voltou para me dizer o que mesmo?

Robin engoliu em seco, com os olhos fixos na mão de Tara. A ponto de fazê-la abaixar o olhar para ver o que o fascinava tanto assim.

Bom, ela ainda tinha todos os dedos, e eles não tinham se transformado em algo estranho. Em sua mão esquerda estava o anel com o brasão da família, ornado de um pavão púrpura com cem olhos de ouro.

E o anel branco de Kraetovir.

Ela abriu a boca, mas Robin foi mais rápido. E seu tom era profundamente infeliz.

– Quem foi que lhe deu esse anel? Um... um vampiru? Para lhe provar seu amor? Eu lhe ofereci flores, bombons, mas não sabia que você gostava de joias!

A suíte de Tara tinha de fato sido invadida, a ponto de parecer um jardim, e quanto aos chocolates, ela era obrigada a dá-los às escondidas para as crianças neca'fads, senão ia acabar ficando obesa. Se Robin pensasse que ela gostava de joias, ele lhe compraria uma joalheria. Ela tinha que desarmar a bomba imediatamente.

– Isso? Não é um presente – reclamou –, é só um protótipo do anel de Kraetovir!

Cal recuou e Robin ficou pálido, se é que um elfo podia empalidecer.

– O an... anel de Kraetovir. Você quer dizer o anel forjado pelos demônios? No seu dedo? Você é louca, tire-o imediatamente!

Tara conteve vivamente a onda de raiva que a atravessou. Ela não tinha nenhum motivo para ficar brava com o semielfo, ele não conhecia o anel.

– Olhe, está tudo bem, posso tirá-lo. Ele não me afeta, e me ajudou na Krasálvia, acho até que salvou minha vida.

Ela tirou o anel e o mostrou aos dois, na palma da mão, mas Robin se recusou a se aproximar. Cal, com os olhos brilhantes de curiosidade, se inclinou.

– Unicórnios de prata? É meio estranho como símbolo para demônios, não?

– No início o anel era de ferro negro com demônios. Quando apareceu em meu dedo, no momento em que eu tinha acabado de invocar a estrela de Zendra, ele mudou de repente de cor e de formato. Não acho que seja exatamente energia maléfica que se adapta a quem o usa.

– Tara – Robin suplicou –, você não deve usar esse anel, é perigoso!

Tara não queria magoá-lo. E seus planos para caçar Magíster não implicavam usar o anel o tempo todo. Ela saiu da sala onde flutuava a poção e colocou o anel em cima da mesinha de cabeceira.

– Pronto, viu? Tirei. Você está mais tranquilo? E não tem nada a ver com um vampiru qualquer, você é meu único namorado, e amo você.

Os ombros de Robin se descontraíram e ele se inclinou para beijá-la, tocando levemente aqueles lábios tão doces.

– Tudo bem. Estou tranquilo. Devo deixá-la agora, não terminei o relatório para minha rainha, nem o de sua imperatriz, sem esquecer que ainda preciso redigir um para Lancovit.

Ele suspirou.

– Às vezes tenho a impressão de ter três patrões, mas um salário só. Tem alguma coisa que não está certa nessa história toda. E o pior é que quando cometo um erro tomo três broncas!

– Compadeço-me de todo meu coração! – Tara respondeu.

O elfo deu um sorriso malicioso.

– Huum... Da próxima vez vou passear com uma joia preciosa ostensivamente pregada em meu peito viril e veremos se você não fica com ciúme, senhorita do meu coração!

Tara riu, ele se despediu bem baixinho, roubou outro beijo quando se levantou, e saiu, depois de se despedir de Cal, que, manifestamente, tinha intenção de ficar.

A garota se deixou cair no sofá e esfregou os olhos.

– Caramba – exclamou –, como a Terra era sossegada! Meu maior aborrecimento eram minhas notas de matemática e de geografia e saber como ia me vestir no dia seguinte. Agora tenho a impressão de que meus problemas despencam em mim a cada trinta segundos e que alguém no universo realmente não gosta de mim.

Cal deu um tapinha no seu ombro, e depois de dar uma olhada de soslaio para a porta, para checar se Robin não tinha voltado, perguntou:

– Sabe que dia é amanhã? Enfim, hoje, pela hora.

Tara ergueu uma sobrancelha perplexa, cansada demais para responder.

– É o dia do seu aniversário, bobona! E como já são 26 horas e 23, sou o primeiro a lhe desejar um feliz aniversário. E aqui está meu presente.

Ele deu um beijinho no rosto dela e lhe entregou uma bola de cristal. Ela soltou o pergaminho da poção, que ainda segurava, sobre a mesinha baixa magnificamente trabalhada em madeira clara.

– Mas... Mas... Meu aniversário? Tem certeza?

Cal ergueu os olhos para o céu... Quer dizer, para o arco do teto do quarto.

– Ora, se for na mesma data que o ano passado e também do ano anterior, e se este planeta não mudou sua órbita desde então, sim, tenho certeza.

Tara deu um sorrisinho pálido. Cal fazia tudo que podia para ficar de bom humor, enquanto ela sentia sua dor como um peso no peito. Ela se concentrou no presente.

– Uma bola de cristal? Mas já tenho uma, que...

– Isso não é uma bola de cristal – Cal explicou.

Tara reprimiu um riso nervoso. Um pintor da Terra, Magritte, um dia pintou um cachimbo e logo abaixo escreveu: "Isto não é um cachimbo". Cal o tinha parafraseado sem querer.

– Poxa, isso imita muito bem uma. O que é?

– É um Memoriador. Fique na frente dela e diga: ativação.

Um pouco desconfiada, Tara obedeceu.

– Ativação!

Na mesma hora apareceu uma imagem. Tara, nitidamente mais jovem, na frente de mestre Chem, acompanhada de Cal, na primeira vez que se encontraram. Então a imagem mudou e ela surgiu olhando horrorizada o monstruoso bicho no fundo de um abismo que acabava de criar o Castelo Vivo só para ela. Como um maravilhoso livro de imagens, o Memoriador foi mostrando tudo o que tinha acontecido nos últimos três anos. A Ilha das Rosas Negras, a Fortaleza Cinzenta, o ataque do Casarão, os Enigmas do Aranho na ponte, a Estufa das Balorquídeas, a acusação contra Cal, sua prisão e sua infecção pela t'sil dourada, os saltaranos, Fafnir cantando a plenos pulmões, a pele púrpura, invadida pelo Exterminador de Almas, a luta contra o cetro maldito e os exércitos de dragões, o Dragão Renegado e sua overdose de magia, Londres, Barreira de Pedra, Jeremy e os Golems, Magíster e seus pássaros Rocha, a rainha Carmim, os loboshomens, Selenba e a transformação de Fabrice. Pedaços inteiros de sua vida estavam contidos naquela pequena bola de cristal. Cal sorria, encantado de ver o efeito que isso produzia em Tara. Ela tinha lágrimas nos olhos... Enfim, estava realmente chorando... uau, era o dilúvio. Preocupado, ele pegou uns lenços no bolso e os deu para ela.

Ele esperou um pouco até que ela se acalmasse e ousou:

– Poxa, se é isso que acontece quando você ganha um presente, qual vai ser a sua reação se alguém fizer uma malvadeza com você?!

– Desculpe – Tara choramingou –, não sei por que, mas cada vez que relaxo o controle, pimba, começo a chorar. Seu presente é maravilhoso, Cal, e você se lembrou do meu aniversário, sendo que eu mesma tinha esquecido! Você é o melhor dos amigos, pensar em mim quando acabamos de perd...

– Ah! Não, não fale nisso. Eu... Não quero nem tocar no assunto, é... é demais. E eu tinha preparado esse presente há muito tempo. Entre as minhas engenhocas de Ladrão Patenteado, eu também tenho um Fotodus, que fotografa tudo o que acontece à minha volta. Depois, seleciono o que me interessa. Guardei arquivos de todas as nossas aventuras. Confesso que já tenho muitas horas de filmagem, tive de condensar, e só guardei o mais interessante para você.

Tara estava com os olhos vermelhos e inchados, e seu nariz tinha uma cor rosa interessante, mas ela não cansava de olhar para as imagens. Havia milhares, era fascinante.

Cal foi buscar um pano úmido no banheiro e ela suspirou de alívio quando o tecido refrescante encostou no seu rosto.

– Obrigada. Obrigada por ser meu amigo, Cal.

– Eu é que agradeço, Tara – Cal respondeu, resmungão –, você também é uma amiga preciosa, sempre está nas horas difíceis, apesar de eu perceber nitidamente que não é fácil para você se adaptar ao nosso planeta.

Tara sacudiu a cabeça, fatalista.

– Mas como diz tão bem minha tia: "É o destino, Tara". E mesmo que eu tivesse escolha, já entendi que também é minha responsabilidade. Você imagina se Jar viesse a ser o novo soberano de Omois?

Cal se arrepiou.

– Ui, não. Ele provavelmente tentaria conquistar o OutroMundo, depois de uns dois ou três anos de reinado. E, por falar em poder, você descobriu quem tentou matá-la no reino dos trolls?

– Não – o tom de Tara era ameaçador –, mas quando o encontrar, ele vai se arrepender de ter nascido, pode acreditar!

Aliviado ao ver que sua amiga não ia novamente se derreter em lágrimas, Cal deixou que ela fosse para a cama. Aquilo tinha sido difícil. Ele precisou segurar as lágrimas, e só uma esperança maluca o havia impedido de chorar com ela.

Quando chegou ao corredor, ele puxou a folha que tinha acabado de roubar de Tara, enquanto desviou sua atenção graças ao Memoriador.

Este tinha sido o motivo pelo qual não quis mostrar o presente na frente de Robin.

A receita da poção para reencarnar um fantasma. A última esperança para Eleanora.

Ele não queria contar para Tara, porque sabia o quanto ela tinha medo que não funcionasse para seu pai. Era inútil testar a intensidade de sua amizade. Roubar o pergaminho era nitidamente mais simples.

Ele só precisaria de algumas horas para reunir todos os ingredientes, desde que os loboshomens tinham instalado dezenas de Portas de Transferência no continente proibido. Ele raciocinou. Preparar a estranha poção na casa dele não era uma boa ideia, e não tinha certeza de que o Castelo Vivo de Lancovit fosse gostar de acolher entre suas paredes um troço esverdeado fedido, e que voava. Mas o palácio de Trávia não era consciente. E, como Tara tinha ressaltado, a imperatriz havia colocado um apartamento inteiro à disposição dos seus amigos quando eles estivessem presentes. Por enquanto, ninguém o utilizava. Melhor colocar a bola fedida naquele lugar, assim ele não ficaria longe de Tara. Um dos armários da suíte tinha o tamanho de uma sala pequena, e com um antiOdorus ninguém sentiria o cheiro. Além disso, ele colocaria um Desvius no armário, que impediria as pessoas de abri-lo. Ninguém prestaria atenção nele, como se não existisse. A poção estaria segura.

Em alguns segundos ele copiou a fórmula, e passou a metade da noite reunindo e misturando os ingredientes. Quando a poção ficou pronta, de manhãzinha, enquanto o palácio dormia tranquilamente, Cal entrou na suíte de Tara enfeitiçando a porta, para que ela se esquecesse. Ele ficou invisível graças a um Camuflus, como Mara. Recolocou a fórmula em cima da mesa, onde a tinha pegado, e desapareceu em uma lufada de ar.

No dia seguinte, Tara percebeu que era a única a ter esquecido seu aniversário. Todo o palácio tinha sido decorado em sua honra, e ela teve de aguentar um monte de discursos. Os pintores fadaceiros tinham trabalhado a noite inteira em afrescos animados representando pégasos, o Bicho de Estimação da herdeira, que ornamentavam todas as paredes, os tetos e até os pisos. As árvores tinham mudado de cor, púrpura e ouro, as cores de Omois, e todo o palácio recebera a ordem de se vestir assim.

Era magnífico, apesar de meio estranho, e dava até dor de cabeça ver tanto ouro e vermelho, utilizados de todas as formas, inclusive em joias.

Assim que acordou, a dama Auxia, governanta do palácio e prima da imperatriz, caiu em cima da aniversariante como meia tonelada de tijolos. Surpresa, Tara foi toda produzida como uma boneca, o que ela odiava, e levada para a grande sala transformada em salão de baile, em que uma miríade de presentes, desde o mais simples (um cartão-postal animado com um unicórnio desenhado, enviado por uma criança neca'fad) até o mais complicado (um castelo inteiramente mobiliado ofertado por um dos barões das regiões do Norte) a aguardavam.

Tara devia ter desconfiado que o gosto de Omois por tudo que era cintilante ia forçosamente invadir seu aniversário. Dito e feito. Ela deixou escapar um suspiro discreto e sorriu para todos.

Tinha tido razão de desconfiar de Robin, pois lhe deu uma pulseira magnífica, que deixou Cal estrábico. As pedras de fogo élficas mudavam de cor, sempre nos tons vermelho, laranja e púrpura. Era totalmente sublime. Ela evitou sabiamente perguntar como o semielfo tinha conseguido uma pulseira tão linda.

Teria ficado surpresa ao saber que ela tinha pertencido a Llillandril. Porque Robin tinha retomado seu treinamento com o Espírito do Arco,[1] e um dia quando teve vontade de contar o que fizera anteriormente, Llillandril lhe contou que não tinha apenas lutado contra seus inimigos. Ela tinha roubado um pouco, aqui e ali. A pulseira fazia parte de um tesouro de guerra que tinha pedido a Robin que desenterrasse. Ela não podia usar as joias, mas gostava de olhar para elas. Como agradecimento por seus esforços (o cofre estava profundamente enterrado, e Llillandril tinha proibido Robin de utilizar magia para resgatá-lo), ela lhe disse que podia escolher uma das joias. Robin optou pela pulseira, torcendo para que aquele ou aquela de quem Llillandril a tivesse tomado já estivesse morto há muito tempo.[2]

Conversando graciosamente com os cortesãos, Tara percebeu que o que tinha acontecido no reino dos saltaranos começava a gerar sérias repercussões. Tanto uns quanto os outros se queixavam da penúria anunciada de sal e da disparada dos preços.

A imperatriz tinha ordenado uma investigação internacional apoiada por Lancovit.

Mensageiros discretos também tinham partido, com cópias dos documentos encontrados por Robin. Os saltaranos sentiam-se cada vez mais cercados. Entre o descontentamento mundial e o flagrante delito de fornecimento de prisioneiros vivos aos vampirus, Lisbeth sabia que só lhe restavam alguns botões a apertar para que a escravidão fosse abolida do planeta para sempre.[3]

De excelente humor, a imperatriz se deslocava entre os convidados, usando um arrebatador vestido de seda de aranho ouro e púrpura todo pontilhado de rubis e diamantes amarelos. Seus cabelos louros fluíam como um rio dourado até

---

[1] O arco de Llillandril absorveu o espírito de sua dona, e a partir de então o fantasma de Llillandril pôde se manifestar. Ele é o principal instrutor de Robin em artes marciais. O fato de, além de tudo, Llillandril ser uma elfa magnífica, com 110 de busto, deixava Robin muuuuito atento aos seus ensinamentos.

[2] Com os elfos, nunca se sabe, alguns são tão velhos que seria praticamente preciso acontecer uma explosão nuclear para acabar com eles, para grande pesar de seus herdeiros. Robin tinha razão de se preocupar...

[3] Ela tinha toda razão. Graças a uma chantagem judiciosa, conseguiu abolir a escravidão menos de um ano depois da explosão da mina, e colocou o indispensável sal sob proteção de uma unidade de vigilância internacional. Por mais que os saltaranos esperneassem, gemessem e se arrancassem os pelos, eles tinham perdido o monopólio de seu produto, por terem sido muito gananciosos.

seus pezinhos, e seus olhos cintilavam. Tara sorria, pensando que sua tia podia ser irritante, mas quando realmente queria alguma coisa, e essa coisa era honrada, era formidável vê-la agir.

Os vampirus, por seu lado, tornaram-se estranhamente cooperativos (meio que "convencidos" pelas provas obtidas por Robin sobre os acordos secretos dos BSH com os saltaranos). Tinham recebido os mesmos documentos, e todas as informações que haviam afanado/espionado/roubado sobre os inimigos de Omois, e igualmente sobre os saltaranos, foram repentinamente tornadas públicas.

Isso provocou uma agitação política que durou meses e ocupou muita gente.

E Lisbeth guardou as informações mais confidenciais em seu cofre-forte. Semiderus tinha voltado aos seus cinzentos tempos, deixando claro que não queria mais ser incomodado, a não ser em caso de ataque dos demônios, talvez de apocalipse, nada menos que isso. Às vezes, o homenzinho frio e formidavelmente poderoso, ancestral de toda sua linhagem, fazia falta a Lisbeth, e ela recorria a ele.

O fato de ter um ancestral que podia ser chamado em caso de necessidade era mesmo muito prático. Ainda mais quando esse ancestral é o mago poderoso que criou sua linhagem, destruiu os demônios e construiu um império cinco mil anos antes. Enquanto cumprimentava os convidados de sua herdeira, ela se perguntava se ele teria aprovado o que ela fizera.

Mais tarde, durante o dia, Fafnir aproveitou que ninguém estava olhando para atrair Tara a um canto discreto. Então, bloqueando a visão com seus ombros largos, ela deu a Tara uma minúscula adaga, tão leve e compacta que podia resistir a qualquer pressão e cortar qualquer coisa.

– Você passa o tempo todo sendo sequestrada e amarrada – resmungou a anã –, com isso, pelo menos, você vai poder se soltar e reduzir qualquer um em ração para cachorros com a porcaria da sua magia... Sem falar que vou ficar bem mais tranquila sabendo que você possui uma arma que eu mesma forjei. Não a coloque no bolso, porque se for amarrada não poderá alcançá-la. Ela precisa ser presa ao antebraço, assim, basta dobrar o pulso e ela cai na sua mão.

A anã fez uma demonstração, como se estivesse com as mãos atadas, e a adaga caiu, obediente, em sua mão. Eficaz, como tudo que os anãos fabricavam.

– Use-a o tempo todo, mesmo à noite, no banheiro ou no chuveiro. O couro é de spalendital tratado, resiste à água. Os sequestradores não vão necessariamente esperar que você esteja vestida para sequestrá-la. Os cordões são feitos especialmente para que você não os sinta e para que não cortem a circulação. Portanto, ela nunca vai incomodá-la, mesmo dormindo. E basta apertar no cabo, aqui, para que a bainha que protege você se encolha.

Emocionada, Tara agradeceu e colocou a adaga na mesma hora. Fafnir tinha razão, não a sentia nem um pouco, a ponto de ter que arregaçar a manga para checar se estava mesmo ali. Fabrice e Pardal lhe deram um livro que tinham desenhado e decorado eles mesmos, também sobre suas aventuras em comum. Tara, encantada, mergulhou na leitura.

Pardal só tinha olhos para Fabrice.

Desde que voltara do continente proibido, ele se comportava de forma realmente curiosa. E sua missão junto aos vampirus não tinha melhorado as coisas. Em pânico, Pardal se deu conta de que estava perdendo Fabrice. E não sabia nem um pouco por quê. Seus sentidos superdesenvolvidos de Fera lhe diziam que ele estava tenso e incomodado. Mas cada vez que ela tentava tocar no assunto, à custa de enormes esforços, para vencer sua timidez, ele se limitava a negar, dizendo que estava tudo bem.

Mas as coisas não estavam nada bem. Ela precisava falar com Tara, só elas duas.

Xandiar também deu a Tara um presente curioso, na hora em que havia mais gente em volta dela. Uma carta, selada.

– Se eu morrer ou desaparecer – disse ele em voz alta e clara –, desejo que a senhorita abra este envelope e leia a carta. Ela lhe dará o nome de quem tentou matá-la na Floresta dos trolls, princesa, e que provavelmente vai me eliminar para que a senhorita não saiba de nada. Todas as provas estão no interior deste envelope.

Tara olhou para a carta como se fosse uma granada destravada e fez uma careta. Ela tinha visto filmes demais do tipo para ficar à vontade.

– Ehh, obrigada, Xandiar, mas talvez fosse mais simples que você me dissesse agora quem é, assim evitaríamos aquela coisa do homem que descobriu uma pista e que é eliminado logo antes de contar tudo para o herói ou heroína, hein? Odiaria que você fosse assassinado.

O grande guarda sorriu, muito à vontade em seu magnífico uniforme de cerimônia púrpura e ouro.

– Entendo, mas se isso não a incomoda, prefiro esperar mais um pouco.

Então fez uma mesura e se retirou, apesar dos protestos. Tara enfiou a carta no bolso, na frente da metade da corte que a observava com atenção, e deu um sorriso sutilmente ameaçador. Se seu inimigo estivesse no lote, melhor que se sentisse em perigo em vez de atacar Xandiar.

Quando os convidados foram embora, devidamente entupidos de bolos de trigo azul, de mel de bizzz, de manteiga e de creme de balbuna aromatizada de miam-miams e de tzinpaf, Pardal esperou que Robin e os outros fossem dormir para voltar à suíte de Tara. Mas, quando pediu à porta que se abrisse para ela, a dita-cuja lhe respondeu secamente que a herdeira estava dormindo.

Pardal, que por um instante foi abatida por uma crise de timidez, quase deu meia-volta. Mas ela tinha um problema enorme, e a única pessoa com quem podia discutir era Tara. Ela se transformou em Fera. Como de costume, o poder quase a fez gritar de alegria. Seu corpo inchou e ondulou, e alguns segundos depois três metros de músculos, presas e garras estavam na frente da porta. Ao seu lado, Shiba, seu Bicho de Estimação, magnífica pantera prateada, pôs as garras para fora e olhou para a madeira com ar insistente.

– Eu disse – insistiu Pardal com uma magnífica voz cavernosa – que queria ver a herdeira.

– Eh, bom, vou avisá-la já, já – gritou a voz da porta, cujo olho único se arregalou.

Ela se abriu menos de um minuto depois. A herdeira aceitava receber a Fera.

Dentro da suíte, Tara, esfregando os olhos adormecidos, a recebeu de pijama.

– Oquitácontexendo? – ela perguntou abafando um bocejo.

– Fabrice não me ama mais! – Pardal exclamou.

E a enorme Fera caiu no choro

E foi assim que Tara se viu, às duas horas da manhã, dando tapinhas nas costas de uma Fera em pleno ataque de nervos. Enquanto Shiba, em pânico, dava voltas na suíte grunhindo, sob o olhar preocupado de Galante.

Depois do sexto lenço e da terceira declaração totalmente incoerente (as presas de Pardal às vezes a atrapalhavam para falar, e então ela prendia a língua), Tara perguntou gentilmente.

– Se você pudesse se retransformar seria ótimo, por favor. Desse jeito fica difícil eu fazer um carinho, já que você é três vezes maior do que eu.

A Fera estava despencada contra Tara, que estava com o nariz enfurnado nos pelos da outra, o que fazia cócegas, enquanto tentava desesperadamente manter suas costas intactas.

– Ah! Claro, me desculpe.

E a Pardal de sempre reapareceu sob as presas da Fera, com os olhos e o nariz vermelhos.

– Então, repita o que você dizia. Você acha que Fabrice não ama mais você?

– Não, eu *sei* que Fabrice não me ama mais. Enfim, não como amava antes. Desde que virou um lobohomem, pensei que sua estup... sua busca de poder ia passar. Mas ele continua fascinado por tudo que é forte, por tudo que é conquistador. Ele adora ficar com os outros lobos. E na verdade fica cada vez menos em Lancovit. E, além disso, sei tudo sobre os costumes de caça e de... *Amor* dos loboshomens. Para eles, é como para os elfos, é muito natural.

Ela lançou um olhar preocupado para o teto e mudou o final de sua frase, prudente.

– Acho que o único meio de ficar com ele é a gente outracoisar!

Chocada, Tara recuou.

– Você quer... Quer outracoisar com ele? Para que ele fique? Esta é mesmo uma supermá ideia, Pardal. E, na minha opinião, isso não vai mudar nada! Se ele não ama mais você, não é... outracoisando com ele que vai acertar as coisas, hein!

– Mas o que mais posso fazer?

Tara se afundou no sofá branco, agora cheio de pelos da Fera.

– Você já tentou conversar com ele sobre tudo isso?

– Claro! Ele evita o assunto, diz que me preocupo por nada, e que ainda me ama. Mas sinto que as coisas não vão bem. Por que ele está fazendo isso? Se não quer mais saber de mim, seria mais simples me dizer logo de uma vez.

Tara não sabia como reagir, abalada pelo desespero da amiga.

– Você quer que eu fale com ele?

Pardal sacudiu a cabeça.

– Não. O que é que ele vai dizer? Se ele realmente tem outra namorada, não vai confessar isso nem para você, nem para mim.

– Você tem razão – Tara disse –, temos que pedir a um garoto para falar com ele.

– Um garoto? Você acha?

– Sim, entre garotos eles se dizem coisas que não diriam às garotas.

– Você vai pedir ao Robin?

– Ao Robin não, ele não é suficientemente int...

Apavorada, Tara se deu conta do que ia dizer. Que Robin não era suficientemente inteligente. O que era falso, pois o semielfo era totalmente inteligente. Mas não muito esperto. E fácil de enganar. Não, neste caso, do que elas precisavam era de um mestre, um mestre na arte de roubar, os bens, assim como as informações.

– Vamos pedir para o Cal.

Cal tinha voltado para Lancovit, onde o dia ainda estava na metade, e não gostou muito de ser acordado por Pardal e Tara em plena soneca. Ele chegara a Omois de mau humor e entrara na suíte se esticando todo.

– Pelas entranhas de Bendruc, o Feioso – ele resmungou –, eu tinha acabado de pegar no sono. O que é que está acontecendo?

O coração de Tara ficou apertado. Normalmente, o amigo delas teria acrescentado "Ainda temos o mundo para salvar? Essa história está ficando cansativa", ou qualquer outra tirada sutil. O fato de ele não ter feito isso mostrava a profundidade da sua tristeza, e como não estava tomando cuidado para não demonstrar como realmente se sentia.

– Desculpe por tê-lo perturbado – Tara respondeu devagar. – Pardal tem um problema com Fabrice e você é o único que pode nos ajudar.

Cal arregalou os olhos.

– Um problema? Ele está doente? Achava que os loboshomens não ficavam doe...

– Não, não é isso!

E Pardal lhe explicou tudo, só não falando da ideia de outracoisar.

– Você quer que eu o faça entregar a rapariga? É isso?

– Cal, pare de usar expressões terrestres. Juro que fica muito estranho. É entregar a rapadura, não a rapariga.

– Oooh, se isso não lhe agrada, senhoritaprecisodevocê, posso voltar para minha cama, hein?

Pardal retorceu as mãos e Tara lançou um olhar impaciente para Cal.

– Cal, não brinque, dá para perceber que ela está magoada!

Um pouco do antigo Cal reapareceu no tom sarcástico:

– *Pfff*, claro que vou falar com ele, e vai ser agora. Ele provavelmente vai estar dormindo e pimba, arranco a verdade dele em um segundo. Mas tenho uma pergunta.

– Pode mandar.

– O que vocês vão fazer se ele me responder que tem outra namorada e que não quer mais saber de Pardal?

– Então sou eu que vou terminar – Pardal declarou, apesar da dor. – Não mereço ser tratada assim. Quando não se ama mais alguém, deve-se ter a coragem de dizer. Senão, é coisa de covarde mentiroso.

Inconscientemente, seus dedos se curvaram em garras, e Cal podia jurar que seus dentes estavam se esticando. Fabrice era louco de brincar com aquela garota, ele ia acabar perdendo a própria pele.

Ele concordou com a cabeça.

– Sim, evidentemente, visto por esse ângulo... Esperem aqui meninas, já volto.

Cal se mandou pelo corredor e voltou para Lancovit, onde Fabrice tinha ido para apanhar alguns objetos pessoais no quarto.

O Castelo Vivo não criou problemas para dar ao Ladrão um acesso discreto ao quarto. Isso não era lá muito "dentro da lei", mas ele sabia que Fabrice e Cal eram amigos.

O Ladrãozinho se deu conta de que nunca tinha entrado no quarto de Fabrice. E o que ele viu o deixou de boca aberta.

Para aqueles jovens fadaceiros, os quartos do castelo iam aumentando proporcionalmente à força de seu poder. No começo, Fabrice, o mais fraco deles, só tinha um quartinho, bem pequeno. Agora, esse aqui era nitidamente mais espaçoso e tinha ainda uma sala com belo acabamento em madeira clara, na qual Cal acabava de entrar, uma biblioteca cheia de livros nervosos, uma cozinha imaculada e dois quartos. Fabrice devia estar dormindo em um deles. Cal examinou o lugar à luz das duas luas do OutroMundo que passavam pela janela aberta.

Para um fadaceiro tão... Fabrice tinha acumulado um número considerável de livros e objetos que tratam de magia.

Mas num nível... obsessivo. Tudo o que estava ali servia para aumentar, reforçar, purificar o poder dos fadaceiros. Era surpreendente.

Era principalmente assustador.

Cal se aproximou e folheou um livro. Estava coberto de perigosos feitiços e era proibido aos fadaceiros de nível inferior a três mil pontos. Mas Fabrice, apesar de sua nova natureza de lobohomem, mal chegava a mil pontos. Seu amigo estava sendo inconsciente por lidar com forças tão perigosas.

Ele também tinha juntado ingredientes uns mais estranhos do que os outros. Cal viu uma pedra de vuivre, tripas de vlutur se contorcendo dentro do vidro, desidratado de gambola e até um gambola inteiro, em uma jaula, resplandecente de fluido mágico.

Fabrice devia gastar todo seu salário de primeiro fadaceiro com tudo aquilo.

Pardal tinha razão. A obsessão de Fabrice não tinha desaparecido, apesar de sua transformação. Muito pelo contrário.

Ele foi para o quarto do amigo e ia empurrar a porta quando Fabrice, transformado em lobohomem, a abriu de um tranco só. Louri'nho gritou, assustado, e recuou.

– Uau! – disse Cal, recuando. – Calma, sou só eu!

– Você me acordou – resmungou o lobo –, senti seu cheiro.

Tudo bem, pensar em invocar um antiOdorus da próxima vez que quisesse assaltar um lobohomem.

– Lamento, mas vim falar com você.

Barune, acordado de repente por Louri'nho, que fungava para tudo quanto é lado, soltou um bramido assustado. Sob o impacto, a magia de Fabrice não conseguiu dar conta, e Barune engordou e cresceu, esmagando os móveis com seu peso.

O assoalho estalou de maneira preocupante. E Barune bramiu, com a cabeça enfiada no lustre de cristal, que mais parecia um chapéu ridículo.

Fabrice suspirou.

– Maldita magia, você entende agora por que quero ser poderoso? Não sou nem capaz de manter meu Bicho de Estimação miniaturizado.

Ele encolheu Barune de novo, antes que destruísse todo o quarto, e tratou de tranquilizá-lo.

Cal pensou que Barune era um mastodonte bonzinho e bem pouco esperto.

Ele olhou para o amigo lobohomem.

– Ei, não quer se transformar de novo, por favor? – pediu em tom queixoso. – Desse jeito você é bem assustador.

– Desculpe, virou uma coisa instintiva.

E então ele voltou a ser o velho e bom Fabrice de sempre, com sua roupa de fadaceiro formando uma calça de pijama, e acendeu a luz antes de se jogar numa confortável poltrona. Fez carinho em Barune e o pegou no colo. O mamutezinho azul caiu outra vez no sono, todo feliz, depois de todas aquelas emoções.

Se Cal fosse uma garota, admiraria o magnífico ventre de tanquinho de Fabrice. Mas como era um rapaz, contentou-se em pensar que o amigo tinha ficado musculoso pra caramba. Até demais.

– Bom, você queria o quê?

Ele não parecia incomodado que Cal tivesse visto todas as suas tralhas, como se não estivesse nem aí.

– O que é que está rolando entre Pardal e você? – Cal perguntou com franqueza.

Fabrice se empertigou e fulminou o amigo com o olhar.

– Foi ela quem mandou você?

– Não – Cal respondeu sinceramente, já que tinha sido ideia de Tara. – E então?

– Nada de especial. Nada que seja da sua conta.

E ele cruzou os braços e se fechou como uma ostra. Ai ai, melhor mudar de assunto logo, antes que seu amigo lobohomem se lembrasse que era forte o suficiente para jogar o pequeno Ladrão para fora em meio segundo. Cal olhou em volta e apontou para toda a bagunça mágica que Fabrice tinha juntado.

– Peraí, vocês não têm um filme, na Terra, *Guerra nas estrelas*, que mostra o que acontece quando se busca o poder pelo poder? Você viu como é que as coisas acabam para o sujeito? *Ops*, lá se vão as pernas, lá se vai a pele, precisa de um respirador artificial que faz *pchhhhhh pchhhhhh*, e ele perde todo mundo de quem gosta.

– Isso não vai acontecer comigo – resmungou Fabrice, achando a comparação engraçada. – Não perdi Pardal, Cal, nós apenas nos afastamos um pouco um do outro. Só quero é ter mais magia, só isso.

– Por quê?

Fabrice passou a mão no rosto para tentar ficar um pouco mais acordado.

– Você acabou de ver por que, com Barune. Porque sou o menos poderoso do grupo. Quando lutamos, muitas vezes vocês precisam vir me ajudar, minha magia não é suficiente e... isso acaba comigo.

– Já não mais. Agora, graças à sua condição de lobohomem, você não tem mais nada a temer, e nós é que vamos precisar de você. Os loboshomens não usam magia, se eu me lembro direito, ao contrário de você, o que lhe dá uma vantagem extra. E não é nada óbvio que um fadaceiro, digamos "normal", saia vencedor a cada vez que lutar contra um lobohomem. Vocês são rápidos, poderosos e, principalmente, invulneráveis. A menos que sejam usadas armas de prata ou que alguém consiga cortar sua cabeça, é quase impossível matá-los! Se isso não é ser poderoso, o que é que é, então?

Fabrice ficou pensativo. De repente ele sorriu e Cal se arrepiou, ao constatar que as presas de seu amigo eram um pouco mais pontudas do que deveriam.

– Você está certo, é realmente pirado isso de colocar em risco meu amor e meus amigos por causa de um sonho maluco. Amanhã vou me livrar disso tudo e vou pedir desculpas a Tar... a Pardal.

Meio abalado com a súbita rendição de Fabrice, Cal gaguejou:

– Bom... Sim ... Sim, eu... Mas...

– Perfeito, fique tranquilo. Pardal é e continua sendo meu amor, eu só estava meio perturbado com meu novo *status*.

Ele se levantou, colocou Barune em cima de uma almofada e segurou o braço de Cal, que se viu atirado contra a porta, antes de entender o que tinha acontecido.

– Obrigado – Fabrice disse, ainda sorrindo –, você realmente me abriu os olhos.

E bateu a porta da suíte.

Atônito, Cal fixou a madeira escura da porta, que se contorcia, irritada por ter sido batida tão forte por Fabrice. Lour'inho soltou um latido de lamento, pois ele também tinha levado um susto.

– Pelos bigodes de Kelembar,[4] mas o que deu nele? – Cal murmurou. – *Snif, snif*, isso tudo não está cheirando nada bem. Vou vigiá-lo um pouco para ver se entendo o que está acontecendo.

Ele voltou para Omois onde reencontrou as duas garotas. Apesar de Pardal já ter secado suas lágrimas, seu olhar ainda era um lago de angústia.

– E então? – ela perguntou com a voz embargada.

Cal fez uma careta, e ela ficou mais tensa ainda.

– Ele disse que ainda ama você – o Pequeno Ladrão disfarçou. – E que você não devia se preocupar, pois ele só estava tentando se acostumar à sua nova condição de lobo. E ele também disse que ia se livrar das poções e dos livros de magia, e desistir de se tornar mais poderoso, porque sendo um lobohomem ele pode de agora em diante nos proteger, em vez de depender de nós. É isso, é isso.

Pardal, infinitamente agradecida, bebeu tudo o que Cal falou, como se fosse o mais precioso dos néctares. E ele, bocejando com vontade, ofereceu a ela um braço cavalheiro para acompanhá-la até Lancovit.

Quando ficou sozinha, Tara se deitou, mas não conseguiu dormir, apesar do cansaço, e sentiu que um de seus dois amigos, talvez os dois, ia sofrer.

E dessa vez não havia nada que pudesse ser feito.

---

[4] Deus dos mentirosos. Quanto mais perfeitas suas mentiras, mais seus bigodes são lindos. No OutroMundo, "Maldito Kelembar" é um insulto que quer dizer "Maldito mentiroso sem escrúpulos".

20

Jar, ou: como bancar o esperto, esperto e meio, e ganhar.

No dia seguinte, Fabrice caprichou. Ele chegou com um enorme maço de flores para Pardal, que fez Cal e Lour'inho espirrarem por cinco minutos.

Pardal, paralisada por uma nova crise de timidez, não se atreveu a confessar o que pensara dele. Mas ficou sem graça quando ele a beijou distraído, inteiramente concentrado em... Ela não sabia direito no quê. Em sua bendita busca de poder, mesmo que ele dissesse não se preocupar com isso? Em sua condição de lobohomem?

Em sua relação com ela?

Azar, ela tinha que entender. Isso a roía por dentro. Demais.

Tomando a iniciativa, ela atraiu Fabrice para a suíte desocupada emprestada pela imperatriz, onde reinava um cheiro meio estranho, e tomou coragem para perguntar. Ela tinha ensaiado a noite toda. E conseguiu dizer tudo de uma vez, quase sem gaguejar.

– Fabrice, vo... Você ainda me ama?

Ele olhou para ela como se tivesse duas cabeças.

– Trouxe flores para você, não?

Ela mergulhou seus olhos castanhos naqueles olhos negros que sempre a faziam sucumbir.

– Isto não é uma resposta.

Irritado, ele se levantou. Pensou que seria fácil, mas não estava sendo. Por um lado, sua ânsia de poder era tudo que importava para ele, apesar do que tinha dito para Cal. Por outro, ele gostava mesmo de Pardal. A pergunta era: gostava o suficiente?

Ele olhou para ela. Olhou de verdade. Nervosa, ela torcia as mãos, as lágrimas na beira dos olhos. Ela parecia tão... frágil! Tão sem agressividade! E, no entanto, sob sua forma de Fera ela era mais poderosa do que ele, apesar de ser possível feri-la com mais facilidade.

Mas, comparada com Tara, que encarnava o verdadeiro poder, ela parecia bem apagada, a frágil princesinha de Lancovit.

Sem se dar conta de que Fabrice a examinava, Pardal especulava o que tinha dado errado. Estava tudo indo tão bem! Fabrice era muito diferente dos fadaceiros do OutroMundo, cuja arrogância tanto a intimidava. Era justamente isso que a tinha atraído nele no começo. Essa fragilidade, essa necessidade que ele tinha dela. Ele tinha mudado tanto!

Ela se concentrou. Mesmo doendo, mesmo sentindo medo, ela precisava saber.

– Então? – ela disse com voz trêmula.

– Claro que ainda amo você – ele respondeu, irritado. – Que pergunta! Por acaso fiz alguma coisa que fizesse você pensar o contrário?

Oh, sim! Ela quis responder um montão de coisas. Mas não ousou.

Apenas abaixou a cabeça. Seus longos cabelos escondiam seu rosto, como quando era menininha e tinha medo.

Fabrice suspirou. Ele percebia que a estava magoando. Ele se agachou e a tomou nos braços, sentindo suas lágrimas quentes encharcarem sua camisa.

– Calma, calma – ele disse com doçura –, não se preocupe, tudo vai dar certo. É só que... que eu não domino as coisas como gostaria. Me dê... Me dê um tempo por favor, tenha paciência comigo. Tá bom?

Ele ergueu seu rosto terno, enxugou as lágrimas e tocou levemente seus lábios, num doce beijo. Pardal deixou que ele a puxasse contra seu ombro.

– Será que... Será que é porque eu não quero... Eu não... Sabe? Porque podemos... Se você quiser... Podemos, enfim, você entende o que estou dizendo?

Perplexo, Fabrice ergueu as sobrancelhas.

– Ahhhn, não, nem faço ideia. Podemos o quê?

– Fazer o que você faz com as lobas do Continente, sabe, outracoisar. É bem natural para os lobos, nada anormal. Eu entendo.

Mas a dor em sua voz dizia que não, que ela não entendia.

Fabrice abriu a boca, quando finalmente entendeu o que Pardal queria dizer. Droga, ele tinha se esquecido de que ela conhecia os hábitos das trocadeiras, claro.

Droga não era um palavrão interno suficiente. Merda era mais apropriado. Merda, merda, merda.

Pardal sentiu que tinha se empertigado. E mobilizou todas as suas capacidades para descobrir se ele iria mentir. Às vezes, sua condição de Fera passava por cima de sua condição humana e sua sensibilidade, seu faro e sua visão eram multiplicados por dez. Ela saberia, oh sim, ela saberia.

Infelizmente!

– Por que você diz isso? – ele perguntou em tom desconfiado. – Eu não outracoisei, como você disse, com as lobas.

Ele estava dizendo a verdade. Melhor ainda, ele *tinha cheiro* de verdade, e Pardal quase caiu no choro de novo, de tanto que ficou aliviada.

– Então... Você não quer outracoisar com elas?

– Caramba, Glória, mas o que deu em você? Você diz que estou estranho, mas, acredite, você é que está estranha – mais uma vez ele não tinha respondido. Ela levantou o rosto e enfiou firmemente seu olhar dentro do dele.

– Mas eu topo – ela disse claramente, com as bochechas pegando fogo.

Fabrice mais parecia um boi nocauteado pela queda de um dragão. Pardal quase caiu na risada.

– Você... você quer outracoisar comigo porque eu não outracoisei com as lobas? – acabou balbuciando.

– Não! Quer dizer, sim. Quer dizer, você entendeu o que eu disse! Amo você, Fabrice, então, se para ficar com você eu tiver de outracoisar, então v'ambora, outracoisemos!

Fabrice deu uma risadinha.

– Me desculpe, mas, dito assim, não é muito romântico. E, além disso, não é o que eu quero.

Pardal arregalou os olhos. Ah é? Ela achava que todos os rapazes só pensavam naquilo.

Todos os garotos, menos aquele pelo qual ela estava apaixonada, aparentemente. Ela deu um pequeno suspiro interno e afastou os cabelos de seu rosto ainda molhado.

– Mas Fabrice, o que é que você quer? É só dizer que eu dou agora!

Ele a fitou intensamente, como há poucos minutos, não enxergando no entanto o rosto adorável, os lindos olhos dourados, verdes e castanhos, a boca rosa e macia, inconsciente do tesouro que possuía, e que no entanto ele estava destruindo.

Ele esfregou os olhos. E evitou lhe dizer que para certos rituais a castidade era indispensável, assim como a virgindade.

– Não sei o que quero agora, Glória. Por enquanto, fiquemos assim, e quando eu descobrir, conto.

– E então o que vai acontecer?

– Não sei – ele repetiu.

A dor que Pardal sentia era tão grande, que tinha a impressão de estar sendo triturada de dentro para fora.

– Se é o que você quer – ela disse com coragem, com o queixinho tremendo –, então é o que faremos.

Aliviado, aprisionado por uma carência que não podia analisar, ele preferiu ignorar a dor da garota.

– Obrigado. Você é maravilhosa – ele disse covardemente. – Venha, vamos encontrar Tara, e, acima de tudo, nem uma palavra com ninguém sobre nosso acordo. Não quero preocupar nossos amigos por nada, tudo bem?

Isso significava não comentar com Tara. Ela tomou uma grande inspiração e mostrou um sorrisinho triste e resignado.

– Tá certo.

Saíram da sala de mãos dadas, como se nada tivesse acontecido. E somente o rosto avermelhado de Pardal e seus olhos afogados em dor poderiam dizer algo.

Mas ninguém percebeu.

Tranquilizada pelas flores trazidas por Fabrice e ignorante do drama que sua amiga vivia, Tara mergulhou no trabalho.

Pois tinha recebido um convite oficial de Dranvuglispenchir.

Convite para assistir a uma coroação. Em nenhum lugar estava indicado quem seria coroado, e mais uma vez as picuinhas dos dragões importunaram os humanos.

Tara desconfiava que fosse mestre Chem, se bem que passar diretamente da prisão ao trono era no mínimo inédito. E, neste caso, por que diabos ele não tinha entrado em contato?

Lisbeth, em plena negociação com os saltaranos, para fazer cessar o tráfico de escravos, não podia se deslocar, mesmo que só por alguns dias. O que estava em jogo era importante demais. Ela, então, mandou responder a Dranvuglispenchir dizendo que não podia estar presente, apesar de desejar, mas que enviaria a herdeira de Omois em seu lugar.

Ela não tinha sido a única a receber o convite. Representantes dos países mais importantes do OutroMundo também foram convidados. Varius Duncan, conhecido como o Renegado, por uma razão que Tara ainda não tinha descoberto, representava os mercenários do reino dos Malvados; os aranhos enviariam Drrr, o que agradou a Cal e empalideceu Fabrice, totalmente aracnófobo. O rei Bear e a rainha Titânia representariam Lancovit. Assim sendo, era uma honra incrível e única, pois como os dragões não haviam coroado nenhum rei em milhares de anos, nenhum humano nunca tinha assistido a uma coroação.

De repente, o dia tranquilo pós-aniversário, quando tudo o que se faz é digerir os bolos, os cremes, com sensação de estar pesado e empanturrado, se transformou numa sucessão de preparativos frenéticos para a próxima partida para Dranvuglispenchir. Tara teve de absorver rapidinho o idioma dragão, e sua cabeça ficou ecoando SSSS e CHHHH o dia inteiro.

Ela ficou conhecendo a representante dos dragões, Setos, que era uma wiverne dourada. As wivernes eram menores, só com dois metros de comprimento, e mais ágeis que os dragões. Equipadas de quadris giratórios, como os ursos, elas podiam ficar indiferentemente de pé ou sobre quatro patas, e pareciam longos chicotes nervosos e musculosos. A seu modo, elas também eram impressionantes. Setos usava em seu flanco uma garra atravessando um círculo, emblema dos membros do governo. Ou seja, ela era a embaixatriz junto de Omois. Sua Excelência Setos, então.

Setos chegou com um dia de antecedência. Ela apresentou suas credenciais à imperatriz e a Tara e lhes entregou sua permissão de livre passagem. A lista dos acompanhantes da jovem herdeira foi registrada. Xandiar e Tara estavam encantados. Xandiar porque tinha conseguido se impor, e Tara porque tinha conseguido tomar o lugar de V'ala, que ficou no OutroMundo.

Ufa!

Grr'ul também estava na viagem, assim como Robin, Cal, Pardal, Fabrice, Fafnir (a wiverne tinha se surpreendido ao ver o nome de Fafnir Forjafogo na lista).

Tara sorriu internamente. Sim, levar uma anã guerreira dona de um humor de rinoceronte com dor de dente à casa de seus inimigos hereditários não era uma boa ideia.

Azar.

Kyla e A'rno ligaram para Tara (no meio da noite, é claro) e suplicaram para que a jovem herdeira os deixasse ir, mas Tara foi bem firme. Nem pensar em levar aquelas duas catástrofes ambulantes com ela. Ela soube que eles tinham entrado em contato com os membros da gangue mágica e que haviam trocado mensagens misteriosas com Cal.

O que não a tranquilizou.

A wiverne retransmitiu a lista ao seu governo, que comunicou que não era possível receber tanta gente. Sem levar em conta os rugidos indignados de Xandiar, eles tiveram que eliminar uma parte da escolta da herdeira, passando de mais de duzentos guardas a vinte thugs. Lisbeth e Xandiar precisaram ceder, mas não ficaram nada contentes.

Apesar de todos os seus esforços, no fim do dia Tara não pôde ir ao baile noturno de MontanhaCristais. Ela estava realmente muito ocupada. Robin foi sozinho, e voltou com uma grande ruga de contrariedade no meio da testa. Era tarde, Tara estava compilando tudo o que precisava fazer e dizer em Dranvuglispenchir em nome de Omois, quando ele entrou em sua suíte e se jogou num sofá, depois de beijá-la distraidamente.

Tara odiava ser beijada distraidamente. Era muito... muito... casal antigo! Ela afastou seus papéis e uma mecha que lhe caía em cima do olho, e olhou para Robin.

– É ele mesmo – Robin resmungou, depois de alguns segundos. – Mudou as tatuagens, está mais magro e fica em uma bolha de água, como os tritões, mas eu o reconheci na hora. E sabe o que mais?

– O quê?

– Ele convidou outros tritões dos Mares das Brumas. E aposto dez contra um que a linda sereia pela qual ele parecia tão entusiasmado é sua ex-noiva, que também não o reconheceu. Estou achando que essa história vai acabar mal!

Tara, que sentia um bolo no estômago por causa de sua partida próxima, se lixava para o tritão, assim como para a sua primeira fralda.

Ela se espreguiçou como um gato, sabendo perfeitamente que isso valorizava sua silhueta.

Robin olhou para ela e gemeu.

– Tara!

– Sim, meu querido?

– Não faça isso, por favor. Parece a V'ala. Se me provocar, vai ter que aguentar as consequências!

Tara deu um sorrisinho maroto e se recostou na cadeira.

– Desculpe.

Seu tom não indicava o menor sinal de remorso.

– Hum – fez o semielfo –, se não fossem esses malditos alarmes, colocaria você no meu colo e daria umas boas palmadas no seu traseiro, para você não brincar assim comigo. Infelizmente acho que eles considerariam isso um tipo de jogo sexual estranho e teríamos sirenes berrando e toda a corte à nossa volta, com sorrisos totalmente idiotas na cara.

Tara desatou a rir, levantou-se da escrivaninha e se sentou a seu lado. Ele a tomou em seus braços, sem que seus corpos se aproximassem demais.

– Tem um lugar em que ainda não testamos – ele sussurrou –, respirando deliciado o cheiro de lavanda dos cabelos dela.

– Não? Qual?

– A cozinha!

– Sempre tem uma boa dezena de pessoas na cozinha. Vinte e seis horas em vinte e seis. Não vai dar certo. E, ainda por cima, se detonarmos os alarmes e isso desandar os molhos, o cozinheiro imperial arrancará nosso couro cabeludo!

– O canil?

– Siiiiim, superdiscreto. Seríamos devorados pelos cachor'trix ou aprisionados pelos guardas, excelente ideia.

– Você também não está fazendo força, não é Tara?

– Em Dranvuglispenchir não haverá sirenes.

Ele se arrepiou de contentamento com aquela ideia.

– Você não tem ideia, meu amor, de como isso é difícil.

Tara se virou para ele e mergulhou seus olhos azuis nos olhos de cristal do semielfo.

– Tenho só quinze anos. É... é muito cedo. Não estou pronta. Vocês elfos fazem isso como se fosse simples como... ir ao banheiro. É muito diferente para nós, humanos!

– É, eu já tinha percebido – o semielfo suspirou. – Mas esperar até os seus dezoito anos...

– Eu disse que queria estar pronta. E seja dezessete anos, dezessete e meio ou dezoito anos não muda nada.

– Sim, sim, prefiro dezessete. Ganho um ano!

Tara voltou a rir e a tensão se dissipou. Ela entendia a frustração do elfo e a dividia com ele de certo modo, mas não tinha jeito. A educação terrestre que recebera era mais forte. Por enquanto, seriam bem-comportados. Depois, teriam centenas de anos para outracoisar todos os dias se quisessem!

Eles ficaram conversando na sala, agora lilás porque Tara estava cheia do branco, que lhe lembrava demais a Diluição de Eleonora. Tara adorava ouvir Robin contar suas histórias de caça aos piratas. Ela percebeu subitamente que precisava admirar Robin, não somente amá-lo. Pela sua coragem, é evidente, mas também por sua lealdade e sua honestidade. Apesar de ela não apreciar muito vê-lo arriscar a vida com tanta despreocupação.

Ele a deixou por volta das onze horas, e Tara terminou seu trabalho. Ela ia tomar um banho e se deitar quando a porta anunciou problemas.

Seu irmão. Jar.

Tara esfregou os olhos, esgotada.

Havia um feitiço nesse planeta que fazia com que as pessoas viessem sistematicamente vê-la à noite? Ou alguém tinha armado um complô para privá-la definitivamente de sono?

Pensativa, ela pegou o anel e o colocou. E ordenou então à porta que abrisse.

Jar entrou na suíte com um passo arrogante. Ele tinha crescido nesses últimos meses, e alcançava sua irmã lenta, mas seguramente. Por causa das dificuldades ele amadurecera prematuramente, e a magia demoníaca insuflada por Magíster quando ainda era criança não melhorou as coisas.

Quando foi "capturado" por Omois, e depois quando Magíster largou os dois, ele e a irmã, para salvar a pele, Mara e ele tinham colaborado com o serviço secreto. Os interrogatórios foram superinstrutivos. Traumatizados, principalmente Mara, eles haviam descrito suas vidas sob o domínio de Magíster. Jar tinha contado sobre o seu medo quando o sanguerraba infectara os dois com a magia demoníaca, e ainda mais quando Os que Guardam e Os que Julgam atacaram, não os reconhecendo como os herdeiros de Semiderus. Magíster conseguiu salvar os dois irmãos por um triz, mas eles deixaram de ter interesse, porque agora lhe eram inúteis. Interrogada em separado, Mara tinha contado uma história um pouco diferente. Que seu irmão não teve medo da magia demoníaca, mas que tinha ficado aterrorizado pelos guardas, e que depois tinha ardido de vontade de resgatar sua honra, aos olhos de Magíster, quando ainda pensava que era seu filho.

Para Mara, assim como para Jar, descobrir que Selena era sua mãe não tinha sido necessariamente uma boa notícia. Eles não tinham muito respeito por ela, e ambos achavam que ela era fraca, estúpida e muito crédula. De fato, sentiam-se bem mais próximos de Lisbeth, o que resolveria totalmente os negócios da imperatriz. Se Tara, com todo seu poder, morresse ou desaparecesse, Lisbeth teria à sua disposição dois perfeitos herdeiros, mesmo que desconfiasse de Jar.

Os guardas e as governantas que cuidavam dele entregavam à imperatriz um relatório diário, que Lisbeth julgava útil repassar para Tara.

Tara se perguntava se um relatório idêntico era redigido sobre ela. De qualquer maneira, o tal relatório tinha sido instrutivo. Jar não era levianamente cruel, mas quando ficava bravo podia ser realmente perigoso. Ele manipulava todos, o tempo todo, sem descanso, vigiava-a tanto quanto ela o vigiava. Às vezes, Tara lamentava ver que seu irmão e sua irmã eram tão diferentes dela. Ela teria gostado muito de ter uma família mais unida.

Ao menos, ela tinha o amor incondicional de sua mãe e de seu bisavô, o que já era alguma coisa. Em relação à avó, ainda não tinha certeza. Nessas últimas semanas, todas as vezes em que telefonou para ela, Isabella Duncan tinha estado muito ocupada para atender. Era... irritante.

– Em que posso ajudá-lo? – ela perguntou educadamente a Jar assim que ele se instalou na sua frente, em uma magnífica poltrona roxa, dourada e cinza.

– Vim contar o que você provavelmente já sabe, caso tenha aberto a carta daquele palerma do Xandiar.

Tara franziu a testa. Ah! A última peça do quebra-cabeça se encaixava no lugar. Ela bem sabia que já tinha encontrado o homem que tinha manipulado os trolls. Mesmo disfarçado, era difícil dissimular tanta arrogância.

– Não, não abri. Então foi você que tentou me assassinar?

– Sim – respondeu Jar, amável –, fui eu. E se você tivesse sucumbido a uma armadilha tão óbvia não seria digna de reinar.

Tara sentiu sua irritação crescer diante de tanta desenvoltura.

– É essa a desculpa que você vai dar à nossa tia? Acho que não vai funcionar – ela respondeu, com a maior calma possível. – Ela não vai perdoá-lo por atentar contra minha vida.

Jar inspecionou suas unhas bem aparadas.

– Se você tivesse morrido, ela não teria escolha. E eu pensava ter escondido bem todas as provas. Mas Xandiar é igual a um canin'cão que não larga o osso. E não adianta insistir. Ele envolveu Senê Senssass, e a Camuflada é bem esperta para refazer o caminho até mim. E, além disso, sei que você veio me ver anteontem, mas a porta deixou claro que você não tinha batido nem tentado entrar na minha casa. Concluí, então, que você queria falar comigo sobre essa história. E aqui estou. Você precisa conseguir que Senê e Xandiar parem a investigação, Tara.

Ele tinha interpretado mal a presença dela na frente da porta e acabou entregando os pontos. Engraçado.

Tara sentou-se atrás de uma mesa, só para ter alguma coisa entre seu irmão e ela no caso de ele decidir atacá-la. Ela apoiou o rosto entre as mãos e perguntou:

– Você vai ter que me dar realmente um bom motivo. Isso não é um jogo. Você tentou me matar. Não tenho nenhuma compaixão, nenhum afeto por você. Por que ia querer salvá-lo?

– Suponho que o fato de eu ser seu irmão não seja suficiente.

– Não.

Ele suspirou.

– Era o que eu temia. E se isso ameaçar estraçalhar o coração da nossa mãe? Imagine a dor se ela souber que tentei matá-la. Não tenho certeza de que seu cérebro aguente. Você sabe, ela não é muito sólida.

Ele estava dizendo a verdade. Tara ia responder quando o anel em seu dedo apertou. De repente, ela teve uma visão incrivelmente clara do rosto de Jar. Por trás do olhar apreensivo e da falsa empatia, ela viu um bloco escuro de cálculo e ódio.

Seu anel tinha razão, Jar estava tentando manipulá-la usando seu amor pela mãe. Ela quase caiu na armadilha. Uma intensa tristeza apunhalou seu coração. E então seus traços se endureceram e, no espaço de um instante, Jar teve medo da irmã. Sentiu como um choque, não esperava por aquilo.

– Isso também não basta – Tara reagiu friamente. – Você é perigoso. O fato de ser meu irmão não mudará nada. Não serei fraca, Jar, certamente não com você.

Os olhos de Jar mostraram um brilho cruel, e o anel no dedo de Tara emitiu um novo formigamento de aviso. Ou porque ele reagia à aura de resíduos da magia demoníaca de Jar, ou porque não confiava no rapaz. Coincidência, Tara também não. Ela convocou sua magia, sem ativá-la totalmente, mas pronta para reagir.

Mas Jar tinha sido criado por um guerreiro. Ele reconheceu os sinais e relaxou voluntariamente. Iniciar uma luta com sua irmã, dentro do palácio, seria um grande erro.

– Não vim combatê-la – ele anunciou com cautela.

Tara inclinou a cabeça, mas ficou vigilante.

Então ela aguardou. O silêncio se eternizou. Ela tinha todo o tempo... Enfim, todo seu tempo de sono.

Jar ainda era jovem e impaciente. Acabou não aguentando.

– O que você vai fazer?

– Vou explicar à imperatriz que meu irmão de treze anos tem tamanha sede de poder que mandou me assassinar, fazendo-me passar por uma traficante de bangue-bangue. Depois deixo vocês dois se virarem.

O garoto engoliu em seco, sinceramente desorientado pela primeira vez na vida. Pensava que Tara era como sua mãe, fraca, e que se encheria de pena.

Mas ele estava percebendo que o OutroMundo tinha forjado Tara no fogo de suas dificuldades. Isso não o agradou nem um pouco. Também não agradava a Tara, mas ela não deixava nada transparecer. Há muito tempo tinha entendido como ele funcionava. Imitava Magíster. Por isso, demonstrar que não tinha pena dele era o único meio de sobreviver. Em todo caso, sem o anel sua atitude teria sido provavelmente diferente.

Ele se levantou e ela se retesou.

– Você aceita pelo menos que eu mesmo conte a verdade à nossa tia?

Tara deu de ombros. E o anel não reagiu.

– Não penso que isso mude alguma coisa, mas, sim, você pode falar com ela. Devo vê-la antes da minha partida, e nessa hora vou lhe contar nosso segredinho. Ou seja, você tem toda a noite para preparar seu discurso. Boa sorte.

Ele se inclinou imperceptivelmente, como se estivesse diante de um adversário de valor, e saiu. Assim que ele deixou o local, Tara ordenou à porta que não deixasse mais ninguém entrar, e chacoalhou os ombros para afastar o estresse. Galante, que tinha assistido a toda a cena, tenso de apreensão, se aproximou e esfregou a face macia no braço de Tara, que o abraçou e encostou sua bochecha no pelo imaculado.

– Sabe, Galante, eu poderia ter amado esse meu irmão mais novo. Mas ele é tão... tão furiosamente ambicioso que chega a ser assustador. Se ele já é assim com treze anos, imagino como vai ser quando tiver trinta!

Galante enviou a ela uma imagem de Jar com uma tremenda boca de tubarão, perseguindo uma Tara apavorada. Mas Tara não achou a menor graça. Estava morta de tristeza.

Ela foi até a ducha como se fosse sonâmbula, tirou a roupa e deixou o jato quente de água inundá-la. Encolheu-se em um canto da ducha e suas lágrimas escorreram. Todo mundo a invejava. As pessoas que a viam por fora só reagiam à sua posição, herdeira de Omois. A prata, o ouro, o poder. Isso ela tinha, sim. Mas sobretudo a pressão. O estresse. O dever. A aflição. A dor. O cálculo. Mas onde estavam o amor e o carinho? Sua tia a via como um instrumento, e Tara sabia que na verdade não gostava dela. Seu irmão a detestava, e sua irmã, Mara, a ignorava. Sua mãe estava a milhares de quilômetros, correndo o risco de ser sequestrada por um louco. Seu pai era um fantasma. Todos que se aproximavam dela, exceto Fabrice, Pardal, Robin, Fafnir e Cal, eram automaticamente suspeitos de ter interesse pelo que ela representava, e não pelo que ela era na verdade. Uma jovem adolescente que precisava enfrentar na marra responsabilidades assustadoras. O tempo todo.

Receoso, o elementar da Água reduziu o furioso pipocar que ela tinha ordenado a uma chuva fina de gotículas quentes. Tara sorriu palidamente e se ergueu de novo. Ela tinha coisas demais a fazer para ficar se lamentando sobre sua sorte. E, além disso, na Terra havia milhões de pessoas que mal sobreviviam, que morriam de fome, de miséria ou de solidão. Ela não tinha direito de se queixar.

Bom, só um pouquinho.

Ela apertou um botão e uma névoa de sabonete de lavanda pousou sobre seu corpo. Esponjas macias a massagearam, dissipando a tensão de seu pescoço e de sua nuca. A trocadeira resmungou. Encolhida numa bolinha, na nuca de Tara, ficando o menor possível, ela tinha pavor da água, e mais ainda de sabonete. Mas apesar de ser perfeitamente capaz de limpar Tara, graças a sua magia, ela ainda preferia as boas e velhas duchas... Modelito OutroMundo.

Um elementar do Ar secou seus cabelos e as escovas voaram para alisá-los. Ela se olhou fixamente no espelho. Olhos azuis-escuros, um pouco vermelhos devido ao choro. E o nariz também vermelho. Hum. Ela passou água fria no rosto. Chorar tinha feito bem. Agora, ela tinha de raciocinar, em vez de se lamentar. Se quisesse ser livre e fel... enfim, se quisesse viver com sua mãe sem temer o pior, precisava se livrar de Magíster de qualquer jeito.

Ela olhou para o anel na sua mão e lhe disse:

– Fizemos um bom trabalho, você e eu, Kraetovir. Mas gostaria que você fosse um pouco mais preciso, e me indicasse onde se encontra esse lixo do Magíster.

Já fazia longos meses que estava convencida de que o chefe dos sanguerrabas estava razoavelmente perto dela. Não necessariamente em seu círculo íntimo, mas inegavelmente no do palácio. Ele sabia de coisas demais, detalhes demais para ser um homem/ser/coisa vivendo do lado de fora.

Por enquanto, Tara não podia fazer muito mais que isso. Ela precisava de alguém ou de algo demoníaco para continuar suas experiências. E como mestre Chem estava preso, ela não podia lhe pedir que lhe confiasse o *Livro proibido*,[1] e Pardal também não conseguia recuperá-lo, pois mestre Chem tinha trocado as senhas.

E, por falar em senhas, ela se lembrou da carta que Xandiar lhe tinha entregado no dia do seu aniversário. Bastou uma palavra para a trocadeira, e a entidade mágica deu um jeito de resgatar a carta no meio da bagunça dos seus bolsos insondáveis.

---

[1] O *Livro proibido*, que conseguiu a façanha de matar Tara e Cal, o que salvou a vida deste último. Sim, realmente tudo isso não é lá muito lógico, mas foi o que aconteceu...

Curiosa, Tara abriu o envelope abarrotado de documentos.

Em branco.

Não havia nada sobre o grosso amontoado de folhas. Só o nome de Jar. Ela sorriu e saudou mentalmente a inteligência de Xandiar. Acusar um membro da família imperial de tentativa de assassinato contra a herdeira não era um bom plano de carreira. Entregar um envelope à herdeira, insinuar que as provas estavam no interior, a fim de forçar o envolvido a se revelar, isto era infinitamente mais esperto. Ele armara uma cilada para Jar. Parecia que, afinal, ele não tinha tantas provas assim.

Hum, todos tinham se tornado bem sutis nesse palácio.

Ela deu ordem ao quarto para que apagasse as luzes e se enfiou na cama com prazer. Galante pediu para ser miniaturizado e se aconchegou junto a ela, como a cada vez que ela precisava de consolo, o que ocorria com demasiada frequência nesses últimos tempos. Ela pegou no sono com um pensamento que lhe era totalmente tranquilizador.

Amanhã, ela partiria rumo ao planeta dos dragões.

Enquanto afundava no sono, ela esqueceu uma coisa. E uma coisa que era bem importante.

Ela se esqueceu de tirar o anel.

21

O reino dos dragões, ou: quando se visita algum lugar, é melhor ler as letrinhas miúdas na parte de baixo dos folhetos. Principalmente aquelas que têm o aviso: "Abandone toda esperança, você que entra"[1]...

A imperatriz tinha a expressão séria quando recebeu Tara, logo antes de sua partida. Expressão que contrastava com sua roupa vistosa, amarelo-limão, combinando com seus cabelos. Ou melhor, que combinava bem com seu humor.

Corrosivo.

– Acabei de me encontrar com Jar – suspirou –, temos um grande problema.

Tara deu um sorrisinho amarelo e quase retrucou que Lisbeth tinha um grande problema, mas ficou muda, curiosa para saber como sua querida tia ia sair dessa.

– Enquanto estiver aqui, ele vai representar uma ameaça para você – disse Lisbeth.

– De fato.

– E provavelmente ainda vai tentar matá-la de novo.

– De fato.

– O que não podemos aceitar.

– De fato.

Tara tentava ficar com o rosto tão impassível quanto o de T'ealc, o guerreiro Jaffa,[2] de quem era a réplica preferida. Mas seus "de fato" irritaram sua tia.

– Tara! – ela protestou –, você poderia ser um pouco mais cooperativa, por favor? Você tem ideia do que poderíamos fazer?

Sim, Tara tinha uma ideia. Sua solução era mesmo tão elegante e tão apropriada, que ela se perguntava por que não tinha pensado nisso antes.

– Talvez tenha uma ideia – ela disse. – Mas você tem que aplicá-la imediatamente e separar Mara de Jar.

---

[1] *A divina comédia*, de Dante Alighieri, para quem não leu, poema superinstrutivo sobre o inferno, o purgatório e o paraíso, escrito em 1400, e cujo objetivo é desestimular as pessoas más a serem más, quando descobrem o que as aguarda após a morte...

[2] *Stargate*. Dez anos de missões para salvar a Terra dos aterradores Goaul'd. Mas eu tenho que admitir que devoto um verdadeiro culto a O'Neil e a T'ealc.

O olhar da imperatriz ficou mais afiado.

– Não posso jogá-lo na cadeia, nem pensar em executá-lo.

Tara deu umas risadinhas.

– Oh não, o que tenho em mente é bem pior!

– O que quer que eu faça?

– Entregue Jar a Isabella, minha avó na Terra!

A imperatriz ficou boquiaberta.

– Co... como? – ela balbuciou por fim.

Tara não podia dizer: "Qual parte de 'entregar Jar a Isabella, minha avó na Terra' você não entendeu?", e guardou sua ironia no bolso junto com seu lenço.

– Na Terra os poderes de Jar estariam diminuídos – ela explicou pacientemente. – E minha cara avó seria capaz de dominar o próprio Magíster se ele caísse em suas mãos. Não acho que Jar tenha porte para resistir. E, além de tudo, foi ela quem me criou. Acredito que ela vai achar muito divertido cuidar do meu irmão.

Não, os dois iam odiar.

Perfeito.

Pelo menos uma vez a imperatriz é que ficou desestabilizada. Por um lado, preferia ficar com seus herdeiros sob sua asa, por outro, era óbvio que Tara + Jar no mesmo lugar = morte de um dos dois ou uma grande explosão no palácio, talvez até tudo ao mesmo tempo. Ela refletiu intensamente. E então deu um sorrisinho. *Hahhhhaaah*, ver a cara de Isabella quando ela fosse anunciar sua decisão. Sim, valia a pena. Era uma boa ideia. Melhor, era uma excelente ideia.

Ela abriu um maravilhoso sorriso para Tara, que retribuiu, e no espaço de um instante elas ficaram incrivelmente parecidas. E ambas tinham a mesma expressão satisfeita, de tubarão preso em um aquário com um peixinho vermelho.

– Você quer dizer a ele – perguntou a imperatriz –, ou vai deixar esta tarefa para mim?

– Devo partir em alguns minutos – retrucou Tara, que não tinha a intenção de enfrentar a raiva de Jar e ainda menos a da sua avó. – Então deixo esse prazer para você.

– Bom, bom – alegrou-se a imperatriz esfregando as mãos. – Já que é a primeira vez que posso me divertir, vou aproveitar. Mas, antes, gostaria que você levasse o zinvisível S'ssset com você. É um lagarto, e com certeza é mais difícil ele ser descoberto pelos dragões, e gostaria que ele passeasse um pouco na casa de nossos queridos aliados, só para aprender um pouco mais sobre seu mundo. Ele está aqui nesse momento, esperando pela sua decisão.

Tara concordou. S'ssset, camaleão gravador inteligente, já tinha salvado sua vida, quando foi capturada por Magíster.

– Está certo, S'ssset, apareça, por favor – ela pediu –, pode vir comigo.

Imediatamente materializou-se à sua frente um enorme lagarto de escamas negras com estrias verdes e a boca coberta de presas venenosas. E o olhar um pouco ansioso. S'ssset não tinha esquecido seus últimos encontros, em que Tara o ameaçara de transformá-lo em bolsa de luxo se ele espionasse sem sua autorização.

– Messsstra – ele assobiou –, essssstou àsss suassss ordenssss.

– Não fique invisível – especificou a imperatriz –, os dragões o descobririam imediatamente. Mas eles ignoram as particularidades da sua raça. Fique sobre o ombro de Tara, e então esgueire-se discretamente, assim que estiverem em Dranvuglispenchir. Cuidado, pode haver dispositivos de escuta no quarto de Tara, os relatórios terão que ser feitos em um local em que ninguém possa escutá-los.

– Bem, messsstra – respondeu o camaleão.

Tara o pegou e o colocou em cima do ombro fazendo uma careta. O animal era pesado. Seu pégaso resfolegou, incomodado e ciumento, mas Tara fez um carinho nele, enviando pensamentos aconchegantes. Ele subiu em cima do seu outro ombro e Tara se viu carregando dez quilos extras, de lagarto e de pégaso. Vendo pelo lado positivo, ela não tinha tido tempo de fazer ginástica...

A imperatriz se levantou e abraçou Tara para se despedir, quase derrubando os dois animais.

– Cuide-se bem, mocinha, seja prudente, e volte logo.

Tara sorriu para ela, apreciando a preocupação sincera da sua voz. Então, a imperatriz vestiu de novo sua máscara e ordenou ao computador que lhe abrisse um canal de comunicação. Tara deixou-a diante do seu painel de cristal, ativando o prefixo da Terra. Ela fechou a porta, mas ficou atrás dela sem se mexer. Com o ouvido pouco protocolarmente colado em Grr'ul, que ela tinha deixado do lado de fora durante sua audiência com a imperatriz, os dois guardas a olharam com surpresa.

De repente houve um barulhão, como uma explosão, seguido de uma torrente de gritos indignados. Os guardas e o troll se assustaram.

Ah, aparentemente sua avó estava em casa. E se ela não tivera tempo de falar com a neta, para falar com a imperatriz de Omois ela tinha. Distraidamente, Tara se perguntava o que tinha causado tamanha explosão de fúria. E então começou a rir e foi até as Portas de Transferência onde Cal, Robin, Pardal, Fabrice, Fafnir, Xandiar e seus guerreiros, além dos diferentes membros de sua escolta, aguardavam por ela.

Os dragões só tinham autorizado uma missão em seu planeta, representando a totalidade do OutroMundo. Nesse momento, a embaixada de Dranvuglispenchir era comandada pelo embaixador Kraoto'r, um edrakim, aquela curiosa raça bípede peluda que habitava a enorme ilha de Patrok, no OutroMundo.

Para facilitar o trabalho de representação de Omois junto aos dragões, Lisbeth tinha adicionado seu próprio embaixador à escolta de sua herdeira, um primo da dama Kali, que, como ela, tinha seis braços e se chamava Kaliprimo.

Kaliprimo parecia completamente apavorado com a ideia de ir para o planeta dos dragões, e engolia em seco nervosamente o tempo todo.

Tara esperava que ele não desmaiasse ao chegar a Dranvuglispenchir.

Robin, com quem ela tinha tomado o café da manhã, lhe sorriu, mas os outros que ainda não tinham estado com ela a abraçaram.

A wiverne, Sua Excelência Setos, olhou para S'ssset com interesse, e então se levantou sobre as patas traseiras, com as escamas douradas reluzindo sob o sol que entrava em abundância pela janela da sala de embarque.

– Todos estão prontos? – ela perguntou com uma dicção cheia de assobios. – Então, peguem essas máscaras, vocês vão precisar delas em uma primeira fase, para poder se acostumar à nossa atmosfera.

Cal fez uma careta quando sentiu o cheiro do ar na máscara. Tara também. Parecia cheiro de ovo podre. O nome da matéria que produzia aquele cheiro voltou à sua mente. Enxofre. Cheirava também a fósforo e a uma outra coisa que ela não conseguia identificar. Setos tinha preparado bem seu dossiê, porque havia também máscaras disponíveis para todos os familiares.

– Ponham também essas lentes nos olhos a partir de agora – Setos recomendou, entregando a eles uns objetos translúcidos. – Assim que forem colocadas, vocês não as sentirão mais. Elas os protegerão de nossa atmosfera abrasiva do OutroMundo durante mais de um ano e permitirão que enxerguem direito.

Mas, na verdade, aconteceu exatamente o contrário. As lentes, diferente das que Tara tinha visto na Terra, cobriam a totalidade do globo ocular, transformavam sua visão. Agora eles enxergavam tremido. Galante, Sheeba, Lour'inho, Surv e Barune também não estavam gostando. S'ssset não precisava delas, aparentemente.

Resistindo à vontade de esfregar os olhos, Tara avançou em direção à plataforma de transferência. Setos gritou: "Dranvuglispenchir, palácio de Kylauvitchivandric, capital do planeta dragão".

E eles desapareceram.

Um instante de desorientação, uma sensação de vácuo bem mais acentuada do que de costume, e eles foram... para outro lugar.

Eles não viam nada na grossa sopa de ervilha que escondia a Porta de Transferência.

– Vocês podem tirar as máscaras agora – indicou Setos.

Eles obedeceram e fizeram caretas em um belo conjunto. O cheiro era insuportável, mas conseguiam respirar sem problemas.

Outros membros da equipe iam passar as Portas de Transferência, e tiveram que continuar em frente, mesmo sem enxergar nada. Era uma boa proteção. Talvez houvesse centenas de guardas apontando armas para eles, ou ninguém na sala, eles não faziam ideia.

Tara ia reclamar quando subitamente, como uma alavanca que se abaixou, as lentes funcionaram e a cena clareou e ficou límpida como cristal. Eles até se assustaram.

Tinha um monte de gente na imensa sala de transferência. Dezenas de dragões que olhavam para eles com ar sério.

E pelo menos uma centena de wivernes douradas, armadas até os dentes, que, por sinal, eram muito compridos. De repente, a visão daquelas bocas e de seu deslocamento sinuoso e ágil fez surgir na mente de Tara uma imagem fulminante, que Setos sozinha não tinha provocado.

A imagem de gargantas dilaceradas de trolls verdes terrorizados. De um raio dourado e de curiosas pegadas de garras pesadas no humo da Floresta. Sim, essas mandíbulas poderiam causar tais estragos. Mas, por que diabos as wivernes tinham atacado os trolls no OutroMundo para proteger Tara?

Hum... Para protegê-la ou para assassiná-la, afinal, ela não sabia.

Talvez estivesse enganada, mas decidiu ficar alerta.

Xandiar, bem consciente de estar em total inferioridade numérica, com o rosto tenso, ordenou aos seus guardas que não se mexessem. Estava mesmo de bom tamanho, eles só queriam mesmo obedecer.

Erguendo os olhos para os enormes répteis, Tara sentiu seus joelhos tremerem e os apertou com força. Na primeira vez que tinha visto mestre Chem em sua verdadeira forma de dragão azul, ela quase desmaiou. Ver tantos à sua volta, com escamas cintilantes e joias incrustadas no couro espesso, provocava-lhe um sentimento que era uma mistura de medo e reverência.

Eram magníficos, aqueles dragões de todas as cores do arco-íris. Impressionantes. Eles punham seus olhares reptilianos sobre o pequeno grupo, que dominavam com toda sua grandeza. Só Grr'ul, que chegava mais ou menos à altura do menor entre eles, não parecia esmagada por sua massa.

Fafnir, ao contrário, que era a menorzinha, se levantou, com os olhos verdes brilhantes de provocação, e as duas mãos sobre os cabos de seus machados de guerra.

A sala de transferência era bem umas vinte vezes maior do que a de Tingapur, e tão alta que não se via o teto. As tapeçarias de transferência também eram imensas.

Setos avançou e se inclinou diante de um dragão cujas escamas cinza eram realçadas por desenhos prateados na crista e nas asas.

– Mestre Andreaviruchivu – ele disse em língua dragão –, permita-me lhe apresentar a herdeira de Omois, Tara'tylanhnem T'al Barmi Ab Santa Ab Maru T'al Duncan.

Tara fez uma linda reverência para o dragão, que se inclinou polidamente.

Eles trocaram os cumprimentos usuais, e Tara pensou que se precisasse continuar falando o idioma dragão ia detonar sua garganta, com todos aqueles sons assobiados e agressivos.

Mestre Andreaviruchivu era o equivalente a um primeiro-ministro, ou de um grão-vizir. Ele ostentava o título de primeiro de Escama, o que significava que sua família ocupava esse cargo há milhares de anos, e que seu clã fazia parte do governo há muito tempo.

Dragão cinza, frio, imponente, ele não parecia muito feliz por outros humanos colocarem os pés no seu querido planeta.

E isso não ia melhorar, considerando o número de delegações esperadas para a coroação. No entanto, era ele quem tinha recebido Selena e a tinha escondido entre os membros de sua família. Tara estava impaciente para abraçá-la.

Perto dele, estava Chenivurichivu, um dragão marrom com detalhes dourados, que era o primeiro de Garra, equivalente ao general comandante em chefe dos exércitos. Ele estava impassível, contentando-se em olhar fixamente para os humanos, os thugs, a troll e o semielfo, rígido em sua posição de sentido dragoniana.

Chumurichiva, uma dragoa azul com ornamentos prateados, como mestre Chem, era primeira de Asa, comandante das divisões aerotransportadas. Suas asas consteladas de prata eram fortes e musculosas, muito mais que as dos outros dragões, o que lhe dava um ar mais atarracado e compacto. Na mesma hora Tara criou mentalmente para eles os apelidos de Badora, Cheni e Chu. Esses dragões gostavam mesmo de nomes complicados!

Todos os dignitários usavam um tipo de capa curta, dobrada em um dos ombros, sobre a qual se destacavam as insígnias de seus cargos. E certos dragões usavam até vestidos, o que Tara achou muito estranho.

Graças às capas, eles puderam notar que o comitê de recepção era fortemente representado pelas facções de combate, o que era provavelmente um reflexo da composição de seu governo. Os dragões sabiam que os combates com os demônios não tinham terminado e agiam de acordo. Eles tinham salvado o universo da invasão maciça dos demônios, e tinham a intenção de fazer a mesma coisa se eles voltassem.

– Preparamos uma primeira audiência privada para a qual vou conduzi-la – explicou mestre Andrea, torcendo o focinho, como se estivesse perplexo. – Então nossas wivernes lhe mostrarão seus aposentos. Estamos honrados com sua presença Sua Alteza Imperial, e desolados por sua tia, a imperatriz de Omois, não poder se liberar para este evento excepcional.

Ah, ele estava ressentido. Omois não tinha enviado a representante mais importante de seu império, mas a segunda, se não terceira depois do imperator. Bom, azar dele. Era desse jeito, ele teria de se contentar com a herdeira.

Tara fez uma mesura, o que disparou uma série de reverências de ambas as partes e evitou que ela precisasse responder à pergunta implícita. Ela não tinha que se desculpar e discutir os negócios de Estado com esse Andrea, que não parecia lá muito amistoso.

– Senhor primeiro de Escama, como vai nossa amiga comum?

O dragão olhou para ela com cara de espanto.

– A senhorita está falando de sua mãe? – ele perguntou colocando suas grandes patas bem dentro do prato.

Ok, apesar da lendária sutileza dos dragões, eles também eram tão capazes quanto os outros de cometer gafes.

– Como é que é? – perguntou Cal, que gostava de estar por dentro de tudo – Sua mãe está aqui?

– Sim – Tara suspirou –, eu a mandei para Dranvuglispenchir, para protegê-la por algum tempo de Magíster. Era para ser mantido em segredo...

Ela lançou um olhar negro para o dragão, que nem percebeu.

– Aaaah, é por isso que ela não veio ao seu aniversário, bem que eu disse.

– Ela está na minha casa – afirmou Andrea, finalizando o serviço. – Tenho um apartamento no palácio, preferi que ela se instalasse aqui em vez de na minha outra propriedade, fora da cidade, pois o antiTransmitus do palácio é inviolável, o que não é necessariamente o caso de uma simples moradia. Ninguém vai poder sequestrá-la.

Bom. Agora todo mundo sabia onde estava sua mãe. Genial. Tara conteve uma ligeira careta.

– A senhorita poderá vê-la quando tiver terminado sua entrevista – ele esclareceu amavelmente.

– Obrigada, primeiro de Escama – Tara respondeu, rangendo os dentes.

O dragão abriu caminho e eles o seguiram docilmente, com os thugs em volta de Tara, alertas ao mínimo perigo. Sabendo-se protegida, ela relaxou um pouco sua vigilância para observar o lugar em que se encontrava.

O palácio ao qual acabavam de chegar era imenso. Lógico, visto que os dragões eram, eles também, imensos. Os arcos se perdiam na escuridão, apesar dos lustres de cris...

Tara apertou os olhos, e então os arregalou, perplexa.

Puxa vida, não era cristal.

Os lustres eram de diamante. Tara engoliu em seco. Os milhares de apliques também.

Para combinar com os lustres, o palácio era... dourado. Totalmente dourado, a ponto de ter que se usar óculos para evitar uma oftalmia.

Em Omois também havia muito ouro e joias. Mas, perto desse lugar, o palácio de Omois parecia uma cabana de jardineiro.

Aqueles dragões gostavam muito de ouro! E todas as paredes incrustadas com joias maiores que a cabeça de Tara. Tudo aquilo reluzia e vibrava, como se as pedras... cantassem. Um canto grave e potente, no caso dos diamantes, lembrança da terrível pressão subterrânea que os havia criado. Um canto agudo, no caso dos rubis, mais suave no caso das safiras azuis ou amarelas, e quase tenro no caso das frágeis esmeraldas. Subitamente, sem avisar, todas as paredes se tornaram de prata polida, depois de platina, antes de retornar ao ouro.

Fafnir rosnou. Ela achava tudo isso muito cheguei. E que mania era essa de exibir "sou rico rico rico". Era arrogante.

Tudo bem, os anões faziam igual. Mas não a esse ponto.

Cal babava. Suas mãos se contorciam, avaliando as fortunas que dançavam nas paredes e acima de sua cabeça.

– Cal? – Tara o chamou.

– Mmmmh – respondeu o Ladrão, com os olhos brilhantes.

– Pode esquecer isso agora mesmo Não quero encontrar você transformado num kebab.

– *Pffff!* Eu poderia roubar o palácio inteiro sem que esses répteis gordos se dessem conta. E o que é um kebab?

– Um treco bem assado, feito de carne. Então, vamos evitar toda iniciativa desastrada, por favor. Não tenho vontade de explicar ao rei Bear e à rainha Titânia por que criamos um incidente diplomático.

Apesar de lhe dizer para se controlar, Tara bem que o entendia um pouco. Era impressionante.

Ela tropeçou, pois não tinha prestado atenção, mas o chão estava coberto de areia branca e grossa, e não de pedra, o que não era assim muito prático. A trocadeira transformou na hora os calçados de Tara em sapatos rasteiros, o que a fez encolher alguns centímetros. Mas ao menos ela podia andar sem quebrar a cara.

No mesmo gesto ela encurtou o suntuoso vestido de cerimônia todo feito de renda de ouro, dessa vez sobre um longo vestido branco, e não vermelho como de costume, e pensou que realmente isso era muito prático.

Havia centenas de obras de arte nas paredes. Algumas mostrando pinturas de dragões, outras vindas direto dos museus da Terra e de outros planetas.

Hum, ali não era São Jorge matando o dragão, mas um monte de dragões matando vacas, ovelhas e mesmo, às vezes, pessoas... Ela engoliu em seco. Se fosse um tipo velado de aviso, tinha acertado em cheio. Havia também estátuas e retratos dos grandes reis e rainhas dragões que olhavam para eles do alto de seus pedestais de pedra.

A modernidade também estava presente. Painéis de cristal projetavam cenas de quase todos os lugares de Dranvuglispenchir, mas também dos outros planetas. Inclusive da Terra, que girava calmamente sua massa azul na escuridão do espaço. Tara quase parou, nostálgica, quando a viu.

Então se perguntou como os dragões teriam obtido aquela foto. Usando naves espaciais? Ou roubando imagens captadas pelos satélites terrestres?

Os corredores eram imensos, na medida dos dragões. Wivernes corriam de um lado para outro em toda a parte, levando mensagens e instruções. Mas a areia não levantava, provavelmente grudada ao chão por um campo de força, que devia proteger também os tapetes preciosos com desenhos e cores cintilantes das garras cortantes. O ar era quente e seco, mas em temperatura bem agradável. Ainda bem, Tara temia passar do glacial na Krasálvia, ao escaldante em Dranvuglispenchir. Bom para pegar uma gripe daquelas.

Tara viu também, pela primeira vez em sua vida, bebês dragões. Com cerca de um metro de altura, grandes olhos espantados ao ver humanos, seus dentinhos e suas escamas fofinhas, eles eram adoráveis.

Foi então que Tara viu uma mãe dar um quarto de boi bem sangrento para seu bebê, e este arrancar grandes bocados pingando sangue, e ela refez sua avaliação. Adoráveis, é verdade, mas de longe.

Glurps!

O dragão cinzento abria a marcha, e, levemente monomaníaco voltou à sua declaração.

– A imperatriz está sem dúvida muito ocupada – ele disse em tom de desprezo –, a ponto de não nos honrar com sua presença.

Tara decidiu ser diplomata.

– Acredite – ela respondeu pausadamente –, a imperatriz está totalmente desolada por não poder estar presente a esta ocasião excepcional, que, além disso, permite reforçar os laços entre seu planeta e o nosso. Farei tudo que estiver ao meu alcance para substituí-la da melhor forma possível.

O primeiro de Escama lhe deu um olhar estranho.

– Não será inútil, Sua Alteza Imperial, acredite, todos nós precisamos desta aliança contra os demônios. Nossos povos têm tendência a esquecer que eles ainda podem nos invadir e nos destruir. Nada terminou.

E, com essas palavras sibilinas, ele empurrou uma porta que dava em uma vasta sala, ensolarada pelos raios dourados da estrela que aquecia o planeta dos dragões.

Tara levou alguns segundos para reconhecê-la, porque em vez de sua púrpura habitual, suas escamas eram totalmente brancas, incluídos os costumeiros desenhos pretos de suas asas.

Charme estava sentada no meio da sala, sobre um enorme assento de ouro, constelado de joias.

E só foi depois de alguns segundos que Tara reparou a segunda coisa que não combinava.

Ela parecia muito encabulada.

E tinha uma coroa de ouro na cabeça.

Com um gesto, a dragoa branca, noiva de mestre Chem e amiga de Tara, dispersou os dragões à sua volta. A pequena multidão saiu de lá e as pesadas portas de ouro se fecharam sobre a pequena escolta de Tara e Setos. Nem o primeiro de Escama nem os outros dois ficaram.

– Oi, Charme – cumprimentou Cal, que tinha ficado extraordinariamente quieto desde sua chegada e começava a sentir um formigamento em seu senso de humor. – O que é esse negócio na sua cabeça, um novo chapéu?

Kaliprimo, o thug embaixador de Omois, soltou um gemido apavorado ao ver tanta familiaridade.

A dragoa enrugou as narinas, sinal de que estava realmente aborrecida.

– Vejo que seu sentido de observação ainda é impactante – ela observou com sua voz melodiosa. – Em sua opinião, o que é?

– Bom, parece pacas com uma coroa. E gosto muito do diamante grandão no meio, acho bem classudo. É por isso que você está todinha de branco? Para combinar? Uau, irado!

A dragoa deu um sorriso sem graça, cheio de dentes.

– Acredite, jovem Ladrão, eu o daria a você de boa vontade. E ainda não sei como é que isso foi parar na minha cabeça.

Poltronas grandes demais cambalearam em sua direção. Nada de madeira para os dragões cuspidores de fogo, mas imensos assentos de pedra que se deslocavam pesadamente, rangendo, e se abaixavam, para que eles pudessem subir, o que não era lá muito prático. Tara não sabia de que era feito o tecido que os cobria, com reflexos dourados, mas ele era... áspero. Sem dúvida, mais adaptado às escamas dos dragões que à pele humana. O palácio era o espelho dessa sala, mineral, brutal. E, no entanto, os dragões adoravam as obras de arte, das mais frágeis às mais desmedidas. Era uma estranha dicotomia no seu caráter.

Assim que se instalou com dificuldade, Tara chamou a atenção da dragoa.

– Quem diria, você se tornou a rainha dos dragões? Como seu pai? Você fez isso para proteger mestre Chem e descobrir quem tentou apanhá-lo numa armadilha? Não é um jeito muito extremado?

– Não, não, de jeito nenhum – Charme protestou –, ainda não sou rainha, só pretendente eleita. Chamamos isso de Grav'Majestade. Serei coroada daqui a quatro dias. É o motivo pelo qual minhas escamas são brancas. Só reencontrarei minha cor no dia da coroação. E, acredite, não tenho nada a ver com essa história. Tudo isso é completamente maluco. Com a ameaça dos demônios, não é uma dragoa como eu de que os dragões precisam! Não sou uma combatente, nem participei na Guerra das Falhas. Depois que meu pai perdeu minha mãe, ele me proibiu de lutar, tive de ficar na retaguarda. Pelos deuses dos dragões, Tara, nunca nem vi um dragão de verdade! Só nos vídeos e reproduções. Você sabe mais do que eu, que já esteve num dos mundos deles. E, o pior, nessa eleição estúpida é que agora não posso mais defender Chem!

Tara ficou surpresa.

– Desculpe. Você não vai defendê-lo?

Charme ficou dura de angústia, e de músculos tensos.

– Não posso, Tara! Estou de patas amarradas! Não entendo como fui eleita rainha dos Dragões, nem me candidatei! Em tempos muito antigos, éramos tribos e tínhamos reis e rainhas. Então nossa raça se espalhou pelo universo e mudamos de sistema, não era mais um rei ou uma rainha que nos comandava, mas um Nervi cujos poderes eram menos extensos, notadamente sobre nossos exércitos. Devíamos obediência ao Keot, que representava nossas tribos. Ainda é assim, mesmo se, por causa da guerra contra os demônios, o número de tribos tenha diminuído drasticamente. Existem doze tribos e doze membros que as representam no Keot. São eles que elegem nosso chefe, nosso Nervi, em função das circunstâncias. Um Nervi guerreiro para enfrentar os demônios. Um Nervi comerciante para trabalhar em tempos de paz com os outros povos. Um Nervi diplomata para administrar as relações com o resto do universo. Depois, tomamos consciência de que só ser Nervi não era o bastante, pois seus poderes não bastavam, tínhamos que galvanizar nosso povo, que perdia terreno para os demônios. Exumamos então nossos velhos costumes e elegemos um rei. Meu pai foi esse rei durante milhares de anos para comandar a guerra contra os demônios. Mas nunca, nunca, a filha ou o filho do rei ou da rainha foi eleito depois dele ou depois dela nos tempos antigos! Não somos uma monarquia hereditária, Tara! Sou jovem demais! O novo rei deveria ter sido escolhido entre os veneráveis!

Tara olhou para ela, pensativa. Charme se encontrava na mesma posição que ela, tendo que assumir um cargo que não queria. Ela a entendia, oh sim, tão bem!

– E isso a impede de proteger mestre Chem? – Tara perguntou em tom suave. – Isso seria considerado com um favorecimento de Estado a um particular?

A dragoa se curvou.

– Sim. Como rainha, não posso ser parcial e me envolver em um inquérito. Estou muito preocupada. Acho que alguém tentou usar nossas leis para conseguir que meu amor fosse condenado. Não sei o que será feito em seguida contra Chem.

– Sem querer minimizar sua importância, Charme – retomou Tara, cujo cérebro maquinava a cem por hora –, não parece meio excessivo por parte de um inimigo fazer com que fosse eleita rainha só para que seu namorado seja condenado? Existem outros métodos, não? Talvez menos elegantes, mas também menos complicados.

– É o Dvirilgondrek. Prender seu adversário e imobilizar seu rabo. Assim fica-se totalmente à mercê do agressor. É um velho ritual de vingança. E você falou de elegância, mas é exatamente isso. Vingar-se grosseiramente não traz nenhum Tekalivurich.

Tekalivurich. A honra, a glória, o respeito, tudo misturado nessa palavra única. E perigosa.

– Mas se o autor do complô elabora uma armadilha elegante e sensata – Tara continuou –, quando ele é revelado em todo seu esplendor, aí, sim, isso conta consideravelmente, é isso mesmo?

Charme aprovou com o focinho, as narinas enrugadas, como se farejasse um cheiro ruim.

– Não tenho Cheovulgranvir com as outras tribos. Não entendo nem um pouco por que sou o brinquedo de um Dvirilgondrek.

Cheovulgranvir. Um conceito complicado que significava que ela não tinha conflito declarado com as outras tribos, mas que podia haver um subjacente, que ela ignorava.

– Talvez não seja você. O Dvirilgondrek talvez esteja direcionado para Chem, e imobilizá-la, torná-la inofensiva, é um golpe de mestre inegavelmente. Então, se você não pode defendê-lo, ele vai ter que se virar sozinho, é isso? E ele tem capacidade para tanto?

– Nossa história é toda manchada de complôs e traições. Nós nos acostumamos a contratar "investigadores". Os melhores estão geralmente fora de alcance, de tanto que são requisitados e bem pagos...

Fafnir resmungou algo inaudível e Tara pensou ouvir "... Esses dragões... ão... oda... *Pffff*"

– Isso não é problema, Chem deve ter os meios de contratá-los para descobrir quem tentou matá-lo, não?

– Chem não tem uma grande fortuna – Charme suspirou. – Ele não pertence à classe superior, a que manipula os tesouros do nosso povo há milênios; ele ainda é jovem para um dragão. E, apesar de seus pais terem deixado algum ouro, morreram jovens demais, eles também, para conseguir acumular bastante. E ele precisaria de, no mínimo, cem mil créditos-mutação de ouro!

– Mas sua família é rica – Tara protestou –, seu pai era o rei dos dragões, não?

A dragoa soprou pelas narinas, desolada, e apontou a coroa em seu cocoruto.

– Com essa eleição estúpida, não posso me envolver, já lhe expliquei! Estou proibida de lhe emprestar dinheiro, aí justamente é que está todo o problema.

– Mas eu posso lhe emprestar dinheiro – Tara propôs, lembrando subitamente que era a herdeira do império de Omois (o que ela tinha ligeiramente tendência de esquecer). – Não sei bem quanto isso vai custar, mas ficaria surpresa se Omois não pudesse apoiá-lo. Mestre Chem salvou o império um número suficiente de vezes para que lhe sejamos gratos.

– Você também não pode – Charme suspirou com mais força. – Você é uma representante oficial de Omois. Não é uma simples cidadã. Nossas leis a proíbem, pois ao se envolver você envolveria também o império que representa.

– Poxa, vocês dragões são complicados – Cal provocou. – Bom, vejamos o problema sob outro ângulo. Sou um simples cidadão, então posso "me envolver" como vocês dizem, pois não represento ninguém. Mas minha família não tem tutu suficiente. Mas se Tara me emprestar dinheiro e eu emprestá-lo a Chem para pagar o "investigador" deve funcionar, não?

Charme sacudiu a cabeça, ainda muito abatida, enquanto Tara achava a ideia de Cal bem engenhosa.

– Não, também não vai funcionar. A origem dos recursos terá de ser claramente explicitada ao investigador, senão ele recusará o caso. Eles são muito minuciosos e absolutamente incorruptíveis; esta é a garantia de sua credibilidade.

– M..., droga, não tem solução então?

– Ah – Robin disse lentamente, raciocinando com fúria –, conheço alguém que é um cidadão totalmente extraordinário, mas não é representante de ninguém, ao menos por enquanto. E me deve um favor. E é muito, mas muito, muito rico. Qual o nome do melhor dos investigadores?

– Mestre Tortuoso'chivu.

Robin concordou com a cabeça e vasculhou seus bolsos. Então tirou um pedacinho de papel que Tara reconheceu. Ele ativou o canal interplanetário de sua bola de cristal e disse o número. Após alguns segundos de espera, acima da bola apareceu a imagem de um tritão que boiava em uma bolha de água. Ele pareceu encantado ao ver quem o chamava.

– Robin, meu garoto, que prazer em vê-lo novamente! Como está você?

– Muito bem, caro MontanhaCristais, muito bem. Tenho um favorzinho a lhe pedir. Um de meus amigos está em perigo. Temos que descobrir quem tentou assassiná-lo e por quê.

O tritão sorriu alegremente.

– Não é bom deixar seus inimigos na sombra das cavernas submarinas, fazê-los sair de sua toca é a melhor solução para liquidá-los. O que posso fazer por você?

– O Investigador de que nosso amigo precisa é bastante... caro. Ele pediu mais ou menos seu próprio peso em ouro só para começar a se interessar pelo processo. E como é um dragão...

– Entendo. Um dragão. Posso deduzir que você está acompanhando sua famosa amiguinha a Dranvuglispenchir e que seu "amigo" é um certo dragão azul?

– Tara e Robin ficaram vermelhos ao mesmo tempo. Eles tinham dificuldade de aceitar que todo mundo no OutroMundo acompanhasse seus assuntos amorosos com a mesma atenção como se Tara fosse uma atriz ou uma top model na Terra.

Kate Moss, perto dela, era fichinha.

– Isso mesmo – Robin respondeu.

– De quanto você precisa?

– Mais ou menos de cem mil créditos-mutação de ouro. Para depositar na conta do investigador em questão.

– Cem mil créditos-mutação, huuum, é muito dinheiro...

Robin ficou em silêncio. Ele começava a entender como SangueNegro... perdão, MontanhaCristais, funcionava. O tritão sorriu para ele e lançou:

– Não tem problema, é claro. Afinal, sou encarregado de conservar a sua parte. E isso não representa nem um milésimo do total. Aí está o número do meu banqueiro. Envie a ele suas instruções e me mantenha informado se precisar de qualquer outra coisa. Bons ventos, meu garoto!

– Mar calmo, MontanhaCristais, e mais uma vez obrigado.

O tritão balançou a mão como se aquilo não tivesse nenhuma importância, e sua imagem sumiu.

Cal soltou um assobio de espanto.

– Diga que estou sonhando. Você acabou de tomar cem mil créditos-mutação desse sujeito? Hein? Achava que era o único capaz desse tipo de proeza. E o que é essa história de "parte"?

– É... uma longa história – Robin respondeu, encabulado. – Digamos que fiz um favor a MontanhaCristais e que em retribuição ele também me faz um favor.

Cal engasgou.

– Um favor de cem mil créditos-mutação? Caramba, você poderia comprar a metade de Lancovit com cem mil créditos-mutação. O que você fez por esse sujeito? Assassinou seus pais, para que ele pudesse pôr a mão na herança?

– Certamente – Robin respondeu, muito sério. – Seu pai, sua mãe e seus dois irmãos. Ele está enormemente agradecido, como você pôde constatar.

Cal ficou com a cara no chão. Robin deu uma risadinha de encanto. Finalmente conseguia enrolar seu amigo infernal! E pôs fim ao suspense.

– Cal – Robin suspirou –, não pensei que você acreditaria se eu contasse qualquer história. Essa é mais a sua especialidade. Não matei ninguém... Quer dizer, não da família dele pelo menos. Salvei sua vida, só isso. Agora, temos dinheiro, dama Charme. É só me dar os dados bancários de seu investigador.

Lágrimas de gratidão brilhavam nos olhos de Charme. Ela desceu de seu trono/poltrona de ouro, que representava um animal maior que um dragão e com um monte de dentes, estreitou o semielfo num abraço contra seu coração.

– Obrigada, obrigada – ela sussurrou –, obrigada.

Robin, esmagado contra as escamas cortantes, aguentou o abraço com estoicismo. Finalmente, a dragoa o soltou, entrou em contato com o investigador e alguns instantes depois a transação estava feita. Mestre Tortuoso os chamou de volta, satisfeito, na bola de cristal deles.

A imagem que apareceu era a de um dragão... cor-de-rosa. Framboesa, para ser mais exato. Com pintas amarelas. Era a primeira vez que Tara via um dragão daquela cor. Fora sua cor extravagante, ele parecia atarefado e competente.

– Bem, bem – ele disse após registrar a chegada do dinheiro em sua conta –, cuido já, já, de seu caso. Encontrem-me na cadeia daqui a uma hora, por favor.

Tara tinha muita vontade de ver sua mãe, mas ficou presa em um tipo de engrenagem de reuniões. Porque todos ficaram muito ocupados durante aquela hora. Charme fez um relatório detalhado do que tinha acontecido em Dranvuglispenchir. Havia várias facções entre os dragões. Os representantes das tribos faziam parte de três grupos, dependendo das alianças do momento. Os Atacantes, que estavam no poder e dos quais o pai de Charme fazia parte; os Moderados, aos quais Charme pertencia, e que chegariam ao poder dali a cinco dias; e os Conservadores.

Puros e duros, estes últimos achavam que tudo que não era dragão era forçosamente um inimigo para fritar, ou um escravo potencial.

Encantador.

Esta facção não tinha, graças a Deus, muitos aliados. Mas há pouco tempo Charme sentia alianças serem tramadas. Infelizmente, ainda novata no exercício do poder em nível tão alto, em que quase era necessária uma máscara de oxigênio para respirar, ela não conseguia distinguir quem eram seus amigos e quem eram seus inimigos.

Como consequência, por mais estranho que pudesse parecer, tirando sua melhor amiga, uma encantadora dragoa cor de cereja, e mestre Chem, os únicos em quem tinha confiança eram Tara e seus colegas.

Fafnir soltou um risinho nervoso. Uma dragoa confiava nela, uma anã. Bem, isso era inédito na história do OutroMundo e de Dranvuglispenchir.

Quando terminaram a reunião, eles continuavam praticamente na mesma. Os cristalistas, fossem eles dragões ou do OutroMundo, solicitaram uma sessão de entrevistas, que foi recusada, mas tiveram dez minutos de cristalvídeo e de fotos de Charme acompanhada da herdeira e de seus correligionários.

Fizeram uma curta parada nos aposentos reservados aos diplomatas estrangeiros, onde ficava o de Tara. Aparentemente, os dragões não tinham levado em conta que os humanos eram menores do que eles, porque a sala era tão grande que praticamente se precisava de mantimentos e água para atravessá-la. E a cama podia, sem problemas, acolher uma colônia de férias.

Tudo era decorado em tons de ouro e prata. Muito vistoso. Esculturas de animais de metal ou de pedra em todo lugar. Tara se arrepiou. Alguns dos predadores de Dranvuglispenchir não incitavam aos passeios bucólicos nos campos... E vários eram realmente, mas realmente, muito grandes.

Depois, eles puderam ir à cadeia. Charme os fez viajar em um dragão de combate.

Um dos grandes.

Fafnir quase passou mal quando soube que teria que subir nas costas de um desses dragões e, pior, voar junto.

– Pelas barbas da minha mãe – resmungou –, o que vocês dragões têm para querer fazer todo mundo voar por qualquer motivo? Vocês não têm pés... Patas? Odeio voar!

Grr'ul deu sua opinião, totalmente a favor.

Eles achavam que já tinham visto dragões de combate. Cal assobiou baixinho quando todos perceberam que não tinham visto é nada. Os que haviam combatido no OutroMundo não eram dragões de combate. Eles eram tão parecidos quanto bicicletas e tanques.

Imensos, totalmente negros, com blindagem pesada, seus desenhos geométricos se fundiam com a cor escura de suas escamas. Bem maiores que os dragões habituais, eles pareciam selvagens e ferozes.

E na mesma proporção em que os dragões habituais tinham ar inteligente, esses pareciam dividir um só neurônio entre todos.

Assentos com arreios foram colocados em suas costas e uma cúpula transparente podia ser abaixada se chovesse.

Como tinha o tamanho de um Airbus A-380, eles tinham todo o espaço necessário.

No entanto, a decolagem foi... animada. Fazer um troço daquele tamanho subir não era uma coisa que se conseguisse sem magia. E mesmo assim Fafnir e Grr'ul lançaram olhares aterrorizados para o chão que se afastava.

O tempo todo em que Tara e seus amigos ficaram sobre o lombo do que lhes serviu de transporte, ele grunhiu ao fungar o ar. Impressionada, Fafnir se esquecia do seu mal-estar para avaliar a espessura das escamas duras como aço.

Ela se inclinou e golpeou com sua machadinha uma ou duas vezes para testar a blindagem, o que fez um "*booong*" retumbante e assustou os passageiros, mas deixou os dragões perfeitamente indiferentes. Fafnir engoliu em seco e chegou a uma triste conclusão: para abater um dragão daquele tamanho, suas machadinhas não eram suficientes.

Que Bendruc, o Feioso, engula esses malditos dragões; teria que forjar armas ainda mais afiadas. E teria que testá-las. Ela olhou com atenção para as escamas, só para ver se conseguia arrancar uma disfarçadamente. Mas então mudou de ideia quando se deu conta de que eles estavam voando ao menos a seiscentos metros de altitude.

E esperou que o dragão pousasse. Era mais prudente. Talvez ele não gostasse muito de ter suas escamas arrancadas, e era tão grande que podia engolir Fabrice e a Fera sem um único soluço. Aparentemente, se os outromundianos não gostavam das manipulações genéticas, os dragões não tiveram escrúpulos para trabalhar seus próprios genes.

Robin apertava o corpo macio de Tara contra o seu com deleite. No dragão não havia nenhuma sirene. Muuuuito bom!

Xandiar cobria as redondezas com olhar sombrio, pronto para reagir a qualquer ataque. Ele tinha encantado um escudo protetor sobre toda a escolta, e o campo cintilava sob o enorme sol amarelo de Dranvuglispenchir. Ao seu lado, o embaixador Kaliprimo parecia infeliz e incomodado. E agarrava os arreios de seu assento como se fossem se soltar a qualquer momento.

Quanto a Grr'ul, lentamente ela estava ficando verde-escuro. Desde sua aventura com Kyla e A'rno, a troll tinha descoberto que gostava muito do chão. Ainda mais sob seus pés.

Charme estava em um segundo dragão, junto com Chumurichiva, a primeira de Asa. E de uma importante escolta de dragões. O presídio ficava fora da cidade, e Tara estava feliz em aproveitar a vista aérea para descobrir o mundo dos dragões. Era um mundo de aço e vidro, rude, quente e ventoso.

E inegavelmente tecnológico, a julgar pelas enormes fábricas que envolviam a periferia. A cidade se estendia por quilômetros, cintilante sob um sol tão amarelo quanto o da Terra, mas duas vezes maior. Ao longe, ela avistou o campo, onde a magia tinha colorido a clorofila, transformando-a. Os campos de flores eram magníficos, branco puro, amarelo perfeito, vermelho exuberante. Esse mundo era como uma sinfonia, violenta, brutal, mas inebriante. Os animais pareciam ter dominância réptil. Os que voavam pareciam pássaros, até que se percebessem suas escamas sob as plumas resplandecentes. Mesma coisa no solo; poucos animais de pelos, mas um monte de cobras e lagartos. Como na Terra, milhões de anos antes, na época dos grandes dinossauros.

Tara ficou arrepiada. Desde que tinha assistido a *Jurassic park* e seus velociraptors, aqueles não eram seus bichos preferidos. E sobre seu ombro Galante se mexeu, agitado, fulminando com um olhar negro as acrobacias dos reptivoláteis.[3]

Como no OutroMundo, a magia era poderosa. Tara podia senti-la em sua volta, tipo um enorme cobertor que a envolvia, protetora. Os dragões a tinham utilizado para construir sua cidade, cultivar seus campos e criar os animais necessários para sua alimentação.

Com exceção das vacas que, provavelmente conscientes de sua esperança de vida extremamente breve, ficavam apavoradas ao chegar ao planeta, o que estragava a carne. Eles as compravam então na Terra e as transportavam para o OutroMundo, onde eram abatidas, e depois as levavam até Dranvuglispenchir.

Com frequência os dragões comentavam que a única utilidade da Terra era produzir alguns raros fadaceiros e muitas, muitas vacas. Só por causa deste segundo motivo é que os dragões tinham salvado a Terra dos demônios. Se os grandes répteis tivessem conseguido aclimatar as vacas, muitos pensavam que eles poderiam pura e simplesmente ter explodido a Terra, só para fechar as Falhas, ou Brechas, de uma vez por todas. Então, nem pensar sacrificar um planeta que produz "guloseimas" tão deliciosas, impossíveis de encontrar em nenhum outro ponto do universo.

Certamente, não foi esta a explicação dada a Semiderus na época.

Finalmente apareceu diante dos olhos deles o presídio, enorme edifício feito de ferro mágico de Hymlia, especialmente talhado pelos anões para reter e evitar a magia.

Pelotões de wivernes o guardavam, vigilantes, armadas com um tipo de porrete eletrônico. Tara pensou vagamente que estava fadada a visitar todas as prisões da criação. E, vezes demais para seu gosto, como prisioneira.

Esta não era muito diferente das outras. Ferro de Hymlia para impedir a magia, grandes celas escuras iluminadas por luzes fluorescentes ativadas eletricamente, paredes grossas em pedra Masksort. O mundo dos dragões não devia ter pedra e ferro antifeitiço, porque aparentemente importavam tudo.

Chem estava esperando por eles.

O dragão azul tinha emagrecido e suas escamas tinham perdido o brilho. Ele parecia apático, quase sonolento. Seus grandes olhos dourados piscavam em intervalos regulares, como se não conseguisse fixar as coisas.

---

[3] Nada de comentários desagradáveis, não faço ideia de como se chamam esses bichinhos. Então, como se trata de um cruzamento estranho entre répteis e pássaros, serão reptivoláteis. E pronto!

Cal o observou, enquanto as grades que prendiam o prisioneiro se abriam, e comentou:

– Tá viajando, ou o quê?

Charme parecia preocupada.

– Não estou entendendo – ela disse –, ele não estava assim ontem de manhã. Guarda?

– Sua Grav'Majestade? – respondeu prontamente uma wiverne, ficando em posição de sentido.

– Por que o prisioneiro está desse jeito?

A wiverne ficou ainda mais congelada, se é que isso era possível.

– Desse jeito como, sua Grav'Majestade?

– Desse jeito, ora, ele parece que foi drogado.

– Oh, desculpe sua Grav'Majestade, mas o suspeito tentou fugir essa noite. Ele tomou uma descarga de porrete neural e ainda está meio grogue. Achamos que os efeitos vão se dissipar em algumas horas.

Charme inclinou-se na direção de Chem e lágrimas pularam dos seus olhos.

– Ohhh, meu doce amor, mas o que foi que você tentou fazer?

– Deng... zilivrá...

Charme se levantou, sem fala.

– Você tem que se livrar de mim?

– Nhãão, se livra de mim – articulou Chem com cuidado. – Xou zum perigo para vooocê! Gelis n'tentam machucar voocê por meio de mim! Nhum posso protezer. Djevo me afastar de você!

– Pare de dizer bobagens – Charme o repreendeu. – E, se tivesse fugido, aonde teria ido? As Portas de Transferência são vigiadas. Você não teria escapatória!

– Nhum sei – soprou Chem. – M'parecia boa ideia na hora.

Cal arregalou os olhos e, virando-se para Tara, tocou a própria testa com o indicador.

– Só pra lembrar: é esse o cara que vai defender o OutroMundo contra os dragões? Estamos roubados!

Tara raciocinou que tinha sido bom trazer Cal com ela. Estar no meio da ação o distraía de sua horrível tristeza, e seu humor voltava à tona, devagar e sempre.

Ela tinha que confessar, no entanto, que estava surpresa. Pensava que levaria mais tempo para ele se refazer.

Tara seguiu Charme e Chumurichiva para a grande cela, Xandiar e os outros ficaram de fora.

De repente, o olhar de Chem pousou sobre Tara. Ele se retesou, se aprumou. Seu olhar ficou afiado, afastando a névoa da sonolência.

– TARA! – ele rugiu.

E então se chocou com Chumurichiva. Com tamanha violência que quando a dragoa de Asa foi projetada contra as grades, com o impacto do choque, ouviu-se um sinistro *crééééc*...

Sem se preocupar com o corpo em convulsão, ele se jogou em cima de Tara, com as presas à mostra e as garras esticadas em direção à garganta da garota.

Antes que ela tivesse tempo de reagir, ele tinha atacado, rasgando seu corpo frágil de alto a baixo, de um só golpe.

22

Chem, ou: quando alguém realmente quer acabar com a sua vida, é melhor saber por quê.

Robin berrou. Perplexa demais para reagir, Tara voou até o outro lado da cela, por causa da pancada.

E Magíster berrou com os outros e correu.

– *Não, não pode... Meu plano vai desmoronar se ela morrer, malditos dragões, malditos dragões estúpidos!*

Mas Chem já estava se ocupando de outra vítima. Ele pegou um dos carcereiros que tinha entrado junto com os dragões e num gesto ágil abriu sua garganta. As wivernes não lhe deram tempo de recomeçar. Em pânico, elas o encobriram literalmente com seus corpos escamosos.

Rugindo, ele se debateu, mas não conseguiu resistir. Elas o imobilizaram.

Rapidamente, Robin separou os farrapos do vestido de Tara, esperando a provável visão de seu corpo despedaçado.

Só que não havia nada. Nadinha. Nem a menor gota de sangue. Sob a seda aparecia uma armadura sólida, só um pouco riscada pelas garras do dragão.

Ao seu lado, Xandiar, os thugs e Kaliprimo formavam como uma muralha em torno dela. Eles arregalaram os olhos ao vê-la ilesa. E soltaram um mesmo suspiro de alívio.

– Tudo... Tudo bem – Tara disse, ao tentar recuperar a respiração, que tinha perdido na queda. – Assim que chegamos, a trocadeira criou uma armadura sob meu vestido. Ela não estava nem um pouco à vontade com todas essas presas enormes e garras compridas à sua volta.

O que Tara não contou foi que ela mesma é que tinha sugerido aquela astúcia à trocadeira, inspirada na cena de *O senhor dos anéis,* quando Frodo é atingido por uma lança manejada por um troll das cavernas.

A trocadeira tinha resmungado, pois normalmente colocava as armaduras por cima das roupas, não por baixo, mas acabou obedecendo. Agora, ambas estavam satisfeitas. Mesmo que Tara jurasse ter quebrado uma ou duas costelas, tão difícil era respirar. Robin mergulhou e a arrastou para fora da cela, apalpando-a toda.

– Pelas entranhas de Bendruc, o Feioso, Tara, você podia ter me avisado! Levei o maior susto da minha vida.

– Ai, ai. Não aperta, dói. Lamento – Tara conseguiu responder –, nem pensei nisso. Poxa, Robin, nem tive tempo de ativar minha magia, ele foi muito rápido!

– De qualquer jeito você não poderia ter feito nada – Pardal retrucou, que continuava na forma de Fera e com a voz ainda abafada pelo medo –, porque ele escolheu bem o momento. Não se pode praticar magia aqui.

Tara entrou mais um pouco em pânico ao se dar conta de que tinha se esquecido disto. Se a trocadeira não estivesse aí, ela estaria morta. Não teria podido se defender.

– Droga! – murmurou Cal, esfregando a testa. – Fiquei com medo de verdade. Mas o que você fez para que ele a odeie tanto assim?

– Sim – continuou Fabrice, que tinha se transformado em lobo, se bem que um pouco mais tarde. – Mas que história maluca é essa? Por que Chem tentou matar você?

– Ele fez o que sempre fazem os dragões – Fafnir resmungou, com as duas machadinhas ameaçando a ponta do focinho de Chem, que aparecia por baixo dos corpos dourados. – Ele traiu, como traem todos os dragões!

– Ahã – Fabrice retrucou. – Acontece que estamos em um planeta cheio de dragões, e seria bom que você evitasse insultá-los, por favor.

Fafnir continuou a resmungar, só que mais baixo.

Eles ergueram o corpo de Chumurichiva. Infelizmente, como a magia não podia operar no presídio, eles tinham demorado demais. A primeira de Asa estava morta. Ao se chocar com ela para atingir Tara, Chem tinha estourado sua nuca. Até que as wivernes conseguissem imobilizar o dragão, já era tarde, era impossível reanimá-la.

Depois de ser dominado, recolocado em pé e acorrentado, por medida de precaução, mestre Chem voltou à sua estranha apatia. Por mais que o interrogassem, ele parecia incapaz de falar.

– Fflllbbbblll – ele dizia cada vez que ouvia a voz de Charme. – Flllbbllll! Blllblllb.

Charme, terrivelmente preocupada, exigiu amostras de sangue. Como a magia não podia funcionar no edifício, ela pensava que Chem tinha sido drogado.

E Tara concordava plenamente com ela.

– Se ele foi drogado – comentou Robin, que ainda tentava conter seus batimentos cardíacos –, é que alguém, entre seus concidadãos, quer o mal de Tara, dama rainha. Saberíeis por quê? E melhor ainda, quem?

– Não faço ideia – Charme respondeu, enrugando o focinho. – A herdeira de Omois é geralmente considerada como uma poderosa aliada. Matá-la não faz nenhum sentido.

– Bem, vamos ter que dizer isso àquele que acaba de tentar – Cal ironizou –, porque ele está por fora!

Nesse ínterim mestre Tortuoso chegou e ficou muito surpreso ao ver o estado de seu cliente.

– *Rmmm mmm* – limpou a garganta, o que gerou um barulho de partida de motor rebelde. – Ele consegue falar?

– A... achamos que ele foi drogado para atacar a herdeira de Omois.

– Para atacar a herd... Informo que se ele for executado ou se morrer o dinheiro fica comigo, quero deixar isto muito claro, sua Grav'Majestade.

A dragoa acabou com o argumento dele num segundo.

– Se chegarmos a esse ponto, pode acreditar que não estamos nem aí para esse dinheiro.

– O dragão rosa com bolinhas amarelas, que o vídeo não tinha mostrado em sua verdadeira... exuberância, apertou delicadamente o alto de suas narinas, na junção entre os olhos.

– *Rmmm mmm*, A... acho que vamos ter que retomar do início. Mestre Chemnashshaovirodaintrachivu tinha alguma queixa contra a herdeira, sua Grav'Majestade?

– Vamos para um aposento privado – Charme propôs –, o que vou lhe revelar é confidencial.

Eles seguiram a futura rainha até o escritório do diretor, um dragão verde e laranja que o cedeu de boa vontade. Sentaram-se sobre os assentos, grandes demais para os humanos, enquanto Xandiar e seus thugs montavam guarda do lado de fora. Ali eles podiam fazer magia, e Pardal aproveitou para medicar Tara. E fez careta ao ver os grandes hematomas azuis que salpicavam o torso e as costelas de sua amiga.

– Pelos demônios do Limbo, Tara, ainda bem que você usava essa proteção! Pelo Reparus, que as feridas desapareçam e que o mal cesse!

Tara suspirou enquanto a dor cedia. Então se sentou, enquanto Charme se dirigia a mestre Tortuoso.

– Para retomar sua pergunta, investigador, não, nenhuma queixa entre Chem e Tara. Chem salvou a vida dela em várias ocasiões, e gosta dessa jovem humana, ele mesmo me confirmou isso. Sente muito afeto por ela. E não tem, então, nenhum motivo para tentar matá-la. Além disso, sua presença nesse presídio se deve ao fato de ele ter matado meu pai.

O dragão rosa engasgou.

– Como é que é?

– Mas não o odeio por isso – a dragoa afirmou inocentemente. – O senhor pode me riscar da lista dos suspeitos. Ele fez isso para salvar nosso universo e a Terra. Agiu certo, pois meu pai estava louco. Esses fatos deviam ter ficado em segredo. Mas alguém entrou com um processo contra Chem ao comunicar elementos desse dossiê à imprensa. Tivemos uma dificuldade enorme para abafar o caso. Chem quase foi acusado de um crime que só cometeu com o objetivo de salvar a todos. Nós o inocentamos, mas era claramente uma armadilha, e não podemos ignorar. Queremos que o senhor investigue quem o colocou nessa péssima situação e que o desmascare. Agora que matou sem querer a primeira de Asa e tentou matar Tara, estou cada vez mais convencida de que ele é um peão em um jogo que não entendo. Precisamos, como nunca, de sua ajuda.

A crista do dragão abaixou e sua agitação cessou.

– *Rmmm rmmm*, vou pensar – ele anunciou, fechando o dossiê com um golpe seco. – Vocês fizeram bem em me chamar, sou o melhor dos investigadores. Ninguém além de mim poderia tirar esse coitado da encrenca federal em que se meteu. Ahhh os jovens!

E com essas palavras ele saiu.

Os exames de sangue de Chem chegaram bem rápido, quase ao mesmo tempo que seu retorno ao palácio.

Deram positivo para virgulisa, uma droga que gerava terríveis alucinações, e uma total submissão à sugestão. Basta mostrar uma foto ou um vídeo do alvo e o drogado passava a ver aquela imagem como um monstro a destruir.

Essa notícia literalmente encantou mestre Tortuoso. Alguém tinha drogado seu cliente na prisão. A tentativa de homicídio da jovem humana tinha sido premeditada. Ele ia poder seguir uma pista sólida. Estava muito feliz.

Ele era o único.

Tara só estava no planeta há duas horas e já tinham tentado matá-la. Sua tia não gostou nem um pouco.

– Quero que você volte imediatamente – berrou a imperatriz na bola de cristal de Tara, quando soube da notícia. – Sabia que esses dragões não eram confiáveis.

Nos novos aposentos de Tara, por trás dela, Fafnir concordou totalmente.

– A coroação será daqui a quatro dias – Tara respondeu. – Prometi à rainha Charme comparecer. Depois, volto imediatamente. Penso que seria muita falta de tato faltar com a palavra com nossos poderosos aliados, sem esquecer que nosso intercâmbio comercial é importante, como a senhora tão bem me explicou quando da minha partida para o continente proibido.

Lisbeth suspirou. A memória de sua sobrinha era infernal. Ainda mais no que dizia respeito às coisas que preferia que ela não jogasse na sua cara quando isso lhe interessava.

– Tenho a impressão de ter sempre a mesma conversa com você – ela se rendeu. – Não quero que faça algo, e você faz de qualquer jeito. Às vezes é duro acreditar que sou incapaz de fazê-la me obedecer.

Tara conteve uma reação. Ainda que a irritação de sua tia a fizesse sorrir interiormente. Ela mudou de assunto.

– Como estão as coisas entre Jar e Isabella?

– Do pior jeito possível – respondeu Lisbeth com um sorriso irônico. – Eles se fazem mutuamente passar por idiota e eu recebo em média umas dez chamadas de cada um a cada hora. É... instrutivo. Mas, pelo que estou percebendo, acho que sua avó está ganhando por dois a zero. Só espero que eles não acabem se matando. Mantenho você informada. Enquanto isso, faça-me o favor de se cuidar e de evitar ser assassinada, senão seu irmão poderá ganhar uma estadia mais curta na Terra.

Assim que a comunicação terminou, Tara raciocinou, enquanto seus amigos tentavam digerir os últimos acontecimentos. Contemplou as tapeçarias e se agitou em uma poltrona que reduzira ao seu tamanho. Estava muito aflita por Chem, e ainda mais pela sua própria pele. E se seus misteriosos adversários se virassem contra seus amigos? Os hipnotizassem ou os drogassem para manipulá-los? Ela nunca suspeitaria de Cal, Fabrice ou Pardal. Tara suspirou. No entanto, os dragões não deveriam ser seus inimigos, certo? Xandiar tinha dividido os thugs em três grupos, que descansavam em turnos para protegê-la durante vinte e oito sobre vinte oito horas, já que a rotação do enorme planeta dos dragões era, como a do OutroMundo, mais lenta que a da Terra.

Sssset tinha saído de seu ombro depois da transferência e passeava pelo palácio. Tara esperava que ele não fosse visto e lhe trouxesse alguns indícios sobre o que realmente acontecia ali.

Ela também estava desolada pela dragoa que havia morrido. Virou-se para seus amigos:

– Vou para a casa do Andrea para ver minha mãe. Vocês querem me acompanhar?

– Nem precisa perguntar, minha querida – Robin disse docemente –, seguimos você aonde for, é claro.

O rapaz ainda estava em choque, sob o efeito do susto de achar que sua bem-amada tinha morrido. Ele não parava de tocá-la, como se ela fosse sumir.

Fafnir foi mais direta.

– Se essas porcarias de dragões tentarem te matar de novo, alguém tem que estar junto para cortá-los em pedaços. Lógico que vou com você!

Pardal e Fabrice tinham decidido manter suas formas de animal. Se isso não era problema para Fabrice, era para Pardal. Quanto mais tempo passava sob a forma de "Fera", mais tinha fome e mais difícil ficava voltar à forma humana. Mas ela suportou a dor com coragem para poder acudir Tara rapidamente... Não sem antes devorar a metade do lanche trazido para seus aposentos. Nunca se sabe...

Foi então que, seguida por uma escolta imponente, a herdeira chegou à casa de mestre Andrea, graças a Setos, a wiverne encarregada de acompanhá-los para onde quisessem ir.

O grande dragão não estava em casa.

Mas Selena sim.

Uma wiverne lhes mostrou a localização de sua suíte, no apartamento do primeiro de Escama.

Sorridente, Tara pediu aos amigos que a esperassem, enquanto falava com a mãe. Não sem protestar (principalmente Grr'ul e Xandiar), eles obedeceram.

Não deveriam.

Pois, quando Tara abriu a porta da suíte de sua mãe, ela estava mesmo lá dentro, trajando um lindo e leve vestido de musselina cor-de-rosa, meio decotado demais, bordado com flores verdes e rosa-escuro.

Ela tinha uma xícara de chá na mão, uma porcelana frágil, quase transparente.

E à sua frente, coberto por uma roupa de fadaceiro quase negra, com um círculo vermelho no peito e uma máscara cintilante escondendo seu rosto, estava sentado um homem, que também segurava uma xícara de chá em uma mão. E um biscoito seco na outra.

Magíster.

23

Os objetos demoníacos, ou: é bem melhor evitar pegar as mesmas manias de nossos inimigos se não quisermos ficar como eles... maníacos.

Tara soltou um rugido de raiva e ativou sua magia, mas sua mãe, tão rápida quanto ela, se interpôs, largando a xícara na pressa.

– Tara! Não, espere!

Isso deu tempo para Magíster se transformar. Ele tomou a forma de um pequeno falcão, que voou acima de suas cabeças e fugiu pela janela aberta.

No solo, as duas xícaras quebradas encharcavam o tapete de líquido escuro.

– Por que você protegeu esse f.d.p?!

– Nada de palavrões comigo, mocinha – sua mãe respondeu friamente. – E também estou feliz em revê-la.

Tara fez um tremendo esforço para ficar calma.

– Sim, bom-dia. Então? O que ele fez desta vez? Hipnotizou você? Enfeitiçou? Não consigo acreditar. Vocês estavam... tomando chá?

Com o coração ainda disparado, Tara buscava sinais de um feitiço sobre sua mãe. Ela a beijou e fez um beicinho.

– Ele não fez nada, e eu lhe dei chá para que mantivesse as mão ocupadas. Não sou completamente idiota, por favor. Ele se transformou em gatilante. Foi assim que o deixei entrar.

– Em quê?

– Em gatilante. São os gatos desse planeta. São magníficos, eles parecem gatos, mas de todas as cores, e seu pelo é cintilante, brilhante, faiscante, rutilante, fervilhante, deslumbrante, ofuscante, impressionante, fulgurante. Ele simplesmente veio miar à minha porta. Abri, fiz carinho nele e lhe dei leite de balbuna. Depois de beber, ele falou comigo. E me explicou que queria que eu confiasse nele e que você estava em perigo. Até esse ponto ainda não tinha percebido que era Magíster. Ele me pediu para não gritar e se transformou. Usou esse estratagema porque não dá para usar o Transmitus nesse palácio. De todo jeito, eu ia chamar a guarda wiverne quando ele me disse que a única esperança de você sair viva deste planeta era ele. E também contou que um dragão tinha a firme intenção de matá-la, e que ele estava decidido a salvá-la. Há pouco, na prisão, com mestre Chem, ele foi surpreendido, mas me encarregou de lhe dizer que não vai ser enganado de novo. Ah, e como, obviamente, eu não acreditava nele, me mostrou um cristalvídeo da cena. Por todos os deuses do OutroMundo, Tara, pensei que ia morrer quando Chem tentou matá-la! Você está bem? Não dava para ver direito no vídeo, mas Mag me disse que você estava sã e salva.

Tara abriu a boca, fechou de novo, e se deixou cair em uma poltrona, totalmente atordoada.

– Estou bem. Ei, espere um minuto. Como... como é que você o chamou?

Sua mãe ficou vermelha.

– Oh, é só um nomezinho que dou a ele às vezes, quando fica bonzinho. Mag, é menos pomposo do que Magíster de fato!

Tara não acreditava no que estava ouvindo.

– Você tem noção de que ele é o nosso pior inimigo?

– Sim, querida – sussurrou sua sempre tão encantadora mãe –, sei perfeitamente. Mas na política, no amor ou na guerra, aprendi que se deve usar o que se tem na mão. E se salvar sua vida implica confiar em um inimigo, então, poxa vida, não vejo problema nenhum.

Lentamente, Tara tomou consciência de outra coisa.

– Você disse que ele mostrou um cristalvídeo? Como ele poderia saber que algo ia acontecer a ponto de estar pronto para filmar isso?

– Não sei, minha querida.

– Pior – Tara murmurou, pensando em voz alta –, isso significa que ele fazia parte da minha escolta, ou da escolta da futura rainha, ou que já estava na prisão. Porque só havia nós, os dragões e as wivernes naquele momento! E isso explicaria como ele sabia que você estava aqui. Esse imbecil de dragão Andreacoisa falou na frente de todos.

– Não insulte meu anfitrião, por favor, Tara – Selena protestou. – E de onde vem essa maneira de se expressar? Acho que você está passando muito tempo com guerreiros. Você é uma garota, e uma garota não diz palavrões ou palavras grosseiras.

Tara ficou sem reação. Imbecil era o termo mais leve que ela tinha encontrado em seu vocabulário, de tão brava que estava.

– Então – retomou sua mãe –, Magíster também disse que tentava protegê-la da melhor maneira possível, mas que não estava nesse planeta por você ou por mim. Ele tem consciência de que com o antiTransmitus ativado aqui, não tem nenhuma chance de nos sequestrar. De fato, ele aproveitou a presença das delegações para entrar no palácio, mas este não é seu objetivo principal.

Tara ficou boquiaberta de novo. Se continuasse ela acabaria por engolir uma mosca.

– Ele... ele disse tudo isso? É... é uma maluquice completa! Agora ele explica seus planos para você? Que delírio é esse?

– Desde sua declaração – explicou Selena, enrubescendo muito –, ele me disse que estava decidido a me mostrar o que estava tentando, para me convencer a me aliar a ele em sua busca. É por isso que se abriu para mim.

Ai, ai, ai, estava mais do que na hora de Tara conseguir fazer seu pai voltar, porque Magíster estava ficando com muita ascendência sobre sua mãe. Apesar de Tara sentir que Selena não gostava do sanguerraba.

– Não consigo acreditar – ela acabou afirmando. – Espero que você não esteja ouvindo uma palavra do que ele conta!

– No que diz respeito a seus planos, oh sim, ele está aqui para roubar os objetos demoníacos escondidos pelos dragões quando da Guerra da Falhas!

Nessa hora, Tara ficou feliz por estar sentada. Pronto, ela tinha passado para a quarta dimensão. Aquela em que, aconteça o que acontecer, tudo vira um pesadelo. Era um sentimento que ela tinha quase todo dia depois que chegara ao OutroMundo... Não deveria estar surpresa.

– Mas só existem treze objetos demoníacos, e estão todos sob a proteção de Os que Guardam e Os que Julgam – ela protestou energicamente. – Ele contou qualquer coisa para convencê-la.

– Infelizmente não é este o caso. Ele não sabe onde os objetos estão escondidos, mas sabe que os dragões possuem pelo menos um deles, senão vários. Até agora não tinha conseguido passar tempo suficiente em Dranvuglispenchir sem que os dragões suspeitassem dele, mas a coroação de Charme lhe deu a oportunidade que esperava, com essa mistura de humanos e de delegações estrangeiras. Ele sabe que você não lhe dará ouvidos, mas me disse que devia ser extremamente prudente. Quem tentou matá-la vai recomeçar e bem rápido.

– E como é que ele sabe, seu "querido" Mag?

– Tara – Selena protestou –, não faça gozação, por favor. Não, ele não sabe. Enfim, é o que ele diz, mas você conhece Magíster, nada é simples com ele. E quero informar que tentei criar laços com ele para lhe mostrar o quanto ele nos fazia mal, e a si próprio ao mesmo tempo. Se consigo falar, em vez de lutar contra ele, talvez acabe nos deixando em paz!

– Em sonhos – Tara resmungou.

– Como?

– Eeh, nada, mamãe. Vai haver um grande jantar oficial esta noite, você vai comparecer? Gostaria de jantar ao seu lado.

Isso, ela não ia se distanciar da mãe nem um milímetro. Ficar amiguinha de Magíster era realmente uma grande tolice. Ela não se conformava de ver o quanto sua mãe era boazinha e ingênua.

A presa ideal.

– Sim – Selena sorriu –, claro! Andrea me pediu para acompanhá-lo. Ele disse que acha minha presença... tranquilizadora.

Tara franziu as sobrancelhas. Como assim "tranquilizadora"? Caramba, tomara que o grande dragão não tenha, ele também, sucumbido ao charme perigoso de Selena! Elas conversaram mais um pouco, mas Tara estava morrendo de vontade de ir embora, e a conversa enfraqueceu rapidamente. Ela beijou carinhosamente sua mãe, propôs ir buscá-la para o jantar e sumiu como se tivesse... um dragão nos calcanhares.

Tara passou na frente dos seus amigos, que aguardavam no grande salão laranja e preto, com o rosto tempestuoso e soltou três palavras.

– Conselho de Guerra!

E então saiu precipitadamente. Aflita, Setos saiu correndo atrás dela, seguida pelos outros.

Tara se negou a desapertar os dentes antes de chegar aos seus aposentos. Ali, com exceção dos amigos, ela pôs todo mundo para fora, inclusive Grr'ul, que não gostou nem um pouco, e encarou a gangue mágica.

Ela ativou sua magia e seus amigos recuaram, assustados.

– Opaqus – ela gritou, brava demais para incantar corretamente.

Obediente, sua magia formou um campo impenetrável, deixando passar o ar e a luz, mas nenhum som ou imagem. Por sorte, desta vez ela manteve o controle e não isolou todo o palácio ao mesmo tempo. Teria sido difícil explicar.

– Pelos espíritos de meus antepassados – Robin falou –, mas o que deu em você, minha doçura?

Naquele minuto, Tara sentia-se tudo, menos doce.

– Acontece que Magíster está aqui!

Um concerto de exclamações chocadas a interrompeu. Ela aguardou que seus amigos se acalmassem.

– Ele estava com minha mãe quando entrei na sala.

Eles perderam a fala. Então Pardal se transformou e virou novamente a linda garota tímida, seu vestido de fadaceira cobrindo-a na medida em que retomava a forma humana.

– Não! Você está brincando?

– Nunca com meus inimigos mortais.

Fabrice imitou Pardal e seu casaco de pele também se dissipou.

– Ele não lhe fez nada?

– Não – Tara respondeu amargamente –, ele estava ocupado demais tomando chá com minha mãe.

– Tomando chá? – Fafnir perguntou. – Quer dizer que sua mãe não aproveitou para plantar uma machadinha no coração dele?

Tara abriu novamente um semblante sorridente. A percepção da anã tinha vida e era refrescante.

– Não. E o cúmulo é que Magíster lhe explicou gentilmente que não estava aqui por ela ou por mim, como de costume, mas porque os dragões são traidores que surrupiaram uma parte dos objetos demoníacos. Ele quer roubá-los. E os está procurando.

Dessa vez o silêncio de seus amigos foi nitidamente mais demorado.

– Os ob... objetos demoníacos estão aqui? – Pardal balbuciou. – Mas isso é terrível! São armas de destruição absoluta! Em mãos erradas, eles podem aniquilar a vida em todo um planeta!

– Você sabe se são protótipos ou objetos definitivos? – Fabrice perguntou, com dificuldade para imaginar um treco capaz de fazer uma coisa dessas.

– De fato, todos os objetos demoníacos são protótipos – Pardal explicou, a especialista em Guerra das Falhas, recompondo-se depois do susto. – Semiderus conseguiu roubá-los antes que estivessem completamente terminados. Mas são inegavelmente os objetos mágicos mais poderosos que jamais existiram. É este o motivo por que foram "aprisionados". Para que ninguém, jamais, possa utilizá-los. E porque antes de Tara ninguém tinha poder suficiente para destruí-los. Assim sendo, antes que a rainha Carmim encontrasse o anel de Kraetovir, enfim, seu protótipo, não sabia que ainda existiam. Os primeiros protótipos tinham fama de explodir ou de transformar quem os utilizasse, o que fez com que, aos poucos, tenham todos sido destruídos. Mas são, e permanecem, objetos instáveis e perigosos.

E ela lançou um olhar de cumplicidade para o anel no dedo de Tara. Olhar que ela preferiu ignorar.

– *Rrmmm*, bom, só nos resta, portanto, uma solução.

– Encontrar Magíster e cortá-lo ao meio? – Fafnir perguntou, com um grande sorriso.

– Não. Encontrar os objetos demoníacos dos dragões e destruí-los antes que Magíster os tome.

Um silêncio pesado realçou sua declaração.

– Não sei por que, mas tinha certeza de que você ia dizer isso – Cal suspirou. – Então, se entendi direito, devemos assistir às cerimônias durante o dia, isso, em minha opinião, é inescapável, e investigar durante a noite, para achar os famosos objetos. Depois, suponho que vai sobrar para eu ter que roubá-los e que depois você os destruirá... Legaaaal, eu que pensava que tinha enfim conseguido descolar umas férias tranquilas. Não vamos dormir de montão, sou eu que estou falando.

– Cal tem razão – Pardal reforçou –, você vai ter uma agenda de imperatriz com todas as recepções para as quais será convidada. Você não vai poder cuidar disso, mas nós sim.

Tara se sentiu terrivelmente culpada por usar seus amigos assim.

– La... lamento muito – ela balbuciou –, não quero obr...

– Tá bom, Tara – Cal a cortou –, eu estava brincando. É uma excelente ideia e, além disso, assaltar o planeta dos dragões, não acho que qualquer Ladrão Patenteado tenha se arriscado. Vamos virar lenda!

– Hum – Fabrice resmungou –, esperemos que não seja sob a forma de montinhos de cinzas...

– Tudo é uma questão de... habilidade – afirmou o Ladrão, os olhos brilhantes de antecipação. – Ponto número 1, localizar o alvo e principalmente os huma... os dragões encarregados de proteger o alvo. Este é frequentemente o ponto fraco das defesas. As pessoas têm que poder entrar e sair. Ponto número 2, localizar as armadilhas e os alarmes, assim como seu modo de funcionamento. Ponto número 3, organizar uma distração de maneira a ocupar os guardas. Ponto número 4, neutralizar os alarmes e as armadilhas. Ponto número 5, pegar o objeto. Ponto número 6, tentar sair inteiros antes que os guardas percebam que o objeto sumiu. Uma brincadeira de criança para um Ladrão bem treinado.

– Então, o ponto número 1 é encontrar o alvo – Tara determinou. – Isto é, o lugar onde estão guardados os objetos demoníacos... Se é que eles existem.

– Você não tem certeza? – Fabrice resmungou.

– O que tenho certeza é de que Magíster tenta me sequestrar justamente para ter acesso aos objetos demoníacos guardados na Terra. Acho, no entanto, muito estranho que, justamente quando estou em Dranvuglispenchir, por coincidência ele também esteja aqui, para tentar roubar outros objetos demoníacos que nós nem sabíamos que existiam. Eu diria, então, que antes do ponto número 1 vamos ter de checar o ponto número 0.

Pardal era rápida, e entendeu antes dos outros.

– Verificar se os objetos realmente existem?

– Hmmm, certamente. Preciso chamar Charme.

A Grav'Majestade não se fez de difícil. Ela concedeu uma audiência a Tara quase imediatamente. Claro que Tara não explicou o verdadeiro motivo de seu pedido. Queria estar frente a frente com ela para ver suas reações. Robin e seus amigos ficaram na antessala. Descontente, Grr'ul ficou plantada, como uma planta em um vaso, de frente para a porta dupla.

E esticou seu orelhão para poder pular na mesma hora se qualquer coisa acontecesse a Tara.

Do lado de dentro, Tara estava diante da dragoa, em um trono que não parecia lá muito confortável. Toda a sala era em ouro rosa, sob um lustre de diamantes rosa e vermelho, o que dava um ar colorido às escamas brancas de Charme.

– Estou impressionada – Charme disse lentamente, referindo-se à tentativa de assassinato na prisão –, você não parece muito preocupada com o que lhe aconteceu.

– Tive medo depois – Tara retrucou –, quando me dei conta de que não poderia apelar para a minha magia no presídio. Sem a trocadeira, eu estaria morta. E minha tia ficaria muito brava com os dragões. É assim. Esse tipo de coisa acontece comigo o tempo todo. Mas agora já passou. Não adianta continuar angustiada por nada. Como diz o Motoqueiro Fantasma, "não se pode viver no medo".

A dragoa pousou um olhar de réptil pensativo sobre a garota, mas não fez nenhum comentário. Sua coragem era impressionante para um ser tão jovem e frágil. E ela não fazia ideia do que era um Motoqueiro Fantasma.

– Como vai Chem, falando nisso?

– Ele foi transferido para a enfermaria do presídio. O chamã conseguiu tirar a droga de seu sangue. Informamos que Chu foi morta em um exercício em voo. Ela caiu ao perder o controle e quebrou a nuca.

Tara ficou triste pela corajosa militar. Era tão pouco... glorioso. Mas entendia que Charme não tinha muitas escolhas para salvar a pele... Quer dizer, as escamas de Chem.

– Você vai conseguir soltá-lo, então?

– Sim, ele vai sair em algumas horas. Nossos inimigos provaram que podiam atingi-lo onde estivesse. Mantê-lo na cadeia é até pior, porque ele não pode escapar. O investigador descobriu um monte de coisas estarrecedoras. Primeiro, achou curioso que Chem atacasse essa wiverne em particular. Veja só.

Com um gesto, ela ativou um painel de cristal que voou na frente dela. Uma imagem apareceu e Tara se arrepiou. Era o ataque de Chem. Charme mostrou a cena sob vários ângulos. E de repente Tara viu o que Tortuoso tinha percebido. Efetivamente, muitas wivernes estavam bem mais expostas do que aquela que Chem tinha matado.

Mestre Tortuoso se perguntou por que logo aquela. Ele verificou então suas contas, mas não havia nada de errado. E mandou que fosse feita uma busca nos aposentos da wiverne. E adivinhe só o que encontrou.

– Não faço ideia.

– Uma chave. De um cofre. Em banco diferente daquele em que a wiverne tem conta. Ele ordenou a abertura desse cofre. Dentro dele havia sete mil patinas de platina.

Tara sabia que as patinas eram a moeda dragoniana. E sete mil patinas em platina, um dos metais mais preciosos e raros do universo, era uma verdadeira fortuna.

– Foi essa wiverne que drogou mestre Chem, é isso? Ela foi subornada?

– Certamente – Charme confirmou. – Mestre Tortuoso está seguindo as pistas até a origem. E, dessa maneira, inocentou Chem. Por isso é que podemos libertá-lo. Confesso que estou aliviada.

– Mas eu não. Por enquanto ainda não sabemos quem quis me assassinar e culpar Chem. Ou seja, o perigo continua exatamente o mesmo.

– Mas estamos progredindo. E quando o culpado estiver entre minhas garras... Não terei nenhuma piedade.

Tara concordou com a cabeça. Sim, este era um sentimento que ela entendia bem.

– Vou ficar feliz em ver Chem... Principalmente se ele não tentar me matar. Mas não vim aqui para falar do que ele fez – ela informou cuidadosamente. – Os outromundianos estão preocupados. Ouvimos sérios rumores falando de objetos demoníacos guardados pelos dragões, e que não estariam sob a proteção de Os que Julgam e Os que Guardam. Minha família é guardiã desses objetos, e saber que alguns deles poderiam ter escapado à nossa proteção me incomoda.

Ela tinha um ar perfeitamente angelical. Só faltava a auréola acima da cabeça. E asinhas fazendo *flip flap* nas costas.

A dragoa pareceu ficar atordoada durante alguns segundos, não esperava essa pergunta. Então, sem graça, ela desviou o olhar.

– Quem colocou tal ideia na cabeça de Sua Alteza?

Ah, olha só, voltei a ser Alteza, então a pergunta a deixou constrangida. Bom.

– Responder a uma pergunta com outra não funciona comigo – ela avisou calmamente. – Charme, deixarei este planeta neste exato minuto se você não me contar a verdade.

– Vós não assistiríeis à coroação?

– Não hesitaria um só instante. Além disso, lamento lhe dizer isso, Charme, mas para conseguir a verdade também não hesitarei um segundo em utilizar todas as informações que possuo, inclusive o que aconteceu no presídio, e que você não quer que seja revelado. Então?

A dragoa a fulminou do alto dos seus seis metros, mas os olhos de Tara não piscaram. Ela aguentou firme.

Depois de alguns segundos, Charme virou a cabeça.

– O que quereis saber?

– É verdade que vocês possuem objetos demoníacos secretamente? Sim ou não?

– É verdade.

Droga. Magíster tinha falado a verdade. Isso não ia facilitar as coisas. Então, o brilho do anel de Kraetovir em seu dedo chamou a atenção de Tara. Ele não tinha reagido quando Magíster estava na frente dela. Mas ali ela tinha uma oportunidade única e inesperada de fazer um monte de testes sobre objetos demoníacos verdadeiros.

Ela tratou de esconder seu intenso interesse. Mas deixou transparecer sua curiosidade.

– Por que não foram dados a Semiderus?

Charme suspirou e se apoiou contra o trono.

– Há cinco mil anos, nós apreendemos os objetos demoníacos e os escondemos com a ajuda de seu ancestral Semiderus. Só que eles não eram treze, como anunciamos, mas quinze.

– Quinze? Então vocês têm mais dois, é isso?

– Sim. Enfim, não exatamente. Você sabe o que são realmente objetos demoníacos, Tara?

Desde que tinha se tornado quase rainha, ela adotara uma maneira mais cerimoniosa de tratar Tara, apesar de, desde que se conheciam, elas chamarem uma à outra de você. Mas eis que ela voltava a usar esse tratamento mais informal. A declaração devia ser importante. Tara abriu bem seus ouvidos e sua mente.

– "O que" eles são não. Não sei.

Charme adotou o tom lento das contadoras de histórias.

– Quando os demônios descobriram as brechas entre nosso universo e o deles, no começo, eles não eram... Eles não tinham, melhor dizendo, a aparência que têm hoje. Eram guerreiros, quadrúpedes, um pouco parecidos com seus centauros no OutroMundo. O planeta sobre o qual tinha se aberto a primeira Falha ficava nas profundezas de nossa galáxia, e eles conseguiram conquistá-lo facilmente e, infelizmente, adquirir capacidade interestelar, porque esse planeta era muito avançado em termos tecnológicos. Os demônios, como nós os chamávamos, eram selvagens e impiedosos, e alguns deles eram realmente inteligentes. Eles se atiraram sobre nosso universo como uma matilha de vrrirs em suas naves espaciais novinhas. Suas armas eram bem parecidas com as humanas, apesar de mais sofisticadas.

"Sem notícias de nossas bases nesse planeta, nós nos preocupamos e decidimos dar uma volta por lá. Quando chegamos, só havia ruínas e desolação. Furiosos, decidimos atacar aqueles caipiras. Nós os mandamos de volta para o seu Limbo, com um belo pontapata no traseiro.

"Eles não conheciam a magia. Nunca tinham enfrentado um poder como o nosso. Mas eram muitos, bem mais do que nós, e corajosos, sim, isso podia lhes ser creditado.

"Seus cientistas capturaram muitos dos nossos para nos estudar. Então, um grande chefe conseguiu unir os mundos demoníacos sob sua tutela e os recursos apareceram para pesquisa e desenvolvimento. O que eles fizeram, Tara, o que descobriram para nos combater é uma abominação, um horror aterrorizante. A magia não existia em seu universo. Sob nenhuma forma. Então decidiram criar uma. Mas algo tão perverso, tão monstruoso, que mesmo agora não entendo como uma civilização pôde cair tão baixo."

Tá legal, aí ela tinha acertado em cheio, a futura rainha dragão. Tara estava completamente fascinada.

– O que eles fizeram?

– Mataram seus próprios semelhantes. E capturaram seus espíritos.

– Eles o quê?

– Capturaram os espíritos. Sacrificaram seus próprios mundos, seus próprios povos, e os utilizaram como usamos a magia. Criaram máquinas que capturam a energia vital no momento da morte, e conseguiram armazená-la em seus corpos. Então, como seus corpos só podiam conter o poder de um número limitado de espíritos, acumularam essa energia vital em objetos. Muitos milhões de espíritos foram sacrificados em favor dos objetos demoníacos, motivo de seu poder incrível. Sozinho, o Trono de Silur continha mais de dez milhões de almas de demônios.

– Você conseguiu destruí-lo, assim como o cetro, porque eles não estavam acionados por demônios e porque os princípios que faziam deles armas não estavam ainda no ponto, senão seriam indestrutíveis. Você não poderia ter feito nada contra eles, não sozinha.

Tara deu uma olhada para sua mão. De repente, curiosamente, ela não tinha mais nenhuma vontade de utilizar o anel. Na verdade, ali, naquele instante, ela só tinha um desejo. Tirá-lo. Rapidamente. Ela mal se conteve, não queria levantar suspeitas em Charme.

– A cada vez que um desses demônios utilizam essa magia corrompida, centenas de espíritos são consumidos no processo. E então precisa haver uma renovação. Para evitar consumir muitos espíritos, os dragões começaram a se transformar. Seus corpos se tornaram horríveis máquinas de combate, cheias de pinças, presas, garras, mandíbulas, venenos e tentáculos. Então, invadiram nosso universo de novo. E, dessa vez, venceram.

A dragoa se calou por um instante. Felizmente, Tara sabia que tudo tinha terminado bem, porque estava com o coração apertado e as mãos úmidas.

– Tivemos que fugir. Perdemos milhões dos nossos. Foi terrível. Os demônios descobriram que com seus novos corpos não podiam manter a coerência física durante muito tempo em nosso universo, a menos que consumissem a carne de nossos habitantes. Foi aí que começaram os grandes massacres. Eles destruíram o planeta dos vampirus, depois de ter quase exterminado sua raça, e a dos elfos também. Nós nos aprofundamos muito no espaço, deixando-lhes tempo para "digerir" suas conquistas. E descobrimos o OutroMundo. E sua poderosa magia, tão poderosa, se não mais, do que a que temos em nosso planeta. Uma de nossas cientistas, que estudava os vórtices espaço-temporais, entre eles a Falha que tinha se aberto entre nosso universo e o dos demônios, conseguiu então, não sabemos ainda direito como, desenvolver as Portas de Transferência.

– Como assim "vocês não sabem direito como"?

– Infelizmente, na primeira tentativa, ela não entendeu totalmente como as portas funcionavam e foi cortada ao meio. Uma parte do seu corpo ficou aqui e a outra foi parar... na Terra. No país que vocês chamam de China, acho. Foi graças ao sacrifício dela que descobrimos seu planeta. Infelizmente, quando ela abriu o vórtice entre o OutroMundo e a Terra, abriu também, sem querer, duas falhas entre nosso universo e o dos demônios, ambas na Terra. Estes aproveitaram e desembarcaram na Terra, mais ou menos na mesma época que nós. Não os localizamos de imediato, porque a Atlântida, onde se abriu a primeira falha, afundou nas águas por causa da violência do choque. Foi assim que os primeiros demônios se afogaram, ou foram esmagados pela pressão. Tiveram de aprender a resistir à água para poder chegar à superfície. E aí eles também fizeram uma descoberta.

– Que eram aquálicos, é isso?

– Exatamente. A água salgada de seus oceanos provoca neles o mesmo efeito que um álcool poderoso em um humano. Eles adoram isso. Os primeiros demônios a atacar os terráqueos estavam então... como dizer...

– Totalmente bêbados?

– Sim – respondeu a dragoa com um leve sorriso. – Podemos dizer isso. Não é muito glorioso, e eles não espalham isso. Por falta de sorte, eles deram de cara com os fadaceiros que viviam na Terra, que conseguiram derrotá-los, em grande parte porque seus adversários passavam o tempo se jogando ao mar. O rei dos demônios, furioso, proibiu às suas tropas que consumissem água do mar. Foi quando a conquista da Terra realmente começou. E que, em face da superioridade dos demônios, Semiderus decidiu reunir os fadaceiros em um exército pronto para o combate. Nesse ínterim, tínhamos detectado os demônios por causa da segunda falha, bem pequena, e que só deixava passar demônios pequenininhos, enviados como batedores e muito sóbrios... Até a hora em que descobriam os oceanos. Com muito medo que os demônios abrissem uma segunda cabeça de ponte, decidimos invadir a Terra antes deles. Só que Semiderus não estava de acordo. Ele separou o exército em dois grupos e nos atacou, achando que éramos aliados dos demônios.

– Oooooops, graaande gafe. E então?

– Ele era como você, Tara, incrivelmente poderoso. Ele não venceu nossos dragões, mas esquentou suas escamas. Propusemos então uma trégua. Ele aceitou, quando entendeu, ao ver nossos dragões enfrentando os demônios, que não eram do mesmo time. Juntos, enfrentamos e derrotamos os exércitos demoníacos, em grande parte porque ele conseguiu roubar os objetos demoníacos, que ainda não estavam no ponto, e escondê-los. Sem esse acréscimo de poder, e incapazes de matar outros demônios, correndo o risco de despovoar seus mundos, os demônios foram obrigados a capitular. Nós tapamos bem as falhas e, desde aquela época, temos o equilíbrio entre nossos dois universos.

– Por que vocês esconderam esses dois objetos demoníacos?

Tara não estava em posição de criticá-los, já que fazia a mesma coisa com o anel de Kraetovir, mas estava curiosa.

– Precisávamos estudar a maneira pela qual os demônios tinham confinado os espíritos naqueles objetos, e Semiderus tinha tamanho terror deles que foi impossível manipu... convencê-lo. Decidimos então não falar nada sobre sua existência, pois esses dois objetos estavam num local diferente de onde os outros foram encontrados.

– Está bem. Eu me perguntava como é que vocês poderiam tê-los escondido. Foi ao estudá-los que vocês descobriram o que eram?

– Exato.

– E esses dois objetos estão aqui?

Tinha funcionado com os vampirus, nenhuma razão para não funcionar com os dragões. Mas a resposta da dragoa foi diferente da que ela esperava.

– *O* objeto. Só sobrou um.

– Vocês o destruíram ao estudá-lo?

– Não, mas um dos objetos sumiu.

Ela não parecia querer esticar o assunto, por isso Tara não insistiu.

– Bom, e o que sobrou, o que é? Uma coroa, um tridente, uma espada?

A dragoa ficou ainda mais encabulada.

– O que... o que temos é uma... uma espécie de roupa íntima.

Tara levantou uma das sobrancelhas.

– Como?

– Sim, não há dúvidas – a dragoa estava se contorcendo. Involuntariamente, seu corpo expressava o embaraço que sentia. – Essa coisa que vocês humanos colocam embaixo das calças e vestidos.

A segunda sobrancelha de Tara se juntou à primeira.

– Nãããão!... Você não está querendo dizer que os demônios criaram uma... uma... calcinha demoníaca?!

Apesar da situação, Tara sentia os cantinhos dos seus lábios se levantarem. E uma risada estúpida tentava maldosamente abrir caminho, vinda lá do fundo de sua garganta.

– E o objeto que sumiu era o quê? Um sutiã?

Não tinha jeito, a galhofa enchia seu cérebro e sua boca a traiu. Ela soltou uma risadinha muito pouco protocolar.

A dragoa olhou para ela toda séria.

– Não tem muita graça, vós sabeis. Esses objetos quase destruíram nosso universo.

Ops, voltamos ao tratamento formal. Como mestre Dragosh, a dragoa usava o "vós" quando estava nervosa. Devia ser cultural, nos monst... nos extraterrestres. Tara respirou bem fundo e quase engasgou quando seu cérebro traidor lhe soprou outra ideia.

– Diga, o outro objeto desaparecido... não seriam meias por acaso?

– Não, era uma camisa.

Tara inclinou gravemente a cabeça.

– Sim, é melhor do que meias. Uma camisa demoníaca. Entendo, entendo.

Ela ia ficar com marcas por dentro das bochechas durante pelo menos uma semana de tanto que se mordia para não estourar de rir.

A dragoa parecia tão lúgubre que Tara conseguiu se conter. Por pouco.

– E... essa calcinha – enunciou a garota com voz controlada por uma mão de ferro invisível –, o que ela faz exatamente?

– Todas as outras armas, o anel, o cetro, o trono, eram ofensivas. A calcinha e a camisa são armas defensivas. Como o escudo. Se ele for destruído, a calcinha e a camisa geram um tipo de barreira energética que protege o demônio. Ele fica invulnerável, tanto à magia como às armas convencionais. E tanto a calcinha quanto a camisa podem se adaptar a qualquer morfologia.

Como o rei dos demônios tinha centenas de olhos e o mesmo tanto de tentáculos que sacudiam para todos os lados, ela bem que queria acreditar. E ponderou:

– Essa famosa camisa, você disse que "sumiu", isso tem algo a ver com Magíster?

A dragoa apertou os olhos, desconfiada.

– Como é que você sabe?

– Ele a odeia, e existe um monte de coisas mal contadas entre você e ele. É lógico deduzir que ele tentou surrupiar os objetos demoníacos. Então roubou essa camisa, que deveria deixá-lo invulnerável.

Droga, ele já tinha conseguido enganar as defesas dos dragões. Nada o impedia de recomeçar. No entanto, alguma coisa não batia.

– Mas eu o enfrentei várias vezes – ela especificou, indo ao ponto do que a incomodava. – E o feri, quase o matei. Não prestei atenção se ele estava usando uma camisa embaixo da roupa de fadaceiro, mas não tinha nada que o tornasse invulnerável. Isso eu lhe garanto.

A dragoa deu de ombros. Ergueu aquele seus enormes ombros roxos, num gesto bem humano.

– Nós não sabemos o que ele fez dela. Mas suspeitamos que se aliou aos demônios e que deu a camisa em troca da ajuda deles. Se você conseguir pôr a mão nela um dia, saberá o que aconteceu.

– Hum. Então você tem uma enorme calcinha impregnada de espíritos maléficos escondida em algum lugar do seu planeta – não tinha jeito, só de pensar ficava com bolhas de risadas em seu cérebro. A dificuldade de raciocinar era imensa.

– Sim, nós a escondemos para estudá-la em nossos laboratórios. E o local é totalmente secreto.

Droga, a dragoa não tinha confiança nela a ponto de lhe dizer onde estava a bendita calcinha demoníaca. Como sentia o riso subindo sorrateiramente das profundezas de sua garganta, decidiu chamá-la de "o objeto". Senão ficava difícil demais.

– E a... o objeto está bem guardado?

Charme achou que Tara estava preocupada com a segurança da calcinha.

– Sim, existem tantas defesas em volta dela que uma companhia inteira de demônios não poderia alcançá-la. Dois exércitos de wivernes estão estacionados nos arredores e dentro dos laboratórios, e ela é vigiada vinte oito em vinte e oito horas.

Poxa. Isso era uma péssima notícia. Pensando bem, era lógico. Alguém tinha surrupiado a camisa, eles não queriam que a calc... o segundo objeto também sumisse.

Sabiamente, Charme não lhe pediu para não falar da calcinha, porque sabia perfeitamente que Tara não aceitaria. Sugeriu simplesmente que fosse discreta a este respeito.

Elas terminaram a conversa voltando ao caso de Chem, e Tara deixou Charme com a certeza de estar perto do objetivo. Enfim, dentro em breve, ela precisava recuperar a calc... o objeto o quanto antes.

Em todo caso, antes de Magíster. Ela ficou tentada a dizer para a dragoa que ele estava em Dranvuglispenchir. Mas se absteve. Se os dragões reforçassem a segurança do objeto, isso poria em risco os planos de Cal e tornaria ainda mais difícil roubá-lo. Obviamente isso também não ajudaria muito Magíster, mas Tara sabia o quanto o mestre dos sanguerrabas podia ser esperto. Ela não podia correr esse risco.

Entre Magíster e ela a corrida acabava de começar.

A pedido de Xandiar, que tinha mesmo a intenção de assegurar a proteção da herdeira bem de pertinho, depois do incidente no presídio, os aposentos dos guardas foram trazidos para mais perto dos de Tara e seus amigos. Pardal, assim como Fafnir, propuseram dormir com ela, o que Tara aceitou, ainda dolorosamente consciente da sorte que tinha de ter escapado da morte.

Eles tinham aproveitado de sua ausência para tomar banho e se trocar. Xandiar já tinha usado o aparelho de Senê, que torrava as câmeras e os microfones, e Tara não ficou nem um pouco surpresa ao constatar que havia uma dezena deles em sua suíte. Kaliprimo, que enganchava uma audiência na outra para concluir alguns contratos entre os dois planetas, os informou que só os encontraria no jantar. O que foi bom para Tara e seus amigos.

Sss'et foi falar duas vezes com Tara para informá-la do que acontecia no palácio.

Primeiro, para se queixar. O palácio era muito, muito grande, ele era muito pequeno e estava com dor nas patas de tanto andar. Depois, porque tinha conseguido captar um monte de informações e principalmente o fato de que os dragões se preocupavam ao mesmo tempo com a situação intergaláctica entre OutroMundo e Dranvuglispenchir, mas principalmente que uma facção comandada por um dragão de alto escalão estava preparando algo. Ele ainda não tinha conseguido identificar a tal coisa em questão, mas pelos boatos ouvidos aqui e ali era alguma coisa absolutamente enorme, um tremendo golpe.

Tara aplicou um Reparus calmante em suas patinhas. E, para pesar do lagarto, lhe pediu para continuar sua investigação e fechou discretamente a porta. Em seguida tirou o anel e o colocou sobre a mesa. Agora que sabia do que ele era feito, ela precisava pensar a respeito. Seus amigos a cercaram. Eles assistiam a um cristalvídeo enquanto esperavam.

Dessa vez foi Cal que invocou um Opaqus.

– Então – Robin perguntou –, assim que a segurança deles for garantida teremos uma confirmação da situação?

Parecia muito militar, e isso divertiu Tara.

– Sim, temos efetivamente uma "situação". Charme me explicou o que eram exatamente os objetos demoníacos. E confirmou que realmente tem um.

E ela lhes contou o que dissera a futura rainha.

Ao contrário dela, a história da calcinha não os divertiu nem um pouco. Bom, Fabrice sim, que foi tomado de um acesso de riso incontrolável, mas Cal, Pardal, Fafnir e Robin lançavam olhares horrorizados.

– Pelos espíritos de meus ancestrais – Pardal murmurou –, os dragões mentiram para nós. Você se dá conta, Tara, do que Charme revelou?! Suponho que isso se deve ao fato de que ela é novata na profissão. Mas é muito grave! Se isso for revelado, os governos do OutroMundo nunca mais terão confiança nos dragões. Só assim Magíster pode enfraquecer a aliança entre os dragões e os fadaceiros. Porque, se ele revelasse isso, ninguém acreditaria. Mas tal anúncio feito pela herdeira de Omois, baseada numa confissão da rainha dos Dragões... Todos acreditarão.

– Ora, não diga bobagens, os dragões não estão nem aí! – Fabrice retrucou. – Eles são poderosos. Os poderosos fazem o que querem, e se os que não são poderosos não gostarem, eles que vão embora.

– De qualquer modo, não tenho a intenção de revelar o que quer que seja a respeito deste objeto. Nós vamos botar as mãos nele antes de Magíster, e então, ou nós o destruímos ou o entregamos a Os que Guardam.

Ela decidiu não mencionar sua intenção de utilizar o objeto para localizar e em seguida destruir Magíster. Primeiro, porque não sabia se isso era possível, e depois, porque percebia nitidamente o mal-estar que os amigos sentiam perto do anel.

– Enquanto isso, devemos encontrar o lugar onde a calci... o objeto se encontra. Considerando o segredo que o cerca, na minha opinião não vai ser nada fácil.

– O jantar dessa noite é um excelente meio de fazer contato com os autóctones – Cal comentou. – Charme disse que os edifícios onde está guardado o objeto são os laboratórios, não é?

– Sim – Tara quis saber. – Por quê?

– Perfeito, pois só tem um tipo de gente nos laboratórios. Cientistas. E, acreditem, os cientistas são bem fáceis de localizar. Podem confiar em mim, nós vamos encontrá-los.

Tara sorriu para Cal, feliz por vê-lo em plena ação. Ele não tinha esquecido Eleonora, isso era visível na tristeza que velava seu olhar de vez em quando, mas dava para sentir que estava feliz com esse novo desafio.

– E, quanto a mim, vou fazer as vezes de guarda-costas lobohomem – Fabrice resmungou. – Está fora de cogitação que você seja agredida novamente, eu não ia conseguir aguentar.

Pardal deu uma olhada para ele. Ela ia abrir a boca quando a campainha da porta tocou. Um focinho de dragão, ou melhor de wiverne, apareceu no metal dourado. O equivalente dranvuglispecheniano do olho, ouvido e boca que ornavam as portas de Omois.

– Mestra – ela disse –, o primeiro de Escama quer lhe falar.

Ainda bem que o Opaqus só funcionava num sentido. Os sons e as imagens não podiam sair, mas eles viam e ouviam perfeitamente o que acontecia do lado de fora.

Cal dissipou o Opaqus e Tara ordenou à porta que se abrisse para o dragão cinzento, e se levantou para receber o visitante.

Mestre Andrea entrou majestosamente, abaixou seu olhar em direção a Tara e fungou:

– A senhorita até que causa muitos aborrecimentos, Sua Alteza Imperial, para uma humana tão pequena!

Tara ficou muda durante alguns segundos. O que era esse tom supercondescendente?

– Sua segurança não é lá muito eficiente – ela respondeu friamente. – É assim que o senhor protege seus convidados? Entendo agora por que são tão poucos!

Pimba, um a um, bola no meio de campo.

O dragão ficou boquiaberto, aparentemente não estava muito acostumado que lhe respondessem. Ele devia estar esperando que Tara pedisse desculpas por terem tentado matá-la.

Bom, se fosse isso, ele ia esperar por muito tempo.

Ela se sentou em sua poltrona desconfortável e cruzou os braços. Para alguém familiarizado com a linguagem corporal dos humanos, isso significava 1) que ela estava irritada, e 2) que não estava a fim de ouvir.

Como o dragão não fazia a menor ideia disso, ultrapassou o sinal de aviso.

– Eu só queria preveni-la. Nossa... Grav'Majestade me informou sobre seu lamentável hábito de... Digamos... Passear em lugares que não lhe são permitidos. Em nosso planeta, isso é desaconselhável. Nossos feitiços são calibrados para imobilizar dragões ou wivernes. Sobre a senhorita, o efeito poderia ser... Fatal.

– O senhor sabe – Tara comentou, num tom descontraído –, são sempre os que têm mais a esconder ou a perder que mais me ameaçam.

O dragão fez um movimento de recuo.

– Não tenho nada a esconder, só queria avisá-la!

Bom, vejamos. E eles eram todos pequenas andorinhas cor-de-rosa e inofensivas...

– Mas sua rainha confia em mim.

– Ela é bem jovem.

Hum, esse sujeito provavelmente não conhece Corneille, nem o *Cid*. Ela truncou um pouco a citação para a ocasião:

– Ela é jovem, é verdade, mas nas almas bem-nascidas o valor não espera pelo número de anos.

A citação não abalou o dragão.[1]

– Ela ainda não sabe o que é conveniente.

– A lealdade, a honra... Acho, pelo contrário, que ela sabe muito bem o que é conveniente.

Um tinha retorquido ao argumento do outro muito depressa, e as cabeças de seus amigos iam e voltavam da esquerda para a direita como num jogo de tênis.

– A senhorita só vai fazer o que tem na cabeça, certo?

– Sua perspicácia é fulgurante, primeiro de Escama. Exatamente.

– Azar, eu avisei!

E, fulminante, ele passou pela porta como se fosse um furacão, por pouco não arrancando as dobradiças.

A porta gemeu.

– Nada simpático esse dragão – Cal reparou. – O que fazemos agora?

– Agora nos preparamos para jantar.

O salão de jantar era a céu aberto. Ao contrário da Terra, que se situava nas franjas extremas de sua galáxia,[2] Dranvuglispenchir ficava no centro. E contemplar aqueles milhões de estrelas incrivelmente brilhantes, a ponto de iluminar o céu

---

[1] No original, a citação, que é um verso do poeta Corneille, em seu célebre poema *Le Cid*, faz uma rima: "*Je suis jeune, il est vrai; mais aux âmes bien nées la valeur n'attend point le nombre des années*". (N. T.)

[2] O que é totalmente verdadeiro. Estamos quase... escondidos em um setor da franja em que há poucas estrelas. É provavelmente por isso que os homenzinhos verdes ainda não nos acharam. Talvez seja melhor assim.

como em pleno dia, era simplesmente arrebatador. Depois de admirar o espetáculo com Selena, com quem ela tinha vindo, Tara foi cumprimentar as várias pessoas que conhecia. Como a rainha Titânia e o rei Bear, de Lancovit. Se a rainha a beijou calorosamente, o rei Bear se limitou a levantar uma sobrancelha.

– Nada de besteiras, mocinha – ele estrondou –, estamos em representação oficial aqui, então, nada de palácio que se desloca. Conto com você.

Ok, ele ainda tinha algo contra ela. Aaahhh, como esses reis eram rancorosos... Tudo isso por causa de uma pequena desmaterializaçãozinha de nada!

Ela também foi cumprimentar a aranhoa Drrr, que estava conversando com Cal. Os dois tinham ficado amigos nas prisões de Omois. Drrr representava os aranhos das florestas do OutroMundo. Mesmo não tendo propriamente um país, pois eles estavam em todos os continentes, os aranhos possuíam um governo e, portanto, um representante na coroação. Estranho cruzamento entre uma aranha gigante e um escorpião, cujo rabo ostentavam, os aranhos falavam em rimas, possuíam oito olhos, adoravam fazer charadas para os viajantes perdidos em suas florestas (mas agora já não os devoravam quando não encontravam a resposta) e, como os dragões, gostavam de pedras preciosas, a ponto de incrustá-las em suas carapaças de quitina preta.

– É um prazer revê-la, dama Drrr – Tara sorriu para a amiga de Cal. – Espero que a senhora nos dê brevemente a honra de nos visitar no palácio.

– A honra é toda minha, e será agradável, sim, encontrá-la e visitá-la. Cal não sabe esconder nada, sei que você está correndo perigo, com uma missão para finalizar e uma busca para realizar. Eis um presente para nossa união selar, espero que possa aceitar.

Uni-las? Como assim uni-las?

– Eeh, já sou unida ao meu pégaso.

Considerando que tinha presas venenosas do tamanho do antebraço de Tara, ela não podia saber se a aranhoa estava sorrindo, mas foi a impressão que teve.

– Algo para agradar, não para um fardo carregar. Eis uma corda que obedece às suas ordens, ela amarra tudo com facilidade e obedece à sua vontade.

E a aranhoa estendeu uma grossa corda de seda trançada. O contato era de uma doçura quase insuportável. Tara a admirou, para mostrar à aranhoa que apreciava seu presente, e em seguida a guardou em sua trocadeira.

– Muito obrigado, cara Drrr, este presente é inestimável. Assim que voltar ao palácio, também vou encontrar alguma coisa bem preciosa para lhe oferecer, e sei de antemão que esta será uma tarefa difícil.

A aranhoa ensaiou uma pequena dança de alegria.

– Para da seda soltar o laço, é assim que faço, três vezes agitar e a corda lançar. Para retirar é só puxar, três vezes eu faço, para cair o laço. Mesmo o fogo, destruir nem pensar, nada no OutroMundo pode a ele assar. Mesmo ao fogo do dragão, os fios resistirão.

– Tomarei muito cuidado.

– Somente o óleo de tolar faz ele se soltar. Mas você tem que se cuidar, com quem o óleo transportar.

O tolar era um tipo de amêndoa cujo óleo precioso era utilizado no OutroMundo.

– Obrigada, Drrr, fiquei sinceramente encantada em revê-la.

Uma vez cumpridas suas obrigações protocolares (e rimadas...), Tara sentou-se à mesa, presidida por Andrea.

– Ao ver os milhares de dragões que se comprimiam na sala, Tara ficou um pouco deprimida. Como ia fazer para localizar os cientistas no meio de todo aquele povo?!

Varius Duncan, vulgo o Renegado, representante dos Mercenários do reino dos Malvados, se apresentou à sua mesa. Ele se inclinou diante de Selena, por quem tinha sido e talvez ainda fosse apaixonado, com uma reverência profunda e um olhar aveludado. Mas contentou-se em cumprimentar Tara secamente, ainda bravo com Omois por ter sido transformado em spatchune, quando tinha pedido a mão de Selena.[3] Por pouco Tara não soltou um suspiro. A vida se obstinava em espalhar um monte de pretendentes sob os passos de sua mãe. Era... irritante.

A mesa que lhe tinha sido atribuída ficava muito perto da mesa da futura rainha. Esta, viva e graciosa (quer dizer, na medida em que poderia se esperar graça de um bichinho escamoso tão gordo), tinha feito um pequeno discurso, no qual agradeceu as diferentes delegações por terem se deslocado para assistir à sua coroação.

Ao vê-la, nem por um minuto se desconfiava que sentia uma angústia mortal por causa de sua estranha eleição e de seu noivo ameaçado. As skups voavam à sua volta como uma nuvem de borboletas gulosas, retransmitindo sua imagem para toda a galáxia. As estrelas iluminavam suas escamas brancas e a fina coroa de pretendente em sua cabeça. Uma orquestra de tatzbums, primos com tentáculos dos camhbums, começou a tocar uma música suave, assim que ela terminou o discurso.

Então ela se sentou e as wivernes começaram o serviço.

Os talheres eram de ouro. Bem, vejamos, por que não?! Com o brasão da família de Charme, uma garra de dragão golpeando um círculo preto, o mesmo que ornamentava as escamas das wivernes ligadas ao governo.

Meio violento, mas muito chique.

---

[3] Lisbeth pensava que ele a pediria em casamento, e teve então uma reação de mau humor um pouco... desproporcional, quase desencadeando uma guerra entre Omois e os Malvados.

Durante todo o jantar (assado de vaca, contrafilé de vaca, costeleta... de vaca, bochecha de boi, paleta de boi... escondidinho de boi, *tournedos* Rossini, *steak tartare* etc.), Tara perguntou as profissões dos diversos dragões com quem compartilhava a mesa. Apesar de lançar olhares desconfiados na direção dela, Andrea não foi desagradável, contentando-se em animar a conversa sobre política geral, as colheitas e o tempo. Totalmente inofensivo, na aparência.

Nenhum dos dragões presentes era cientista, mas Tara conheceu Veodorachiva, a encantadora dragoa cor de cereja, a amiga cantora de Charme. Que se simpatizou com Tara logo de cara, por causa de seu humor caloroso e de sua preocupação sincera com Charme.

Andrea estava cheio de dengo com Selena, e o coração de Tara ficou apertado. Um dia, ela descobriria o que sua avó fizera à sua mãe, para que ela fosse condenada a seduzir tudo o que passasse ao alcance do seu olhar. E nesse dia ela a faria se lamentar.

Oh, sim.

Por enquanto o jantar era um fiasco. Nem sombra de alguma pista. Seus amigos estavam espalhados por outras mesas. Tara desconfiava de uma manobra de Andrea para aborrecê-la, mas, pelo contrário, aquilo permitiu que ela conhecesse mais pessoas.

Eles fizeram o balanço da situação após o jantar, reunidos nos aposentos de Tara e sob o Opaqus, mas a gangue mágica não tinha conseguido mais sucesso do que ela. Com exceção de Pardal, que tinha reparado numa coisa estranha, graças a seus olhos, que mesmo na forma humana eram mais potentes que os dos seus amigos.

Numa das mesas havia um dragão estropiado.

– Como assim?

– Uma de suas patas dianteiras é torta.

Tara não via o que isso tinha de estranho.

– Desculpe, sempre esqueço que você foi criada na Terra – Pardal sorriu diante da incompreensão de Tara. – Em nosso planeta, graças aos chamãs e aos Reparus, não temos esse tipo de problema. No entanto, esse dragão está estropiado. Penso que isso merece uma análise mais profunda. Mas ele estava na mesa mais próxima de Charme, então é um personagem importante. Tem que ser você para se aproximar dele.

– Amanhã começam as cerimônias – Tara disse. – Ele estará assistindo, ou não. Vamos segui-lo desde já.

Seus amigos olharam para ela com os olhos arregalados.

– Você não está cansada, doçura? – Robin, que tinha ouvido bem o aviso de Andrea, perguntou.

– Sim, mas a aposta do jogo é alta demais. Temos que localizar esse objeto antes de Magíster. Vamos.

Ao passar na frente da mesa de sua suíte, Tara viu o anel. Ela refletira durante o jantar. Sem dúvida o anel a tinha ajudado. Muitas vezes. Ele não a tinha transformado, e podia tirá-lo quando quisesse. E essa noite sua missão era arriscada. Ela se assegurou de que a Pedra Viva estava pronta para intervir. E recolocou o anel.

Ela ainda estava de vestido, e seus amigos em trajes de noite. Por isso saíram tranquilamente, como se fossem para uma balada chique.

Xandiar franziu a testa quando os viu reaparecer.

– Sua Alteza Imperial?

– Esquecemos uma coisa no jantar, voltamos já – Tara respondeu rapidamente para que ele não tivesse tempo de fazer nenhuma pergunta.

O grande guarda só teve tempo de ordenar a quatro thugs que os seguissem, pois eles já estavam a vários metros de distância.

Foi quase em passo de corrida que voltaram ao banquete. Quando Charme tinha se retirado, três quartos dos convidados e dos dragões a imitaram. Infelizmente a mesa em que se encontrava o tal dragão estava vazia.

– Droga – Tara se enfureceu –, não fomos rápidos o suficiente! Vamos nos dispersar, talvez o localizemos em algum lugar.

Esquecendo que ela quase tinha sido assassinada, eles se lançaram aos quatro cantos da sala. Tara enviou Galante como batedor, com a missão de localizar qualquer pata torta. Do alto da sala, era mais fácil, assim, foi Galante que primeiro viu o dragão em questão. Um dragão marrom, com escamas sem brilho, que quase se fundia na penumbra. Menor que a maioria dos espécimes e com uma cabeça maior também. Ele ia em direção a uma das saídas laterais. Sem pensar, Tara o seguiu, guiada pela visão de Galante. Finalmente, ela ficou frente a frente com ele, e seu pégaso voltou a pousar sobre seu ombro.

– Bela jogada, meu lindo – ela murmurou –, você é o melhor!

Galante emitiu um relinchozinho alegre e esfregou sua testa macia contra a bochecha de Tara. Ele adorava agradar a amiga. Os thugs a seguiam, intrigados. Droga, ela tinha que se livrar deles. Discretamente, lançou um feitiço de confusão. Infelizmente, como estava tensa, sua magia saiu descontrolada. E atingiu todos os que estavam ali.

Sem exceção.

Os dragões ficaram vesgos, tropeçavam, batiam em paredes que não viam, enfiavam os pés nas fontes, que não sentiam, e em poucos minutos foi o caos absoluto. Seus amigos, também atingidos, davam voltas, assim como os thugs, e Tara teve um trabalho danado para recuperar Galante e tirar o feitiço dele.

Felizmente, o dragão que Tara perseguia já estava quase fora da sala quando ela lançou o encanto, e não foi atingido. Evitando os dragões e as wivernes desorientadas, Tara foi atrás dele.

Além de ter uma pata estropiada, o dragão também mancava. Não parecia muito em forma. Segui-lo não era difícil, de tão lento que era.

Tara não se atrevia a sacar a Pedra Viva para se comunicar com Cal e os outros. Com uma palavra, a trocadeira transformou seu vestido em uma roupa camuflada, que dissimulou a garota assim que saíram do palácio. O dragão subiu com dificuldade num dos tapetes voadores e Tara praguejou.

Ela correu para trás de um pequeno bosque, desminiaturizou Galante de um só lance, pintou-o de preto e seguiu o tapete voador bem acima dele, para não ser percebida.

Felizmente era tarde, e os dragões não gostavam de voar à noite. Além disso, o frio e a escuridão diminuíam sua velocidade. Por isso não havia dragões nos ares. E os tapetes voadores não subiam mais alto do que o topo das maiores casas. Portanto, nenhum risco de ser vista. A não ser pelas patrulhas de wivernes.

– Ooooh – murmurou Tara quando Galante fez um desvio para se esconder atrás das torres de um pequeno castelo... –, Galante, me avise quando for brincar de pula cerca!

O pégaso não respondeu, ocupado demais que estava, levando tombos sobre as telhas escorregadias. Ele conseguiu se firmar e os dois ficaram vigiando o pelotão de wivernes que patrulhavam também sobre tapetes. Felizmente, elas voavam mais baixo do que eles, e logo puderam recomeçar a perseguição. Por sorte, vieram nuvens, cada vez mais numerosas, escurecendo a noite.

Eles não precisaram ir muito longe. O tapete pousou diante de uma imponente residência onde o dragão entrou. A porta se fechou atrás dele.

– Não parece nem um pouco com um laboratório – Tara murmurou. – E não ouso utilizar minha bola de cristal, não sei se estamos sob escuta aqui. Galante, você pode ir buscar os outros, por favor? O feitiço de confusão já deve ter passado agora.

Ela projetou a imagem de seus amigos na mente do pégaso, que soltou um relincho afirmativo e sumiu com um estalo de asas sonoro demais.

Tara fez um careta. Tudo bem pensar em reminiaturizar Galante para que não faça tanto barulho ao voar.

De vez em quando as wivernes passeavam com umas coisas grandes e escuras cheias de dentes e de garras nas coleiras, que pareciam ser o equivalente aos cães na Terra. Ao passar na frente do parque, eles fungavam com barulho e Tara se encolhia junto à árvore, rezando muito para que não a achassem. E, enfim, a agitação se acalmou e ela pôde respirar.

Depois de quinze minutos, ela sentia o sono enevoar suas pálpebras quando ouviu um barulho atrás de si.

Toda vontade de dormir desapareceu instantaneamente, e imagens de animais não muito simpáticos de Dranvuglispenchir invadiram seu cérebro.

Ela suspirou aliviada quando Robin surgiu à sua frente.

Ele não parecia muito satisfeito.

– Pelos meus ancestrais, Tara, o que deu em você de sair assim! Não a achávamos mais, estávamos loucos de preocupação! Fabrice seguiu seus rastros com seu faro até a frente do palácio e depois, *pffffff*, ele nos disse que você saiu voando.

– Não tive escolha – defendeu-se Tara. – Ia perdê-lo, e não sei se minhas conversas são ouvidas aqui. Foi por isso que mandei Galante.

A irritação do semielfo foi se dissipando aos poucos, conforme ia entendendo a reação de Tara. Ele passou as mãos em seus grossos cabelos brancos e pretos e se acalmou. Essa garota ia deixá-lo maluco, isso era líquido e certo.

Cal, Fafnir, Fabrice e Pardal vieram mais ou menos com o mesmo discurso. Mas acabaram admitindo que ela tinha razão. E, também, que não tinha razão. Enfim, bom, ela tinha conseguido, era o principal.

– Não adianta nós todos ficarmos vigiando essa porta – Cal decidiu, o especialista em espionagem. – Vamos fazer turnos de vigia. Dois ficam aqui. Proponho fazer o primeiro turno com Fafnir. Fabrice, Pardal, Tara e Robin voltam ao palácio. Se acontecer alguma coisa, nós os avisamos e vocês voltam correndo. Daqui a quatro horas, Fabrice e Pardal assumirão o turno seguinte. E assim por diante. Está ok para todos?

– Por que quatro horas? – Pardal perguntou, curiosa.

A resposta do Ladrão foi muito franca.

– Porque consigo aguentar quatro horas. Depois tenho que encontrar um banheiro rapidinho. E para um rapaz é mais fácil do que para uma garota.

As maravilhosas estrelas eram como um céu de fogo e a visão era boa, apesar das nuvens. Pardal ficou muito vermelha.

– Oh – ela disse baixinho. – Entendo.

Fafnir deu uma risadinha.

– Os anões cavam as minas subterrâneas durante dias. Sabemos nos aguentar bem mais do que vocês humanos. E também não precisamos de muito sono, e principalmente somos muito mais pacientes do que vocês.

Ha, ha, muito engraçado, Tara não pensaria em colocar "anão" e "paciente" na mesma frase.

Ela ainda estava cheia de adrenalina, mas sabia que precisava se poupar e concordou.

– Está bem, vou voltar. Mas conto com vocês para me avisar se acontecer a mínima coisa, prometem?

– Mas claro, avisamos você sem falta. Que a noite lhe seja doce, minha linda.

– Que ela nos seja principalmente frutuosa – Tara respondeu, truncando a resposta habitual ao antigo cumprimento.

No caminho, as nuvens que se estendiam sobre a cidade adormecida mantiveram sua promessa. Começou a chover. Tara pensou nos amigos com ternura. E especialmente em Fafnir, que odiava chuva. Enferrujava as machadinhas.

Ao chegar ao palácio, ela pensou que não dormiria nunca. Mas assim que colocou a cabeça no travesseiro já estava adormecida.

Foi acordada por um beijo.

– Humm, quero mais – reclamou.

Robin não se fez de rogado.

Tara acabou abrindo os olhos. Acima dela, sorridente, o belo rosto de Robin. E, emoldurando-o de ouro, um sol radiante que entrava pela janela.

Ao se levantar bruscamente, ela quase espatifou o magnífico nariz do semielfo. Graças aos seus reflexos sobre-humanos, ele conseguiu evitar, por pouco.

– Caramba – ela resmungou –, mas que horas são?

– Oito horas – Cal respondeu, afundado num sofá. – Olhe só, poderiam tê-la sequestrado vinte vezes! Caramba, como seu sono é pesado! Igual ao do seu pégaso. Vocês fazem uma boa dupla!

Tara resmungou.

– Por que vocês não me acordaram?

Cal espirrou.

– Droga de chuva – ele fungou.– Só parou há duas horas.

– Cal!

O Ladrão fez o encanto do Opaqus, que Tara, em seu pânico tinha esquecido, então assoou o nariz fazendo um barulhão e se dignou a responder:

– Era inútil. Esse dragão dormiu a noite toda, e você precisava de repouso. Robin fez seu turno com Fafnir, que estava sem sono. E a vantagem é que os anões são como os elfos, dormem menos do que nós, algumas horas aqui e ali. Então isso não os incomodou. Fabrice e Pardal estão no local nesse momento. Voltamos e acabamos acordando você, porque a cerimônia só começa às dez horas e vocês, garotas, precisam de muito tempo para se arrumar.

Ele devolveu o olhar negro de Tara com um risinho irônico.

– Estou em comunicação com Pardal, criamos um código para podermos falar tranquilamente. Mas você não pode deixar de ir, vai ter que encarar. E, além disso, se o dragão estropiado for, será uma excelente oportunidade de falar com ele.

Tara era meio cabeça-dura. E sua angústia não a largava.

– Mas, e se a casa for somente uma fachada? Se o laboratório estiver profundamente enterrado, com subterrâneos e túneis? E se houver portas secretas e guardas escondidos?

O Pequeno Ladrão olhou para ela com uma sobrancelha erguida.

– Ei, você assiste a filmes demais, Tara. É só a casa dele. Lancei um pequeno encanto, um sondus. Só estão o nosso dragão e duas wivernes velhas, que dormiram tão profundamente quanto ele, a ponto de ouvirmos o ronco.

Tara se acalmou um pouco. Cal tinha razão, ela estava ficando paranoica.

Mas nessa galáxia não ser paranoico era muitas vezes sinônimo de estar morto.

– Vocês não foram incomodados pelas patrulhas?

– Que patrulhas?

– Com Galante, quase fomos surpresos por uma patrulha de wivernes quando seguíamos o dragão marrom.

– Havia algumas, mas nem tanto assim. Estamos no planeta dos dragões, Tara, não na Terra ou no OutroMundo. Nas ruas, a não ser quando um dragão perde um parafuso e deve ser preso, o que acontece muito raramente, a polícia intervém, principalmente para ajudar dragões velhos ou crianças, controlar o trânsito e registrar queixas. As portas das casas ficam fechadas porque os dragões costumam possuir tesouros, mas por enquanto ninguém que os tenha roubado sobreviveu o suficiente para contar. Quer dizer, com exceção de Magíster, e ele teve que ficar amigo do rei dos demônios para se safar. Isso desencoraja as vocações.

Ai ai, Tara não tinha pensado nesse pequeno detalhe.

– Mas, então, se quisermos o objeto demoníaco, os dragões vão nos perseguir e nos fazer pagar por isso? Eles não vão ter a menor dificuldade de chegar até nós.

– Então, vamos ter que nos virar para que Magíster seja acusado. Contra ele, os dragões não poderão fazer grande coisa.

Tara deu um sorriso animado. Ohhh, mas que boa ideia! Fazer Magíster pagar por um crime que não cometeu, pelo menos uma vez. Genial!

– E se isso não funcionar e os dragões chegarem até você – Cal observou –, como disse Pardal com razão, eles não vão tocar bumbo na rua, trombeteando que esconderam dos aliados uma arma tão perigosa. Se roubarmos o objeto, em minha opinião eles não tentarão nada contra você, mesmo se desconfiarem.

– Obrigado Cal – ela sorriu –, fico superaliviada que um mestre Ladrão como você cuide disso tudo.

Cal lhe devolveu o sorriso, lisonjeado.

– Bom, enquanto isso, o mestre está cansado. Então, se não se incomodar, vou dormir um pouco. Se o dragão sair de casa, Pardal vai chamá-la e dizer "meu passarinho fugiu da gaiola, a última vez que o vimos ele ia para...", e aí ela indicará para onde o dragão está indo. Se você estiver presa numa cerimônia, nós nos contentaremos em segui-lo até você conseguir chegar para interrogá-lo. Falando em perguntar, estou me perguntando se não é hora de pensar em reabastecimento de comida. Bom, a aaa aaatchim – ele assoou o nariz –, até mais tarde.

– Perfeito – Tara respondeu, impressionada por ver que ele tinha pensado em tudo. – Até mais tarde!

Depois de um último carinho (rápido demais!) em Robin, que ficou esperando por ela na sala, Tara foi para o banheiro. A trocadeira fez sumir o roupão que tinha vestido nela quando percebeu a presença de Cal e Robin.

Tara fez sinal para o elementar da Água, avisando que queria tomar um banho. E quase morreu afogada.

O elementar estava calibrado para molhar um dragão, não uma pequena humana! Ele liberou uma verdadeira tromba-d'água. Sufocada, Tara se encolheu sob o jato e agitou as mãos. Sua magia jorrou, fez um buraco no corpo transparente do elementar, que pareceu bem surpreso... E metade da parede sumiu, revelando Kaliprimo, que também estava tomando banho do outro lado. Apavorado, o thug de seis braços fugiu, gritando, enquanto Tara, vermelha de vergonha, gaguejante, tentava consertar sua besteira. O elementar tinha parado de afogá-la, espantado com a reação dela. Ele sacudiu a cabeça de água transparente, olhando para o buraco com um ar de reprovação.

Robin surgiu como um foguete, viu que Tara, encolhida e pudicamente coberta com uma toalha pela trocadeira, não estava sangrando, e chegou perto. Os ombros da jovem tremiam, e ele hesitou.

– Tara? Está tudo bem? O que aconteceu? Não chore minha querida, fale comigo! Diga alguma coisa! Tara, diga alguma coisa!

Um gemido escapou da bolinha loira encolhida.

– O quê? – perguntou o elfo, que não tinha entendido.

– "Alguma coisa".

– O quê? – repetiu o elfo surpreso.

Tara ergueu uma cabeça encharcada e ele percebeu que sua tremedeira não se devia ao seu choro, mas a uma monstruosa crise de riso.

– Você me disse para falar alguma coisa – Tara disse, engasgando de rir –, então falei: "alguma coisa".

– Mas do que você está falando? O que aconteceu? – gritou o elfo, que tinha a nítida impressão de que Tara tinha enlouquecido.

– Opa – Tara riu –, a cara de Kaliprimo quando destruí o muro! Ahhh, sinto dor nas costelas!

– Está com dor? Alguém a machucou?

– Não, não, dei tanta risada que estou com dor de barriga! O elementar estava mal regulado, ele quase me afogou, eu quis pará-lo, mas minha magia saiu do controle.

Ela não acrescentou "como de costume", porque isso estava obviamente subentendido.

– E depois de ver a cara de Kaliprimo e de vê-lo fugir, nu em pelo e cheio de sabão, tive um acesso de riso. Desculpe.

– Não sou eu quem mereço esse pedido de desculpas – Robin respondeu secamente, que não tinha nem um pouco o mesmo senso de humor, ainda mais pelo medo que acabava de passar. – É sua excelência o embaixador Kaliprimo! Você deve tê-lo traumatizado, pobre thug.

Tara apertou os olhos, visualizando a cena. Ela voltou a rir na hora, incapaz de parar.

– Ele não vai mais poder entrar no chuveiro sem medo de explosão. Aaah, Robin, pare de me fazer rir.

Tara ria tanto que seus olhos grudavam. Ela se contorcia segurando a barriga, e cada vez que seu olhar ia para o buraco na parede, pimba, ela recomeçava à toda. Depois de alguns minutos, Robin perdeu a paciência e tapou o buraco da parede.

E como ela também ria, cada vez que seu olhar cruzava o de Robin, irritado, ele saiu do banheiro. Quando ficou pronta, com exceção dos cabelos molhados, e coberta por um *peignoir* atoalhado cor-de-rosa pela trocadeira, ela abriu a porta.

Deixou-se secar pelo elementar do Ar, que prudentemente Robin tinha regulado, mas soltava umas risadinhas de vez em quando. Depois de um certo tempo, ela respirou fundo e olhou para Robin.

– Desculpe, mas rir faz um bem danado! Eu não gargalhava assim há muito tempo. Ai, agora estou com dor na barriga.

– Hum – fez o elfo, soprando com um ar irritado –, eu...

Mas ele não teve tempo de dizer mais nada, pois a porta do banheiro os informava que a porta de entrada pedia a admissão de Xandiar, o embaixador Kaliprimo e o embaixador Setos.

Tara pareceu realmente apavorada.

– Ai, ai, ai, Robin, explique-lhes o que aconteceu, se eu vir Kaliprimo vou estourar de rir.

– Seria uma má ideia. Fique no seu quarto, vou consertar as coisas.

Tara se escondeu no quarto, enquanto a trocadeira aproveitava para acabar de vesti-la com um encantador vestido curto cor de pêssego, com pequenos pavões de olhos bordados de ouro, e sandálias recobertas por safiras cor de damasco. Ela enfiou meio quilo de joias nos braços e no pescoço da garota, para deixar bem claro para os dragões que eles não eram os únicos a ter diamantes e ouro.

Robin voltou rapidamente.

– Ele entendeu e apresentei suas desculpas. Mas, afinal, foi Setos que se desculpou, porque os elementares não estavam corretamente regulados. Bom, tudo está em ordem, mas Xandiar não está muito contente. Ele diz que é necessário um guarda dentro da sua suíte, porque ninguém ouviu nada do lado de fora. Enfim, pelo menos não antes que Kaliprimo saísse, cheio de sabão, pelado, gritando que alguém estava querendo assassiná-lo.

Tara arregalou os olhos, dobrou-se, começando de novo seu acesso de riso.

– Aaaaah, Robin, ahhh, não aguento mais, foi cruel o que você acabou de fazer.

O semielfo tinha um grande sorriso nos lábios. Tinha feito de propósito, claro, para fazê-la pagar pelo susto que ele tinha levado.

Tara não aguentava mais. A trocadeira resmungava porque ela estava arruinando a maquiagem.

Levou uma boa meia hora até que Tara se acalmasse e retomasse sua figura humana. Ela saiu para assistir à primeira cerimônia, torcendo muito para que Kaliprimo não estivesse ao alcance dos seus olhos, porque senão não poderia garantir nada.

Felizmente Kaliprimo alegou não estar se sentindo muito bem, e infelizmente o dragão estropiado também. Ele parecia não gostar das cerimônias diurnas, pois também não compareceu à primeira, a que abria o início dos festejos.

Um concurso de poemas. Genial. Ela gostava de poesias, mas só que os dragões só os concebiam na forma de quilômetros de versos, um mais sombrio que o outro.

No início era muito impressionante. Sentada num assento que podia acomodar dez como ela, um pouco abaixo de Charme, enfiada em tantos vestidos de cerimônia que parecia uma pequena tenda branca em maravilhosos jardins onde houvessem montado arquibancadas, Tara podia ver os dragões subindo pela imensa alameda de areia branca inclinar-se à frente da futura rainha Dragão e começar a declamar.

Na primeira hora Tara aguentou bem. Na segunda também. À sua volta, as outras delegações ficavam imóveis, respeitosas, e ela se perguntava se eles estavam tão entediados quanto ela.

Tara quase adormeceu uma dúzia de vezes antes do banquete, e depois, a cada cinco minutos, por causa da digestão.

Ela podia jurar que ouvira um discreto ronco, vindo do lado da mãe, que ocupava um trono ao lado de Andrea, encantadora com um vestido azul-claro bordado de prata, as cores de Lancovit, de onde ela era originária.

A única coisa que a mantinha um pouco acordada eram os intervalos que pontuavam a cerimônia. Tara aproveitava para conversar com os dragões que a cercavam, mas suas perguntas sutis batiam contra a barreira de olhares surpresos. Ela não ficou sabendo muito mais do que já sabia a respeito dos objetos demoníacos.

Sentado perto dela na tribuna, Chenurichivu lhe explicou gentilmente as alegorias dos dragões, na última parte das cerimônias. O primeiro de Garra foi um dos que haviam declamado. Seu poema falava de glória e de aventuras prodigiosas, e Tara gostou bastante. Mas não a ponto de ouvi-lo durante horas e horas.

Só depois disso tudo, com a mente embaçada e o estômago pesado, é que ela voltou à sua suíte. Pardal a esperava, e a garota fez o encanto do Opaqus.

– Ele não saiu de casa – informou Pardal logo depois de fazer o encanto.

– Sim, percebi quando vi que ninguém me mandou uma mensagem. Você está bem? Não está muito cansada?

Grandes olheiras escuras envolviam os olhos de Pardal. Pela primeira vez, Tara percebeu que sua amiga tinha emagrecido e parecia atormentada.

– Pardal, você tem certeza de que está tudo bem?

Sua amiga estava a ponto de falar, mas apertou os lábios quando Fabrice entrou na sala. Ele viu o Opaqus, sorriu e entrou nele, a convite de Tara.

– Uaaaau! – ele disse, esticando-se como um gato. – Como aquilo é chato! Passamos horas olhando para a casa, por nada. Com exceção de algumas compras, ninguém nem entrou nem saiu do edifício. Ainda bem que não começou a chover de novo.

– Quem está vigiando agora?

– Cal e Fafnir. Robin está dormindo.

– Ok, preciso me aprontar para o jantar dessa noite. Esperemos que esse dragão esteja lá e, além disso, que a doença dele não seja simplesmente incurável pela magia.

– Não – tranquilizou-a Pardal –, nada é incurável para a magia.

– Ah não? Você está se esquecendo da dama Budiu. A filha do sanguerraba que odiava Manitu, a ponto de querer matá-lo.

Pardal respondeu num tom seco, que surpreendeu Tara.

– Está bem, seu tataravô conseguiu criar e vender uma poção que não somente fazia envelhecer várias décadas de uma vez só, em vez de rejuvenescer, mas também cujos efeitos não podem ser anulados. Ele é muito bom para provocar desastres. Neste ponto estamos todos de acordo. Então, salvo raras exceções, a magia pode curar quase tudo. Mesmo que às vezes provoque efeitos colaterais como malumorência e babadeira.

Tara ia responder quando a bola de cristal surgiu de seu bolso e se posicionou na sua frente. Uma imagem se formou acima dela, familiar. Pardal tinha programado as bolas do grupo todo para que funcionassem mesmo em Opaqus.

Era Cal.

– Meu passarinho fugiu da gaiola – ele disse, com olhos brilhantes de excitação – e ele está indo... para o palácio. Acho que pretende aproveitar a boia que pode encontrar por lá. Conto com vocês para capturá-lo. Até já.

– Bom, pelo menos temos certeza de que ele vem para cá – Tara concluiu com satisfação, enquanto a Pedra Viva se apagava. – Vou me aprontar para o jantar. Mas, Pardal, eu gostaria que você fosse agora mesmo para o salão de banquetes. Se o estropiado já estiver sentado, tente pegar o cartão com meu nome do meu lugar e mudar para a mesa dele, na cadeira ao lado.

Os olhos de Pardal se arregalaram. Ela arqueou um pouco.

– Você... Você quer que eu troque as indicações dos nomes... E se eu for vista?

– Há algumas funcionárias humanas, elas ajudam as wivernes. Você fará de conta que é uma das que supervisionam as mesas. Confio em você, sei que vai conseguir.

Então, percebendo que se passava algo suspeito entre Pardal e Fabrice, ela acrescentou:

– Você é uma poderosa fadaceira e a Fera de Lancovit. Seu orgulho e sua honra são os valores que alimentam seu clã. Nada nem ninguém pode assustá-la ou rebaixá–la, a não ser você mesma. Nunca se esqueça disso.

O caloroso sorriso de Tara mostrava que estava sendo sincera. Os olhos de Pardal se apertaram, enquanto as palavras se gravavam em seu cérebro. Suspirando, ela obedeceu, contrariada. Quando saiu, Fabrice olhou para ela com um sorriso nos lábios, que ele perdeu em seguida quando encontrou os olhos azuis de Tara, brilhantes de raiva, que dissipou o Opaqus com um estalo de dedos.

– O que você está fazendo com Pardal, Fabrice?

– Co... como?

– Não é porque tenho andado ocupada e preocupada que fiquei cega. Desde que chegamos, Pardal está sempre triste e desamparada. E a única pessoa que pode entristecê-la é você. Então, repito minha pergunta. O que é que você está aprontando com ela?

– Nada – o rapaz negou. – E, de qualquer jeito, não é da sua conta – e, antes que ela pudesse continuar perguntando, ele saiu batendo a porta, que gemeu de novo. Mas que mania dessa gente que não parava de batê-la! Ela não tinha feito nada!

Barune, que ficara na sala, trombeteou. Do outro lado, ouviu-se um palavrão. Fabrice abriu a porta, deixou o mamutezinho passar e depois a bateu. Mais uma vez...

Ou pelo menos tentou, porque a porta, furiosa, resistiu e se fechou beeeeem devagar.

Galante lançou risadinhas de gozação na mente de Tara, mas ela estava muito preocupada com seus dois amigos para compartilhar da brincadeira.

Tara se aprontou, depois de tomar uma ducha. Se ela não tinha conseguido fazer Fabrice falar, saberia convencer Pardal.

Só que não foi tão fácil, pois a jovem não reapareceu. E a hora de ir ao banquete chegou sem que Tara visse a amiga novamente. De repente ela ficou super, superpreocupada.

As wivernes acompanhavam os dragões às suas mesas. O salão de banquete estava ainda mais bonito que na noite anterior, e Tara ficou sabendo que haveria uma apoteose de fogos de artifício na noite da coroação. Em homenagem aos poemas do dia, os pintores dragões também tinham trabalhado e cada mesa apresentava um quadro de um requinte primoroso. Tara ficou impressionada com a beleza dos motivos florais e animais da mesa onde estava, que também era a do dragão estropiado.

A wiverne que a acolheu pareceu realmente surpresa que ela estivesse à direita do dragão marrom. Franziu os lábios e, incapaz de explicar esse mistério, se desinteressou.

Pouco tempo depois, Tara viu Pardal chegar a uma outra mesa, com as bochechas vermelhas e um ar extremamente satisfeito. Ela tinha se trocado e fez um sinalzinho com a cabeça para a amiga. Tranquilizada, Tara se voltou para o vizinho.

– Que sua chama fique clara! – ela o cumprimentou.

– E que ela carbonize seus inimigos – respondeu educadamente o dragão. – Meu nome é Teoluvirondrichivu.

– Tara – respondeu a garota. E respeitando a etiqueta, acrescentou: – Princesa de Omois, herdeira da imperatriz.

– Oh! – respondeu o dragão, que não parecia informado. – A senhorita foi convidada por nossa Grav'Majestade?

– Sim, o senhor também deve ser próximo de sua Grav'Majestade, pela posição da sua mesa.

O dragãozinho insignificante se encheu de orgulho.

– Faço pesquisas muito importantes para o futuro de nosso universo. Sua Grav'Majestade teve a gentileza de me ceder este lugar como forma de agradecimento pela minha dedicação.

Tara sentiu as batidas de seu coração se acelerarem. Mas, em seguida, se acalmou, lembrando que para um apaixonado pelo que faz sua atividade é certamente superimportante.

– Ah sim? Que tipo de pesquisas?

O dragão olhou para ela e, com um imenso pesar em sua voz, respondeu:

– É ultrassecreto, não estou autorizado a falar.

Tara não precisou fazer força para parecer desapontada.

– Ooooh, que pena. Parecia formidavelmente excitante!

Os outros dragões estavam se instalando às suas mesas em uma algazarra de vozes, de gemidos dos enormes assentos de pedra e do resvalar de patas com garras.

De repente, Tara precisou conter um sobressalto. Teol acolhia dois outros dragões. E os dois possuíam estranhas excrescências em seus flancos, cujas escamas estavam curiosamente descoloridas. Os outros dragões da mesa faziam de conta que não tinham notado, mas Tara percebia que eles estavam pouco à vontade.

Pardal tinha razão, tudo aquilo não tinha nada de normal.

Tara viu que em sua mesa original Andrea apareceu e se sentou no lugar que lhe fora destinado. E que de repente se dera conta de que sua convidada de honra não estava ali. Ele olhou em volta e suas narinas se preguearam quando a viu sentada em outra mesa. Com um gesto seco ele chamou uma wiverne. Droga, Tara não tinha muito tempo. Azar, não dava mais para continuar com sutilezas, e ela acelerou.

– Estou por dentro do assunto relacionado ao objeto. E sei dos efeitos que ele produziu em sua pata. O senhor é extremamente corajoso de se expor à magia demoníaca dessa maneira. Não, ainda melhor, o senhor é um herói!

Os olhos do dragão borboletearam. Ele se inclinou e ela teve uma visão única de suas presas amarelas e estragadas.

– Pelos meus ancestrais, não sabia que os humanos estavam por dentro – ele sussurrou em tom muito aflito, mas também lisonjeado. – Quem lhe contou?

Tara se conteve de soltar um hurra de vitória. Atrás dela, uma wiverne já se apresentava, impaciente.

– Nosso primeiro de Escama a chama à sua mesa, Sua Alteza Imperial – ela disse –, aparentemente houve um erro de colocação dos cartões.

Tara arregalou os olhos inocentemente.

– Ah é? Que pena. Devo deixá-lo, então.

Ela endereçou um delicioso sorriso a Teol e foi para sua mesa, encantada com a interrupção, que lhe permitiu não precissar responder à sua pergunta.

Ela tinha vontade de dançar e de cantar. Reação meio estranha, se considerarmos que se meteria numa aventura na qual corria o risco de ser morta, mas ela estava feliz por ter conseguido encontrar uma primeira ligação com o objeto demoníaco.

Durante todo o jantar, sob o olhar desconfiado de Andrea, que visivelmente se perguntava o que é que ela estava armando, Tara teve dificuldade de se conter. Houve uma breve alusão ao feitiço de confusão lançado na noite anterior, no final do banquete, mas como teoricamente já fazia muito tempo que ela e seus amigos tinham deixado o salão, ela fez cara de paisagem, exibindo uma expressão interrogativa e perplexa.

– Que piada de mau gosto – ela exclamou, antes de mergulhar o nariz no purê cor-de-rosa de... qualquer coisa.

Era totalmente delicioso e... inidentificável. Os dragões também gostavam de boa cozinha, pois à mesa se sucediam aves, crustáceos, assados, cremes, purês, favas e feijões, massas, arroz de todo tipo, sem esquecer as sopas e os pratos intermediários.

Se continuasse assim, ela ia acabar obesa com todos aqueles banquetes.

Assim que os discursos terminaram e que Charme retornou a seus aposentos, Tara pôde deixar a sala e voltar à sua suíte, onde um velho amigo a esperava.

Mestre Chem. Que se lançou sobre ela e a abraçou, antes que ela tivesse tempo de reagir.

– Pelos meus ancestrais, os dragões azuis – ele balbuciou –, Tara, lamento tanto, tive tanto medo!

Meio esmagada, com o nariz nas escamas do peito de Chem, Tara tentava recuperar a respiração.

– Mas não tenho nada... pelo menos por enquanto. Mestre Chem, o senhor está bem?

– Sim, minha criança – respondeu o dragão colocando-a finalmente no chão. – E você?

– Estou perfeitamente bem, obrigada. Charme me disse que o investigador obteve provas suficientes para comprovar que o senhor tinha sido vítima de um detestável complô.

E agora ela estava falando como sua tia. Droga, Omois desabava sobre ela.

O dragão azul se sentou.

– Sim, saímos do buraco. Robin? Charme e eu lhe somos infinitamente gratos por nos emprestar o dinheiro necessário. Obviamente vou devolver a quantia assim que puder.

Robin, que acabara de acordar, ainda estava de pijama, tinha perdido o banquete e recuperava o atraso engolindo grandes mordidas de uma coxa de... um bicho qualquer que ele tinha pedido ao pessoal da cozinha.

Aparentemente um tipo de avestruz gigante, pelo formato da pata.

– Por favor – ele respondeu com a boca cheia, surpreso que o dragão tivesse se dirigido a ele. – Isso não foi nada. Você não precisa me devolver o dinheiro.

Considerando que no OutroMundo uma fortuna de mais ou menos mil vezes o que eu dei a você espera por mim, ele pensou, mas não disse.

– Vou reembolsá-lo – insistiu o dragão. – Talvez não em forma de dinheiro, mas essa dívida é grande demais. Tem que ser saldada.

Robin deu de ombros e arrancou outro pedaço de carne. Os elfos não tinham problemas de colesterol, e Tara fez uma careta ao ver as marcas de gordura que manchavam a boca de Robin.

– O senhor vai ser novamente o guardião do OutroMundo? – perguntou Pardal, que gostava de mestre Chem.

– Não sou exatamente um "guardião" do OutroMundo, somente o representante oficial de Dranvuglispenchir ali. E, sim, vou retornar a Lancovit assim que Charme for coroada.

– Ah é? – Cal perguntou inocentemente –, o senhor não vai se casar com ela? E se tornar um... o que mesmo? Um príncipe consorte, é isso? O marido da rainha?

O dragão azul fez uma careta.

– Não, em nosso planeta isso se chama Torc'Majestade. O cônjuge, seja marido ou esposa, da soberana ou soberano. Mas não posso me casar com Charme. Não sou da mesma classe social que ela e, além disso, sou visto com desconfiança pelas instituições do planeta, por causa dos meus métodos... digamos... originais, de gestão da guerra e do OutroMundo. Eles não terão confiança suficiente em mim. Prefiro então voltar para o OutroMundo. Vê-la todos os dias sem poder ficar com ela... seria... será muito difícil.

Como em *Aladim*. Ele tinha que ser príncipe, para casar com uma princesa. Droga, Tara não imaginava que os dragões pudessem ser tão esnobes.

Ela se levantou de péssimo humor.

– Mas de jeito nenhum! O senhor deve lutar por ela! E o senhor não vai deixar um bando de velhos dragões esclerosados ditar seus atos! O senhor é forte e valente. Salvou a Terra e o OutroMundo um monte de vezes. Isso vale todos os berços esplêndidos do mundo!

O dragão sorriu, e deu uns tapinhas na cabeça dela com sua pata cheia de garras.

– Ah, essa é minha pequena guerreira de coração valente. Não terminei meu trabalho no OutroMundo, minha criança, e, além disso, nós dragões vivemos muito muito, muito tempo. O que não é permitido hoje, talvez venha a ser amanhã. Bom, então, me conte um pouco o que está acontecendo. Confio em suas intuições, Tara, e nas dos seus amigos. Vocês não acharam nada suspeito ou estranho aqui?

Bom, sim, Magíster está provavelmente escondido entre os membros de minha escolta e vamos roubar o único objeto demoníaco que resta aos dragões. Tirando isso, nada de novo. E com o senhor? Tudo joia?

Tara mordeu o lábio, pensando na cara do dragão se ela soltasse tudo isso de uma vez só. Preferiu confirmar que seus "informantes" tinham lhe dito que várias facções se enfrentavam e que algo estava sendo preparado, sem maiores detalhes.

– Isso não adianta muito – respondeu o dragão, sacudindo a cabeça. – Bom, vou deixá-los descansar. O investigador não usou todo o dinheiro que vocês mandaram. Vou pedir a ele que prossiga, só para ver se consegue seguir a pista até os mandantes, porque, Tara, francamente, não vejo nem um pouco por que tentariam matar você. Não entendo mais nada.

A virgulisa tinha deixado vestígios em seu organismo, porque as escamas em volta de seus olhos e de sua boca tinham desbotado. E ele parecia muito cansado. Tara ficou com o coração apertado. Um ponto a mais para colocar na conta de quem tinha tentado matá-la. Quando ela o encontrasse, ele ia se arrepender de tê-la atacado, assim como ao seu amigo dragão.

Porque, apesar de desconfiar um pouco das motivações de Chem, cujo comportamento era às vezes muito estranho, ela bem que gostava dele, esse dragãozão azul.

Assim que ele saiu, ela fritou cuidadosamente os microfones e as skups, que as wivernes renovavam diariamente, e fez o Opaqus.

– Pardal, você é a melhor – ela sorriu para sua melhor amiga. – Você tinha razão, ele se chama Teol alguma coisa e realmente trabalha com o objeto demoníaco. Foi tudo bem para me fazer trocar de lugar?

– Passei o tempo todo achando que alguém ia gritar "prendam-na, é uma impostora!", mas ninguém percebeu. Por outro lado, uma wiverne me convocou para trabalhar sob suas ordens, e tive uma baita dificuldade para me livrar dela. Foi por isso que cheguei atrasada.

– O que você fez foi demais. Quem está vigiando Teol?

– Fabrice. Ele disse que não conseguia dormir e, como Teol estava no palácio, um só para vigiar é suficiente. Fafnir está dormindo.

– Perfeito. Fabrice o está seguindo e vou diretamente para a casa dele assumir o turno seguinte. Assim que ele chegar, Fabrice poderá voltar ao palácio.

Foi nessa hora que sua bola de cristal e as bolas de todos os seus amigos tocaram, fazendo todos pular. A imagem de Fabrice apareceu simultaneamente em todas elas. Ele estava na forma de lobo e ofegava.

– Tara, não sei o que você disse para esse sujeito, mas está voando baixo, como se tivesse um míssil atrás dele. Tive de deixar Barune no palácio, no hall de entrada, ele não podia nos seguir. Você pode cuidar dele, por favor? Não quero que meu feitiço de miniaturização se quebre no momento errado. Desconfio das reações dessas wivernes.

Robin saltou e passou pela porta, esquecendo-se de que estava de pijama.

– Tudo bem – Tara respondeu –, Robin foi buscá-lo. Como vamos achar você?

– Vou mantendo vocês informados conforme eu avançar, mas enquanto isso peça a Pardal para que ela utilize seu faro de Fera. Eu não voo, ela vai conseguir encontrar minha pista com facilidade.

Tara questionou a amiga com o olhar e ela sacudiu a cabeça. Sim, era uma boa ideia. O cheiro de Fabrice seria como uma fita que ela poderia seguir.

– Ok, colocamos Barune na sua suíte e encontramos você.

– Tomem a direção do norte. À toda!

E a imagem sumiu. Robin já estava de volta, com o mamutezinho debaixo do braço, e entrou no Opaqus.

– Um de vocês poderia ter me avisado que eu estava de pijama – ele resmungou. – Só percebi porque os humanos me olhavam com ar de surpresa.

– Ué, não deu tempo – Cal sorriu –, você saiu rápido demais!

– Vá se trocar, meu amor – Tara sorriu docemente. – Vamos caçar os dragões!

24

O que fazem dois objetos demoníacos quando se encontram? Eles contam histórias de objetos demoníacos um para o outro!

Quando Tara miniaturizou Barune de novo, para maior segurança, eles correram para encontrar Fabrice. Não foi muito difícil para o faro da Fera. Prudente, Tara tinha solicitado um tapete voador, alegando um voo romântico com Robin. O mais difícil foi dispersar os guardas de Xandiar, que ainda estava bravo por ela ter desaparecido no dia anterior. Como tinha a intenção de repetir isso todas as noites, até eles recuperarem o objeto, pressentia que Xandiar estava só começando a ficar bravo com ela.

Assim que os guardas thugs foram neutralizados e confortavelmente instalados em um parque onde poderiam roncar o quanto quisessem, eles seguiram seu caminho. Na frente, Pardal fungava o ar e os guiava, com mais precisão que um míssil. Graças ao tapete, em menos de vinte minutos eles encontraram Fabrice.

– Poxa – ele ofegou baixinho –, vocês vieram rápido paca!

– Tara fez algumas melhorias ao tomar emprestado um tapete voador. E Pardal fez as vezes do cão de caça. Caramba, caçar com vocês deve ser qualquer coisa, hein! O que acontece?

– Por enquanto, nada. Ele entrou no prédio aí em frente. Com exceção do palácio, ainda não vi nenhum lugar tão bem protegido. Senhoritas e senhores, acho que encontramos os famosos laboratórios secretos dos dragões.

– Ávidos, eles esmiuçaram os enormes edifícios. Feitos de pedra vermelha, encontrada habitualmente nas pedreiras das redondezas, eram maciços, solidamente protegidos por esquadrões de wivernes, mas também de dragões, que não deixavam um centímetro sem vigilância. Feixes regulares de luz jorravam, avisando quem passasse para não se aproximar. Apesar do céu muito claro, projetores iluminavam como se fosse dia. Painéis de cristal voadores continham todos o mesmo aviso: “Não se aproxime, perímetro proibido, o primeiro que colocar a pata aqui será torrado”... etc.

Havia vários tipos de controle na entrada. Cada visitante mostrava primeiro sua identificação, implantada em seu antebraço, como a de Tara e de seus amigos.

Depois, passava por um tipo de pórtico que emitia um flash e, enfim, podia ter acesso ao laboratório, depois de ser revistado por dois dragões armados.

Não havia nenhum humano, somente répteis.

Eles não brincavam com a segurança ali. Cal soltou um longo assobio, bem baixinho.

– Não vai ser tão fácil. Hum, passar por cima? Não é viável. Então, vamos ter que passar por baixo.

– Por baixo?

Cal fez uma careta.

– Sim, pelos esgotos, é a única solução. Eles provavelmente também previram defesas, mas os laboratórios são geralmente muito aquófagos.

– O quê?

– Grandes consumidores de água, que precisa ser evacuada. Mas para isso tenho que me preparar e tem umas coisas lá no OutroMundo de que preciso. Essa noite já é muito tarde. Não podemos fazer mais nada.

Tara bufou de nervoso, bem consciente do tempo que passava, mas eles não tinham escolha. E uma boa noi... enfim, pelo avançado da hora, uma parte da noite de sono não fazia mal a ninguém.

– Está bem – ela disse –, vamos voltar. É inútil continuar a vigiar o dragão.

Eles subiram todos no tapete e acompanharam Cal até a Porta de Transferência. Um pouco antes de ele partir, Tara se inclinou e cochichou alguma coisa no seu ouvido. O olhar cinzento de Cal escureceu, e ele olhou para ela.

– Você tem certeza? – perguntou.

– Sim – Tara respondeu, para grande curiosidade de seus amigos.

– Então o farei. Custe o que custar. Até mais.

– Obrigada, Cal.

– Assim que o Pequeno Ladrão desapareceu, Robin fez a pergunta que queimava a boca de todos eles.

– O que foi que você disse a ele?

– Nada de especial – Tara respondeu levemente. – Bom, estou morta, vamos para a cama?

Robin deu um sorrisinho irônico, com a voz cheia de subentendidos.

– Ohhh, mas com prazer doçura, vamos!

Tara ficou vermelha como um tomate.

– Bom, eu quis dizer, vamos dormir.

O sorriso de Robin aumentou.

– Sim, foi isso mesmo que pensei.

Tara saiu da sala de Transferência de cabeça erguida, mas com as bochechas vermelhas. Robin a seguiu. Não era sempre que podia gozar um pouco da cara dela, ele tinha de aproveitar. Ele não dizia, mas a frustração era de qualquer maneira difícil de suportar. E aqui não existiam sirenes, mas, com todas aquelas recepções e a corrida contra Magíster, eles ficavam o tempo todo juntos e não podiam aproveitar. Era meio irritante.

Atrás deles, Pardal reteve Fabrice.

– Não acho que vou poder esconder de Tara o que está acontecendo entre nós – ela confessou, com os olhos abaixados. – Ela é minha amiga e percebe minha tristeza.

Shiba cuspiu. Ela não gostava muito de Fabrice, e estava ficando bem nervosa, porque ultimamente seus pelos ficavam molhados toda hora pelas lágrimas de Pardal.

Fabrice suspirou. Como as mulheres são complicadas!

– Sim, eu sei. Ela também me perguntou o que acontecia entre nós.

– O que você disse?

– Nada. Só saí. Não é da conta dela.

Pardal juntou toda sua coragem e, dessa vez, levantou os olhos e fincou francamente seu belo olhar castanho nos olhos negros do rapaz que amava.

– Fabrice, não podemos ser meio namorados. Ou estamos juntos ou estamos separados. Você disse que precisava pensar para saber o que queria fazer em relação a mim. Mas você não é o único que decide. Nós somos dois. E sou franca a dizer, isso está me fazendo sofrer demais. Por isso, prefiro uma boa punhalada franca e direta no coração do que essa perpétua indecisão e essa dor contínua.

Fabrice não podia acreditar. Por essa ele não esperava. A tímida Pardal o estava desafiando! Ele se sentia dividido entre a admiração e a irritação.

– Você... Você não me quer mais?! – ele exclamou com os olhos arregalados.

– Não desse jeito. Um amor tem que ser doce, meigo, apaixonado. Temos que sentir um calorzinho quando vemos nosso amado, o coração bate mais forte, mais rápido. Não tem que ser triste. Não tem que doer. Ou então não é amor. E isso eu não quero. Tara e Robin também estão na mesma situação que você e eu. Robin é louco por Tara. Mas Tara não sente exatamente a mesma coisa, mesmo ela não se dando conta.

– E como você sabe? – Fabrice respondeu, agressivo.

– Foi Robin quem correu atrás de Tara, e não Tara atrás dele. Acredite, Fabrice, isso faz uma enorme diferença. O amor do semielfo submergiu Tara, sem lhe dar tempo para pensar. Sei muito bem, porque fiz exatamente a mesma coisa com você.

Fabrice franziu as sobrancelhas.

– Mas fui eu que corri atrás de você, e não o contrário.

– Não – Pardal respondeu firmemente –, fiquei apaixonada por você muito antes. Não demonstrei porque era muito tímida. Então vivemos muitas aventuras juntos e aos poucos você começou a me notar. Mas fiz de tudo para que isso acontecesse.

Boquiaberto, Fabrice olhou para o rostinho adorável à sua frente. Droga, não tinha percebido nada. Não sabia se devia se sentir contrariado ou lisonjeado.

Ele cruzou os braços e o coração de Pardal se apertou. Ele não estava querendo ter aquela conversa.

– Já que você é tão forte, Pardal, o que você decide?

Lágrimas escorreram dos lindos olhos castanhos, mas a voz de Pardal continuou firme.

– Sinto muito, Fabrice, mas não posso deixar você me destruir. Tara tem razão. Também tenho meu orgulho. Então acabou. Não namoramos mais.

E, sem nem um olhar para ele, ela passou como uma sombra ferida e se perdeu na escuridão do corredor.

Fabrice estava completamente chocado. Barune, que tinha ficado com ele desde que chegou, enroscou a tromba em sua perna. Fabrice fez um carinho automático na cabeça do mastodontezinho.

– E essa agora! – ele acabou exclamando. – Estou sonhando ou acabei de tomar um fora? Sabe Barune, acho que ela vai se arrepender...

Mas, no fundo de si mesmo, uma vozinha lhe dizia que ele tinha cometido um grande erro.

Era a segunda vez que Tara tomava Pardal em seus braços, e era a segunda vez que ela chorava todas as lágrimas do seu corpo.

Com paciência, Tara aguentou a enchente. De fato, ela também sentia uma vontade forte de chorar sobre os amores passados de seus amigos, mas se continha.

– O que... foi que eu fiiiiiiiiiiiiz – gemia Pardal –, mas por queeeeeeeeeeeeeeeee eu lhe disse aquiiiiiiiiiiiiiiiiiiiilo?!

– Você fez o certo – Tara tentou. – O que ele tinha proposto a você é completamente absurdo. Ser namoradinhos sem ser namoradinhos? Mas isso quer dizer o quê?

– Nããããããããããããããããããããããoooooo, não deveriiiiiiiiiiiiiiiiiiiiiiiiiiiiia!

Bem, cada vez que Tara tentava consolar Pardal dizendo a ela que tinha razão, Pardal lhe dizia o contrário. Tara tentou ver se funcionava melhor no outro sentido.

– Bom, então você estava errada.

Pardal parou na mesma hora de chorar no ombro da amiga e se ergueu. Com os olhos e o nariz vermelhos, as bochechas marcadas pelas lágrimas, ela era comovente. Tara lhe deu o centésimo lenço.

– Vo... Você acha?

– Sim – Tara respondeu com muita seriedade. – Você deveria ter tido paciência, aguentado a dor, aguardar, como Penélope, que Ulisses voltasse depois de vinte anos, e sofrer como uma verdadeira heroína de romance. Ah, claro, e esquecer que existem milhares de garotos superfofos em cada canto do universo.

Pardal olhava para ela com os olhos arregalados.

– Tara! Estou falando sério!

– Mas eu também – Tara respondeu. – Caramba, Pardal, como você pode dizer que está errada? Fabrice a trata como se fosse um pano de chão. Você, a poderosa Fera, e tudo o que pensa em fazer é servir de capacho para ele? E depois, quando finalmente se dá conta de que ele passou dos limites e diz que tudo acabou, você se arrepende? Escute, Fabrice é meu melhor amigo, eu o conheço há anos, mas agora, francamente, ele está exagerando!

Pardal mordiscou os lábios. Tara não estava totalmente errada. E ela estava arrependida do que tinha dito a Fabrice a respeito da amiga. Porque sua resposta era uma mistura de verdade com um pouco de inveja pelo amor incondicional que o semielfo tinha por Tara.

Ela só esperava que Fabrice não contasse a Tara, senão as coisas ficariam ainda mais complicadas.

– Oh, Tara, não sei o que fazer, gosto tanto dele!

– É esse planeta – Tara respondeu sombriamente. – Ele... Ele modifica as pessoas. Há alguns anos, Fabrice nunca teria ideia de fazer mal a alguém. Mas desde que está aqui ele mudou, ficou mais duro, mais egoísta. Ele está realmente obcecado por essa estúpida busca de poder.

– Durante todo o tempo em que ele tem possuído o seu poder, enfim, parte do seu poder... ele tem sido maravilhoso. Estava tão feliz porque finalmente sua magia era poderosa! E então, quando você recuperou sua magia, seus feitiços não respondiam tão bem quanto ele queria. Ele ficou frustrado. E se afastou de mim.

– Acredite, se pudesse dar a ele parte da minha magia, faria isso com prazer, Pardal. E não consigo entender essa obsessão. Agora que ele é um lobohomem, tornou-se o mais poderoso entre nós, já que mesmo em sua forma humana é quase impossível matá-lo. Por que ele continua a querer tanto assim a magia?

– Realmente não sei – Pardal suspirou, esfregando os olhos, que ardiam. – Ele não tenta me proteger, já que em minha forma de Fera sou difícil de ferir. Não, acho que é mais profundo. De fato, acho que ele tem medo.

Por essa Tara não esperava.

– Medo?

– Sim. A magia lhe dá medo. Os animais no OutroMundo o assustam. Ele odeia as aranhoas depois que quase foi devorado cru pela aranhoa de Magíster.

Então ele se esconde atrás de sua busca de poder para esconder seu verdadeiro problema. O medo.

Tara admirou a amiga.

– Quer saber, acho que você tem mesmo razão. Isso explicaria o comportamento dele. Ele acha que para ser forte tem que ser durão. Por isso anda tão estranho com você!

– Você acha que tenho chance de recuperá-lo um dia?

Tara a abraçou novamente.

– Oh, minha querida, espero do fundo do coração. Porque vocês são meus melhores amigos, e me dói ver o que está acontecendo entre vocês.

Pardal se afastou e olhou para ela. E acrescentou.

– E com você.

Tara se empertigou. Droga, Pardal tinha percebido. Ela não se fez de inocente. Não com a amiga.

– Eu sei. Como sou poderosa, ele se sente atraído por mim, é isso?

– Sim, ele pensa que não percebi, mas vejo seu olhar sobre você quando utiliza sua magia. É de adoração.

– Mas não amor – Tara afirmou vivamente –, claro que não. O que ele aprecia é meu poder, não eu. Sou a velha e boa Tara, sua amiga de sempre.

Pardal suspirou e enxugou o rosto.

– Eu sei, confio em você. Desde que nos conhecemos, nunca a vi trair sua palavra. Não é o que me preocupa. Só espero que Fabrice saiba parar antes que seja muito tarde e que vá longe demais nessa busca desenfreada de poder.

Tara deu de ombros.

– Mas o que eu disse continua válido, Pardal. Se ele não se dá conta do quanto você é a mais encantadora e a mais gentil das garotas, então azar dele, tem um monte de rapazes no universo.

Pardal olhou para ela de um jeito estranho.

– Não sou a mais encantadora e a mais gentil das garotas, Tara, não. E obrigado por me ouvir, estou melhor agora.

Espantada, Tara viu Pardal se levantar, fazer um sinalzinho com a mão e se trancar em seu quarto. Afinal, o que será que ela quis dizer ao ressaltar que não era tão gentil?

No dia seguinte, Tara foi acordada por um roçar furtivo. Ela abriu seus olhos adormecidos e soltou um berro estridente. Um monstro preto com uma enorme cabeça esférica estava à sua frente. Sua magia se ativou por si só e a rajada disparou bem na hora em que o monstro se espremeu no chão gritando.

Robin interveio e gritou:

– Tara não! Pare com isso, é Cal!

Tara desativou sua magia.

– Cal? – ela disse com voz trêmula.

– Você desligou suas arm... suas mãos? – resmungou uma voz abaixo dela.

– Sim.

– Então que alguém venha me ajudar a levantar. Essa coisa é tão pesada que sozinho não consigo.

Ele se ergueu e Tara entendeu que o que ela tinha confundido com um monstro era Cal dentro de um escafandro negro.

Robin fez o encanto do Opaqus. Tara torrava as skups e os microfones cada vez que eles voltavam para a suíte, mas era melhor se prevenir.

Cal desatarraxou o capacete e pôs sua cabeça descabelada para fora.

– Pelas presas cariadas de Gelisor – resmungou –, como é quente dentro dessa coisa! E olhem que eu tinha jurado que nunca mais a usaria!

– Mas o que você está fazendo com esse treco? – perguntou Tara, pulando da cama enquanto a trocadeira punha um agasalho esportivo nela.

– Apesar de os esgotos nunca serem completamente alagados, são obrigatoriamente muito profundos. E sou pequeno. Por isso preciso de um escafandro. Preparei um para o Lour'inho também.

Aos pés dele, seu raposo Bicho de Estimação, Lour'inho, não parecia muito feliz dentro daquela couraça de plástico flexível.

Tara não conseguiu se conter. E o riso escapou. Seu olhar cruzou o de Robin, que também começou a rir. Fabrice e Pardal não estavam, mas Fafnir se juntou ao riso descontrolado.

– O quê, o quê? – Cal perguntava, como uma rã gigante.

O que fez aumentar as risadas de Tara.

– Uau – ela acabou dizendo, enquanto enxugava os olhos –, dois acessos de riso incontroláveis em dois dias. Esse planeta me faz bem. Seriamente, Cal, você vai entrar no subsolo do laboratório com isso nas costas? Mas vai ser localizado na hora, não?

– Isso não é mágico.

– Como?

– Observei atentamente as proteções do laboratório quando voltei lá essa noite para fazer um último reconhecimento. Eles têm tanto medo que um demônio possa surgir e se apossar do objeto, que centralizaram tudo na detecção de magia. Então, tudo que uso não tem nada mágico. Só tecnologia pura e dura. Tem um pedaço de laboratório, na parte de trás, que pode ser visto facilmente com um bom par de binóculos. E utilizei o visor de raios X para localizar quem estava nas salas e como as pessoas se deslocavam. Graças a essa engenhoca, consegui circular sem ser localizado.

Tara recuperou instantaneamente toda sua seriedade.

– Cal! Você voltou lá sozinho?

– Geralmente, sem querer ofendê-la, eu opero sozinho...

Lour'inho soltou um guincho indignado.

– Quer dizer, sozinho com Lour'inho. Portanto não vejo por que eu deveria ter organizado uma incursão em grupo para todos nós.

– Porque eu vou com você – Tara disse.

– Está certo – Cal confirmou, quando ela pensava que ele iria protestar. – Você vem, mas oficialmente. Em cima, enquanto eu estiver embaixo. Hoje, você vai fazer o maior "barraco" para obter a autorização para visitar o laboratório, para se assegurar que o objeto está bem protegido. Charme não poderá negar isso à descendente de Semiderus, guardiã dos Guardiões que Guardam os Objetos.

Dito desse jeito, parecia meio ridículo.

– Guardiã dos Guardiões que Guardam – Robin riu. – Lindo título, meu amor. Você acha que Charme vai cair nessa?

– Você tem razão Robin, pena que mestre Chem já tenha saído da cadeia, porque ele nos conhece bem. Só espero que não esteja com ela na hora em que eu for visitá-la, ele farejaria a armadilha no mesmo instante. Cal, por que você quer que eu faça isso?

– Porque tenho um plano. É isso que você vai fazer.

E então ele lhes explicou os passos a seguir. E, depois de tudo combinado, decidiram quem faria o que e como. A futura rainha dragoa nunca aceitaria que outros humanos penetrassem no santuário. E menos ainda uma anã.

Por isso, a única saída era que Robin, Fabrice, Fafnir e Pardal esperassem do lado de fora, como reforço. Tara e Cal teriam de cuidar de tudo. Robin ficou pálido ao saber que sua bem-amada ia enfrentar os dragões. Sozinha.

– Vou descansar e me preparar – Cal anunciou. – A gente se vê à noite.

Era o penúltimo dia antes da coroação, e por isso eles tiveram direito a um pequeno passeio de nave espacial.

Tara sabia que os dragões não se deslocavam somente pelas Portas de Transferência. Também, pudera, para abrir uma Porta de Transferência de um planeta ao outro, primeiro era preciso colocar a Porta no lugar no tal planeta.

Mas ela não esperava se encontrar numa réplica tão boa da nave *Enterprise,* versão *Jornada nas estrelas*. Era imensa, rápida, e parecia um grande bolinho, ou um sonho, com longos propulsores de cada lado. As naves não pousavam na superfície do planeta, eram acessíveis através de balsas espaciais. Aquela nave se chamava *O aterrorizante*, em língua dragão. Adorável. Encantador.

E a cerimônia era ao mesmo tempo uma homenagem da futura rainha aos corajosos exploradores que tinham aberto os caminhos das galáxias e também uma cerimônia de cremação de Chu, morta por culpa de Chem, que tinha muita dificuldade em segurar as lágrimas.

Os dragões não enterravam seus mortos, os cremavam. Até se tornarem evoluídos o bastante para construir naves espaciais, eles mesmos cuidavam da cremação. Depois, a partir do momento em que passaram a ter as espaçonaves, eles começaram a entregar os corpos à atração de sua estrela. Os corpos desapareciam em uma incandescente cremação. O corpo de Chu foi colocado num trenó gravitacional que o levou para fora da nave. Na passarela, Tara estava maravilhada pelo vazio do espaço. A magnífica nave gigante era dourada, mas o metal com o qual havia sido construída era muito mais sólido e resistente que o ouro. Tara via o espaço através de uma espessa "pele" de material transparente como cristal. Ela era capaz de velocidades superlumínicas, isto é, ultrapassando de longe a velocidade da luz. Como os quarks, seu deslocamento no espaço não correspondia a nenhuma lei conhecida. Tara ficou sabendo que as naves podiam ir até a Terra em apenas dois meses, sendo que a galáxia dos dragões se encontrava a milhões de anos-luz.

Apesar da gravidade artificial fornecida pela nave, Tara estava sentindo um leve enjoo e, principalmente, muito calor. Maquinalmente, ela fez um encanto para que uma leve brisa a refrescasse, antes que acabasse vomitando nos joelhos de um ministro.

Grande erro.

Sua magia se estendeu e escapou ao seu controle. Uma tempestade glacial tomou conta de toda a nave, congelando em parte o governo e a tripulação. Aflita, Tara quis interromper tudo.

O que funcionou perfeitamente. Tudo parou. Os motores, o gerador de gravidade, a luz, a energia elétrica, literalmente tudo. Os dragões saíram voando como grandes balões de todas as cores, totalmente apavorados.

– Tara – Cal berrou –, mas o que é que você está fazendo?

– Ooooooh – Tara gemeu –, estou tooooooooonta e enjoaaaaaaaaada!

Totalmente desamparada, ela girava na luz da estrela ardente.

– A nave está se mexendo! – alguém gritou. – A gravidade da estrela está nos atraindo! Liguem os motores de novo, rápido!

Mas a magia de Tara era tão teimosa quanto ela. Tara tinha desejado que tudo parasse, então tudo ficou parado.

As wivernes não estavam muito à vontade sem gravidade, e se chocavam umas contra as outras, como pinos de boliche gigantes. Chem, agarrado a um console de tiro, com a cauda para cima, resmungou:

– Isso então não me fazia a menor falta.

E em seguida elevou o tom da voz.

– Tara, dê um jeito na sua magia ou vamos todos terminar torrados pelo sol!

Os outros dragões não tinham entendido muito bem o que estava acontecendo, mas todo mundo gritava com a garota, porque suspeitaram que ela tinha alguma coisa a ver com naquilo e começaram a cercá-la, devagarinho. Tara se lembrou do jogo que tinha descoberto quando de sua chegada a Lancovit. Cal era muito bom naquilo, ele sabia se deslocar admiravelmente sem gravidade.

– Cal – ela gritou –, tente me segurar e me impeça de girar! Não estou conseguindo!

O Pequeno Ladrão se apoiou na parede e mergulhou. Ele segurou Tara com uma mão e com a outra amorteceu a chegada ao teto. E, quando Tara pensou que tinha acabado, ele saltou de novo e fixou ambos em uma mesa cujos pés estavam presos no solo. Ele deslizou Tara para baixo, o que lhe devolveu imediatamente o sentido das perspectivas.

– Ok. Agora, você relaxa e se apressa em nos tirar daqui. Pardal, Fabrice, Robin, segurem seus Bichos de Estimação, cuidado com a aterrissagem!

Seus amigos obedeceram, na medida do possível.

Toda trêmula, Tara levantou as mãos e ativou sua magia, que irradiou na escuridão como um pequeno sol.

– Pelo Normalus, que tudo volte ao normal, sem nenhum mal.

Para seu grande alívio, a nave respondeu. A luz e a gravidade voltaram.

Todos os dragões caíram em uma sinfonia de berros, mas o capitão e o piloto, que tinham antecipado a volta da gravidade, pularam para afastar a nave da atração fatal do sol.

Depois de alguns instantes de horrível tensão em que tiveram a impressão de que a nave nunca recuaria, os propulsores cuspiram com vontade e eles começaram a se afastar aos pouquinhos. Um viva de alívio saudou a proeza dos dois dragões.

– Mas o que aconteceu, por todos os deuses? – Andrea perguntou, ainda abalado.

– Foi só uma pequena manifestação do poder de nossa querida princesa – Chem respondeu. – Esse tipo de descontrole lhe acontece com frequência.

Os outros dragões atiravam olhares negros na sua direção, e Tara se encolheu toda.

Magia danada.

Só Chem, que estava acostumado, e Cheni, que achava aquela pequena Tara decididamente muito interessante, não estavam fazendo cara feia. Fafnir achou a experiência engraçada (os dragões nitidamente nem se deram conta de que a anã tinha plantado suas machadinhas nas paredes, para garantir o equilíbrio), Pardal e Fabrice não se falavam mais, desde que tinham rompido o namoro, e Robin estava com dor numa costela, apesar do Reparus.

Assim que voltaram à Terr... a Dranvuglispenchir, as cerimônias continuaram. Nada de poemas por hoje, mas seguidas homenagens à futura soberana, com peças de teatro contando os episódios mais marcantes da história dos dragões, incluindo, é claro, a grande Guerra das Falhas. Várias das homenagens eram apresentadas na forma de óperas. Tara avistou a amiga de Charme, a encantadora dragoa cor de cereja, que cantava maravilhosamente no papel principal de mãe de Charme, um pouco antes de ela ter sido morta em uma emboscada comandada pelo rei dos demônios.

Um estrondo abafado encheu o teatro e Tara percebeu que eram os dragões que, envolvidos com a história, rosnavam de raiva.

No final do dia, Tara não tinha provocado nenhuma nova catástrofe, para seu grande alívio. Foi, portanto, repleta de sons, imagens e de comida que ela voltou à sua suíte. E exigiu uma audiência com Charme.

Chem estava com ela, e seus olhos de réptil ainda estavam tristes.

Droga, pensou Tara, mas abriu para eles seu sorriso mais bonito.

Apesar de um pouco cansada, Charme também sorriu para ela.

Ela pensou que Tara vinha se desculpar pelo caos que tinha causado no *Aterrorizante*.

Errado.

Seu simpático sorriso desapareceu na velocidade de um raio[1] quando ficou sabendo o que Tara queria.

– Fora de cogitação – ela berrou, levantando-se, surpreendendo Chem, que teve um sobressalto. – Esses laboratórios são ultrassecretos.

– Então me coloquem uma venda. Joguem um encantamento em mim, para que eu não veja aonde vou, não me importo. Mas quero verificar que as proteções em torno do objeto são tão eficazes quanto as de Os que Guardam e Os que Julgam.

Isso também fazia parte do plano de Cal. Ele a aconselhara a aceitar todas as recomendações de segurança de Charme, mesmo que tivesse que sugeri-las. Além disso, Tara não estava nem aí para *ver* aonde iria, já sabia mesmo...

Charme apertou os olhos, desconfiada.

– A senhorita se deixaria vendar os olhos?

Tara deu de ombros, indiferente.

– Já lhe disse. Pouco importa o local, só a proteção conta.

---

[1] Para quem ficou curioso, a velocidade de um raio é de quarenta mil quilômetros por segundo, o que nos permite dizer que seu sorriso desapareceu bem rapidinho.

– Mesmo assim – Charme mostrava-se obstinada –, nunca nenhum humano penetrou naquele lugar.

– E Magíster?

– Não foi no mesmo local, e é justamente por causa de Magíster que esses laboratórios foram construídos.

Tara cruzou os braços, teimosa.

– Se vocês não quiserem que eu verifique, aí teremos um verdadeiro problema.

Chem percebia que aquilo era importante para a jovem, e por um instante teve a impressão de rever Semiderus. A teimosia era um traço de personalidade que o velho Mago tinha legado abundantemente a toda sua família.

– Deixe-a logo ver as benditas instalações – ele disse suavemente a Charme. – O que acha que ela é capaz de fazer? Ela prometeu guardar segredo, mas eu a conheço. Se você não confirmar que o objeto está em segurança, ela vai contar ao mundo inteiro que nós o possuímos, e aí nossos verdadeiros problemas vão começar. De qualquer maneira, que risco corremos?

Charme mordeu os lábios e não respondeu. E acenou com a cabeça.

– Muito bem. Mas é impossível organizar isso para amanhã, com a coroação. Então a senhorita vai fazer isso hoje à noite, daqui a uma hora, antes do banquete. Não posso acompanhá-la, e Chem tampouco, temos muito trabalho. Andrea e Cheni serão seus acompanhantes. A visita será curta, só meia hora, assim a senhorita estará de volta bem depressa. Esteja pronta, Sua Alteza Imperial.

Tara sorriu e se inclinou. Sim, isso também o Pequeno Ladrão tinha previsto. Ele suspeitava que, se Charme cedesse, não daria muito tempo a Tara. Bom, pelo menos a primeira parte do seu plano tinha funcionado perfeitamente.

Foi nas costas dos enormes dragões de combate, com um capacete ocultante na cabeça, que Tara saiu para visitar os laboratórios. Com o coração batendo, ela contava um crocodilo, dois crocodilos. Era o tempo de dizer uma palavra e um segundo se passava. Em certo momento, o dragão foi sacudido por uma tempestade de ar e ela perdeu um pouco a conta, mas, no conjunto, quando pousaram, o tempo gasto era idêntico ao de deslocamento para seguir Fabrice. Estavam realmente nos laboratórios que tinham localizado na véspera.

Eles pousaram e as wivernes desativaram as armadilhas por um rápido instante. O capacete de Tara foi retirado e ela aproveitou para se esticar e estender aquele momento. Não viu Cal, mas no instante seguinte sua klick zumbiu por uma fração de segundo. Cal tinha entrado. A partir daquele momento eles tinham meia hora, no máximo.

Ela observou os laboratórios maciços e feiosos, a grama vermelha e rasa, os projetores e os soldados, com um ar de desprezo.

– Éééééé, nada mal – ela comentou apontando para os guardas. – Quais são as defesas externas?

As defesas eram responsabilidade de Chenivurichivu, o primeiro de Guerra. Ele parecia se divertir prodigiosamente com a irritação de Andrea, que também os acompanhava.

– Temos quatro regimentos de quatro mil wivernes que vigiam esse local dia e noite, tanto do lado de dentro quanto do de fora. O conjunto cobre mais de mil hectares, e está cercado de barreiras ao mesmo tempo elétricas e mágicas, que desativamos quando entramos, mas que está reativada nesse momento.

Efetivamente, a barreira metálica, na qual Cal tinha recortado um buraco enquanto fazia de conta que se esticava, voltou a vibrar e a zumbir.

– No interior, temos vários tipos de detectores de magia, calor corporal superior a trinta e sete graus, massa corporal superior a cinquenta quilos, além de cach'ocs, nossos... animais domésticos, eu diria, que patrulham com as wivernes. Seu faro é prodigioso.

– E se o intruso se materializasse diretamente entre as cercas do conjunto? Ou pior, no laboratório?

– Na parte externa não podemos lançar um antiTransmitus por ser uma área tão grande. Um intruso poderia efetivamente se materializar aqui, mas seria imediatamente dominado pelos encantos antiTransmitus. E, na parte interna, ele simplesmente não poderia se materializar. Além disso, toda ação mágica é estreitamente vigiada. Se percebermos algo anormal, os alarmes entram em ação e prendem o intruso. Ele recebe imediatamente uma dose de gás e é neutralizado para... um interrogatório.

Tara se arrepiou, não estava gostando nem um pouco do tom guloso do dragão.

Felizmente, Cal já tinha previsto tudo isso. Seu traje, além de estanque, também era isolado com amianto. Nenhuma partícula de calor podia filtrar. Portanto, seu cheiro também não. E foi por isso que foi buscá-la, porque tinha visto os detectores de magia. Impossível usar qualquer outra coisa que não fosse seus talentos naturais. O menor ato de magia seria imediatamente localizado.

E o fato de só haver dragões nos laboratórios não facilitava nada as coisas

Eles passaram pelo pórtico. Um raio pipocou, enquanto a estrutura óssea de Tara era exibida em um painel de cristal.

– Esse raio é ao mesmo tempo um tipo de raio X e um detector de estrutura mental. Se a imagem na parede não correspondesse à sua imagem mental, a senhorita seria imediatamente desmaterializada.

– Então não se pode entrar com um disfarce, é isso?

– Exato, Sua Majestade Imperial.

– Nada mal, nada mal mesmo.

– Queira retirar sua trocadeira, por gentileza.

Tara arregalou os olhos.

– Como é que é? Mas eu fico nua sem minha trocadeira, não posso tirá-la!

– A senhorita não deve usar nada que tenha bolsos. E vê-la nua não nos incomoda – respondeu o dragão, impávido –, isso não representa nada para nós.

– Eeeei – disse Tara –, mas para mim representa! Vocês não têm aventais ou algo assim para me emprestar?

– Andrea suspirou, então fez um sinal para uma das wivernes. No instante seguinte, Tara estava vestida com um avental azul, dez vezes maior que ela, cujas abas tinha que segurar para não tropeçar. Mas eles não tinham sapatos, e o chão sob seus pés estava frio.

– Seu Bicho de Estimação também precisa ficar aqui – intimou Andrea.

Tara suspirou e então fez um sinal para Galante. O pégaso pousou num canto, com ar amuado.

– Muito séria sua segurança, primeiro de Escama – ela resmungou.

O dragão se contentou em dar um sorrisinho superior. Mas ele deixou escapar o anel, que ela tinha mantido.

O laboratório era imenso. E bem vazio. Andrea explicou a Tara que o objeto demoníaco era mais poderoso à noite, pois tirava forças da escuridão. Por isso ele tinha se acostumado a não trabalhar nele nesse período. O que explicava por que o dragão marrom tinha ficado em casa durante a noite. Tara entendia. E isso era bom para ela. Quanto menos olhos para ver Cal, melhor seria. Enquanto isso, alguns cientistas circulavam, cuidadosamente escaneados ao passar.

Para permitir seu deslocamento, os alarmes estavam desativados. Mas, assim como os cientistas, eles estavam sob intensa vigilância das skups. Muito móveis, era difícil escapar à atenção delas, pois assim que alguém se mexia elas apontavam para a pessoa. Tara se perguntou como Cal ia fazer.

Em todo lugar, puf-puf gigantes, quase tão altas quanto Tara, cuidavam da limpeza do laboratório. Elas ficavam normalmente imóveis à noite, mas assim que os alarmes eram desativados, eram ativadas.

Eles desceram. Sem elevadores, mas com poços de gravidade controlada. Depois de sua aventura no espaço, Tara teve de conter uma horrível sensação de vertigem ao se lançar no vazio depois das wivernes que os escoltavam. Ela amarrou cuidadosamente seu avental, para ter certeza de não se ver de repente com ele em cima da cabeça.

– Não é muito agradável – Andrea declarou, em tom condescendente. – Mas, de fato, se um intruso conseguisse passar por todas as barreiras, só precisaríamos cortar a energia dos poços de descida e teríamos um purê de ladrão na chegada.

Tara rangeu os dentes, ela só tinha quinze anos. Não precisava desses detalhes sangrentos.

Finalmente eles chegaram em frente à sala onde estava o objeto demoníaco. Tara mordeu o lábio. Ela torcia para que Cal estivesse em posição.

Duas puf-puf aguardavam em um canto, e uma delas oscilou curiosamente quando ela passou.

Tara entrou na sala.

E parou na hora.

Na frente deles estava o dragãozinho estropiado, Teol.

Aquilo era uma grande roubada.

Teol abriu a boca, mas Tara foi mais rápida que ele.

– Mestre Teol – ela disse –, que surpresa vê-lo aqui! – o dragão marrom parou e piscou.

– Eeh, é aqui que eu trabalho. Esqueci uns documentos e voltei para buscá-los.

– Vocês se conhecem? – Andrea perguntou em tom de surpresa.

– Sim – Tara confirmou alegremente –, conheci mestre Teol num banquete – ela olhou fixamente para o que estava atrás de Teol. – Ohhhhh, mas ei-lo, aqui está o famoso objeto demoníaco do qual Charme me falou!

O dragão marrom se acalmou. Salva. Ao mencionar Charme, Tara confirmava que ela é que havia falado do objeto demoníaco.

Nada menos que a futura rainha.

Ele não mencionaria que Tara lhe tinha feito perguntas, pois ela parecia fora de suspeita, pelo simples fato de estar ali.

Ele se ergueu orgulhosamente e apontou um tipo de calcinha para centopeias, conectada a máquinas por meio de tubos de aço e mantida em um campo de força azulado.

– Tivemos de guardar o objeto em um campo de força impenetrável – ele explicou. – Porque as emanações demoníacas tendem a deformar a matéria, seja ela viva ou inerte.

Tara recuou automaticamente.

– Infelizmente – ele continuou, apontando tristemente para o próprio braço –, não percebemos isso imediatamente, mas é impossível curar as feridas da magia demoníaca depois de um certo estágio.

– Quanto tempo de exposição? – Tara perguntou, subitamente angustiada por Cal... e por ela também, já que estava usando o anel demoníaco já fazia vários dias.

– Uma centena de anos aproximadamente – respondeu Teol.

Está bem, Tara esquecia com frequência que os dragões não tinham a mesma noção de tempo que ela. Portanto, Cal não corria riscos ao roubar a calcinha. E o anel não faria crescer um sexto dedo na sua mão esquerda. Perfeito.

– Ela é de metal – ela observou. – É estranho para uma calcinha, não?

Teol deu uma risadinha divertida.

– Não acho que os demônios realmente entenderam qual a serventia disso para os humanos. Eles imitaram as armaduras que viram na Terra. Só que esta é de ferro flexível, e não rígido. Os demônios esculpidos nela são os espíritos que foram aprisionados. Após cinco mil anos de estudos, ainda não entendemos como eles fizeram.

De repente, Tara sentiu um forte apertão no dedo. Apesar do feitiço que o isolava, o anel tinha reconhecido a calcinha. Portanto, na presença de um objeto demoníaco, ele reagia. Mas não na presença de magia demoníaca, pois não tinha reagido à presença de Magíster. Droga, ela ia ter que fazer uns testes.

Quer dizer, isso se Cal conseguisse pegar o objeto.

De repente, seu anel deu um quarto de volta e se iluminou. Ela o escondeu rapidamente na outra mão.

Em resposta, a calcinha também se iluminou.

Droga, droga, droga, os objetos estavam... Conversando? Trocando dados? Ela olhou à sua volta, em pânico. E se os alarmes detectassem a atividade entre seu anel e o objeto?

Depois, tão subitamente como se tivessem jogado uma lata de tinta em cima dela, a calcinha embranqueceu. E os rostos monstruosos de sua superfície se transformaram em magníficos unicórnios. Ela tinha se transmutado em prata.

Aflito, Teol tropeçou para trás.

– Mas... Mas o que... o que é que está acontecendo?

Andrea enrugou as narinas, incerto.

– É a primeira vez que vejo o objeto reagir assim. Sua Alteza Imperial, queira sair. Não posso garantir sua segurança.

– Como quiser – Tara obedeceu.

Ao passar em frente à porta, ela fingiu tropeçar em seu avental e, quando se reergueu, colou uma fina lâmina de metal na fechadura.

Lâmina que Cal lhe tinha dado e que ela colocara no antebraço, logo depois que tirou a trocadeira.

Ele suspeitava que Tara não poderia passar de volta levando a estranha entidade.

Preocupados demais para prestar atenção nela, depois da metamorfose da calcinha, os dragões não perceberam que a porta fechava, mas não travava.

Avançando a passo de corrida, a ponto de Tara não conseguir segui-los, os dragões só tinham pressa para uma coisa: sair dali.

Ao chegar ao poço gravitacional, Tara recuou, com o rosto pálido.

– Ai, ai, ai – ela disse, angustiada –, não penso que vou poder subir assim. Quero uma escada.

– Não há nenhuma escada, Sua Alteza Imperial – Andrea respondeu –, queira subir, por favor.

– Não – Tara disse, num tom de voz tão fininho que mais parecia um pio, recuando ainda mais. – Não quero, vou passar mal.

Andrea perdeu a paciência. Ele a segurou pelo braço para fazê-la avançar. Tara, apavorada, reagiu instintivamente. Sua magia jorrou e, como na nave espacial, tudo parou. A luz, a energia elétrica, a magia, os alarmes, as armadilhas.

Cheni, que já estava no poço com duas wivernes, aterrissou berrando e quebrou três costelas. Levou pelo menos dez minutos até que Andrea conseguisse convencer Tara, completamente perdida, a neutralizar sua magia. A luz voltou, a antigravidade também, e Tara, com os olhos fechados, aceitou subir pelo poço.

No andar de cima, a situação era uma bagunça só. Uma boa parte das instalações tinha fritado, por causa do excesso de tensão, e a barreira estava fora de serviço. Tara se assustou. Sua klick tinha acabado de zumbir e ela viu uma sombra se encostar contra uma árvore, do lado de fora do laboratório.

Cal tinha conseguido sair.

Ela se acalmou. Tudo tinha funcionado como previsto. Faltava saber se ele tinha conseguido roubar a bendita calcinha...

Atrás dela houve uma explosão e ela se virou, com o coração batendo forte. Chiiii, aquilo não estava previsto no programa deles. Alguma coisa tinha pegado fogo e os enormes elementares da Água que guardavam o local correram para apagá-lo.

Tara precisava se mandar dali antes que os dragões percebessem que o objeto tinha sumido. Ela foi escaneada na saída, do jeito que foi possível, pois nada funcionava direito, e todos puderam constatar que Tara não levava nada com ela. Ela reencontrou sua trocadeira com alívio. E seu pégaso, que lhe transmitiu imagens hilariantes de wivernes e dragões apavorados.

Na hora em que ela subia no tapete, uma das wivernes gritou algo pra Andrea. Ele lançou um olhar desconfiado para Tara e assumiu um tom adocicado:

– Lamento muito, Sua Alteza Imperial, mas sou obrigado a lhe dar ordem de prisão.

25

O atentado, ou: quando se quer matar alguém, é melhor mirar direito.

Tara estava de volta a um lugar bem familiar.

A prisão.

Trancada com seu pégaso, ela fulminava de raiva, porque Andrea não quisera dizer nada. Ela não tinha a menor ideia de por que estava presa.

Bom, para dizer a verdade, desconfiava um pouquinho, mas mesmo assim! Por isso, quando Chem foi visitá-la, ela o interpelou energicamente.

– Chem, o que é que está havendo com os seus dragões, eles ficaram birutas ou o quê? Por que é que estou aqui? Não me diga que foi porque revirei o laboratório. Com certeza o culpado disso tudo é Andrea, ele me dá medo!

Chem puxou um banco até a cela de Tara e se sentou, pesadamente.

– É verdade que está tudo um pouco confuso – ele confessou. – Mas nosso primeiro de Escama é um dragão desconfiado. Ele achou curioso que os alarmes e armadilhas tenham sido desativados por sua magia incontrolável bem na hora em que alguém estava tentando roubar o objeto demoníaco, que se transformou e já não emite ondas demoníacas, além de exibir lindos unicórnios de prata.

Ai, ai... "Tentado". Isso queria dizer que Cal tinha fracassado.

– Muito felizmente – sorriu Chem –, quando a eletricidade é cortada, uma caixa de aço forjada pelos anões de Hymlia cai automaticamente em volta do objeto. Por isso, aquele ou aquela que tiver tentado se dá mal. Não dá tempo de perfurar o aço, que é espesso demais, e totalmente refratário à magia. Você não tem nada a dizer, garota?

– Eu – respondeu Tara, a própria encarnação da inocência –, eu estou surpresa, por que é que eu diria alguma coisa? Imagino que Magíster tenha tentado se apoderar da calcinha quando eu estava lá, isso é tudo.

– Nós também encontramos um buraco na cerca de segurança, assim como uma marca bem nítida de uma intrusão pelos esgotos. Como nenhum sinal de magia demoníaca foi detectado, não acreditamos que Magíster ou os demônios tenham tido alguma coisa a ver com essa tentativa. Mas claro que vamos fechar os rombos e brechas que foram abertos. Assim, sua visita terá sido construtiva, apesar de tudo.

De repente, uma coisa que ele tinha dito perturbou Tara.

– Vocês têm meios de detectar a magia demoníaca?

Mas não o anel. Nem a comunicação entre os dois objetos demoníacos. Por quê?

– Nem sempre, infelizmente. Nós só conseguimos detectá-la quando ela entra em ação.

Bom, aparentemente nem isso. Tara não disse nada, mas nem por isso deixou de pensar. Os dragões achavam que sabiam tudo sobre os objetos, mas na verdade ainda não conheciam um monte de detalhes importantes.

Chem se inclinou e murmurou:

– Por que Cal tentou roubar o objeto demoníaco?

Tara apertou os olhos, desconfiada.

– O que é que faz você pensar que Cal tenha alguma coisa a ver com essa história?

– O fato de o Ladrão ter se escondido em uma falsa puf-puf, para poder circular tranquilamente. Ah, e também os pelos de raposa que encontramos no subsolo.

Tara apertou os dentes. Ela precisava avisar Cal que seu raposo estava perdendo pelo.

Chem estava esperando por uma resposta a um longo tempo. Ela o desafiou com o olhar. Ele suspirou.

– Suponho que é inútil tentar entender o que quis fazer. Você certamente tem bons motivos. Mas nós somos um pouco sensíveis com a questão da segurança do objeto demoníaco, e temo que Andrea não esteja tão chateado assim. Por isso vamos tirá-la da prisão, mas você vai ficar dentro da sua suíte. Assim que Charme for coroada, você e seus amigos serão enviados de volta para o OutroMundo. Eu mesmo vou acompanhá-los.

Tara respirou fundo, mas não disse uma palavra. Ela daria um jeito de recuperar o objeto, de um jeito ou de outro, pois, com Magíster como concorrente, não tinha escolha. E, depois que os testes tivessem acabado, ela o entregaria para Os que Guardam e Os que Julgam. Por ora, eram os únicos em quem ela tinha confiança para tomar conta dos objetos demoníacos.

Chem fez um sinal e dois wivernes vieram destrancar a porta. Ele acompanhou Tara até seu quarto, inclinou-se cerimoniosamente mais uma vez, com toda polidez, e depois voltou para sua própria suíte, batendo a porta.

Cal e Pardal de um lado, e Fabrice do outro, além de Fafnir e Robin, todos esperavam por ela. Robin correu ao seu encontro.

– Nós estávamos terrivelmente preocupados – ele disse –, as wivernes nos disseram que você tinha sido presa, mas não sabíamos exatamente por quê.

Tara entendeu que ele estava falando para as skup, que ainda não tinham conseguido neutralizar. Ela ativou a engenhoca de Senê e as skups viraram fumacinha, depois, invocou um Opaqus e aí eles puderam falar tranquilamente.

– Cal, eles encontraram pelos de Lour'inho no laboratório, vocês precisam tomar cuidado com isso – Tara começou, num tom severo. – Por enquanto eles não fizeram a ligação com você, porque, por sorte, outros fadaceiros das delegações têm raposas, como nós tivemos ocasião de ver nas cerimônias, mas Chem entendeu na mesma hora.

– Eu sei – Cal respondeu, tranquilo –, mas não podia jogar um feitiço antiqueda de pelos, os alarmes seriam acionados na mesma hora. O que eu não devia ter feito é levá-lo comigo.

– Ééééé. Bom, o que foi que aconteceu?

– Assim que você saiu da sala, entrei no aposento onde estava o objeto, na falsa puf-puf, e esperei que as skups fossem detonadas com a sua falsa crise de pânico.

– Superlegal todas essas explosões – Fafnir comentou. – Nós estávamos na primeira fila, para assistir de camarote.

– Eu não podia me mexer, enquanto as skups e os alarmes estivessem ativos, por isso quando sua magia cortou tudo, pulei. Mas não depressa o bastante, infelizmente. Aquela maquineta enorme caiu em cima do objeto e o trancou completamente. Como não podia utilizar meu poder, tentei transmutá-lo em sabão, líquido, espuma, em resumo, em qualquer coisa que fosse fácil de destruir, mas não adiantou, era impossível, aquilo é aço de Hymlia, insensível à magia.

– Normal – Fafnir observou num tom satisfeito. – Quando nós fazemos alguma coisa, fazemos direito!

– Porcaria – grunhiu Tara, frustrada. – E no entanto, nosso plano era tão legal...

– Nós vamos ter que encontrar outra coisa, e antes de Magíster.

– Você quer que tentemos hoje à noite? Deixo meu poder e nós mandamos bala!

– Sim – Fafnir se entusiasmou –, vamos lá, reduzir esses ridículos dragões a caldo!

– Tara – interveio Pardal, que tinha ficado quieta o tempo todo –, você não pode participar oficialmente. Você é a herdeira de Omois. Diplomaticamente, há acordos feitos entre o OutroMundo e Dranvuglispenchir. Atacar frontalmente os laboratório de Charme seria considerado uma declaração de guerra.

Tara mordeu a boca.

– Então não posso fazer nada, é isso?

– Você não pode fazer nada. Eu também não. De certa forma, represento Lancovit, mesmo sendo descendente de um ramo menos importante. Robin também não, porque seu pai é o chefe do serviço secreto de Lancovit, e isso seria considerado uma ingerência da parte dele.

– Ah, ah – Fafnir sorriu alegremente –, só sobramos Cal e eu.

– Você também não, Fafnir – Pardal continuou, rigorosa. – Você nunca comenta, mas sua mãe comanda o clã dos Forjafogo, que é, de fato, o líder do seu povo. Na qualidade de uma princesa anã, você não pode se envolver em uma ação direta contra os dragões.

Fafnir olhou para ela com um olhar completamente negro, mas Pardal nem se incomodou.

– Legal, felizmente só eu sou um plebeu de pura cepa! – zombou Cal.

– Eu também! – lembrou Robin.

– Sim, mas você é um plebeu oficial, enquanto eu não. E, como ainda nem tenho o diploma de Ladrão Patenteado, não sou oficialmente ligado a Lancovit. Por isso, se for pego, não terá nenhuma consequência oficial.

– Você vai para a prisão.

– Sem problema, vocês me soltam – o pequeno Ladrão sorriu alegremente.

Tara olhou para ele, hesitante. E depois sacudiu a cabeça.

– Não, sozinho você não vai conseguir. Vou ter de utilizar um outro meio para obrigar ao dragões a nos entregar o objeto.

– O quê? – Fabrice perguntou, surpreso.

– Alguma coisa que não usei muito até agora. A diplomacia. Aliás, Sun-Tzu dizia que a diplomacia era o mesmo que fazer guerra com outras armas. Assim que tivermos voltado, vou avisar minha tia sobre a presença do objeto. Ela vai ficar furiosa, porque o pacto com Semiderus foi quebrado. E vai obrigar os dragões a lhe devolver o objeto e nós o entregaremos aos guardiões. É a única solução.

Ela seria a encarregada da missão, já que era a única a ter acesso aos guardiões sem arriscar a vida. E talvez tivesse tempo de fazer alguns testes. Talvez.

Mas já era tarde, e eles foram se deitar. Menos Pardal, que ficou mais um pouquinho falando com Fabrice. Desde que tinham se separado, ele se recusava a falar com ela, e isso fazia o ambiente amigável do grupo ficar pesado. Ela ia acabar com aquilo de uma vez por todas.

– Fabrice – ela disse gentilmente, quando na verdade tinha vontade de berrar –, eu queria que fôssemos amigos. Afinal de contas, isso foi o que você me propôs, de certa forma.

– Não esperava que você me largasse – o garoto respondeu, arisco.

– Que eu te largasse? – perguntou Pardal, que não conhecia a expressão tipicamente terráquea.

– Que você me desse um chute, que você me desse um fora, que você rompesse comigo.

Pardal quase fechou os olhos. Aquilo doía. Mas ela se controlou, apelando para o poder da Fera para aguentar. E ficar firme.

– Você não me deu escolha. Então, somos amigos? Gosto muito de Tara, ela conta enormemente para mim, mas esse desentendimento entre nós dois pode pôr em perigo a amizade entre nós cinco. E não quero isso.

O garoto afastou os cabelos louros com um gesto tão Bicho de Estimação que crucificou Pardal. Ele franziu as sobrancelhas e respondeu, num tom contrariado.

– Tudo bem, como você quiser. Somos amigos.

Ele estendeu a mão e, surpresa, Pardal aceitou. E então ele a puxou, com toda sua força de lobohomem, de tal jeito que ela deu um encontrão contra ele, de tirar o fôlego.

– Mas quando eu tiver encontrado o que estou procurando, não pense que vou deixar você desse jeito, Pardal. Nós dois ainda não terminamos. Não estou apaixonado pela Tara.

Ela soluçou.

– Faz dois dias que tenho pensado nisso – ele explicou tranquilamente.

Ah? Dois dias? Quanto a ela, já fazia vários meses que tinha se dado conta. Não se podia dizer que ele fosse muito rápido...

– No início, pensei que fosse ela, que eu estava apaixonado, porque ela é bonita. Mas, na verdade, o que me atrai é o poder dela, não ela. Tara é minha boa e velha amiga. Se vocês duas tivessem o mesmo poder, eu não teria nem olhado para ela. Porque é você que eu quero. Mas não agora.

Pardal arregalou os olhos.

– E você deveria me agradecer. Eu podia tê-la levado para a cama, você é tão... frágil, estava disposta a qualquer coisa. Respeito você mais por ter resistido do que por ter tentado ceder. De resto, você tem razão. Nós lobos somos assim mesmo. Mas preciso merecer você. E, quando puser meu poder aos seus pés, você não terá escolha.

Ele se inclinou ainda mais e plantou um beijo ardente em seus lábios. Depois afastou a cabeça e mergulhou seu olhar negro nos suaves olhos cor de avelã dela, cheios de surpresa.

– Então, e somente então, você vai ceder.

Seu tom não era especialmente amigável. Ele a soltou e ela esfregou o pulso, onde ficara uma marca vermelha. Fabrice a mediu dos pés à cabeça e depois foi para o quarto.

Completamente desamparada, Pardal se sentou, com as pernas bambas de emoção. Seu adorável namorado havia se transformado em um garoto frio e ameaçador, que ia provavelmente outracoisar com as lobas, porque não queria outracoisar com ela. Pelo menos não por enquanto.

Superlógico. As lágrimas começaram a escorrer pelo seu rosto. Ele tinha razão, é claro. Ela sabia, bem no fundo do coração, que não podia desistir de Fabrice. Ao antigo Fabrice.

Pardal fungou, assoou o nariz e tomou uma terrível decisão.

Fabrice não era nativo do OutroMundo, ele não conhecia a magia tão bem quanto ela.

E ele não era o único a ter acesso aos livros proibidos. Ela era uma intelectual, bem mais que ele. Se procurasse, encontraria. Ia conseguir, sem nenhuma dúvida.

Acontecesse o que acontecesse, ela ia dar a Fabrice o que ele queria. Mesmo que tivesse de roubar de alguém, ela lhe daria poder.

E eles seriam novamente felizes juntos.

O dia seguinte era o da coroação. Um sol magnífico iluminava aquela parte de Dranvuglispenchir. Tara e seus amigos se preparavam. Eles precisavam usar túnicas brancas para poder participar da cerimônia. Quando saíram, o palácio inteiro estava branco. Era bem esquisito. Até as paredes tinham empalidecido, as pedras preciosas haviam se transformado todas em diamantes e as wivernes também tinham embranquecido. As chamas dos lustres estavam alvas e as luzes também.

Só os humanos tinham mantido a cor da pele, preta, rosa, violeta, verde (no caso de Grr'ul) etc., embaixo das respectivas túnicas. Varius Duncan, que ela tinha cruzado várias vezes fora das festividades, fez um sinal com a cabeça. Milagre! O sombrio mestre dos Mercenários parecia querer falar com ela.

– Como está sua mãe hoje? Achei que ela estava especialmente bonita no banquete de ontem à noite – ele disse num tom engraçadinho.

– O senhor pode perguntar diretamente a ela – Tara respondeu secamente. – Eu vou procurá-la.

O barão alisou os espessos cabelos negros, com um arzinho superior.

– Eu… ouvi dizer que um certo sanguerraba impôs uma proibição de se falar com ela.

– Ele tentou – Tara respondeu entredentes. – O que foi realmente presunçoso da parte dele. Minha mãe tem o direito de passar seu tempo com quem quiser.

Bom, ela dizia isso, mas pensava sobretudo que o único que combinava com ela era seu pai. O fantasma.

– Sim – Varius sorriu, estendendo-lhe galantemente a mão –, creio que vou acompanhá-la.

Ao tomar seu braço, Tara notou que ele tinha calos nas mãos. Inegavelmente, o barão andava treinando esgrima. Os sinais característicos estavam todos ali. E ele não parecia ter medo de Magíster, pois ia deliberadamente enfrentar a ordem dada pelo odioso sanguerraba. Hum.

Selena abriu a porta para eles, radiante em seu vestido branco. Tara ficou com o coração apertado ao ver o olhar de lobo que Varius jogava para cima dela. E pensou que não faltava mais nada para sua mãe, além de um longo véu, para estar vestida como uma esplendorosa noiva. Ela beijou Tara afetuosamente e a cumprimentou por seu aspecto. Ninguém lhe tinha contado que Tara passara algumas horas na prisão, e Tara também não comentou nada. Sua mãe era um amor, e era melhor evitar ofender o anfitrião.

A jovem mulher ficou um tanto surpresa com o fato de Varius ir ao seu encontro acompanhado de Tara, e ainda mais por ele desobedecer a proibição de Magíster.

– Você... você não tem medo dele? – ela perguntou, com a emoção enrubescendo as maçãs do rosto. – Magíster disse que mataria o primeiro que se aproximasse de mim.

– Sim, tenho – Varius respondeu honestamente –, ele é sem dúvida bem mais forte do que eu. Mas, doce Selena, sua beleza enlouqueceria qualquer homem. Então, digamos que eu o entendo, mas nem por isso vou ceder à sua ameaça. Dê-me seu braço, suplico.

Andrea já tinha saído para a cerimônia, e assim Selena aceitou o braço de Varius com prazer.

Não havia nenhuma pedrinha em meio a toda aquela areia branquinha, senão Tara bem que teria dado uns chutes para ver se acalmava os nervos.

Ela olhou o casal que se afastava. Cal e Fabrice observavam Selena, fascinados.

– Sua mãe é realmente bonita – Cal acabou murmurando.

– Ah não, por caridade, você também não, tenha dó!

– O quê?

– Não, nada, vamos embora.

Eles subiram nos tapetes brancos que os esperavam e desfilaram pelas ruas da capital. Todas as casas estavam brancas. E toda a vegetação.

E o sol também.

Isso realmente impressionou Tara.

Quando eles passavam, os dragões, pequenos e grandes, agitavam a bandeira de Dranvuglispenchir, com as garras do dragão vermelho sobre a estrela de prata. Por toda parte, vendedores de carne e de refrescos vendiam à beça. O ambiente era de festa.

As crianças dragões estavam superexcitadas e várias quase caíram por cima das barreiras. Tara passou perto de ativar sua magia para ajudá-las, mas conteve-se.

Antes de partir, solidamente enquadrada, para o caso de fazer alguma coisa de inesperado, tinha sido fortemente aconselhada a não utilizar sua magia.

Sob nenhum pretexto.

Ela admirava a decoração. Eles tinham chegado ao palácio das Cerimônias.

Magnífico, construído com uma faiscante pedra branca, encimado por grandes dragões de rocha dourada (naquele momento, alvíssima), que pousavam seu olhar cego sobre quem passava.

Eles entraram na corte principal, imenso espaço a céu aberto, com vários andares, protegido da chuva por um impalpável campo de força mágica. Por toda parte montes de dragões sentavam-se em confortáveis cadeiras, nas arquibancadas, impacientes para assistir à apresentação de sua futura rainha.

Cada uma das doze tribos era representada por uma cor nas arquibancadas. Isso permitia aos dragões reconhecê-las com facilidade. Mas naquele dia todas as cores estavam brancas, para bem mostrar que o povo dragão estava unido, com sua futura rainha à frente.

Uma multidão imensa comprimia-se do lado de fora, e grandes painéis de cristal transmitiam a cerimônia para os que não tinham conseguido entrar. Milhares de skups histéricas filmavam os mínimos detalhes para os canais de dezenas de planetas.

Os altos sacerdotes chegaram e se colocaram abaixo das magníficas estátuas de ouro branco dos quatro principais deuses dragões. Drr fez um sinalzinho amigável com a pata para Tara. O imponente aranho estava na tribuna oficial, com Varius, que tinha sido obrigado a se separar de Selena, sentando mais acima.

Peerrrfeito.

Tara foi instalada com seus guardas e seu séquito no camarote do primeiro de Escama, logo abaixo do futuro camarote da rainha, ainda vazio, cercado pelo de Andrea, o primeiro de Escama, e pelo de Chenivurichivu, o primeiro de Garra. Ela pôde apreciar o espetáculo, com a garganta apertada, por se sentir tanto assim em terra estrangeira. Fazia calor, pois os répteis gostam do calor, e ela pingava de suor.

Mas era impressionante. Aquelas escamas imaculadas e tão brilhantes que faiscavam ao sol, aquele cheiro seco de serpente que pinicava suas narinas, a imensidão da tribuna.

De repente, um murmúrio. Charme avançava, imaculada sobre a areia branquinha, em uma postura de penitência, os véus cintilantes que a emolduravam fazendo-a parecer uma enorme nuvem.

Ou uma enorme noiva.

Ela avançou e parou na frente dos sacerdotes. Em seguida, prestou juramento. E declarou fidelidade à nação dragoa até a morte, e jurou por sua honra que defenderia os valores dragonescos, mesmo sob risco da própria vida. Aquilo tudo durou mais de uma hora, e no final de cada juramento um novo objeto era posto sobre Charme. O cetro de seu cargo. A estrela do comando de seus exércitos. As insígnias dos diferentes ofícios que dependiam diretamente do governo. E, por fim, a mais impressionante das coroas, segurada acima de sua cabeça por um dragão velhusco e trêmulo. Cal parou de respirar.

– Em nome dos nossos deuses, eu te coroo, Charmamnichirachiva, décima segunda rainha de nossa nação, que teu reinado seja belo e bom.

Assim que a coroa encostou em sua cabeça, a nova rainha recuperou as cores, como uma maré que descia de cima para baixo. Ela voltou a ser a magnífica dragoa púrpura e preto, de olhos dourados. Ao mesmo tempo, a transformação atingiu toda a plateia, e as escamas dos dragões recuperaram suas rutilantes cores, enquanto os Fadaceiros tinham as deles devolvidas – púrpura e ouro para Omois, azul e prata para Lancovit...

Um imenso clamor sacudiu o palácio.

A rainha tinha sido coroada.

Tara se inclinou, fascinada. E teve um sobressalto violento. O anel acabava de cutucá-la, sem nenhum aviso.

Foi nesse momento que o tiro de fogo passou por ela de raspão, a uns poucos milímetros, queimando seu couro cabeludo e uma das asas de Galante, para ir se espatifar contra Andrea, o primeiro de Escama, que estava bem ao seu lado.

O grande dragão cinza olhava o buraco em seu corpo, com um ar totalmente estupefato.

E em seguida desabou.

26

O alvo, ou: quando se tem um colado na testa, o único problema é que um dia ou outro alguém acaba acertando.

Tara gritou, o sofrimento era terrível. Galante gemia de dor, com a asa queimada, e as duas dores juntas a aniquilavam.

Os participantes se levantaram, como um único dragão, e houve um verdadeiro pânico. Dragões foram pisoteados, outros se machucaram voando rápido demais, esmagando-se contra os que tentavam fugir.

O primeiro de Garra, Chenivurichivu, corajoso, tinha se atirado sobre Tara para protegê-la com seu corpo, como se fosse uma muralha, alguns milésimos de segundo antes de Grr'ul. Setos, aos berros, organizava sua saída pelos subsolos, em uma cavalgada desenfreada. Tara foi levada ao palácio em cima de uma maca. Tirá-la dali era mais importante que examinar seus ferimentos. Robin e seus amigos a seguiram, completamente aflitos. A rainha Titânia correu para sua suíte, para ver se ela estava bem, e Drrr, para grande irritação de Fabrice, que não gostava de aranhos, chiava, furiosa porque sua amiga tinha sido atacada. O médico militar do primeiro de Garra, chamado em caráter de urgência, mandou todo mundo sair, com exceção dos amigos mais chegados, para examiná-la.

Com o coração na boca, Tara se deixou examinar. A rajada de fogo tinha queimado seu couro cabeludo bem fundo, e aquilo estava doendo pra caramba. Ele aplicou um Reparus nela, assim como em Galante, em dose dupla, para consertar a asa ferida. Depois, deu a ela uma poção e por fim lançou um Cress'eus sobre os dois, uma dose para os cabelos de Tara e outra para as plumas do pégaso.

Tara esperava que ele não tivesse se enganado, porque não tinha nenhuma vontade de ter penas em cima do cocoruto.

Dessa vez, Robin e Xandiar estavam de acordo.

Proteger Tara com eficácia naquele mundo era algo que tinha se tornado impossível. Eles precisavam voltar o mais rápido possível, até porque a cerimônia tinha acabado. Fabrice decidiu se transformar em lobo e assim permanecer. Ele se colou a Tara, como um enorme guarda-costas peludo. A menos que as armas fossem de prata, ele era o único que podia protegê-la sem correr o risco de morrer para salvá-la. Nem Grr'ul nem Robin gostaram da ideia, mas não tinham outra escolha.

Xandiar estava preocupado. Kaliprimo tinha desaparecido na multidão. Ele também era responsável pela segurança do embaixador. Com Setos, a wiverne da rainha, eles procuraram por toda parte, mas foi impossível localizá-lo.

Charme ordenou uma investigação. Kaliprimo não foi encontrado, mas o fuzil snipper sim. Era uma arma energética, inventada pelos dragões, que projetava um violento raio destruidor. Ela não tinha nem cartucho, nem bala, então os sinais eram poucos. Nada de escama reveladora, nada de ponta de cigarro meio fumado, como nas séries de televisão. E em Dranvuglispenchir não existiam os Dizedores de Verdade, os dragões eram gente secreta demais para permitir que vegetais inteligentes lessem seus pensamentos.

O início do relatório deu um frio na espinha de todos eles. Se Tara não tivesse se inclinado tanto, estaria morta. Andrea, que estava ao lado dela, não teve sorte, pois o ataque visava atingir Tara.

A rainha estava louca de raiva.

– Embaixo do nosso nariz! – ela berrou a Chenivurichivu, fazendo Setos, ao seu lado, tremer. – Como isso foi possível? Belo começo de reinado! Por todos os demônios do Limbo, o que faz a nossa segurança?

– A segurança estava sob o comando de Andreaviruchivu – defendeu-se o dragão marrom –, e dá para ver que o resultado é toda essa bela confusão. Quanto a mim, só me ocupo do exército. Se estivéssemos encarregados da segurança, tanto dela quanto da do palácio, acredite em mim, isso não teria acontecido. E Vossa Majestade tem razão, tudo isso é intolerável. Nós vamos reforçar a guarda em torno da jovem herdeira humanoide, e proponho que Vossa Majestade delibere em recinto fechado, isso será claramente mais "controlável".

– É uma excelente ideia – Charme ruminou. – Já que você é tão eficiente, vou lhe confiar as rédeas do governo, enquanto esperamos que um novo primeiro de Escama seja eleito.

O dragão deu um passo para trás.

– O quê? – ele exclamou. – Nem pensar! Não sou um político! Escolha outra pessoa!

A rainha se inclinou para a frente com um sorrisinho maroto nas bochechas.

– Você se queixa do péssimo trabalho feito pelo seu predecessor, primeiro de Garra, então, eis uma excelente maneira de me mostrar sua eficiência. Encontre quem é o responsável pelas tentativas de assassinato e traga-me sua cabeça! E nem precisa se preocupar com o corpo. Está claro?

O dragão apertou as presas. Olhando para ele, dava a impressão de que o palácio inteiro acabava de despencar em cima do seu crânio.

– Está perfeitamente claro, Vossa Majestade, mas...

– Sem mas. Eu o nomeio primeiro de Escama temporário. Vamos com isso! Zás! Ao trabalho!

O dragão marrom já não tinha escolha. Rapidamente, nomeou um novo primeiro de Garra e um novo primeiro de Asa, e em seguida saiu do salão resmungando. Ele não parecia nada contente.

Charme se virou para Tara, que não estava se sentindo muito bem, e cuja cabeça rodopiava.

– Eu sinto muito, Tara – ela disse, depois de ter respirado fundo, para se acalmar. – Eu... Eu não tenho a menor ideia do que está acontecendo.

– É muito desagradável – Cal respondeu no lugar de Tara –, porque se você é a grande chefa de toda essa bagunça e não entende nada, então nós, que somos humanos (ele deu uma olhadela para Grr'ul, Xandiar e Robin) e elfo e troll e thug, vocês podem imaginar em que supa estamos boiando!

– Sopa Cal, é sopa – Pardal sussurrou.

– Sim, sopa. Vossa Majestade, aqui tem alguma coisa de muito esquisito e mal contado. Tentaram matar Tara duas vezes e, por ora, só estamos querendo saber quem foi. Mas, se nos concentrássemos no motivo, talvez tivéssemos mais resultado. Quem é que ela incomoda? É ela como garota, ou é ela como símbolo, como representante de Omois... o que explicaria por que o Kaliprimo desapareceu... Você entende o que estou querendo dizer?

A rainha olhou para ele, pensativa.

– Você tem razão, jovem Ladrão. Nós ainda não extrapolamos o suficiente. Tara, você aceitaria ficar até que terminássemos a investigação? Vou contatar mestre Tortuoso agora mesmo, talvez ele já tenha novos indícios. Nós precisamos encontrar Sua Excelência o embaixador Kaliprimo de qualquer jeito!

– Na minha opinião, é mais fácil acabar encontrando seu cadáver – murmurou Fafnir, com os olhos verdes brilhando de preocupação, quando eles pousaram sobre Tara.

Por enquanto Tara não estava nem aí para ninguém, completamente atordoada. Ela murmurou que concordava e todos se retiraram, deixando a rainha.

Eles voltaram para a suíte de Tara, e ela foi se deitar, com os amigos tomando conta. Galante se acomodou ao lado dela e lambeu sua asa machucada, que pinicava pra valer. Um grande painel de cristal mostrava as informações. O novo primeiro de Escama, com a testa enrugada de contrariedade, explicou que tinha sido nomeado pela rainha para substituir Andreaviruchivu. E que os primeiros elementos de sua investigação mostravam que vários membros do governo tinham ligação com o atentado.

Centenas de skups tinham filmado a cena, e Tara pôde ver o que tinha acontecido. Seu brusco movimento para frente e a rajada de fogo que pegou nela de raspão acabaram matando Andrea.

De repente, ela teve um sobressalto. Uma nova imagem gravada mostrava que o raio de fogo a tinha acertado em cheio. Na cabeça. E tinha sido desviado por um campo de força, e só queimado a parte de cima do crânio, em vez de assá-la por inteiro.

Robin, assim como Cal, Pardal, Fafnir e Fabrice viram a mesma coisa.

– Tara? Foi você que fez isso? – Pardal perguntou, surpresa. – Dá para ver a rajada de fogo desviando direitinho. Por exemplo, você tinha imaginado que alguém tentaria atacar durante a cerimônia?

– Eu não tinha previsto nada – Tara respondeu com toda honestidade, evitando mexer demais a cabeça. – Nem senti o campo de proteção. Seja lá quem for que me salvou a vida, ele, ou ela, fez isso na maior discrição.

Fafnir olhou de fininho para o anel prateado que Tara tinha no dedo.

– E você acha que pode ter sido a droga do negócio (ela evitava falar anel, por causa de possíveis microfones... e de thugs presentes na suíte)? Ele protege você, não quer mudar de proprietária e, zás, evita que você vire churrasco?

Tara remexeu suas lembranças, mas não. Ela só tinha sentido a fisgada do anel, e não seu sombrio poder, cujo sabor lhe era tão familiar...

– Não. Ele me avisou que alguma coisa ia acontecer, porque deu um apertão no meu dedo um pouquinho antes que a rajada de fogo me tocasse. Dei um pulo, acho que foi por causa disso que saí do campo de proteção.

– Foi muito localizado. Nós estávamos em volta de você e mais para cima só havia os dragões. Ou seja, ou foi um dragão que protegeu você, e não entendo muito bem por que, ou foi um de nós.

– Um dos membros da gangue mágica?

– Não, nós saberíamos. Eu estava pensando num dos membros do séquito.

Tara arregalou os olhos, imitada por Xandiar.

– Você está acusando um dos meus soldados, jovem semielfo? Por que alguém faria isso sem me avisar, a mim, seu capitão?

– Não sei – Robin respondeu sinceramente –, mas ele salvou a vida de Tara, então, acredite em mim, em vez de puni-lo, quero lhe dar os parabéns!

– Pois respondo por meus thugs, assim como por mim mesmo, e eles jamais teriam acionado uma proteção sem me pedir autorização antes.

– Hum, ainda acho que seria melhor interrogar os seus soldados, se você não se incomoda, Xandiar – disse Cal. – Só para ter certeza de que todos eles são realmente thugs e só thugs, se é que me entende.

– Não, não estou entendendo nadinha – empertigou-se o chefão dos guardas.

Cal deu um enorme suspiro.

– Na verdade, nós não dissemos nada porque senão você não teria deixado que nem piscássemos, mas Magíster está aqui.

– O QUÊ?

– Tara o viu. E nós achamos que provavelmente foi ele quem salvou a vida dela. Pelo menos foi isso que ele disse à mãe de Tara.

– COMO É QUE É?

– Huum, bom, sim, ela também sabe… e não é para menos. Eles até tomaram chá juntos.

– COMO É QU…

Aquilo tinha sido demais para Xandiar, que ficou sem fôlego. O chefão dos guardas coçou a parte de cima do nariz, demonstrando, de repente, um ar muito cansado.

– E vocês planejavam me contar quando?

– Bom, acabo de fazer isso, não?

Xandiar abriu a boca, mas preferiu fechá-la de novo, antes de inundar de injúrias um dos amigos de sua herdeira. Mas dava para notar que nem por isso deixou de pensar nos xingamentos.

– Eu mesmo vou checar – ele disse secamente. – Conheço meus thugs como a mim mesmo. Um impostor não saberia responder a certas perguntas.

Tara suspirou. Agora, além da dor de cabeça, ela também estava enjoada. No noticiário, eles mostravam os dragões furiosos, levados pelas wivernes para serem interrogados. Ela reconheceu vários ministros de Charme.

E se lembrou do que Sss'e tinha dito.

Que alguma coisa de muito grande estava sendo preparada. Alguma coisa enorme.

– Tem algo nessa história toda que não bate – ela falou baixinho, tentando tirar do seu cérebro todos os macaquinhos e teias de aranha (e de aranho). – Preciso ver Charme.

No seu dedo, o anel palpitou.

– Mas o médico disse que você precisa de repouso – alarmou-se Robin.

O anel insistia, esclarecendo suas ideias. Um pouco.

– Não – ela se recusou –, eu preciso falar com Charme. Alguma coisa... Alguma coisa está nos escapando. Tudo isso não está nem um pouco bem explicado. Venham comigo – e com um pequeno gemido ela se mexeu no sofá, para tomar impulso e se levantar, na mesma hora amparada por Fabrice.

Ela via estrelinhas aos montes. Tudo rodava. Era horrível.

– Aaaiii – fez ela –, estáááád tuuuuudo rodaaaaando!

Robin foi se colocar na frente dela, superpreocupado.

– Tara, realmente…

Ela engoliu em seco, tentando não vomitar em cima do namorado.

– Tudo bem, tudo bem. Robin, você me segura, por favor. Vamos lá.

Fabrice deu lugar a Robin, de muito má vontade, mas ficou perto dela, pronto para salvá-la diante da menor ameaça. Pardal se transformou em Fera, com Shiba ao seu lado, e eles cercaram Tara. Com a autorização da pantera, Galante, que estava fraco demais para voar, pousou sobre ela. Fafnir desembainhou suas duas machadinhas.

Por todo o palácio havia wivernes com armaduras de combate. O ambiente era praticamente de estado de sítio. A tensão era palpável, e eles foram controlados pelo menos três vezes em poucos minutos, o que Cal achou completamente idiota, porque eles eram uma delegação de oficiais e já conviviam com aqueles guardas todos há vários dias, mas, bom, as wivernes só estavam sendo cuidadosas, e é melhor ser controlado a mais do que a menos.

Fafnir mais parecia uma bomba a ponto de explodir. Para começo de conversa, ela não gostava especialmente dos dragões e de tudo o que fosse parecido com eles. E ainda por cima era obrigada a deixar que eles a revistassem sem nem poder cortar a cabeça de algum deles. Era... injusto. O trajeto para chegar até a sala do trono não era muito comprido, mas para Tara pareceu interminável. Realmente, era a primeira vez que um Reparus a deixava naquele estado.

Ou será que tinha sido a poção? Mas por que a poção a deixava enjoa...

De repente, foi como se uma campainha soasse dentro da cabeça dela: *gling!* Mas é claro! A poção. O médico. Os militares! Os ministros! O primeiro de Escama e a primeira de Garra! Que imbecil ela tinha sido!

Surpreendendo Robin, ela acelerou o passo e quando chegou na frente da sala do trono, que estava fechada, ordenou às wivernes que a deixassem passar. A da direita olhou feio para ela.

– Ninguém entra. A rainha está em reunião. A lei marcial foi decretada.

O que significava que o exército estava no lugar da polícia, para garantir a manutenção da ordem.[1] Chenivurichivu não tinha esperado muito tempo para substituir as forças de segurança fiéis ao antigo primeiro de Escama.

Ouviu-se um grito atrás da porta, e Tara decidiu não esperar. Azar, se ela estivesse enganada pediria desculpas depois. Apesar da fraqueza que consumia suas forças, ela ativou sua magia, e antes que as wivernes tivessem tempo de reagir já tinham voado a cinco passos e a porta explodiu em pedacinhos.

– Eu adoro – Fabrice disse baixinho –, realmente adoro.

Pardal abaixou a cabeça. E, quando levantou de novo, seu olhar estava cheio de determinação.

---

[1] O que também é válido na Terra, mesmo sem dragões.

Eles avançaram por cima dos escombros e do pó, e o espetáculo que os aguardava os pregou no chão. Charme tinha sido feita prisioneira, dois dragões e duas wivernes a seguravam e a coroa estava caída no chão. Chenivurichivu estava sentado no trono, com o ar mais satisfeito do mundo, cercado de vários outros dragões.

– Ahhhh, a pequena humanoide. Você sempre explode as portas quando entra em algum recinto?[2] Bom, já que está aqui, chegue mais perto, pois, como se diz no seu planeta, quanto mais maluco, mais se dá risada!

– O que é que está acontecendo aqui? – Pardal perguntou, horrorizada.

– Eles a prenderam! – Fabrice exclamou, ainda não entendendo o alcance da coisa toda. – Que beleza, belo golpe baixo o de vocês!

– Não, Fabrice – Tara corrigiu –, não foi um golpe baixo, foi um golpe de Estado!

[2] Os fãs de *Angel*, série derivada de *Buffy*, vão entender...

27

Chenivurichivu, ou: um dragão pode esconder outro.

Todos eles ativaram sua magia, mas o dragão marrom os brindou com um sorriso cheio de presas, apontando para Charme: contra a testa dela estavam empunhados quatro tipos de fuzis, com a ponta bem arreganhada.

– Ttt ttt ttt, todo mundo bem calminho. Larguem suas armas e desativem sua magia, ou nossa ex-rainha é que vai pagar o pato.

Os thugs continuaram em guarda, prontos para lutar, e Tara hesitou.

Eles provavelmente matariam Charme, acontecesse o que acontecesse, e ela não podia colocar seus amigos em perigo, nem mesmo pela dragoa.

Ela hesitou uma segundo a mais. Chenivurichivu apertou uma caixinha com a pata e a magia dos thugs e de Tara se desfez.

Mas os Bichos de Estimação continuaram miniaturizados, o que queria dizer que a magia ainda estava lá. Eles simplesmente não tinham mais acesso a ela.

Amaldiçoando as geringonças, que passavam o tempo todo tirando seu poder no pior momento, Tara desistiu. Por sua ordem, Xandiar também abaixou os braços, e seus thugs o imitaram, muito a contragosto.

Apesar da situação, ele continuava sendo sua arma secreta. Os dragões não tinham a menor ideia da capacidade de combate dos thugs treinados por Xandiar. Bom, pelo menos era o que ela esperava. Além disso, seus thugs não precisavam dos poderes dela, e de seus amigos, para lutar. Tara decidiu chamar a atenção sobre ela, para dar tempo aos thugs de se posicionarem. Ela viu que Xandiar também percebeu, quando um thug começou a andar de lado, imperceptivelmente.

O dragão marrom aumentou seu sorriso. Mas sua voz estava cheia de desprezo.

– Ahhh, a pequena humanoide não é tão besta como parece. Um golpe de Estado! Nada mal. Aproxime-se, vejamos um pouquinho o que foi que você entendeu.

– Era uma armadilha – Tara disse aos amigos, com amargura. – Uma armadilha tão sutil que não percebemos nada, até que ela se fechou sobre nós. Em nenhum momento era eu o alvo dos ataques.

– Ah, não? Então o disfarce foi bom – Cal comentou.

– Os alvos eram os que morreram. A Primeira de Asa e o primeiro de Escama. Os autores do complô foram para lá de espertos. Eles drogaram Chem para que me atacasse, mas não antes de terem matado Chumurichiva. Depois, o raio de fogo que aparentemente era destinado a mim matou Andrea como que por acaso, pois ele estava ao meu lado. E nós todos pensamos que o alvo era eu, a vítima dos atentados. E não era. Eram Chumurichiva e Andreaviruchivu, desde o começo!

– Nada mal – zombou Chenivurichivu. – Nada mal mesmo. Como foi que você descobriu?

– A poção. Nenhum chamã, jamais, me fez beber uma poção depois de cuidar de mim, e me sinto muito pior agora do que antes. Você não tinha nada melhor para me neutralizar do que me envenenar, não é? E foi seu médico que administrou a porcaria da poção. Seu médico *militar*! E depois vi os ministros sendo presos um depois do outro, e serem substituídos pelas suas criaturas. Você fez de conta que recusava o cargo de primeiro de Escama, mas na verdade era só o que queria desde o início! O que foi que Andrea e Chu fizeram para que você mandasse assassiná-los?

– Eles eram uns traidores – Chenivurichivu respondeu graciosamente. – Eram um enorme obstáculo aos meus planos, e isso há anos. Andreaviruchivu usava Chumurichiva para apoiar sua política de decrépito. Por causa dele as orientações do governo dragoniano tornaram-se pra lá de acanhadas há centenas de anos. Aliás, foi por causa disso que o pai de Charme, que era um dos nossos poderosos apoiadores secretos, precisou agir nas sombras para montar seu plano de ação contra os demônios. Ao matá-lo, esse imbecil de Chemnashaovirodaintrachivu arruinou nossos planos.

"Aliás, não foi só ele. Era todo um bando para matar o rei maluco, que queria destruir a Terra utilizando megálitos de Barreira de Pedra. Mas foi Chem quem acabou com a vida dele.

"Era preciso que eu fizesse alguma coisa – gabava-se o dragão marrom. – Há centenas de anos, por causa da facção pacifista, nós só reagíamos, organizando vagas defesas contra os demônios e em nome da liberdade dos povos e do pacto com Semiderus. Nós não nos metíamos nos assuntos da Terra, apesar de ser lá que fica a principal Falha que une seu universo ao nosso. Isso é uma coisa... criminosa. Nós precisamos instalar fortalezas, armas e armadilhas na Terra para impedir toda e qualquer tentativa de invasão, e que se danem os humanos. Em vez disso, o que é que nós fazemos? Nadica de nada. Já estava mais do que na hora de assumir de novo o controle da situação. E foi isso que fiz. No começo, a imperatriz de Omois é que seria convidada. Ela tem uma coleção de inimigos, que já atentaram contra a sua vida, e isso não teria surpreendido ninguém. Mas ela decidiu ser substituída por sua herdeira. Há muito tempo sujeita às tramoias de Magíster. O que era ainda melhor. Fazendo todo mundo acreditar que você era o alvo, eliminei meus principais adversários. Depois disso, a rainha me deu plenos poderes e mandei enfiar na prisão os últimos que ainda me incomodavam. E aí só faltava prender a própria, *ela*, e a partida estava ganha. Agradeço muito por sua ajuda, humanoide, foi bastante apreciada.

Apesar do veneno que corria em suas veias, Tara conseguiu pensar, e ainda faltava uma coisa que não conseguia entender.

– Na floresta, no OutroMundo, quando fomos capturados pelos trolls, uma das suas wivernes veio nos socorrer. Ela matou vários trolls, mas não conseguiu nos libertar. Por quê?

– Nós tínhamos mandado vigiar todos os potenciais convidados. A imperatriz, o imperator, seu irmão, sua irmã e, claro, você mesma. Era importante que nada acontecesse, senão você se recusaria a vir até Dranvuglispenchir. Um dos thugs do seu séquito foi regiamente pago (Xandiar deu um pulo e lançou ao outro um olhar glacial) e fez de conta que estava doente, para que uma wiverne o substituísse, graças a um transportador incorporado. Claro que ele não sabia que isso o faria explodir. Isso também matou o troll, e minha wiverne pôde ir em seu socorro.

– Você o matou, e ele trabalhava para você?! – Cal interveio, enlouquecido. – Lembre-me de nunca trabalhar para você.

– Não gosto de traidores – Chenivurichivu respondeu, cheio de pose.

Ah, ah, muito engraçado. É muito engraçado. E você o que é então? O mais fiel dos amigos?

– Mas depois, nas duas tentativas de agressão em seu planeta, Tara poderia ter sido morta – rosnou Fabrice, passando um pouco na frente de Robin.

O dragão o observava atentamente, notando suas presas enormes e seus pelos sedosos.

– Ah, o lobohomem. Parece que seus exércitos são capazes de vencer nossas wivernes. É realmente muito interessante ter você como amostra, assim vamos poder estudar seu potencial de combate. Apesar de não duvidar nem por um único minuto do valor de nossos maravilhosos soldados.

Distraidamente, ele acariciou uma das wivernes, que ronronou de volta. Tara ficou chocada ao reconhecer Setos. A wiverne favorita da rainha era uma traidora. Superlegal. Grande. Decididamente, Charme não tinha escolhido muito bem seu círculo mais próximo.

Se Tara sobrevivesse e algum dia realmente herdasse Omois, esta era uma excelente lição: ela deveria tomar muuuito cuidado com sua futura equipe de governo.

Fabrice fez uma careta. O dragão não tinha respondido à sua acusação. Ou melhor, tinha sim, com a mais completa indiferença. E o terráqueo entendeu muito bem a sugestão subentendida.

– Não vou lutar contra os seus totós de escamas só para satisfazer seu prazer de ver sangue ser derramado, dragão – ele disse friamente. – O que vai fazer de nós?

– Ah, sei lá, não pensei direito ainda. Não fazia exatamente parte dos meus planos que a humanoide sobrevivesse, nem que ela descobrisse nossos pequenos complôs. Normalmente, vocês já deveriam estar de volta ao OutroMundo com o cadáver dela. É bem chato isso, aliás, mais que chato. Acho que sua equipe vai morrer daqui a alguns dias, quando acontecer nossa invasão.

Pardal arregalou os olhos, surpresa.

– O quê? Você pretende invadir o OutroMundo?

O dragão olhou para ela e respondeu:

– OutroMundo? Que ideia mais sem pé nem cabeça. Não, os fadaceiros são nossos aliados. Não, eu estava falando da Terra, é claro!

Enquanto eles trocavam olhares aterrorizados, o dragão se levantou, com uma vivacidade surpreendente para uma massa corporal tão grande.

– Venham, vocês chegaram bem na hora, a tempo de ver uma pequena demonstração. Aproximem-se.

Tara não tinha se dado conta, mas o balcão do salão de audiência dava para a imensa praça principal da capital.

Quando eles tinham passado por ali, depois de sua exfiltração do palco do coroamento, ela estava vazia.

Mas agora não era este o caso.

O sol de Dranvuglispenchir se refletia em centenas de milhares de escamas douradas.

E Tara sentiu um nó na garganta. Diante deles havia um pelotão formado por um número inacreditável de wivernes, com capacetes e armadas, imóveis em um perfeito alinhamento de prontidão. E cada uma delas segurava um desses fuzis a laser não sei das quantas que tinha dilacerado Andrea em pedacinhos e derretido o alto do seu cocoruto. Genial.

Havia ali um número mais do que suficiente para conquistar a Terra. Contra a magia dos dragões e a ferocidade das wivernes, os humanos, mesmo com suas armas sofisticadas, não teriam a menor chance.

A Terra seria tomada.

Assim que o comandante em chefe apareceu, elas deram meia-volta com uma graça humanoide e num único movimento o saudaram, com as duas patas erguidas na altura do rosto, com um bater seco de calcanhares.

– CCCCCCCHHHHHHIIIIIIIIIIIIIIITTTTTTT!

Era o equivalente a *Ave Cesar, morituri te salutant*. Um som enregelante, que perfurava os ossos e as orelhas.

Aquilo entrou em ressonância com o crânio de Tara e ela não conseguiu resistir. Nem teve tempo de dar a Xandiar o sinal de ataque.

Ela desmaiou.

Quando acordou, não estava numa prisão. Uau, isso sim era uma agradável mudança de hábito. Não, ela estava num... Bom, num grande salão de um vermelho fervilhante, octogonal, numa grande cama, visivelmente feita para um grande dragão, que deve ter um fraco por lençóis de cetim vermelho.

Galante repousava ao lado dela, ainda desmaiado. Ela o acariciou, tranquilizada. Sob sua mão, ele estremeceu e abriu os olhos, que arregalou em seguida, quando entendeu onde eles estavam. A pergunta que ele nem chegou a formular penetrou no cérebro da garota, que deu um sorriso triste.

– Sim, evidentemente nós fomos feitos prisioneiros. Mas pelo menos, por uma vez, para variar, não há grades, e a cama parece confortável...

Em toda volta, montes e montes de espelhos. Ela só entendeu o que era aquilo exatamente quando eles se iluminaram deixando ver o que havia do outro lado. Galante se ergueu, pronto para lutar.

Cada imenso espelho das oito paredes escondia um salão diferente, separado dos outros. Em uma delas, dragões cercavam o traidor que tinha aprisionado Charme e as wivernes. Na seguinte, engenheiros e uma pilha de máquinas que piscavam e piscavam, num efeito muito legal... e de um jeito muito preocupante.

Em outro salão ao lado, seus amigos.

Eles estavam todos feridos. Xandiar estava com o braço enfaixado e seis de seus thugs mancavam. Tara viu que mestre Tortuoso tinha sido preso junto com eles; deve ter chegado perto demais da verdade, sem dúvida. Eles estavam em companhia de Chem e de Charme, tomando conta de Fabrice, imóvel em cima de uma cama. O coração de Tara ficou apertado. De repente, seu amigo gritou e se debateu.

Tortuoso se inclinou sobre Fabrice, pegou no seu braço e começou a falar com ele, de um jeito bem moderado. Fabrice se acalmou, murmurou alguma coisa e depois caiu desmaiado.

Aflita, Tara se levantou, sentiu o estômago ter um piripaque, mas apertou os dentes. O aposento parou de girar, ela se aproximou do vidro. Robin, com os olhos brilhantes de angústia, colou-se contra o vidro frio. Eles aproximaram as mãos e se olharam. Tinham sido feito prisioneiros. Aquela não era a primeira vez. Mas a situação era bem pior que tudo o que já tinham vivido até agora.

E Tara ainda nem desconfiava o quanto. Mas ela entendeu em seguida, olhando o jeito como Pardal, Cal e Robin seguravam seus Bichos de Estimação, acariciando-os.

Barune não estava em lugar nenhum.

O vidro era de uma luminosidade alucinante, e ela podia ver cada detalhe do cômodo. A respiração de Fabrice estava entrecortada e seu rosto coberto de suor.

– Meu Deus – ela murmurou –, o que será que aconteceu?

Para sua grande surpresa, Robin respondeu, e sua voz era perfeitamente audível através do vidro espesso.

– Duas wivernes se apoderaram de Barune, que estava minituarizado, ele se apavorou, e seu medo desfez o feitiço de minituarização de Fabrice, que não era assim tão forte. O mamute voltou ao tamanho normal e as wivernes se assustaram. E atiraram. Os thugs revidaram, seis delas foram mortas, mas as outras nos dominaram. Sem magia, não conseguimos salvar Barune. Infelizmente.

Robin baixou a voz, desolado.

– Foi... é uma perda terrível. Seu Bicho de Estimação não estava com ele há muito tempo, por isso o choque não o matou, mas ele está num péssimo estado.

Eles trocaram um olhar de entendimento que dispensava as palavras. Fabrice nunca se perdoaria pela morte de Barune. As wivernes o tinham matado para ver se Fabrice desistia de sua busca pelo poder.

Enfim, por um instante elas quase mataram todos eles. Pura e simplesmente. Tara precisava encontrar um jeito de escapar daquela barafunda, e rápido.

O novo rei dos dragões os observava, divertido.

– Minhas wivernes são boas guerreiras, achei que seus reflexos são excelentes realmente! Pena que o lobohomem tenha desmaiado antes de lutar, porque eu teria gostado à beça de vê-lo em ação.

– Lixo – Robin rosnou. – Barune era inofensivo, e você sabia perfeitamente!

O dragão olhou para ele com frieza.

– Eu, no seu lugar, evitaria insultar quem tem seu coração ao alcance das garras.

Em seguida, sem dar a mínima para o semielfo, dirigiu-se a Tara.

– Antes de mais nada – ele observou –, nós vamos lhe mostrar o que a espera, insolente humanoide. E veremos se seu famoso poder vai conseguir evitar que tenha a mesma sorte. Esse que você vai ver cometeu um crime inominável contra nosso povo, o caso dele deveria servir de exemplo para você pensar bem. Não é nada prudente nos desafiar, e menos ainda nos combater.

Os espelhos ficaram escuros e uma imagem foi projetada na parede atrás de Tara, para que todos pudessem vê-la.

Era um vídeo. Ou melhor, um cristalvídeo, já que uma bola de cristal é que projetava as imagens, violentas e perfeitas.

Elas mostravam um homem. Suspenso por correntes de aço, contra ele um dragão praticava as piores torturas. Apesar de o som não estar ligado, dava para perceber que o dragão fazia uma pergunta incansavelmente. Tão incansável quanto o prisioneiro respondendo que não sabia. Para que ele não pudesse ser reconhecido, o dragão tinha coberto seu rosto com uma espécie de máscara negra colante, que inflava e se colava ao rosto, no ritmo da respiração entrecortada do homem.

Ao lado dele, uma magnífica serpente nas cores preta e violeta também prisioneira. E de cujos flancos martirizados escorria sangue, também violeta.

De repente Tara entendeu e seu coração disparou. O homem que ela tinha diante dos olhos era Magíster. Ela tinha certeza. Os dragões o haviam torturado, mas não matado.

Agora eles deviam estar arrependidos. Mas Tara entendeu finalmente o motivo do ódio feroz de Magíster. E o porquê da máscara que cobria seu rosto.

A intenção não era se esconder. Não, nem um pouco. Ele só estava reproduzindo o que seus carrascos o tinham feito sofrer. E, no espaço de um instante, ela quase chorou por sua inocência perdida.

– O que foi...

Sua voz ficou embargada e ela precisou começar a frase de novo.

– O que foi... que esse homem fez para merecer um castigo desses?!

Não foi o falso rei quem respondeu, mas mestre Tortuoso'chivu, com os beiços retorcidos, sinal infalível de que um dragão estava sem jeito.

– Ele penetrou no palácio do nosso rei e matou sua irmã, para ver ou para se apoderar, nós não sabemos muito bem, dos objetos demoníacos que os dragões "pegaram emprestado" por assim dizer.

Bom, nada muito inocente, na verdade. O prazer de matar não tinha vindo nem começado por causa dos dragões, só o de se vingar. Ele deve ter tentado se apoderar da famosa camisa demoníaca da qual Charme falou.

– E o que aconteceu?

– Os cristalvídeos foram neutralizados pelo feitiço dele. Só sabemos que ele estava na sala dos tesouros quando Amavantivarichiva entrou. O que aconteceu dentro da sala é um mistério. Quando abrimos as portas, o corpo de nossa princesa jazia sobre um monte de ouro e de pedras preciosas... E um dos dois objetos demoníacos que os dragões haviam guardado tinha desaparecido. Os feitiços de alarme funcionaram e o humano foi feito prisioneiro. Por isso nós interrogamos o ladrão, mas ele se recusou a nos dizer o que tinha feito com o objeto roubado.

– Então vocês sabem quem ele é?

– Não, nenhum de nós assistiu ao interrogatório, e todos os dragões que o interrogaram morreram muito... misteriosamente dali em diante. Esse é o único cristal que nós encontramos. E o rosto dele está sempre encoberto. Ele conseguiu escapar, nós ainda não sabemos como, mas aparentemente sua serpente estava ferida demais para que ele a levasse junto. Ele a matou. Com as próprias mãos. Seu Bicho de Estimação.

Tara se lembrou do comentário de Magíster quando eles combateram o Destruidor juntos: que matara seu Bicho de Estimação porque ele o fragilizava. Agora ela entendia por quê.

– Não chamei você aqui para bater papo – o falso rei disse secamente. – Nós vamos testar a força exata de cada um dos seus poderes para ver se os relatórios de cada um dos dragões está correto. E depois disso nós veremos o que é que faremos com você.

Seu tom de voz indicava que ele estava pensando num caixão de madeira de pinho, a sete palmos dentro da terra.

– Mas não sou o dragão da rainha! – Tortuoso interveio acaloradamente. – Não me associo à defesa dela, só fui contratado, a peso de ouro, para investigar sobre o atentado cometido por Chemnashaovirodaintrachivu. Eu gostaria enormemente de poder sair dessa cela e lhe provar minha lealdade.

– Você estaria disposto a prestar juramento de lealdade? – perguntou o falso rei.

– Claro que sim – Tortuoso respondeu com pouco caso, enquanto Charme e os outros olhavam para ele com nojo. – E conheço perfeitamente as leis dos dragões. Você vai precisar de todo tipo de sutileza jurídica para conseguir que seu golpe de Estado seja reconhecido pelas grandes instituições. Você foi bem-sucedido em seu primeiro movimento, mas nada garante que o resto seja assim tão fácil. Com minha ajuda, posso lhe dar a legitimidade que você não tem, pelo menos por enquanto. Sou o melhor, e você sabe disso.

O dragão concordou com a cabeça. Ele ia precisar de todo tipo de ajuda possível.

– Que ele seja solto – ele ordenou. – E que duas wivernes o acompanhem, tempo suficiente para checar se realmente é dos nossos ou não. Se ele ensaiar ajudar os prisioneiros, que seja morto.

– Traidor! – Chem cuspiu quando Tortuoso passou por ele.

A reação de Tortuoso foi de uma inacreditável violência. Ele grudou o dragão enfraquecido contra a parede e disse:

– Não existe nenhuma traição em fazer parte do time do mais forte. Para a história, você e seus amigos é que serão considerados traidores, não nós.

E antes que Charme ou Fafnir pudessem reagir, a porta se abriu, ele largou Chem e saiu. Charme correu e pegou Chem em seus braços cheios de escamas. O dragão azul respirava com dificuldade.

– Tudo bem? – a rainha perguntou suavemente.

Chem fez uma careta de dor.

– Ele me agarrou bem no lugar onde o porrete neuronal me acertou – ele disse num sopro. – Isso dói pra caramba, mas não se preocupe, minha querida, vai ficar tudo bem.

– Se é desse jeito que vocês tratam os aliados, prefiro nem pensar em como tratam os inimigos – rosnou Fafnir, louca de raiva, enfrentando o falso rei por trás do vidro. – Devolva minhas machadinhas, dragão maldito, junto com dois ou três dos seus insetos de escamas, e vai ver como é que luta uma anã!

O dragão ignorava a anãzinha ruiva do mesmo jeito que ignorava Robin. Eles eram todos seus prisioneiros, podiam se rebelar o quanto quisessem, não tinha a menor importância.

– Que o teste comece – ele declarou. – Tente sair desse lugar, humanoide. E se você conseguir, nós a deixaremos livre.

Bom, vejamos. "Venha então jantar na minha casa, disse a aranha à mosca."

Se a luz ficou mais forte, os espelhos no entanto ficaram todos escuros, deixando Tara sozinha, diante de si mesma. Ela olhava para sua imagem e via uma estranha. Eles tinham retirado sua trocadeira, vestido-a com um sutiã e um calção de boxeador, única concessão ao seu pudor de humanoide.

Eles também tinham retirado sua adaga, sua insígnia com o selo real, mas não o anel, curiosamente como se não o tivessem notado. O que permitia que ela pudesse contar com seu estranho poder sombrio, mas não com sua fiel Pedra Viva. Bom. Todo mundo não falava o tempo todo de seu superpoder de fadaceira? Talvez essa força lhe permitisse sair dali.

Ou não.

Hum, na dúvida, só havia uma única solução.

Ela se sentou e cruzou os braços. De costas para os dragões.

– O que é que você está fazendo, humanoide? – acabou perguntando uma voz irritada.

– Eu me recuso.

– Você... o quê?

– Eu me recuso. Você pode fazer o que quiser, não vou fazer os seus malditos testes. Vá para o inferno, *usurpador*!

Deu para ouvir o rosnado de raiva do falso rei. Ela acabava de marcar um ponto. Podia ouvir que ele estava dando ordens, e em seguida ele falou com ela de novo:

– Ou você faz o teste ou nós matamos seus amigos – o aposento no qual estavam Charme, Chem, Fabrice, Robin, Pardal e os outros se iluminou.

Entre duas wivernes, ajoelhado e com os braços amarrados para trás, estava Robin. Uma terceira wiverne segurava uma espada contra o pescoço dele. Quando Robin tentou se debater, escorreu um filete de sangue.

– Pelo que eu soube, esse elfo lhe é muito caro, humanoide. Obedeça, ou ele morre.

–Vou morrer de qualquer jeito – Robin rugiu, furioso. – Não pense em nós, Tara.

Tara fechou os olhos. Inegavelmente, o dragão sabia como manipular os humanos.

Já não havia nada a fazer, só lhe restava uma solução. Ela fechou os olhos.

E ficou furiosa.

O que foi bem fácil.

As wivernes tinham matado Barune e seu melhor amigo estava entre a vida e a morte. Magíster tinha tentado mais uma vez manipular sua mãe; seu irmão era um doido com sede de poder; sua tia a impedia de saborear seu amor por Robin. Ela precisava salvar seus amigos da morte certa e, mais que tudo, estava CHEIA!

Ela brutalmente abriu os olhos e sentiu, mais do que ouviu, o assobio de surpresa dos dragões.

Seus olhos estavam completamente azuis e rebrilhavam pelo poder de sua magia.

Furiosa, ela decolou, o corpo inteiro se incendiou no fogo de sua magia. Esticou o braço e bateu contra o ponto em que estava o falso rei.

O espelho era bem grosso, mas não resistiu um segundo. Ele desapareceu, pura e simplesmente; se volatilizou.

E por trás dele havia um monte de dragões superassustados, protegidos por um campo de proteção que Tara não tinha detectado.

– Hum – fez o falso rei um tanto quanto desconcertado. – Assim as coisas ficam mais claras. De certa forma, você é bem mais poderosa que a maioria dos dragões, o que faz de você uma arma ideal contra os demônios. Conseguiu vencer o primeiro teste, humanoide, afinal de contas talvez nós não a matemos.

Tara se lixava solenemente. Uma curiosa euforia tomava conta dela, como se desabrochasse ao usar seu poder. Só ao sentir o sombrio poder que penetrara sua magia é que ela se deu conta de que o anel a sustentava.

Bom, bom, vamos ver o que essas cobras inchadas e fedorentas vão dizer DISSO!

E ela mandou uma rajada de magia de uma extrema violência contra o falso rei, que não conseguiu deixar de fazer um movimento de recuo. O campo resistiu, mas foi por pouco. Ooops, a proteção era forte demais para ela sozinha. Aquele campo de força devia ter o apoio da magia de várias dezenas de dragões, talvez até mesmo de uma centena, e Tara não era tão forte assim.

Ela testou o piso, depois o teto, as oito paredes, mas não havia nada a fazer, o campo englobava tudo.

Ela decidiu pousar, precisava economizar sua magia.

Essa foi a sorte, porque, de repente, sem qualquer aviso, a magia desapareceu. Assim, de estalo, *pffuiiit*, num segundo. Por isso mesmo é que sua aterrissagem foi um pouco mais movimentada que o previsto. Felizmente ela estava planando acima da cama, que amorteceu o tombo.

– Ufa – ela exclamou, sendo sacudida –, mas o que é que…

– Nós vamos mudar de teste – sorriu o falso rei. – Vamos ver, sem magia, como é sua resistência à dor.

Tara não sabia como, mas, do mesmo jeito que na Krasálvia, e algumas horas antes, na sala do trono de Charme, ela estava numa espécie de bolha que bloqueava sua magia.

Cinco wivernes entraram e a agarraram. Quatro a imobilizaram, em pé, de frente para os espelhos, enquanto a quinta se apoderou de Galante, que relinchou, furioso. Depois disso, um dragão entrou no aposento.

Inteiramente negro, ele não tinha nem os motivos nas asas. Até que ele era pequeno para um dragão. Quase um dragão anão. E a observava como se observa um espécime particularmente interessante. Com um sinal de cabeça, ele ordenou às wivernes que segurassem Tara com força, que, com o coração na boca, não ofereceu resistência. Teria sido tão inútil quanto patético. Mas precisou se conter, pois a única coisa que gostaria de fazer era se acocorar num canto e dar uns bons chutes em tudo o que tentasse se aproximar dela.

Foi nessa hora que o dragão mostrou as ferramentas. Tara arregalou os olhos e começou a tremer. Ele tinha um monte de instrumentos monstruosos. E ela reviu mentalmente o cristalvídeo.

– O que é… o que é que você vai fazer? – ela tremeu.

– Nós eliminamos sua magia – Chenivurichivu respondeu educadamente –, mas ela faz parte de você, como seu sangue ou suas vísceras. Nós vamos torturá-la para ver se a dor vai permitir que você transcenda nosso bloqueio e recupere seu poder. Vai ser bem interessante como teste, nós nunca tivemos um espécime tão poderoso como você.

Ele falava com tamanha indiferença! Tara sentiu-se como uma rã em cima de um enxergão. Enquanto ela pensava, o dragão tinha acabado de fazer seus preparativos. E estava segurando em suas patas um escalpelo comprido como uma faca. Antes que ela tivesse tempo de ter medo, ele enfiou aquilo na sua barriga.

O escalpelo era tão cortante que ela não sentiu dor imediatamente. Mas quando ela veio, foi como uma onda de náusea que chegou até seu coração. E apesar de seu orgulho, ela não pôde fazer diferente, afinal só tinha quinze anos, e então berrou. E como ela, Galante berrou também.

Robin enlouqueceu, as wivernes o soltaram e ele correu para o vidro do cômodo onde eles estavam presos, socando-o com todas as suas forças, a ponto de abrir os pulsos. Surv, completamente histérica, trombeteava com as suas sete cabeças, incapaz de proteger o amigo. Xandiar e os outros precisaram imobilizá-la, para que não quebrasse os ossos.

Aquilo era horrivelmente doloroso, e os gritos furiosos de Robin não ajudavam nem um pouco. O dragão negro esperava. Tara estava com tanta dor que não conseguia se concentrar.

Ela lutou, lutou com todas as forças, mas mesmo com a ajuda do anel não conseguia quebrar a proteção. Impossível ter acesso à sua magia.

O dragão a feriu de novo. Ela gritou. E de repente entendeu que talvez morresse. Aos quinze anos.

Era injusto. Ainda tinha tanta coisa para aprender! E a morte que a aguardava não era nem suave nem agradável. Mas ela também era a neta da implacável Isabella Duncan, e a descendente de incontáveis imperatrizes e imperatores que haviam enfrentado coisas bem piores do que aquilo. Ela espantou a fraqueza, expulsando as teias de aranha (e de aranho) do cérebro.

E então se pôs a pensar. A bolha na qual estava bloqueava sua magia. Mas ela constatara que sua magia fazia parte dela, que estava em seu sangue, como bem tinha observado o dragão. Pardal, assim como Fabrice, podiam se transformar sem precisar recorrer à magia.

E os vampirus também.

E em sua cabeça flutuavam as fórmulas sanguíneas dos vampirus, bem arrumadinhas.

Ela fechou os olhos. Expulsou a imagem do escalpelo que avançava em sua direção. Ainda.

E, quando os abriu novamente, eles estavam vermelhos.

Surpreso, o dragão interrompeu o gesto. Tara sorriu. E seus dentes tinham se transformado em presas.

Em seguida ela se pôs a luzir como um pirilampo, tornou-se tão magnífica que era quase doloroso contemplá-la.

– Liberte-me – sussurrou –, liberte-me, dragão, você está sob meu poder.

Mas em vez de obedecer, subjugado pelo carisma da vampirua, o dragão zombou dela.

Ops, não esquecer de anotar que o carisma não funcionava com os dragões. Ok, o plano A, de Amical, não ia funcionar. Melhor passar ao plano B, de Bastão.

Com uma violência insuspeita, Tara escapou do punho das wivernes e pulou da cama. Com o peito do pé ela fez o escalpelo sair voando, pegou-o no ar e o enfiou na testa do dragão negro. Ele fincou um olhar estrábico no metal brilhante, entre seus olhos, e em seguida desabou como uma árvore.

As wivernes não tiveram mais chance que ele. Graças à sua força de vampirua, Tara arrancou as patas delas. E depois esmigalhou suas gargantas escamosas. A rapidez dos seus gestos, a força de seus músculos não serviram de nada. Galante as cegou com suas garras, rápido e forte, em perfeita harmonia com sua mestra.

E seus olhos também estavam vermelhos, enquanto de sua boca surgiam os caninos compridos, que não combinavam de jeito nenhum com seus habituais dentes de animal herbívoro que era.

Impiedosa máquina de guerra, Tara matou os répteis em poucos segundos. O poder dos vampirus cantava em seu sangue como uma droga. Era inebriante. Era magnífico. Ela adorava.

E num átimo ela entendeu Selenba, melhor e com nitidez.

Por trás do vidro, seus amigos olhavam para ela, incapazes de acreditar no que estavam vendo.

Só Fafnir estampava um amplo sorriso no rosto. Aquilo sim era uma bela briga! Sangue e tripas, iupiii! Mas realmente ela tinha de ensinar a Tara como usar uma machadinha. Com as mãos nuas era um pouco... vulgar, afinal de contas.

Tara se virou para o cômodo protegido pelo campo mágico. O dragão marrom olhava para ela boquiaberto, com uma taça na mão.

Tara se deu conta de que podia ver seu sistema sanguíneo como se fosse uma produção cinematográfica. As veias, as artérias, as carótidas. E percebeu também que estava salivando. Sem dúvida por causa do sangue do qual ela tinha se maculado, o seu, o das wivernes e o do dragão negro.

Pior, ela sentia que estava com fome.

E de repente o dragão fez uma coisa realmente curiosa.

Ele se pôs a rir.

E em seguida olhou por cima da cabeça de Tara.

– Rhooooo, qui'onitas luzis! – ele disse num tom preguiçoso.

A curiosidade era mais forte que a fome de Tara. Que luzes? Desconfiada, ela ergueu a cabeça. Mas não havia nada.

O dragão suspirou e começou a lamber os dedos... as garras, com uma aplicação superconcentrada.

O olhar de Tara fixou a taça na mão de Chenivurichivu. O que tinha bebido aquele dragão?

Diante dela, uma porta se abriu no espelho vizinho. Tortuoso, seguido de Setos, entrou no aposento. Numa velocidade inumanoide, Tara deu meia-volta, arrancou o escalpelo do meio dos olhos do dragão negro e enfrentou os dois.

– Opa! – Tortuoso exclamou. – Não nos ataque, senhorita... Vampirua. Como é que você fez? Os scanners indicam que você é realmente uma vampirua, e não alguém que só se disfarçou de vampirua. Nós não entendemos – Tara não reagiu, contentando-se em apertar os olhos vermelhos, que focalizavam a jugular do dragão, que percebeu. Ele abriu as patas num gesto pacífico e disse:

– Nós não viemos aqui fazer mal a você.

– Ah, não? – Tara respondeu, agitando sua arma. – Não tenho tanta certeza assim. Nem pensem em avançar se têm amor a suas escamas!

– Como é que posso convencer você de que estou do seu lado? – garantiu o dragão.

"Exploda este planeta" talvez fosse um pouco exagerado como resposta. Tara preferiu um objetivo mais realista.

– Livre-me de Setos. Este seria um bom começo – ela desafiou.

A wiverne dourada, que tinha traído sua rainha, deu um sorrisinho divertido, que mudou rapidinho em careta de surpresa quando os maxilares do dragão se fecharam em sua nuca, que se destroçou como se fossem palitos. A wiverne baqueou, com todo o estupor do mundo em seus olhos dourados antes que eles se fechassem.

Tara arregalou os olhos vermelho-sangue.

– Pronto – respondeu o dragão rosa, cuspindo algumas escampas que se engancharam em suas presas. – Isso é o bastante para você? Ou quer mais alguma coisa?

Tara engoliu em seco.

– Como? Por que você fez isso?

– Era só uma wiverne, e uma traidora além de tudo. Nós não temos muito tempo, venha antes que o bangue-bangue deixe de fazer efeito.

– O... o bangue-bangue?

– Uma droga excelente realmente. Seu amigo Fabrice colocou um saquinho nas minhas patas quando disse a ele que era seu aliado. Consegui pôr a droga nas bebidas das wivernes e dos dragões. Acrescentei algumas lágrimas do semielfo,[1] e devo dizer que nunca vi um elfo chorar desse jeito.

Seu tom era vagamente reprovador.

– Eles estão todos tendo uma alegre alucinação. Mas receio que sua ação seja limitada no tempo, então vamos embora antes que eles recuperem a consciência. Eu não tinha muita quantidade de droga e precisei diluir em vários litros de teordir.[2]

Uma visão voltou rapidamente à mente de Tara. Grr'og, o troll da floresta verde, mostrando-lhes o saquinho de bangue-bangue, deixando o saquinho cair e Fabrice apanhando e... guardando.

– Mas o campo continua ativo?

---

[1] No OutroMundo, as lágrimas dos elfos são muito raras, e um poderoso alucinógeno que pode permitir que a pessoa que bebê-las veja mais ou menos o futuro. Mas, como ao mesmo tempo fazem o infeliz ficar doido, não são lá muito úteis para o sujeito que se arriscar.

[2] Espécie de vinho dourado, muito em moda entre os dragões. Os humanos acham que ele tem um gostinho de anticongelante.

– Não são dragões que o administram, mas uma máquina. Graças a Setos, consegui abrir a porta para vir buscar você. Não tenho intenção de correr mais riscos.

– E continuo sem poder utilizar minha magia, por quê?

– A máquina que protege os examinadores também cortou sua magia. Assim que você sair do seu raio de ação, sua magia voltará.

– Sei, sei. Então vamos depressa.

Sem olhar para trás, para ver se Tara o estava seguindo, Tortuoso saiu do cômodo e foi logo soltar Charme, Chem e os amigos de Tara.

Robin se jogou sobre Tara como um louco.

– Meu amor! – ele exclamou, chocado. – Tive tanto medo, achei que ia morrer!

Apesar de sua alegria, Tara não pôde deixar de gemer de dor.

O semielfo se afastou, com pena dela.

– Desculpe, me desculpe. Não queria machucar você!

Tara apalpou o flanco, tentando sorrir.

– Não, não, tudo bem, já está passando, olha só.

Realmente, as duas feridas profundas que ela tinha na barriga e nas coxas estavam se fechando. Tara já tinha visto vampiros se curarem desse jeito, mas só no cinema. O que não vinha explicado nas instruções de uso de "como se tornar uma vampirua e ser feliz" era que aquilo doía pra caramba!

– Os "eu amo você, eu também amo você" etc. vão precisar esperar até que consigamos sair daqui – Tortuoso rosnou. – Chenivurichivu não vai ficar sob a influência da bendita poção por muito tempo. Temos que correr para a Porta de Transferência e dar o fora o mais rápido possível!

– Não – Charme grunhiu –, vão sem mim, preciso resolver o problema com esse traidor. Eu mesma! Onde está ele?

– No cômodo ao lado. Quanto a mim, vou para o OutroMundo acompanhar a herdeira e pedir asilo provisório a Omois, enquanto você não tiver acertado tudo por aqui, ok?

Charme se lixava solenemente. Seus olhos de dragão estavam cheios de raiva. Ela movimentou as garras e saiu do aposento num passo decidido.

– Vou com ela – Chem declarou. – Obrigado, Tara. Ah, eis aqui sua trocadeira. Como ela só combina com você, eles a devolveram. A Pedra Viva está presa dentro dela, mas enquanto você não tiver acesso à sua magia, ela não vai poder ser libertada. Tenha muito cuidado. Nós faremos contato com você assim que as coisas estiverem esclarecidas.

Aliviada por encontrar de novo a trocadeira, Tara a fixou em sua nuca, e imediatamente a trocadeira se transformou em armadura. A garota se sentiu uma pouco mais protegida. Ela fixou seus olhos vermelhos em Fabrice.

– Como vai ele?

– Ele desmaiou. Nós temos que levá-lo – garantiu Tortuoso –, me dê ele aqui, vou cuidar dele.

Ele colocou Fabrice nas costas, sob o olhar de Pardal, cujas lágrimas não paravam de escorrer. Como eles não tinham acesso à magia, por causa do maldito campo, não podiam utilizar o Reparus, e, além de secar o suor de Fabrice, ela não podia fazer grande coisa. E isso a deixava maluca.

Do lado de fora, as wivernes drogadas por Tortuoso começavam a perceber que alguma coisa de esquisito estava acontecendo e piscavam nervosamente. Charme passou por elas como uma lufada de vento e entrou na sala de controle, seguida de Chem, tão furioso e tão decidido quanto ela.

Quando eles passaram na frente da sala, gritos de raiva e de luta escaparam dali.

Ops, aparentemente os dragões e as wivernes tinham acordado. Ou pelo menos os dragões, porque as outras wivernes não tinham um ar lá muito valente, pelo que eles viram no corredor.

Tara quis ajudar Charme, mas Tortuoso a impediu.

– Se nossa rainha não for capaz de sair dessa sozinha – ele avisou –, você a estará desonrando. E você perderia tanto uma quanto a outra. Não cometa esse erro.

Desconfiada, Tara consultou Pardal, sua especialista em espécies, e ela inclinou discretamente a cabeça, confirmando o que o dragão tinha dito.

– E minhas machadinhas? – Fafnir rosnou – Levei uns bons dez anos forjando cada uma delas, quero que me sejam devolvidas!

– Se nossa rainha sair vencedora deste conflito, elas lhe serão devolvidas, dama Anã, do contrário, valham-me os bons fluidos, nós tentaremos recuperá-las. Mais tarde.

Um tantinho de nada amansada pelo "dama", Fafnir soprou pelas ventas, irritada, mas não disse mais nada, decidida a seguir o passo apressado do dragão. Eles saíram do perímetro dos laboratórios para entrar no palácio propriamente dito.

Não estavam correndo, para não chamar a atenção das wivernes, espalhadas por todo lado, mas avançavam depressa, apesar da areia. Os controles deixaram que eles passassem. Tortuoso tinha um passe válido.

Depois de alguns minutos, com o coração aos pulos, pensando a cada minuto que iam ser detidos, eles conseguiram finalmente chegar até a porta da sala de Transferência.

Dessa vez, Tortuoso não mostrou nenhuma autorização. Limitou-se a dizer "Me livrem dos guardas" aos thugs, que obedeceram com prazer.

Os thugs tinham uma vingança a cumprir. Não foi nada agradável, mas rápido. Até mesmo Tortuoso fez uma careta. Ele entregou Fabrice a Pardal, que se transformou em Fera para poder carregá-lo.

O dragão ativou a Porta de Transferência e as tapeçarias de transferência se iluminaram. Em seguida, de uma das dobras de sua pele ele tirou um objeto curioso. Um astofelo em um vaso, mas não explicou por quê.

– Rápido, rápido – ele apressou –, nós temos que passar antes que eles percebam o que está acontecendo!

De repente, Tara se deu conta de que sua magia tinha voltado.

E que ela estava sentindo uma dor danada no dedo. O anel estava tão apertado que cortava a circulação do sangue.

E ele apontava direto para Tortuoso.

O cérebro dos vampirus funcionava superdepressa, provavelmente por causa de alguma coisa no sangue deles. Ela somou dois com dois. E o resultado a fez tremer. Ela deu um pulo, arrancou o cetro de transferência das garras de Tortuoso e aterrissou bem atrás dele, depois de uma viradela.

O dragão franziu o que lhe servia de sobrancelhas.

– Mas o que é que você está fazendo?

Tara ativou sua magia e apontou a chama destruidora na direção de Tortuoso, disposta a dispará-la se ele mexesse uma escama.

– Quem é você? Não, melhor dizendo, o que é você?

O dragão rosa abriu as patas, com um ar completamente surpreso.

– Mas... mas você sabe quem eu sou!

– Fui avisada de que você está cheinho de magia demoníaca. Então vou repetir: o que é você?

O dragão se sentou, sem jeito.

– Ah, isso? Digamos que preferi ter uma moeda de troca, só para o caso de... você entende. Eu... peguei uma coisa... emprestada. Uma espécie... de seguro de vida. Os dragões podem ser extremamente teimosos e vingativos de vez em quando. É um péssimo traço de personalidade.

– Desembuche, dragão – Cal rosnou, bem irritado com toda aquela encenação. – O que é que você está tramando agora?

O dragão rosa fez cara de ofendido.

– Faço questão de dizer que sou um macho e que, portanto, não desembucho nada, e de qualquer modo nós somos dragões e não carregamos nada dentro do bucho, nós colocamos ovos e...

– Mestre Tortuoso, será que o senhor poderia ter a bondade de nos explicar do que é que está falando, antes que o país inteiro caia em cima da nossa cabeça? Por favor! – Robin interveio. – Muito grato.

O dragão suspirou e tirou mais outra coisa do seu bolso de pele.

Uma calcinha.

Uma calcinha bem estranha, que combinaria melhor com uma centopeia do que com um dragão ou um bípede, resumindo. De prata, toda cheia de unicórnios que a enfeitavam. E que embaixo do nariz deles, quer dizer, dos olhos, ficou toda preta, salpicada de cabeças de demônios fazendo horríveis caretas.

– Isso, por exemplo – Tara bufou –, a calcinha demoníaca!

Os olhos de Pardal ainda vermelhos por causa das lágrimas, no meio de seus pelos louros, se arregalaram, fascinados. Pardal era a especialista em história e nunca tinha visto um objeto demoníaco "ao vivo".

– Os laboratórios estavam completamente revirados, de ponta-cabeça. Convenci a rainha de que a segurança do objeto estava comprometida e era melhor que ele estivesse bem guardado em outro lugar. E ela me encarregou de levá-lo ao palácio, acompanhado de um batalhão de soldados. Mas aí aconteceu o golpe de Estado e guardei a calcinha comigo, com a intenção de ter uma moeda de troca.

Pardal estava olhando para eles quando de repente percebeu que as mãos de Tara estavam iluminadas pelo fogo da magia. E ativou a dela.

– A magia está de volta, vou poder curar Fabrice! – ela correu para o jovem adolescente, impaciente para poder curar a febre que o atacava.

Tara também lançou sua magia, para grande horror e susto do dragão, mas ela passou por ele e foi cair em cheio em cima de... Robin!

O semielfo estremeceu, mas Tara só tinha enviado um Reparus, para curar seus ferimentos.

– Bom, agora que tudo está claro, será que podemos ir, por favor – insistiu Tortuoso. – Se Vossa Alteza puder e quiser... me devolver o cetro, nós poderemos finalmente nos colocar em local protegido.

Tara já ia obedecendo, satisfeita por ver que o dragão tinha conseguido pegar a calcinha, da qual ela tanto precisava para seus testes, quando uma serpente bem afoita entrou de repente na sala de transferência, com toda a força de suas quatro patinhas.

– Messssstra – ela sibilou. – Messssstra!

– Sss'e – Tara exclamou. – Nossa! Eu ia esquecendo você! Venha cá, rápido!

Mas a cobrinha viu Tortuoso e recuou rapidamente.

– Messssstra, eessssse aaíííí não é um dragão!

– Como assim? Como é que é?

– Eessssse aaíííí é um humano. Magíssssssssssster!

28

Magíster desmascarado... Bom, de certa forma.

Incrédula, Tara olhou para a serpente.

– Sss'e, você tem certeza?

– Eu vi transformação, eu invisível, ele não vê eu. Primeiro ele thug quatro braços, depois seis braços – respondeu a serpente apontando sua língua bífida para Tortuoso. – Embaixxxxador Kaliprrrrimo, acho. Depoisssssss transsssssssssssformado dragão, mas antes másssssssssscara no rosssssssssto, Magíssssssssster!

– Mas o que é que é isso! – Tortuoso se ofendeu –, realmente, Vossa Alteza, você está cercada de gente bem esquisita. Nós não temos tempo a perder! Vamos embora! Podemos esclarecer tudo isso em Omois.

Ele tinha razão. As portas tinham sido lacradas, mas golpes surdos contra os batentes indicavam que as wivernes tinham se dado conta de que alguma coisa estava errada...

Tara não podia se arriscar. Robin se aproximou e envolveu seus ombros, como que para protegê-la.

Ela adorava o semielfo, mas aquilo não era a postura mais prática do mundo se ele precisasse lutar. Mas nem por isso se soltou do abraço dele. Ela não queria magoá-lo.

Muito legal. Se ela fosse morta, na sua sepultura poriam a inscrição: "Ela não quis magoar o namorado".

Tara tomou a decisão ao mesmo tempo que mantinha o cetro fora do alcance do dragão.

– Não, eu não vou com você, sinto muito. Enquanto nós não soubermos quem você é realmente não podemos confiar em você. Recue. Nós vamos passar, e você passa depois de nós.

– Que droga – o dragão suspirou –, por que é que você sempre precisa complicar as coisas, Tara?

E antes que ela tivesse tempo de reagir, com um gesto fulgurante ele agarrou um minúsculo cetro de transferência, que tinha escondido na outra pata, e urrou toda uma sequência de estranhas sílabas. O astofelo se iluminou. O feitiço englobou Tara, Robin e Surv. Cal pulou, alcançando-os bem na hora em que o feitiço se operava, sem tocar os outros.

E eles desapareceram.

Galante gritou.

Eles reapareceram em uma clareira no OutroMundo. Tara suspirou de alívio, apesar da ausência dolorosa de seu Bicho de Estimação. Ela tinha sentido medo de que Tortuoso os levasse para o Limbo demoníaco. Surv gritou e Robin e Cal se puseram em posição defensiva quando perceberam que o dragão estava se transformando.

E o coração deles ficou apertado quando viram quem assumiu seu lugar.

Um homem de alta estatura, com um capuz vermelho cercando a máscara espelhada dourada que escondia seu rosto.

Magíster, evidentemente.

Ele pôs de novo o astofelo no bolso de sua túnica de fadaceiro.

O único pensamento que atravessou a mente de Tara, naquela hora, foi realmente estapafúrdio.

– Você… você trocou de cor de capa? E de máscara?

Magíster ficou quieto por um minuto.

– Confesso que você tem o dom de me surpreender, Tara. Mas, sim, eu estava cansado das cores monocromáticas, e além disso o preto e o cinza são realmente sinistros de vez em quando. As cores do "malvado" por excelência. Não gosto das caricaturas. Por isso estou testando outras cores. Você gosta?

Tara tinha a impressão de estar ficando maluca. Magíster se preocupando com assuntos de moda. Esta era realmente o máximo! Ela se empertigou.

– Eu prefiro esperar para ver como vai ficar na versão cor-de-rosa.

– Ah, ah, muito engraçado, gosto muito do seu senso de humor, garota, e dessa vez, se você tivesse se dado ao trabalho de discutir o assunto comigo, sem fazer o céu despencar em cima da minha cabeça, isso teria sido muito bem-vindo.

Isso era legal, Tara preferia fazer perguntas em vez de lutar. Mesmo que uma discussão também pudesse ser um combate mortal. Ela atacou:

– Como foi que você fez para se passar por um dragão? Achei que os dragões conseguiam ver a essência do ser e determinar o que vai no íntimo de cada pessoa…

Magíster respondeu graciosamente:

– Eles conseguem ver se é um dragão ou não, mas não a identidade, só a chama de sua essência, que eles reconhecem como sendo a de um dragão, e que não tem o mesmo formato em outros lugares. A magia demoníaca modifica minha essência e a transforma em essência de dragão para enganá-los. Assim, ela esconde meu verdadeiro ser. Sua cobra tinha razão. Primeiro me passei por um dos thugs do seu séquito, depois por Kaliprimo, que Selenba mantém prisioneiro fora do palácio enquanto eu o substituo. Na verdade, agradeço por você tê-lo mandado para mim...

– Não tem de quê – Tara cortou secamente. – Não era a ideia inicial.

– Em seguida, passei por uma das wivernes e finalmente por Tortuoso – continuou Magíster –, que precisei... digamos... hmmmm... neutralizar. A armadilha da qual Chenivurichivu falou não era dele, mas minha!

Tudo bem, essa sim era uma surpresa. Então os dragões trabalhavam para Magíster?

– Ele não sabia disso muito bem – explicou Magíster, respondendo implicitamente à pergunta não formulada. – Fiz contato com ele há alguns anos, na forma de um dragão que queria continuar discreto. Ele pensava que eu morava no seu planeta, mas na verdade eu não podia ir a Dranvuglispenchir, era perigoso demais. Por isso só fiz contato com ele por meio de uma bola de cristal. Percebi que ele não gostou muito, e tratei de insuflar esse descontentamento mais e mais, dizendo que ele tinha um péssimo emprego, que era mal aproveitado e espoliado do verdadeiro poder. E ainda expliquei como se livrar dos seus incômodos superiores. Mas ele não tinha coragem, pois ficava com receio de que, ao atacar diretamente Andrea e Chu, os dois se dessem conta do que ele estava tentando fazer. Então organizou a coroação. Era o único jeito de mandar vir gente de fora. Que serviriam de álibi.

De repente Tara entendeu uma montanha de coisas.

– Por isso é que Charme foi eleita! Ele se serviu dela, foi isso?

– Bravo, excelente dedução. Sim, ele fez com que ela fosse eleita. A rainha mais ingênua e incompetente que ele conseguiu encontrar. Nosso plano funcionou direitinho. Mas o que ele não percebeu é que isso vai desestabilizar completamente os dragões. Eles são animais de costumes. Gostam de segurança. Ora, enquanto Chenivurichivu estiver à frente do governo e a rainha presa, as facções estarão divididas, tornando-os vulneráveis. Depois, quando ele invadir a Terra, o OutroMundo vai entrar em guerra contra ele. Nós, os humanos, jamais aceitaremos que nosso planeta, o ninho onde nasceu nossa raça, seja atacado. Os dragões vão ficar sozinhos. E nós seremos finalmente livres.

De certa forma o discurso dele havia mudado. Já não se tratava do famoso "eu contra o resto do universo", mas sim "nós contra os malvados dragões". Hum. Tara precisava entender o que é que ele estava tramando. Ela se tornou provocante.

– Você explicou o cristalvídeo quando estava na forma de Tortuoso. Naquelas imagens era você que estava sendo torturado por eles, não é? Ou seja, tudo isso... Esses planos maquiavélicos, complicados, tudo isso *só* porque eles maltrataram você? Por uma *simples* vingança? – ela disse, insistindo no "só" e no "simples".

Não dava para ver o rosto dele, mas Tara tinha a impressão de que Magíster estava fazendo uma careta embaixo da máscara.

– Eles fizeram bem mais do que simplesmente me torturar – ele respondeu, com a voz de veludo embargada. – Eles também mataram minha bem-amada Amavachiruchiva!

Tara se lembrava desse nome. Ele tinha comentado.

– A dragoa? A irmã do rei?

Ele tinha se apaixonado por uma dragoa? Era, no mínimo,... bem exótico. Foi aí que ela se lembrou que estava apaixonada por um elfo e tratou de guardar seus preconceitos no bolso, socando um lenço por cima.

– Ela e eu éramos os melhores amigos do mundo – Magíster explicou, retomando o ritmo fluido de um contador de histórias. – Ela me amava tanto quanto eu a amava. Eu, que era jovem, ela, que já tinha atravessado séculos. Ela me dizia que eu era tão bonito que se sentia mal quando olhava para mim, como uma obra de arte perfeita.

Ele era bonito? Interessante. Tara sempre o tinha imaginado como alguém vagamente monstruoso. Informação interessante para guardar na reserva, como tudo o que ela ficava sabendo sobre Magíster, pouco a pouco.

Bom, isso dito, as considerações estéticas da dragoa não eram forçosamente as mesmas dos humanos. Será que isso era um sintoma? Magíster seria realmente um humano, ou... outra coisa?

– Como não se apaixonar? – Magíster continuou. – Nós compartilhávamos tudo. Num dia, num maldito dia, ela quis me mostrar os objetos demoníacos que tinham sido confiscados pelos dragões. Ela tinha séculos, mas em alguns momentos era muito infantil, quase inocente. Nós nos disfarçamos. Ela me deu um amuleto que, incrustado sob minha pele para que não o perdesse, transformava meu rosto, de modo que eu não pudesse ser reconhecido se fossemos apanhados. Ainda hoje é esse amuleto que protege meu rosto, graças a esta máscara. Fiz réplicas para todos os meus sanguerrabas.

Ele tinha guardado o presente da bem-amada. E agora Tara entendia por que a máscara ficava no lugar, mesmo quando Magíster estava desmaiado ou adormecido. Por causa disso, era impossível conhecer o rosto de seu inimigo.

– Claro que ninguém sabia que estávamos apaixonados – ele explicou. – Isso teria provocado um enorme escândalo entre os dragões. Era nosso segredo. Como dois adolescentes, tapeamos a vigilância dos dragões de guarda e conseguimos entrar na sala dos tesouros. Tara, você pensa que sabe das coisas, mas na verdade não sabe nada. Esses pequenos répteis saquearam o universo. Havia milhares e milhares de joias e obras de arte de dezenas de povos. E bem no meio daquilo tudo, dentro de um cofre inviolável, estavam os dois objetos demoníacos. Amava pegou a camisa e a estendeu, para que eu a pegasse.

Sua voz tremeu e Tara sentiu sua emoção. Aquilo a aborrecia, mas ficou com pena de seu inimigo. Ele era capaz de amar. Tara sentiu que ele era bem mais complexo que o homem monolítico, alguém que só tinha sede de poder, como parecia.

– Mas quando toquei a camisa que ela me estendia – ele continuou com esforço, como se estivesse enterrado sob o peso das próprias lembranças –, houve uma espécie de choque, tão violento que ele acabou conosco. Nós dois desmaiamos ao mesmo tempo. Quando acordei, os dragões apinhavam a sala, como larvas na carniça. Eles estavam como loucos. E repetiam as mesmas perguntas sem parar. Como é que eu tinha chegado ao planeta deles? Quem era eu? Como tinha entrado na sala? Onde estava a camisa? Mas eu não tinha a menor ideia. Eles achavam que Amava e eu a tínhamos roubado. Ao entender que Amava tinha me mostrado seu tesouro mais precioso, o rei ficou histérico. Ele se precipitou sobre ela e começou a bater. Ela ainda estava grogue do choque e não teve tempo de se defender. Ele a matou. Eu... nunca vou saber se ele fez de propósito ou não. Em seguida, seu nome foi apagado e passou a ser proibido pronunciá-lo. Era como se ela nunca tivesse existido. Foi nessa hora que entendi que não podia dizer quem eu era. Por isso mantive o amuleto, para preservar minha identidade. Não previ que eles fossem me torturar para ter as respostas. E depois passou a ser tarde demais para dizer a verdade.

– É... é monstruoso – Tara finalmente falou, horrorizada. – Sinto muito.

– Por quê? Você mal tinha nascido. Eles me torturaram durante três dias e depois disso aconteceu uma coisa curiosa. A camisa apareceu novamente. Quando o choque nos derrubou, Amava e a mim, a camisa caiu em cima de mim. Eu não sabia, mas ela tinha se integrado à minha pele, a ponto de se tornar invisível. Como resultado da tortura, eu estava praticamente em estado de coma e achei que tinha ficado maluco quando ela reapareceu. Foi assim que me vi usando uma camisa preto-metálico. Ela me libertou. Libertei meu Bicho de Estimação, meu querido Hûûû, mas, apesar dos vários Reparus, foi impossível curá-lo, ele tinha sido ferido profundamente e eu não tinha mais magia suficiente. Mas fazia pouco tempo que ele era meu Bicho de Estimação, só uns poucos dias, eu o tinha comprado numa viagem secreta a Dranvuglispenchir. O fato de meu Bicho de Estimação ser uma serpente comedora de insetos, e do planeta dela, tinha divertido muito Amava, porque era a primeira vez que isso acontecia.

Ele se perdeu por alguns instantes em suas recordações. Dava para ver que sua dor era real.

– A camisa me fez entender que ela podia me transferir – ele recomeçou. – E que era preciso sair do laboratório. Mas Hûûû jamais teria resistido à transferência, e eu não podia deixá-lo nas mãos daqueles monstros. Não tinha escolha.

– Então você o matou, foi isso? – concluiu Tara, com o estômago do avesso.

Ela estava com lágrimas nos olhos. Robin apertou sua mão, vigilante. O relato de Magíster era comovente, é verdade, mas ele continuava sendo um inimigo terrível.

– Sim. A ligação entre mim e ele ainda não era forte o bastante para me afetar profundamente. Mas aquilo tudo foi tão doloroso que achei que também ia morrer.

Sua voz ficou séria.

– Esses seres, os dragões, são fundamentalmente diferentes de nós, Tara, as opções deles não são as nossas, é isso que tenho tentado fazê-la entender desde o início, mas você não me dá ouvidos. Nós temos que tentar nos livrar deles, antes que eles se livrem de nós. E, contrariamente ao que você pensa, para nós os demônios foram uma grande sorte.

Tara olhou para ele, incrédula. Uma horda de monstros que virava seu universo de ponta-cabeça e devorava tudo o que encontrava pela frente? Ela teria utilizado termos mais do tipo "aterradores, monstruosos", mas nunca a palavra "sorte".

Magíster percebeu que ela ficou surpresa e a máscara dele ficou laranja, o tom da diversão.

– Se não tivéssemos combatido os demônios e demonstrado nossa força, no tempo de Semiderus, há muito tempo os dragões teriam nos conquistado, como fizeram em todos os outros planetas. E, acredite, ter que entrar num acordo com os humanos dá dor de dente neles. Eles não gostam disso, ah não, não gostam nem um pouco.

– Em que eles teriam nos conquistado – Robin respondeu no lugar de Tara –, com exceção da invasão da Terra, há mais de cinco mil anos? Em nenhum momento eles demonstraram um desejo de dominar os povos.

– Quem é que você acha que comanda os planetas? Em cada um deles, inclusive nos satélites do OutroMundo, como Tadix e Madix, há dragões presentes, nos grandes Conselhos dos Altos Magos. Eles fazem tudo o que podem para limitar nossa evolução, tanto científica quanto material. Na Terra, a ciência progride a passos de gigantes porque Semiderus conseguiu proibir que eles pusessem suas garras ali. Mas no OutroMundo nós nos contentamos em utilizar o que os terráqueos criaram. Antes que Tara descobrisse que era possível anular um feitiço lançado por outro fadaceiro, as pesquisas sobre a magia eram sistematicamente desviadas ou enterradas pelos dragões. O cientista Vludo Mabri foi morto porque a engenhoca que conseguiu criar era tão perigosa para os dragões que o rei não teve escolha. Ele precisava desaparecer. E isso acontece toda hora. Nossos melhores cientistas sofrem acidentes estranhos, nossas maiores invenções não funcionam e são abandonadas. Eu já pesquisei e descobri esses fatos. Isso não é um exagero. Basta verificar os jordiários para ver que tenho razão.

Nessa altura da conversa, Tara se convenceu de que Magíster era realmente paranoico. Completamente. Ver complôs por todo lado era um dos primeiros sintomas, não?

– Justamente por causa disso é que Chenivurichivu quis romper o pacto com Semiderus e conquistar a Terra – ele concluiu. – Porque os terráqueos estão desenvolvendo uma força tão poderosa que um dia desses ela pode até mesmo ultrapassar a dos dragões. A descoberta da energia atômica foi um grande choque para eles.

– Mas eles salvaram muitos de nós, depois da destruição de nossos planetas – Robin argumentou. – E também foram os dragões que descobriram o OutroMundo e acolheram os exilados. Mesmo que eu concorde com você que o rei Renegado, a rainha Carmim e Chenivurichivu eram e continuam sendo um mais maluco que o outro.

– Sim – Tara ressaltou com amargura, pensando na morte atroz de Barune. – Nós já pudemos ver que alguns deles não gostam muito de nós humanos.

Magíster inclinou sua máscara, num sinal de aprovação. Legal, talvez a garota finalmente trabalhasse com ele. Aquela conversa tinha sido importante.

Mas o semielfo começava a torrar sua paciência com seus argumentos razoáveis...

Ele se concentrou na escolha das palavras.

– Para voltar ao que eu estava contando, sobre o que aconteceu naquele dia, a camisa me transferiu diretamente para o universo demoníaco, onde fiquei conhecendo o rei dos Demônios. Ele me arrancou a camisa, que já estava me corroendo lentamente, mas em troca me deu uma quantidade significativa de seu poder demoníaco. E nós fizemos uma espécie de acordo. Ele me ajudaria e em troca eu levaria adiante minha vingança, que também é a dele, contra os dragões. É tudo o que ele quer. Vingar-se. Mas essa vingança não lhe dá mais acesso ao universo do que já tinha antes. Apesar do que eles querem nos fazer acreditar, não precisamos dos dragões para defender as Falhas. Nosso poder é perfeitamente suficiente para enfrentar e vencer os demônios. Nós já fizemos isso, na época de Semiderus, quando ainda éramos em menor número e menos poderosos. Nada nos impede de recomeçar. O poder demoníaco que me foi confiado não é "controlável" pelos demônios, ele só obedece a quem o possui.

Ele evitou explicar como é que tinha conseguido o poder demoníaco; ele descobrira sozinho o protótipo defeituoso do trono de Silur. Inútil incitar Tara a procurá-lo e destruí-lo. Além de tudo, ele estava quase sem energia demoníaca, em pouco tempo já não serviria mais para nada.

Tara tratou de digerir tudo o que ele tinha acabado de contar. E pôs o dedo na ferida do que não batia.

– Concordo que você tem razão. Alguns dragões não são exatamente nossos amigos, mas nós não podemos expulsá-los e destruí-los, alegando que alguns deles são verdadeiros monstros. É... é como dizer que todos os motoristas de táxi são ladrões porque um deles assaltou você. Ou que todas as pessoas do governo são corruptas, já que uma delas enganou a população. Em todo lugar existem pessoas de bem e pessoas desonestas. Colocar todo mundo no mesmo saco é o caminho mais curto para a intolerância. E a intolerância fere. Por vezes até mata. Isto é uma coisa da qual tenho certeza. Você pode dizer o que quiser, mas Robin tem razão, os dragões salvaram nosso universo. E ao mesmo tempo o seu destino, Magíster. Você nem teria nascido, ou teria nascido na pele de um rebanho humano, se eles não tivessem dado suas próprias vidas para nos proteger. E isto é um fato. Não se trata de uma extrapolação disso ou daquilo.

A máscara de Magíster se coloriu de marrom. Ele não estava nada contente. Respirou fundo, para se acalmar, e a máscara voltou a rebrilhar, às vezes cinza, outras dourado.

– Bom, vocês já trocaram seus pontos de vista. O que é que vão fazer agora? Vamos brigar ou não? – Cal perguntou, prosaicamente.

Tara revirou os olhos para ele. Não adiantava nada provocar o adversário.

– De certa forma Tara tem razão – declarou Magíster, para sua grande surpresa. – O único acesso do universo demoníaco para o nosso passa pelas Falhas. Semiderus não era poderoso o bastante para destruí-las. Tara também não. Mas se aliarmos nossos poderes ao poder demoníaco, acho que conseguiremos bloquear as Falhas, ou Brechas, seja lá como elas se chamem. Definitivamente.

Os três adolescentes não acreditaram no que tinham escutado.

– Você quer utilizar a própria magia demoníaca dos demônios para traí-los? – Tara acabou articulando. – E fechar as Falhas?

Ela não disse "você está completamente maluco", mas isso ficou boiando na sua frase.

– Eles nunca vão permitir que você faça isso! – ela comentou. – Eles não parecem tão estúpidos, sabia? Fiquei conhecendo o rei dos Demônios. Eu ficaria bem surpresa se soubesse que ele já não previu toda e qualquer tentativa de traição.

– Talvez. Mas ele conhece minha história, a camisa lhe contou. Ele sabe que meu ódio pelos dragões tem um fundamento bem sólido. E acha que pode contar com isso para me manipular. A questão toda é saber qual de nós dois vai ser mais esperto.

Tara estava dividida entre um certo respeito por Magíster, que tinha a coragem de arriscar tanto a sua vida quanto a do universo numa partida tão doida quanto aquela, e uma certeza, ele era louco.

– O rei dos Demônios não entende os humanos, explicou o chefe dos sanguerrabas, enquanto eu, sim, entendo superbem essa raça. Tara, se eu lhe propuser não mais lutar contra os dragões, recuperar os objetos demoníacos para fechar as Falhas e em seguida fazer uma negociação com os dragões para que eles deixem os humanos sossegados, você aceitaria me ajudar? Eles me agradeceriam, por eu ter salvado nosso universo, e nós estaremos em posição de força para negociar, o que sempre é preferível.

Era isso justamente o que ela tinha aprendido lendo *O livro negro dos sombrios segredos de Omois*. Tara olhou para ele, lamentando profundamente não poder ver seu rosto. Ela sabia como lidar com um Magíster inimigo. Mas um Magíster amigável era uma equação desconhecida para ela.

Mais uma vez Robin se manifestou, enquanto ela pensava.

– Como confiar em você? Num golpe, você nos ataca para raptar Tara e nos obrigar a lhe entregar os objetos demoníacos para conquistar a Terra e expulsar os dragões... Quer dizer, o melhor seria dizer "destruir", e não expulsar os dragões. No golpe seguinte, você nos diz que, afinal de contas, aliando nossas forças e lhe dando o acesso à magia demoníaca dos objetos, isso lhe permitiria que vedasse as Falhas e depois negociasse gentilmente com os dragões. Mas acontece que nós já pudemos constatar que você não tem a menor pena dos fracos. Se tiver esse poder, você vai destruí-los.

Magíster deu de ombros, inacreditavelmente calmo.

– Para citar Tara, o que você acabou de dizer é uma extrapolação, baseada no que você acha que sabe de mim, e não num fato. Me diga, semielfo, você é a mesma pessoa que era há três anos? Antes de conhecer Tara? As pessoas mudam. Os acontecimentos as fazem mudar. Na vida, nós somos confrontados o tempo todo com escolhas. Comer isso ou aquilo, escolher essa roupa em vez daquela, trabalhar com tal pessoa em vez de outra. Tudo tem consequências. E muitas coisas aconteceram. Nós descobrimos o incrível poder de Tara. Vocês viveram aventuras inacreditáveis, às quais outros nem teriam sobrevivido. A amizade de vocês se cimentou com tudo isso que passaram. E o amor também. Você pode afirmar que os seus objetivos são os mesmos de três anos atrás?

Tara e Robin trocaram um olhar. Magíster tinha razão, é claro. Bom, pelo menos no que dizia respeito aos dois últimos pontos.

– Mas também há uma boa dose de verdade no que você disse. Tenho que ser honesto. Não sei se vou ser capaz de me controlar se tiver o poder necessário para destruir os dragões. Vocês dois sabem que eu os detesto. E também sabem por quê. Não sou o único a ter sofrido com as tramoias deles. Foram os dragões que fizeram de você o que é, Tara. Será que preciso lembrá-la do que o rei dos Dragões fez à sua linhagem e à de Jeremy, o Invesojo? Como ele manipulou seus genes, para transformá-los em armas vivas? Ele quase matou vocês dois!

– Ele *tentou*. E morreu tentando – Cal ressaltou com sobriedade.

Magíster suspirou.

– É verdade. Notei que os seus inimigos não ficam velhos, Tara, não é preciso refrescar minha memória. É justamente por causa disso que não quero lutar com você. Se você não quiser se juntar a mim, se não me deixar ter acesso aos objetos demoníacos, o que provavelmente é a única maneira de nos livrar dos demônios, então a deixarei ir embora.

Ouvindo isso, Tara sentiu seu queixo cair.

– Sério? – ela exclamou, e logo ficou toda vermelha, percebendo que essa observação era um tanto infantil. – Huum, quer dizer, você faria mesmo isso? Mas achava que queria me capturar a qualquer custo. Por que toda essa encenação?

– Eu só queria conversar, convencê-la de que nossos objetivos são bem mais parecidos do que você pode imaginar. Mas, cada vez que tentei, isso acabou numa batalha violenta entre nós dois. Estou cansado de combatê-la, quando na verdade você deveria reinar ao meu lado.

A orelha de Tara se esticou. "Reinar"?

Magíster percebeu na mesma hora que tinha dado um fora.

– Com "reinar" quero, evidentemente, dizer "trabalhar" ao meu lado, a fim de unir os fadaceiros. E, principalmente, me ajudar a fechar as Brechas. É importante, Tara, sem você não vou conseguir.

Mas Tara não podia deixar de demorar um pouco mais naquela bendita palavra, "reinar". Se Magíster não tivesse cometido este ato falho, ela já estava quase acreditando nele, porque, apesar de tudo, o que dissera fazia sentido.

– Preciso pensar – ela acabou respondendo. – Se você concordar em nos deixar partir, poderíamos nos encontrar novamente e discutir as opções da sua proposta.

Uau! Ela estava superorgulhosa de si mesma. Aquela tinha sido uma frase tirada direitinho do *Livro dos sombrios segredos de Omois*. O fato de a pessoa que disse essa frase ter sido assassinada pelos convidados alguns dias depois só podia mesmo fazer com que ela ficasse ainda mais desconfiada.

Magíster suspirou, desolado.

– Tudo bem, eu entendo. Esperava conseguir convencê-la. Você ainda tem um cetro de transferência com você, e pode utilizá-lo quando quiser. Essa clareira foi transformada em Porta de Transferência clandestina. Como você pode perceber, os motivos das tapeçarias estão incluídos nas cascas das árvores. O astofelo permitiu que eu não precisasse das Portas oficiais, sem ter de passar pelo Limbo demoníaco, o que para mim é bem mais fácil.

Ele não explicou por que,[1] mas Tara achou curioso aquele comentário.

– Obrigada – ela respondeu com sinceridade, contente por não precisar lutar contra ele, pelo menos dessa vez.

A máscara ficou azul.

– Mas não tem de que, minha filha.

E seu jato de magia a acertou em cheio.

[1] Na verdade, Bradford Medelus, o antigo namorado de Selena, a mãe de Tara, foi quem descobriu que as Portas são controladas por uma espécie de enorme entidade vegetal, mais ou menos consciente. O resto do OutroMundo não sabe disso.

29

Quando se quer medir forças, é preciso ter ou um bíceps poderoso ou um cérebro poderoso... E, nesse caso, infelizmente os bíceps poderosos são em geral preferíveis.

A rajada de magia acertou Tara e a projetou com tanta força contra uma árvore que ela se partiu ao meio; a árvore, é claro!

Se a magia não a tivesse envolvido, teria sido paralisada na mesma hora, com as costas quebradas. Mas felizmente ela amortecera o choque. Tara se aprumou, praticamente sem nenhum arranhão.

E quando fez isso, percebeu que Magíster tinha ficado surpreso por ela ainda estar consciente.

Para ser franca, ela estava tão surpresa quanto ele.

Não tinha sido ela.

Tinha sido o anel. Assim que a magia demoníaca foi lançada, ele reagiu.

Ele a protegera com seu campo de força. E agora, para poder resistir ao poder aumentado de Magíster, ele precisava... mudar.

Ele se transformou. De simples anel, tornou-se uma espécie de manopla de prata, que envelopava completamente a mão e uma parte do punho de Tara.

Ela devia ficar com medo.

No entanto, não sentia nem um pouco de apreensão. Mas, sim, um formidável sentimento de... plenitude.

Ela se curvou e lançou sua magia. Contrariamente ao costume, sua rajada de magia, que em geral era azul, estava quase preta.

A rajada pegou Magíster e o mandou com uma força equivalente ao que ele tinha feito com ela contra uma outra árvore, que não resistiu mais que a primeira. Robin gemeu. Será possível que os dois tivessem de se enfrentar numa floresta! Ele se sentia totalmente impotente. E os glifos que já tinham sumido ainda continuavam doendo.

Magíster se levantou, ileso. Seu poder o protegera.

– Com a calcinha demoníaca, meu poder é imenso, você não vai conseguir fazer nada contra mim. Nem mesmo com a ajuda da sua maldita Pedra Viva. Vocês não são de nada.

Tara deu um sorrisinho malandro. Ah, não?

Ela ativou sua magia. Magíster ficou tenso.

– Robin?

– Sim, meu amor?

– Cal?

– Sim, meu amor?

Robin olhou para ele surpreso, e o Ladrão zombou da sua cara.

– Desculpe, não consegui resistir. Sim, Tara?

– Conto com você. Será que vocês podem se afastar, por favor. Isso é entre mim e ele. Nós vamos acabar com essa história. Aqui e agora.

Magíster parecia surpreso por ela reagir daquele jeito. Ele enrolou a calcinha numa de suas mãos e ativou seu negro poder.

Tara vacilou. A energia demoníaca dada pela calcinha era tão intensa que ela conseguia sentir seu peso, como uma espécie de onda que crescia.

Ela mandou um pensamento para sua amiga, a Pedra Viva, que brotava da trocadeira. Chenivurichivu tinha conseguido mantê-la inativa, graças a seu inibidor de magia, e a Pedra não estava nada contente por ter sido obrigada a ficar surda e cega durante horas. Alguém ia pagar caro por aquele desaforo. Ela estava fervendo de raiva.

Tara sentiu na mesma hora o fluxo de poder invadindo seu corpo. Hummmm, era forte!

Eles se atacaram ao mesmo tempo. As duas rajadas de magia se encontraram e, como eles estavam imateriais, de certa forma, as duas se cruzaram, e se atravessaram. Tara se curvou quando a magia atingiu seu escudo. Magíster também. Dezenas de árvores se inflamaram, e Robin fez uma incantação para apagá-las.

– Tara, eu poderia juntar minha magia à sua, para...

– Não.

O tom de voz da garota era de puro terror:

– Se vocês lutarem ao meu lado, vou ficar com medo o tempo todo, e não vou conseguir me concentrar. Suplico, incante um escudo e se protejam.

Apesar do tremendo fervilhar do sangue em suas veias, e de seus instintos de elfo que o faziam querer lutar, Robin obedeceu. Ele fez bem, pois um minuto depois uma rajada de magia negra se espatifou contra seu escudo. Magíster sabia que Robin era o ponto fraco de Tara.

Robin nunca conseguiu descrever o que aconteceu naquele dia. O fervilhar de energia era tão forte que uma cratera se formou, e Cal e ele foram obrigados a recuar.

Mas uma coisa eles puderam constatar.

Tara estava perdendo. De repente, sua magia vacilou, e Magíster gritou:

– Tara! Renda-se! Não quero machucar você!

A garota, com os olhos completamente vermelhos, rosnou como um grande felino, com os caninos prontos para morder.

– Jamais, você está me entendendo? Jamais. Você conseguiu envenenar nossa vida, a minha e a de minha mãe.

Pondo suas últimas forças no poder de sua magia, ela se levantou e seu poder iluminou a floresta, brotando de todo seu corpo.

Magíster também se ergueu, impulsionado por sua magia negra. Eles se atacaram ao mesmo tempo.

E quando a poeira baixou, havia um corpo inconsciente no chão.

Tara.

30

Nunca se deve vender a pele do vrrir antes de tê-lo matado (ou, se preferirem, nunca contar com o ovo antes de a galinha botar)...

Magíster respirava com dificuldade, mas a magia demoníaca ainda pulsava em seu punho. Ele aterrissou e se aproximou do corpo da garota.

– Até que enfim – ele disse com uma selvagem exaltação. – Tara é minha!

E seu riso soou como um furioso rugido.

– Não – Robin urrou, precipitando-se contra ele. – Tara, não!

E ficou completamente boquiaberto de surpresa quando a magia de Cal se abateu sobre ele e o paralisou, antes que Magíster o matasse.

– Muito grato, zombou o sanguerraba, você fez bem me poupando essa tarefa.

E em seguida se pôs a descer até a cratera para buscar a garota.

Atrás dele, Cal respirou fundo. E torceu para que o que Tara tinha bolado funcionasse.

– Pela Vaina'marr'us, que a calcinha venha a mim, pois ela não tem outra escolha!

Este era o Plano C, o que possibilitaria pegar a calcinha, se alguém como Magíster, justamente, estivesse com ela. Um feitiço supersimples que Cal havia atirado a pedido de Tara, quando ele tinha entrado no aposento, um pouco antes de o cilindro de aço se fechar sobre a calcinha, para protegê-la. Ele não sabia se tinha funcionado. Ia descobrir já, já.

No punho de Magíster, a calcinha se torcia. Surpreso, o sanguerraba olhou para ela e soltou uma exclamação de raiva quando ela escapou brutalmente dele para ir aterrissar na mão de Cal, que se arrepiou de nojo e se apressou a enfiá-la em seu bolso de fadaceiro.

Magíster saiu do buraco como um demônio.

– Você vai me devolver isso agora mesmo, antes que eu o reduza a caldo – ele ameaçou.

– Ora, vamos – Cal respondeu calmamente –, acho que sem a sua magia demoníaca e cansado como está não vai ser nem um pouco difícil vencê-lo.

Furioso, Magíster lançou uma rajada de magia negra, que passou raspando por Cal. O pequeno Ladrão tinha desviado bem na hora certa.

– Uau, essa passou perto! Agora é a minha vez.

E sua magia dourada brotou e atingiu Magíster, que não teria dificuldade de resistir. Mas o poder que o acertou em cheio nas costas o pegou desprevenido. Ele foi jogado violentamente para a frente e caiu, mortalmente ferido. Um filete de sangue escorreu por baixo da máscara.

Tara surgiu da cratera, dolorida por causa da luz.

– Cal?

– Tara?

– Você é o melhor.

– Eu sei.

Magíster não tinha forças para ativar o Transmitus, que poderia colocá-lo fora do alcance de Tara. Ele tinha perdido, e sabia disso.

– Era uma armadilha! – ele sussurrou, cuspindo sangue através da máscara.

– É isso aí.

– Mas... como?

– Segurei minha magia. Fiz de conta que já não estava aguentando, e para dizer a verdade isso não estava longe de ser verdade. Quando Cal desviou sua atenção agredindo você, ataquei.

– Pelas costas! Nunca achei que você teria essa coragem. Você é tão impiedosa quanto eu, Tara.

O rosto da garota mostrava o quanto lamentava aquilo.

– Nós não tivemos escolha. Você é um formidável adversário, não dava para vencê-lo sendo leal. Então fomos desleais. Sinto muito.

A máscara foi ficando lentamente escura. Tara poderia ter aplicado um Reparus. Mas não o fez.

De repente, por trás deles ouviu-se um "crac" e Fabrice, Galante, Lour'inho, Pardal, Fafnir e Chem surgiram na clareira. Eles pararam, completamente boquiabertos.

– Fabrice – Tara gritou –, você está consciente!

Fabrice assentiu com a cabeça, mas seu rosto abatido e suas mãos trêmulas mostravam que ele estava longe de ter conseguido se refazer, apesar da magia.

E a dor em seus olhos atingiu Tara direto no coração.

– Por meus antepassados – Chem exclamou, ao descobrir o corpo ensanguentado –, é Magíster?

– Sim – respondeu Robin, que Cal acabava de libertar e que olhava para eles com reprovação. – Eles arquitetaram um plano, só os dois – eu quase tive um ataque do coração, e na verdade era uma trapaça.

– Nós não podíamos contar para você, sua reação precisava ser natural – Tara respondeu ternamente. – Mestre Chem? Como é que vocês conseguiram nos encontrar?

– Nós demos um jeito na Porta de Transferência para achar o lugar onde vocês tinham aterrissado – ele explicou. – Mas não tínhamos certeza se isso ia funcionar ou não. Queremos prender Magíster conosco, assim ele não vai mais poder fazer mal a vocês. Quer dizer, se ele sobreviver.

Fabrice, fascinado, se aproximou de Magíster, que murmurou alguma coisa que os outros não conseguiram escutar. Fabrice se inclinou.

Tara chegou mais perto.

– Fabrice, não se aproxime demais, com ele nunca se sabe.

– Barune morreu – Fabrice disse.

– Sim, eu sei, mas, por favor, saia de perto dele.

– E é minha culpa.

– Não, Fabrice – Tara respondeu, cada vez mais preocupada. – Saia daí.

– Sim, é! – Fabrice berrou. – Claro que sim! Eu... sinto muito.

– Sente muito, mas por qu...?

– Não é nada contra vocês...

– Fabrice, você está me dando medo. Venha cá, vamos conversar.

– É tarde demais para conversar. Sem poder, nunca conseguirei. Amo todos vocês.

E antes que eles pudessem reagir, Fabrice pôs a mão em cima do corpo de Magíster e ativou um Transmitus.

E os dois desapareceram.

31

Os fantasmas do OutroMundo, ou: quando não se sabe como utilizar alguma coisa, é melhor ler as instruções de uso... antes de destruir todo o universo.

O grito de Pardal foi como uma espada cravada no coração.

– Fabrice, nããããããõooooo!

Tarde demais. Era impossível saber para onde Fabrice tinha ido com seu Transmitus. Fraco como estava, e carregando o estorvo do corpo inconsciente de seu inimigo, era praticamente certo que aquela viagem seria bem difícil.

Talvez fatal.

A traição de Fabrice deixou todos desamparados. Eles voltaram para Omois sem saber muito bem o que fazer.

A notícia foi anunciada ao Conde de 333, que se recusou a acreditar que seu filho era um traidor e pediu demissão do cargo de guardião na Terra.

E jurou que encontraria o filho e descobriria o que tinha acontecido. As Portas de Transferência foram automaticamente passadas para Isabella, e Tachil, um de seus assistentes, ficou encarregado delas. A velha fadaceira não gostava nem um pouquinho de ver sua casa o tempo todo invadida por viajantes, e mandou construir uma torre, ao lado do palacete, para acomodar as tapeçarias da Porta. E nomeou Jar assistente do guardião Tachil, o que não deixou nenhum dos dois satisfeitos.

Eles entregaram seus relatórios a Lisbeth. Cal tinha guardado a calcinha, que estava provisoriamente escondida em um lugar tão secreto quando o dos dragões. Tara não sabia se Magíster estava vivo ou morto, mas o anel continuava sendo um meio de localizá-lo que não fosse estando na frente dele, e a calcinha podia servir de teste. Não foi muito difícil convencer Lisbeth.

E eles precisaram enfrentar um enorme problema. Menos grave que a traição de Fabrice, mas tão importante quanto.

Tara não conseguia voltar ao normal.

Ela continuava vampirua.

Não era nada desagradável como sensação. Mas ela não gostava nem um pouquinho de sangue, nem de não poder comer alimentos normais. E se acostumou a misturar todo tipo de tempero no sangue para disfarçar o gosto. Kyla e A'rno, que meio que tinham se instalado na embaixada vampiru, ficaram supersatisfeitos. Bem mais que os cortesãos de Omois, que achavam positivamente que sua princesa estava para lá de... exótica.

Além disso, o anel tinha crescido. Apesar de não continuar sendo uma manopla que prendia a mão, ainda cobria uma parte do dedo, o que não era lá muito prático, porque não dava para dobrá-lo. Mas, por ora, Tara sentia-se mais segura com ele do que sem. Por isso não tentara se livrar do anel.

Por enquanto.

A imagem do dragão estropiado, Teol, não saía da cabeça de Tara, que sabia que não poderia ficar com o anel por muito tempo.

Pardal apresentou sua demissão à corte de Lancovit. Ela queria ficar perto de Tara, supondo que Fabrice faria contato, mais dia, menos dia.

Se ainda estivesse vivo.

Tara a recebeu de boa vontade na corte de Omois e a contratou como primeira fadaceira. Dali em diante as duas trabalhariam juntas. O que teria sido uma grande alegria, não fosse tão triste. A adorável Pardal tinha decidido encontrar Fabrice, custasse o que custasse, e Tara estava disposta a colocar todas as forças do império à sua disposição.

Chem e Charme não conseguiram capturar Chenivurichivu. O primeiro de Escama, antigo primeiro de Garra, tinha conseguido escapar. Durante uma longa semana, o poder ficou instável. Depois, as doze tribos dragoas decidiram que aquilo era demais e que a estabilidade era importante. Os exércitos de Cheni foram vencidos. A invasão da Terra anulada. Pelo menos por enquanto.

Cheni foi ferido, mas continuava desaparecido depois da batalha.

Depois reapareceu em Omois.

Para ser mais exato, na suíte de Tara, onde ela, diante de Robin, tentava não pensar nele como um sanduíche. Mmmhhh, como ele era apetitoso. E seu pescoço, tão macio, onde ela adorava enfiar a ponta do nariz, a atraía como um ímã.

– Tara! – Robin disse, engolindo em seco. – Você já começou de novo...

– Oooopps, sinto muito. É… mais forte que eu. Mas eu… eu só dei uma mordidinha de leve, hein!

– Você precisa voltar ao normal, Tara, isso não pode continuar desse jeito! A cada vez que nós dois ficamos juntos tenho a impressão de que você só pensa numa coisa, me morder.

– Mas não – protestou Tara sem muita convicção –, de jeito nenhum!

– Sim!

– Não!

– Sim!

A chegada de um enorme dragão marrom perdendo sangue por todos os lados pôs fim à discussão.

Gritando de susto, eles recuaram até o outro lado do quarto, ativando sua magia.

Um dragão tinha conseguido atravessar os antiTransmitus do palácio de Omois.

Estava mortalmente ferido.

E se sentou, incapaz de se mexer.

Tara se aproximou, desconfiada.

– Isso, no caso, é... é Cheni, o usurpador! Robin, diga para Charme vir até aqui! Depressa!

– Inútil – sussurrou o dragão, com sangue pingando do ombro. – Já estou morto. Não tenho mais muito tempo.

– O que é que você quer? Se for compaixão, pode ir bater em outra freguesia. Por sua causa, meu melhor amigo ficou maluco e eu não estou com muita paciência.

O dragão respirava com dificuldade. Tinha só uns poucos segundos antes de morrer. O que é que ele ia dizer? "Eu sinto muito?", com certeza não. Ele não sentia nada, nem lamentava nada. "Eu não odeio você?", menos ainda. Ele odiava a pequena bípede mais que nunca. Não. Ele precisava terminar de um jeito magistral – literalmente falando! Ia roubar de Tara toda e qualquer esperança, isso seria uma vingança digna dele... Já que não podia acabar com ela.

– Li o seu pergaminho, Tara Duncan – ele anunciou, num sopro. – Quando nós tiramos de você sua trocadeira, conseguimos xeretar os seus bolsos. E tenho uma coisinha para contar.

– O que, exatamente? – Tara perguntou secamente, que também não lamentava nada, assim como o dragão.

– Você quer fazer seu pai voltar e para isso conseguiu uma receita que poderia funcionar. Mas o que ela não conta é que...

O dragão ficou sem ar e Tara, instintivamente, chegou mais perto.

– Cuidado – Robin avisou –, pode ser uma armadilha, ele é bem capaz de tentar ferir você!

Tara sacudiu a cabeça e se cercou de um campo de força.

Mas não era o corpo dela que o réptil queria ferir, só seu espírito.

Ele cochichou alguma coisa no seu ouvido e em seguida deu um suspiro profundo. Sua bocarra se fechou, os olhos ficaram vidrados e seus corações pararam de bater.

Tinha acabado.

– E aí? – Robin perguntou, enquanto Tara se virava para ele. De repente, o rosto dela tinha ficado branco como giz. – O que foi que ele disse?

– Que falta um pedaço do pergaminho. Uma... uma fórmula de segurança. Se ela não for aplicada, todas as almas de todos os fantasmas escaparão. E como só coloquei o equivalente a um corpo de oitenta quilos no caldeirão, o único jeito que eles vão ter de encarnar é tomando posse dos corpos dos seres vivos, ou então devorando todo mundo! Além disso, o dragão disse que a energia desenvolvida pelos fantasmas para vir ao nosso mundo impedirá meu pai de reencarnar. Ele vai continuar sendo um fantasma!

Robin abriu a boca para falar, com os olhos completamente arregalados, quando um berro o interrompeu.

– Vossa Alteza, Vossa Alteza! – alguém gritava. – Venha depressa!

Tara correu. A poção que ela tinha guardado no quarto tinha amadurecido, e turbilhonava dentro do aposento, assobiando como uma válvula maluca.

Pior ainda, do outro lado do corredor, a poção preparada por Cal tinha entrando em ressonância, criando entre eles uma porta aberta para o além.

E pelo vão daquela porta, num caudal ininterrupto, urrando de fúria, escapavam milhares de fantasmas.

Fim

Sim, eu sei que vocês me odeiam. Que ideia a minha de terminar com um suspense desses! Mas a continuação já vem aí, em *Tara Duncan e a invasão fantasma*!

LÉXICO DETALHADO DO OUTROMUNDO
(e de outros lugares)

O surpreendente OutroMundo

OutroMundo é um planeta no qual a magia está superpresente. Com uma superfície de cerca de uma vez e meia a da Terra, o OutroMundo faz sua rotação em volta do sol em catorze meses; ali, os dias duram vinte e seis horas e o ano tem quatrocentos e cinquenta e quatro dias. Duas luas satélites, Madix e Tadix, gravitam em volta do OutroMundo e provocam importantes marés na época dos equinócios.

As montanhas do OutroMundo são bem mais altas que as da Terra, e os metais que ali se exploram são por vezes perigosos de ser extraídos, por causa das explosões mágicas. Os mares são menos importantes que na Terra (existe uma proporção de 45% de terra firme para 55% de água), e dois deles são de água doce.

A magia que reina no OutroMundo também condiciona a fauna, a flora e o clima. Por causa disso, as estações são difíceis de prever (OutroMundo pode ficar coberto com um metro de neve em pleno verão!). Num ano considerado "normal" não acontecem menos do que sete estações, que são: Gellos – estação 1 (tempo bem frio, podendo fazer de -30 °C a -50 °C, dependendo das regiões do OutroMundo); Boniten – estação 2 (início da estação temperada, que equivale à primavera terráquea); De-maiss – estação 3; K'enti – estação 4; Maisk'enti – estação 5; Menosk'enti – estação 6; e Pluvioza (estação das chuvas).

Muitos povos vivem no OutroMundo, e os principais deles são os humanos, os anãos, os gigantes, os trolls/ogros, os vampirus, os gnomos, os duendes, os elfos, os unicórnios, as quimeras, os tatris, os saltaranos e os dragões.

Os países do OutroMundo

Omois – Capital: Tingapura. **Emblema:** o pavão púrpura com cem olhos dourados. **Habitantes**: humanos e diversos.

Omois é dirigido pela imperatriz Lisbeth'tylanhnem T'al Barmi Ab Santa Ab Maru e seu meio-irmão, o imperator Sandor T'al Barmi Ab March Ab Brevis. Tem cerca de 200 milhões de habitantes. Comercializa com os outros países e mantém o maior exército de elfos, com exceção dos de Selenba.

Lancovit – **Capital:** Trávia. **Emblema:** unicórnio branco com chifre dourado. **Habitantes**: humanos e diversos.

Lancovit é governado pelo rei Bear e sua esposa Titânia. Tem cerca de 80 milhões de habitantes. É um dos raros países a aceitar os vampirus, com quem o país tem ligações ancestrais.

Gandis – **Capital:** Geopólis. **Emblema:** muro de pedras "mask-sortes", encimado pelos sóis do OutroMundo.

Gandis é governado pela poderosa família dos Groares. É lá que ficam a ilha das Rosas Negras e os Pântanos da Desolação.

Hymlia – **Capital:** Minat. **Emblema:** bigorna e martelo de guerra, contra um fundo de uma mina aberta. **Habitantes:** anões.

Hymlia é governada pelo clã dos Forjafogo. Robustos, muitas vezes tão altos quanto encorpados, os anões são os mineiros e ferreiros do OutroMundo, e também são excelentes metalúrgicos e joalheiros. São ainda conhecidos por seu péssimo gênio, seu ódio à magia e seu gosto por canções compridas e complicadas. Eles têm um dom precioso, que curiosamente não consideram como magia, e que lhes permite passar através das pedras ou liquefazê-las com as mãos para abrir suas minas.

Krankar – **Capital:** Kria. **Emblema:** árvore encimada por uma maça (leia-se um porrete!). **Habitantes:** trolls, ogros, orcs, diabretes e diabinhos.

Os trolls são enormes, peludos, verdes e com grandes dentes chatos, além de vegetarianos. Eles têm uma péssima fama, pois, para se alimentar, abatem as árvores (o que horripila os elfos) e têm tendência a perder facilmente a paciência, destruindo tudo o que encontram pela frente. Os trolls que engolem carne – seja por acaso, seja de propósito – se transformam em ogros, com longos dentes e grande apetite. Eles são, então, expulsos de Krankar e obrigados a viver com os outros povos que os aceitam... desde que não se transformem em jantar. Alguns deles se recusam a partir e formam bandos compostos de ogros, orcs e diabinhos, que fazem de Krankar um lugar nada seguro.

Krasálvia – **Capital:** Urla. **Emblema:** astrolábio encimado por uma estrela e pelo símbolo do infinito (um oito deitado). **Habitantes:** vampirus.

Os vampirus são sábios. Pacientes e cultos, eles passam a maior parte de sua longuíssima existência meditando e se dedicam a atividades matemáticas e astronômicas. Eles procuram o sentido da vida. Como se alimentam só de sangue, criam animais: brraaas, muuus, cavalos, cabras importadas da Terra, bééés etc. Mas alguns sangues são proibidos para eles: o de unicórnios e o de humanos os deixam malucos, diminuem sua expectativa de vida ou provocam uma alergia mortal à luz do sol, e então sua mordida se torna envenenada, permitindo que eles dominem os humanos que mordem. Além disso, parece que se suas vítimas são contaminadas com esse sangue corrompido, elas também se transformam em vampirus. Mas em vampirus corruptos e malvados. O que acontece é que os casos de elfos ou de humanos transformados são tão raros, que a gente acaba acreditando que isso tudo é só uma lenda. Os vampirus vítimas dessa maldição são implacavelmente perseguidos por seus congêneres (as famosas e temíveis Brigadas Negras), assim como por todos os povos do OutroMundo. Quando capturados, são colocados em prisões especiais e morrem de inanição.

Mentalir – Vastas planícies do Leste, no continente de V'cê. **Habitantes:** unicórnios e centauros. Não tem emblema.

As vastas planícies do Leste formam o país dos unicórnios e dos centauros. Os unicórnios são cavalinhos com um chifre espiralado e único (que pode ser desparafusado), têm os cascos fendidos e uma roupa branca. Se alguns unicórnios não têm inteligência, outros são verdadeiros sábios, cujo intelecto pode competir com o dos dragões. Essa particularidade faz com que seja difícil classificá-los na rubrica povo ou na rubrica fauna.

Os centauros são seres metade homem (ou metade mulher) e metade cavalo; existem dois tipos de centauros: aqueles cuja parte superior é humana e a inferior é de cavalo, e aqueles cuja parte superior é de cavalo e a inferior é humana. Não se sabe de qual tipo de manipulação mágica resultam os centauros, mas eles são um povo complexo que prefere não se misturar com os demais, a não ser para obter produtos de primeira necessidade, como sal ou unguentos. Pouco sociáveis e selvagens, eles não pensam duas vezes antes de crivar de flechas qualquer estrangeiro que se aventure a passar por suas terras.

Nas planícies, costuma-se dizer que os pajés das tribos de centauros capturam as pllops, rãs azuis e branco, supervenenosas, e lambem suas costas para ter visões do futuro. O fato de os centauros terem sido praticamente exterminados pelos elfos, durante a Grande Guerra dos Estorninhos, nos faz pensar que afinal esse método não é lá muito eficaz.

Selenda – Capital: Se'mito. **Emblema:** duas luas cheias de prata acima de dois arcos opostos, com flechas de ouro entalhadas. **Habitantes:** elfos.

Assim como os fadaceiros, os elfos têm o dom da magia. De aparência humana, eles têm as orelhas pontudas e os olhos bem claros, com as pupilas verticais, como a dos gatos. Os elfos moram nas florestas e nas planícies do OutroMundo, e são tremendos caçadores. Eles também adoram os combates, as lutas e todos os jogos em que haja um adversário, e por isso é que são com frequência empregados pela polícia ou pelas Forças de Vigilância, a fim de utilizar judiciosamente essa energia. Quando os elfos começam a cultivar milho ou cevada encantada, os povos do OutroMundo se preocupam. Isso quer dizer que eles vão partir em guerra. Na verdade, como eles não têm outro lazer a não ser caçar, em tempos de guerra os elfos se põem a plantar e a criar animais, mas eles voltam ao seu modo de vida anterior assim que a guerra termina.

Outras particularidades dos elfos: são os machos que carregam os bebês em pequenas bolsas sobre o ventre – como os marsupiais – até que os pequenos aprendam a andar. Finalmente, uma elfa não tem direito de ter mais que cinco maridos!

Petit'país – Capital: Petite'ville. **Emblema:** globo estilizado envolvendo uma flor, um pássaro e um aranho. **Habitantes:** gnomos, duendes, fei'inhos, fadas, diabretes e diabinhos.

Pequenos, atarracados, equipados de um topete cor de laranja, os gnomos se alimentam de pedras e são mineiros, assim como os anões. Seu topete é um detector de gás bastante eficaz; enquanto ele estiver empinado, tudo está em ordem, mas assim que ele desmonta, os gnomos sabem que a mina tem gás e saem correndo. Por alguma razão inexplicável, eles são os únicos que conseguem se comunicar com os Dizedores de Verdade.

Os fei'inhos, pequenos duendes morenos superbrincalhões de Petit'país, são os criadores dos famosos pirulitos Kem'dizkê. Capazes de projetar ilusões e de se tornar provisoriamente invisíveis, eles têm uma verdadeira adoração por ouro, que guardam em uma bolsa que fica escondida. Quem conseguir encontrar a bolsa tem o direito de fazer dois desejos, que o duende tem a obrigação de cumprir para recuperar seu precioso ouro. Contudo, é sempre perigoso pedir um desejo a um duende, pois eles têm uma enorme capacidade de "desinterpretação"... E os resultados podem ser inesperados.

As fadas cuidam das flores e lançam feitiços minúsculos, mas bem eficazes. Os duendes tentam comer as fadas e, em geral, tudo o que se mexe.

Saltarana – Capital: Sala. **Emblema:** grande minhoca ereta segurando um cristal de sal azul entre os dentes. **Habitantes:** saltaranos.

Os saltaranos são os escravagistas do OutroMundo. Enfurnados em seu impenetrável deserto, uma mistura bípede de leão e leopardo, eles são os assaltantes e bandidos que exploram as minas de sal mágico (que é ao mesmo tempo um tempero e um ingrediente mágico). Eles são comandados pelo Grande Escond'ido e por seu grão-vizir El'pavão, e divididos em várias e poderosas tribos.

Taran – Capital: Capital'ville. **Emblema:** esquadro, compasso e bola de cristal, contra um fundo de pergaminho. **Habitantes:** tatris, camhbums, tatzbums.

Os tatris têm a particularidade de ter duas cabeças. Eles são excelentes organizadores (muitas vezes, ocupam funções de administradores ou trabalham nas mais altas esferas do governo, tanto por gosto quanto graças à sua particularidade física). Eles não têm nenhuma fantasia e acham que só o trabalho é importante.

Eles são um dos alvos preferidos dos fei'inhos, os duendes brincalhões, que simplesmente não conseguem nem imaginar um povo totalmente desprovido de humor e que tentam desesperadamente fazer os tatris rir. Isto, há séculos. Além disso, os fei'inhos criaram inclusive um prêmio, que recompensará quem conseguir essa proeza em primeiro lugar.

Os camhbums, uma espécie de grandes montículos amarelos com olhos vermelhos e tentáculos, também são administrativos, muitas vezes bibliotecários. Os tatzbums são em geral músicos e tocam melodias extraordinárias, graças aos seus tentáculos.

Os outros planetas

Dranvuglispenchir • Planeta dos dragões. Enormes répteis inteligentes, os dragões são dotados de magia e capazes de assumir qualquer forma, no mais das vezes a humana. Para se opor aos demônios que disputam com eles o domínio do universo, eles foram conquistando todos os mundos conhecidos, até o momento em que tiveram de enfrentar os fadaceiros terráqueos. Depois da batalha, decidiram que era mais interessante se tornar aliados dos fadaceiros em vez de inimigos, até porque ainda precisavam combater os demônios. Desistindo então do projeto de dominar a Terra, os dragões recusaram no entanto que os fadaceiros a dirigisse, mas os convidaram para ir ao OutroMundo, para que ali pudessem estudar e receber uma formação. Depois de vários anos de desconfiança, os fadaceiros acabaram aceitando e se instalaram no OutroMundo. Os dragões vivem em muitos planetas, na Terra, no OutroMundo, em Madix e Tadix, no planeta deles, é claro, Dranvuglispenchir, e têm a ideia fixa de se intrometer em todos os assuntos humanos, o que os diverte à beça. Seus piores inimigos são os habitantes do Limbo, os demônios. Eles não têm emblema.

O Limbo • Universo demoníaco, é o domínio dos demônios. O Limbo é dividido em diferentes mundos, chamados de círculos, e conforme o círculo os demônios são mais ou menos poderosos, mais ou menos civilizados. Os demônios dos círculos 1, 2 e 3 são selvagens e muito perigosos; os dos círculos 4, 5 e 6 são muitas vezes invocados pelos fadaceiros, dentro do contexto de troca de serviços (os fadaceiros podem obter dos demônios coisas das quais precisam e vice-versa). O círculo 7 é aquele no qual reina o rei dos demônios. Os demônios que vivem no Limbo se alimentam da energia demoníaca fornecida pelos sóis maléficos. Quando saem do Limbo para ir aos outros mundos, para sobreviver eles precisam se alimentar da carne e do espírito de seres inteligentes. Eles tinham começado a invadir o universo, até o dia em que os dragões apareceram e os venceram numa batalha memorável. Desde então, os demônios são prisioneiros do Limbo e não podem ir aos outros planetas, a não ser por chamado expresso de um fadaceiro, ou de algum ser dotado de magia. Os demônios suportam muito mal essa restrição de suas atividades e procuram um jeito de se libertar. A única razão pela qual os demônios queriam invadir a Terra é que eles são aquálicos. A água do mar age sobre eles como se fosse álcool, e ela não existe em nenhum lugar em seu universo. Eles adoram o gosto dos nossos oceanos.

Santivor • Planeta glacial dos Dizedores de Verdade, vegetais inteligentes e telepatas.

A fauna, a flora e os provérbios do OutroMundo

Aranho • Originários de Petit'país, como os spalenditais, os aranhos também são utilizados como montaria pelos gnomos, e sua seda é famosa por ser bem sólida. Dotados de oito patas e oito olhos, eles têm a particularidade de ter uma cauda, como a dos escorpiões, munida de um ferrão envenenado. Os aranhos são extremamente inteligentes e adoram inventar charadas para suas futuras presas resolverem.

Astofelo • Os astofelos são pequenas flores cor-de-rosa que têm a propriedade de neutralizar o olfato durante alguns dias. Os animais evitam cuidadosamente os campos de astofelos, o que convém com perfeição às plantas, que justamente desenvolveram essa estranha faculdade para escapar dos tosadores e mastigadores de todo tipo. Como os humanos precisam se ocupar dos traducs, cuja carne é deliciosa, mas o fedor é lendário, eles utilizam o bálsamo de astofelo para neutralizar o olfato.

Balbuna • Imensas baleias, as balbunas são vermelhas e duas vezes maiores que as baleias terrestres. Seu leite, extremamente rico, é objeto de comércio entre os liquidianos, tritões, sereias e os solidianos, que vivem em terra firme. A manteiga e o creme de balbuna são alimentos requintados e muito apreciados. As baleias do OutroMundo cantam melodias inesquecíveis. "Cantar como uma baleia" é um elogio fabuloso.

Balorquídea • Magníficas flores, as balorquídeas devem seu nome às bolas amarelas e verdes que as contêm, antes que se abram. Plantas parasitas, elas crescem super-rápido. Podem matar uma árvore em umas poucas estações e depois, livrando-se das raízes, atacam outra. As árvores do OutroMundo lutam contra as balorquídeas secretando substâncias corrosivas, a fim de convencê-las a se prender a elas.

Bangue-bangue • Plantas vermelhas cujo extrato cristalino provoca uma euforia total, que leva ao êxtase e depois à morte, no caso dos humanos. Quanto aos trolls, eles as usam contra dor de dentes.

Bééé • Carneiros com uma bela lã branquinha, os bééés se adaptam às estações pra lá de variáveis do planeta mágico, e podem perder seu tosão ou fazê-lo crescer em poucas horas. Aliás, os criadores utilizam essa particularidade no momento da tonsura: eles fazem os bééés acreditarem (no OutroMundo costuma-se dizer "crédulo como um bééé") que está fazendo um calor infernal, e os bichinhos se livram na mesma hora do tosão de lã.

Bendruc, o Feioso • Divindade do Limbo demoníaco, Bendruc é tão feio que mesmo os outros deuses demoníacos têm um certo respeito por seu aspecto aterrador. Suas entranhas não ficam dentro do corpo, mas do lado de fora, o que permite aos seus adoradores assistir com interesse ao processo de digestão ao vivo e em cores...!

Bizzz • Grandes abelhas de cor amarela e vermelha, as
bizzz, contrariamente às abelhas terráqueas, não têm ferrão. Seu único meio de defesa, além da semelhança com os sacari'ns, é secretar uma substância tóxica que envenena qualquer predador que queira comê-las. O mel que elas produzem a partir das flores mágicas do OutroMundo tem um gosto incomparável. No OutroMundo costuma-se dizer: "Doce como mel de bizzz".

Blaz • Equivalente das puf-puf limpadoras, mas voadores, os blaz são o terror das aranhas do OutroMundo, que eles perseguem sem dó.

Blll • Os bllls são peixes alados que passam uma parte do tempo dentro da água e outra fora, quando precisam se reproduzir. Muito graciosos e bonitos, com magníficas cores rutilantes, eles são utilizados com frequência em decoração dentro de maravilhosas piscinas.

Blurps • Surpreendente prova da inventividade da magia no OutroMundo, as blurps são plantas insectoides. Escondidas embaixo da terra, parecem grandes bolsas de couro avermelhado, com uma parte na água e outra na terra, elas se abrem para engolir os distraídos. As pequenas blurps lembram traças e se ocupam de abastecer a planta-mãe de vítimas, com as quais a alimentam. Quando crescem, elas se afastam do ninho e plantam suas raízes, enfiando-as na terra – e o processo se repete. No OutroMundo, costuma-se dizer: "Estar perdido num ninho de blurps", quando se quer dizer que alguém não tem a menor chance de sair de uma situação.

Bobelha • Esplêndido pássaro do OutroMundo, ele se parece um pouco com um papagaio. Os bobelhas se alimentam de magia pura, por isso têm enorme atração pelos fadaceiros.

Bodula filtradora • Grandes organismos, que mais parecem sacolas azuis, alimentam-se de resíduos e dejetos nos portos de água salgada do OutroMundo, mantendo assim a água bem clarinha e pura.

Bolha'sardinha • A bolha'sardinha é um peixe que tem a particularidade de se dilatar quando é atacado; sua pele se estica a ponto de ser praticamente impossível cortá-la. Afinal, no OutroMundo não se diz "indestrutível como uma bolha'sardinha"?

Brilhante • Primas distantes das fadas, as brilhantes são as luminárias do OutroMundo. Elas podem adotar várias formas, tanto de fadinhas minúsculas e luminosas, com lindas asas, como de serpentes aladas e também luminosas – dependendo do continente. Elas fazem ninho em cima dos lampadários e em qualquer lugar para onde os outromundianos as atraem. Muito luminosas, uma única brilhante pode iluminar um aposento inteiro.

Brill • Comida superapreciada no OutroMundo, os brotos de brill se escondem nos buraquinhos das montanhas mágicas de Hymlia, e os anões, que os colhem, os vendem bem caro para os comerciantes do OutroMundo – o que diverte os anões (que não consomem essa planta), pois em Hymlia os brills são considerados mato.

Brr'erveja • Assim chamada porque, na primeira golada, quem bebe estremece e faz um brrrrr, perguntando-se inevitavelmente se vai ter coragem de beber o segundo gole...

Brrraaa • Enormes bois de pelo bem denso e espesso, cuja lã os gigantes utilizam para fazer suas roupas. Os brrraaas são bastante agressivos e atacam tudo o que se mexe, o que faz que não seja nada difícil encontrar brrraaas cansadíssimos, por terem perseguido a própria sombra. Costuma-se dizer: "Teimoso como um brrraaa".

Brumm • Variedade de grandes nabos de carne rosada e delicada, muito apreciados no OutroMundo.

Cachor'trix • As cachor'trix são uma espécie de grandes hienas pretas, muito agressivas, com dentes envenenados, que só caçam à noite. Elas podem ser domesticadas e criadas em cativeiro, e por vezes são utilizadas como guardiãs no império de Omois.

Caliban dal Salan (mais conhecido como Cal) • Impertinente, corajoso, ágil, esse espião a serviço de Lancovit ajuda Tara, graças aos conhecimentos que tem sobre o OutroMundo. O Ladrão Patenteado tem a arte de descomplicar as situações mais crispadas graças ao seu humor.... pra lá de especial.

Cama'lião • O cama'lião, que tem esse nome por causa da capacidade que tem de mudar de cor conforme o meio ambiente, é uma planta bem rara. Nas planícies de Mentalir, sua cor dominante é a azul; no deserto dos Saltaranos loura ou branca etc. Ele conserva essa faculdade mesmo quando colhido e tecido. Com ele, faz-se um tecido precioso, que muda de cor conforme o ambiente.

Camelha castanha • Planta em formato de coração, cujas folhas são comestíveis. Muitos viajantes conseguiram sobreviver sem nenhum outro alimento a não ser folhas de camelha. A planta pode ostentar diversas cores, conforme as estações do ano e os lugares. Ela também é chamada de "planta do viajante". Seu gosto lembra um pouco o de um sanduíche de queijo e, aliás, a consistência também, pois ela é vagamente esponjosa.

Canin'cães • Chacais verdes do deserto dos Saltaranos, os canin'cães caçam em matilha.

Cantalobo • Plantas carnívoras, agressivas e vorazes, os cantalobos alimentam-se de insetos e pequenos roedores. Suas pétalas, de cores variáveis, mas sempre berrantes e espantadas, são munidas de espinhos bem pontudos e cortantes, que "arpoam" suas presas. Do tamanho de um cachorro grande, elas são difíceis de colher e constituem um prato bastante apreciado no OutroMundo.

Chamã ou Shamã • Os chamãs são os curandeiros, os médicos do OutroMundo. Pois, se todos os fadaceiros podem aplicar o Reparus, existem inúmeras doenças que não podem ser tratadas graças a esse tipo de feitiço tão prático. Os chamãs também são mestres das ervas e poções.

Clac'amendoim • As clac'amendoins têm esse nome por causa do barulho bem característico que fazem quando são abertas. Delas se retira um óleo perfumado, muito utilizado em culinária pelos grandes chefs de cozinha do OutroMundo... e pelas donas de casa mais sabidas.

Comedor de lama • Habitantes do Pântano da Desolação, em Gandis, os comedores de lama são grandes bolas de pelo que se alimentam de elementos nutritivos contidos na lama, insetos e nenúfares. As tribos primitivas dos comedores de lama têm pouco contato com os outros habitantes do OutroMundo.

Crogroselha • O sumo de crogroselha mata bem a sede e refresca. Levemente borbulhante, ela é uma das bebidas favoritas dos outromundianos.

Cruiccc • Grandes mamíferos onívoros azuis com caninos vermelhos, os cruicccs, conhecidos por seu péssimo temperamento, são criados por causa de sua carne, que é muito saborosa. Um bando de cruicccs selvagens pode devastar um campo em poucas horas; esta é a razão pela qual os agricultores do OutroMundo utilizam feitiços anticruiccc para proteger as plantações.

Discutório / Informatório (dependendo do povo que o utiliza) • Entidade inteligente que acumula o saber de todos os livros, filmes e outras produções artísticas da Terra, do Outro Mundo, de Dranvuglispenchir, mas também do Limbo demoníaco. Não existe praticamente nenhuma pergunta para a qual a Voz, emanação do Discutório, não tenha resposta.

Dizedores de Verdade • Vegetais inteligentes, originários de Santivor, glacial planeta situado perto do OutroMundo. Os Dizedores – também conhecidos como Faladores – são telepatas e capazes de detectar a menor mentira. Mudos, eles se comunicam graças aos gnomos azuis, os únicos capazes de entender seus pensamentos.

Dracotiranossauro • Primos dos dragões, mas sem a inteligência destes, os dracotiranossauros têm pequenas asas, mas não podem voar. Temíveis predadores, eles comem tudo o que se mexe – e o que não se mexe também. Como vivem nas florestas úmidas e quentes de Omois, eles tornam essa parte do planeta particularmente inadequada para o desenvolvimento turístico.

Effrit • Raça de demônios que se aliou aos humanos contra os outros demônios, por ocasião da grande Guerra das Falhas. Em agradecimento, eles receberam da parte de Semiderus a autorização para vir ao nosso universo a cada vez que é feita uma simples convocação por parte de um fadaceiro. Eles decidiram utilizar seus poderes para ajudar os humanos do OutroMundo. Os menos poderosos são empregados como serviçais, mensageiros, agentes de segurança etc.

Elementar • Existem vários tipos de elementares: do Fogo, da Água, da Terra e do Ar. Em geral eles são amigáveis, com exceção dos elementares do Fogo, que têm um gênio bem ruinzinho. Eles ajudam de boa vontade os outromundianos em seus trabalhos domésticos do dia a dia.

Fabrice de Ké-colinho • Filho do guardião da Porta Terrestre, ele é o mais antigo amigo de Tara. Como ela, descobriu seus poderes mágicos por acaso.

Fadaceiro • Humano, elfo ou qualquer outra entidade inteligente que possua a arte da magia.

Fafnir Forjafogo • Intrépida guerreira, Fafnir, a anã ruiva, adora Tara, pois sempre se mete em belas encrencas. Por onde anda, carrega todo um arsenal de armas que ela mesma fabrica, gosta de tudo o que faz barulho e detesta a magia.

Gambola • A gambola é um animal frequentemente utilizado em feitiçaria. Pequeno roedor com dentes azuis, ele cava bem profundamente o solo do OutroMundo, a ponto de sua carne e seu sangue serem impregnados de magia. Depois de seco e assim "concentrado", e reduzido a pó, o "concentrado de gambola" permite fazer as operações mágicas mais difíceis. Alguns fadaceiros também utilizam o pozinho de gambola para consumo pessoal, pois propicia visões alucinógenas. Essa prática é estritamente proibida no OutroMundo, e os viciados nesse pó são severamente punidos.

Gandari • Planta parecida com o ruibarbo, com um leve gosto de mel.

Gazz • Pequenos quadrúpedes de pelo liso e vermelho (ou verde, nas terras dos trolls), com uma galhada em cima da cabeça.

Gigante de aço • Árvores gigantescas do OutroMundo, as gigantes de aço podem chegar a duzentos metros de altura e a circunferência de seu tronco chega a ter até cinquenta metros! Muitas vezes os pégasos utilizam as gigantes de aço para se esconder, colocando assim seus filhotes ao abrigo dos predadores.

Gelisor • Divindade menor do Limbo demoníaco, cujo hálito é tão ruim que seus adoradores só podem entrar no templo com o focinho/boca/rosto cobertos com um pano perfumado. Nem as moscas conseguem sobreviver no templo de Gelisor. E nas reuniões com os outros deuses, roga-se que todos lavem seus caninos antes de ir, para que as reuniões sejam minimamente suportáveis. Também é proibido fumar perto de Gelisor.

Glória Daavil (mais conhecida como Pardal) • Princesa de Lancovit, descendente da Bela e da Fera, Pardal pode se transformar em Fera quando quiser. Sensível e razoável, ela é a melhor amiga de Tara.

Glutão estrangulador • Como seu nome indica, o glutão estrangulador é um animal peludo e alongado que usa o corpo como se fosse uma corda para estrangular suas vítimas.

Glurps • Lagartos de cabeça fina, verde e marrom, eles vivem em lagos e pântanos. Muito vorazes, são capazes de passar várias horas embaixo da água sem respirar para pegar algum animal inocente que foi até lá matar a sede. Eles fazem seus ninhos em cantinhos na beira da água e escondem suas presas em buracos no fundo das lagoas.

Hidra • Com três, cinco ou sete cabeças, as hidras do OutroMundo vivem em geral nos rios, lagoas e lagos.

Jorstal (plural: jorstais) • Jornais do OutroMundo que os fadaceiros e neca'fads recebem em suas bolhas, telas e monitores, telefones celulares de cristal (quer dizer, se tiverem uma conta...).

Kalorna • Encantadoras flores de madeira, as kalornas são feitas de pétalas de rosa branca ligeiramente adocicadas, e são um prato muito apreciado pelos herbívoros e onívoros do OutroMundo. Para evitar sua extinção, as kalornas desenvolveram três pétalas capazes de perceber a aproximação de um predador. Essas pétalas, no formato de grandes olhos, permitem que elas se escondam bem depressa. Infelizmente, as kalornas também são muito curiosas e muitas vezes mostram a pontinha das pétalas depressa demais e não escapam dos apanhadores. Afinal, não é por isso mesmo que se diz "curioso como uma kalorna"?

Kax • Tomada como chá, essa erva é conhecida por suas virtudes relaxantes. Aliás, tão relaxantes que é aconselhável já tomar na cama. No OutroMundo, ela também é chamada de molmol, em referência à sua ação sobre os músculos. E existe uma expressão que diz: "Você é um autêntico kax!", ou "nossa, o molmol!", para qualificar alguém bem mole...

Keltril • Metal luminoso e prateado, utilizado pelos elfos para suas armaduras e proteções. Leve e ao mesmo tempo resistente, o keltril é praticamente indestrutível.

Kem'dizkê • Pirulitos criados pelos fei'inhos, os duendes brincalhões. Depois que se come o revestimento, aparece uma previsão encravada bem no meio deles. Essa previsão sempre se realiza, mesmo que no mais das vezes a pessoa a quem ela é destinada não a entenda. Altos Magos de todas as nações se debruçaram sobre os misteriosos kem'dizkê para tentar entender como funcionam, mas só o que conseguiram foram quilos e quilos de cárie. O segredo dos fei'inhos continua bem guardado.

Krakdente • Animais originários de Krankar, país dos trolls, os krakdentes parecem um bichinho de pelúcia rosado, do qual não se sabe muito bem onde fica a parte da frente nem a de trás. Eles são extremamente perigosos, pois sua boca extensível consegue triplicar de volume, o que permite que eles engulam praticamente qualquer coisa. Muitos turistas do OutroMundo terminaram a vida pronunciando a seguinte frase: "Olha só que bonitinh...". Vários assassinatos disfarçados de acidentes foram cometidos graças aos krakdentes e descobertos graças aos Dizedores de Verdade.

Kraken • Gigantesca lula com tentáculos negros, por causa do tamanho ela só é encontrada nos mares do OutroMundo, mas também consegue sobreviver na água doce. As krakens representam um perigo bem conhecido dos navegadores.

Krê-krê-krê • Pequenos roedores de pelagem amarelo-limão, que se parecem com coelhos, os krê-krê-krê escapam com facilidade de seus predadores, por causa da cor, pois o meio ambiente do OutroMundo é pra lá de colorido. Apesar de a carne do simpático bichinho ser completamente sem gosto, ela alimenta o viajante esfomea-do ou o caçador paciente. No OutroMundo, os krê-krê--krê também são criados em cativeiro.

Krel dourada • Árvores sensitivas do OutroMundo, elas refletem, em impressionantes cascatas de cores, os sentimentos dos animais ou das pessoas que se encostam, passam ou as roçam de leve.

Kri-kri • Espécie de grilos violeta e amarelo que os centauros consomem desenfreadamente, mas cujo cri-cri-cri superestridente, no mato, pode deixar completamente maluco qualquer um que tente adormecer.

Kroac • Rãzinha bicolor, a kroac constitui o principal cardápio dos glurps, que as encontram com facilidade por causa de seu canto – particularmente irritante.

Krok'tubarão • O krok'tubarão é um predador dos mares do OutroMundo. Enorme animal com dentes afiados, ele não hesita em atacar a famosa kraken, com a qual se dedica a tornar os mares do OutroMundo um lugar nada seguro para os marinheiros.

Krusa • Espécie de grandes rosas silvestres, de todas as cores e deliciosamente perfumadas.

Manitu Duncan • Feiticeiro desajeitado, o bisavô de Tara jogou em si mesmo um feitiço para se tornar imortal, mas só o que conseguiu foi se transformar em labrador negro. De boa vontade, costuma encobrir as desobediências da bisneta.

Manuril • Os brotos de manuril, brancos e sumarentos, são um acompanhamento muito apreciado pelos habitantes do OutroMundo.

Miam-miam • Espécie de grande cereja bem vermelha, do tamanho de um pêssego.

Minhoca furadeira • A minhoca furadeira se reproduz enfiando suas larvas embaixo da pele dos animais enquanto eles dormem. Apesar de não ser mortal, sua mordida é dolorida e é preciso desinfetá-la imediatamente antes que as larvas se espalhem pelo organismo. "Que minhoca furadeira aquele lá!" é um insulto que se refere a alguém que se incrusta ou que "gruda"...

Mosca sanguinária • São moscas cuja picada é muuuuito dolorida. Vários são os animais que desenvolveram uma cauda bem longa para poder matar as moscas sanguinárias.

Mosk'ito • Maiores que as moscas sanguinárias, os mosk'itos pousam discretamente em cima dos traducs e dos brrraaa, penetram sua carne, provocando pequenos nódulos. Para tirá-los dali é preciso fazer um pequeno corte, pois eles secretam toxinas que podem matar o gado.

Mrmum • Frutos difíceis de colher, pois os mrmumeiros são enormes plantas animadas que chegam a cobrir toda a superfície de uma floresta. Assim que um predador se aproxima, os mrmumeiros afundam no chão, fazendo o barulho característico que deu esse nome a eles. O resultado é que pode ser uma coisa bem surpreendente passear pelo OutroMundo e, de repente, ver uma floresta inteira de mrmumeiros desaparecer, deixando só uma planície nua e devastada.

Muuu • São alces sem chifres e com duas cabeças. Quando uma cabeça está comendo, a outra fica atenta, para vigiar os predadores. Para se deslocar, os muuus dão pulos gigantescos de lado, como os caranguejos.

Neca'fads • Os neca'fads (contração de "neca de ser fadaceiro") são humanos que não possuem o poder de fadaceiro.

Pássaro de fogo • Curiosa forma de vida presente no OutroMundo, cujas penas se incendeiam continuamente, renovando-se. Os pássaros de fogo fazem ninho em cima das ignífugas, as únicas árvores não inflamáveis do OutroMundo, que por isso conseguem suportar seus ninhos. Completamente hidrófobas, a menor gota de água pode matar essas aves.

Pégaso • Cavalos alados, sua inteligência se aproxima da dos cachorros. Eles não têm cascos, mas sim garras, para poder escalar com facilidade, e costumam fazer seu ninho no alto das gigantes de aço.

Piqqq • Como seu nome indica, os piqqqs são insetos do OutroMundo que, assim como as moscas sanguinárias, se alimentam do sangue de suas vítimas. A diferença é que eles injetam um poderoso veneno para tornar mais fluido o sangue de suas presas, e também inúmeros traducs, muuus ou bééés são literalmente esvaziados de sangue depois de serem atacados por piqqqs. Felizmente, eles ficam principalmente nos arredores dos pântanos, onde põem seus ovos.

Pllop • Rã branca e azul muito venenosa que lambe as costas (ela tem uma língua suuupercomprida!) para ter visões do futuro.

Puf-puf • Pequenas latas com pés e uma tampa que engolem todo tipo de porcaria que cai no chão. No OutroMundo aconselha-se tomar cuidado com o que se deixa cair sem querer no chão, pois corre-se o risco de ter que ir procurar dentro da goela de uma puf-puf. Os pesquisadores que inventaram as puf-puf (que são um organismo meio mágico e meio tecnológico) as programaram para que os resíduos que não conseguem utilizar como nutrientes sejam transferidos automaticamente por miniPortas de Transferência, integradas a um buraco negro da galáxia de Andrômeda.

Puic • Pequeno camundongo vermelho capaz de se teletransportar fisicamente de um lugar a outro. Munido de duas caudas, seu inimigo natural é o mrrr, espécie de grande gato cor de laranja com orelhas verdes, que tem a mesma capacidade que ele.

Prrutt • Planta carnívora do OutroMundo, de cor amarela gosmenta, ela exala um forte perfume de carniça podre para atrair os carniceiros e predadores, que ela engole assim que eles se aproximam e ficam ao alcance de seus tentáculos. No OutroMundo, o insulto "feder como uma prrutt" compete com "feder como um traduc".

Quimera • Frequentemente conselheira dos soberanos do OutroMundo, a quimera é composta de uma cabeça de leão, corpo de cabra e cauda de dragão.

Robin M'Angil • Elfo superdotado, de cabelos brancos e olhos de cristal, sua ascendência semi-humana provoca alguns problemas. Armado com seu arco de Llillandril, ele daria a vida por Tara, a quem ama perdidamente.

Rubra-banana • Equivalente às nossas bananas, a não ser pela cor e tamanho, mais avantajado.

Sacari'n • Vermelho e amarelo, ele é um grande inseto que voa em bandos. Venenoso e muito agressivo, produz um mel particularmente apreciado no OutroMundo. Só os anões podem consumir as larvas de sacari'n, que apreciam muito. Todos os outros correm o risco de se ver com um enxame dentro da barriga, e quando isso acontece a carapaça de larvas só pode ser dissolvida pelo suco gástrico de humanos ou elfos.

Seca'corpo • Entidades imateriais, subelementar do vento, os seca'corpo são utilizados nos banheiros, mas também em navegação no OutroMundo, onde são chamados de "sopra'vento".

S'grog'neupluf • Animalzinho particularmente estúpido, cuja espécie deve sua sobrevivência exclusivamente ao fato de se reproduzir rapidamente. Ele mais parece um cruzamento de ariranha com coelho, devidamente dopado com ansiolítico. S'grog'neupluf é um xingamento muito usado no OutroMundo para designar alguém ou alguma coisa realmente estúpida.

Skup • Pequena câmera alada, produto da tecnologia do OutroMundo. Semi-inteligente, a skup vive exclusivamente para filmar e transmitir imagens para o seu cristalista. Ela também é conhecida como "furo", em linguagem jornalística, porque é uma xereta profissional.

Slurp • O sumo de slurp, planta originária das planícies de Mentalir, tem estranhamente o gosto de carne delicadamente apimentada. A planta reproduziu esse sabor carnudo para escapar dos rebanhos de unicórnios, barbaramente herbívoros. Contudo, como os habitantes do OutroMundo descobriram a característica gustativa do slurp, pegaram o costume de temperar seus pratos com sumo de slurp. O que não é exatamente uma boa coisa para os slurps...

Sopor • Planta dotada de grandes flores perfumadas, ela adormece os insetos e animais com seu pólen soporífico. Quando o inseto ou animal adormece, elas o aspergem com seu pólen, para que depois ele desempenhe a função de agente fecundante. Depois de alguns instantes, o inseto ou animal acorda e vai para outros campos, fecundando assim outras flores. As sopors não são perigosas, mas ao adormecer seus polinizadores elas os expõem a outros predadores. Por isso é comum ver animais carnívoros em volta dos campos de sopor, carnívoras que aprenderam a segurar a respiração tempo bastante para agarrar a presa e tirá-la do campo de flores. No OutroMundo costuma-se dizer: "Esse sujeito é sonífero como um campo de sopor."

Snuffy gatuno • Parecido com uma raposa bípede, em geral vestido de farrapos, com uma grande bolsa a tiracolo, o snuffy gatuno é um larápio que rouba os galinheiros e os spatchuneiros, o que o torna não muito querido pelos fazendeiros do OutroMundo. Ele tem a particularidade, pouco conhecida, de poder se duplicar, o que permite que ele se libere – ele mesmo – das prisões onde é preso com frequência.

Spalendital • Espécie de escorpião, os spalenditais são originários de Petit'país. Quando domesticados, eles servem de montaria para os gnomos, que também utilizam seu couro, muito resistente. Os gnomos adoram os pássaros (no sentido gustativo do termo) e despovoaram literalmente seu país, abrindo assim um nicho ecológico para insetos e outros bichinhos nada simpáticos. Na verdade, depois de se livrar de seus inimigos naturais, essa bicharada toda pôde aumentar sem nenhuma ameaça ou perigo, e cada geração foi ficando cada vez mais numerosa que a anterior. O resultado, para os gnomos, é que seu país foi literalmente invadido por escorpiões gigantes, aranhas gigantes, lacraias gigantes.

Spatchune • Spatchunes são perus gigantes e dourados que fazem glu-glu-glu o tempo todo enquanto se pavoneiam, e são muito fáceis de caçar. Costuma-se dizer "bobo como um spatchune", ou "vaidoso como um spatchune". Um spatchuneiro é o equivalente a um galinheiro no OutroMundo.

Stridule • Bichinho equivalente aos nossos gafanhotos, os stridules podem ser extremamente destruidores quando migram em nuvens, devastando então todas as plantações que encontram pela frente. Eles produzem uma baba muito fértil, frequentemente utilizada em magia.

Tak • Espécie de pequenos ratos verdes ou cinza, encontrados nos portos, os taks são temidos pelos marinheiros, pois são capazes de roer uma embarcação em poucos dias. O que prova que eles não têm um grande instinto de sobrevivência, porque quando a embarcação afunda os taks se afogam...

Taludi • Os taludis são pequenos animais com três olhos. Têm o formato de um capacete branco e são capazes de gravar qualquer coisa. Alimentam-se de película ou de eletricidade e enxergam através das ilusões, o que faz deles testemunhas preciosas e incorruptíveis. Basta colocá-los em cima da cabeça para ver o que eles viram.

Taormi • Temíveis camundongos com cabeça de formiga, cuja picada é terrivelmente dolorosa, os taormis são capazes de acabar com uma floresta inteira quando um dos formigueiros/ninhos decide migrar. Eles também produzem um mel bem docinho, apreciado pelos animais do OutroMundo, mas especialmente difícil de conseguir sem ter que deixar a vida no formigueiro para isso.

Tatchum • Florzinha amarela cujo pólen é o equivalente à pimenta-do-reino no OutroMundo, ou seja, extremamente irritante – modo educado de dizer que ela faz espirrar feito um bode! Aspirar uma tatchum desentope qualquer nariz...

Tatroll • Para facilitar a tradução outromundiana/terráquea, a autora converteu diretamente os tatrolls em quilômetros e os batrolls em metros. Como um troll tem três metros de altura, um batroll tem um metro e meio, e um tatroll um quilômetro e meio.

Teodir • Espécie de champanhe dos dragões. Os humanos acham que essa bebida tem um vago gosto de anticongelante.

Tolis • O equivalente às amêndoas do OutroMundo.

Traduc • São grandes animais criados pelos centauros, por causa de sua carne e sua lã. Eles têm a particularidade de ter um cheiro horroroso, o que os protege dos predadores, com exceção dos crrreks, pequenos lobos vorazes, que são capazes de costurar as narinas para não sentir o cheiro dos traducs. "Feder como um traduc doente" é um xingamento bastante utilizado no OutroMundo.

Tricrocs • Armas encantadas que sempre acertam o alvo, elas são compostas de três pontas mortais, muitas vezes contendo veneno ou anestésico, dependendo se o agressor quer fazer sua vítima passar desta para a melhor ou só adormecê-la.

Triii • Pequenos pássaros cor de rubi nas florestas do OutroMundo e verdes nas dos trolls. Seu nome vem de seu grito para lá de especial (triiiiiiiiiiii)!

Trr vermelho • Madeira imputrescível (palavrinha difícil que significa "que não apodrece"), cujas toras são muito empregadas na construção de casas e principalmente de tabernas, porque é difícil de estragar e impermeável à cerveja.

T'sil • Vermes do deserto dos Saltaranos, as t'sil enfiam-se na areia e esperam que um animal passe por lá. Aí elas se agarram e perfuram a pele ou a carapaça do animal. Os ovinhos penetram no sistema sanguíneo e se espalham pelo corpo do hospedeiro. Umas cem horas depois, os ovos explodem e as t'sil comem o corpo da vítima para sair. No OutroMundo, a morte por t'sil é uma das mais atrozes. É por isso que não há muitos turistas que se deixam tentar por um trekking no deserto dos Saltaranos. E, se existe um antídoto contra as t'sil comuns, não existe nenhum contra as t'sil douradas, cujo ataque inevitavelmente leva à morte.

Tzinpaf • Deliciosa bebida com bolhinhas, à base de guaraná, maçãs e laranjas, o tzinpaf é uma espécie de xarope refrescante e estimulante. É a bebida preferida de Tara.

Unicórnio • Cavalinho com patas bifurcadas e um único chifre, os unicórnios são sábios pensadores graças à erva do conhecimento que cresce em Mentalir.

Veludo (Madeira de) • Madeira superapreciada no OutroMundo pela solidez e sua magnífica cor dourada, muito utilizada em trabalhos de marchetaria e também para pisos. Sua textura particular faz com que ela pareça dura, mas ao toque seja como um tapete profundo e fofinho.

Vlir • Pequenas ameixas douradas do OutroMundo, bem próximas da mirabelle – aquela delícia que, na Terra, é típica do norte de um lindo país chamado França –, mas ainda mais doce que ela, o que parece francamente impossível.

Vlutur • Ave de rapina do OutroMundo, cinza e amarela. Apesar de ter uma grande dificuldade de voar, o Vlutur é capaz de engolir praticamente qualquer coisa.

Seus intestinos conseguem sobreviver à sua morte e continuam a digerir as coisas durante meses. As tripas de Vlutur são muito utilizadas em magia, especialmente para manter o frescor das poções.

Vrrir • Felinos de cor branca e dourada com seis patas, os favoritos da imperatriz, que atirou um feitiço sobre eles para que não vejam que são prisioneiros de seu palácio. Onde há móveis e divãs, os vrris enxergam árvores e pedras confortáveis. Para eles, os cortesãos são invisíveis e, quando acariciados, pensam que é o vento que está arrepiando seu pelo macio.

Vuivre • Serpente alada que voa principalmente à noite, chega a medir trinta metros de comprimento e é piscívora (ou ictiófaga, que se alimenta de peixes). A vuivre tem uma pedra engastada na testa, que neutraliza os efeitos de determinados venenos, e as diferentes partes de seu corpo são muitas vezes empregadas para preparar poções. Comenta-se que a primeira vuivre teria nascido de um ovo de galo, o que é uma impossibilidade biológica – mas na época esse boato provocou uma grande confusão no galinheiro e desencadeou uma série de discussões muito embaraçosas para a pobre ave.

Wiverne • Serviçais dos dragões, as wivernes são uma espécie de cobra gigante, com escamas douradas, e capazes de ficar em pé, na posição dos bípedes, graças a quadris pivotantes, giratórios. Menos inteligentes que os dragões, elas compõem uma boa parte das forças armadas e não têm o menor senso de humor, principalmente quando estão segurando um fuzil de nêutrons entre as patas. Elas seriam o resultado de experiências biológicas feitas pelos dragões com suas próprias células, o que as transforma em suas primas afastadas.

Zinvisível • Camaleão inteligente, capaz de se fundir totalmente ao ambiente, a ponto de se tornar invisível. Protetor da família imperial de Omois, ele serve de gravador vivo e funciona como espião da imperatriz.

Este livro foi composto em Adobe Garamond Pro
para Texto Editores Ltda. em março de 2011.